国家出版基金项目

“十二五”国家重点图书出版规划项目

中國京劇流派劇目集成

启功题

《中国京剧流派剧目集成》编委会 编

第 贰拾 集

學苑出版社

图书在版编目（CIP）数据

中国京剧流派剧目集成．第20集 /《中国京剧流派剧目集成》编委会编．—北京 ：学苑出版社，2014.1
ISBN 978-7-5077-4458-3

Ⅰ．①中… Ⅱ．①中… Ⅲ．①京剧－剧本－作品集－中国 Ⅳ．① I232

中国版本图书馆 CIP 数据核字 (2013) 第 304576 号

出 版 人：孟　白
责任编辑：潘占伟
装帧设计：徐道会
出版发行：学苑出版社
社　　址：北京市丰台区南方庄 2 号院 1 号楼
邮政编码：100079
网　　址：www.book001.com
电子信箱：xueyuan@public.bta.net.cn
销售电话：010-67675512　67678944　67601101（邮购）
经　　销：新华书店
印 刷 厂：北京信彩瑞禾印刷厂
开本尺寸：889×1194　1/16
印　　张：18.5
字　　数：450 千字
版　　次：2014 年 5 月第 1 版
印　　次：2014 年 5 月第 1 次印刷
定　　价：260.00 元（精装）

序言

◎黄克

京剧向称国粹艺术，内容博大精深，剧目十分丰富，人们常以"汉唐三千宋明八百"形容其浩瀚。其中流派剧目又以演员表演的鲜明个性使剧目显得更为多彩多姿，充满魅力，既被专业人员钻研承继，也为广大戏迷喜闻乐见，遂成为京剧舞台上一大亮点。

流派

举凡表演艺术，原本就无不带有表演者的个人色彩。京剧表演艺术因其唱念做打诸多方面功夫的综合性和繁难性，表演的个性化尤为突出；加以行当的粗分、剧目的雷同，于大致相同的条件下尽显各自的千姿百态、千变万化；一招一式、一腔一韵之中可以体现不同的特色，同样一出戏，甚至同样一个戏中人物也完全可以演出不同的风采，这种充满个性化的表演，遂成为京剧竞技场上最是为人乐道而又情趣无穷的审美内涵。倘若这种富于个性化的表演为受众所认可，且代有传人，形为规范，即可自成一家，成为迥异于他人的艺术流派。以"四大名旦"（梅兰芳、程砚秋、荀慧生、尚小云）为例，虽皆工旦行，却又各有千秋。京剧大师王瑶卿就曾这样分析这四位后起之秀的独到之处："梅兰芳的样儿，程砚秋的唱儿，尚小云的棒儿，荀慧生的浪儿。"所谓"样儿"，指梅的艺术造诣全面，要什么有什么；所谓"唱儿"，指程以行腔之新颖动听为能；所谓"棒儿"，指尚的刀马功底深厚；所谓"浪儿"，指荀的柔媚多姿、风情万种。寸长尺短，一语道破各有专擅的各家流派特点。如此成就固然来自自己的勤学苦练、苦心孤诣，更少不了观众的知音捧场、鼓励有加。因此，一个艺术流派的形成，对于创始人来说，无疑是开拓了审美追求的新境界；对于受众戏迷来讲，则更是得到了多样化审美需求的新满足。梨园行有云：唱戏的是疯子——指其追求的执着，听戏的是傻子——指其享受的痴迷。二者相得益彰、相映成趣，或许正道出京剧流派形成之三昧。

流派剧目

在京剧传承的一二百年间，随着历史的变迁、社会的发展，以及新人辈出、师承转换，荡涤旧物、崇尚新声，传统剧目中的绝大部分早已绝迹于舞台，然而，其精华部分（包括剧目中表现出来的唱念做打等程式体系）还是被完好地保存了下来，并得到长足的发展。其间，流派创始人于剧目的推陈出新做出了不可磨灭的贡献。基于对剧目乃至剧中人物的理解和认识，以及更便于发挥自己技艺特长的需要，流派创始人对浩如烟海的传统剧目进行了严格的筛选，经过了整理加工再创作，使之又焕发出崭新的韵味和光彩；随着这样剧目的增多，最终形成了自己流派所特有的剧目系列。而另外的流派又在另外的剧目系列中发挥着自己的优势，即或剧目相同，不同流派依然可以于演出中表现出自己的独特风格。总之，在其演出的剧目中，无不打上自己表演风格的鲜明烙印。京剧舞台上一度出现的这种百花齐放、争芳斗艳的盛况，实由自丰富多彩的流派剧目，这在京剧发展史上已是不争的事实。

但也应看到，如今京剧流派剧目相对于京剧的鼎盛时期，已是光景不再。个中原因很复杂，就客观因素而言，新兴的艺术形式的多种多样，人们的欣赏习惯和娱乐方式已经有了更广泛的选择余地，因而完全可以去旁骛；此外，就京剧本身而言，演出剧目之贫乏不能不说是观众锐减的重要原因之一。本来演出场所和演出场次就不多，翻来覆去又只是那几出骨子老戏，怎么能吸引观众，特别是年轻观众呢？——连那些老戏迷们也都听腻歪了。

回过头来看，今日演出剧目的贫乏和流派创始人晚年艺术景况也不无关系。他们在艺术的巅峰期——集中在上个世纪二三十年代，创作或改编了一出出新戏，直令观众赏心悦目，目不暇接。当其时，除了富连成科班或游动的散班演出些大路戏外，北京的京剧舞台几乎就是流派剧目的天下。据1932年商务印书馆出版的《五十年来北平戏剧史材》的记载，自民国十二年（1923）至十八年（1929）这六七年间，以梅派剧目为例，只“初演”的剧目——也就是自家独创的新戏或整理改编的传统戏，就有前后本《西施》、《洛神》、《廉锦风》、头二三四本《太真外传》、《俊袭人》、全本《宇宙锋》、《凤还巢》、《春灯谜》等12出戏（其中前后四本《太真外传》这四出戏是在一年多时间里陆续完成的）；同一时间段，马派“初演”的剧目也有《化外奇缘》、全本《玉镯记》、《秋灯泪》、《战宛城》、全本《火牛阵》、《鸿门宴》、全部《临江馆（“馆”应作“关”）》、全部《浣纱溪》、《范仲禹》、全本《清风亭》、头二三四本《大红袍》、全本《天启传》、《许田射鹿》、全本《十道本》等15出戏（其中《大红袍》分头二和三四本两次演出），当然，其中还不包括“初演”以外的经常性的大量的传统戏演出。试问，这些曾经轰动一时的流派创始人编创的新剧目于今又有多少出传承下来了呢？个中主要原因就在于流派创始人到了晚年一些唱做吃重的剧目已难胜任，只有将其已臻于炉火纯青的技艺凝炼到少数剧目之中，或演出或教习也只拘囿于这少数几个剧目了。而其传人也就将这几出戏奉为圭臬，全不知其鼎盛时期的所谓“文武双全”、所谓“昆乱不挡”为何事，致使一些当年的热门戏几近失传，这不能不说是梨园一件憾事。记得梅兰芳先生曾撰文论述学艺过程中的“少、多、少”，大意是初学时会的戏（包括技艺）自然是少的。随着所学剧目的增多，技艺的增长，激发起拓宽其艺术驰骋领域的热情，兼收并蓄，从而极大地丰富了自己。进而又随着审美取向的定型，艺术见识的提高，势必要对自己所学所用下一番去芜存精的工夫，扬长避短，使自己的独特技艺集中在少数几个代表剧目之中。表面看来演出的剧目是少了，但炉火纯青，在艺术创新上却达到了新境界。从少到多，从多而少，贯穿着的是继承与发展的艺术成熟的过程，也闯出了一条攀升艺术高峰的必由之路。后学者以为，学会了几出流派代表剧目便可以薪尽火传，得到了真经，孰不料缺少广博的根基，既影响个人的发展，也造成了剧目越传越少的现实。这难道不是应该汲取的教训吗？

有道是“礼失求诸野”。由于流派剧目的独特韵味及其所富有的艺术魅力，由于京剧作为自娱自乐的审美取向已深入人心，更由于迷恋传统演唱艺术者的大有人在，京剧传统剧目——包括一些已经消失于舞台的流派剧目，至今仍在京剧爱好者中间传唱不息。我们不妨到公园里看一看那一圈圈围着的戏迷，他们来自四面八方，或许彼此并不相识，只凭一把胡琴就将大家凝聚在一起，有滋有味地互相欣赏着一段段流派唱腔。更不用说那遍布全国各地乃至国外华人聚居区的票房，他们还时不时地粉墨登场，过一把戏瘾呢！这种自拉自唱、自娱自乐的红火场面，充分显示了京剧流派剧目的深厚群众基础和顽强的生命力，对于相对落寞的京剧舞台不啻一种发人深省的挑战。然而，这又何尝不是对京剧振兴的潜在的呼唤和有力的支持呢！

流派剧目集成

正鉴于其强大的生命力和深厚的群众基础，“振兴京剧”作为文化建设的国策的提出可谓正得其时。而振兴之务，首要的是挖掘和继承优秀传统剧目，以之作为发展和创新的基础和借鉴。我们编纂《中国京剧流派剧目集成》的初衷正在于此：将流派剧目演出的精彩瞬间记录于永恒，将构成流派剧目的诸多元素一一记录在案。诸如每剧的剧情本事、创始人表演特点的提要，剧中人物行当归属、服装扮相，剧本曲文、唱腔谱、伴奏谱、锣鼓经，以及身段谱等得以再现流派表演风格的内容，都力图完整地记录整理出来，为流派艺术的教学和研究提供文字的基础资料。持此，内行自可作为表演的参考，京剧爱好者也可以作为演习的蓝本。

这一工作，对于京剧剧目的基本建设虽然可谓之善举，但具体做起来却困难多多。首当其冲的就是剧目的选定。京剧剧目虽称汗牛充栋，但保存下来的资料却十分有限。京剧形成初期，以“老生三杰”又称“前三鼎甲”的程长庚、余三胜、张二奎为代表的一代固然没有留下什么音像文字资料；即或以“老生新三杰”又称“后三鼎甲”的谭鑫培、孙菊仙、汪桂芬为代表的一代除了少量的唱片外也没有完整的剧目传下来，所以我们的剧目整理工作只能从民国初年以降的“四大须生”、“四大名旦”开始。他们受熏陶于前辈艺术家，可谓传统的集大成而又能创新的一代，整理剧目以他们为重点自然最合适不过。遗憾的是这些艺术大师大都已经作古，得到他们指点和首肯已不可能，为此，我们只能通过其亲传或再传弟子来进行流派剧目的整理工作。从中我们更深地体会到抢救要及时，当初未能抢救下来现在也不要嫌晚而不为，抢救一点是一点，否则能够保存下来的精华越来越少，越加难向历史向后人交代了。

更难的则是遴选整理者。剧目的全面整理需要全面的人才。我们在组织稿件的过程中却发现这样的人手颇不易得。如果流派创始人或其传人曾在戏校任教，且有较为完整的教案保存下来，今日稍加整理即可选用，自然不是难事。不过这样的情况并不多，大量的剧目尚需要对当年的演出本进行追忆记录，加工整理。曾经受业于流派创始人或其传人的京剧工作者虽然是整理演出本的合适人选，但是他们大都是单位的骨干，忙于演出，忙于剧务，或居于领导职位，很难分出身来。即或肯于应承下一两出戏，也常有如下的情况：能演不能说，能说不能写，能写又不能打谱。因此，完成一个剧目经常需由记录者、整理者和打谱人联袂而行，倘再加上剧目的传授者和提要的撰写人，则非四五人鼎力不可。《中国京剧流派剧目集成》收入二百多出戏，每出戏即使平均两三人参加，也要组织四五百人次。其繁难可以想见，其壮观亦可以想见。当然，这还仅就整理者的数量而言，更为难能可贵的还在于参与者的无私奉献。试想，跟演一出戏或教一出戏相比，以文字整理出一出戏，不仅费时而且费力，无疑是一桩一般人不肯为也不屑为的苦差事，而我们的整理者却能甘之如饴，乐此不疲，没有为京剧事业的传承而不计个人得失的宝贵情操，是难有这种积极性的。不仅如此，随着岁月流逝，整理流派剧日益困难，更需要求助一些老专家，他们或是资深艺员、教师，或是资深票友、戏迷，而今已是硕果仅存的京剧艺术的专家、流派历史的见证人。在他们身上洋溢着一种传承京剧流派的使命感，和对振兴京剧的期待。他们热情地参加到这项工作中来，或亲自动手，为我们整理剧目；或答惑解疑，给我们工作以指导。使我们在受教于他们的同时，油然而生一种深深的敬意。

克服了上述困难，《中国京剧流派剧目集成》终于呈现在读者面前。书中，除了囊括主要流派的主要代表剧目，试图反映京剧鼎盛时期的大致面貌而外，尚有可说道者。

首先是挖掘整理出一批流派剧目，其中不乏已近失传的流派艺术精品。其中共收流派五十余家、剧目二百多出，不仅是从装扮到曲谱俱全，而且半数以上不曾整理出版过，可算是京剧剧目建设的一个不小的工程。下列剧目可为佐证。如王（瑶卿）派名剧《南天门》（今能见到的只剩下王和老谭合拍的剧照）、余（叔岩）派名剧《太平桥》（据说是老谭给余说的开蒙戏）、马派名剧《白蟒台》（写王莽被俘后向旧臣一一乞命事，老生扮演反面人物堪称奇特）、麒派名剧《斩经堂》（其中吴汉的悲剧性格曾引起过热烈争论）、荀派名剧《鱼藻宫》（写吕后残害戚姬事，乃荀派悲剧剧目之一），以及汪（笑侬）派名剧《哭祖庙》、龚（云甫）派名剧《徐母骂曹》、徐（碧云）派名剧《绿珠坠楼》、裘（盛戎）派名剧《打銮驾》等，都是难得一见的流派剧目之珍品。而以“关外唐”名世的唐（韵笙）派名剧经其家人和传人的努力竟整理出其代表作《驱车战将》、《闹朝击犬》、《好鹤失政》、《绝龙岭》、《未央宫斩韩信》、《刀劈三关》等七出之多，堪称流派剧目建设的新收获。除此之外，《中国京剧流派剧目集成》还特别着力于武戏的挖掘整理。较之文戏，武戏更难整理，需要将演员在台上的动作招式一一准确地反映出来，没有深入的钻研领会、亲身体验，很难下笔。众所周知，杨小楼作为一代武生宗师，其“武戏文唱”乃武生的不二法门，也是令人神往的一种表演境界，在武戏剧目整理中理应得到体现。资深票友朱家溍先生得其真传，整理了杨派名剧《麒麟阁》，并详细记述了前后六次观剧的心得，惜乎不及将其用工尺谱记下的昆曲吹腔翻为简谱便溘然而逝了。另一出杨派名剧《镇潭州》则是根据京剧耆儒刘曾复先生的讲授整理出来的，其中杨再兴上场的“蝴蝶霸”、和岳飞对打的“枪架子”，皆独得杨派之秘，给人以再闻《广陵散》般的惊喜。此外，高盛麟的《长坂坡》、《走麦城》，王金璐的《落马湖》、《八蜡庙》也都走的杨派的路子，有的就是直接跟杨宗师学的。南派大武生盖叫天武功盖世，他的剧目身后却乏人整理，多亏移居上海的原中国戏校武功教师赵雅枫先生以耄耋之年勉力整出《一箭仇》，也算保存了盖派一脉。还值得一提的是收获了一批武丑戏。叶盛章当年是以武丑戏挂头牌演大轴的第一人，勇于创新，能戏甚伙，现将其创作的名剧《酒丐》、《祥梅寺》、《打瓜园》、《徐良出世》、《三盗九龙杯》、《铜网阵》等七出代表作一并推出，既再现了叶氏当年神勇，也为乏人承继的武丑行当提供一些演习之本。尤为可喜的是我们也挖掘整理出富连成科班总教习、文丑“萧派”创始人萧长华老先生的《选元戎》、《荡湖船》、《变羊记》等已近绝迹舞台的拿手剧目。凡此，整理者挖掘流派剧目的辛勤劳作成果，均为我们编纂“集成”增添了光彩。

为了方便读者翻检使用，本书采取四五出戏合编一册的形式，这样全书约有五十册之多，并拟分三批推出。第一批为老生行的余派，以及号称“南麒、北马、关外唐”的三派，和武丑行的叶（盛章）派，计五家八册。第二批则以旦行“梅、尚、程、荀”为代表，包括老旦、刀马旦等流派。第三批是老生、小生、武生、净、丑等其他流派。

预期一两年内出齐。倘若其中有重要疏漏，又得人整理，亦可考虑编辑出版“集外集”，以满足读者的需求，也使这部“集成”更为名副其实。

当然，《中国京剧流派剧目集成》的编纂，其目的只在提供流派剧目作为研究家和后学者的参考借鉴。而流派、流派，意重在“流”。所谓流，指流行和流变。流派艺术正是在流行、流变中最终形成的，即或在最终形成之后，也还是靠流行、流变而发展的，倘若泥古不化，抱残守缺，就会失掉其鲜活的生命力，艺苑奇葩也会枯萎，这已为京剧发展史所证明。不过，流派艺术发展也需要有个前提，那就是首先要掌握渗透在表演程式唱念做打、手眼身发步中的艺术个性，而流派剧目就是其艺术个性展现的载体。继承流派艺术，不能只满足于模拟外在的“体”，更要在剧目演练中去体味其艺术个性的“魂”，这样才能促使京剧流派艺术从剧目建设到表演个性都得到发扬光大。此乃传承流派剧目的题内之义，自毋庸赘言。

目录

黄桂秋

张敏智　**整理**　　沈毓琦　**记谱**

别宫、祭江

黄桂秋演出本

《别宫、祭江》是黄桂秋先生的代表作，居于黄派名剧之首。故事出自《三国演义》，描写孙尚香被兄长孙权用美人计嫁给刘备，又被孙权以母病为名诓回东吴。后孙尚香听到刘备命丧白帝城，决定回西川奔丧。孙权欲借她奔丧之际派兵暗夺西川。孙尚香识破孙权诡计，为避免吴蜀再动干戈，百姓又遭涂炭，她进宫辞别母亲，来到江边祭奠刘备，然后投江而死。

黄先生在继承他老师陈德霖老夫子以古朴、刚劲为特点的唱腔基础上，又吸收各家之长，根据自身嗓音娇美甜润的条件，以刚柔相济的技巧和气息松弛的发音，创立了融字、声、腔为一体，富有旋律感和节奏感的黄派唱腔，俏丽清新，委婉动听。在“别宫”中“离鸾别鹄有谁怜”这句唱腔中，先生以字的四声来设计唱腔。“别”、“谁”都是阳平字，一般都是高唱或低唱处理，而先生设计用先低再高的旋律：5 3 $\dot{1}$ 6 4 3 6 6 4 6 6 2 0 3 5，

别 鹄 有 谁 怜

唱来既别致又新颖，而且切合人物感情。在与母后对唱的“快板”中，先生较多地用“过板”，就是后半拍起腔，用较强的顿挫唱出孙尚香据理力争要去祭奠刘备的决心。在“祭江”的〔二黄慢板〕“曾记当年来此境，棒打鸳鸯痛伤情”的长腔，非常宽舒、深沉、委婉，表达了孙尚香来到江边触景生情的伤感、悲痛心情。为避免重复，删去了“别宫”中的〔二黄慢板〕，同时也删去了“祭江”十多句〔反二黄〕中的“可叹你”，使行腔更为精炼、紧凑。黄先生能在当时“四大名旦”之后、“四小名旦”之前，独树一帜，卓然成派，正由于其声腔艺术的独具魅力。

黄先生能书善画，有很高的文化修养。黄派除了在声腔艺术上的特色和成就以外，在人物处理、表演、服饰、头饰等方面都很讲究，而且有独到之处。

《三击掌》中，王宝钏与其父争吵后脱去龙凤袄（即宫装）：一般里面穿黑褶子，而先生的褶子却是淡蓝色，且在边上绣小花。我问先生道理何在。先生说：“《三击掌》中的王宝钏很年轻，又生活在相府，即便脱去宫装，里面穿的也应该是很好的衣服。根据她的个性可以素雅些，故穿蓝色边上绣小花的褶子。如果脱去宫装一下子就穿黑褶子，就会显得穷气，不合理，而且到后面的《母女会》、《武家坡》全都是黑褶子，没有区别也不好看”。所以先生在《三击掌》穿淡蓝色褶子，《母女会》穿宝蓝色褶子，到《武家坡》才穿黑褶子，这样处理更能表达岁月、年龄的推移以及处境的变化，而且服饰多彩好看又更合乎情理。《春秋配》中的姜秋莲（先生饰）戴点翠头面，不穿长坎肩，与其他流派有所不同。如张（君秋）派因表达姜秋莲生病被继母逼迫的主题，头上包蓝绸子，而且“捡柴”一场是坐在倒椅（土台）上。而黄派的《春秋配》没有生病的情节，在“拷打”、“捡柴”、“回柴”后面，紧接着出逃，要越墙、“砸涧”。主题不同，表演和处理也就不同了。黄派是突出姜秋莲与乳娘相依为命，时时事事与乳娘用眼神交流商量。当继母催逼秋莲脱去外衣时，是乳娘帮她在场上背身脱去，这样处理情节紧凑，不需要下场后再上场使戏中断。在“捡柴”一场中，也并不把乳娘当奴仆，

而是协助乳娘捡柴，所以才因捡柴时刺痛了手指而啼哭，正好被路过的李春发听到，剧情就有了向下发展的情由了。

这一类合情入理的服饰上的讲究，在《别宫 · 祭江》中表现得更为突出。《别宫、祭江》中，先生把老本子写孙尚香因夫殉节改成为了避免吴蜀两国交兵、百姓涂炭而不惜牺牲自己，突出了孙尚香作为东吴女丈夫的性格。在服饰方面，先穿黄帔，当知悉刘备晏驾后改换黑帔去向母后辞别，到祭江时换穿白蟒。一般在唱完〔二黄慢板〕后，孙尚香脱去白蟒改穿青褶子，先生则改为白蟒到底，而且去江边时的全部仪仗，服装都用缟素，使气氛更加凝重，舞台更加美观。

《别宫、祭江》一戏荟萃了黄派唱腔艺术的精华，也得到了舆论界的普遍好评。记得先生跟我说过，梅兰芳先生看了他的演出，当面对他说："这出戏就给你了"。言外之意，他不再演此戏。梅先生还说："你（指黄先生）得老夫子嫡传，青衣学你是正路，不至于走歪了。"一语道破黄先生忠实于传统，即或创新也不离老谱的演唱特点。这倒也符合梅先生"移步不换形"戏曲革新理论。循规蹈矩，又能在老规矩中翻出新亮点。黄派唱腔曾一度风靡上海、江南，确实不是仅凭着一条天赋的好嗓子使然。

黄先生把传统艺术的继承和发展结合得相当好：取各家之长，兼收并蓄，创造了非常有特色的黄派艺术。他对学生也是如此要求。他的学生中，顾正秋先学黄派再学梅派，王熙春先拜了黄先生后又拜了梅先生，沈松丽先拜黄先生又拜了荀先生，而且都是在先生积极支持鼓励下促成的。1959年在上海京剧院黄先生收我为关门弟子，我有幸和先生同在一个团，由先生手把手教，演出时先生亲自为我把场，无论化妆、服装、乐队等方面，先生都要亲自过问，常常以先生的原班人马为我配演，使我在艺术上得益匪浅。在先生的鼓励支持下，我在学习黄派的基础上，也学了梅派、张派，扩大了自己的艺术视野，为我的演出和教学打下了深厚的基础。黄先生没有门户之见，非常豁达，值得我们后辈敬重学习。

张敏智

人物行当

孙尚香	旦（青衣）	**大太监乙**	生
吴国太	旦（老旦）	**四太监**	杂
孙　权	净（铜锤、架子）	**四龙套**	杂
陆　逊	生（小生）	**四宫女**	杂
吕　范	丑（文丑）	**女车夫**	杂
大太监甲	生		

服装扮相

孙尚香　俊扮。二场梳大头、戴点翠过桥，黄帔，花边裙子，浅灰色彩裤，素彩鞋。三场梳大头、戴点翠过桥，黑帔，黑边裙子，浅灰色彩裤，素彩鞋；四场梳大头、戴凤冠，白蟒，黑边裙子，浅灰色彩裤，素彩鞋。（一般剧团如没有点翠大过桥也可戴凤冠）

吴国太　俊扮。白色网子束老旦冠、系黄绸条，黄帔，绿色老旦裙，青彩裤，福子履。

孙　权　勾水白脸。草王盔、紫满，绿蟒，红彩裤，厚底靴。

陆　逊　俊扮。紫金冠，红蟒，粉彩裤，厚底靴。

吕　范　俊扮。纱帽，红官衣，红彩裤，朝方。

大太监甲　俊扮。大太监帽，蓝花褶子，粉彩裤，厚底靴。（四场穿白褶子或白太监衣）

大太监乙　俊扮。大太监帽，粉花褶子，粉彩裤，厚底靴。（四场穿白褶子或白太监衣）

四太监　俊扮。小太监帽，小太监衣，红彩裤，黑薄底靴。

四龙套　俊扮。绿龙套巾，绿龙套衣，黑彩裤，黑薄底靴。（四场穿白龙套巾，白龙套衣）

四宫女　俊扮。梳大头、戴小过桥，云肩、花边蓝褶子，素裙子，素彩裤，素彩鞋。（四场穿白褶子，云肩）

女车夫　俊扮。梳大头、戴小额子、面牌、渔婆罩，白色战衣裙。

道具

红桌围椅披	一份	**酒杯**	一只
白桌围椅披	一份	**云帚**	两把
桌子	一张	**牌位**	一块（写刘皇叔之位）

椅子	三把	**銮驾**	半副（手提宫灯两只、手提香炉两只）
烛台	两只		

注：此剧是黄桂秋先生的代表作，黄先生在服饰等方面很考究。“祭江”一场全部仪仗，服装都用白色，颇为庄重。一般剧团不具备白色的服饰，也可用素色服饰代替。

第一场

定计

「舞台正中设一桌，上摆香炉，设“大座”。

「【撤锣】笛子吹奏＜朝天子＞。四太监、大太监乙由“上场门”上站门，孙权上场到台中场台口念引子。

孙　权　（引子）桓灵失政，（**多多**）分汉土，（**多罗**）

3 2　1 2 - ³2 ³2 1̂ ˅ 6̣ 5̣ 6̣ 7̣ 6̣̂ - ‖

独　霸　　　　　　为　　尊。

「曲牌接奏。孙权归“大座”，太监归里。曲牌停止。

孙　权　（定场诗）三讨荆州未能还，

白衣渡江起狼烟。

孙刘失和猇亭战，

大功全仗陆伯言。【**小锣归位**】

孤，孙权【**小锣二击**】承父兄之基业，独霸江东。可恨大耳刘备，久借荆州不还，多亏吕蒙白衣渡江，关羽败死，刘备尽发西川之兵为弟报仇，杀得孤损兵折将，诸葛瑾保荐陆逊挂帅征讨，不知胜负如何，叫孤时刻忧虑也！

「【**小锣五击**】大太监甲上至“小边”台口。

大太监甲　（念）火烧连营寨，

捷音报回来。【**小锣一击**】（进门）

启禀主公，陆都督班师回朝。

孙　权　宣他上殿。

大太监甲　领旨！陆都督上殿。

「陆逊内白：“领旨！”【**回头**】陆逊“上场门”上，至右台口。【**归位**】

陆　逊　（念）火烧连营七百里，

方显男儿盖世奇。【**大锣二击**】（进门站“大边”）

臣陆逊见驾，主公千岁！

孙　权　卿家平身。

陆　逊　千千岁！

孙　权　赐座。

陆　逊　谢座。【**回头**】（归“大边”座）

孙　权　卿家怎样得胜一一奏来。

陆　逊　容奏：【**大锣住头**】臣陆逊幸不辱命，火烧连营七百余里，那刘备兵退西川，因恐曹丕乘虚来攻，未敢深入，故此回朝复命乎。

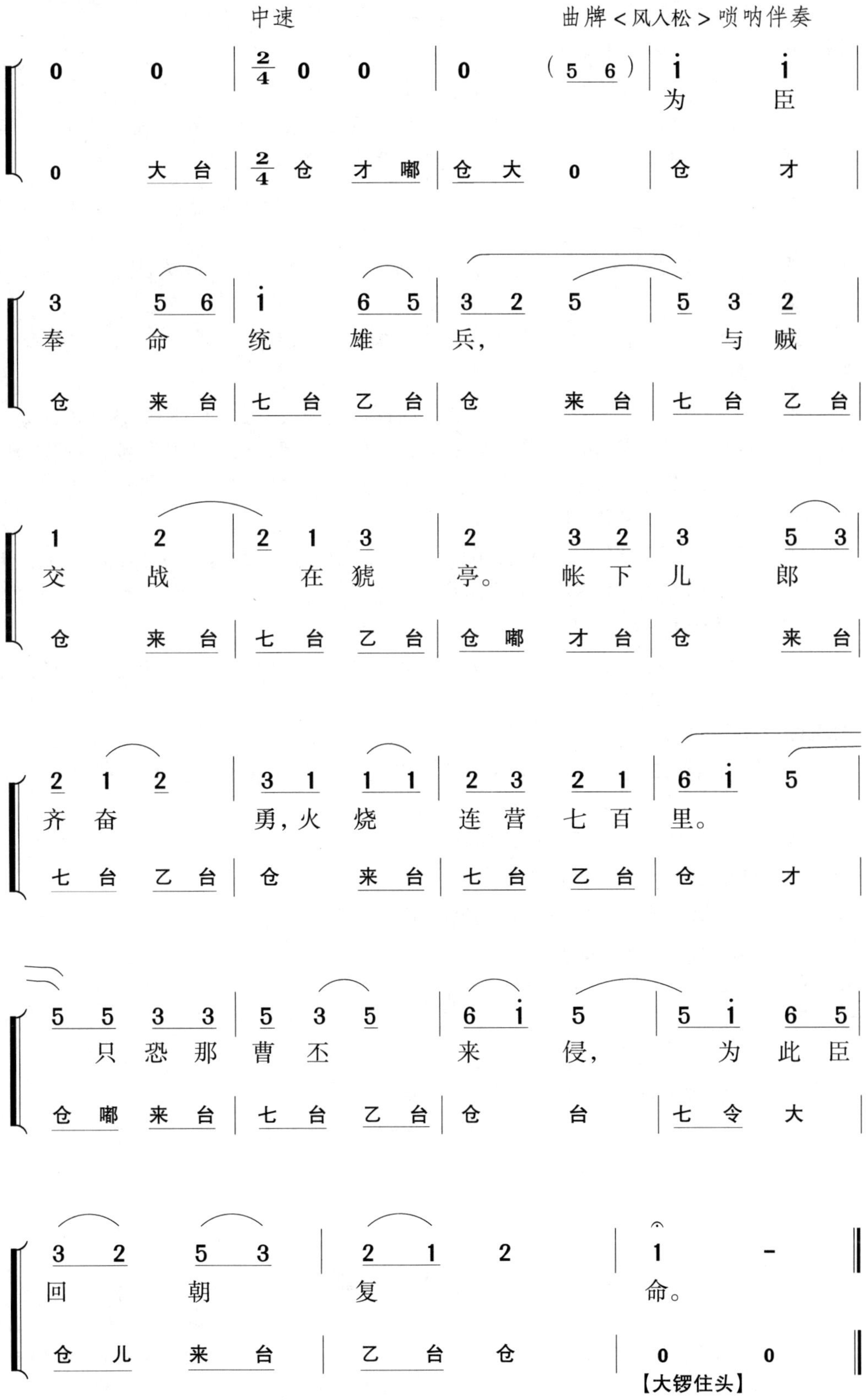

孙　权　真乃卿家之功也。

「吕范内嗽："嗯哼！"【小锣五击】吕范"上场门"上。

吕　范　（念）白帝城中刘备死，

大事报与主公知。【小锣一击】（"挖门""小边"站）

启禀主公，韩当、周泰二位将军回朝报道，刘皇叔在白帝城丧命了。

孙　权　哦！【撕边一锣】那刘备在白城丧命了？

吕　范　正是。

「【撕边一锣】孙权思考。

孙　权　如此就命陆爱卿，带领三十万人马，趁他丧乱之时，兵发西川。

陆　逊　领旨。

吕　范　且慢！【大锣一击】主公要取西川，为臣有计献上。

孙　权　卿家计将安在？

吕　范　想当年，只为荆襄九郡，主公与周都督定下美人之计，将刘备诓过江来，不想太后以假成真，将郡主招赘；后来又想以阿斗作押，假报太后染病，诓郡主回来，不想阿斗又被赵云截去。如今刘备已死，何不再借用郡主，夺取西川呢？

孙　权　但不知怎样的借用？

吕　范　主公进宫，劝她入川奔丧吊祭，再请陆都督带兵在后，只说护送郡主，主公统领大兵一拥而入，何愁西川不归我东吴所有。

「【撕边一锣】大太监闻听表示暗暗着急。

孙　权　哈哈哈！真乃妙计也，就命陆爱卿点动人马，护送郡主入川奔丧吊祭，孤王随即御驾亲征。退班。

大太监　请驾回宫。

「【大锣五击】孙权离座走向"下场门"下；四太监、二大太监同暗下。吕范、陆逊同时下殿站台中。

吕　范　啊，陆都督，你看此计如何哇？

陆　逊　计虽是好计，只恐难瞒郡主。

吕　范　郡主虽有才能，这一蒙就蒙过去了。

陆　逊　如此说来，此计必成？

吕　范　必成。

陆　逊
吕　范　（同笑）哈哈哈！

「【回头】陆逊、吕范"下场门"同下。

第　二　场

闻　噩

「舞台正中置一桌子、"小座"椅。

〔【撤锣】京胡奏<西皮小开门>四宫女由“上场门”上、“站门”。孙尚香由“上场门”上，在“九龙口”抖袖再到台中念引子。

孙尚香 （引子）吴蜀两地，动刀兵，

i 2 3 2 i 6 7 5 6 7 7 7 6 – ‖

何 日 太 平。

〔孙尚香转身归“小座”，曲牌收住。

（定场诗）别君常挂念，

难忘故日情；

虽无千丈锦，

万里系人心。【小锣住头】

我，孙尚香（扎）配夫刘玄德，西蜀为君，只因皇叔入川之时，我兄长派周善，去到荆州，假报母病，将我诓回东吴，至今不放回去，我与皇叔天南地北，音信渺茫，思想起来，好不伤感唉！人也。

〔西皮摇板〕

【闪锤】（ 6 6 35 55 36 5i 32 1 ……）

5 i i 3 3 5（65 36 5）7 66 35 6

恨 兄 长 行 巧 计 居 心 太 恶，

（65 35 65 32 11）i i3 5 55 35 6

隔 断 了 织 女 星

（65 35 6）3 5 6i65 5 353 5 …… 5 ‖

难 渡 银 河。

〔【快长锤】四太监“上场门”上，站“一条鞭”，孙权上至“小边”台口。

〔西皮摇板〕

孙 权 （过门同前） 3 3 3 3 3 2 1 2 3

袖 内 机 关 安 排 定，

（46 32 12 3）6 1 2 1 2 3 1

进 宫 诓 骗 同 胞 人。

（1 3 21 72 1）3 3 32 2 3 2 2 –

内 侍 摆 驾 宫 院 进，

〔【快长锤】四太监挖进“站门”，孙权“挖门”归“大边”，孙尚香起身归“小边”与孙权见礼。【快长锤】切住。

〔亮弦〕

（ 7 6· 1 2 - - ）

〔西皮摇板〕

孙　权　【单楗凤点头】（过门同前） 1 3 3 2 1 2 3 2 1 - 【大锣住头】

见了贤　妹说分明。

哎呀贤妹，大事不好了！【撕边一锣】

孙尚香　啊，何事惊慌？

孙　权　只因刘皇叔，为报关羽之仇，被大都督陆逊火烧连营，他在白帝城丧命了。【撕边一锣】

孙尚香　（惊）你再怎讲？

孙　权　在白帝城丧命了。

孙尚香　哎呀！（崩登仓）（昏倒坐在椅子上）

〔【冲头】四宫女“合龙口”，面向里挡住孙尚香。

孙　权　贤妹醒来！

〔西皮导板〕

孙尚香　【冲头】转【导板头】 2 2 1 1 1 2 2 - 7 6

听　说是

（ 4 3 6 5 ） 6 1 5 1 6 6 5 3 3 2

汉　皇　叔

（ 7 6 1 2 ） 2 2 1 6 1 2 1 2 - 2 - 1 - 1 -

白帝　丧　命，

〔【冲头】官女左右分开，孙尚香揉眼醒来，站起到“小边”台口，双翻袖。

【叫头】皇叔，我夫，喂呀！

〔西皮散板〕

孙尚香　【纽丝】（ 6 6 6 5 1 3 1 2 6 2 1 1 1 ）

3 3 5 5 3 5 6（ 4 3 5 6 ……）

好一似万把　刀

1 6 5 5 2 3· 3 5（ 2 3 6 5 ……）

刺在我　心。（仓）

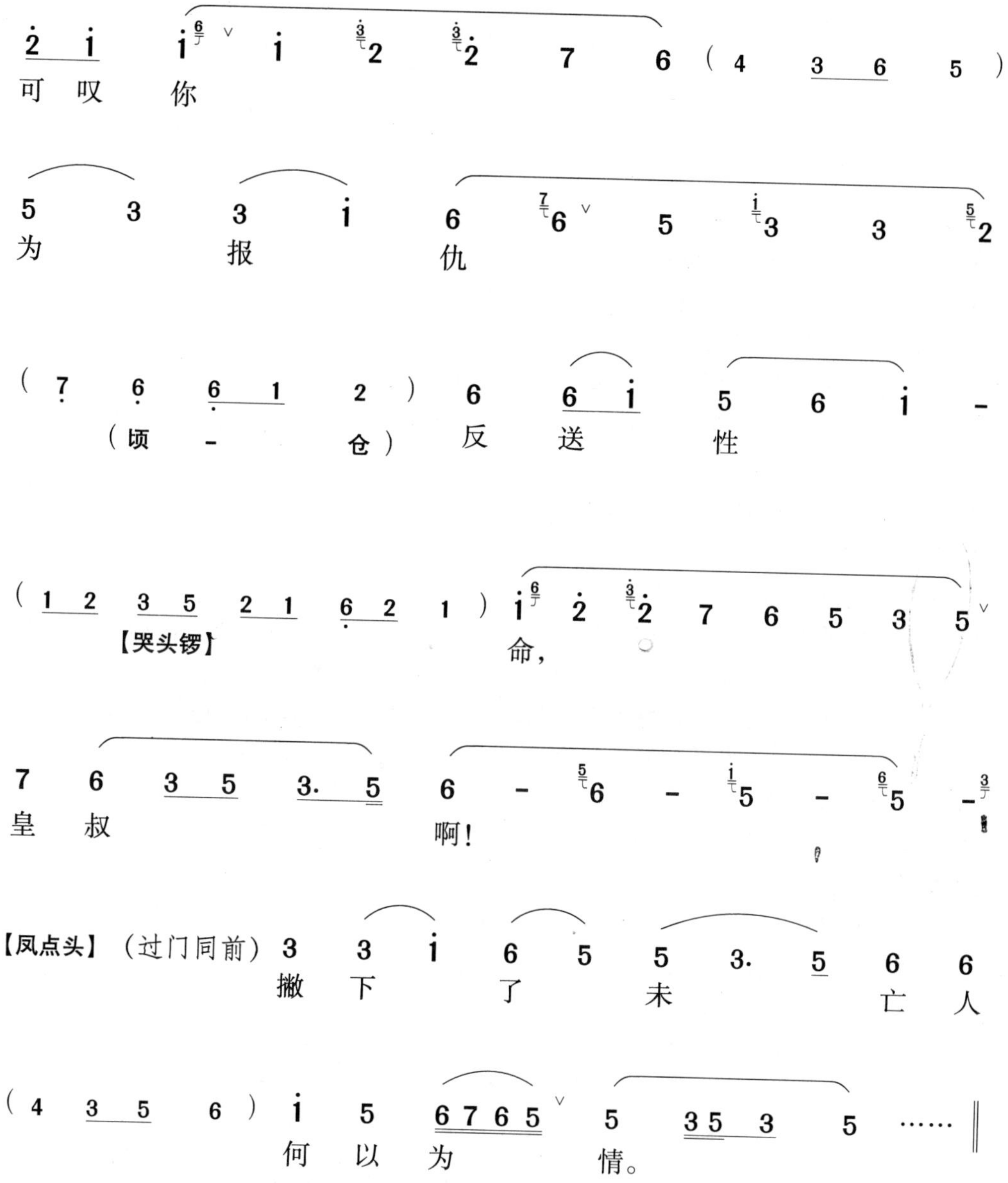

【叫头】兄长啊！【大锣五击】想皇叔已死，我有意回转西川，前去奔丧吊祭，不知兄长意下如何？

孙　权　（惊喜）哦！【撕边一锣】怎么贤妹要亲自入川奔丧吊祭么？

孙尚香　正是。

孙　权　夫妻一场，理应如此，贤妹速速准备，待为兄派兵护送贤妹入川奔丧就是。

孙尚香　多谢兄长。

孙　权　愚兄告辞了。

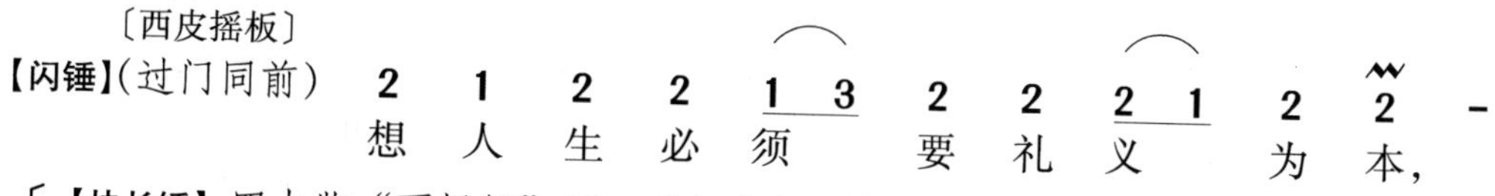

⌈【快长锤】四太监“下场门”下。孙权出门，转身左台口复回。

孙　权（过门同前）1　3　3 2　3 21　1 61　2（7　61　2）2　1　1　2. 6　1　-‖
为江山　哪顾　得　手足之情。

〔【回头】孙权"下场门"下，孙尚香归"小座"。与此同时大太监甲"上场门"上，挖至"小边"见礼。

大太监甲　奴婢参见郡主。

孙尚香　罢了，进宫何事？

大太监甲　启禀郡主，奴婢有话，不知当讲不当讲。

孙尚香　有话快快讲来。

大太监甲　方才银安殿上，吕范定计，借郡主入川奔丧吊祭为名，主公统领大兵，明为护送，暗则夺取西川，那时节灵堂变为战场，请郡主可要留心一二啊。

孙尚香　（惊）【撕边一击】此话可是真情？

大太监甲　奴婢亲耳听见，不敢谎报。

孙尚香　起过了。

大太监甲　是。（闪在右旁）

孙尚香　哎呀且住。【大锣五击】（走到"大边"台口）想前番为讨荆州，将我用作美人之计，得配皇叔，如今皇叔已死，又要借我奔丧吊祭之名夺取西川。两地军民，岂不又遭涂炭，这便如何是好？（思忖）【撕边、叫头】有了，【大锣五击】我不免假意去往江边祭奠，投江一死，免得再被兄长陷害了。【大锣五击】（归"小座"）内侍过来！

大太监甲　奴婢在。

孙尚香　速备祭礼，江边伺候。

大太监甲　遵旨。

〔【冲头】大太监甲"下场门"下。

孙尚香　待我去至后宫，辞别母后便了。（站起身抖袖，上步至台中）

〔西皮散板〕

【双犍凤点头】（过门同前）5　i　i　3　3　5（4　3 6　5）
侍　儿　们　备　素　服

7　6　5　5　3 ∨ 5　-　5　-　5　6　6　-
随　我　祭　奠，

〔【纽丝】四宫女"下场门"下。孙尚香出门站"大边"台口。

孙尚香　（过门同前）i　i　3　5　5　3　3　5　6
到　后　宫　别　母　后

（4　3　5　6）3　5　3 5 ∨ 6　5　6　-　6　-　5　-‖
再　去　江　边。

〔【大锣打下】孙尚香"下场门"下。

第三场

别宫

〖场上设一桌、小座椅，跨椅。

〖吴国太内唱。

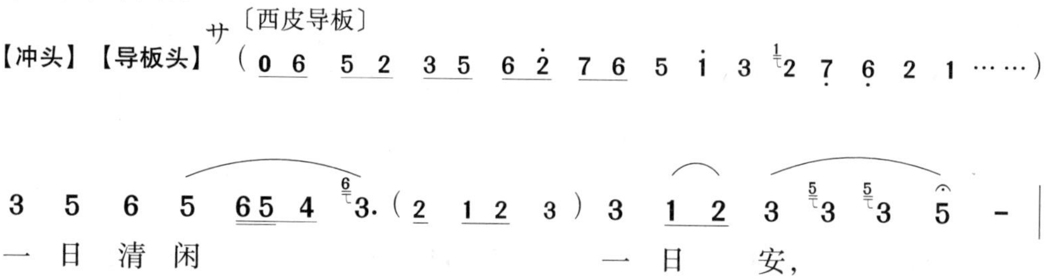

〖**【慢长锤】**二太监上“站门”，转**【夺头】**吴国太“上场门”上。

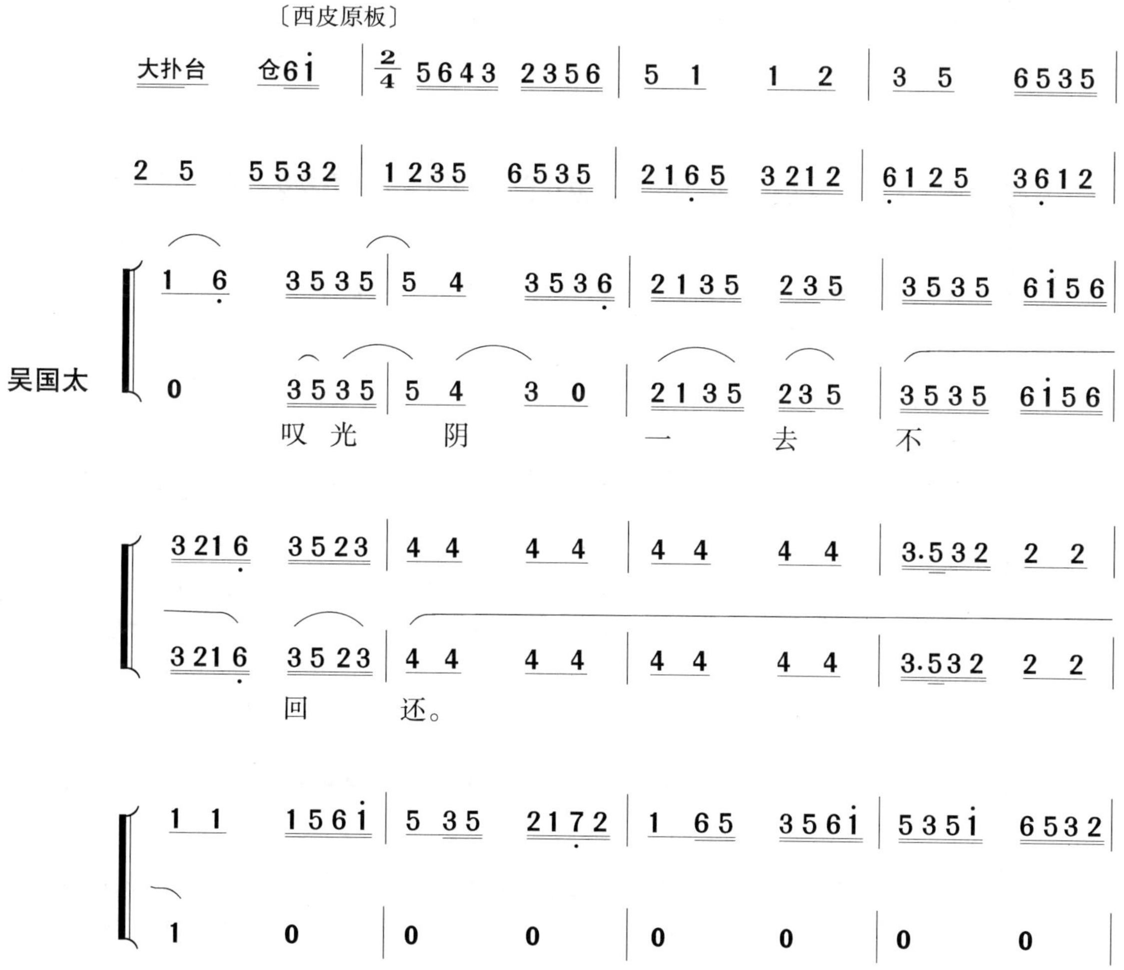

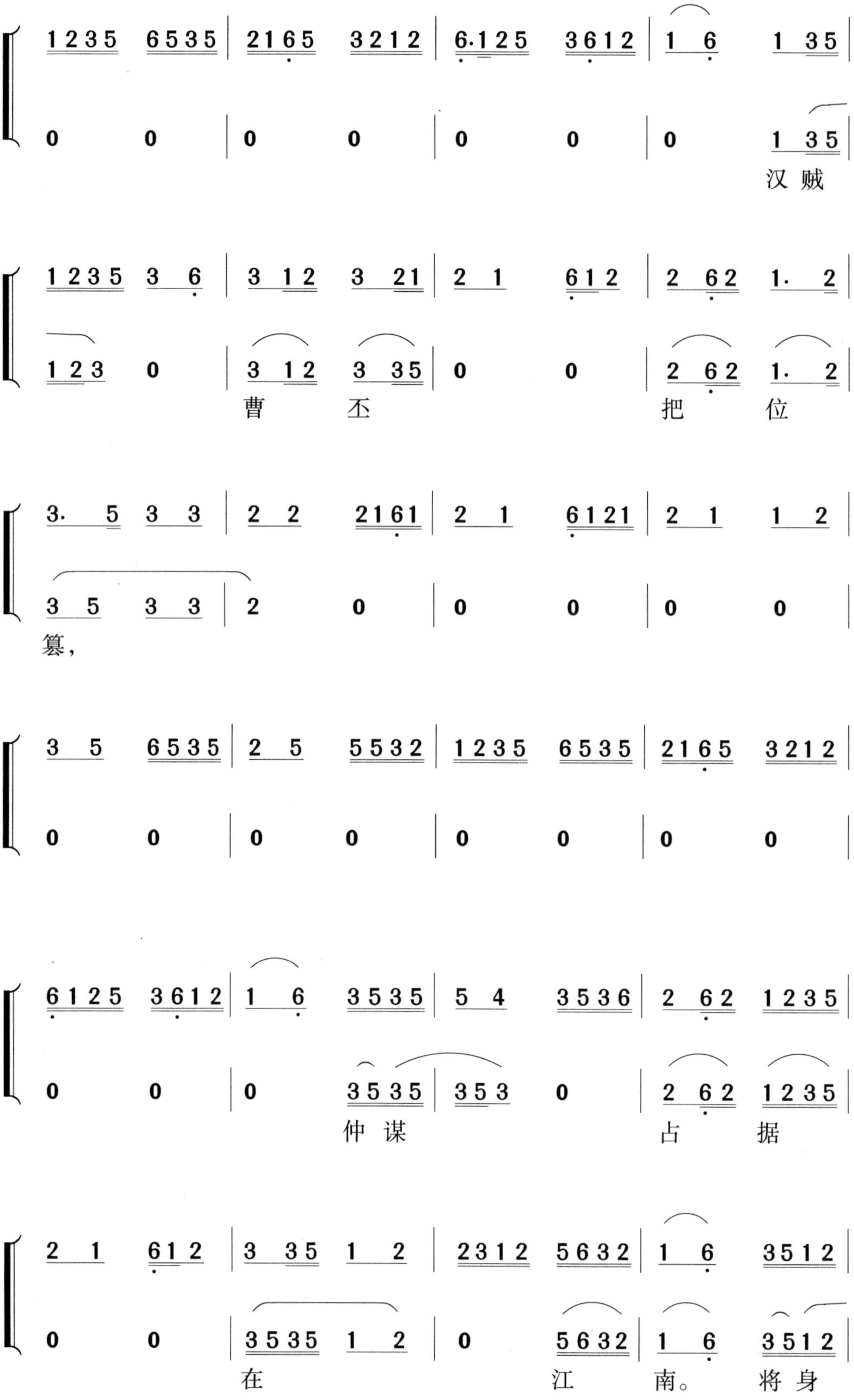
汉贼
曹丕
把位
篡，
仲谋
占据
在
江
南。
将身

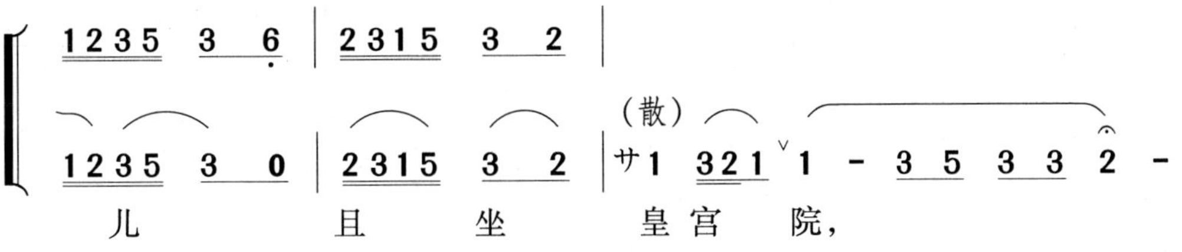

【闪锤】（吴国太转身入“小座”，太监归里左右站）

〔摇板〕

吴国太 （过门同前）

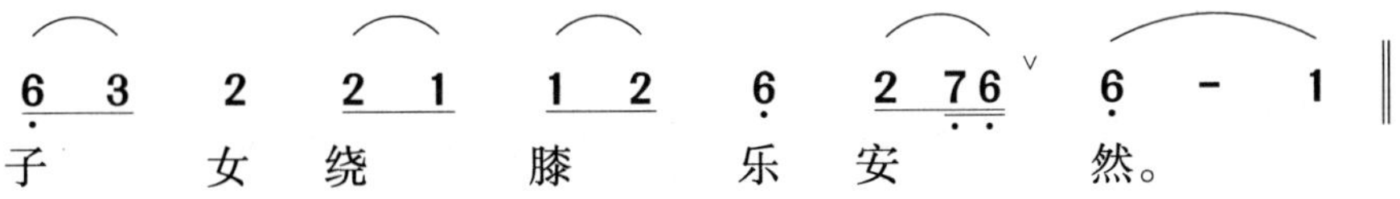

〔【撞金钟】四宫女上，台右站“一条鞭”，孙尚香上至“小边”台口。（锣鼓切住）

孙尚香 喂呀！

〔西皮散板〕

【单楗凤点头】（过门同前）

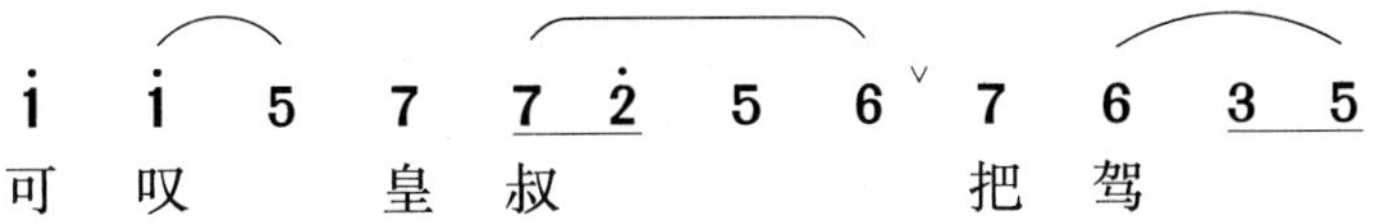

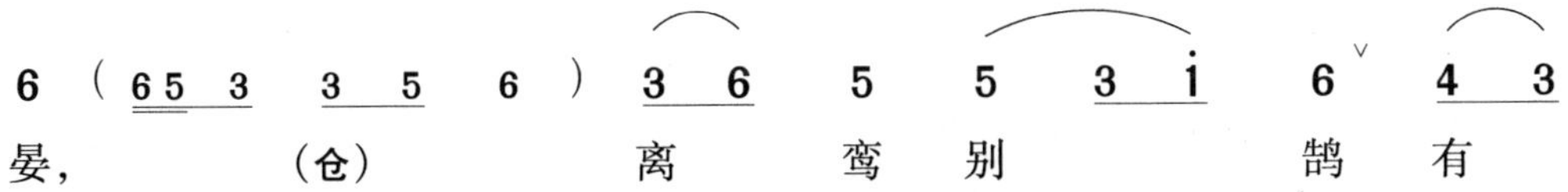

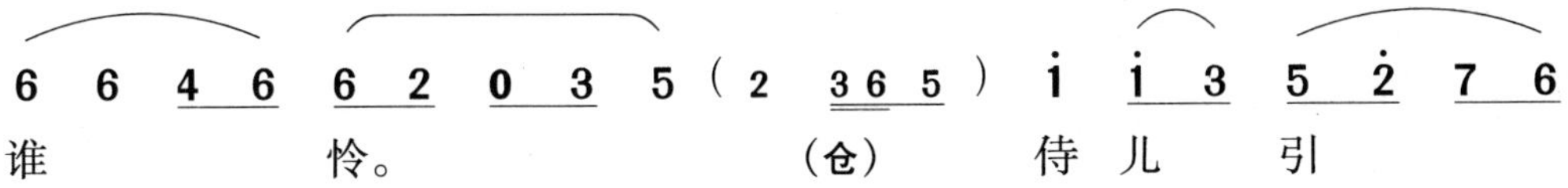

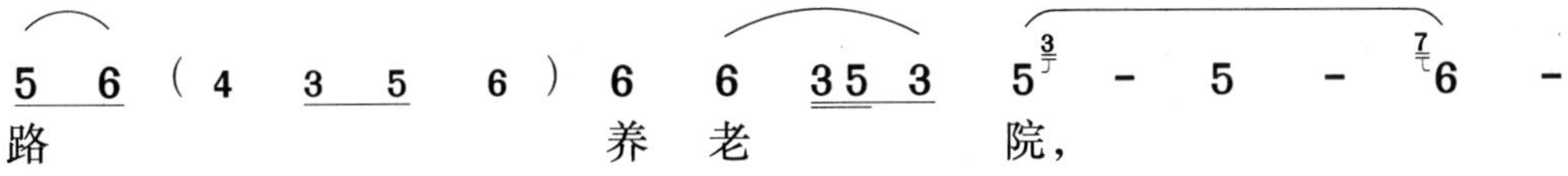

〔【撞金钟】四宫女挖进归里“站门”，孙尚香进门，归“小边”，暗泣。

孙尚香 （过门同前）

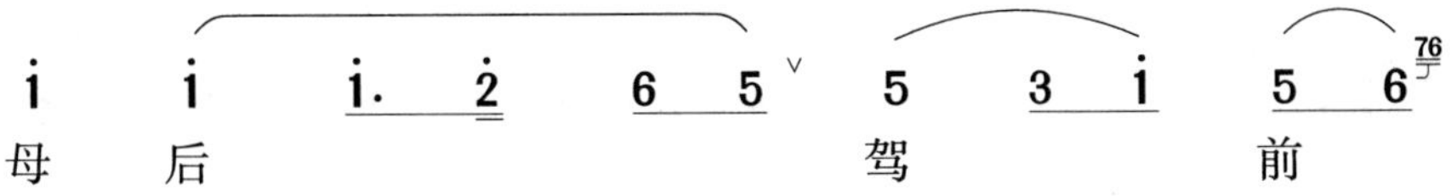

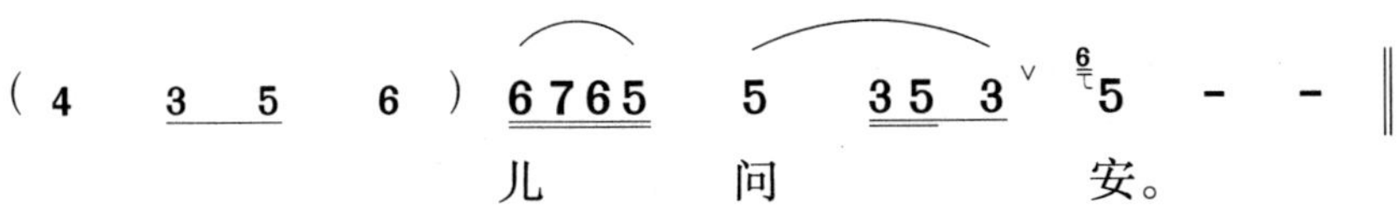

【大锣住头】

孙尚香 儿臣见驾，母后千岁。（拜）

吴国太 皇儿平身，赐座。

孙尚香　谢母后。【大锣五击】（太监搬椅至"小边"，孙尚香坐下）
　　　　（哭）喂呀！【撕边一击】

吴国太　（诧异）啊！儿呀，今日进宫，身穿素服，满脸泪痕，是何缘故？

孙尚香　启禀母后，适才我兄长进宫言道，刘皇叔在白帝城晏驾了。

吴国太　哦！【大锣一击】怎么皇叔在白帝城晏驾了。

孙尚香　正是。

吴国太　唉！皇叔哇！

　　　　［【快纽丝】吴国太起至台口，孙尚香随站起。

〔西皮散板〕

吴国太

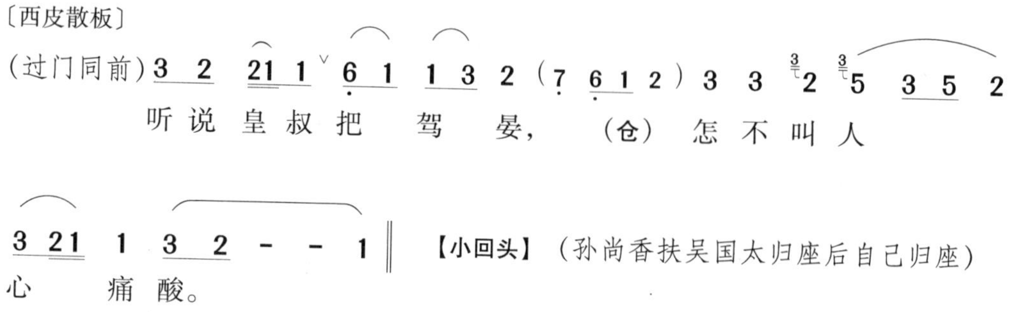

孙尚香　母后不必悲泪，想皇叔已死，乃是儿臣命该如此，儿臣有意去到江边，望空一祭，特来辞别母后。

吴国太　想你兄长与刘皇叔，素有敌国之仇，况且人死不复生，你还祭他作甚？

孙尚香　想儿与皇叔,夫妻一场,未曾亲晏驾,心中甚是不安,儿臣去心已定,望求母后恩准。

吴国太　我儿不必如此，为娘有一言，你且听了。

孙尚香　母后请讲。

〔西皮原板〕

吴国太

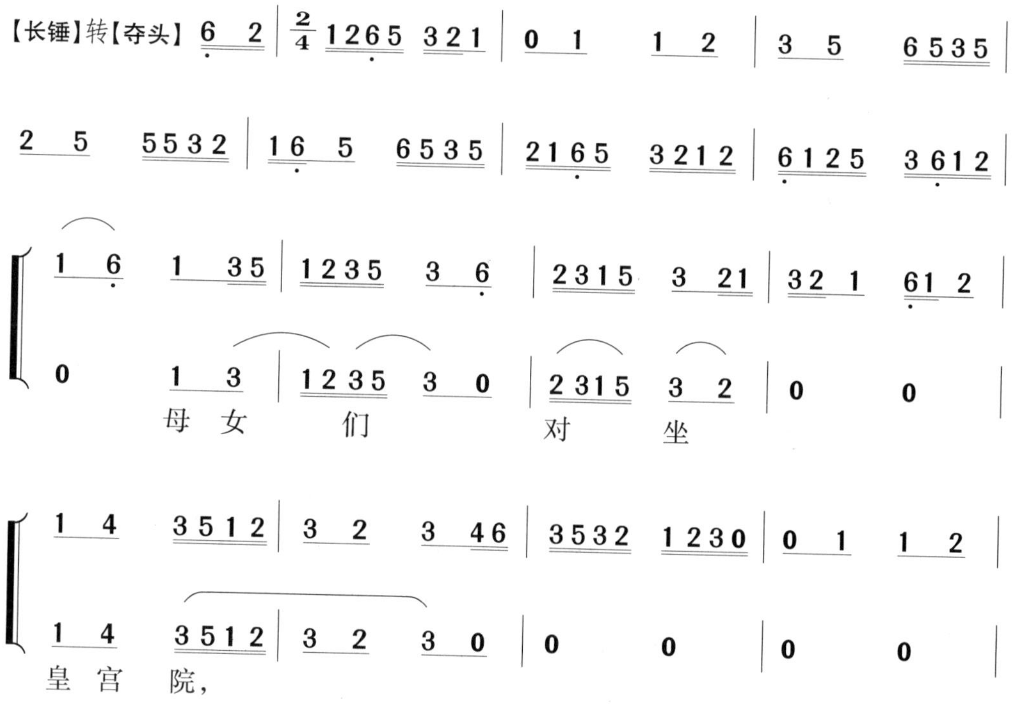

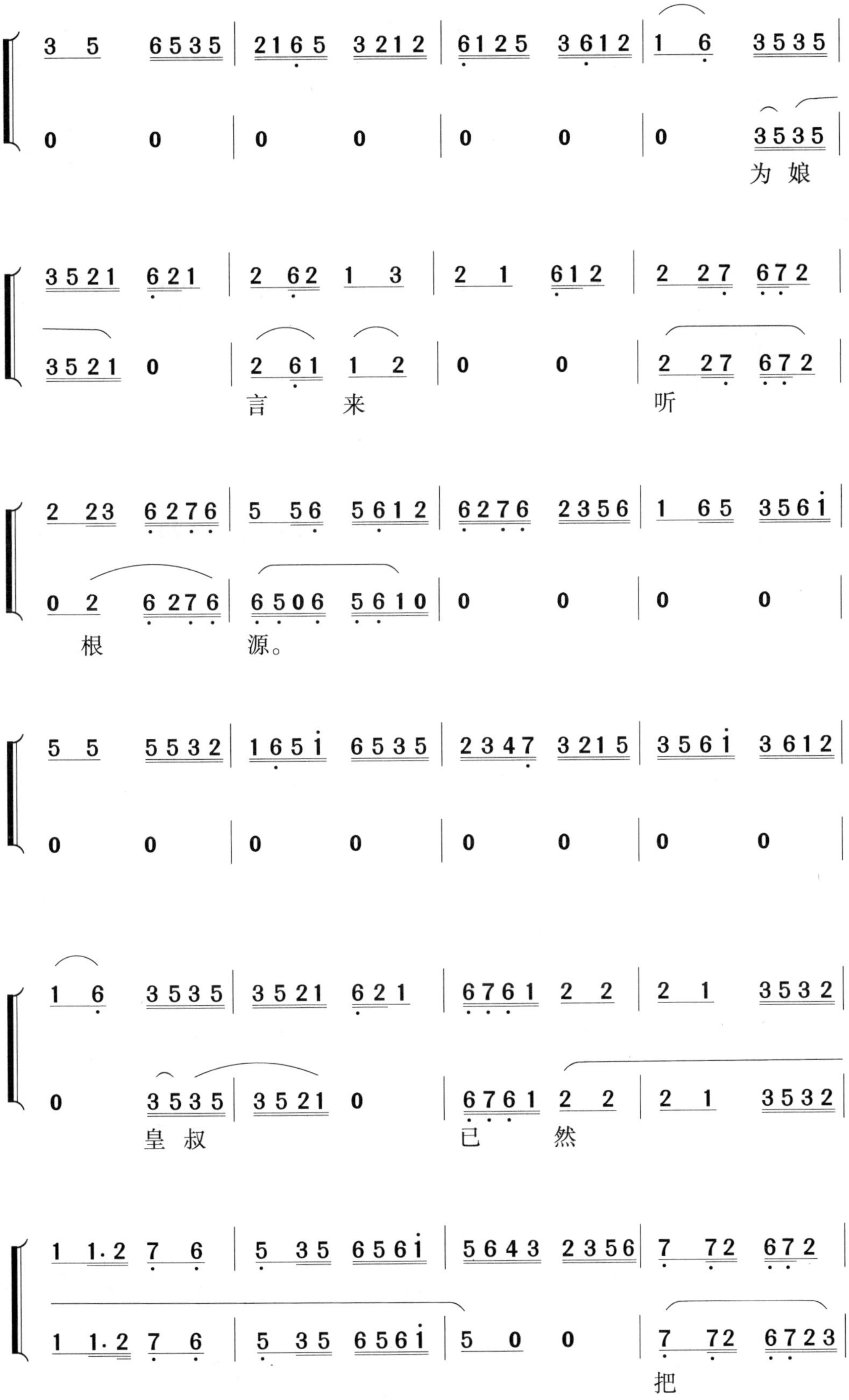
为娘
言 来
听
根 源。
皇叔
已 然
把

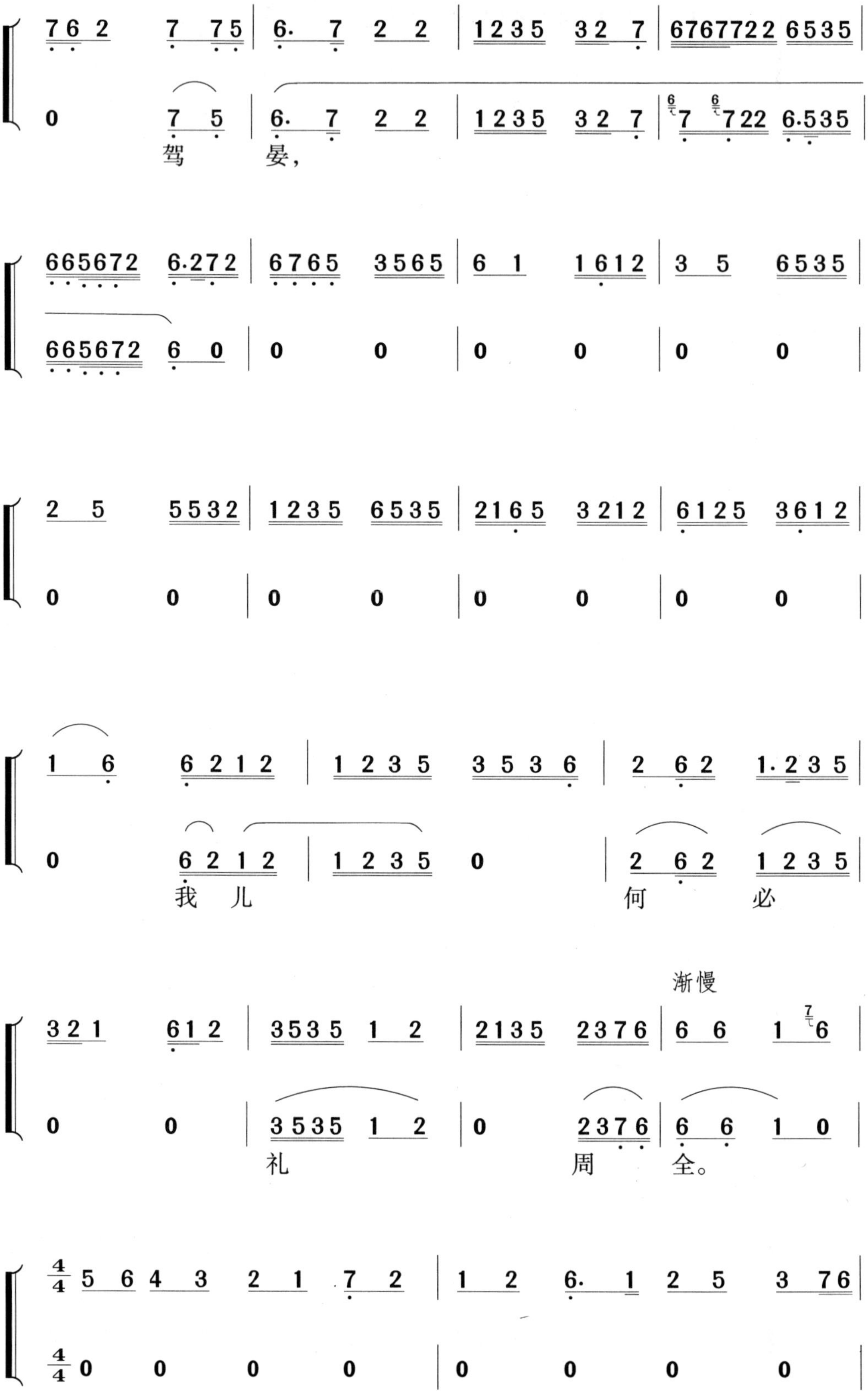
驾
晏，
我
儿
何
必
渐慢
礼
周
全。

孙尚香白："母后。"（接唱）
〔西皮原板〕
母 后
说 话
言 语
颤，

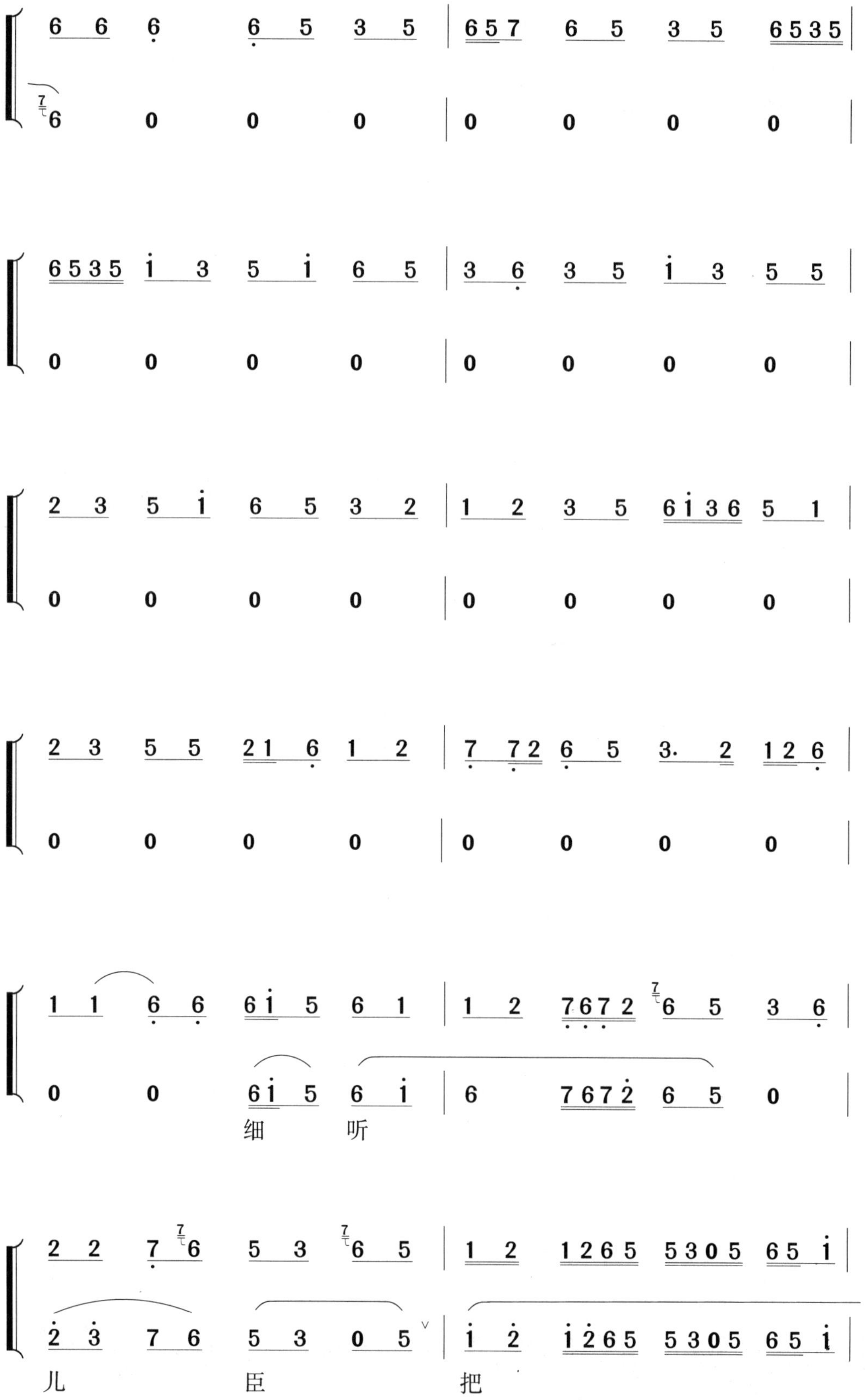
细 听
儿 臣 把

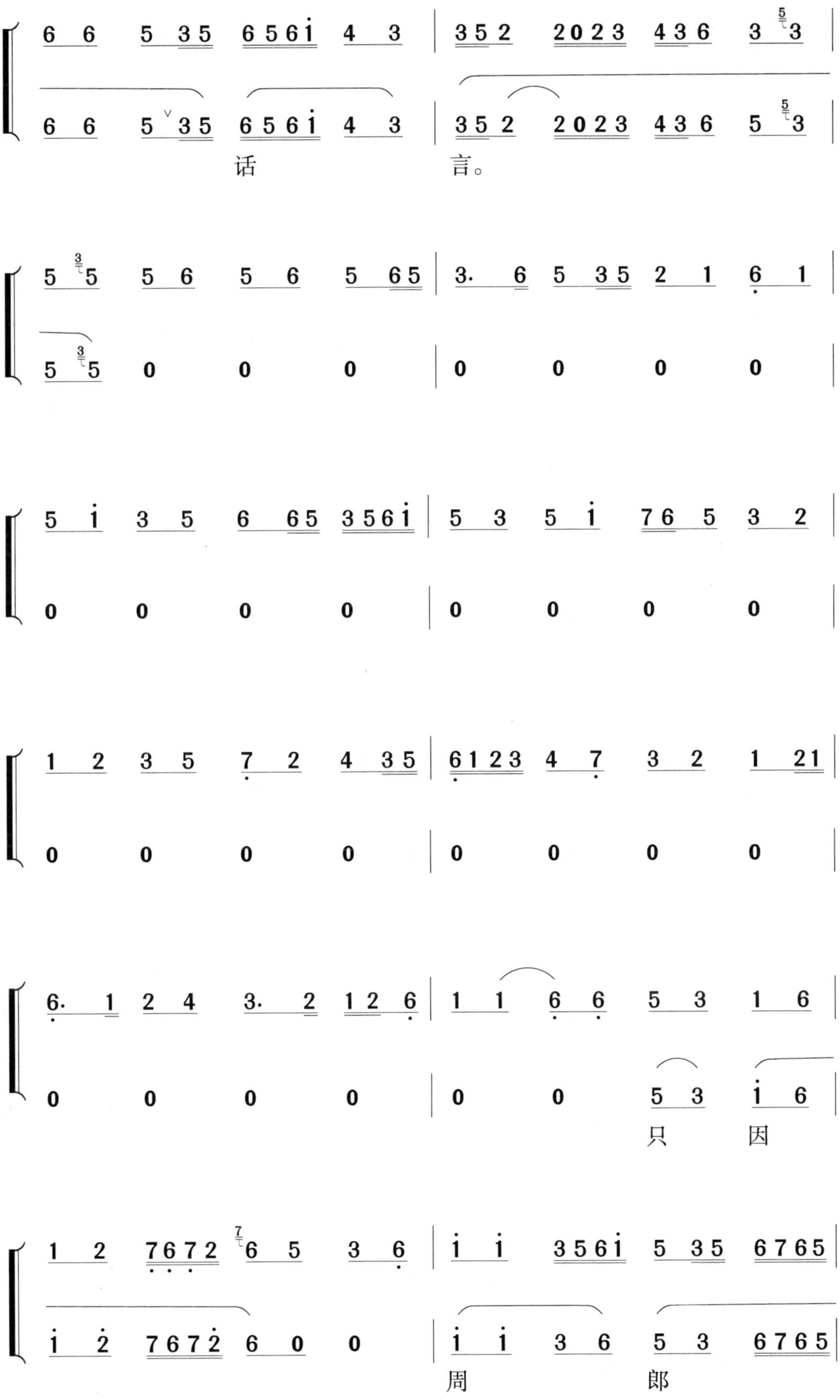
话
言。
只
因
周
郎

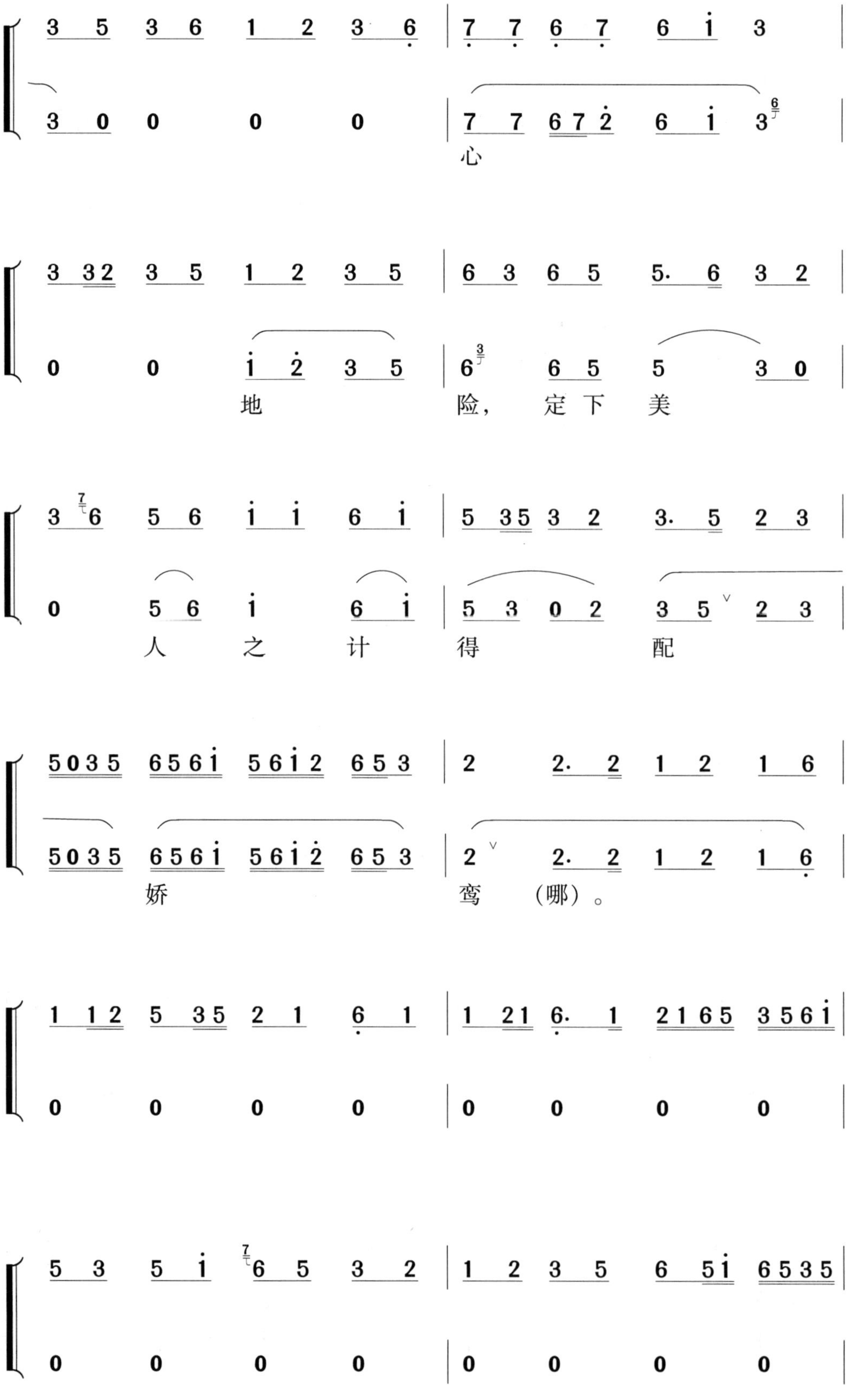
心
地
险，定下美
人之计得配
娇
鸾（哪）。

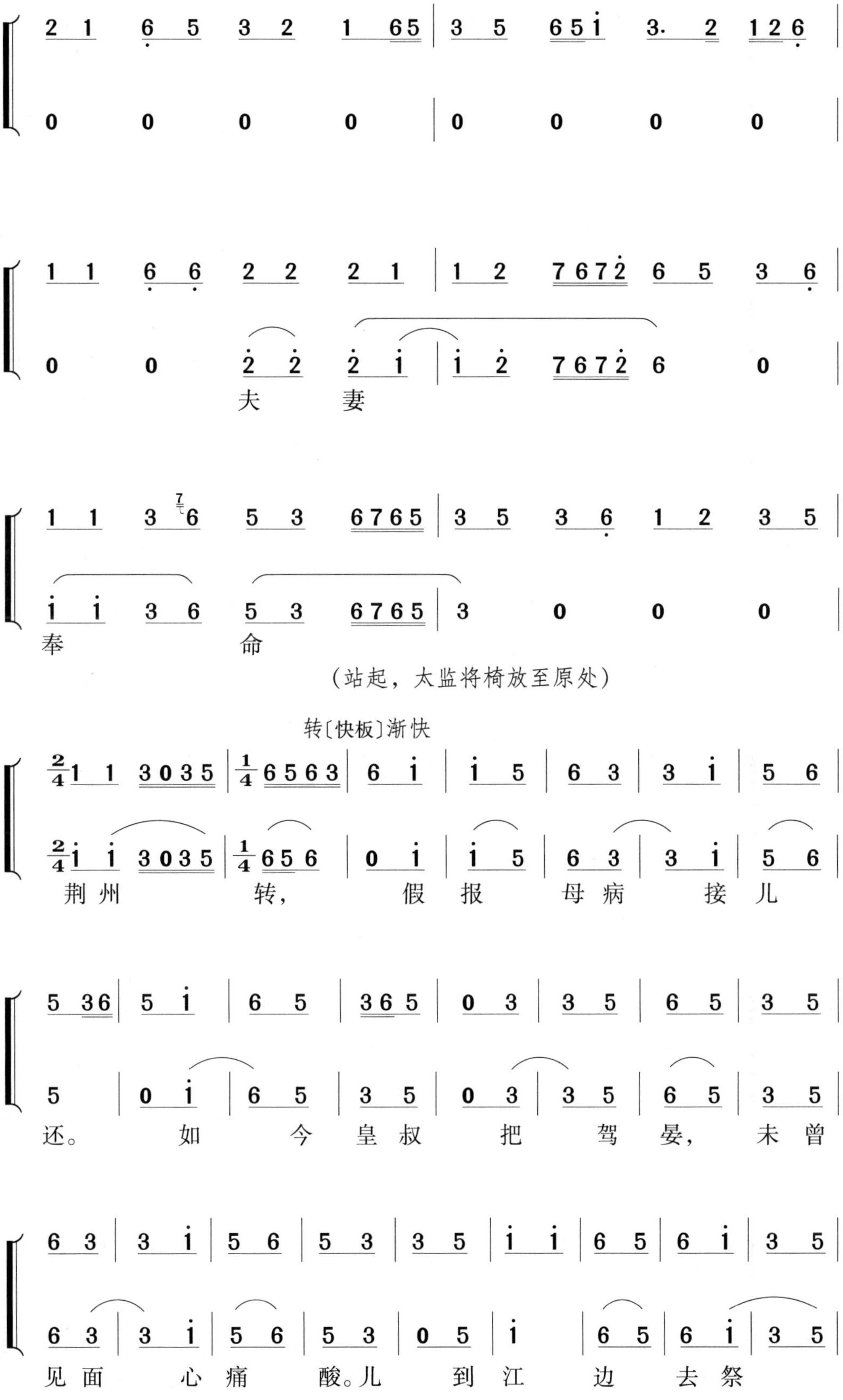
夫 妻
奉 命
(站起，太监将椅放至原处)
转〔快板〕渐快
荆 州 转， 假 报 母 病 接 儿
还。 如 今 皇 叔 把 驾 晏， 未 曾
见 面 心 痛 酸。儿 到 江 边 去 祭

奠，纵 死 在 黄 泉 我 就 也 安 然。
〔快板〕
吴国太
我 的 儿 说 话 不 思 念，
哪 有 人 死 又 复 还。
江 边 祭 奠 空 祭 奠，
一 滴 何 曾 到 九 泉。
〔快板〕
孙尚香
母 后 说 话 理 太 偏，往 日

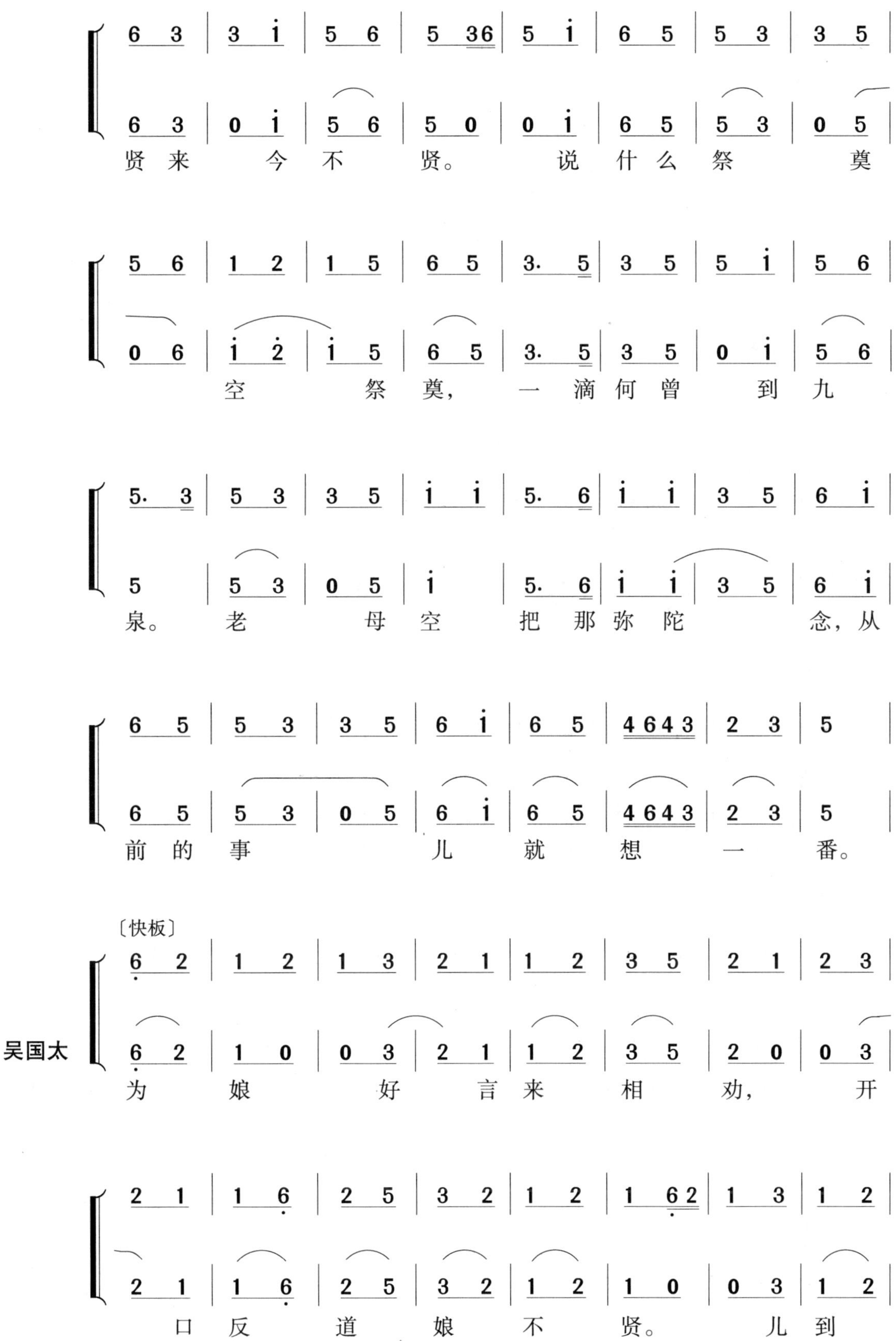
贤来 今不 贤。 说什么祭 奠
空 祭奠，一滴何曾 到九
泉。老 母空 把那弥陀 念，从
前的事 儿就想一番。
〔快板〕
吴国太
为娘 好言来相劝， 开
口反道娘不贤。 儿到

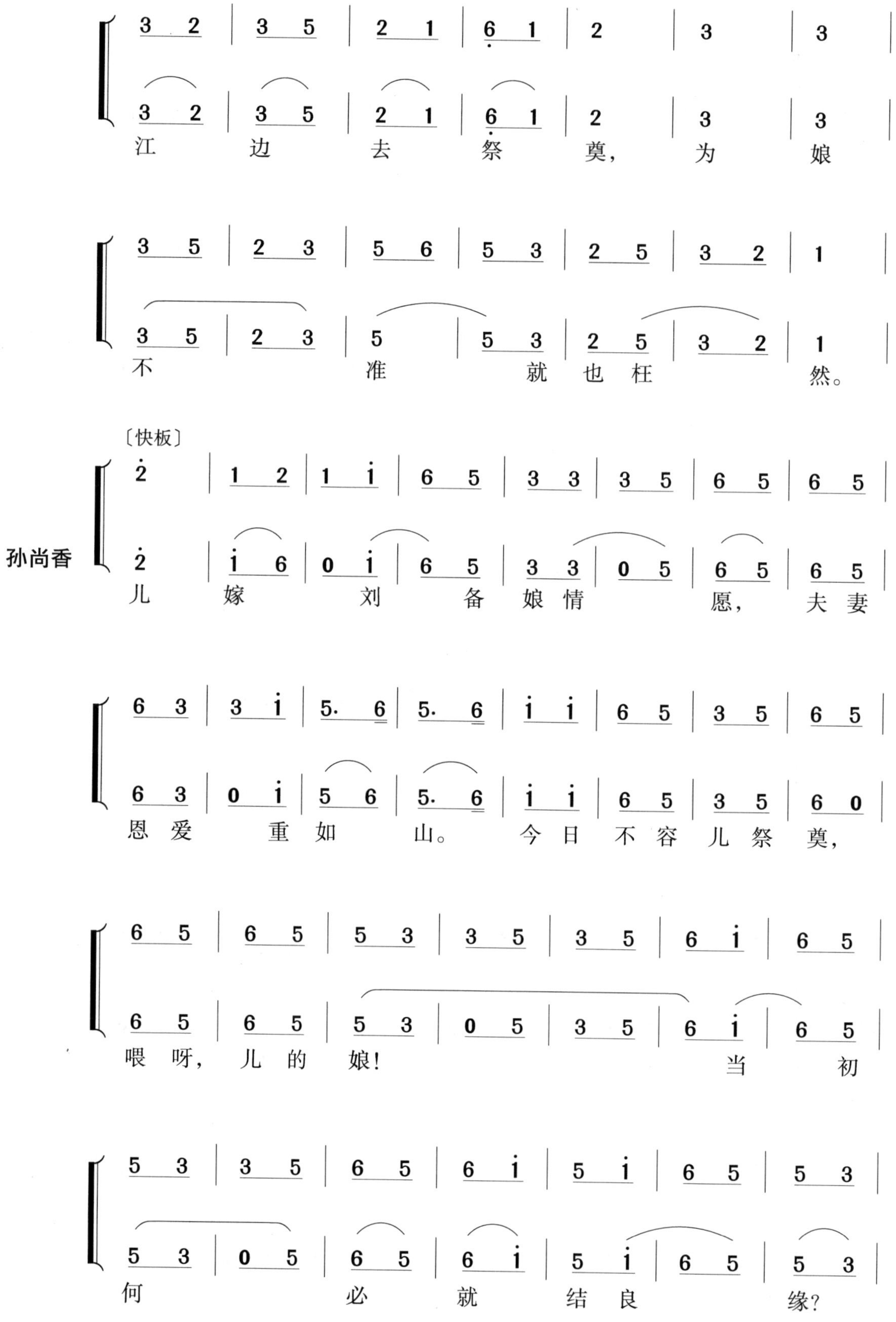
江边去祭奠，为娘
不准就也枉然。
〔快板〕
孙尚香
儿嫁刘备娘情愿，夫妻
恩爱重如山。今日不容儿祭奠，
喂呀，儿的娘！当初
何必就结良缘？

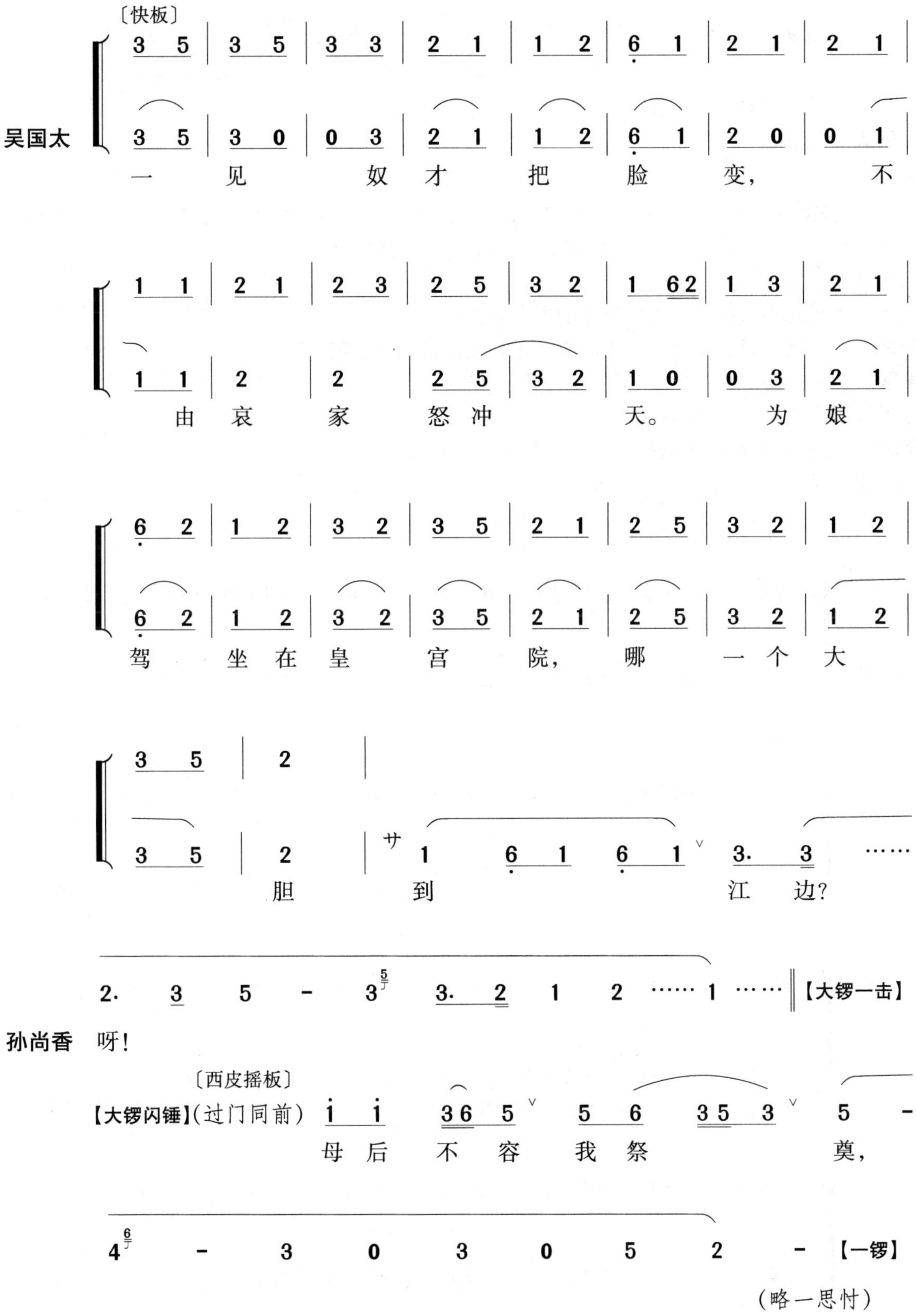
〔快板〕
吴国太
一见奴才把脸变，不
由哀家怒冲天。为娘
驾坐在皇宫院，哪一个大
胆到江边？
【大锣一击】
孙尚香 呀！
〔西皮摇板〕
【大锣闪锤】（过门同前）
母后不容我祭奠，
【一锣】
（略一思忖）

白：“也罢！”

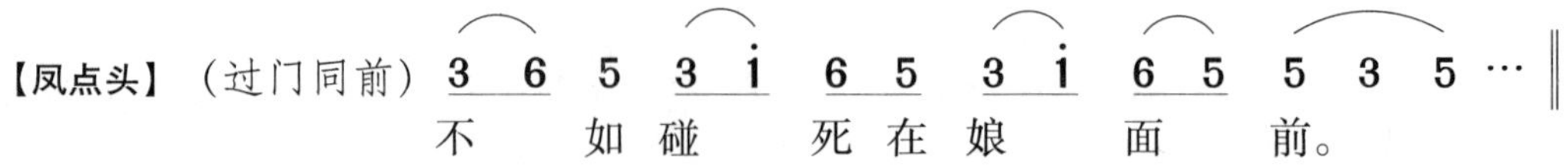

〔孙尚香欲碰，吴国太站起拦阻。【大锣一击】

吴国太 儿啊！

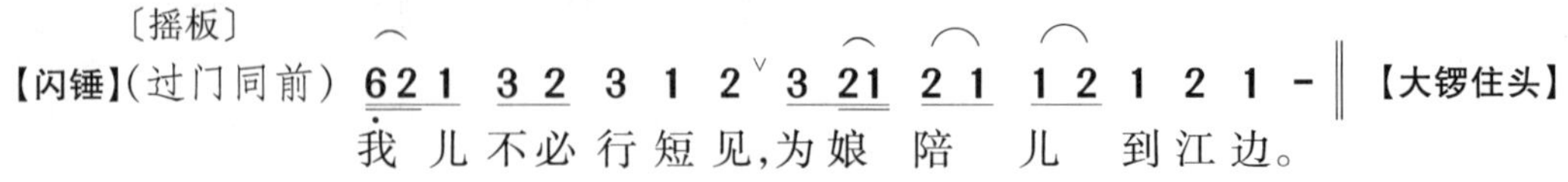

我儿不必如此，为娘陪儿前去就是。

孙尚香 且慢，母后年迈，江风甚大，还是儿臣自己前去吧。

吴国太 如此为娘赐儿半副銮驾，须要早去早回。

孙尚香 多谢母后，如此母后请上，受儿臣大礼参拜。

吴国太 （惊异）啊！【小锣一击】去去就回，何必行此大礼。

孙尚香 这个…… 【一锣】唉，娘啊！

〔【大锣夺头】孙尚香扶吴国太归座，然后面外而立。

孙尚香

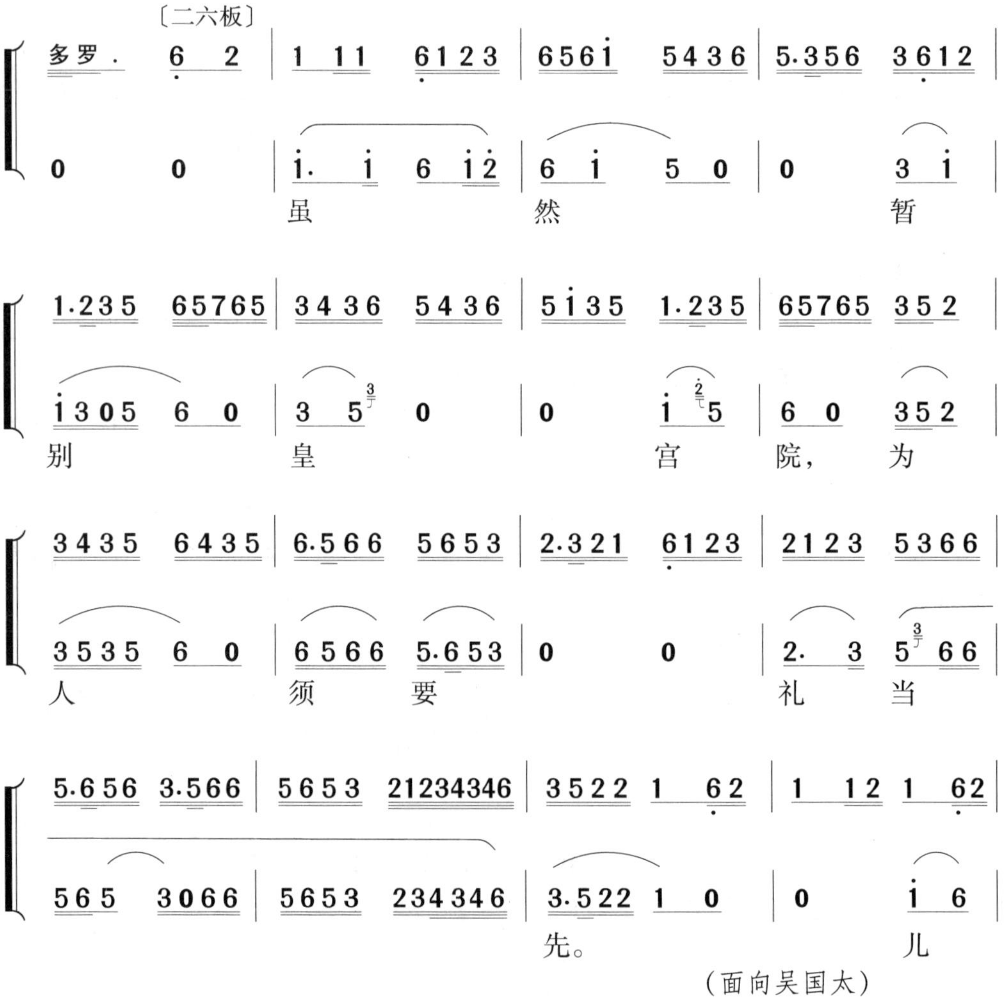

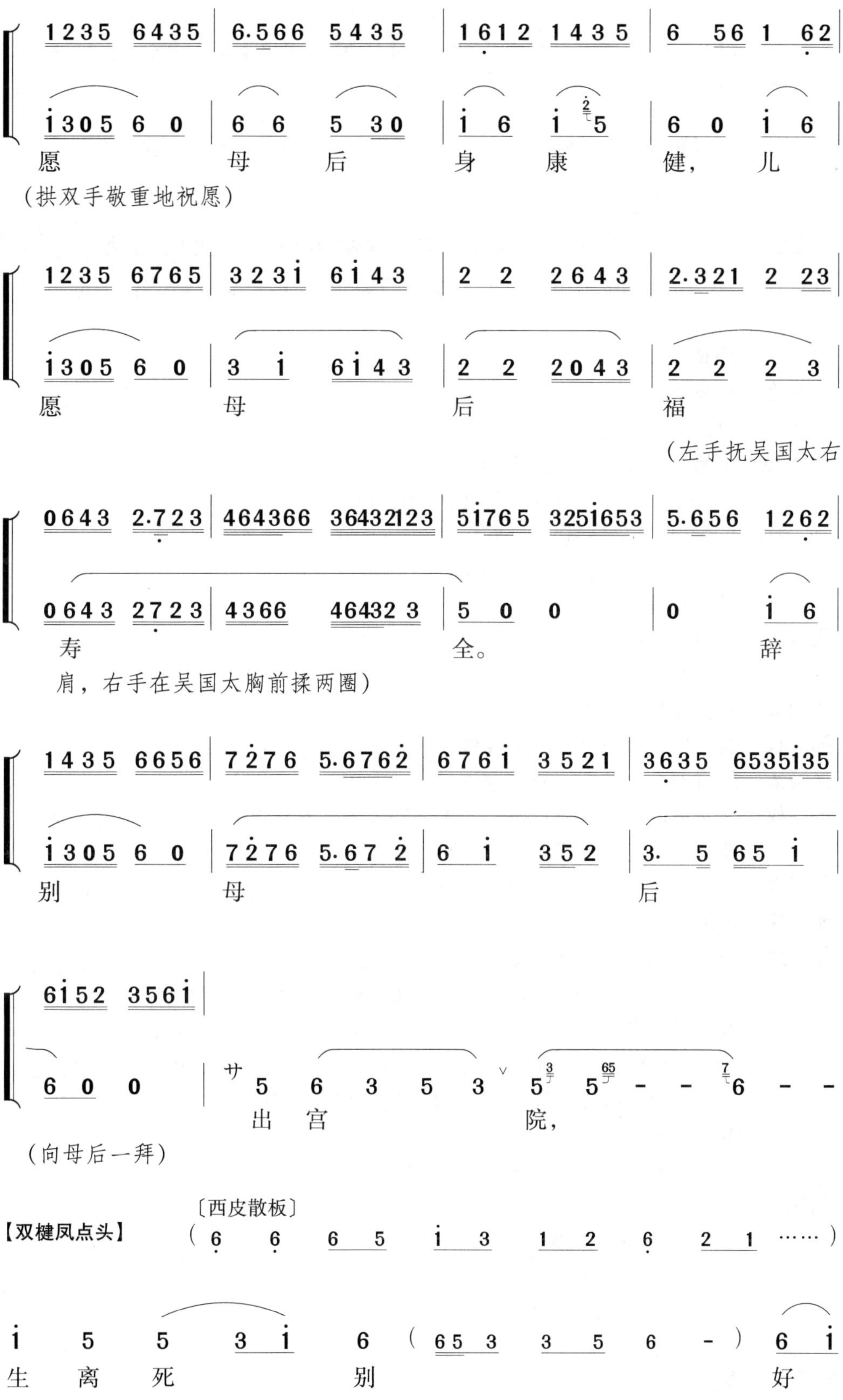

愿 母 后 身 康 健，儿
（拱双手敬重地祝愿）
愿 母 后 福
（左手抚吴国太右
寿 全。辞
肩，右手在吴国太胸前揉两圈）
别 母 后
出 宫 院，
（向母后一拜）
〔西皮散板〕
【双楗凤点头】
生 离 死 别 好

5 6 i - （i/2） 4 6 4643 35 3 5 - - ‖
不 惨 然。

〈【纽丝】孙尚香回头偷看吴国太，恋恋不舍。转身“下场门”下。

〔西皮散板〕
吴国太 （过门同前）621 3 3 3 2 1 2 3（仓）621 1 2 3 21 1 6 3 2 1 ‖【大锣住头】
我儿出宫脸 色 变， 倒叫老身心 不 安。

内侍！
大太监 奴婢在。
吴国太 宣二千岁进宫。
大太监 遵旨！国太有旨，二千岁进宫。
〈孙权内白：“领旨。”【大锣五击】“上场门”上。
孙　权 （念）忽听母后宣，
进宫把驾参。【大锣住头】（进门）
儿臣见驾，母后千岁。
吴国太 平身，赐座。
孙　权 儿臣谢坐。【大锣住头】（“大边”坐下）
吴国太 唉！【大锣一击】
孙　权 啊，母后为何这样唉声叹气？
吴国太 闻听刘皇叔晏驾，故而烦闷。
孙　权 孩儿早已知道，有意带兵护送胞妹入川奔丧，乘他丧乱之时，儿要暗袭他的成都，那时西川岂不唾手而得？母后不必长叹！
吴国太 （惊慌）哦！怎么？你要借你妹妹奔丧之时，暗取西川么？【撕边一击】
孙　权 正是。
吴国太 我把你这无谋无用的奴才！【大锣五击】想刘备一死，那诸葛亮现在成都，岂能不严加防备。你若带兵深入西川，那汉贼曹丕，正好乘虚来伐东吴。想你这样三番两次，借用你妹子以、以为交锋打仗之兵刃，真真枉作九郡八十一州之主。【大锣住头】怪不得适才尚香进宫请命，要江边祭奠，为娘苦劝不听，想是她看破你的奸计；如今我命你速速去至江边，将她赶回还则罢了，倘有差池，我是定不与你甘休。（仓）
孙　权 母后不必动怒，儿臣即刻前去就是。
吴国太 快去，快去！
孙　权 遵旨。正是：【大锣住头】
（念）母后宫中怒气生，
江边追妹转回程。
〈【冲头】孙权“下场门”下。
吴国太 唉！

〔【纽丝】吴国太起身至台中。

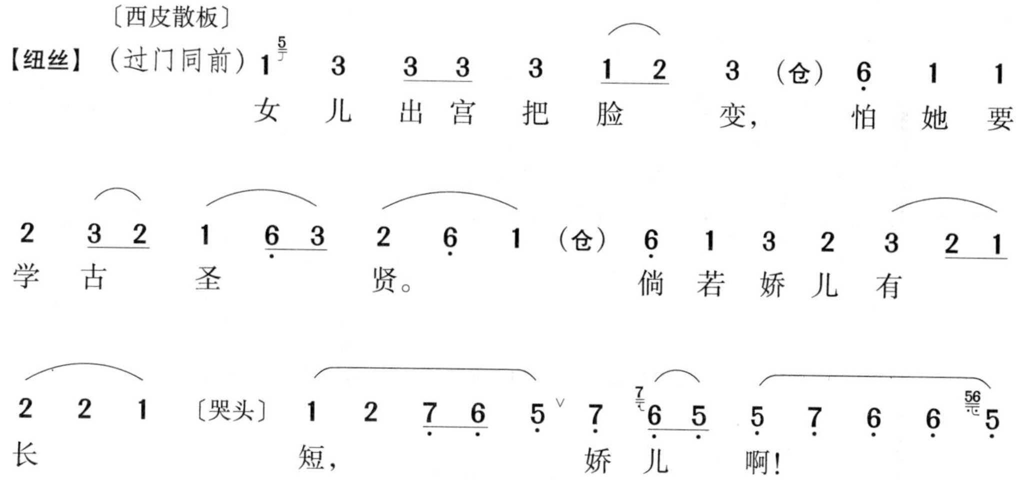

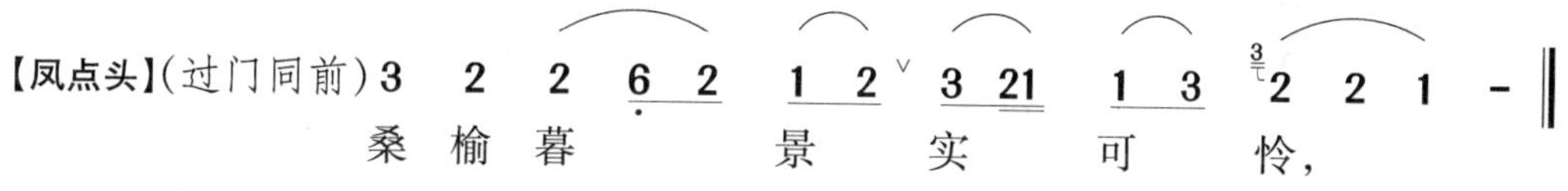

〔【回头打下】吴国太“下场门”下，二太监随下。

第 四 场

祭 江

〔孙尚香内白：“摆驾！”
〔【慢长锤】四龙套、四宫女手持銮驾“上场门”上，站“斜胡同”，二大太监上。锣鼓切住。

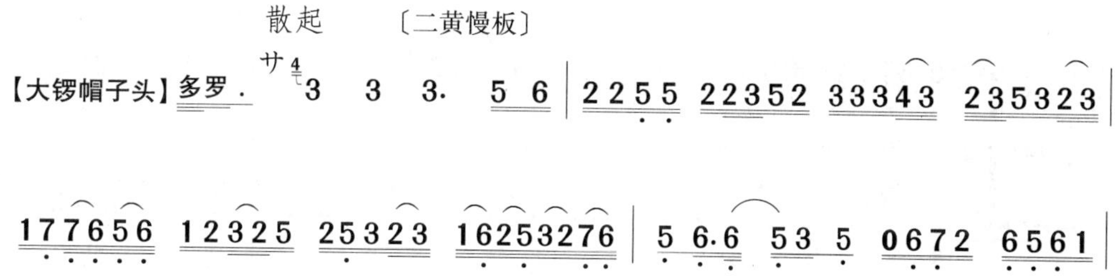

（孙尚香乘车上，在“九龙口”亮住，再到台中唱第一句，然后边“扯四门”边唱）

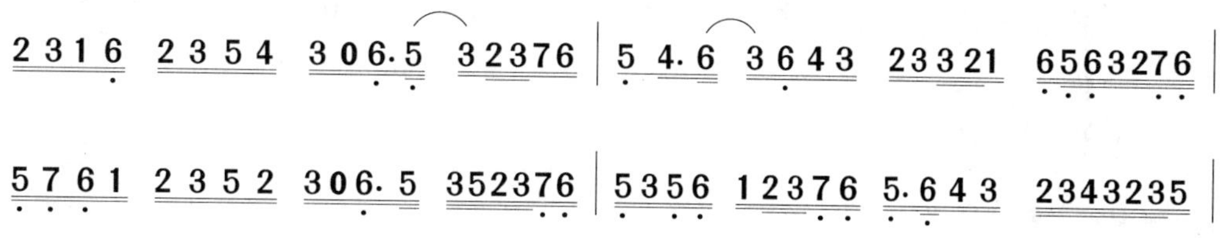

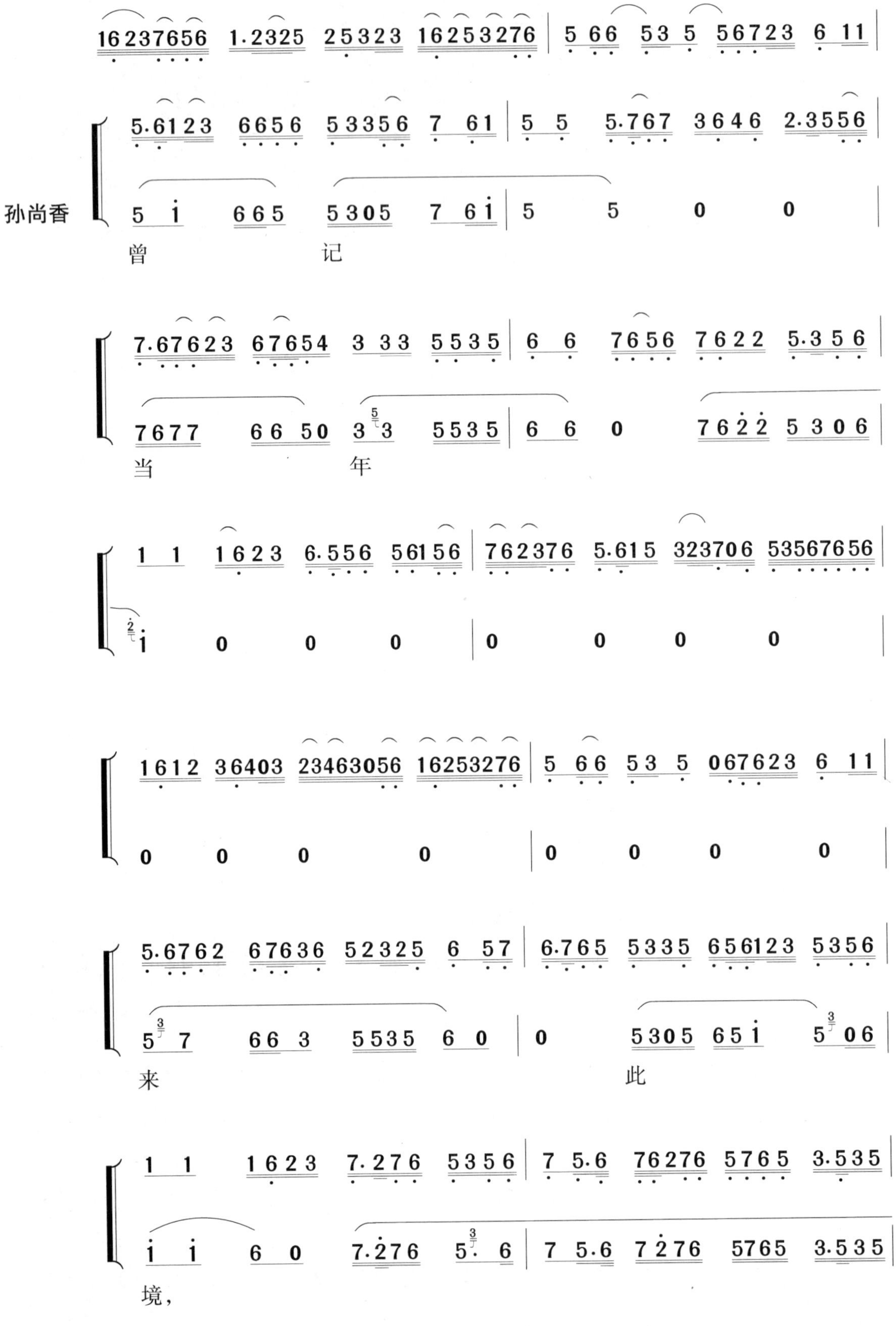
孙尚香
曾
记
当
年
来
此
境，

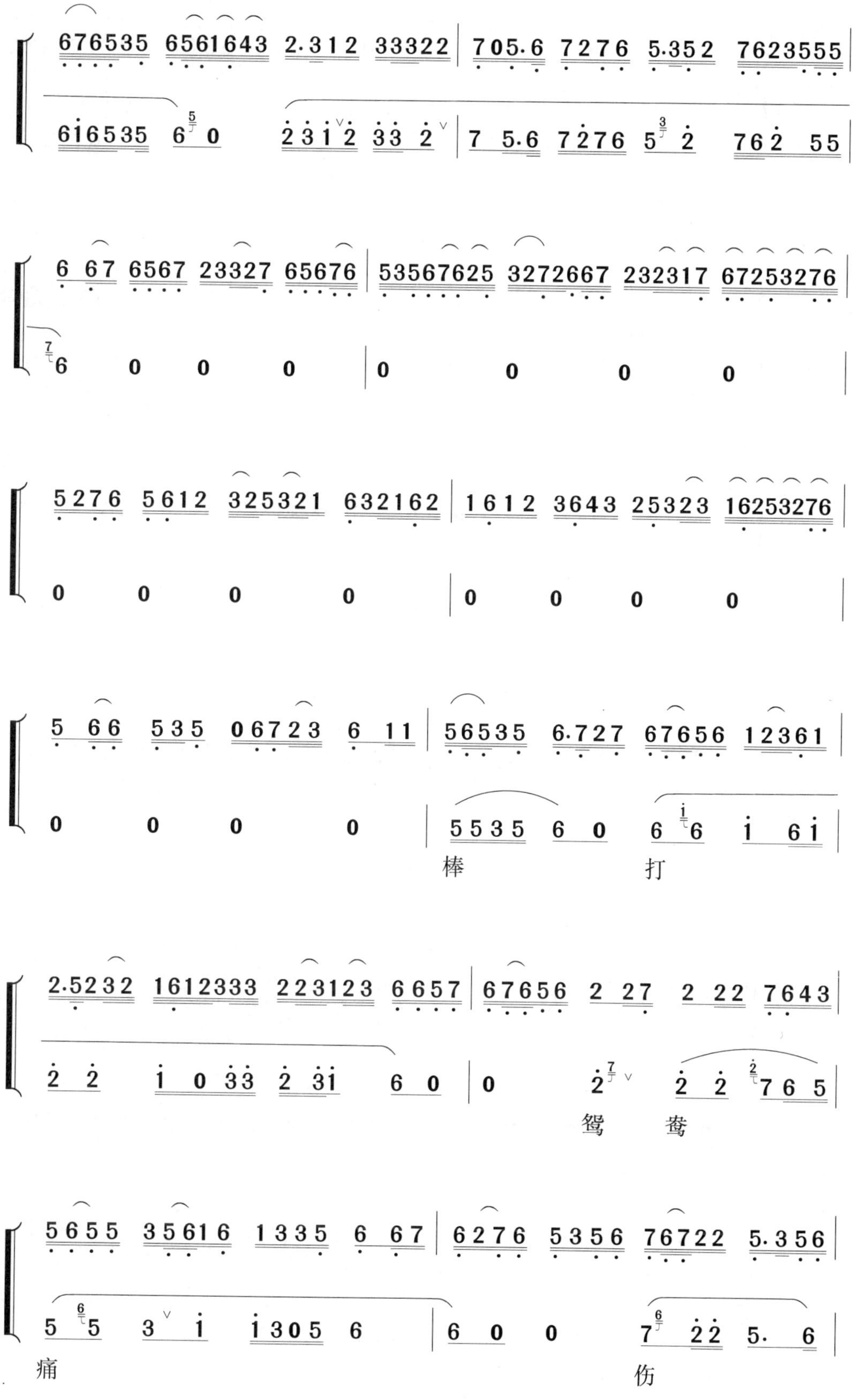
棒
打
鸳
鸯
痛
伤

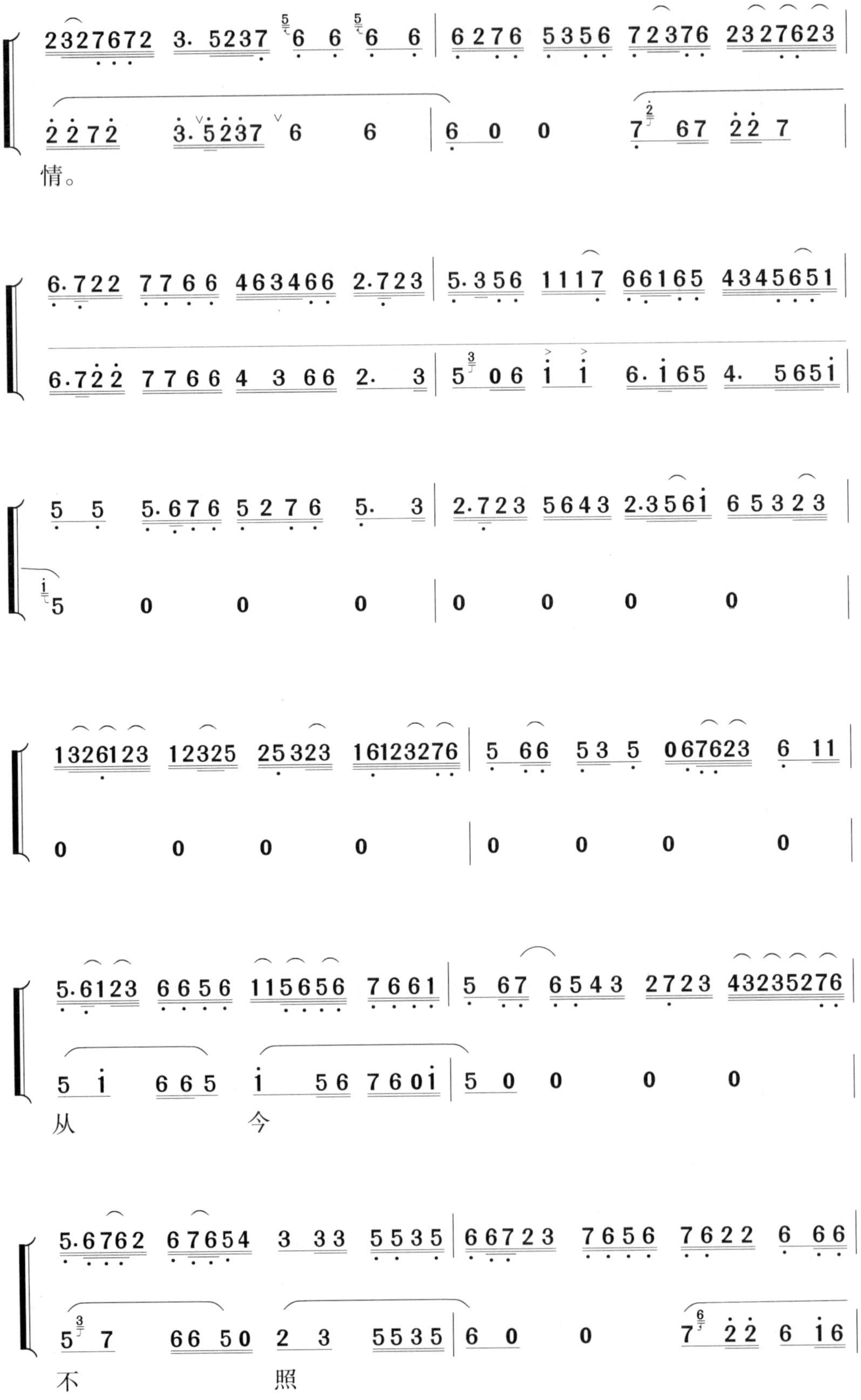
情。
从
今
不
照

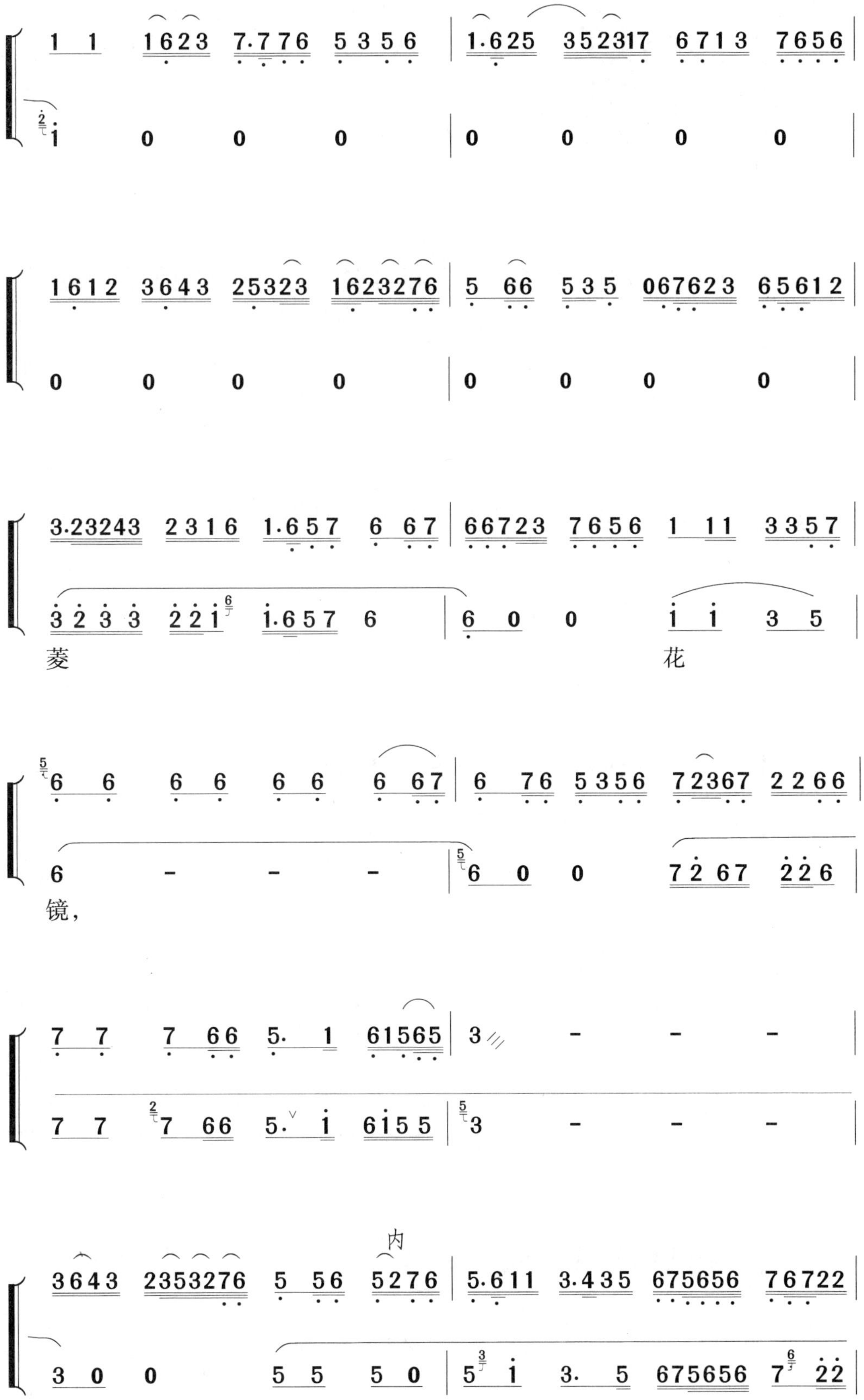
菱
花
镜，
内

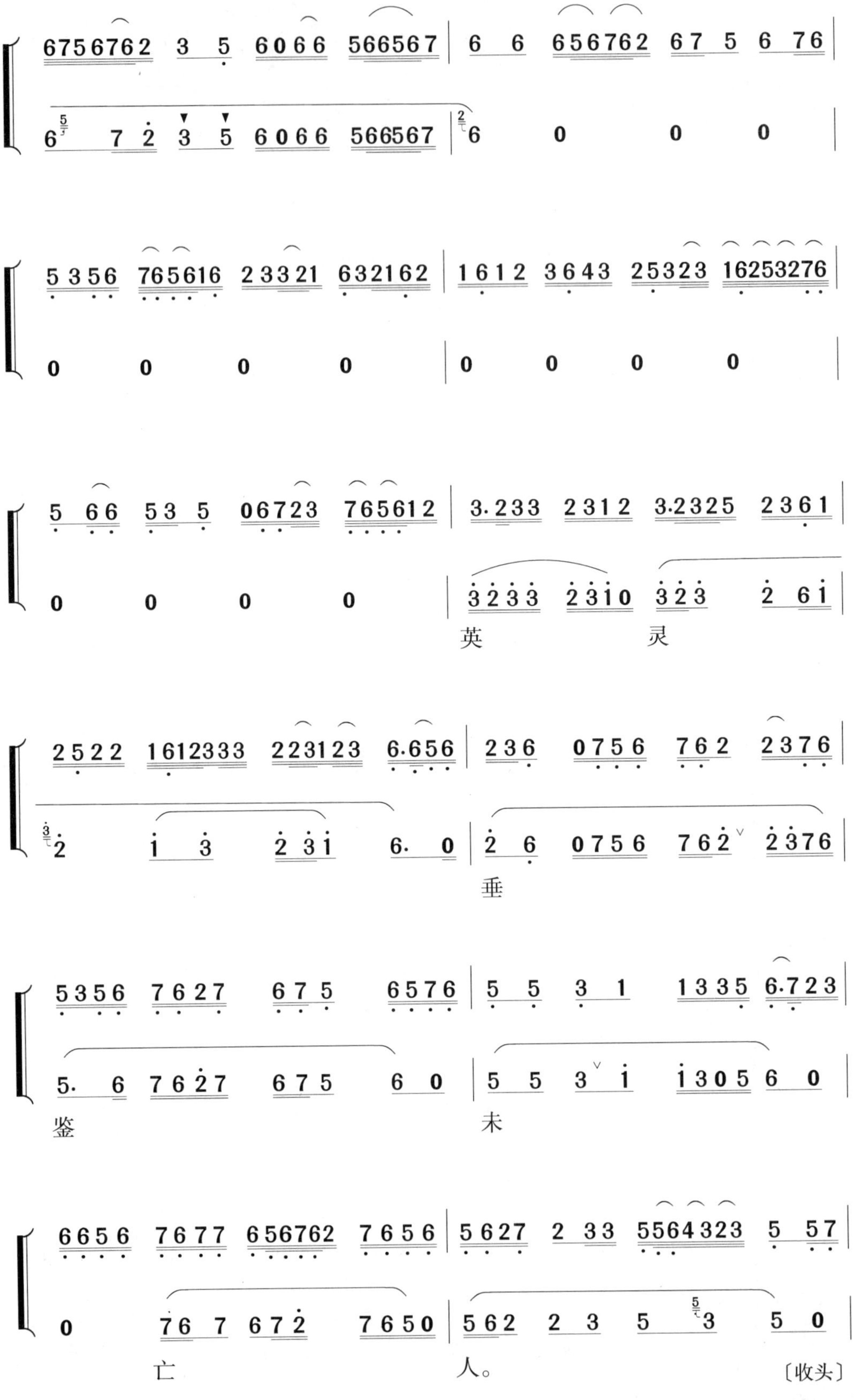
英 灵
垂
鉴
未
亡
人。
〔收头〕

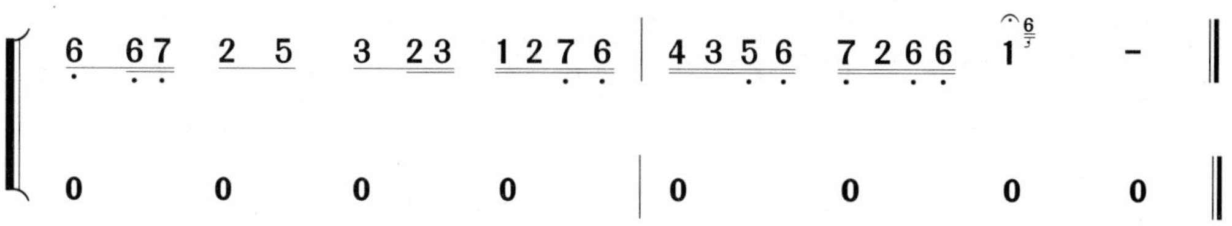

【大锣住头】

大太监 启奏郡主，来到江边。

孙尚香 祭礼摆下。

大太监 遵旨。

〔起曲牌 <哭皇天>

〔二大太监掀轿帘，孙尚香下车，车夫暗下。孙尚香整冠捋穗，二大太监到“下场门”内将祭桌搬到台中，祭桌上放烛台、香炉、酒杯和写有“刘皇叔之位”的灵牌。大太监点香，孙尚香接香叩拜，再把香交给大太监插入香炉，孙尚香大礼跪拜后，站起回身。

孙尚香 两厢退下了。

大太监 两厢退下。

〔【冲头】四龙套、四宫女、二大太监两边同下。

【大锣住头】孙尚香归台中。

孙尚香 （念）祭设长江岸，

举目望西川，【小锣二击】

梦魂何日息，

空叫（仓）泪（仓）不（仓）干（仓）。（站“小边”桌旁）

〔二黄导板〕

【回头·导板头】

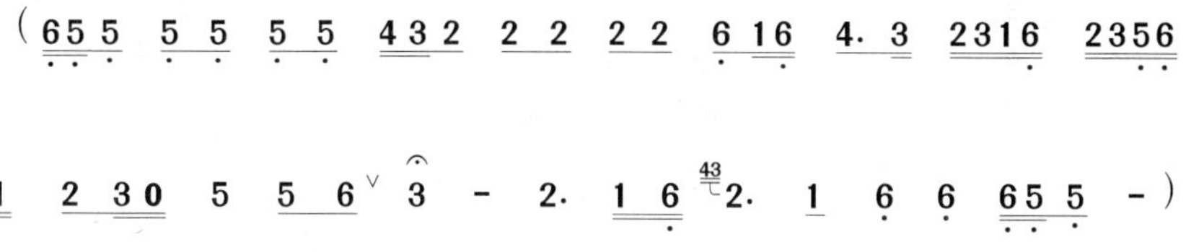

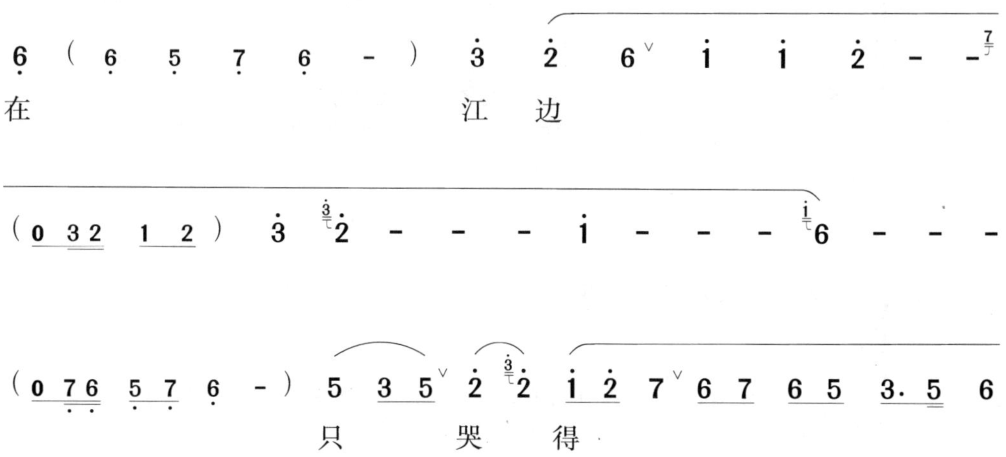

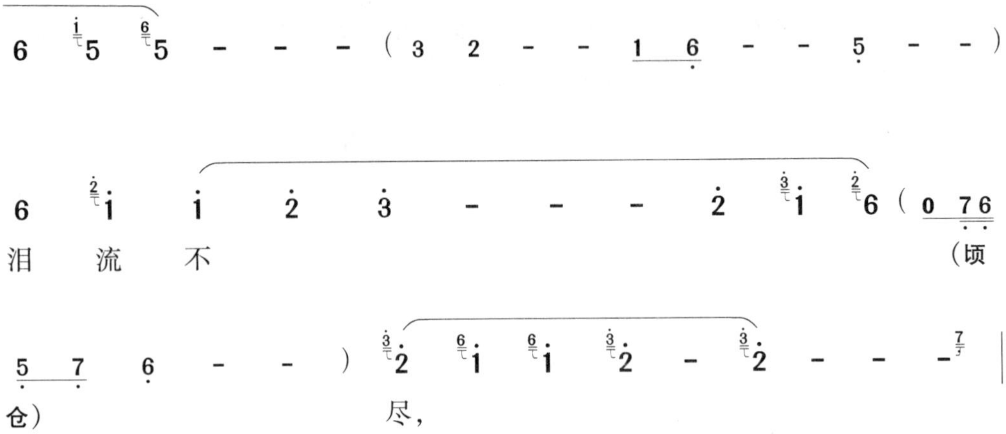

【叫头】皇叔，我夫，喂呀皇叔哇！（站台中，双翻袖，念完擦泪）

【回头·帽子头】

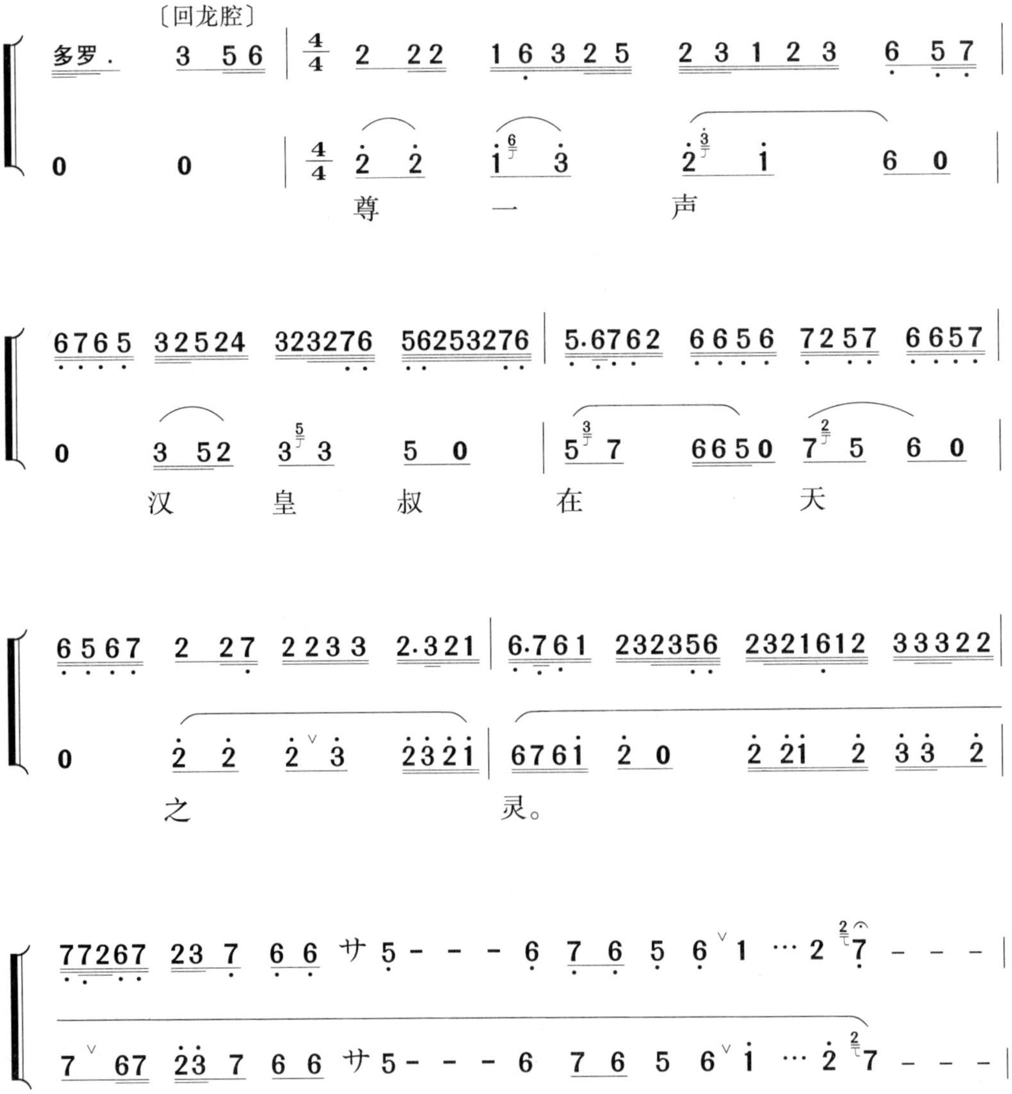

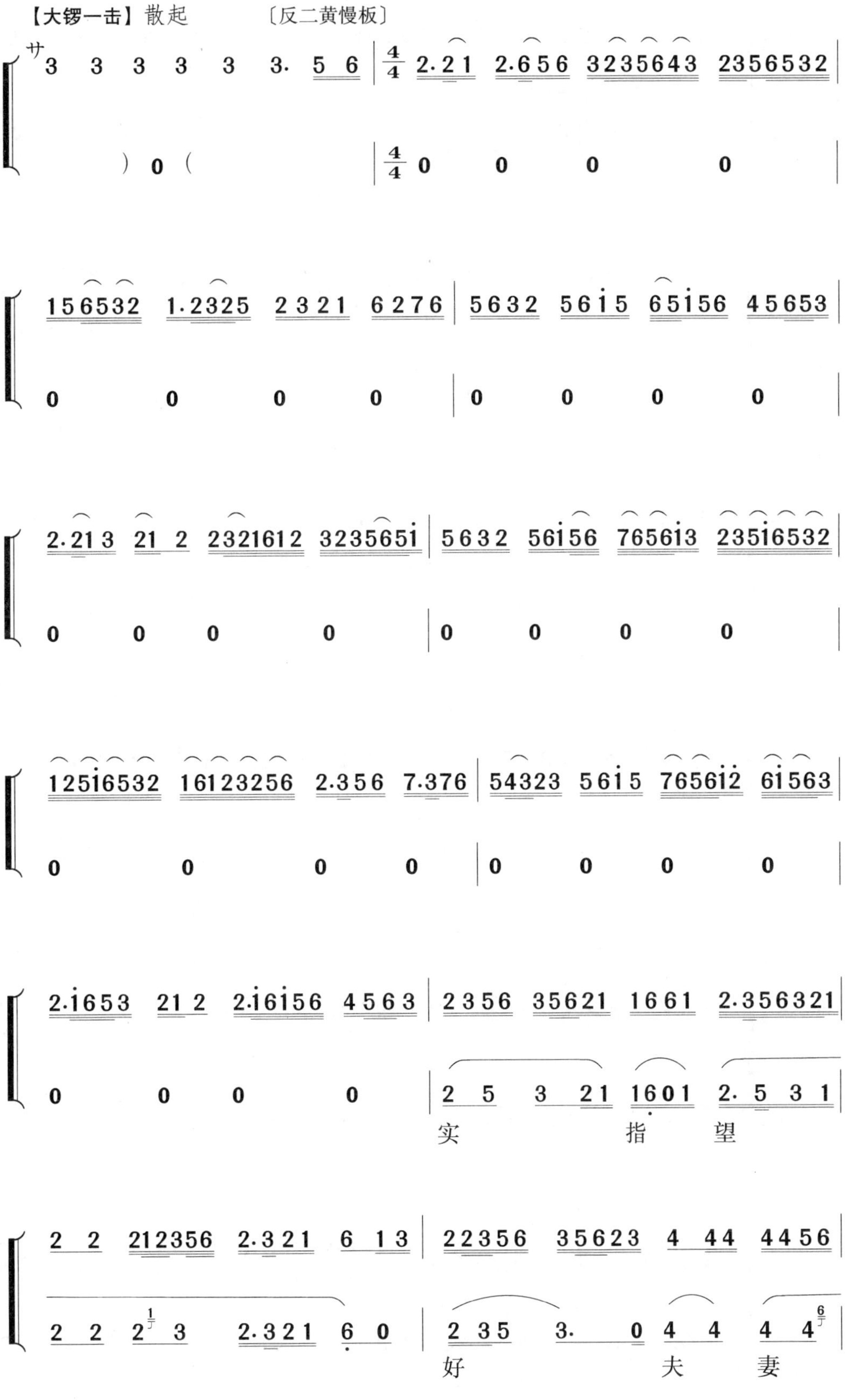
【大锣一击】散起
〔反二黄慢板〕
实 指 望
好 夫 妻

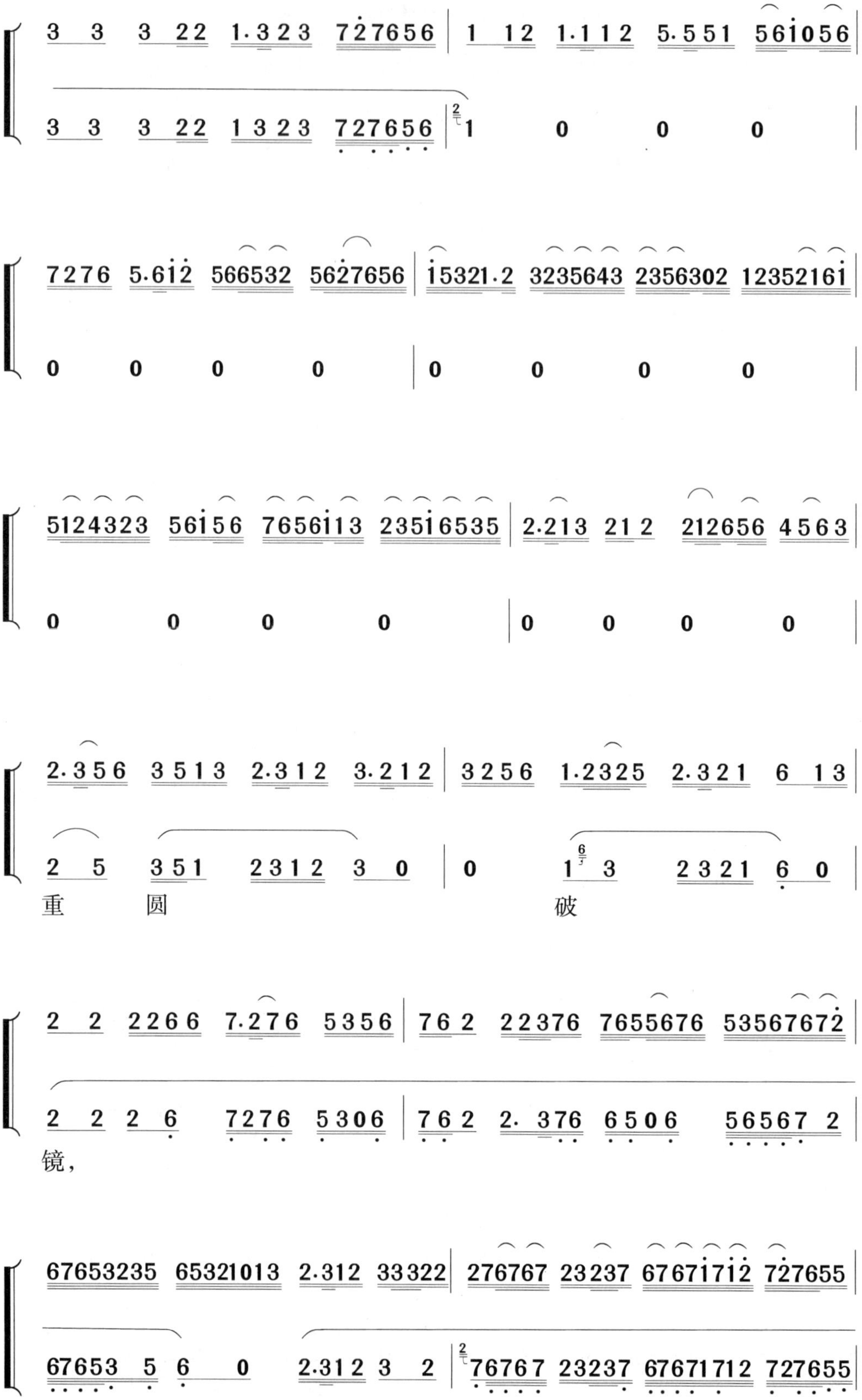
重
圆
破
镜，

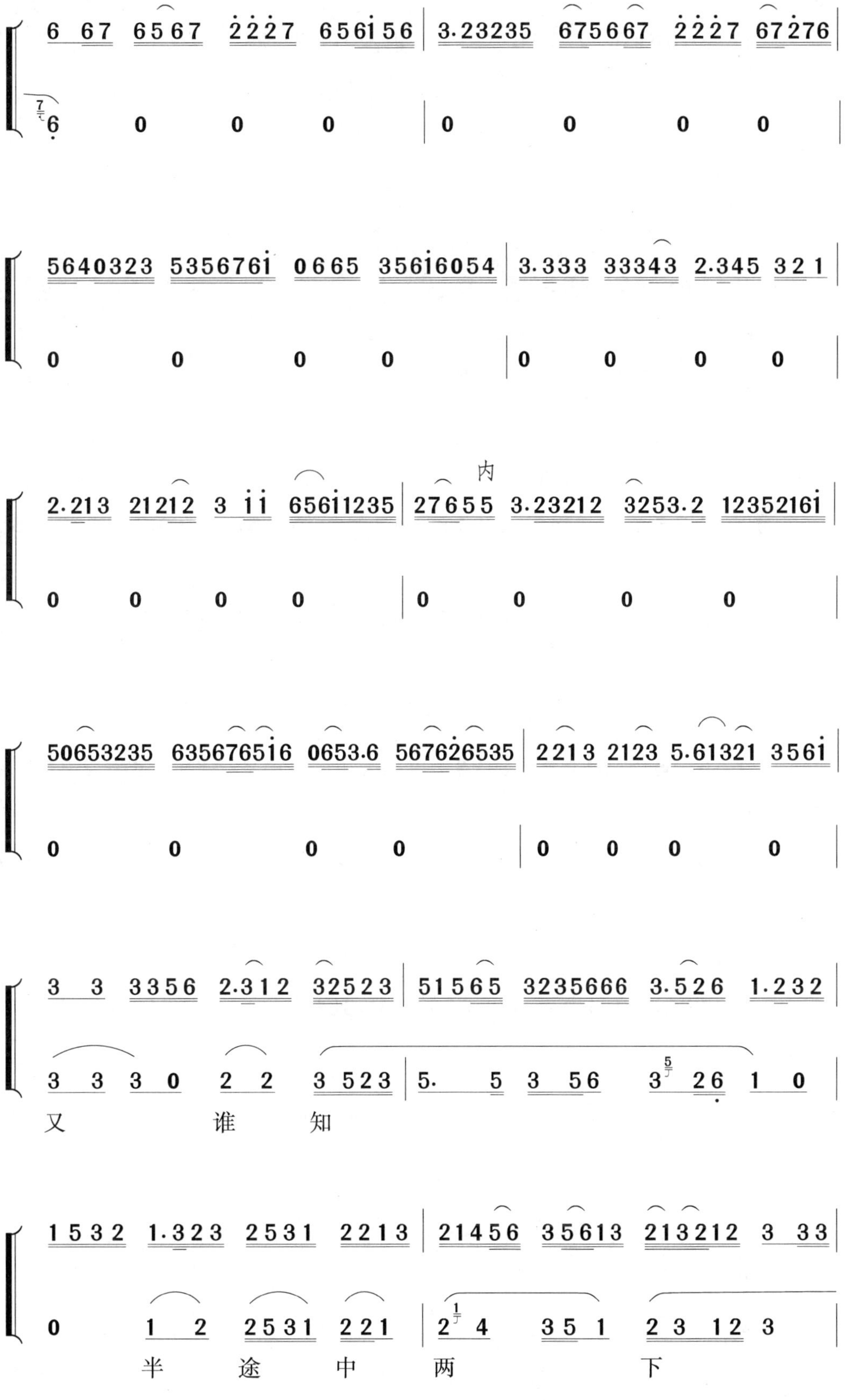
内
又 谁 知
半 途 中 两 下

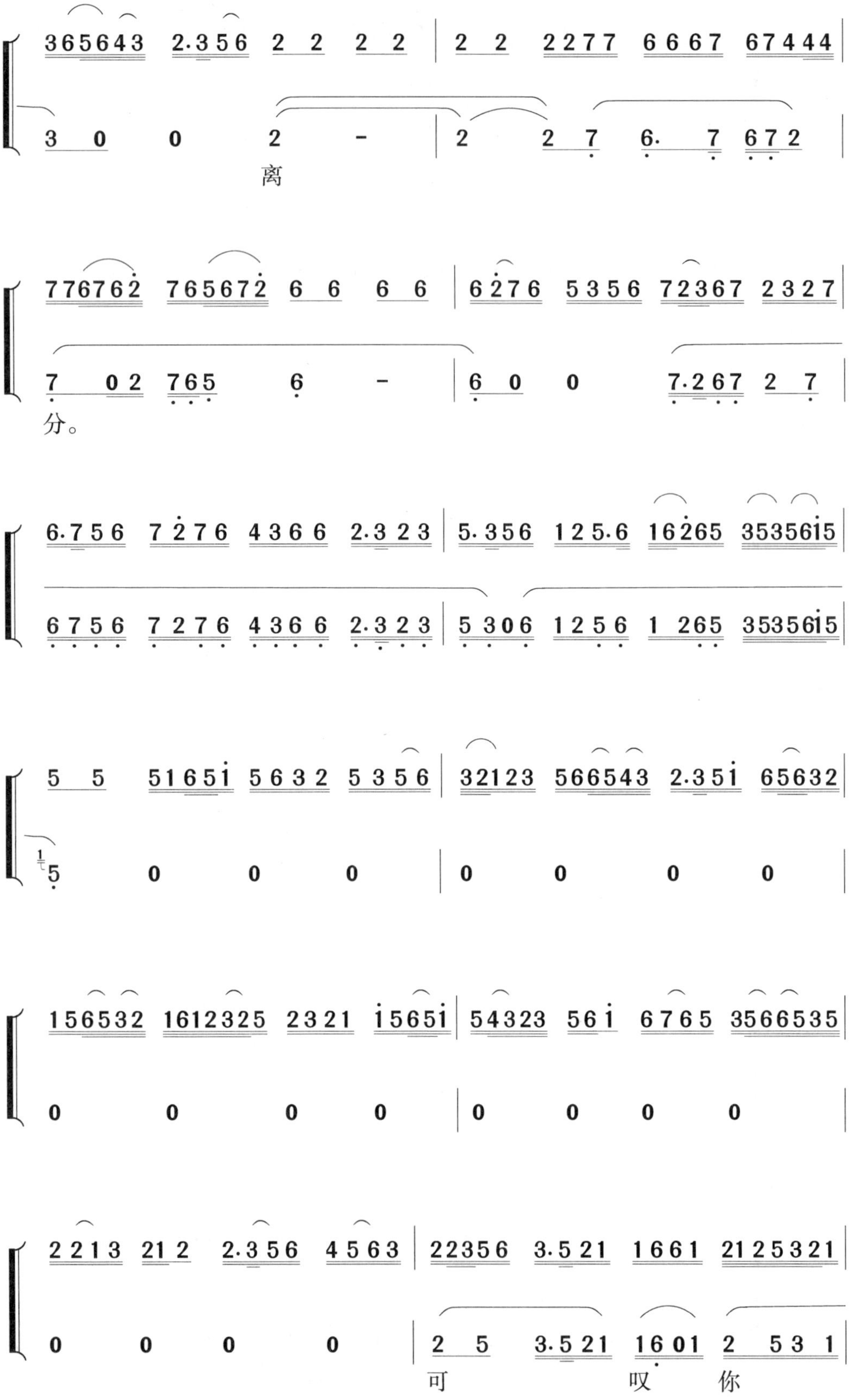
离
分。
可
叹
你

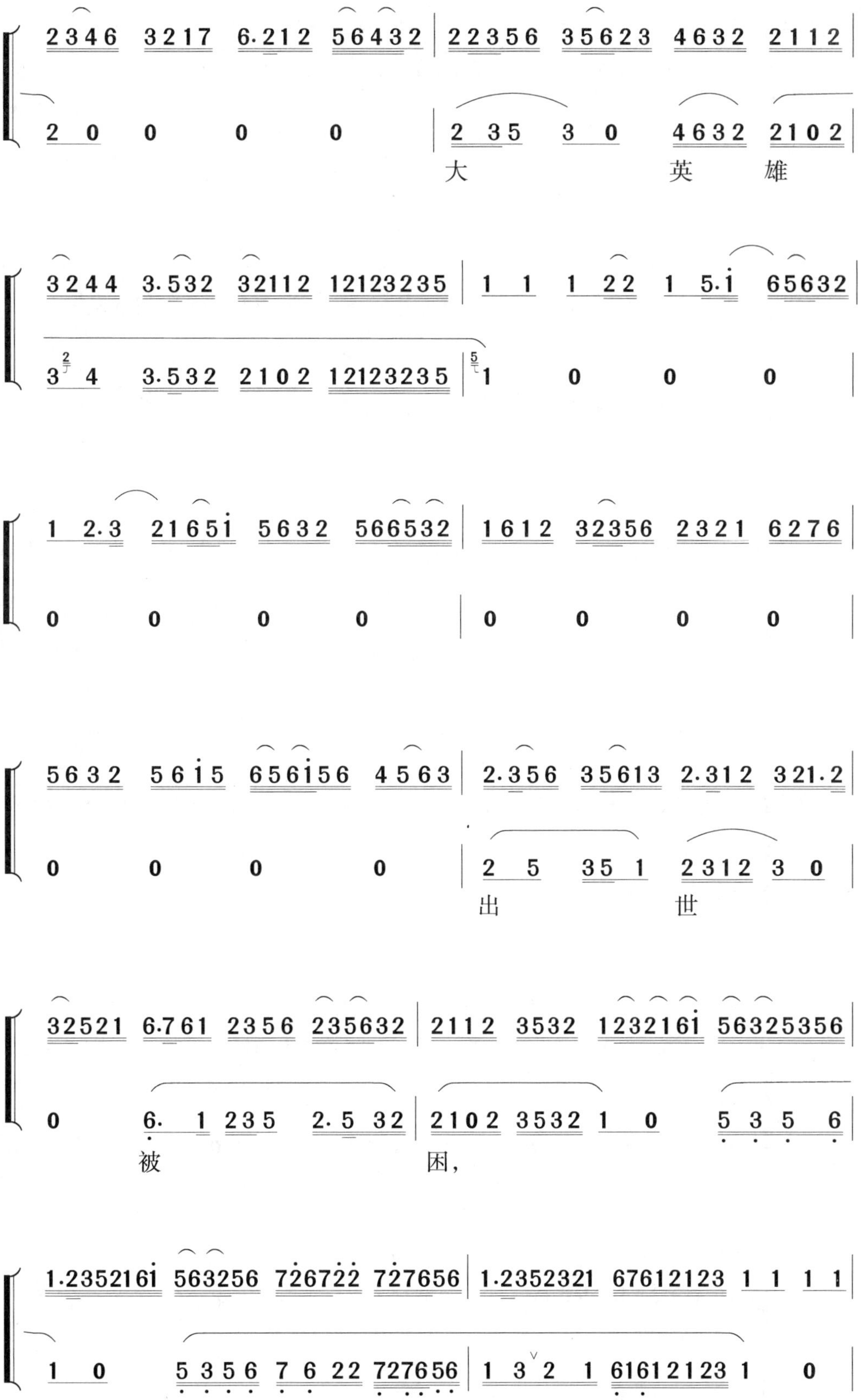

大
英
雄
出
世
被
困，

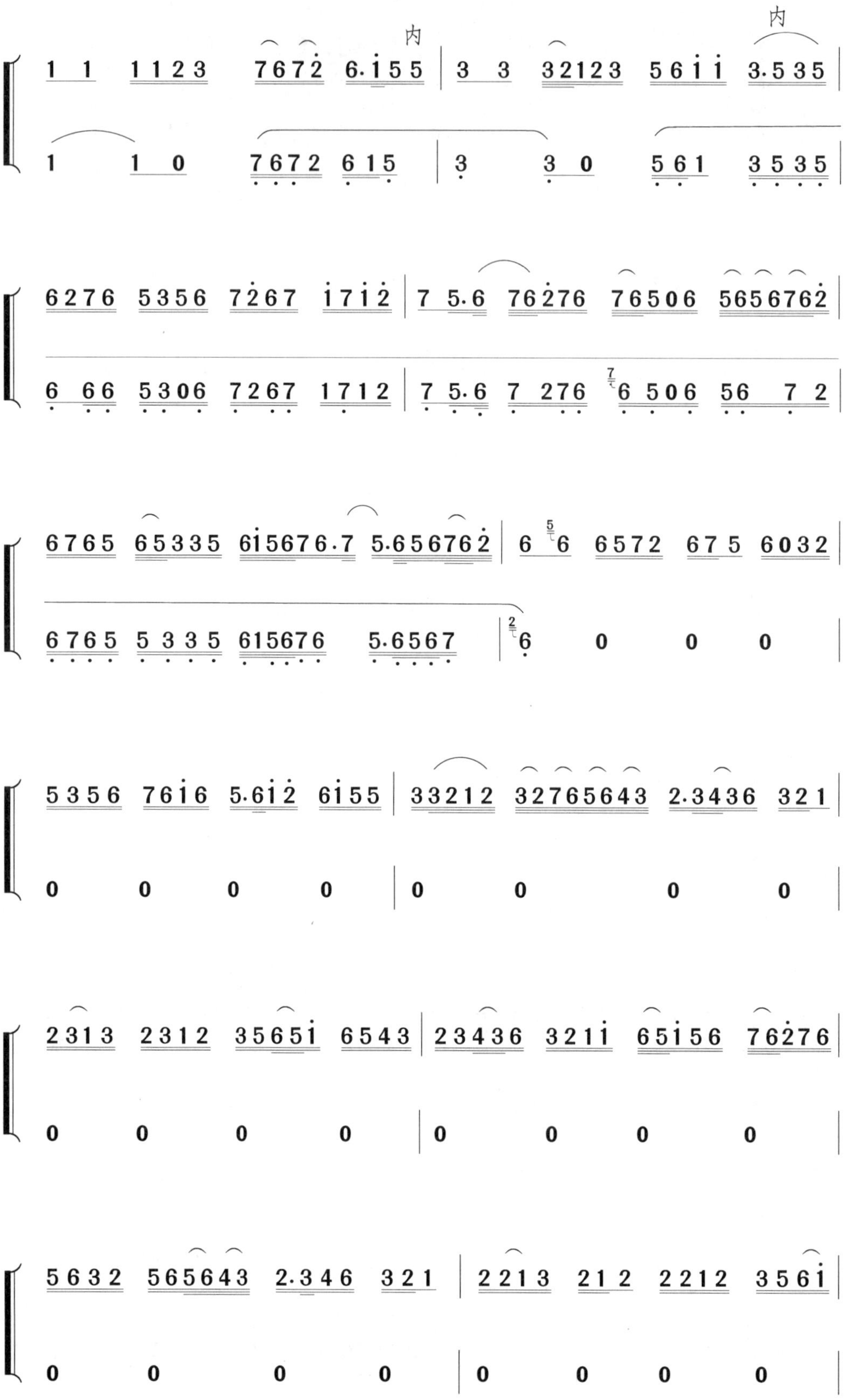
内
内

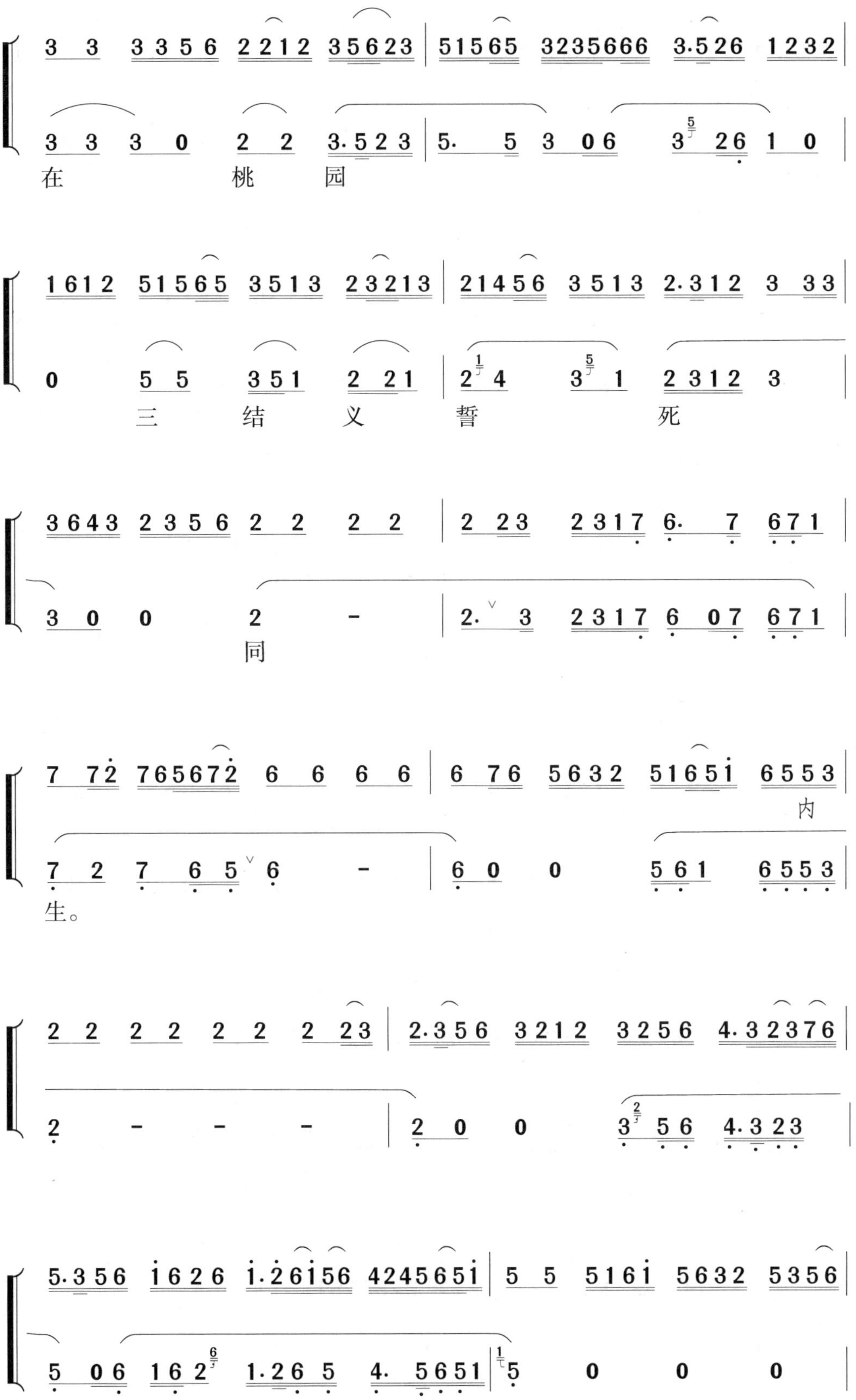
在 桃 园
三 结 义 誓 死
同
内
生。

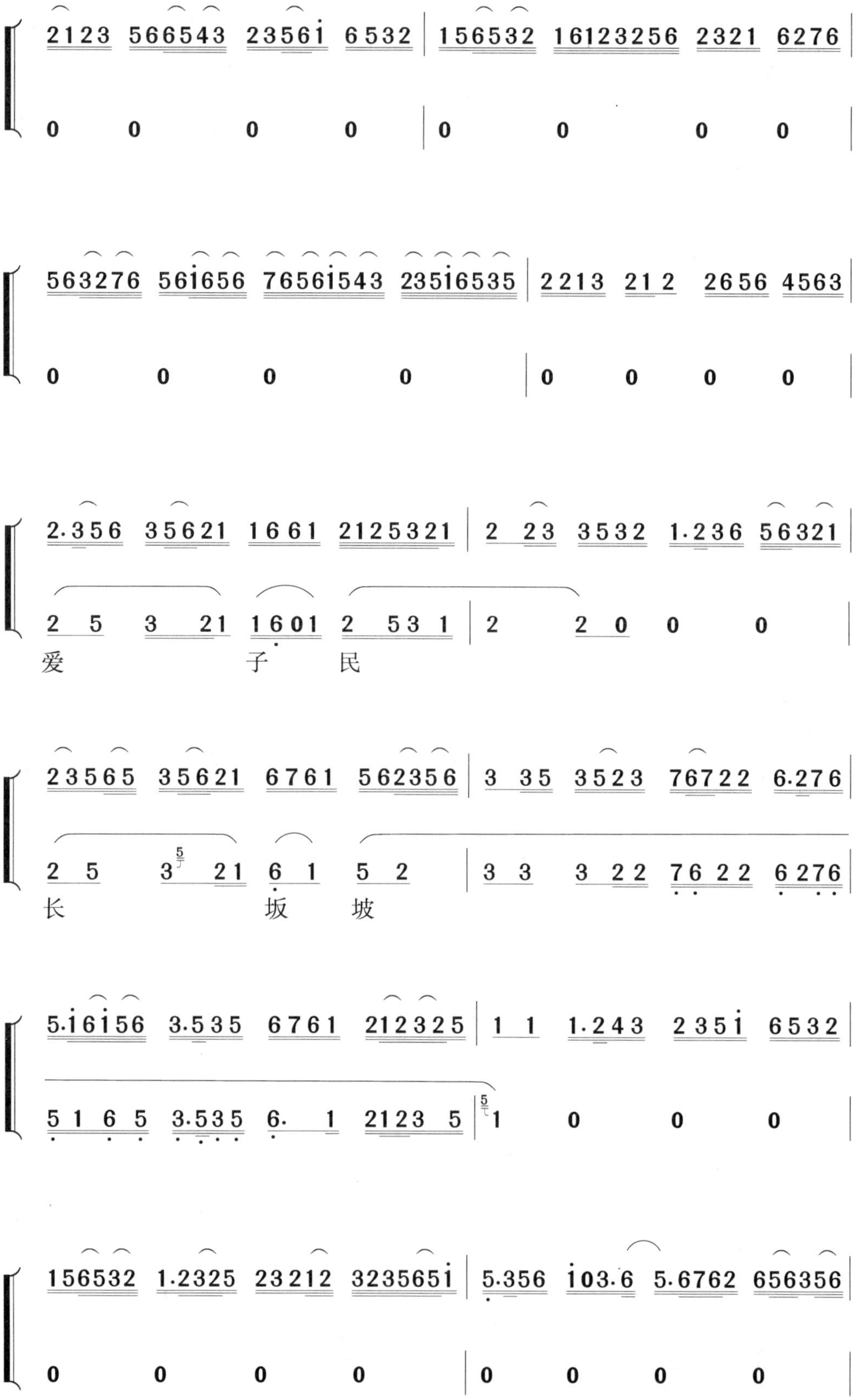
爱 子 民
长 坂 坡

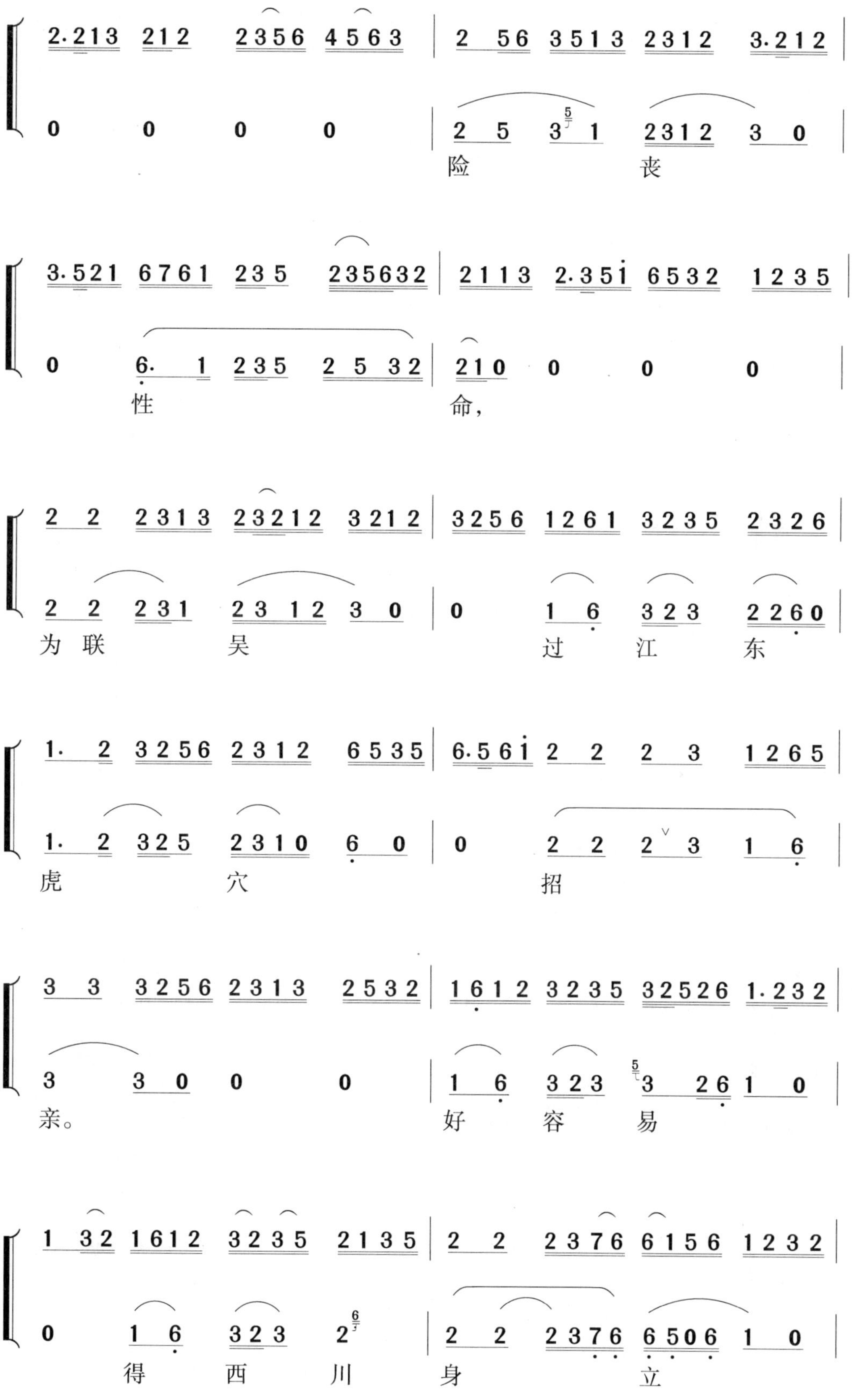
险 丧
性 命，
为联 吴 过 江 东
虎 穴 招
亲。 好 容 易
得 西 川 身 立

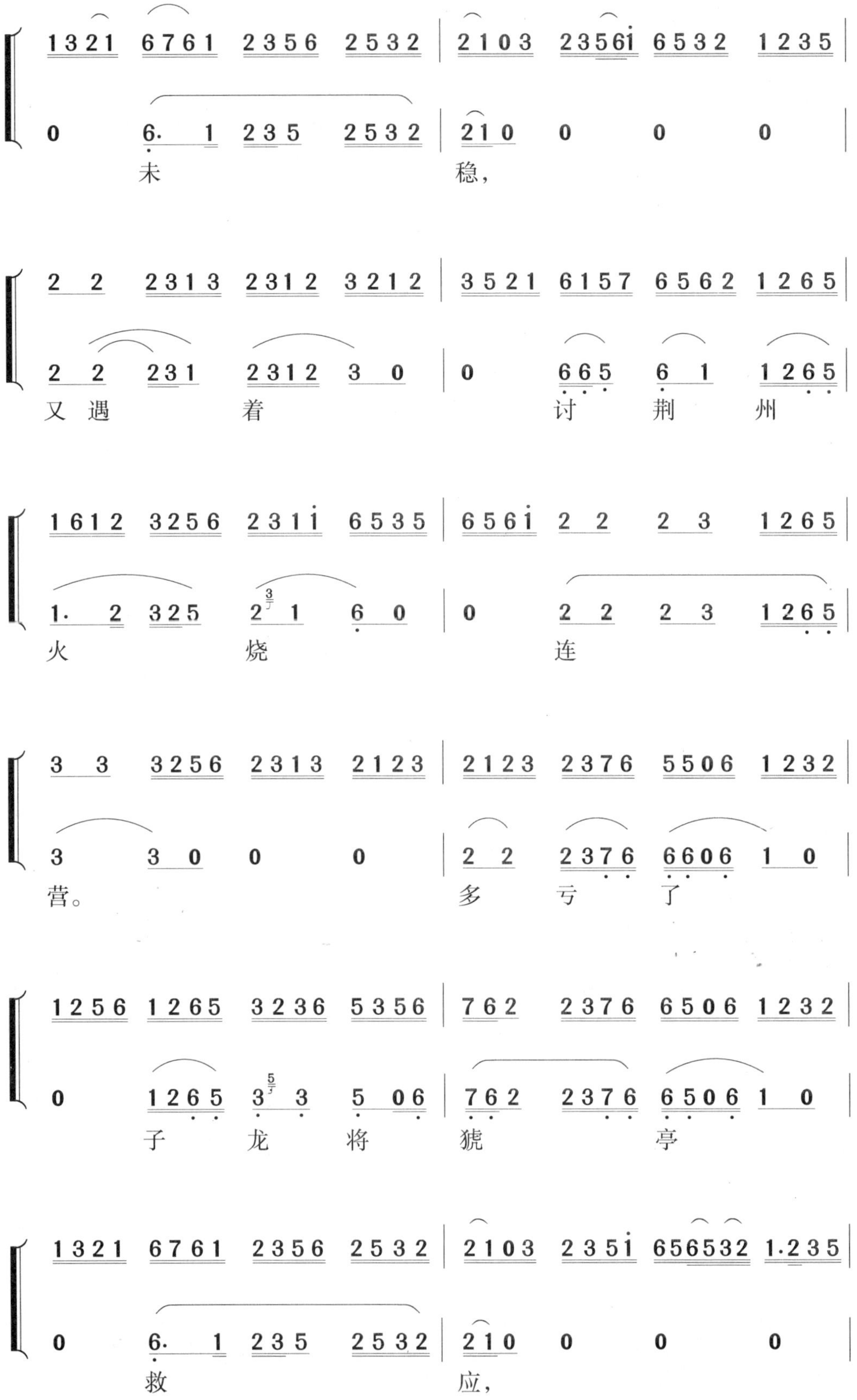
未 稳，
又 遇 着 讨 荆 州
火 烧 连
营。 多 亏 了
子 龙 将 猇 亭
救 应，

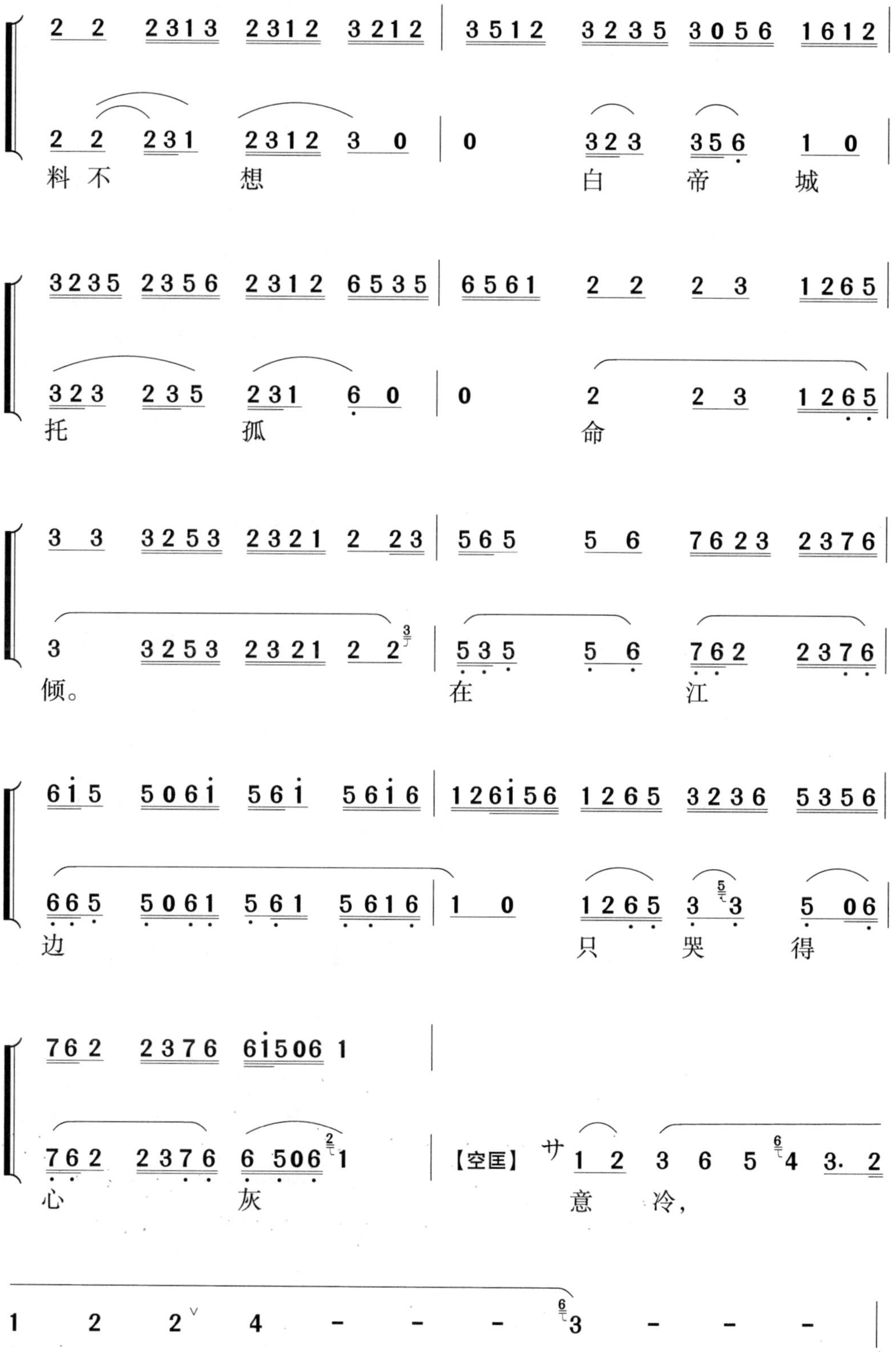

「奏<反二黄哭皇天>孙尚香拜灵台后乐止。内【军鼓声】孙尚香站起，一惊。

孙尚香 哎呀！【乱锤】（左右惊望）

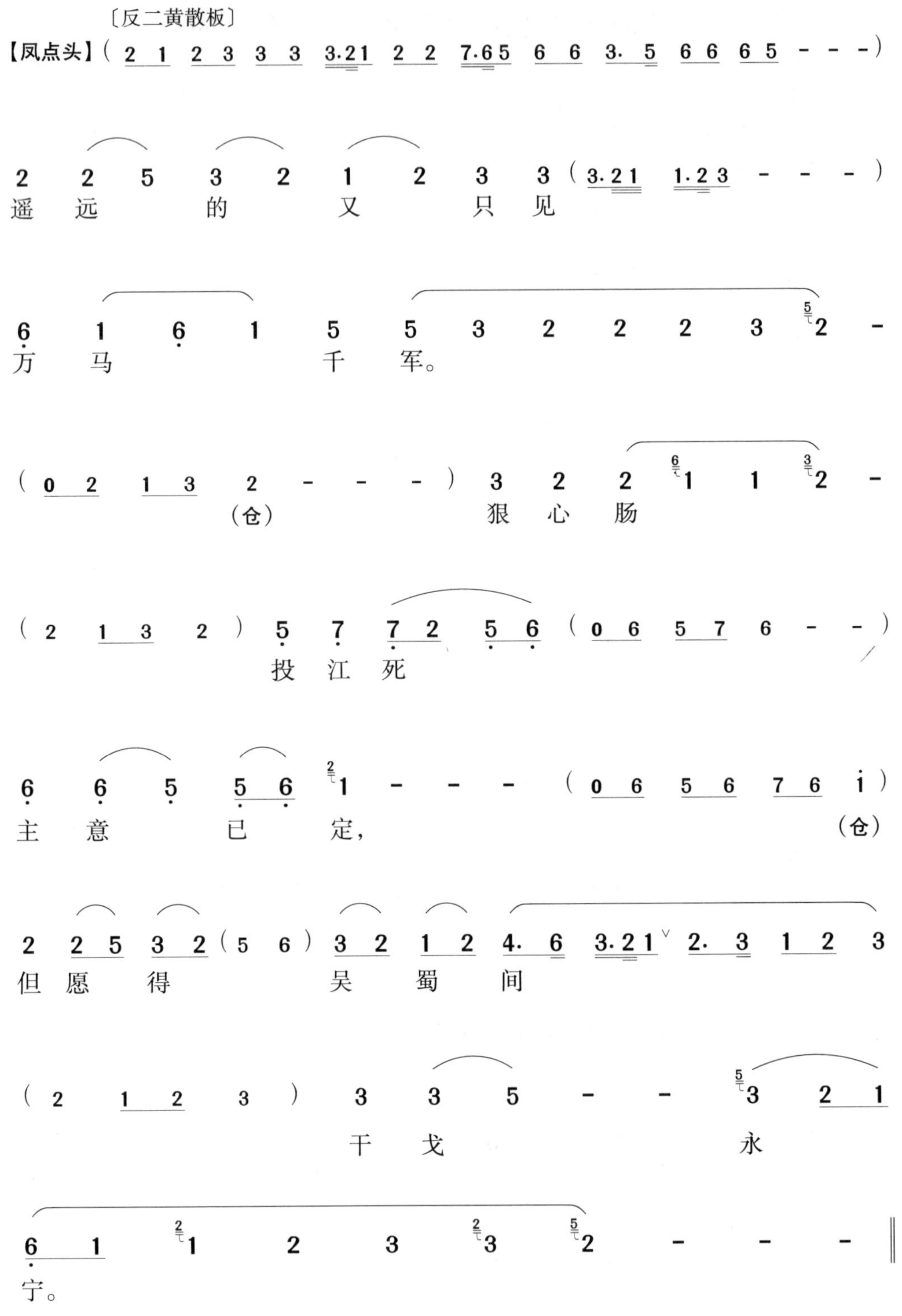

(右袖反翻向远处望,再回身抖袖)

【叫头】且住,那旁人马呐喊,战鼓齐鸣,想是我兄长派人前来赶于我。也罢!**【大锣五击】**我不免速速投江一死了罢。(双袖抖下)

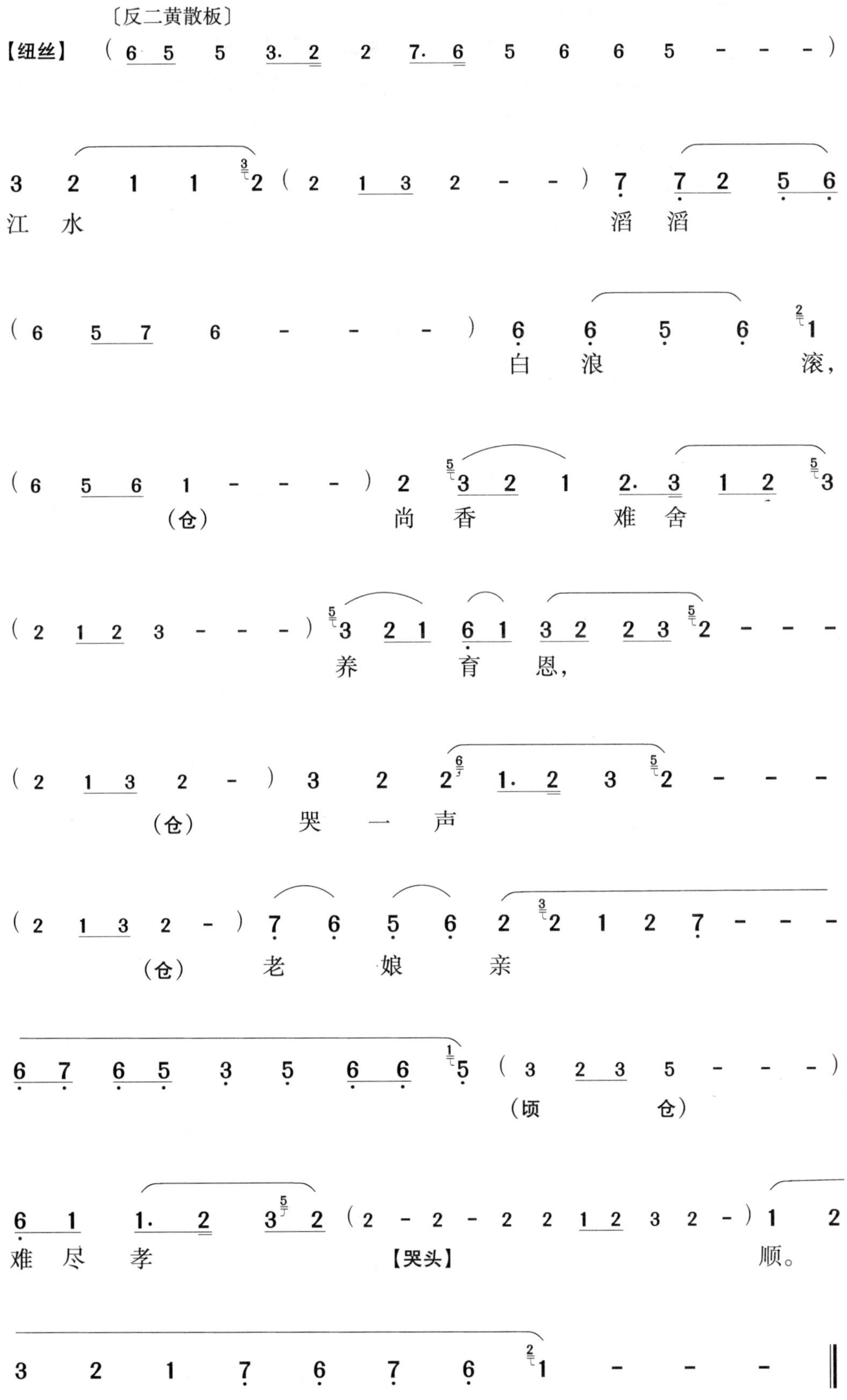
〔反二黄散板〕
【纽丝】
江水
滔滔
白浪滚，
（仓）
尚香
难舍
养育恩，
（仓）
哭一声
（仓）
老娘亲
（顷 仓）
难尽孝
【哭头】
顺。

也罢！

「孙尚香一跺脚，双袖高翻，跳江**【撕边一锣】【水声】**“下场门”下。

「**【扫头、冲头】**四太监“上场门”上站“一条鞭”，孙权“上场门”上站台口望下场处。

孙　权　（失望）嘿嘿！

「唢呐奏<尾声>孙权无可奈何地转身下。

——剧 终

朱永康 **整理**　　高一鸣 **记谱**

祭　塔

黄桂秋演出本

相传白素贞与许仙所生之子许仕林长成后，得中状元，衣锦还乡，知母被镇压在雷峰塔下，遂前往哭祭。白素贞出见，痛述往事，而后忍痛分别。事据清乾隆年间黄图珌、方成培先后改编的《雷峰塔》传奇。

黄桂秋《祭塔》一剧系乃师青衣宗师陈德霖老夫子亲授的第一出戏。他继承了陈氏古朴方正、刚劲有力的特点，但并不是单纯的模仿，呆板的继承，而是运用本身的优越条件，广泛地吸取各家之长，熔于一炉而创新声，使唱腔古而不旧，朴而不拙，娇媚而不花哨，刚柔相济，听之清新俏丽，甜脆悦耳。黄派《祭塔》在旋律上恪遵传统不越雷池，在唱法上具有陈氏峭拔高亢、带棱见角的润腔方法，而又生发新意，能在挺拔工整之中隐含柔和之美。陈氏之〔反二黄〕长达44句，经精简后现为34句。

《祭塔》中的〔反二黄〕几乎把所有〔反二黄〕的唱腔都包罗进去，在唱工方面非常考究，高低音域相差达两个八度，抻得开嗓子，让观众听得过瘾。黄派《祭塔》与梅派一脉相承，在场次和唱词方面没有多少差别，研究黄派《祭塔》时，必须从其唱法、吐字、润腔等特征着手，始能得其真谛。他在润腔中增加了很多的装饰音，以求其清晰可闻，增强其嗓音妩媚之感，并常以极其明显之顿挫，来为白素贞之感情起伏变化服务，用尺寸的宽紧快慢对比的艺术处理来渲染舞台气氛，其手段之丰富，使原来一出捂着肚子坐着傻唱的一大段〔反二黄〕变得如泣如诉，使白素贞通过音乐形象活跃在整个舞台，摇撼着观众的心灵。

黄派的〔二黄〕唱腔特别柔和，使人感到收放自如，深切而宽舒。黄先生在唱〔二黄导板〕时很平稳，不要高腔，以示白素贞当时心情的悒郁。待塔神告知其子前来探望时，心情突然开朗，所以在唱“好一似半空中降下喜星”时，在“星”字上要了一个高腔，说明她内心的喜悦。唱“喜”字时很平，后面有个气口，透气后就把气沉入丹田，再有力地吐出“星”字并加以翻高，他这里是“用气引声”。〔反二黄〕前面的叫板“儿啊”与《春秋配》中的“乳娘啊”不一样。一个是在心情喜悦的情况下使用的，故娇嫩无比，一个则是在逆境中的呼唤，所以不走高音，但取得的效果则完全一样。在唱〔反二黄〕时他以真功夫取胜，高腔不多使，只是在“峨眉山苦修炼”的“炼”字上要高腔，这是因为白素贞回忆自己当年苦苦修炼，而今只落得被镇塔下时，发自内心的不平呼喊，这叫“以腔传情”。“千年时候”的“候”字是个去声字，黄派在去声字上总是要腔居多，故有一个很长的拖腔，这是“以字行腔”。在发音时，他出口细，而后慢慢放响，尾音再收缩转细，做到声情一致。他唱时气发于丹田，把“候”字的拖腔起伏层次加强，高音唱得坚实响堂，低音不闷不黯，声气结合得天衣无缝，使发音含蓄而富于神韵，并巧妙地运用缓气、吸气、偷气的技巧，最后落腔时才使用力量，善发善收，显示出其功力之深厚及艺术处理之高超，所以唱得饶有韵味儿。最后一句，“要相逢”的“逢”字也翻高，这不仅为能获一个“下场彩”，也是白素贞在母子分别，感到后会无期，在悲痛欲绝的情况下，面向苍天发出的慨叹。

黄派与其他流派的唱腔和唱法方面有较大差异，有些腔即使曲谱一样，唱出来味道也不相同。黄派的唱润腔华丽，往往把“ 3 ”唱成“$^{5}3$”，听来就感柔和。在去声字上使用小腔更多，如《祭塔》中“呼唤一声”的“唤”唱成 $\overset{\frown}{\dot{2}\ \dot{3}\ \dot{2}\ \dot{1}}$ 而不是 $\overset{\frown}{\dot{2}\ \dot{1}}$；“思娇儿”的“娇”唱成 $\overset{\frown}{\dot{2}\cdot\ \underline{\dot{3}}\ 7\ 6}$ 而不是 $\overset{tr.}{7}\overset{\frown}{-\ -\ -\ .\underline{\dot{2}}}$，其尺寸和气口的讲究，由此可见。

黄先生1955年在上海红都剧场演毕此剧后，就此不再演了。1978年他谢世后，我曾多次演出此剧，且排在他冥诞或忌日献演，以示哀思，其他人则无唱黄派《祭塔》者。希望通过此剧的整理，能够有助爱好者的学习。

朱永康

人物行当

白素贞	旦	**塔　神**	武净
许仕林	小生	**四龙套**	杂

服装扮相

白素贞　俊扮。古装头、水发、白蛇形小额子，白花边素褶子、白镶光片腰包，白素花边裙，白素花边腰巾，白彩裤，白绣彩鞋。

许仕林　俊扮。方翅纱帽，红官衣、衬素褶子，红色玉带，绯色彩裤，厚底靴。

塔　神　勾金色脸。武士盔、红满，黄软靠，红彩裤，厚底靴。

四龙套　红龙套衣，黑彩裤，黑薄底靴。

道具

马鞭	一根	**月华旗**	四面
大单鞭	一根	**烛台**	一副
香炉	一只	**香**	一份
小凳	一只	**桌子**	一张
椅子	一把	**白桌围椅披**	一份

| 祭　　塔 |

第　一　场

〔【冲头】【一锤锣】四龙套由“上场门”上“站门”，许仕林手执马鞭上，至台正中站定。

许仕林　（引子）一色杏花红千里，（**多多**）状元归去（**多罗.**）

6　2̇　1̇　2̇　1̇　6̇　7　7　6　－ ‖【一锤锣】接【大锣归位】

马　如　　　　飞。

（念）中状元名扬天下，琼林宴帽插宫花。【**大锣住头**】

下官【**撕边一锣**】许仕林。【**大锣住头**】蒙圣恩取中头名状元。想我母亲在雷峰受苦，是我上殿启奏一本，今日奉旨回家祭祖。左右!

四龙套　有!

许仕林　吩咐外厢开道。

〔【冲头】接唢呐 <六幺令> 前半段，龙套领下。【一锤锣】许仕林“下场门”下。

第　二　场

〔幕启。舞台“大边”设一桌，桌上置香炉、烛台，桌左设一椅，“小边”放一矮凳。

〔【一锤锣】塔神从“上场门”上，至台正中。

塔　神　（念）力大无穷鼎能抬，佛祖降旨把我差。【**大锣住头**】

我乃——【**大锣一击**】揭谛神是也。【**大锣住头**】奉了佛祖之命，在此看守白仙姑，今有她子许仕林前来祭奠于她，不免在此伺候了!（站在“大边”台口）

〔【冲头】接 <六幺令·合头> 转 <吹打>，四龙套由“上场门”依次上，在右侧站成一顺边；许仕林从“上场门”上，右台口下马。龙套接马鞭由“上场门”下，许仕林对“下场门”跪拜，至许仕林拜完时曲牌收住。

许仕林　【**叫头**】母亲！亲娘！哎呀母亲啊！【**大锣原场**】（拭眼泪）

〔二黄导板〕

接【导板头】サ（5　－　3̇　2̇　2̇　3̇　－　2̇　6　6　6

5　－　）6　1̇　3̇　1̇　2̇　3̇　2̇　1̇　6.

见　雷　峰

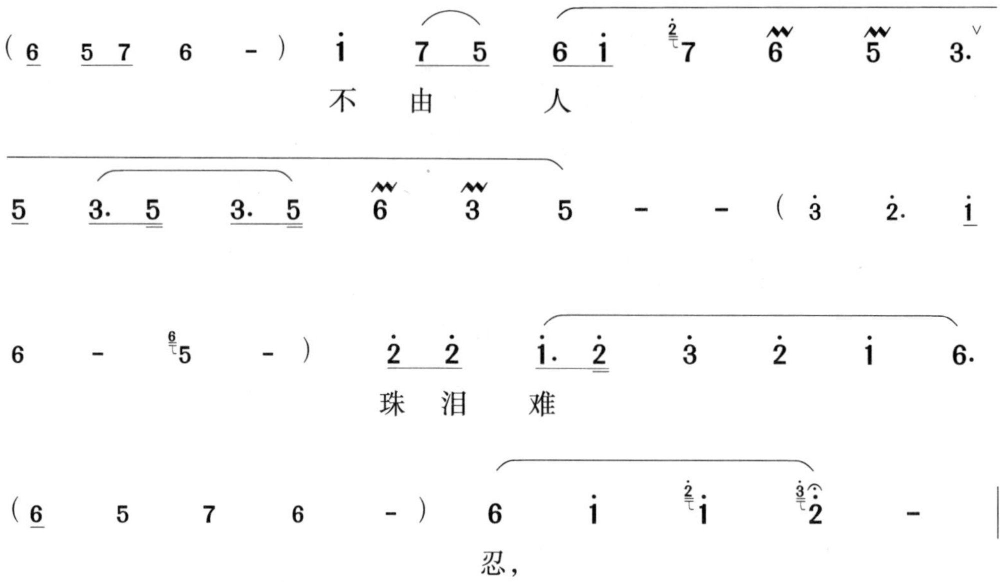

【冲头】【叫头】母亲！亲娘！娘啊！

〔二黄散板〕

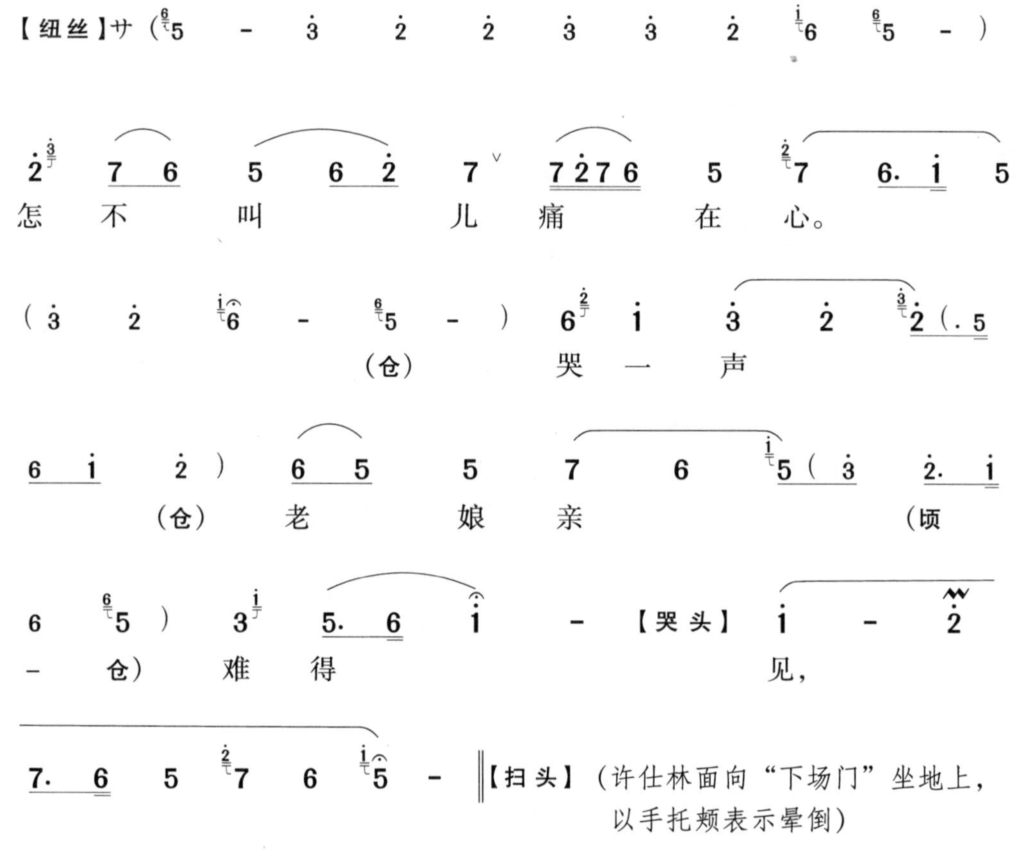

塔　神　白氏仙姑走动哇！（八大仓）

〔白素贞幕内叫：“苦哇！”内唱。

祭　塔

内唱〔二黄导板〕

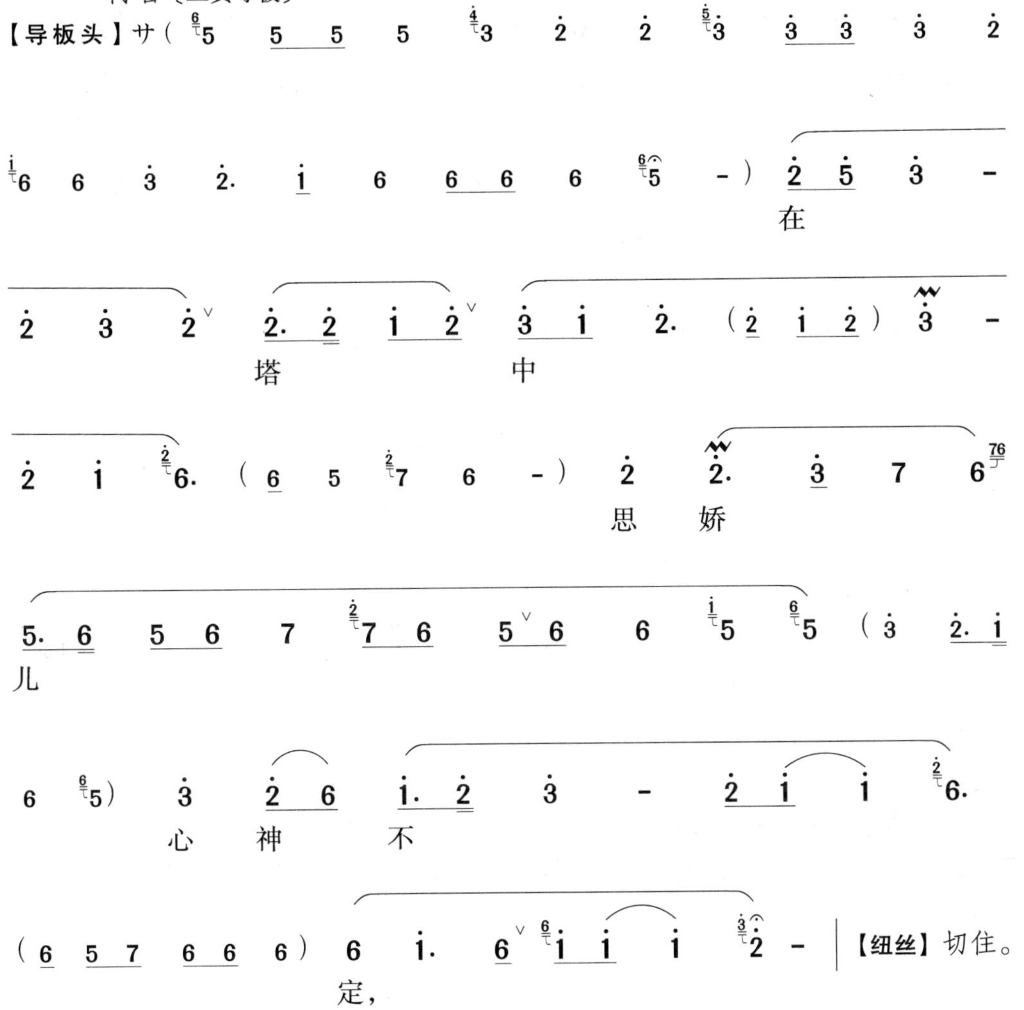

〔【撕边】白素贞由“下场门”上，亮相。

白素贞　喂呀！【纽丝】（哭泣拭泪，抖袖，向前走三四步停住接唱）

〔二黄散板〕

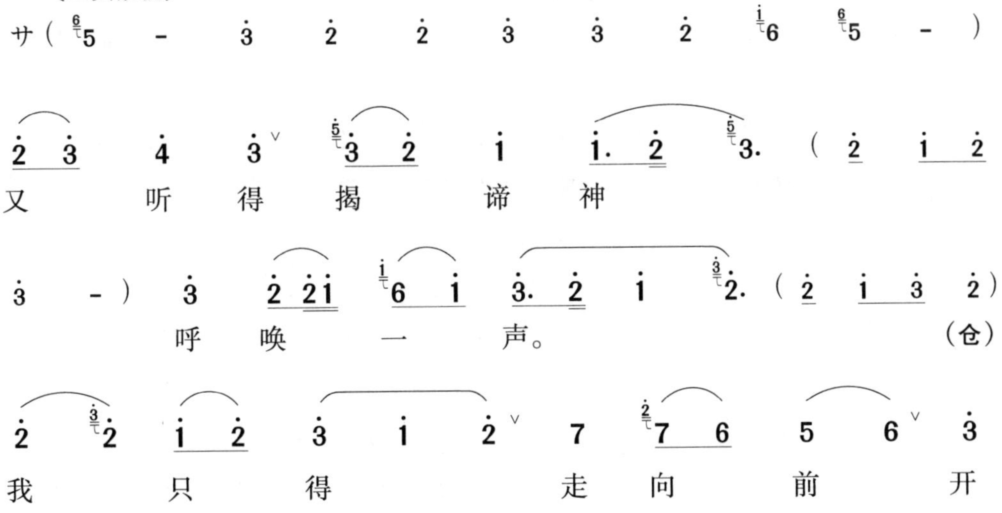

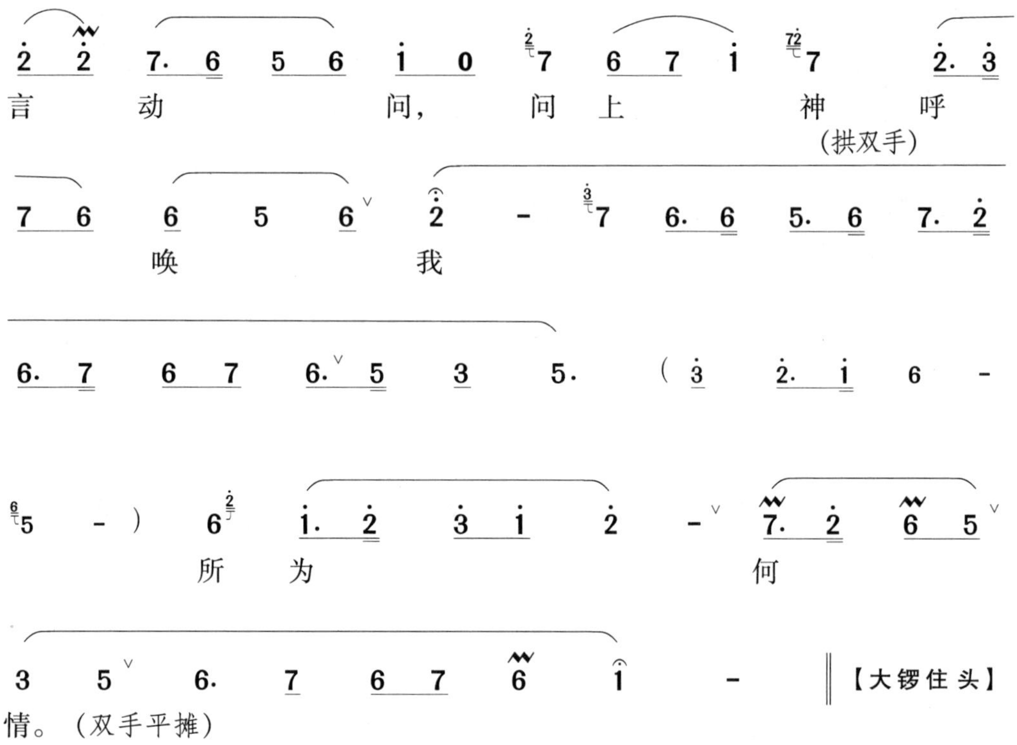

塔　神　今有你子许仕林前来祭奠于你。
白素贞　可容我母子一见？
塔　神　容你母子一见，不要惊吓于他。
白素贞　多谢了。【纽丝】（向塔神作揖，抖右袖，而后缓步走向台中）

〔二黄散板〕

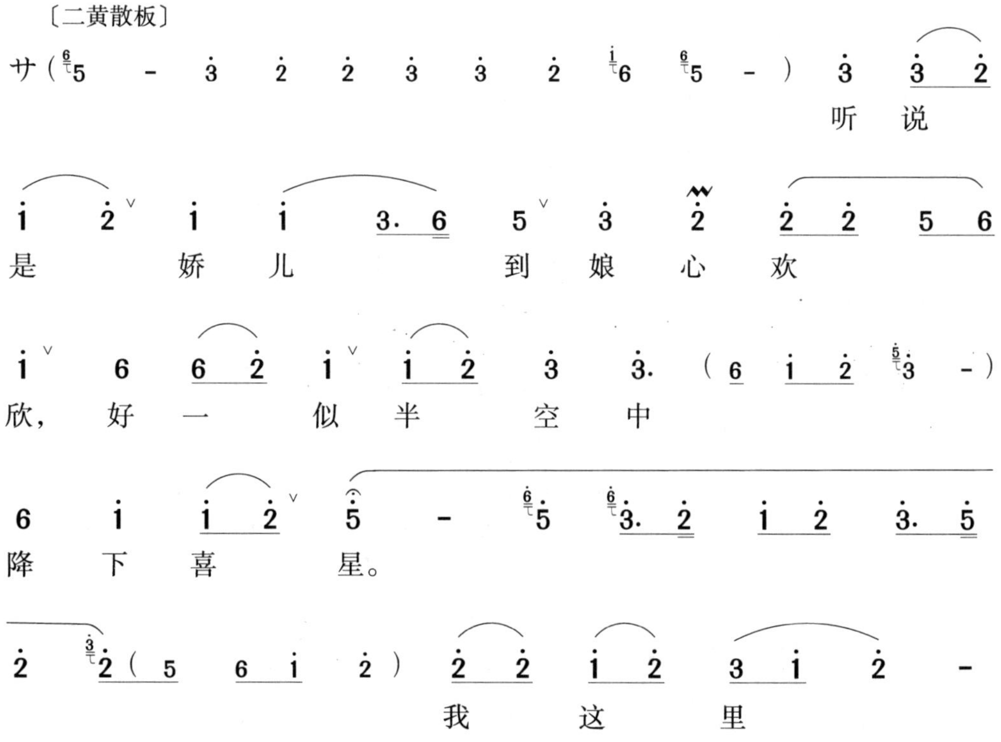

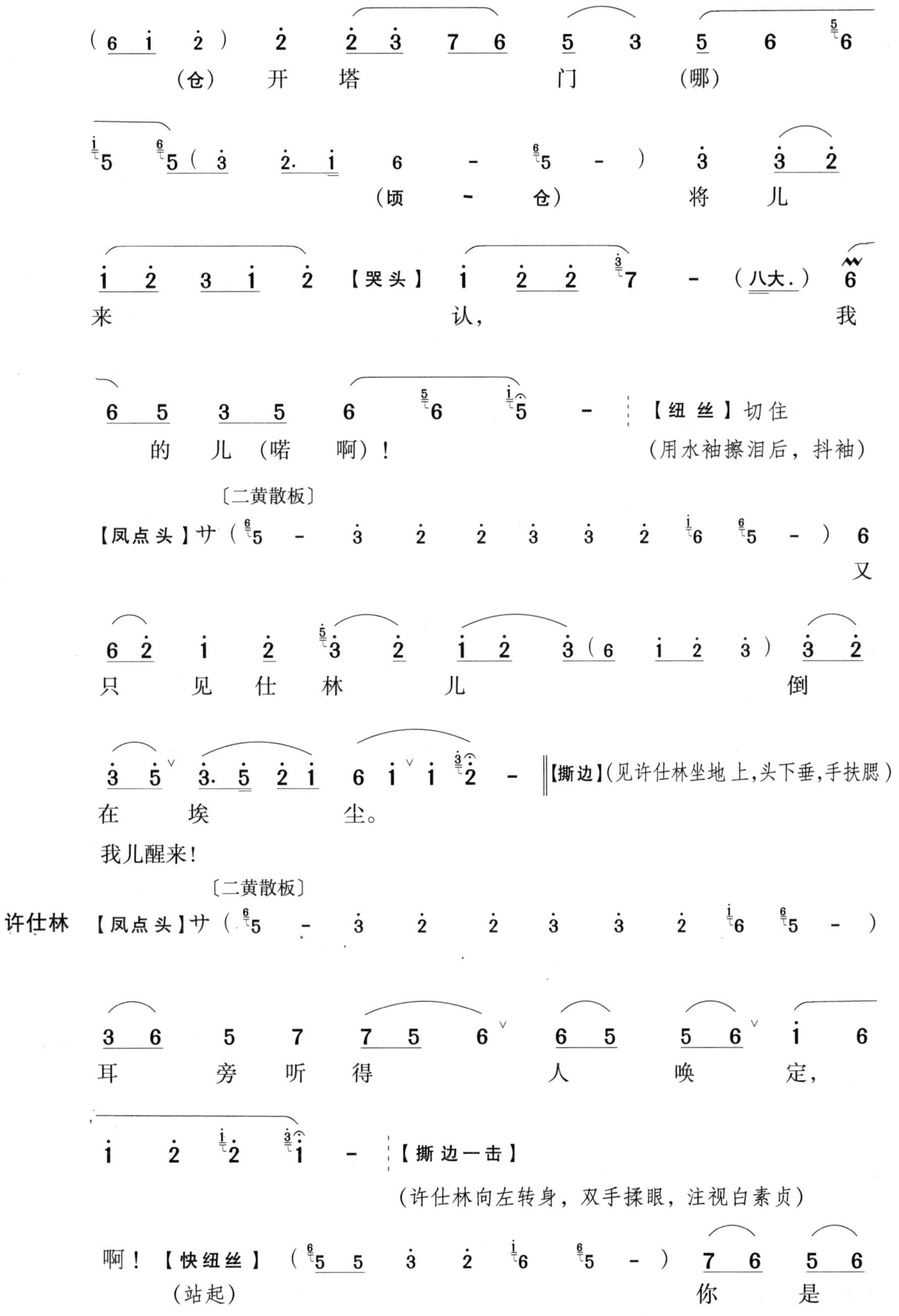
(仓) 开 塔 门 (哪)
(顷 - 仓) 将 儿
来 【哭头】 认, (八大.) 我
的 儿 (喏 啊)! 【纽丝】切住
(用水袖擦泪后, 抖袖)
〔二黄散板〕
【凤点头】サ
又
只 见 仕 林 儿 倒
在 埃 尘。 【撕边】(见许仕林坐地上,头下垂,手扶腮)
我儿醒来!
〔二黄散板〕
许仕林 【凤点头】サ
耳 旁 听 得 人 唤 定,
【撕边一击】
(许仕林向左转身, 双手揉眼, 注视白素贞)
啊! 【快纽丝】
(站起) 你 是

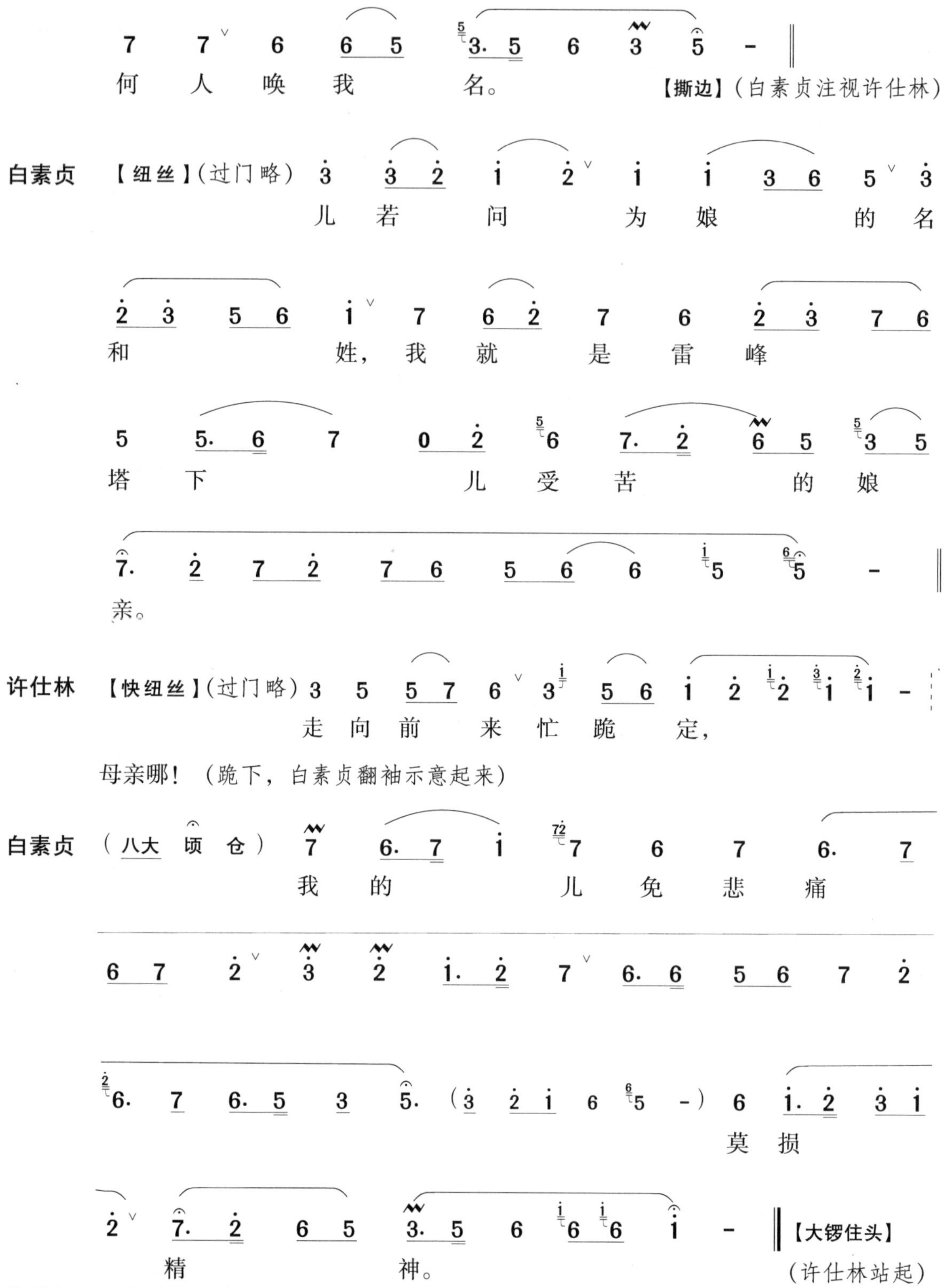

许仕林 母亲请上，待孩儿大礼参拜。

白素贞 不用拜了。

许仕林 孩儿久离膝下，少奉甘旨，焉有不拜之礼？恕孩儿不孝之罪！（跪拜行大礼）

白素贞　我儿快些起来。
许仕林　谢母亲。（站起）
白素贞　啊儿啊，那旁有一太湖石，你且坐下。
许仕林　儿告坐。**【小锣一击】**
　　　　　［许仕林起立向右转身，端带至“小边”矮座，白素贞坐在“大边”椅上。
许仕林　啊母亲，将以往受苦之事与孩儿细说一番，孩儿洗耳恭听。
白素贞　噢！**【大锣一击】**怎么你问为娘以往之事么？
许仕林　正是。
白素贞　哎！儿啊！（以白绸子拭泪）

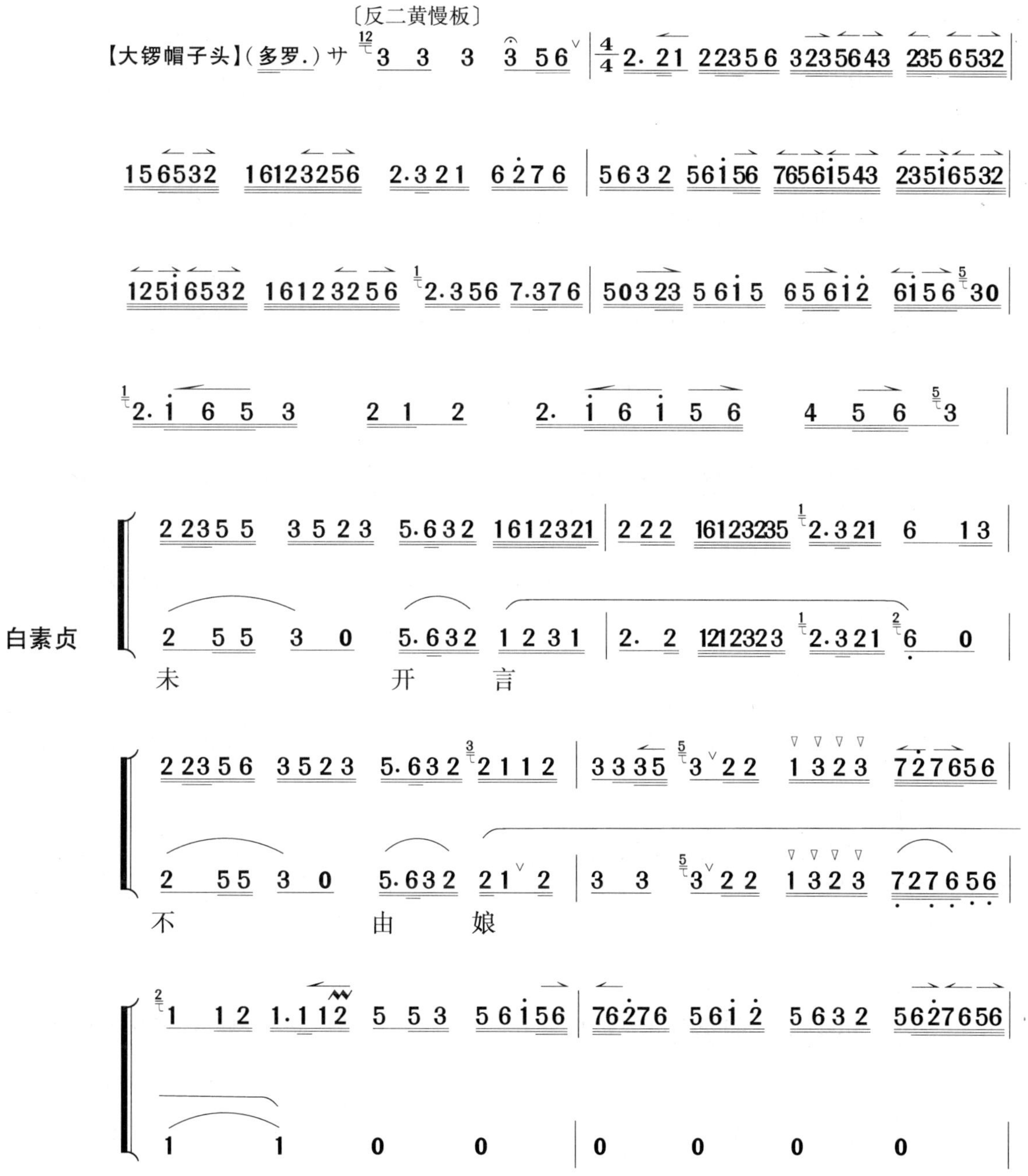

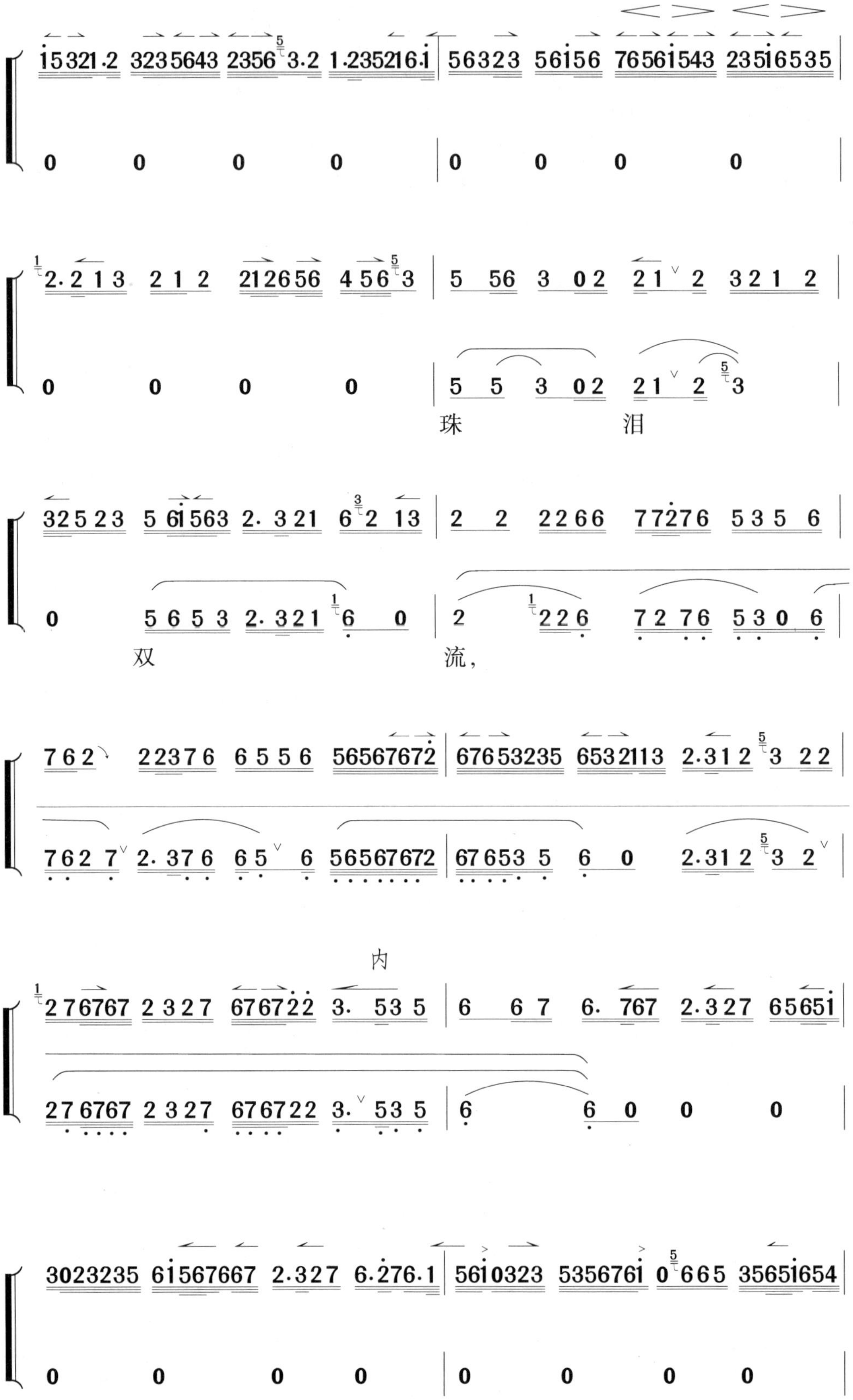
珠
泪
双
流，
内

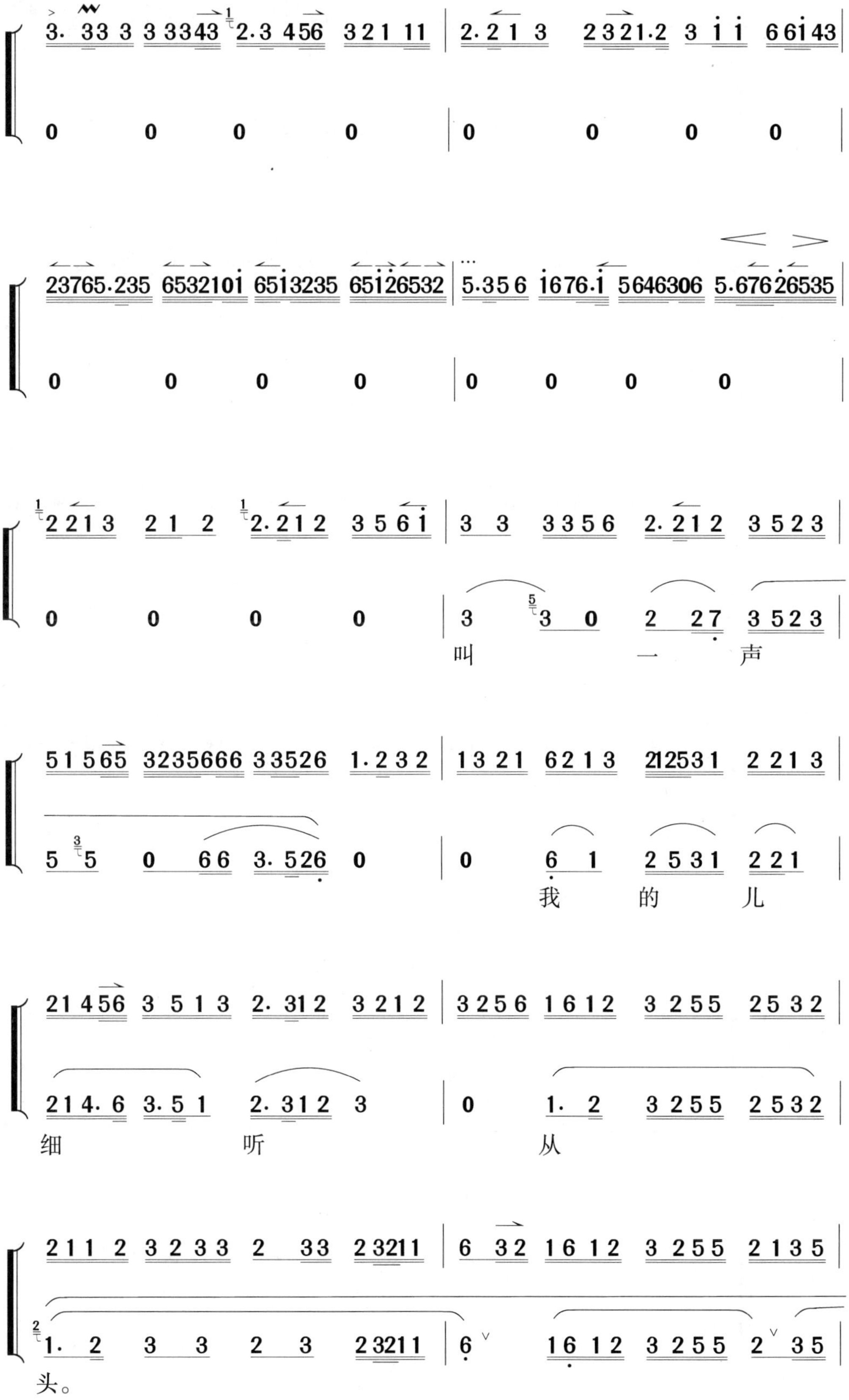
叫 一 声
我 的 儿
细 听 从
头。

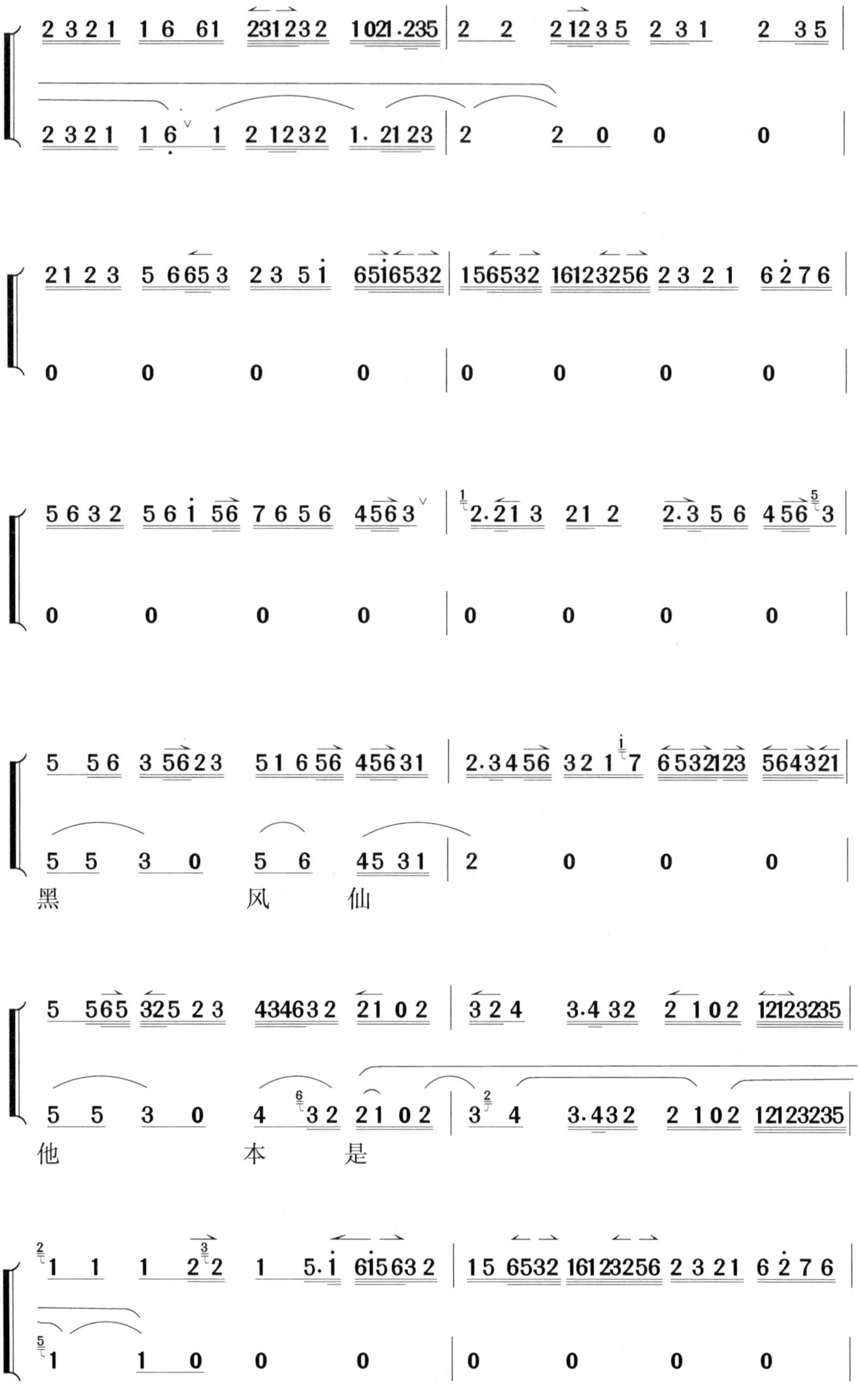
黑 风 仙
他 本 是

祭　塔

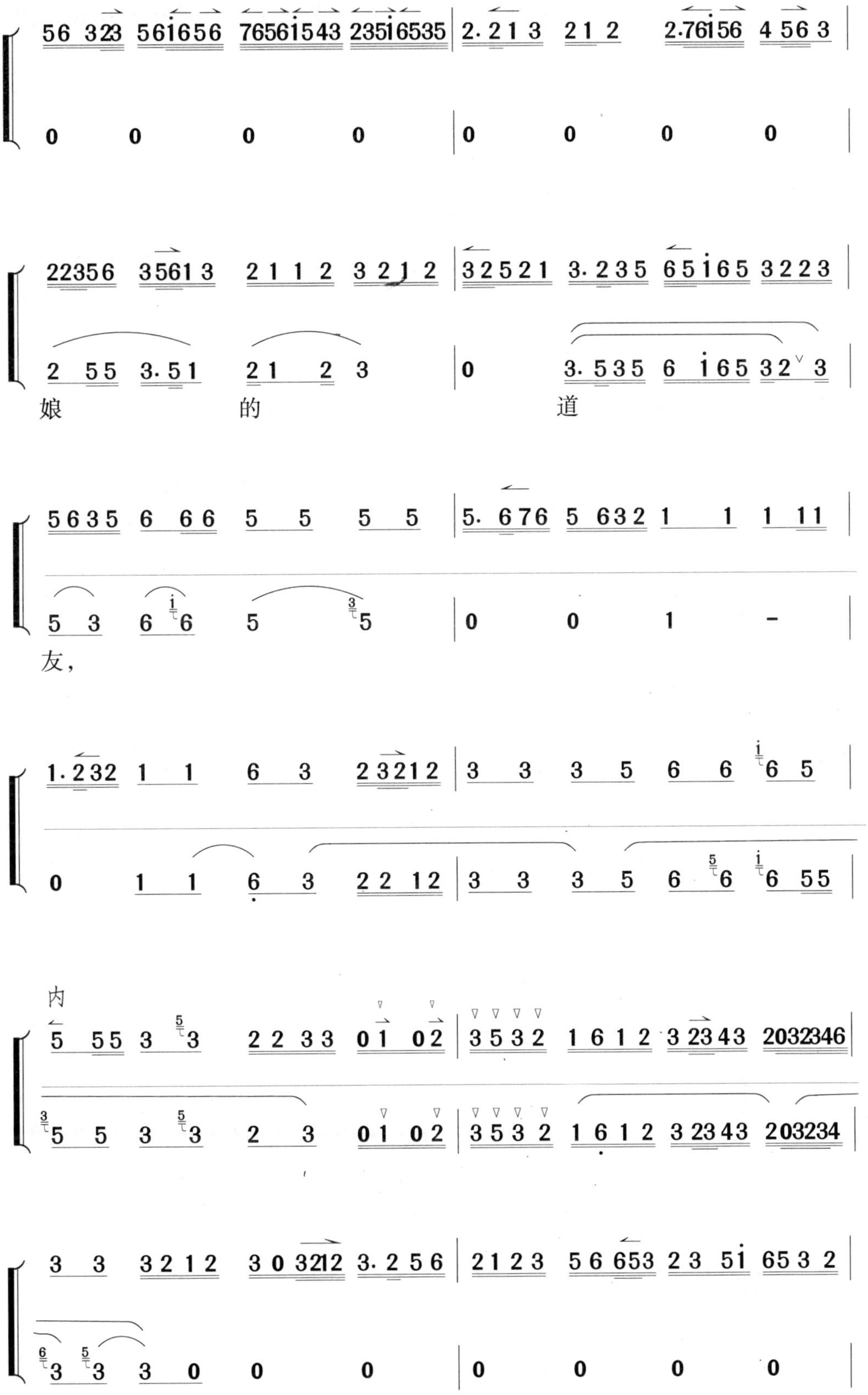

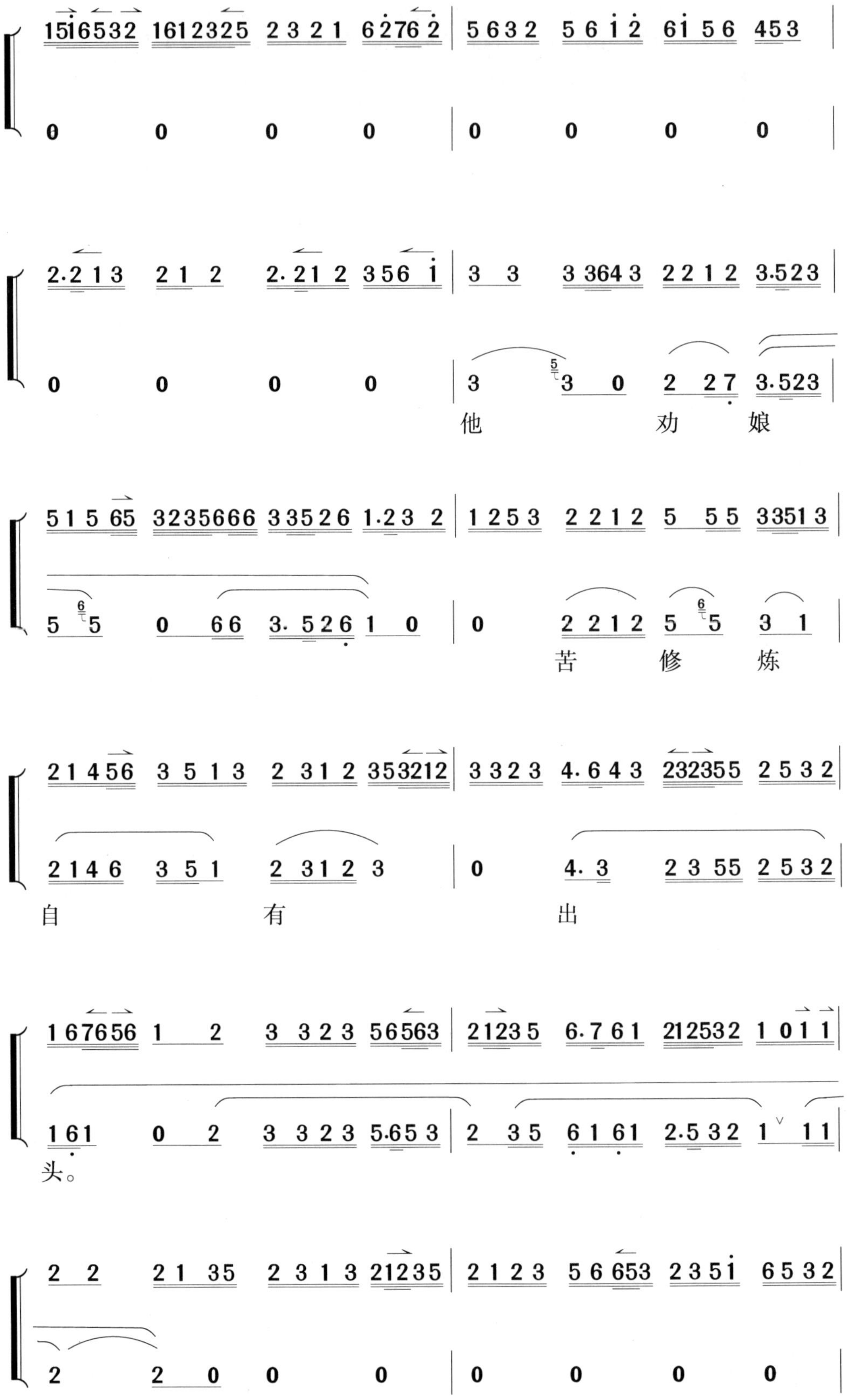
他 劝 娘
苦 修 炼
自 有 出
头。

祭 塔

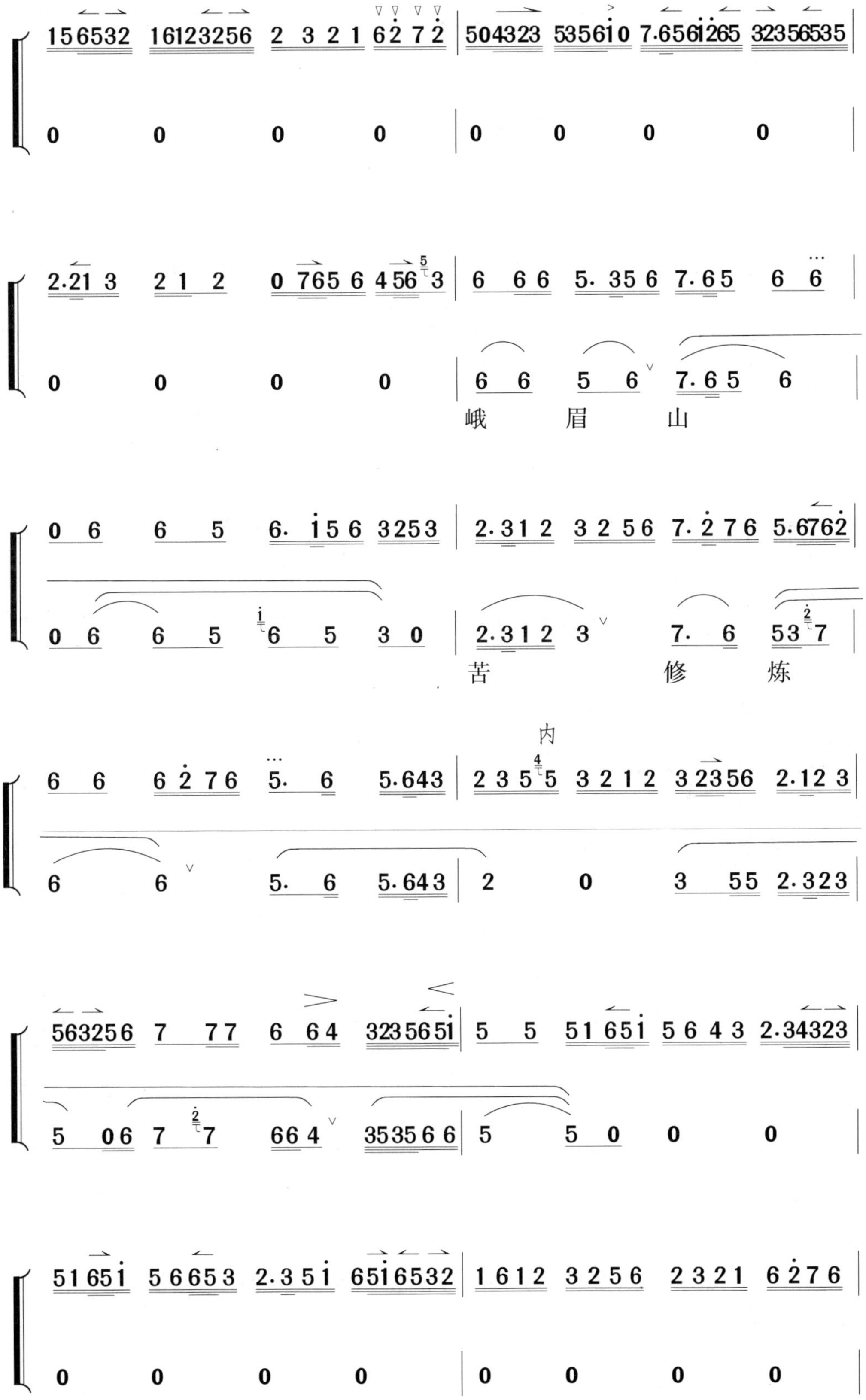

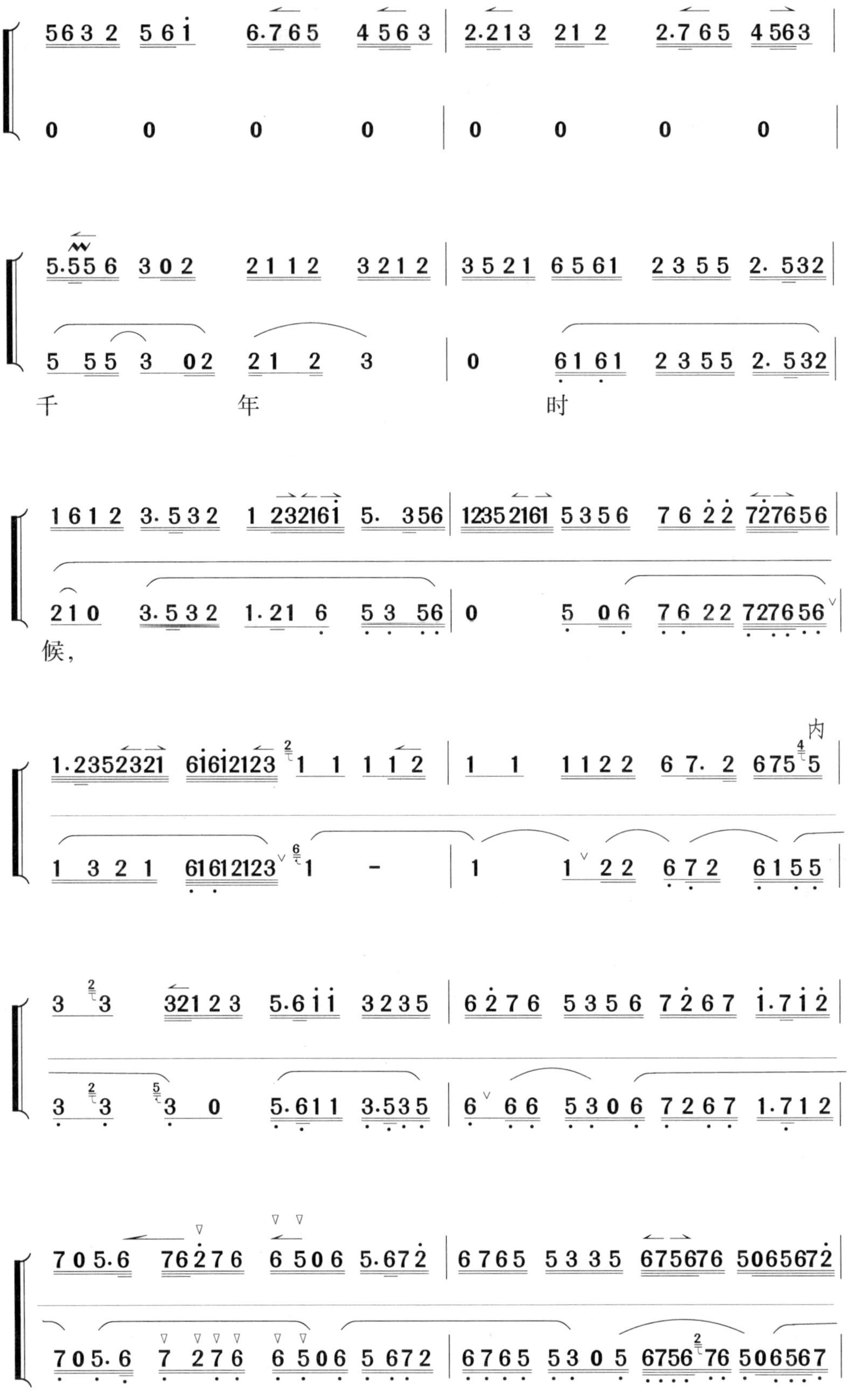
千
年
时
候，
内

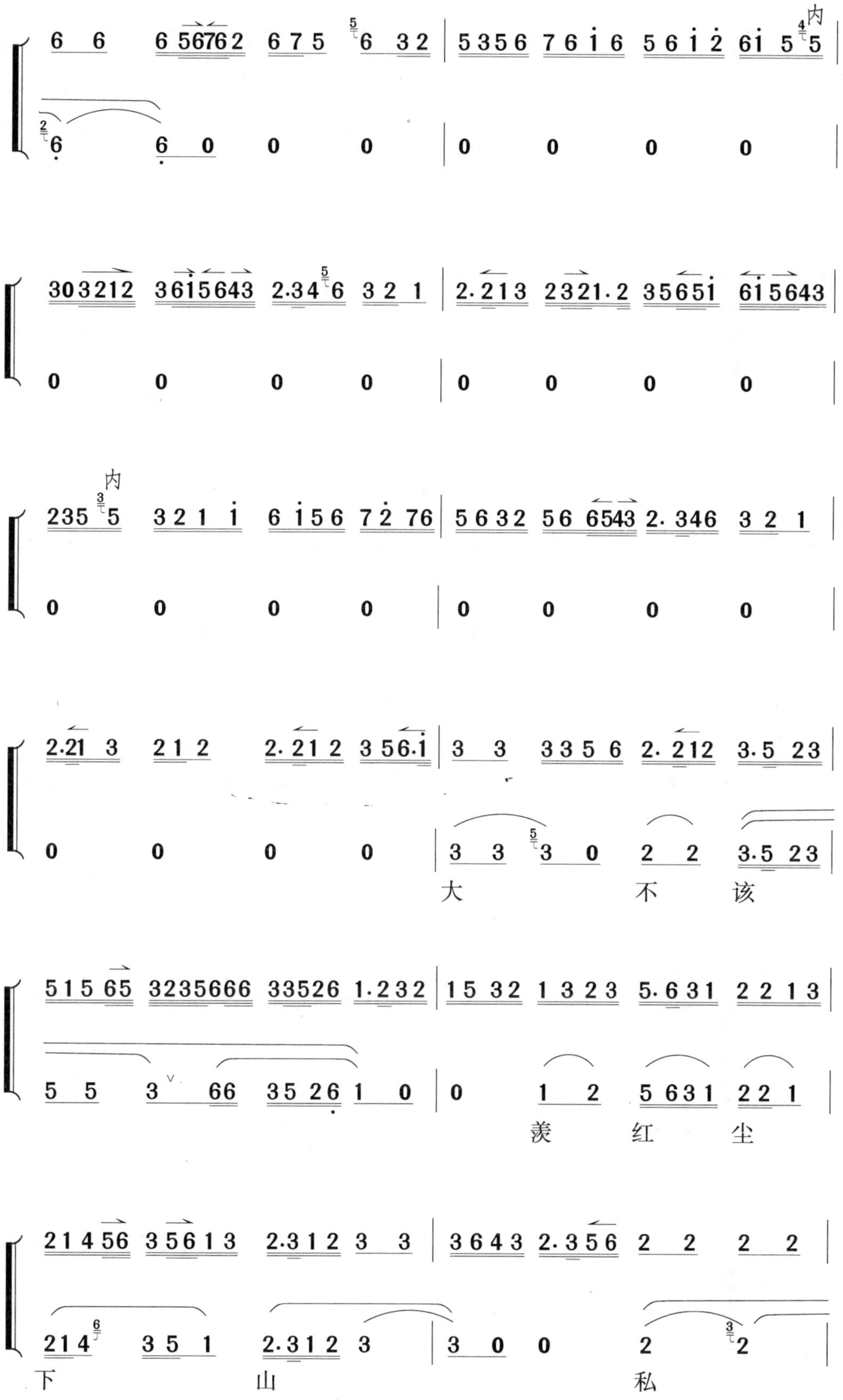
大 不 该
羡 红 尘
下 山 私

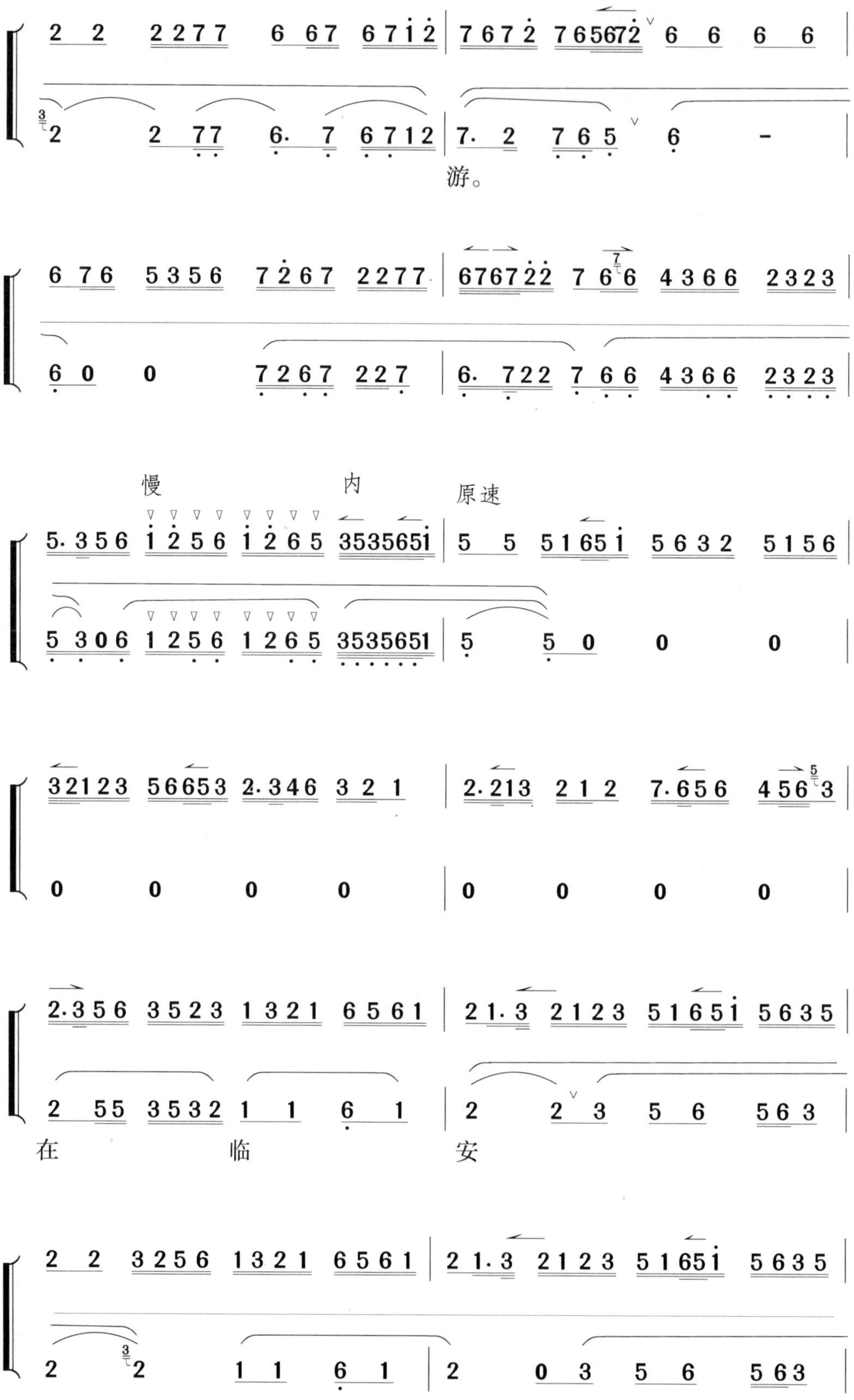
游。
慢
内
原速
在
临
安

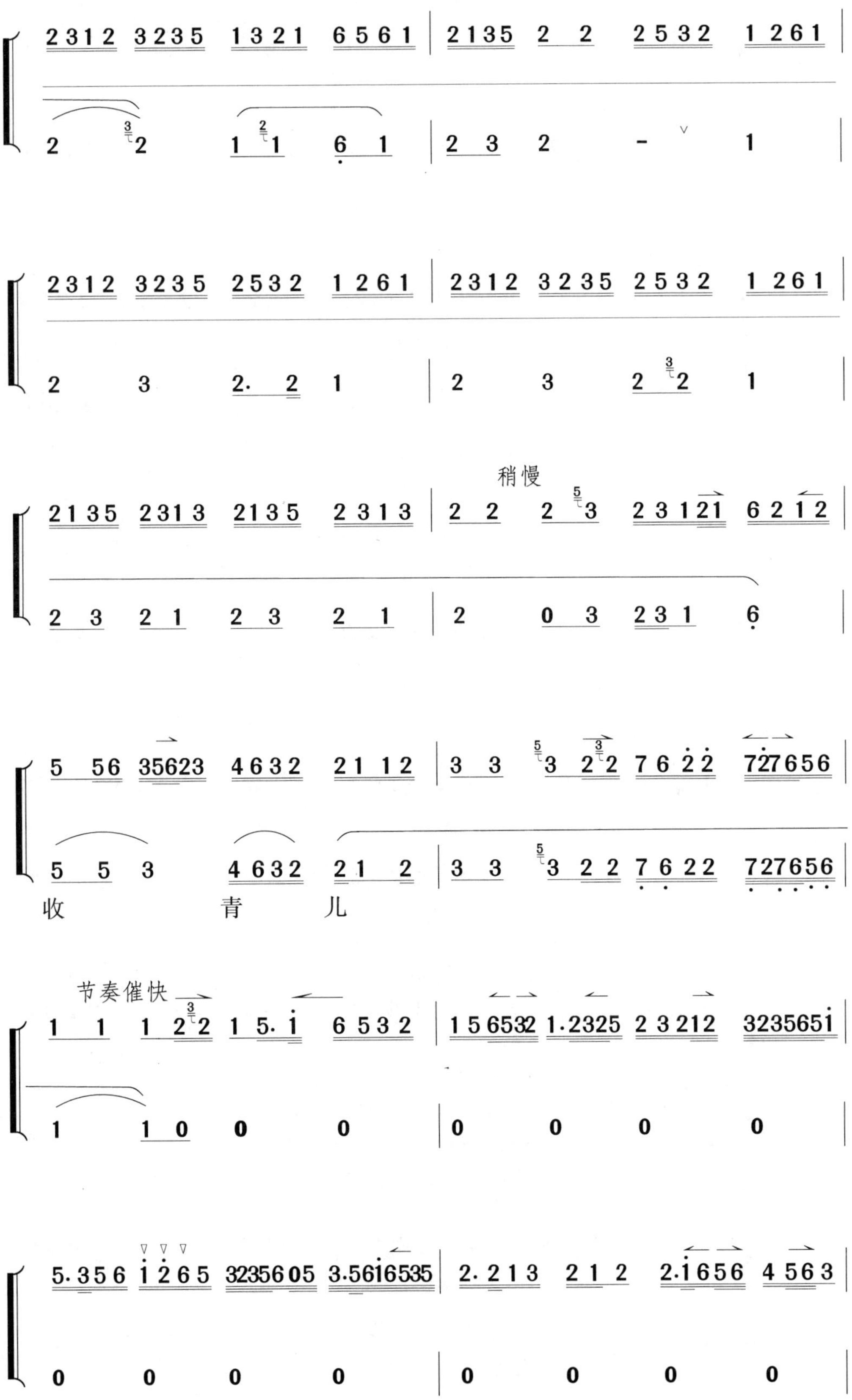
稍慢
收
青
儿
节奏催快

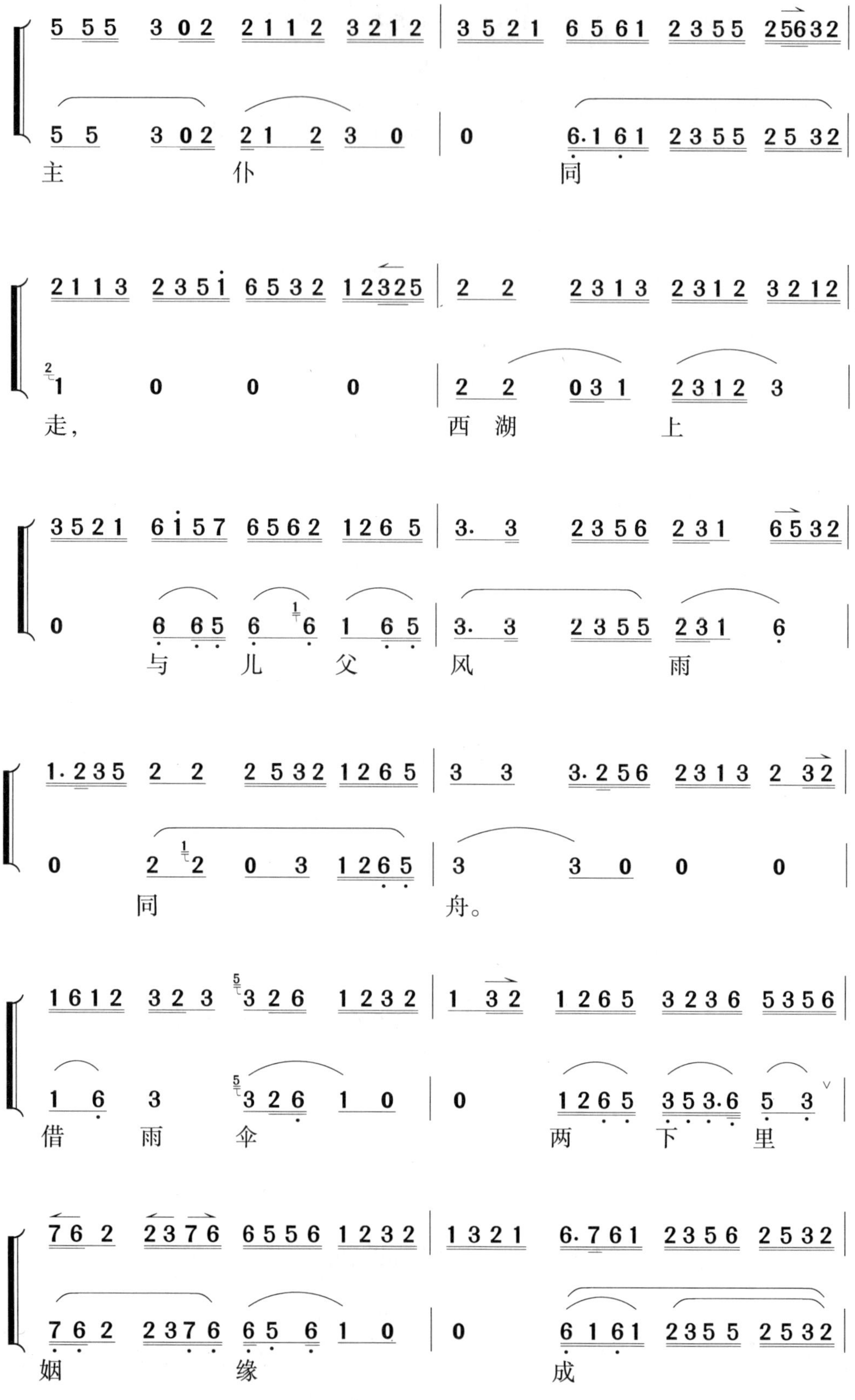
主 仆 同
走， 西 湖 上
与 儿 父 风 雨
同 舟。
借 雨 伞 两 下 里
姻 缘 成

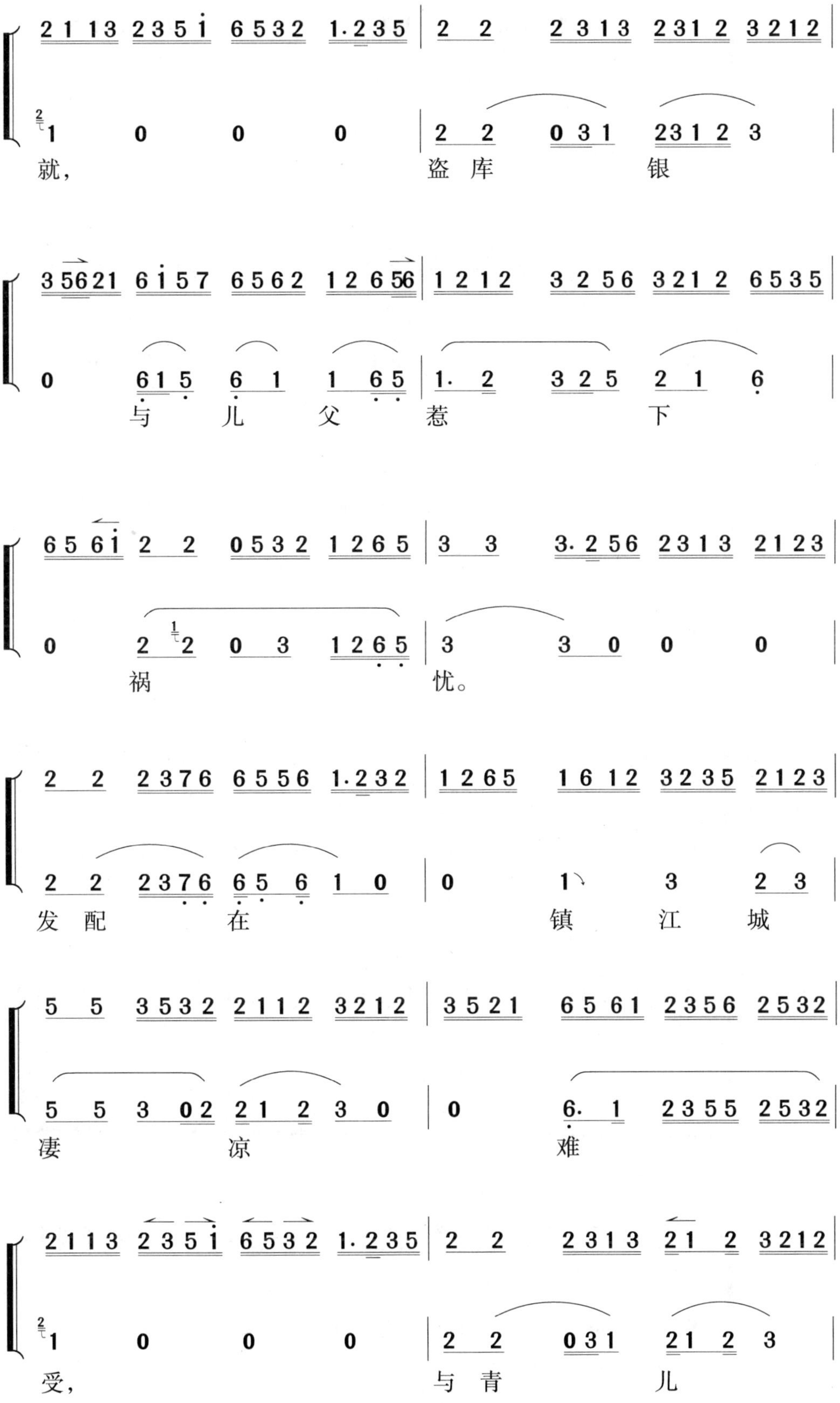
就，
盗 库 银
与 儿 父 惹 下
祸 忧。
发 配 在 镇 江 城
凄 凉 难
受，
与 青 儿

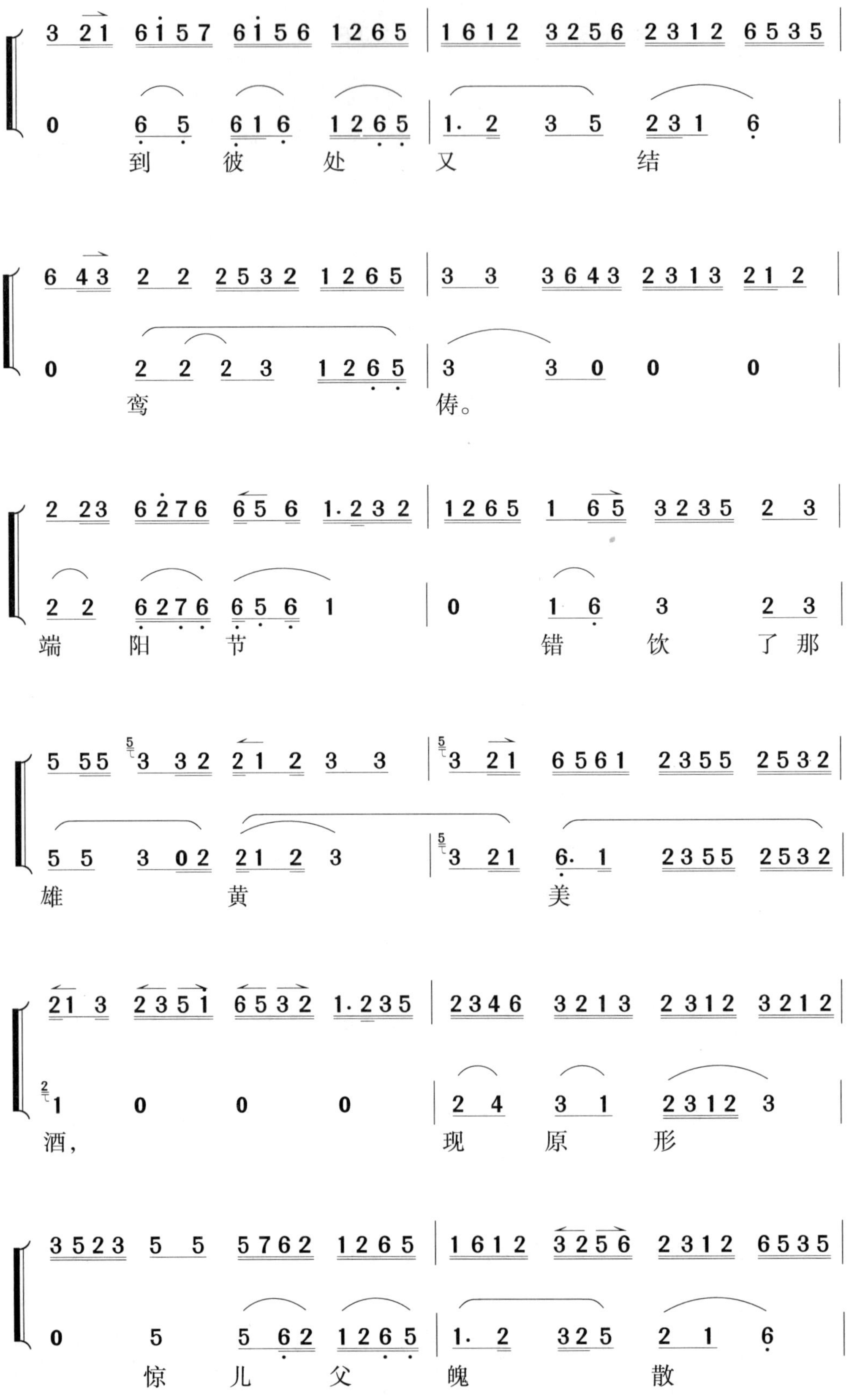
到 彼 处 又 结
鸾 俦。
端 阳 节 错 饮 了 那
雄 黄 美
酒， 现 原 形
惊 儿 父 魄 散

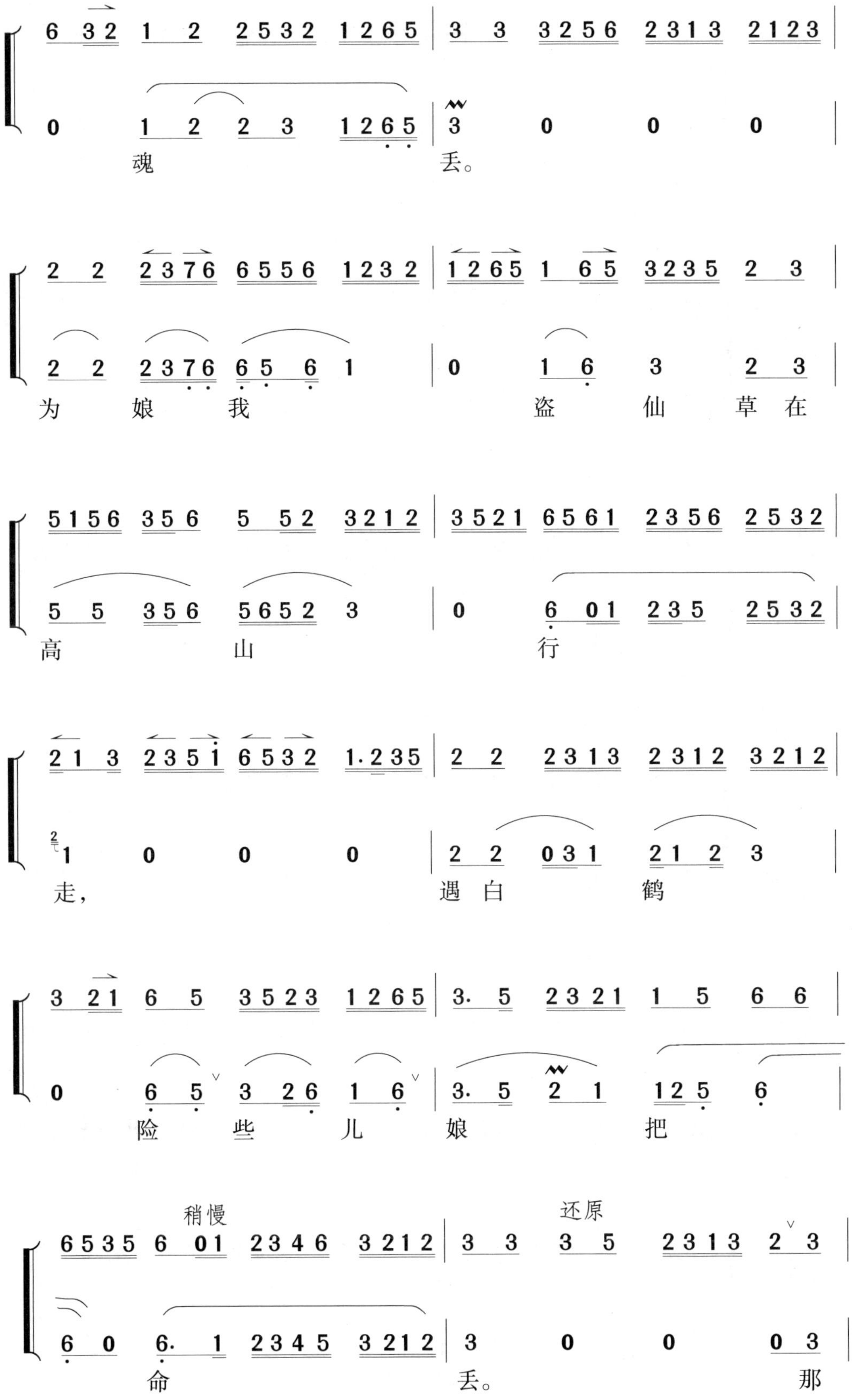
魂 丢。
为 娘 我 盗 仙 草 在
高 山 行
走， 遇 白 鹤
险 些 儿 娘 把
稍慢
还原
命 丢。 那

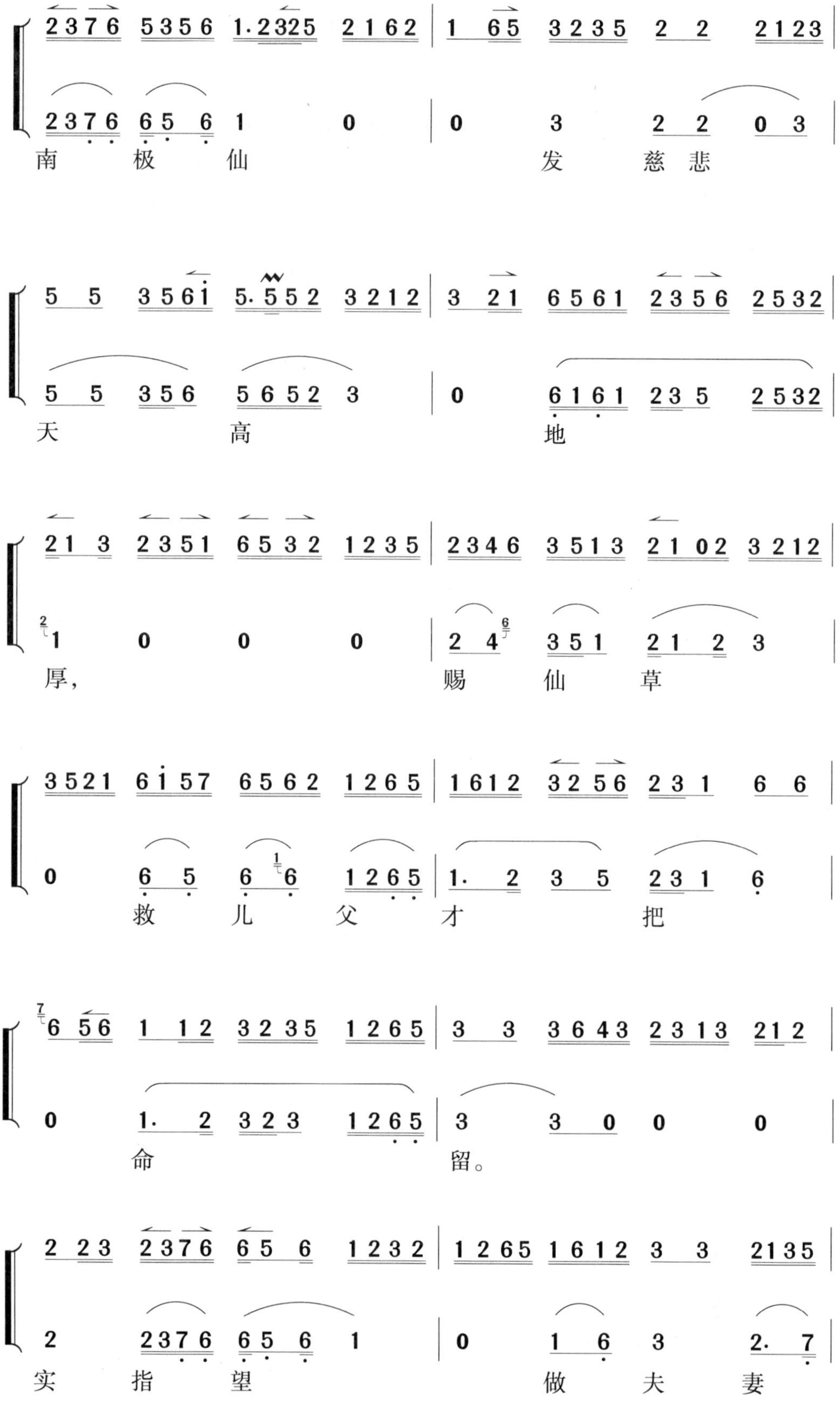
南 极 仙 发 慈 悲
天 高 地
厚，赐 仙 草
救 儿 父 才 把
命 留。
实 指 望 做 夫 妻

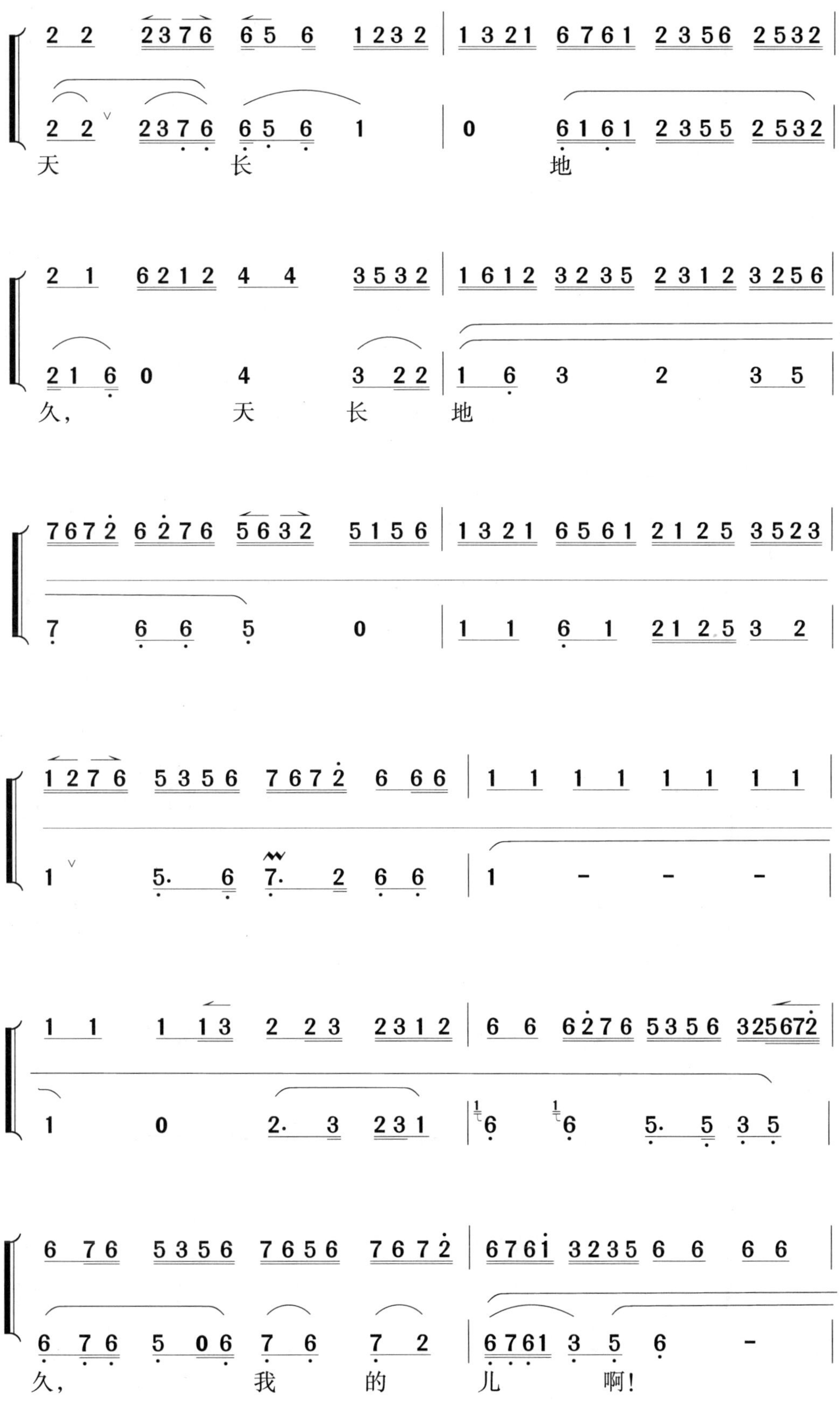
天 长 地
久， 天 长 地
久， 我 的 儿 啊！

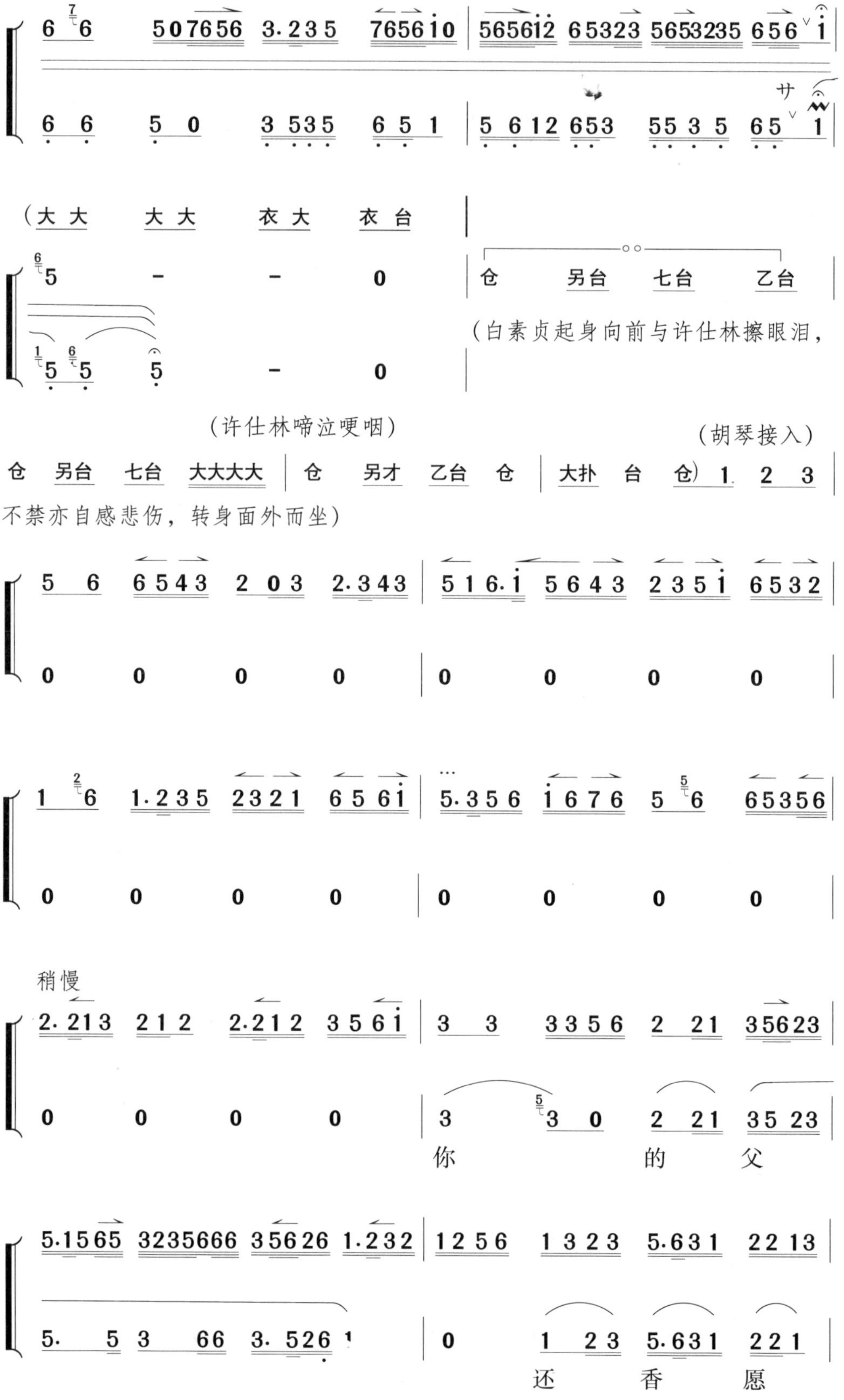

（大 大 大 大 衣 大 衣 台
仓 另台 七台 乙台
（白素贞起身向前与许仕林擦眼泪，
（许仕林啼泣哽咽）
（胡琴接入）
仓 另台 七台 大大大大 仓 另才 乙台 仓 大扑 台 仓）
不禁亦自感悲伤，转身面外而坐）
稍慢
你 的 父
还 香 愿

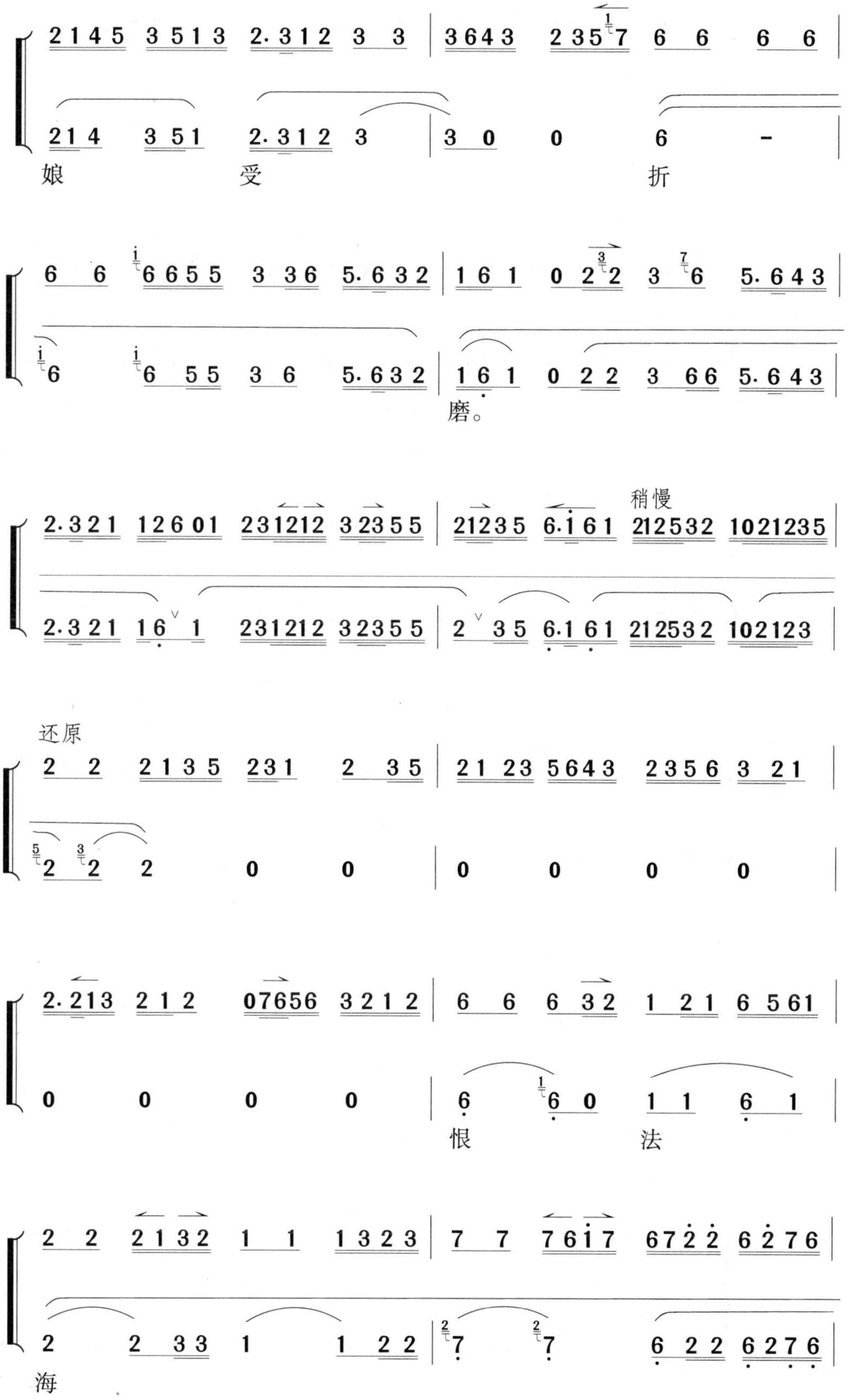
娘
受
折
磨。
稍慢
还原
恨
法
海

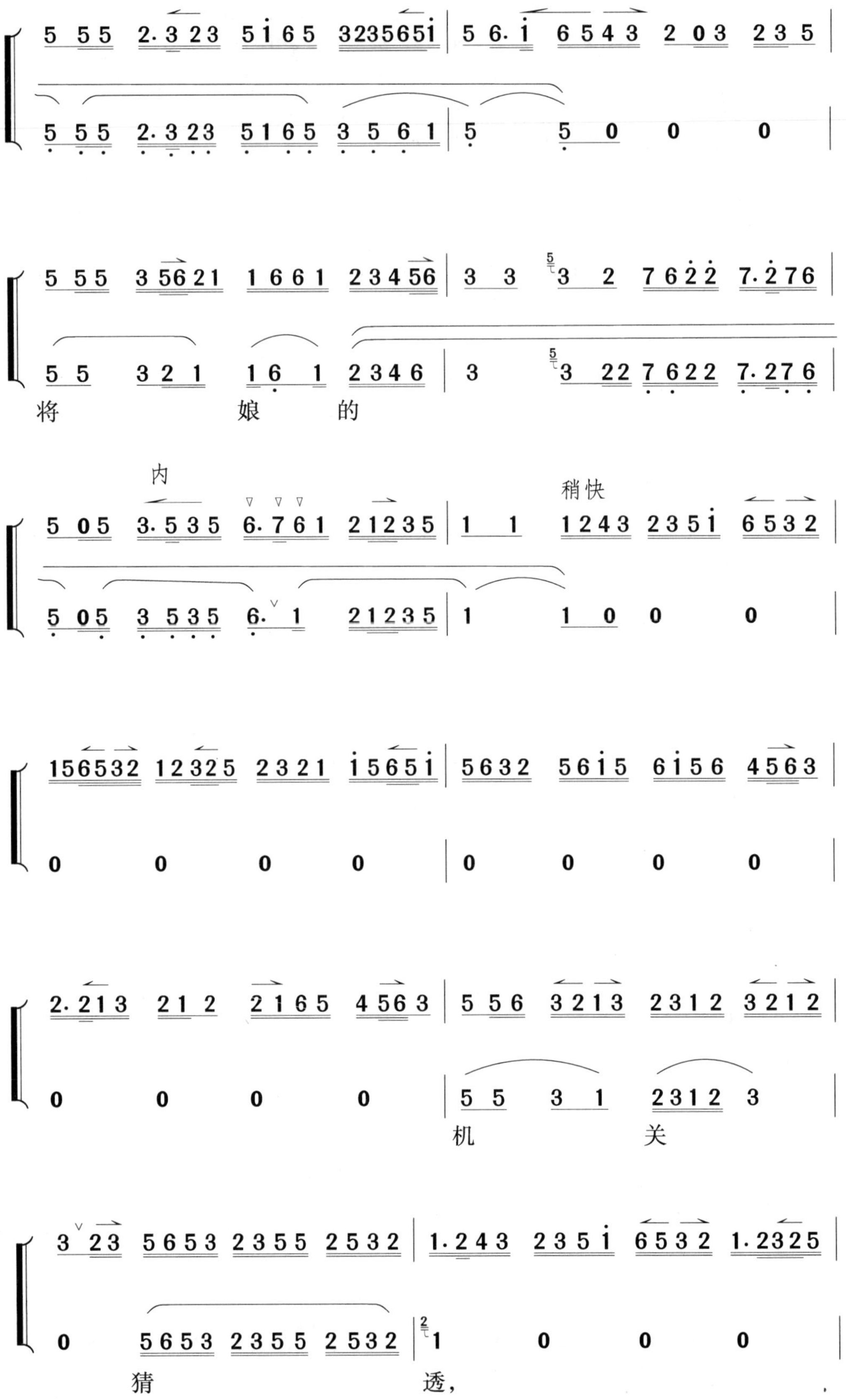
将
娘
的
内
稍快
机
关
猜
透，

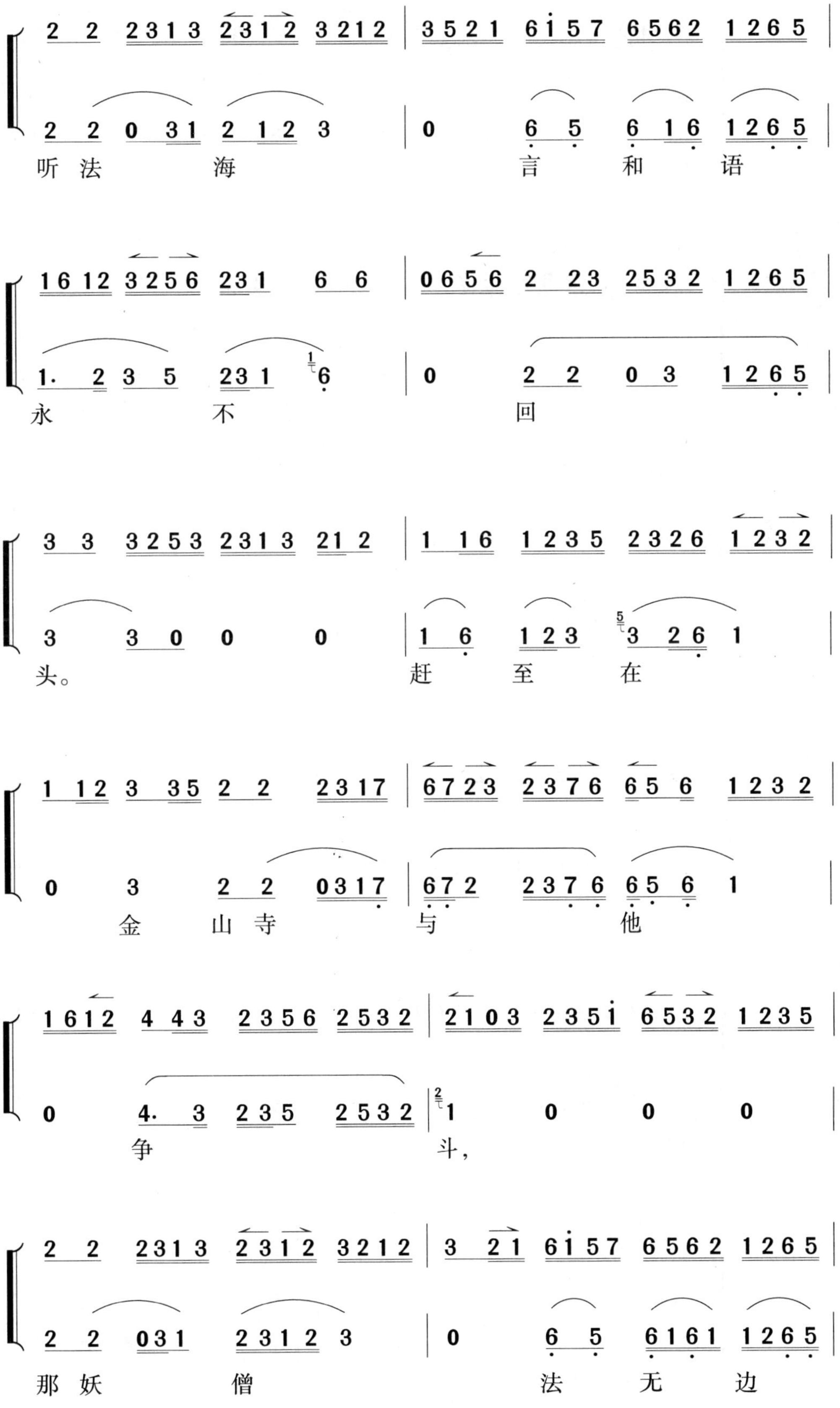

听 法 海 言 和 语
永 不 回
头。 赶 至 在
金 山 寺 与 他
争 斗，
那 妖 僧 法 无 边

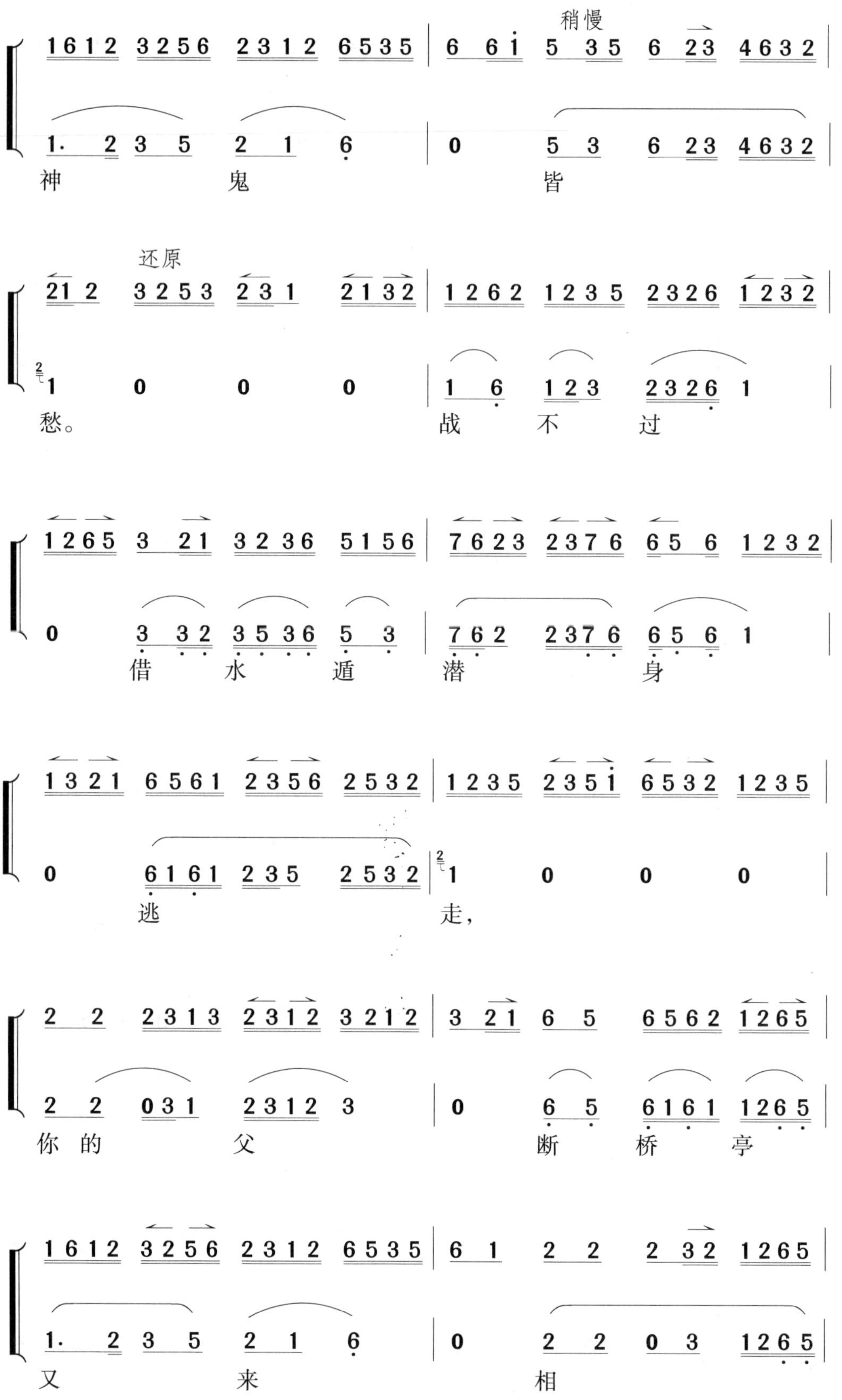
稍慢
神 鬼 皆
还原
愁。 战 不 过
借 水 遁 潜 身
逃 走，
你 的 父 断 桥 亭
又 来 相

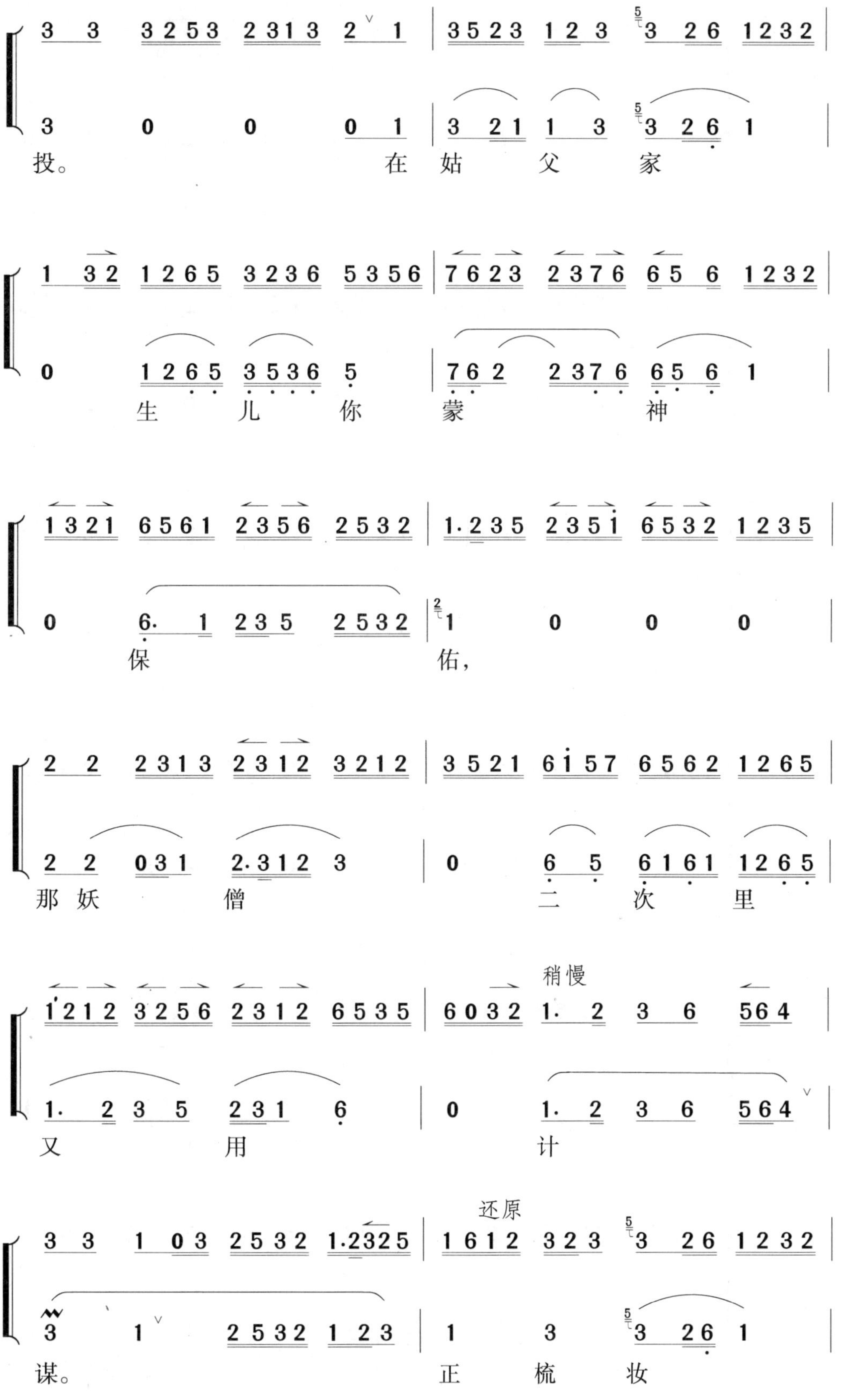
投。在姑父家
生儿你蒙神
保佑，
那妖僧二次里
稍慢
又用计
还原
谋。正梳妆

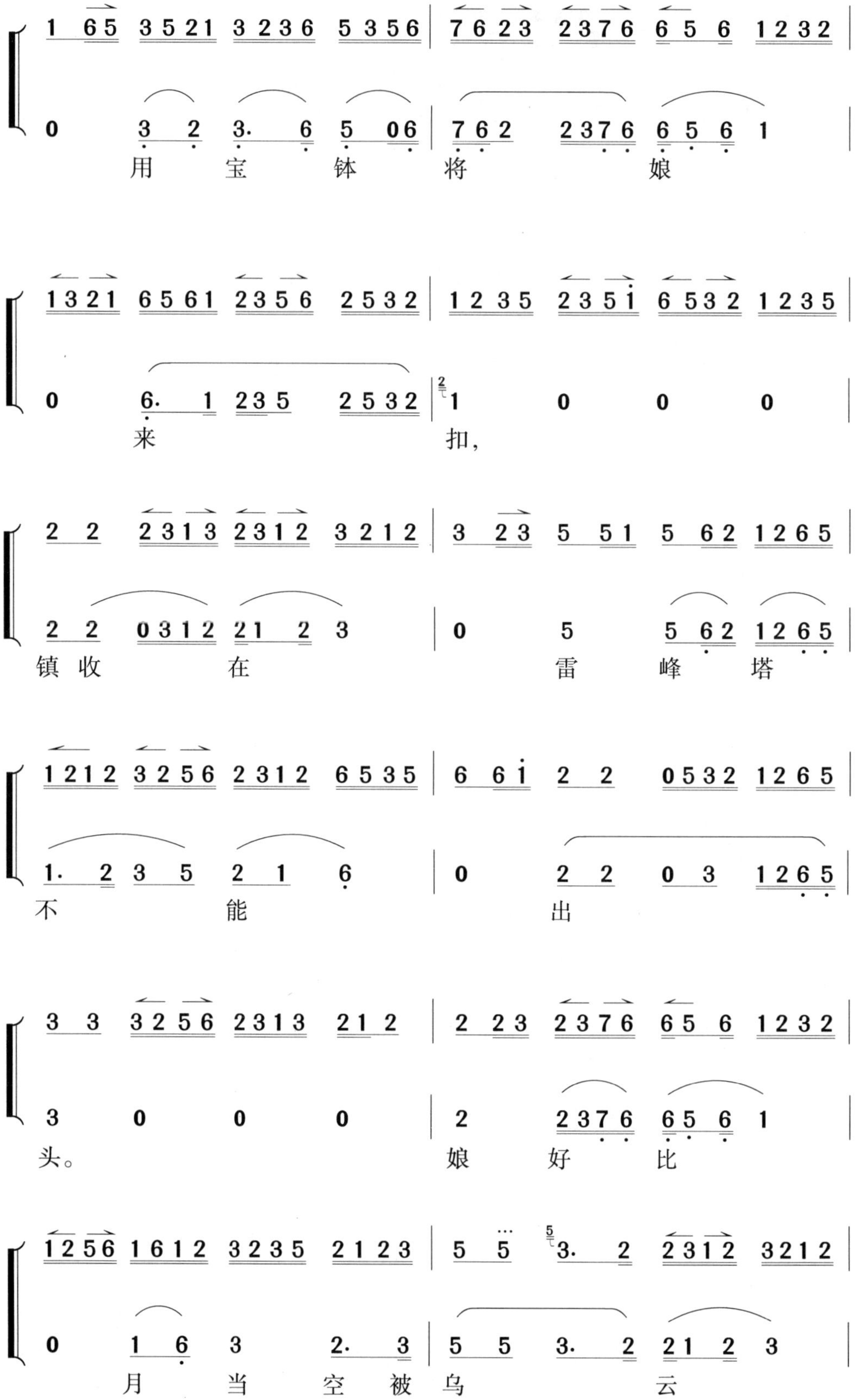
用 宝 钵 将 娘
来 扣，
镇 收 在 雷 峰 塔
不 能 出
头。娘 好 比
月 当 空 被 乌 云

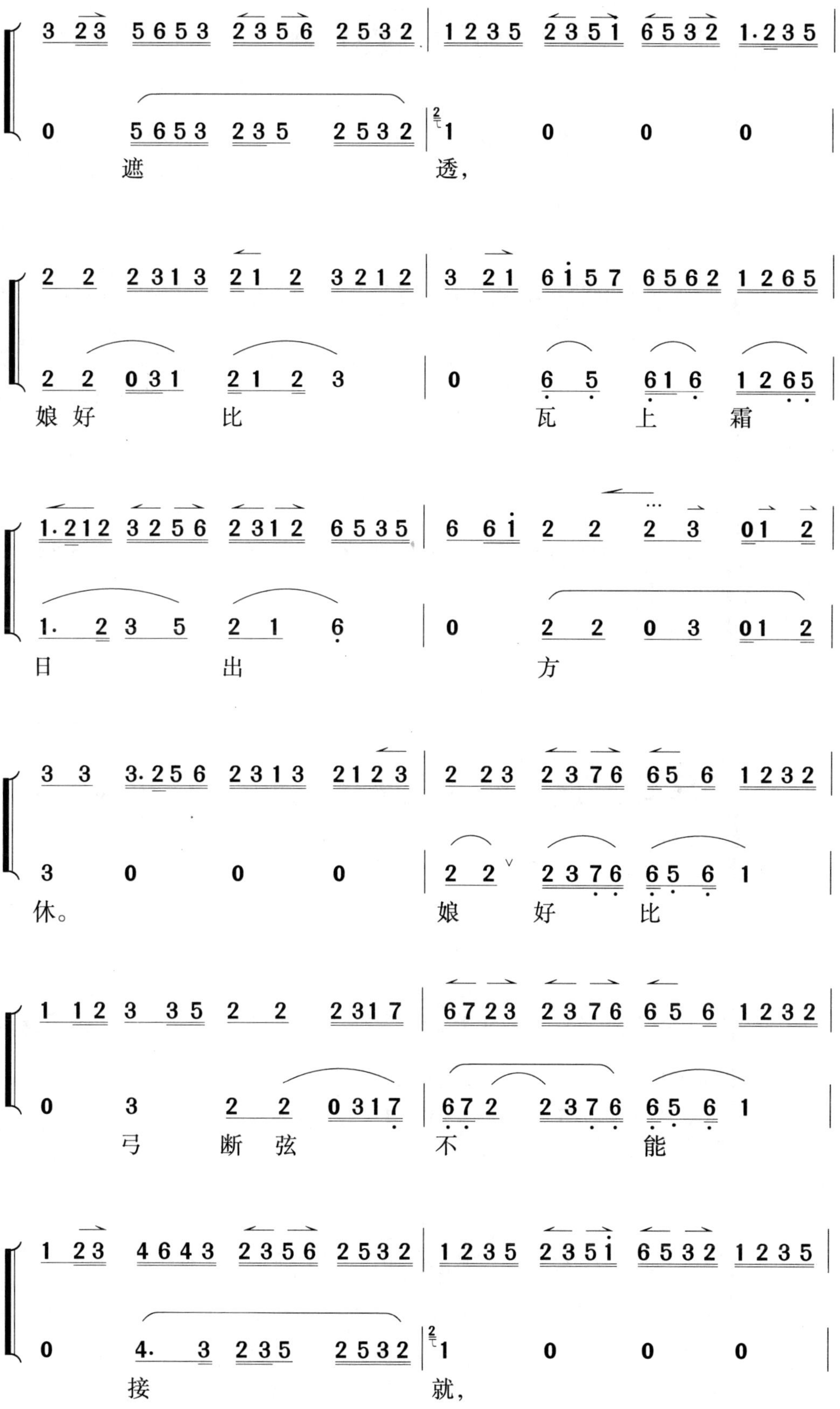
遮
透，
娘好
比
瓦
上
霜
日
出
方
休。
娘
好
比
弓
断
弦
不
能
接
就，

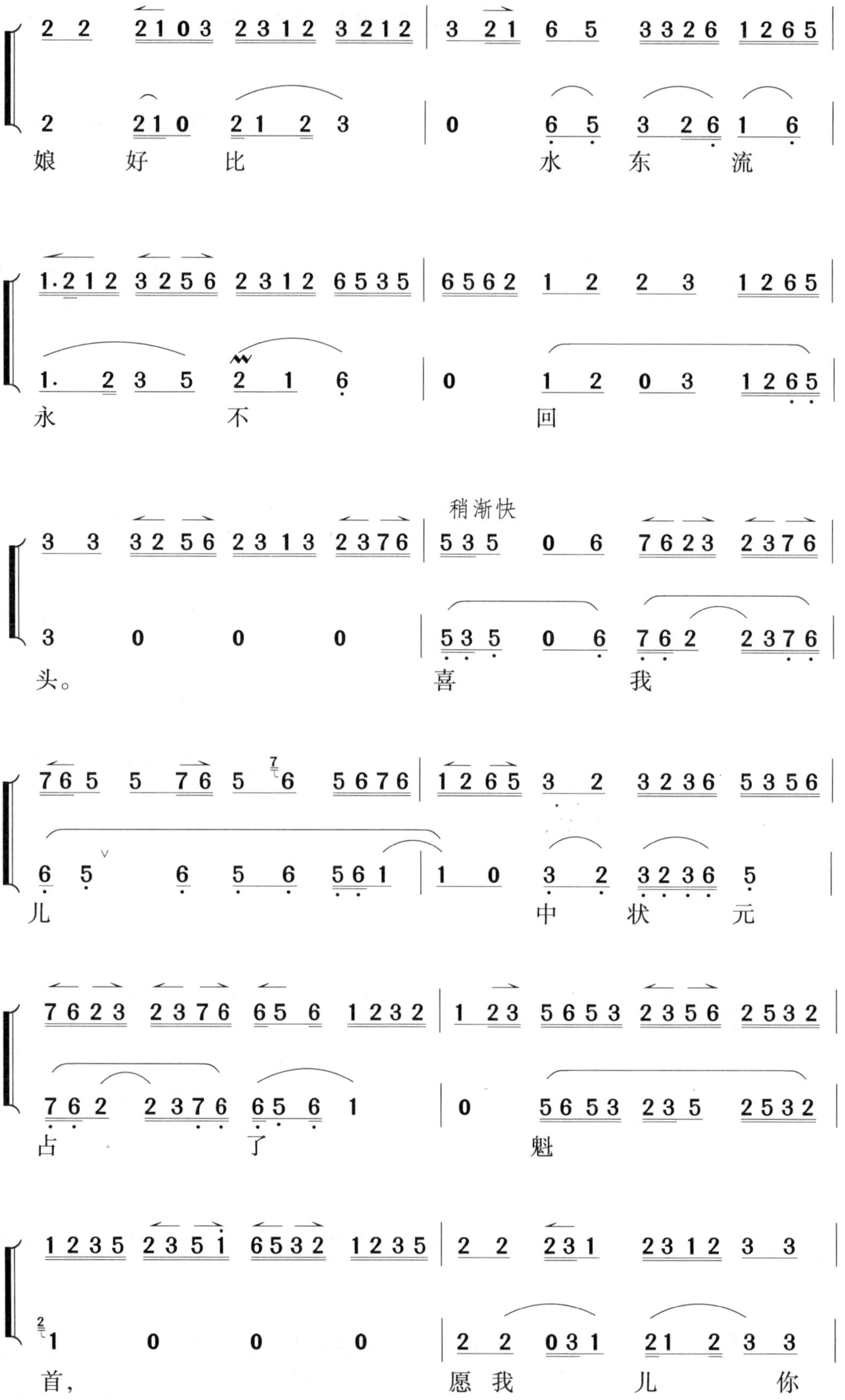
娘 好 比 水 东 流
永 不 回
稍渐快
头。 喜 我
儿 中 状 元
占 了 魁
首, 愿 我 儿 你

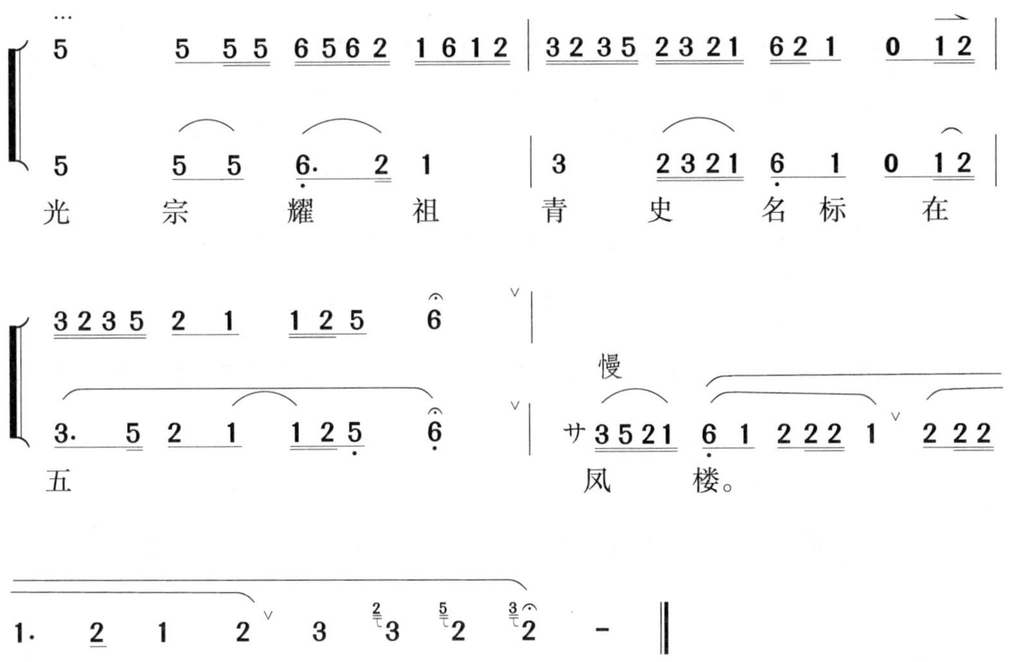

塔 神 你母子分别了吧！

白素贞 呀！**【纽丝】**（白素贞起立，许仕林亦起立，面对塔神）

〔反二黄散板〕

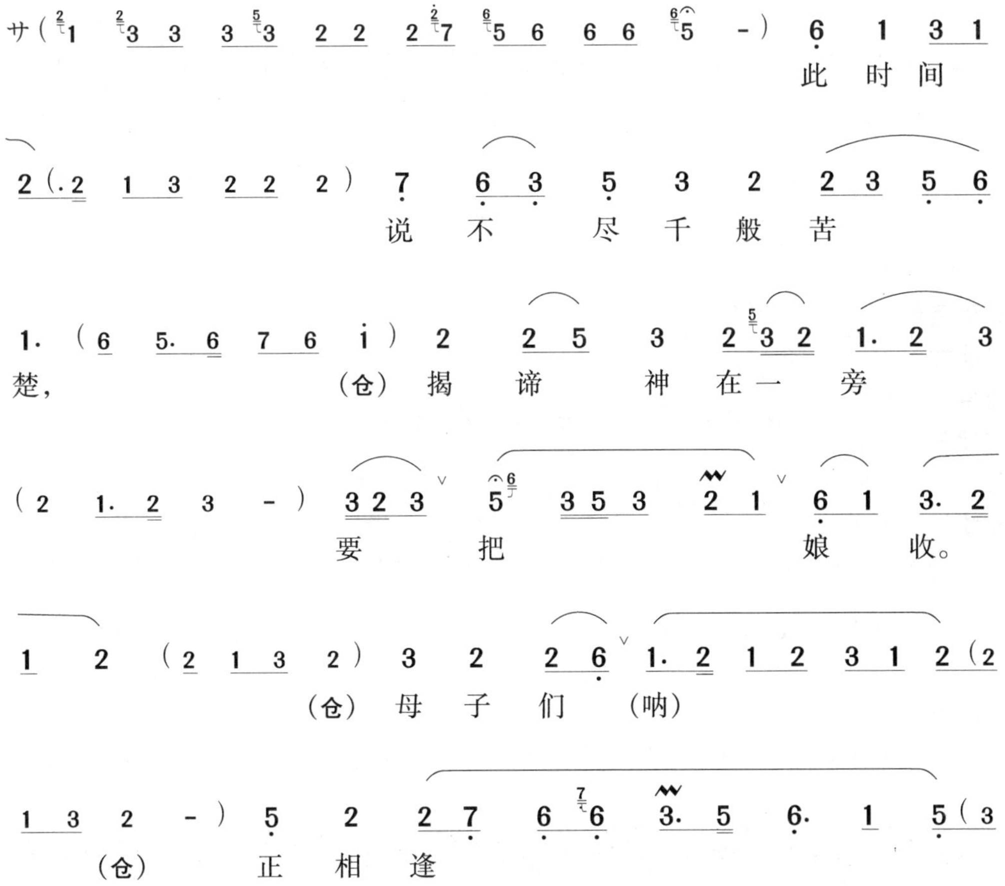

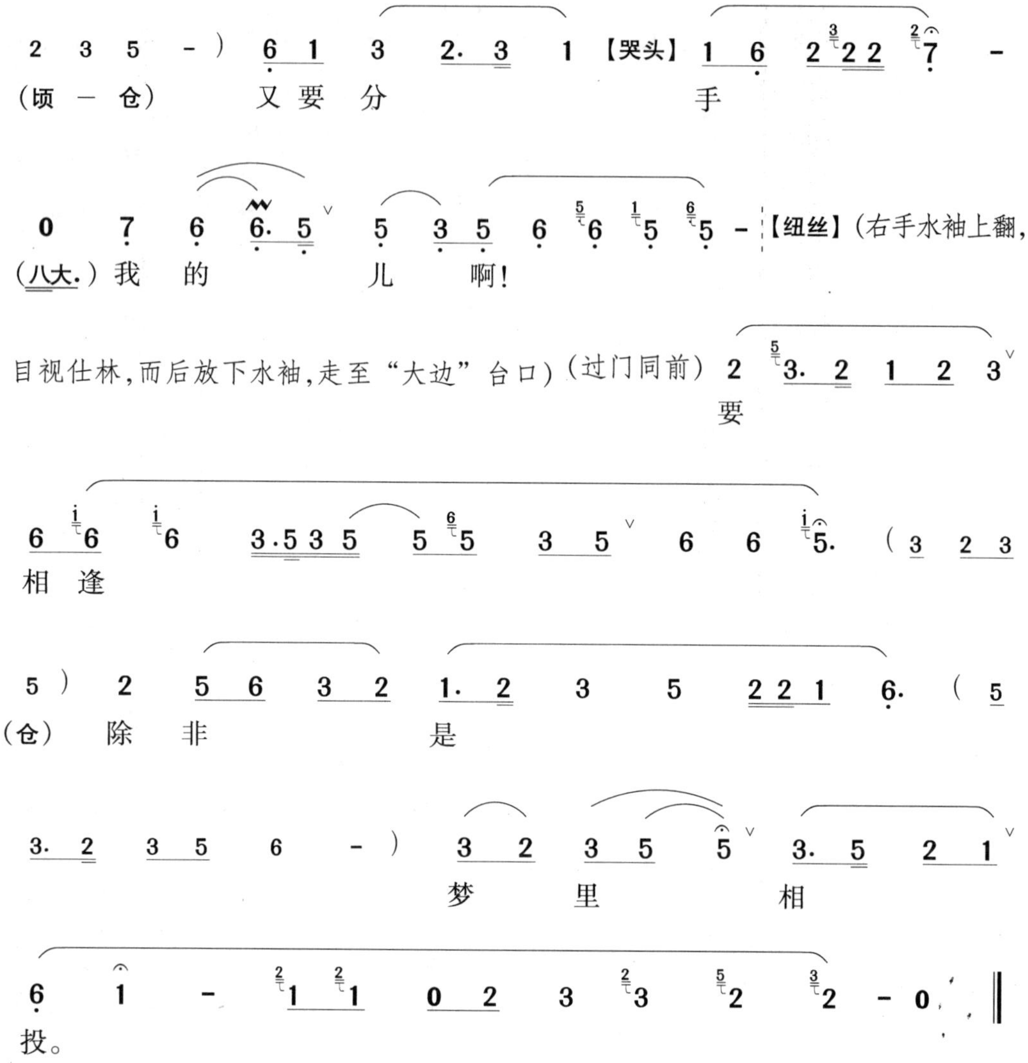

白素贞 【叫头】仕林！（仓仓另仓）

许仕林 母亲！

白素贞 我儿！（仓才仓）（彼此折袖、搭袖、拭泪）

许仕林 亲娘！

白素贞 儿啊！【大锣原场】（白素贞扬右水袖左转身朝里走半圈，许仕林扬左水袖右转身朝里走半圈，塔神拦阻母子再见，白素贞、许仕林重返原位）

许仕林 母亲啊！

塔　神 分别了吧！

镩【大锣收头】接【冲头】白素贞往“下场门”走，由塔神举鞭押下。四龙套由“上场门”暗上站右侧站一顺边。

许仕林 带马！

「<尾声>一龙套递过来马鞭后四龙套先领反下，许仕林上马后“上场门”下。

——剧　终

朱永康　　整理　记谱

苏三起解

黄桂秋演出本

《苏三起解》又名《女起解》，是全部《玉堂春》中的一折，说的是明代妓女苏三（又名玉堂春）与吏部尚书之子王金龙相爱的故事。王金龙结识苏三后，两人誓偕白首，后因金龙银尽，被鸨儿逐出妓院。苏三在小贩金哥的帮助下，与金龙相会于关帝庙，慨赠银两助王赴京赶考。王走后，苏三被卖与山西富商沈燕林为妾。沈妻与人通奸误毒死丈夫，反诬苏三谋害。苏三被问成死罪，最后经三堂会审得以平反，终与金龙团圆。《起解》就是叙述解差崇公道提解苏三自洪洞县赴太原省城复审时，途中听苏三倾诉其不幸遭遇而加以劝慰的一节。

此剧是旦角的唱工重头戏，唱腔有〔二黄〕、〔反二黄〕、〔西皮慢板〕、〔西皮原板〕等板式，历经名家琢磨、润饰，日臻完美，且上场人物少，易于排演，故梨园行多以此剧开蒙课徒，票友亦然。四大名旦皆把此剧当做看家戏，各有自己的一套唱法，而以梅派的〔流水〕“苏三离了洪洞县”流传最广，几乎爱好京剧者都会哼唱此段。据《五十年来北平戏剧史材》，黄桂秋先生于1926年9月29日首次登台“三庆园”贴演的就是这出《起解》。黄先生的《起解》源自乃师陈德霖老夫子，后又加上自己的创造，使这出传统戏无论在唱腔或表演方面，都具有黄派艺术的独特风格，所以能从众多的流派中脱颖而出。

首先是唱腔新而不僻，媚而不俗。令人听了味隽音婉，很受听。苏三幕内一声“苦哇”，一般都采用两个高音，黄派则“苦”字翻高后，“哇”字走低，尾音收得轻而不虚，更显苏三久禁狱中之苦，凄恻感人。出场后的四句〔二黄散板〕唱得幽咽凄哽，绘出心中恇怯之情。如第一句“忽听得唤苏三我的魂飞魄散”中“得”字用小颤音，“唤”是去声字要腔，“三”字加装饰音以增强艺术效果，“魄”去声字稍顿再要小腔，这些小腔听起来很别致。第二句“不敢向前”的“前”字以调合情，娓娓动听。第三句“来把礼见”的“见”字，气先收足后，再尽量放出，出口着实有力，真有音荡绕梁之感。最后一句“问老伯呼唤我所为哪般”中“伯”字后用垫头（7̣ 6̣ 7̣），“呼唤我”的“唤”向上一挑，与前面的“唤”就不同。“我”字出口加个装饰音就更显妩媚。

接下去的〔叫头〕“天哪！天哪！”第二个“天”先翻高，“哪”则婉转走低，收音极美，而后唱六句〔反二黄〕。第一句“冤枉能辩”的“辩”字拖音中有些32分音符要轻唱，但既不能唱毛，又要每个音节很清晰，这就是功夫。黄先生唱时走低而不疵，声轻而稳妥，音韵绵延，令人神往。第二句“负义儿男”的“男”字尾腔又创新，声音力度逐渐加强，唱出气愤的心情。第三句腔特别长，词也与众不同，“跪至在狱神殿叩首百谂”的“谂”字拖了八板之多，是所有〔反二黄〕中最长的拖腔，其前面五板有些似“梅腔”，后面三板则全异，起伏跌宕幅度很大，急与缓、收与放的交替对应很得体，达到含蓄而不温、舒放而不火的效果。第四句“尊一声狱神爷细听奴言”的“言”字，虽然只拖三板，但唱腔新颖，完全不同于其他流派，有一板全走低音，并以微微摇曳之音带出韵味儿，很讨好，但很难唱，若没有一条好嗓子绝难胜任。

第二场“行路”出场唱的〔流水〕早在20世纪40年代就有“一句苏三惊四座”之誉。1942年春节黄先生与周信芳先生挂并牌时，在上海黄金大戏院演出《起解》的“行路”一折，因为戏很轻松就应邀去吃饭，不想喝得酩酊大醉。戏院派车把他接回来，给他化好装仍不肯出场，可台下催场很急，有人出点子在锣鼓点中“绑赴法场”，不想一出场雷鸣般的碰头彩把黄的酒意惊醒了。黄是酒嗓子，酒后音色更美，一段“苏三离了洪洞县”唱罢，场内再次轰动，从此“一句苏三惊四座”就传开了。黄先生这段唱腔轻灵流利，急缓咸宜，有垛有纵，板式玲珑，尤其是“削板垫字”更觉不凡。他在阴平声的“街”和“心”字上，也安上了华丽的小腔。若按照传统唱法，“街”和“心”字都倒了，经过这一改，非但字不倒，而且更好听，加以黄先生唱起来特别干净利落，更显得精练别致，好似深山溪流。末尾“我就再报还”的“再”字拔高，“报”字用小颤音，“还”则加强顿音收尾，听了舒畅之极。出城拜干爹后，一句〔叫头〕“走哇”，接着唱〔西皮导板〕都能获彩。〔慢板〕第一句“思想起从前事好不伤情”，“从前”二字不落俗套，“情”字拖腔收尾前面的一顿也是黄派特色。第二句“缠头似锦”欲浮先沉，唱得华而不浮、淡而不平。第三句的“到”和“罪”疾徐有致，极饶韵味。“大大的好人”一句〔回龙〕走低腔，配以抚摩解差的表演缠绵尽致。最后一句“此一去”的“去”字声脆激越，拔高处如穿云裂帛，声闻九霄。纵观全剧掌声自始至终不绝于耳，真乃一代绝唱。

我存有一张1948年12月26日的上海《罗宾汉》戏报，内有一篇孙老乙写的《黄桂秋的〈女起解〉》，他列举了几位名家听了此戏的评论：杨宝忠君说：“找这么个能唱的主儿，可不容易了。”黄天麟君说：“他这出《起解》定费过很多的功夫，因为从头到尾，每一句中都有玩意儿。今天我才知道，所谓黄派原来是把四大名旦之长，收敛一块儿而成的。”迟金声君说：“我连听了两天，这段〔流水〕都没偷会，真神。”石德康君说：“黄老板唱两句，实在呒啥话头。”五十几年前名家们的评价，在今天也是值得玩味的。

朱永康

人物行当

苏　三	青衣	**禁　卒**	丑
崇公道	丑	**狱　官**	丑

服装扮相

苏　三　俊扮。银泡头面、大头线帘子、小甩发，红绸子罪衣罪裙，白绸腰包、腰巾子，红彩鞋。

崇公道　丑扮。毡帽、白四喜髯口，布箭衣、黄大带、彩裤，白布袜、布鞋。

禁　卒　丑扮。蓝毡帽、黑吊搭，茶衣、腰包，彩裤，白布袜、布鞋。

狱　官　丑扮。圆纱、丑三，黑褶子，彩裤，薄底靴。

道具

桌子	一张（带桌围）	**竹 棍**	一根
椅子	两把（带椅披）	**斧 子**	一把
链条	一根	**公 文**	一件
鱼枷	一副	**小行李卷**	一个

第 一 场

〔幕启。台中置一桌，设“小座”，“大边”置一椅背放，表示牢门。

〔**【冲头】**转**【撤锣】**

〔崇公道内白：“啊哈——！”

〔**【小锣五击】**崇公道拄竹棍由“上场门”上，至中台口立。

崇公道 （念）你说你公道，我说我公道；

公道不公道，自有天知道。（**扎**）

小老儿崇公道。在这洪洞县当了一名解差，因为我上了几岁年纪，为人老实，太爷叫我代管女监。今有巡案大人在省城下马，上司公文到来，要提苏三复审。天也不早啦，就此监中走走。

〔**【小锣一击】**崇公道走小圆场。禁卒由“下场门”暗上。

崇公道 说着说着到啦！挑开！挑开！

禁　卒 哎！坐监的吗？

崇公道 什么呀！上差到了。

禁　卒 上差到了，我给您挑开。

〔**【小锣一击】**禁卒拉椅示开狱门，崇公道低头进监门后，坐“小座。”

禁　卒 参见上差！

崇公道 罢了！你们监里头有个苏三吗？

禁　卒 有个苏三。

崇公道 把她叫出来。

禁　卒 是，您等一会儿。（转身对“上场门”）我说苏三走动啊！

〔（**崩登仓**）苏三内白：“苦——哇——！”**【纽丝】**苏三戴锁链由“上场门”慢步而上，至“九龙口”锣鼓切住亮相。

〔二黄亮弦〕

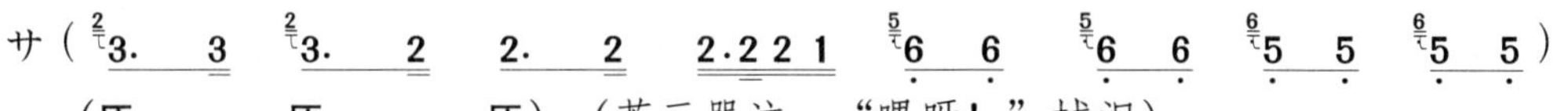

〔**【纽丝】**苏三走至“小边”台口。

〔二黄散板〕

苏　三

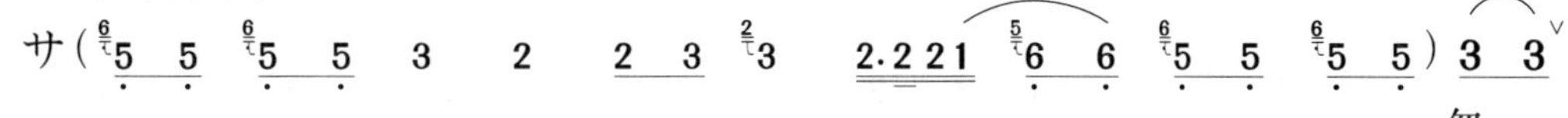

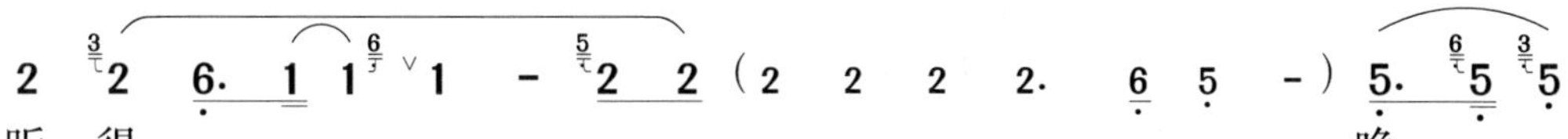

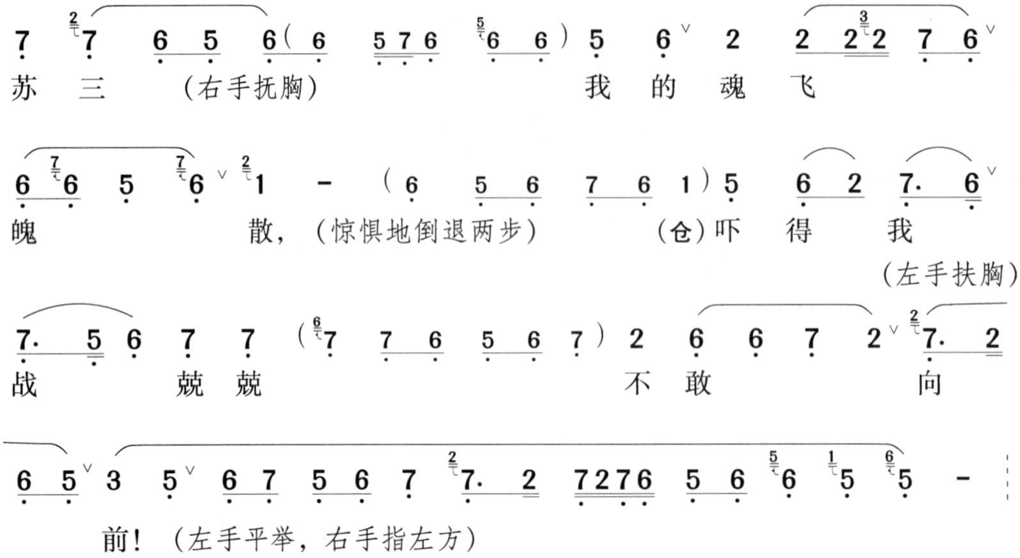

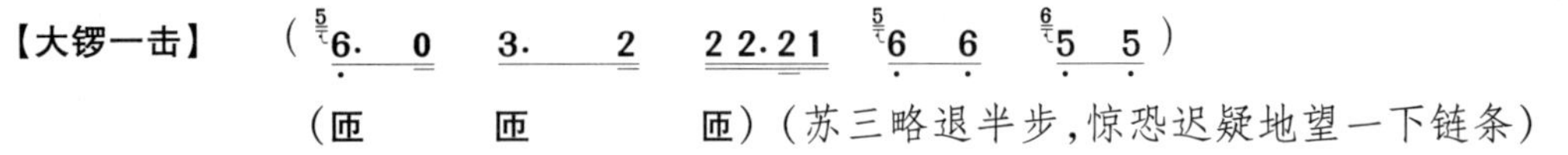

「禁卒夹白：“上差到啦！”苏三夹白：“呀——！”

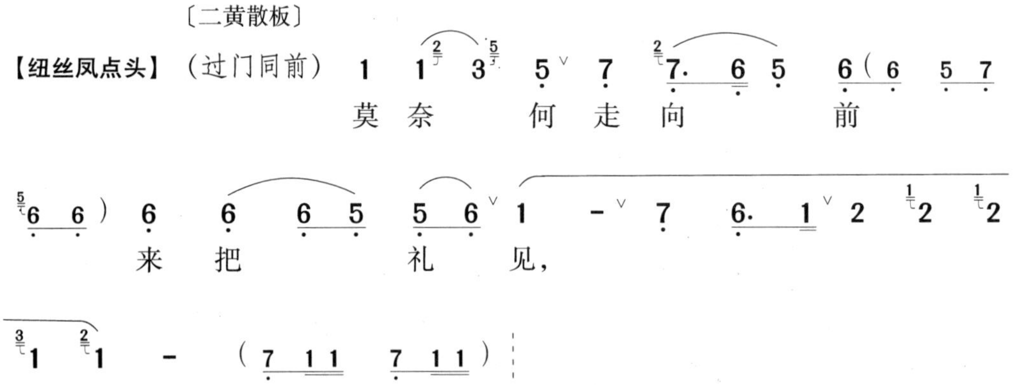

「【纽丝】苏三慢步到台中左转身上步低头进门，挖至“小边”一望崇公道。锣鼓切住。

「【纽丝凤点头】苏三右转身面外，右手暗指崇公道，微点头。

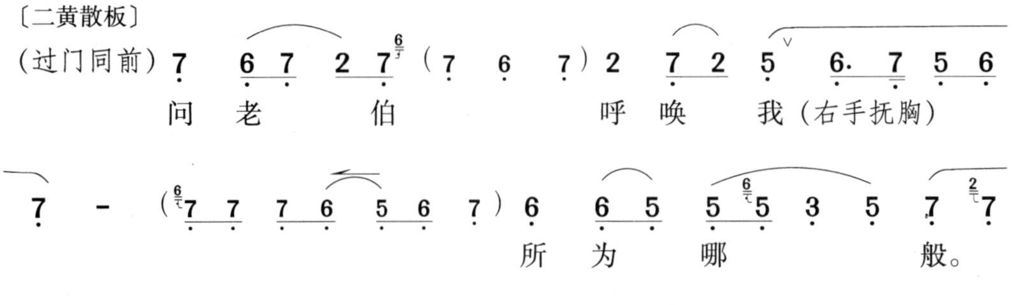

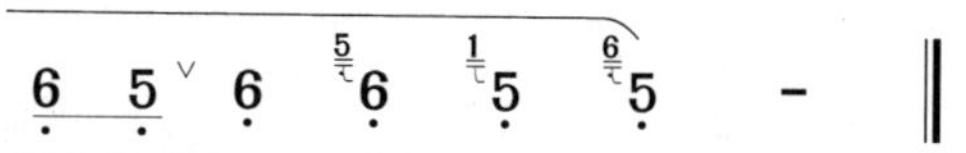

（摊双手）

〔【大锣住头】苏三略上两步，向崇公道行礼。

苏　三　老伯在上，苏三万福。

崇公道　罢啦，真格的你就是苏三吗？

苏　三　正是。

崇公道　你大喜啦！

苏　三　（一惊）我喜从何来呀？（右手持左手的链子，左手一摊）

崇公道　今有按院大人在省城下马，上司有公文到来，提你往太原复审，你这官司有了出头之日，岂不是一喜吗！

苏　三　几时起程？（双手外指）

崇公道　马上飞，说走就走。

苏　三　但不知何人的长解？（右手摊手）

崇公道　自然是我的长解了。

苏　三　如此老伯请至后面打点行囊，待我拜别狱神，也好趱路。（右手外指）

崇公道　你可快着点儿啊！

苏　三　晓得。

〔【冲头】禁卒开监门，崇公道出监由“上场门”下。禁卒由“下场门”暗下。苏三由里绕至“大边”靠近正中台口处。

苏　三　【叫头】天哪！（顷仓）天——哪——！【大锣五击】想我苏三，遭此不白冤枉，哪想今日（大大大大乙仓）乎！（以右拳击左掌）

〔反二黄慢板〕

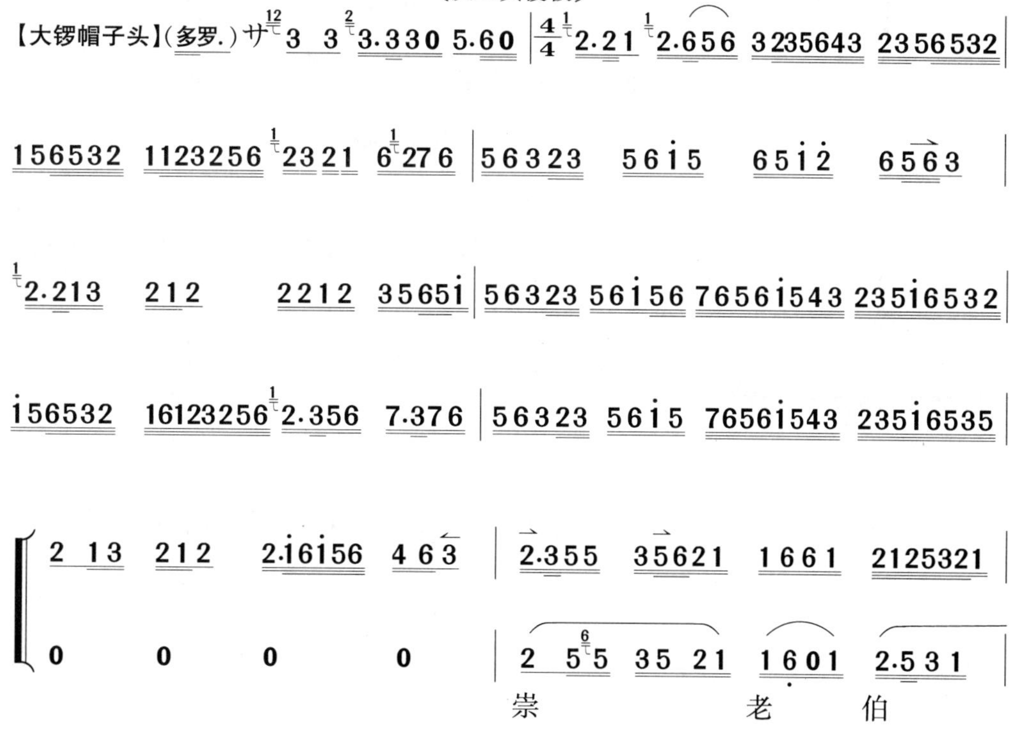

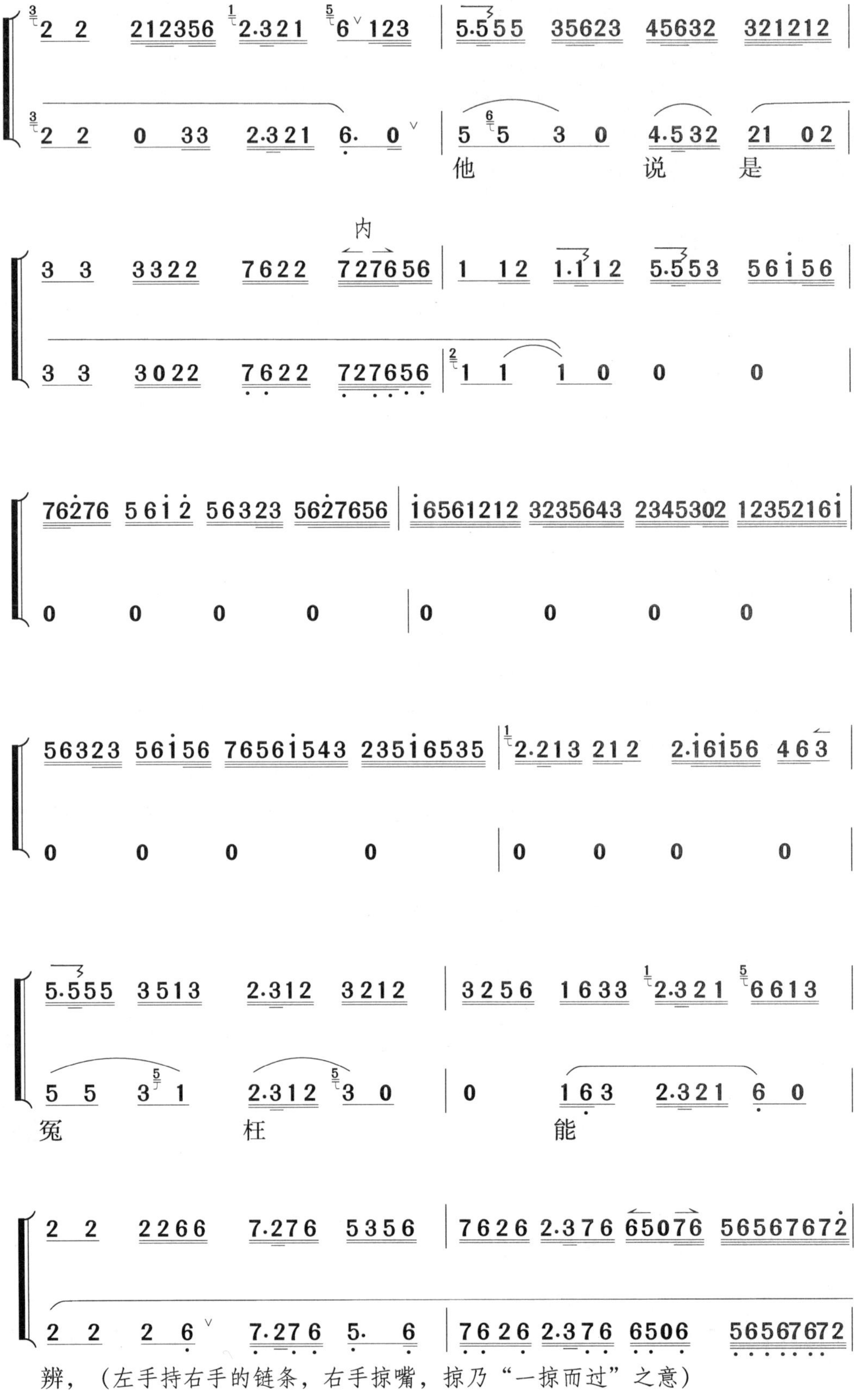
他 说 是
内
冤 枉 能
辨，（左手持右手的链条，右手掠嘴，掠乃“一掠而过”之意）

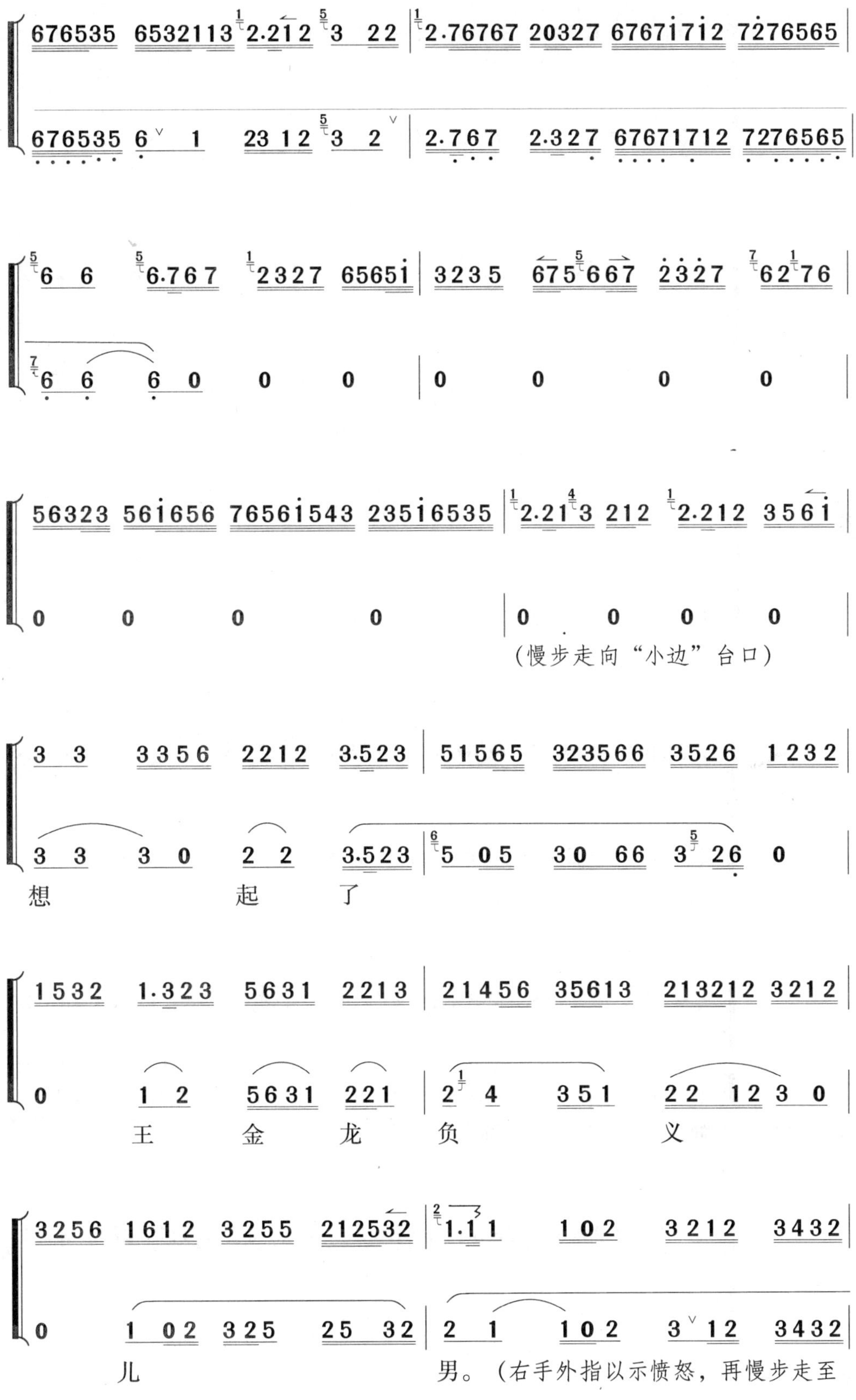
（慢步走向“小边”台口）
想 起 了
王 金 龙 负 义
儿 男。（右手外指以示愤怒，再慢步走至

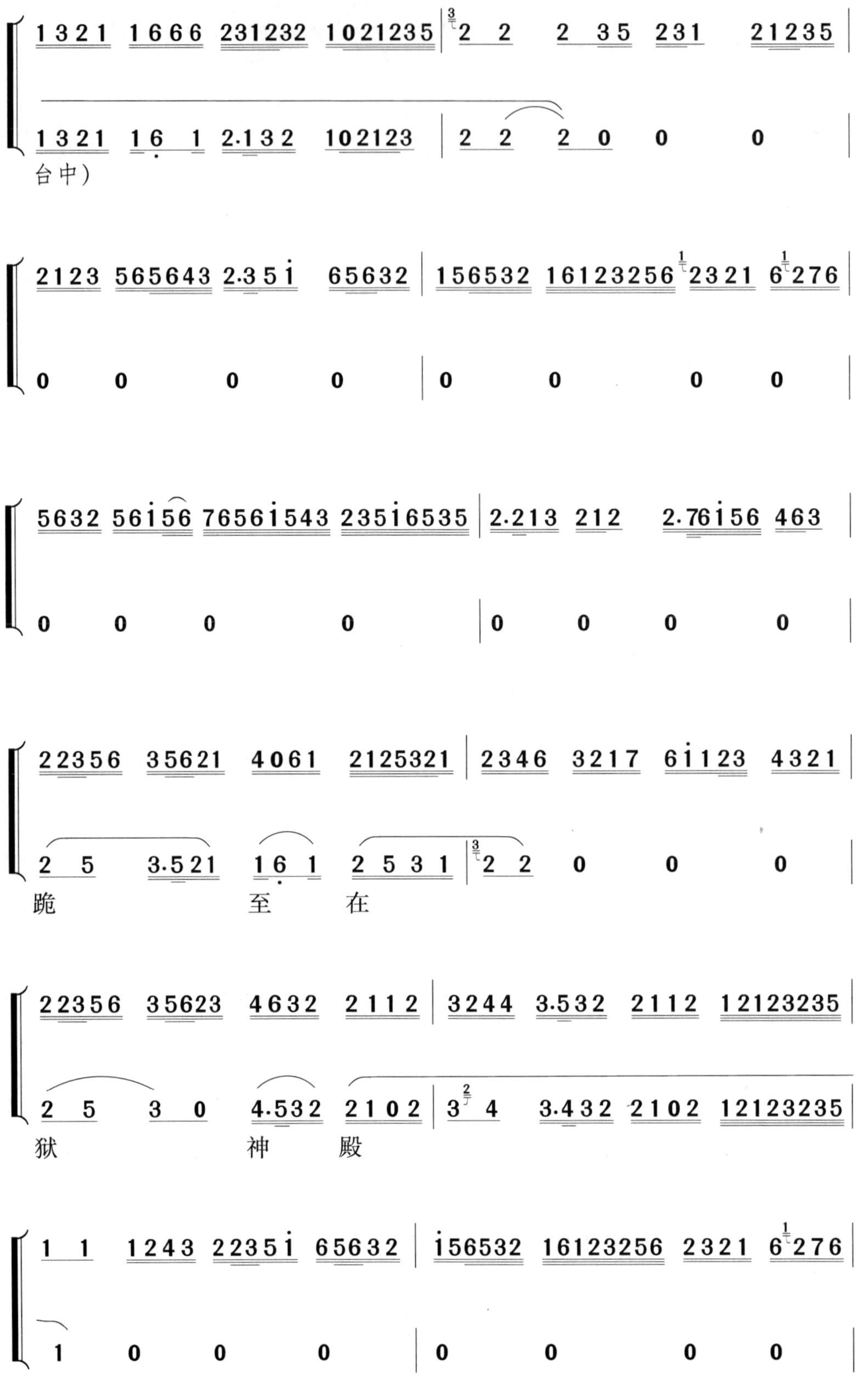
台中）
跪 至 在
狱 神 殿

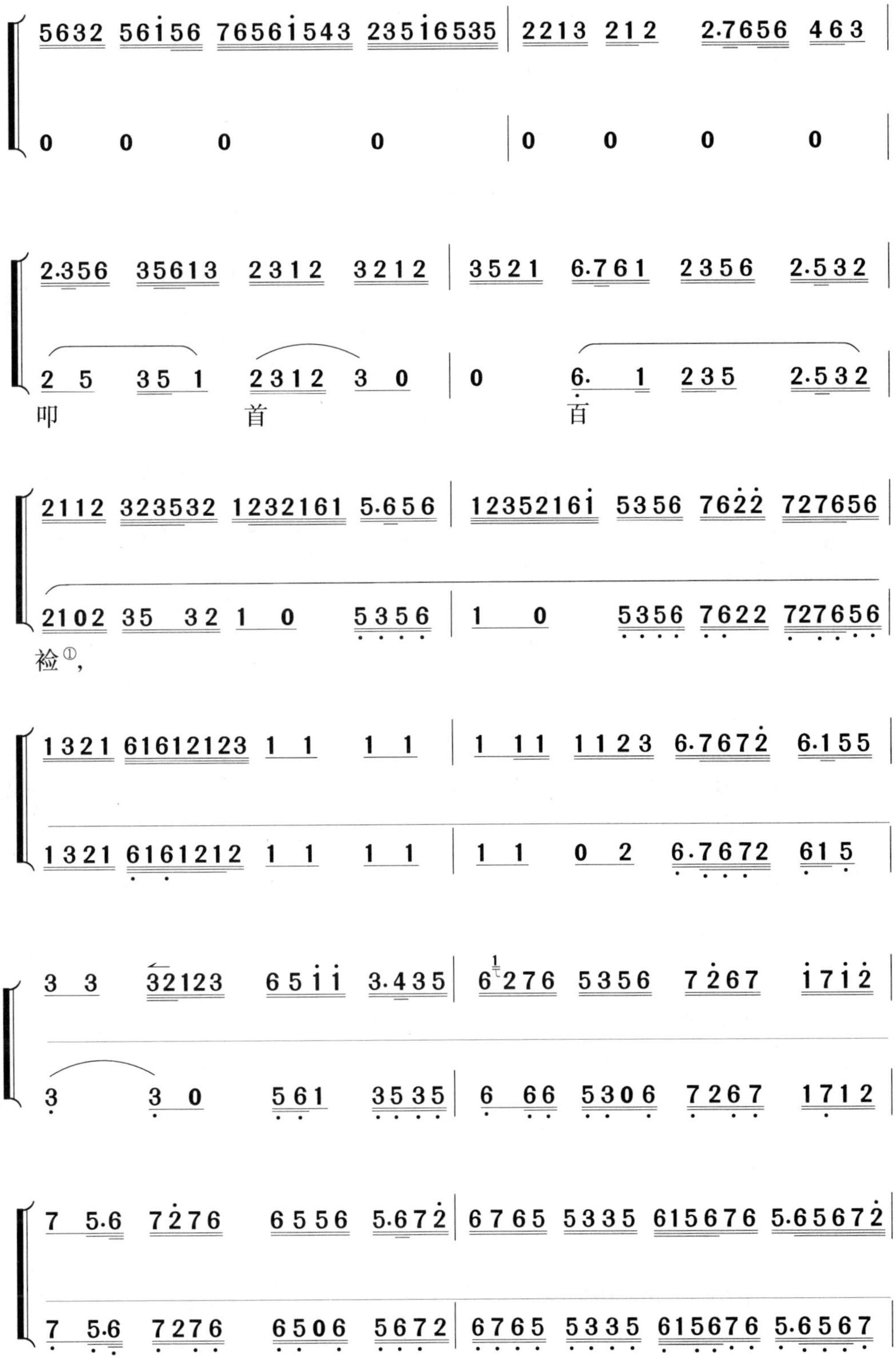

① 裣(liǎn)，裣衽。旧时指妇女行礼。

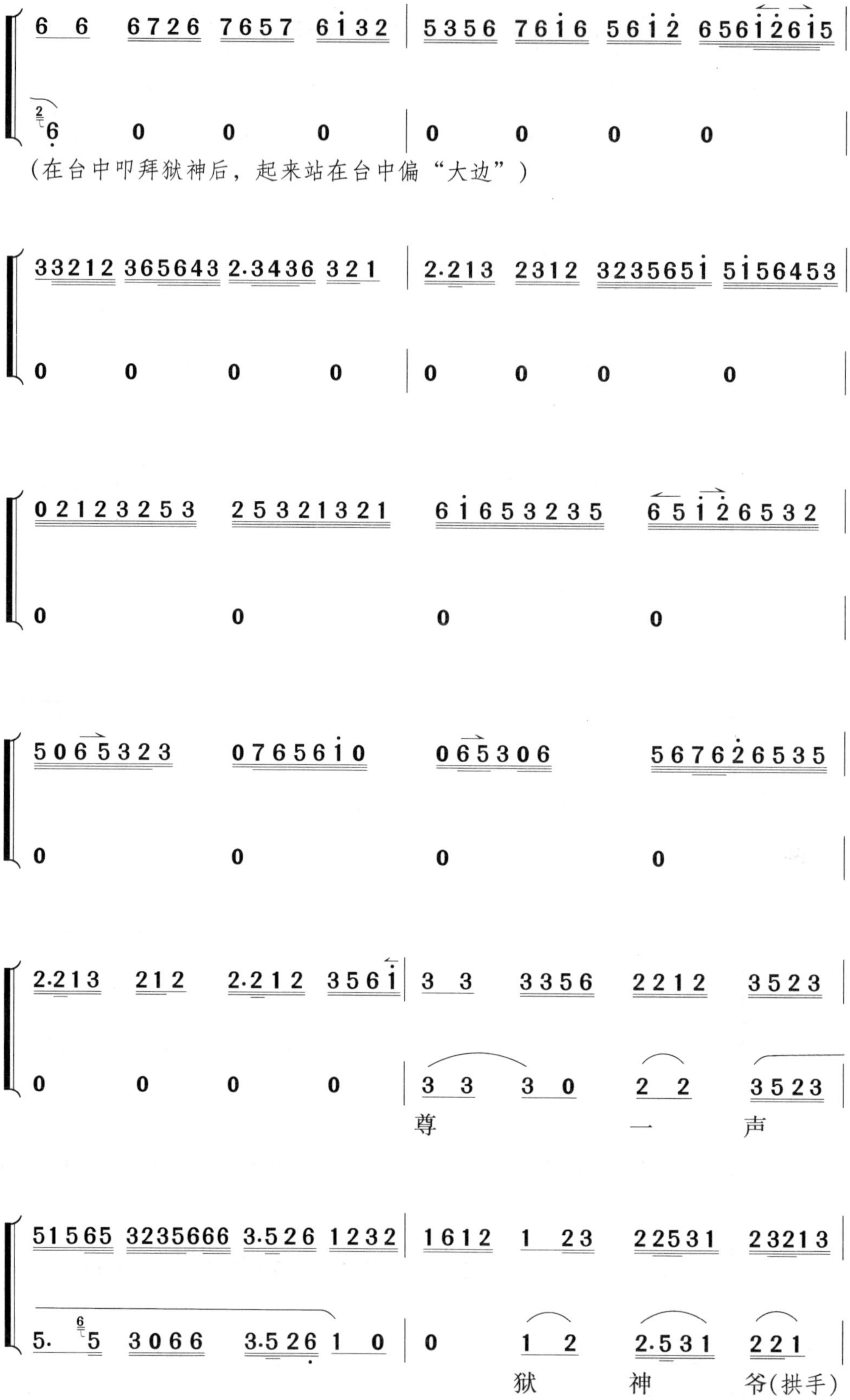
（在台中叩拜狱神后，起来站在台中偏“大边”）
尊 一 声
狱 神 爷(拱手)

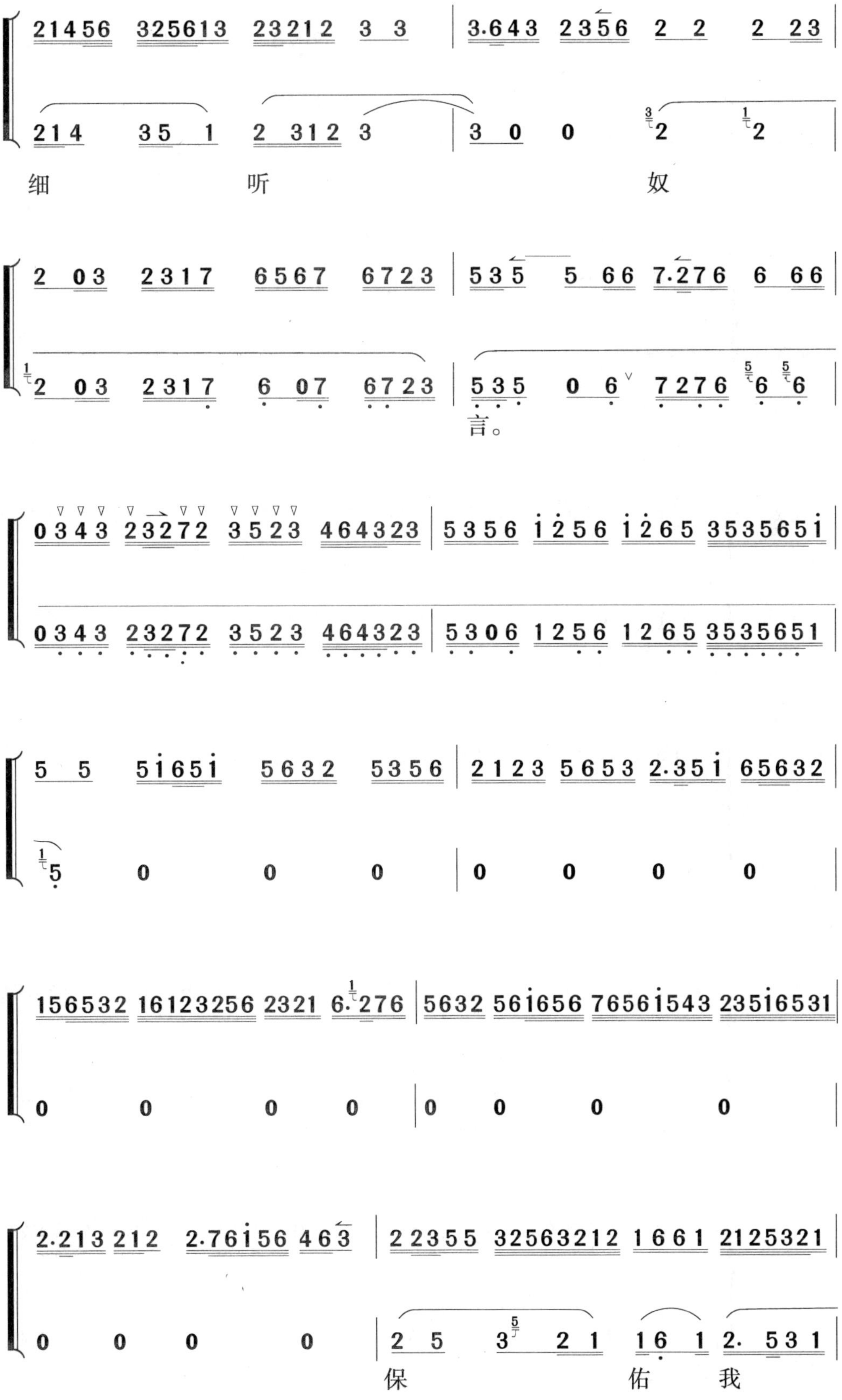
细 听 奴
言。
保 佑 我

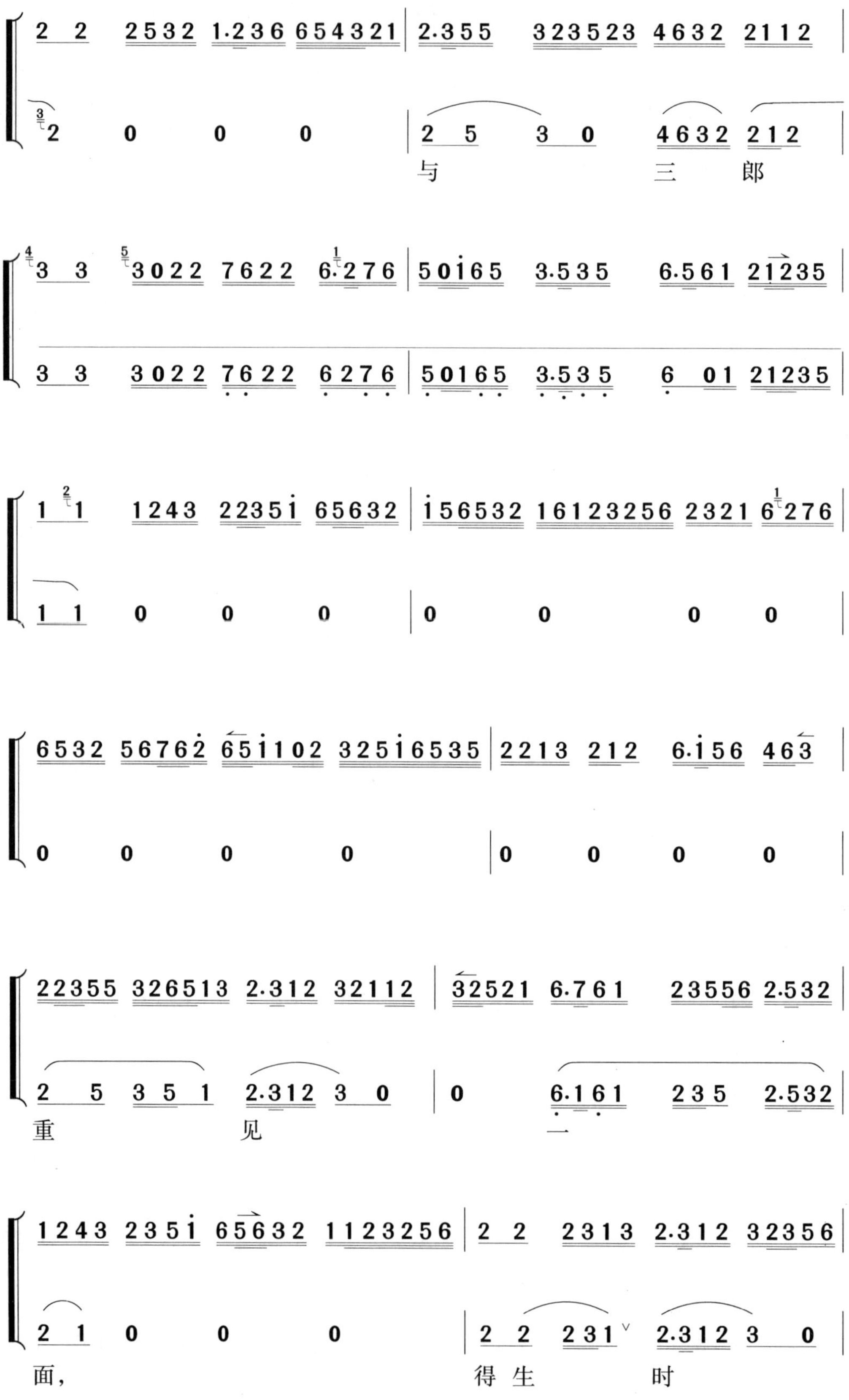
与 三 郎
重 见 一
面，
得 生 时

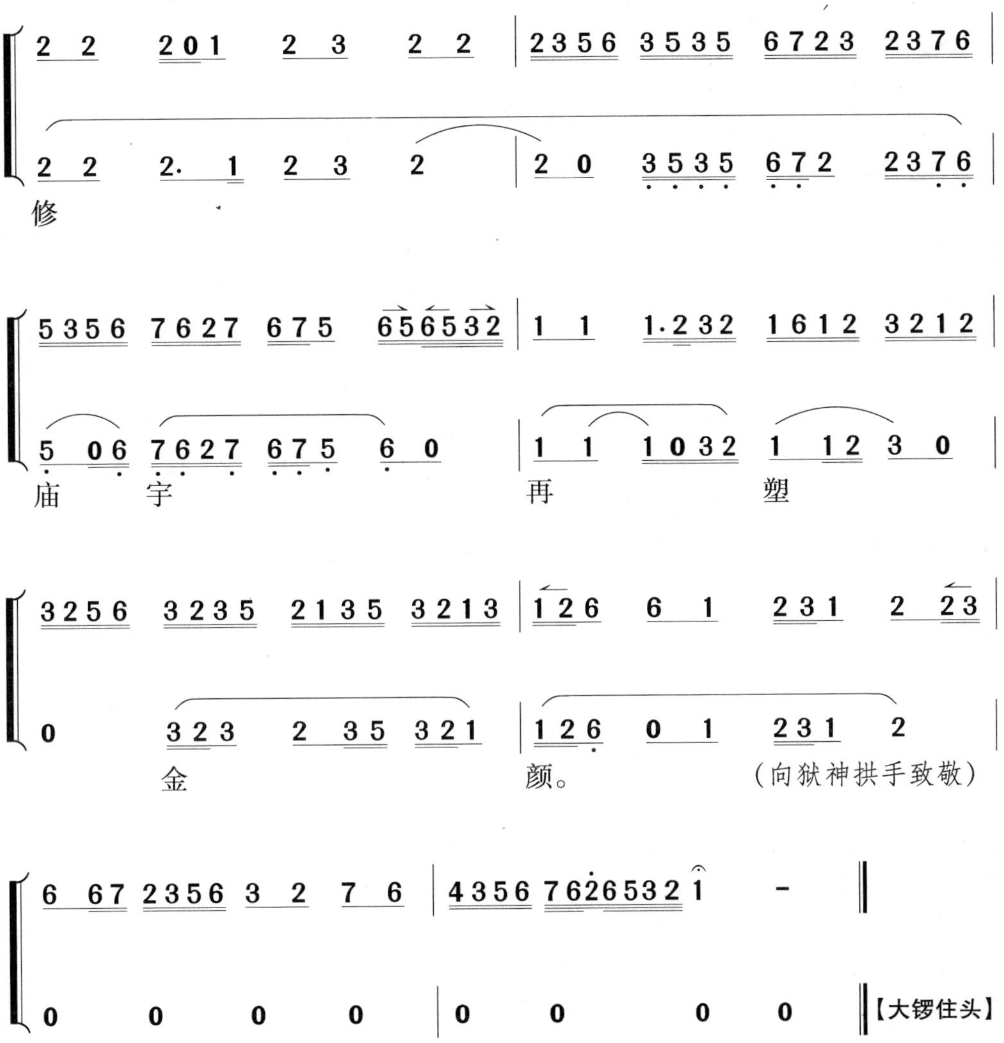

〔崇公道背行李、公文，腰插板斧，一手拿鱼枷，由“上场门”上，禁卒由“下场门”上开监门。崇公道进监绕至“小边”，苏三立“大边”。

崇公道 苏三哪！辞别完了吗？

苏　三 辞别完了。

崇公道 好，好！戴上刑枷吧！

苏　三 （吃惊地倒退两步）**【撕边大锣一击】**啊！老伯，这刑枷不戴也罢！

崇公道 朝廷的王法，哪有不戴的呢，戴上吧，戴上吧。

苏　三 （哭）喂呀！（瞟崇公道一眼）

〔**【阴锣】**苏三至台中面向里跪下，狱卒协助戴上枷，崇公道用斧在枷左右打楔。**【原场】**禁卒开监门，苏三弯身出监至“小边”，崇公道随出，禁卒关监门“下场门”下。

苏　三 老伯前去投文，我在那厢等你。（此时“下场门”前放一斜桌、内椅）

崇公道 好啦，你慢慢走着，可别走远了。（**【小锣一击】**苏三由“上场门”下）
真是打官司的老在行啊，我投文去。（随手取出公文）

「狱官由“下场门”暗上，坐“下场门”斜桌内椅，崇公道趋斜桌前。

崇公道 哪位官长当差？

狱　官 干什么的？

崇公道 苏三起解，前来投文。（把公文封套递给狱官）

狱　官 听点！

崇公道 在。

狱　官 长解一名崇公道！

崇公道 有。

狱　官 护解一名崇公道！

崇公道 有。

狱　官 （责问）哎？！你一个人怎么充当两份差事呀！

崇公道 老爷，没有您不圣明的，这趟是个苦差事呀，盘费不多，俩人儿不够，一个人又富裕点儿，况且又是个女犯，您高高手儿，我们就过去了。

狱　官 你真能说呀！解往什么地方？

崇公道 太原省城。

狱　官 太原省城，好地方啊！

崇公道 敢情。

狱　官 那儿出好骡子，给我带个骡儿来。

崇公道 那太好啦，我交了差骑着就回来了。

狱　官 这儿有俩小钱给你。

崇公道 就这俩钱，连骡子尾巴也买不回来呀！

狱　官 照你这么说，就这么算了！

崇公道 得啦，回来我随便带点什么给您。

狱　官 咱们可一言为定呀！

崇公道 一言为定。（狱官由“下场门”下）这老爷敢是什么都要。

「**【小锣打下】**崇公道由“下场门”下。

第　二　场

「轻击**【快长锤】**苏三披枷戴锁由“上场门”上，至“九龙口”。锣鼓切住。

〔西皮亮弦〕

サ（4. 0　3432　3 6　5055　5 5　5）

「**【闪锤】**崇公道由“上场门”跟随在苏三之后面。二人走向台中。

〔西皮流水〕

苏　三　1/4 6 | 6 | 3 5 | 5 5 | 5 65 | 356i | 5 i | 6532 | 1 1 | 6. 2 |

（苏三左转边唱边走小圆场，崇公道随在后面）

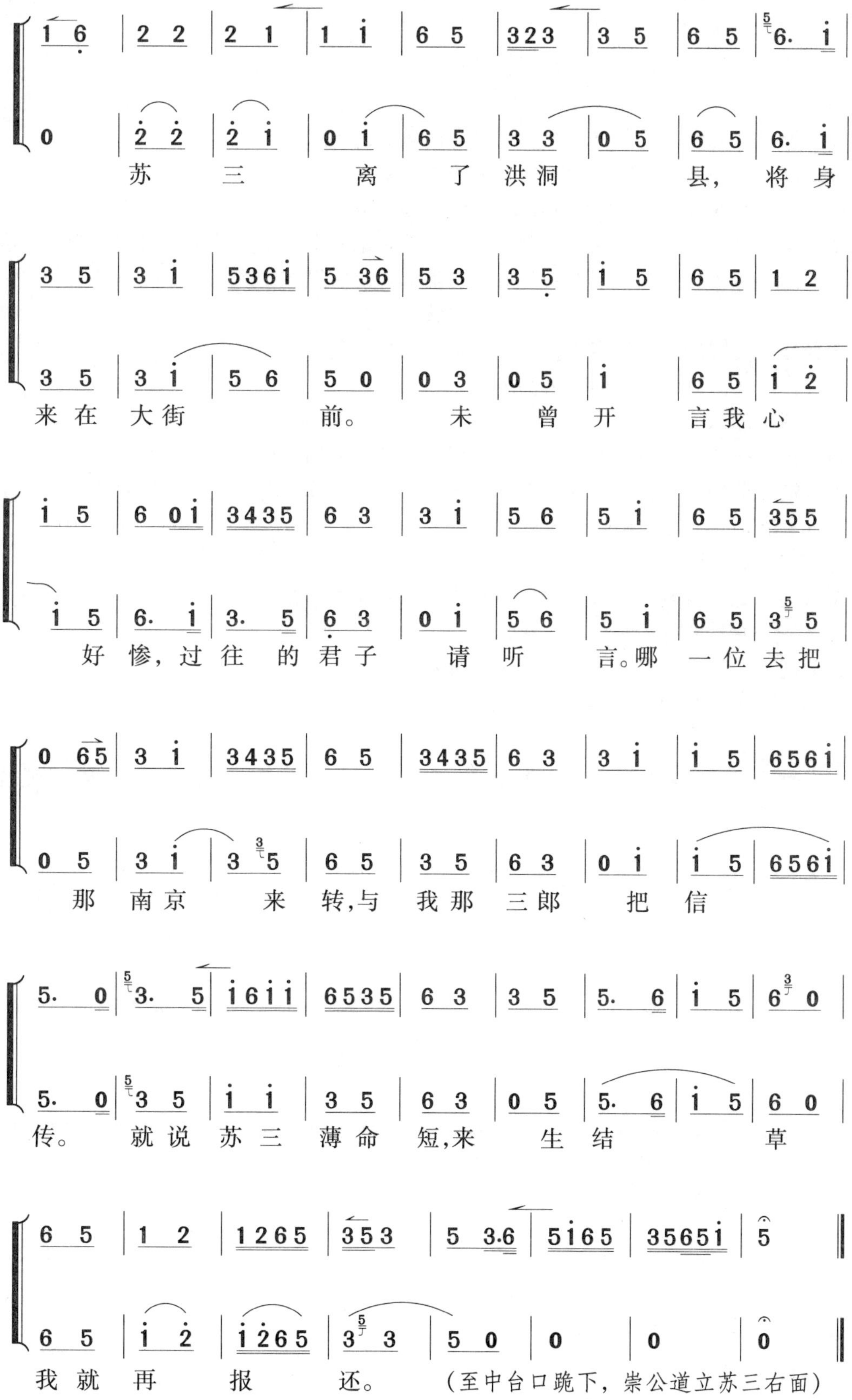
苏 三 离 了 洪洞 县，将 身
来 在 大街 前。 未 曾 开 言 我 心
好 惨，过 往 的 君 子 请 听 言。哪 一 位 去 把
那 南 京 来 转，与 我 那 三 郎 把 信
传。就 说 苏 三 薄 命 短，来 生 结 草
我 就 再 报 还。（至中台口跪下，崇公道立苏三右面）

崇公道　哎！苏三哪！走着，走着，怎不走啦？跪在这儿，是祝告天地呀，还是哀求盘缠哪？

苏　三　一非祝告天地，二非哀求盘缠。

崇公道　那么跪在这儿干什么呀？

苏　三　烦老伯问声此去的客商，可有往南京去的无有？

崇公道　咱们到太原府，问往南京去的干什么？

苏　三　与我那三郎带个信儿，就说苏三起了解了！（哭）**【小锣一击】**

崇公道　你瞧啊，到了这个节骨眼儿，还不忘她那个心上人儿哪！真有个意思，我得成全成全她。（走向“上场门”面向里）我说店里掌柜的请啦。

〔幕内一人用山西话答白：“做什么？”

崇公道　请问您这儿的客人，有往南京去的没有啊？

幕　内　往南京去的，前三天都走啦！

崇公道　那么如今哪？

幕　内　净剩下往口外热河、八沟、喇嘛庙拉骆驼的咪！

崇公道　劳您驾啦！这可远去啦。（转身对苏三）苏三哪！我们来得不凑巧，往南京的客人前三天就走啦！

苏　三　如今呢？

崇公道　如今就剩下上口外热河、八沟、喇嘛庙拉骆驼的咪！

苏　三　咳！我好命苦哇！（哭）

崇公道　咱们走着道儿，一路上再打听着！

〔**【闪锤】**苏三起立。

〔西皮快流水〕

苏　三

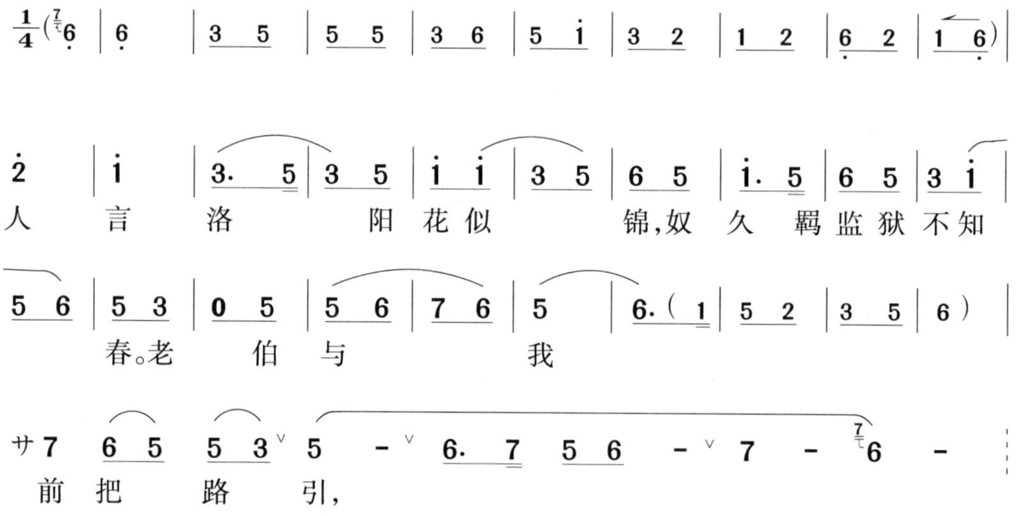

〔**【快长锤】**苏三走反圆场到“下场门”出城。崇公道跟在苏三后面出城，走至“小边”台口，苏三站“大边”台口。锣鼓切住。

〔胡琴亮弦〕

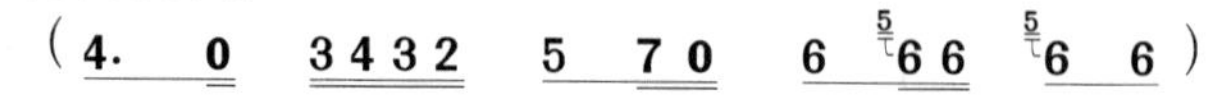

崇公道　（夹白）好热的天啊！（用手扇风）

苏　三　（夹白）呀！（用目一望）

〔西皮摇板〕

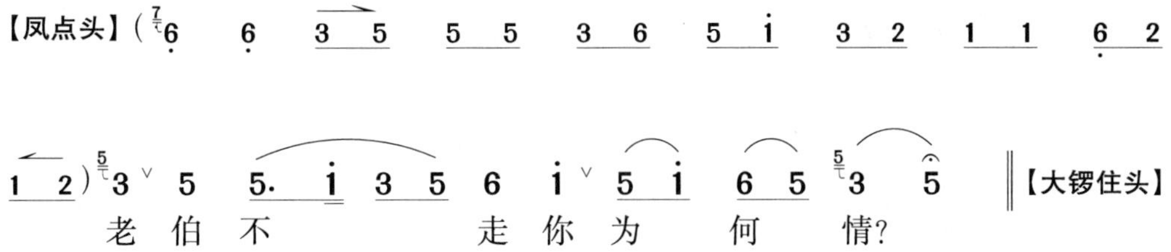

老伯为何不走？

崇公道 唉！不是我不走啊！你瞧这天儿够多热呀！空身人走道还直冒汗，何况你女流之辈还扛着这么重的枷。这么着，我把枷卸下来。离省城不远时再戴上进城，你看好不好啊！（欲上前卸枷）

苏　三 （后退两步）使不得！

崇公道 怎么使不得？

苏　三 此乃是朝廷的王法，焉能去得的？

崇公道 敢情在这儿等着我啦！什么王法六法的，出了城由着我管，这叫瞒上不瞒下，赶紧把它卸下来吧！

苏　三 如此，多谢了！

〔**【阴锣】**苏三归台中面朝里跪下，崇公道为苏三卸去刑枷。苏三起立回“大边”面外，两手互抚手腕，崇公道把枷并起拿在手中。**【大锣住头】**

崇公道 你瞧这样松快多了吧？

苏　三 看来老伯你倒是个好人哪？（右手伸大拇指夸奖）

崇公道 这洪洞县里打听打听，谁不说我是好人哪？好人怎么着，这么大岁数，连个儿子都没有！

苏　三 原来老伯乏嗣无后。

崇公道 没有儿子倒不要紧，可把个孙子也给耽误了。

苏　三 （略加思索）我有意拜在老伯名下，作为义女，不知老伯意下如何？

崇公道 哎哟！那可使不得。

苏　三 爹爹请上，受女儿一拜。（走到崇公道近前跪拜）

崇公道 别拜啦，别拜啦！起来。（扶苏三起立）哈哈哈哈！

（面外“背供”自语）嗨，你瞧，我这趟苦差事，还收了这么个干女儿，可我这穷干爹，连个见面礼也没有。（突然一瞧竹棍儿）苏三，我这儿有根棍儿，权当见面礼儿，你拄着它走，三条腿儿且比两条腿儿省劲得多。咱们慢慢地走吧！

苏　三 （接过棍儿）多谢爹爹。如此你我父女们慢慢地走哇！（右手拄棍，左手外指）

崇公道 咱们走吧！

〔苏三、崇公道双朝里转身，面朝里并排立。

〔西皮导板〕

苏　三

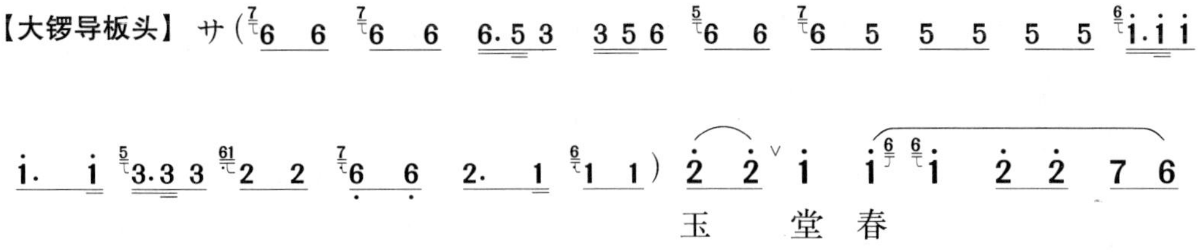

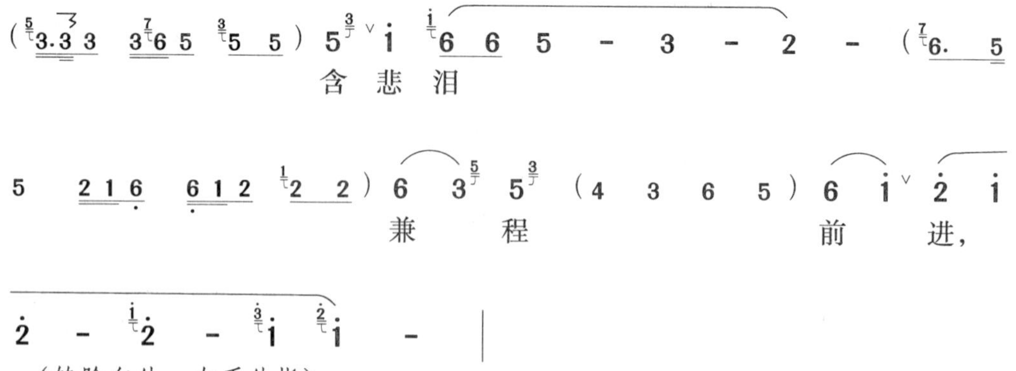

（转脸向外，左手外指）

〔【慢长锤】苏三左转身，崇公道右转身，慢步走向台口，苏三立“大边”崇公道立“小边”。

〔西皮慢板〕

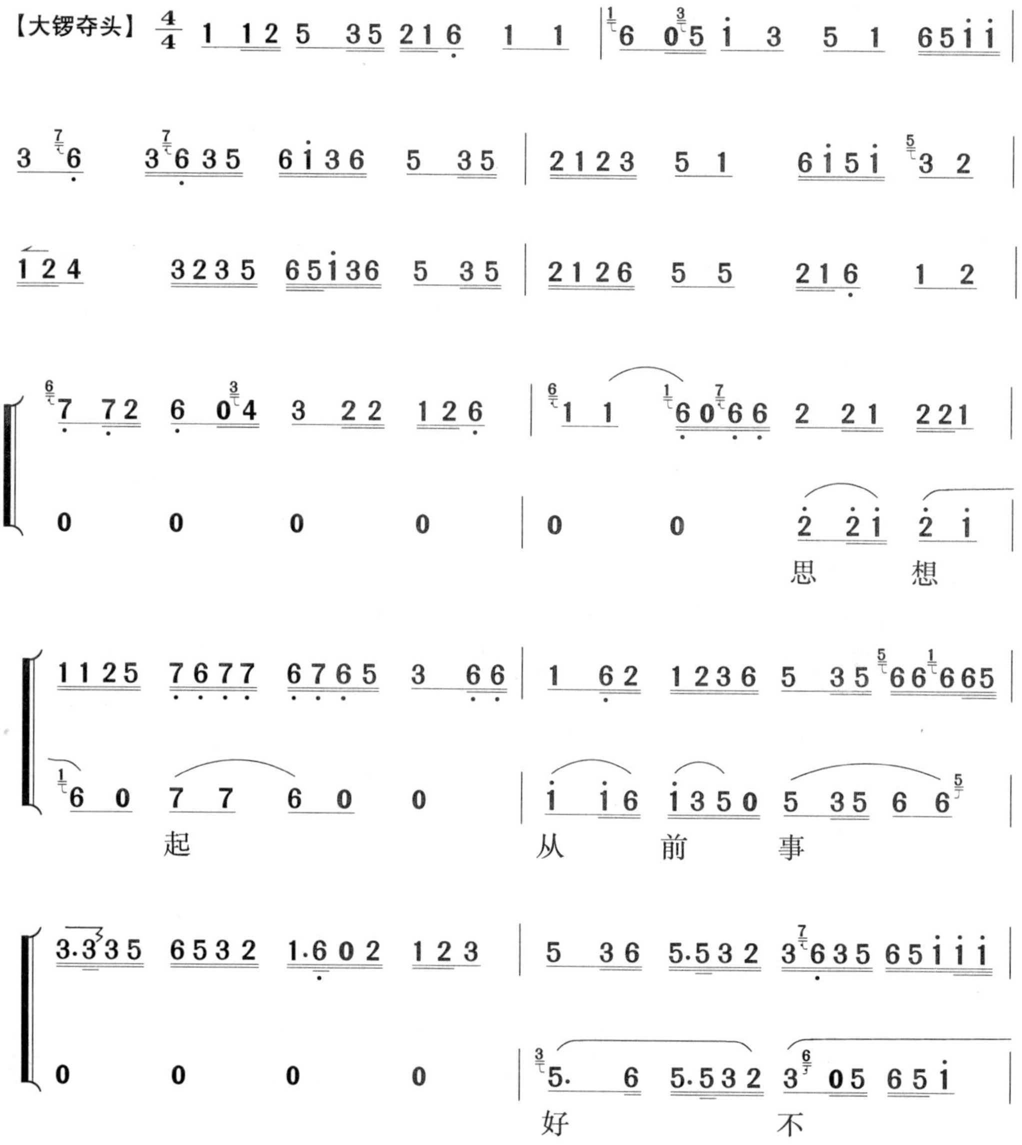

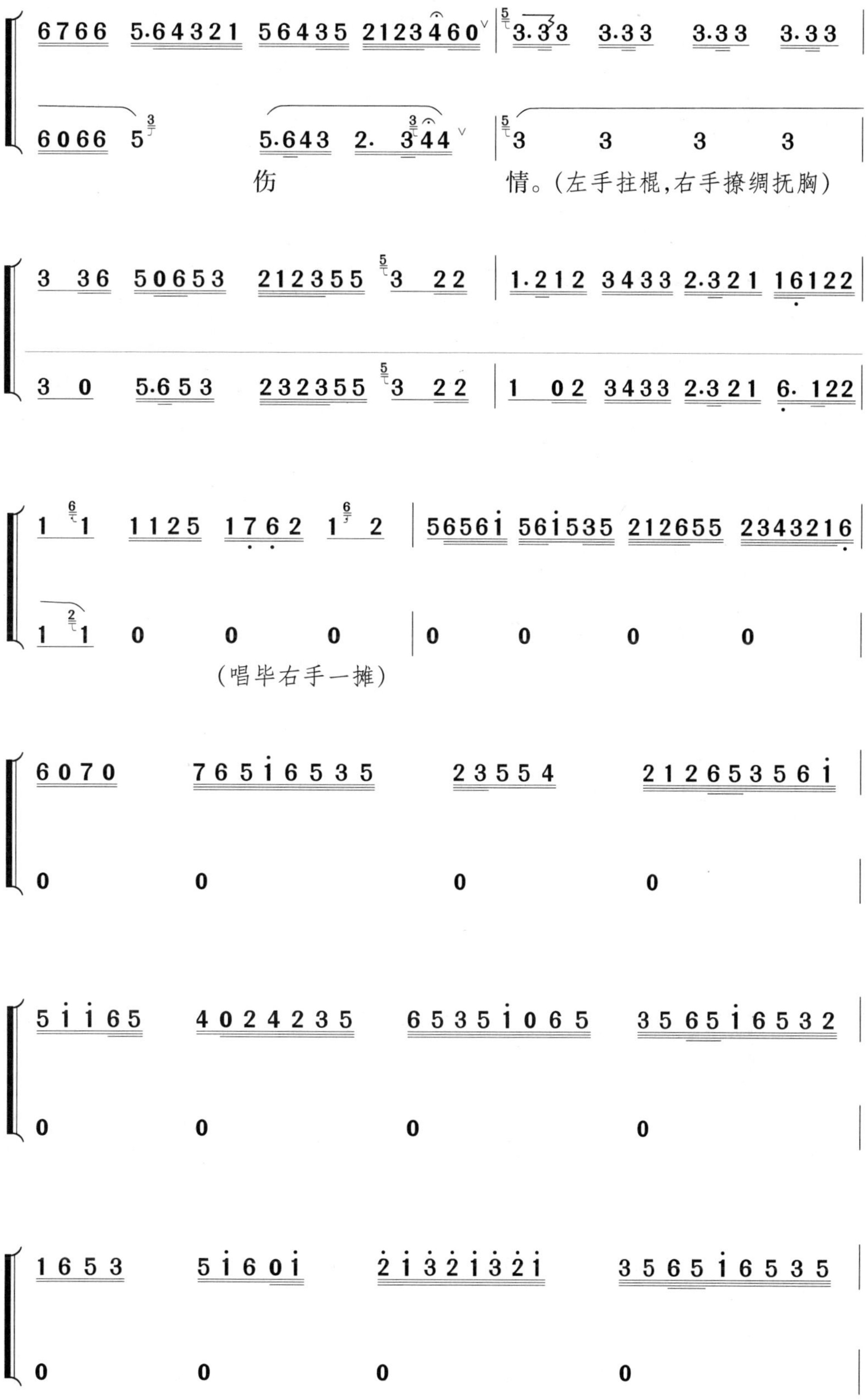
伤
情。(左手拄棍,右手撩绸抚胸)
(唱毕右手一摊)

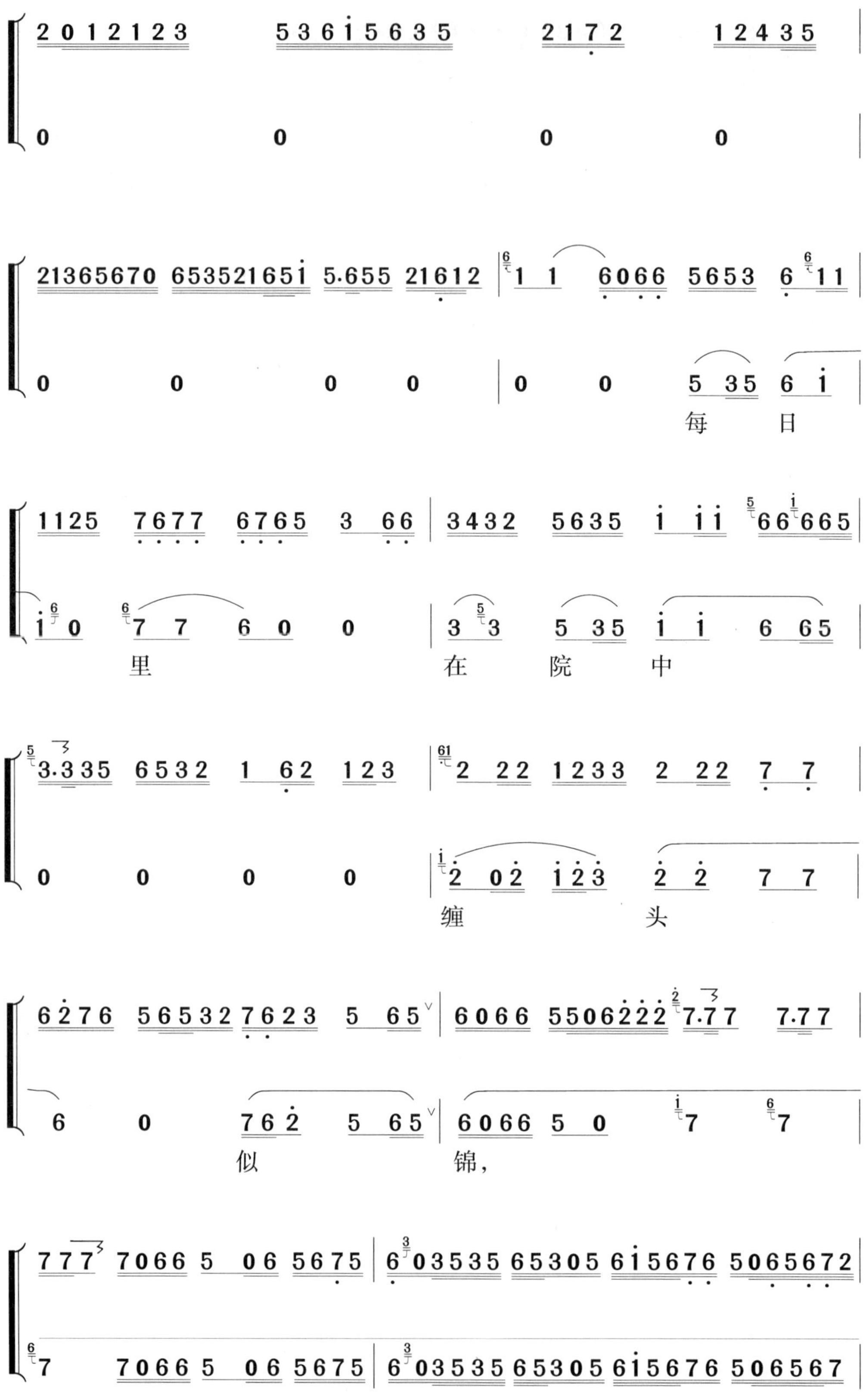
每 日
里
在 院 中
缠 头
似 锦，

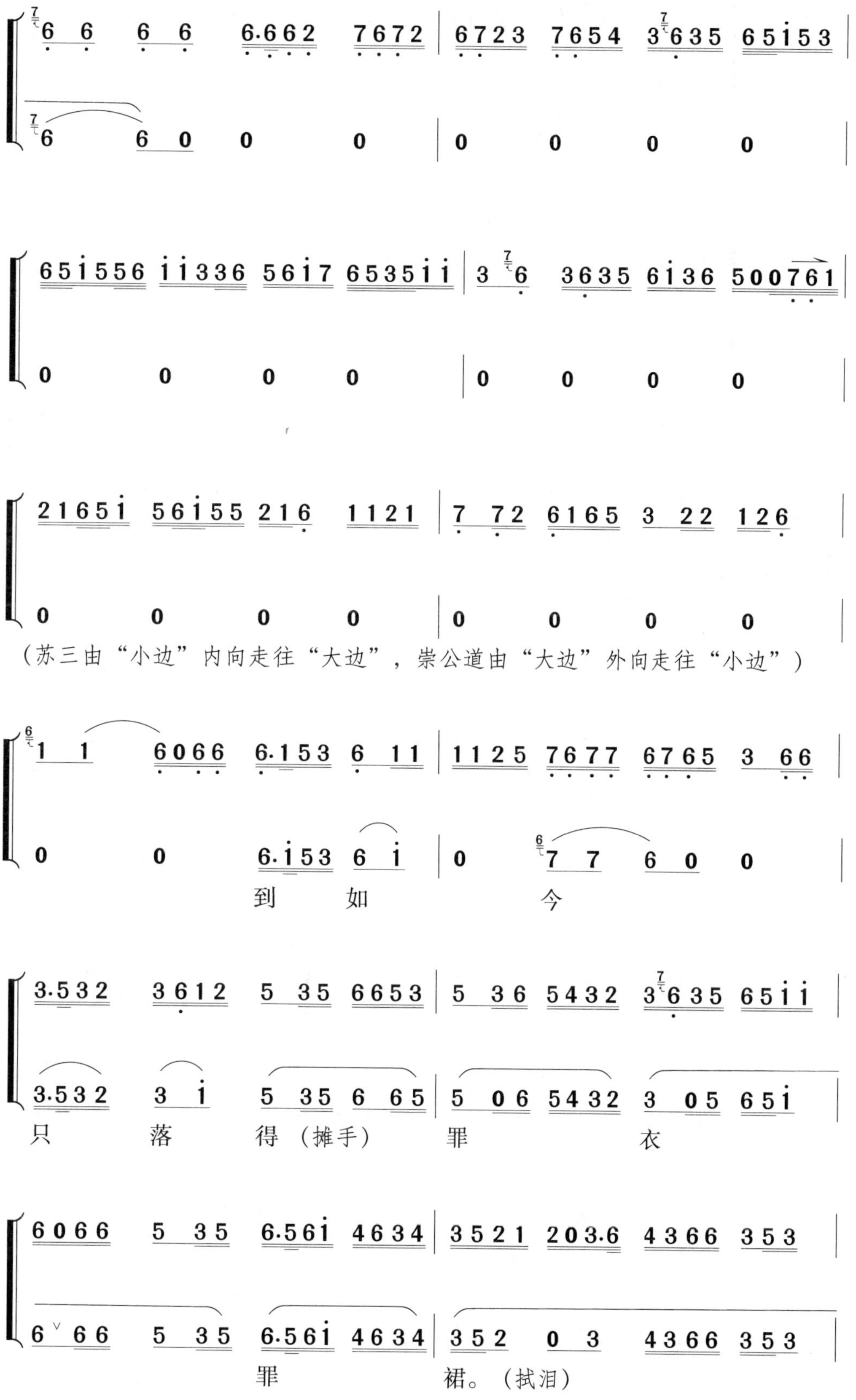
（苏三由“小边”内向走往“大边”，崇公道由“大边”外向走往“小边”）
到 如 今
只 落 得（摊手） 罪 衣
罪 裙。（拭泪）

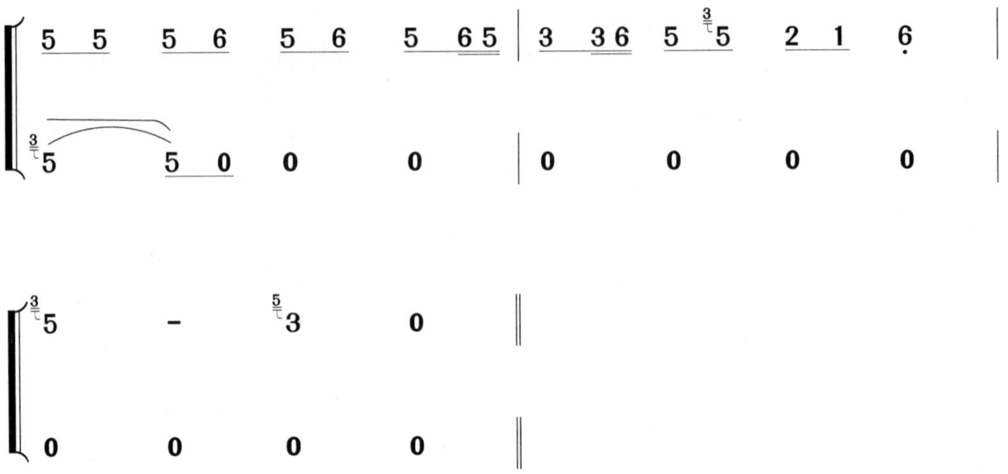

崇公道 你说什么“想当初在院中缠头似锦，到如今只落得罪衣罪裙”。想当初那些绫罗绸缎虽然穿在你的身上，乃是鸨儿要拿你当做摇钱树，替她赚钱，所以才把你打扮得那么花枝招展的。可事到如今哪，你还想着那火坑里的荣华富贵。不是我说你呀，可真是自寻烦恼啊！咱们走吧！

苏　三 走哇！

〔西皮原板〕

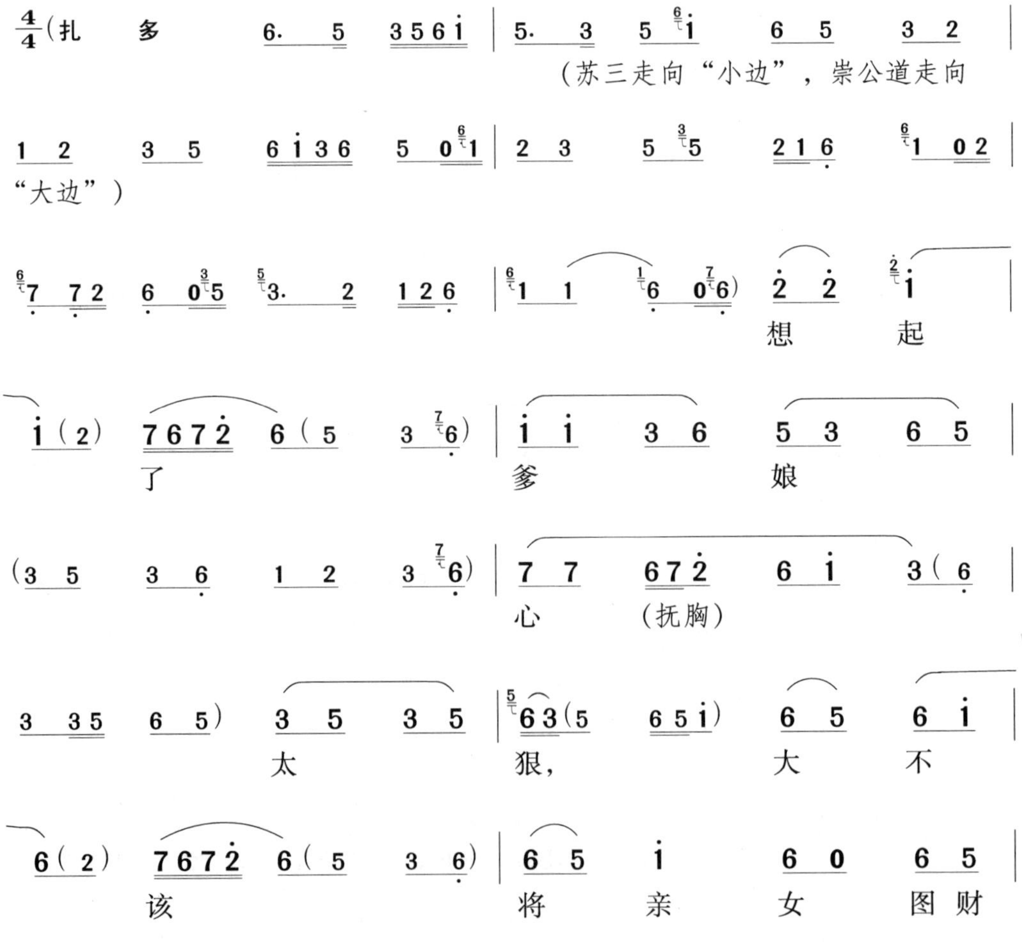

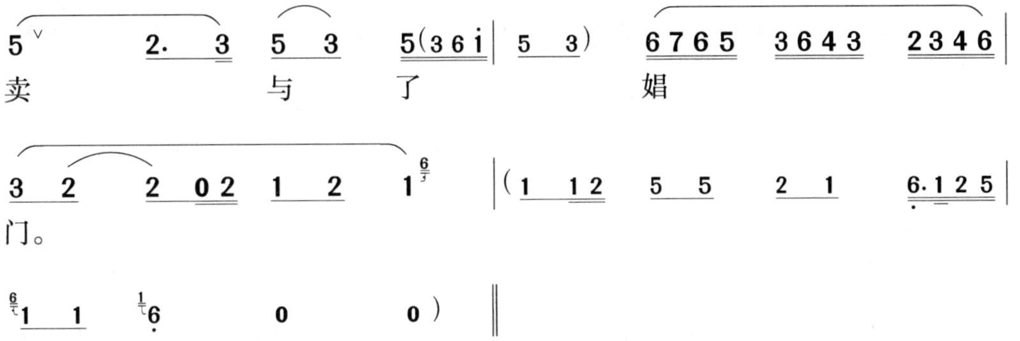

崇公道 你说什么爹娘不该将你卖入娼门，这话呢，倒是有你这么一说，本来么做父母的不应该把女儿卖入娼门，可他们也是受生计所逼，万分不得已而为之。事情已经做错了，你埋怨他们可有什么用处?往开了想，赶紧把官司梳理清楚啦，改头换面重新做人，我告诉你说，这享福的日子可就在眼前哪!咱们走吧!

〔西皮原板〕

苏　三

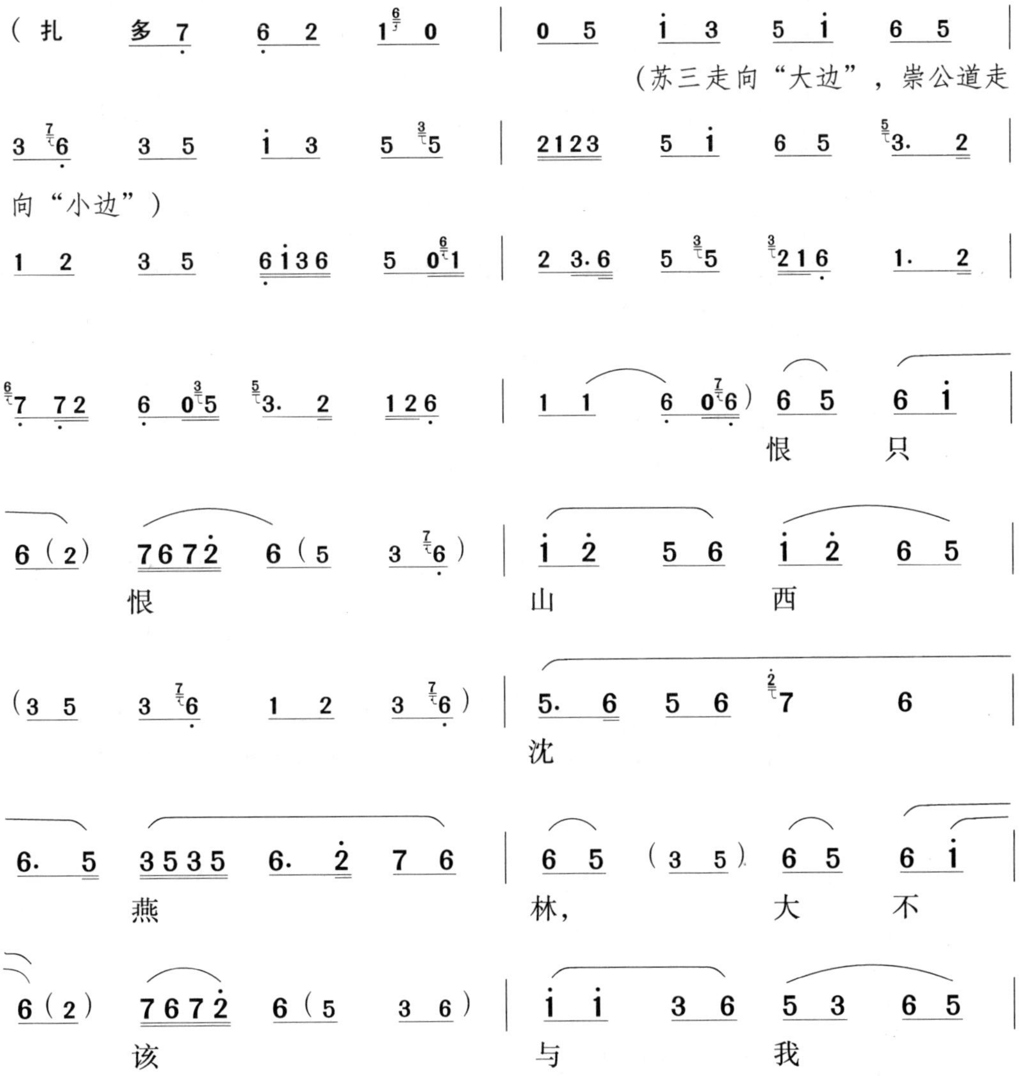

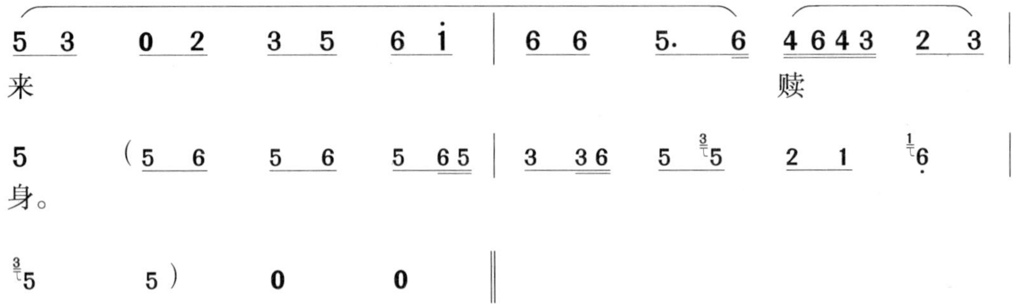

崇公道 咳！你要是说这个话，可就算没良心啦。那沈大官人花那么多银子替你赎身，出妓为良，乃是一件好事，你怎么倒埋怨人家呢？唉！按说那个沈燕林他可也不对，家里既有媳妇啦，干什么又把你弄到家里去。他救了你啦，可又害了你啦。正是，早知如此，何必如此，已然如此，也就只好如此啦。咱们走吧！

苏 三

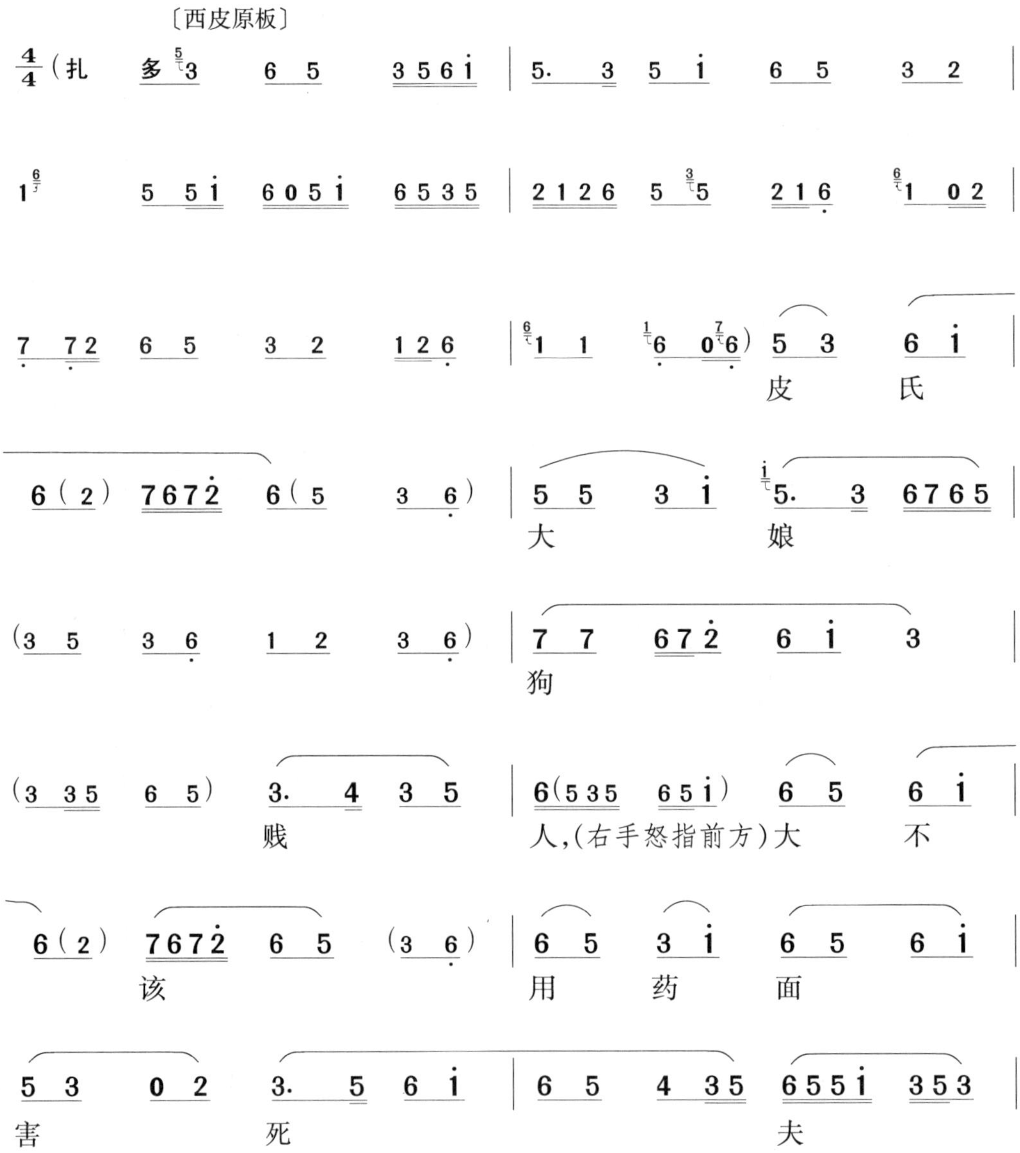

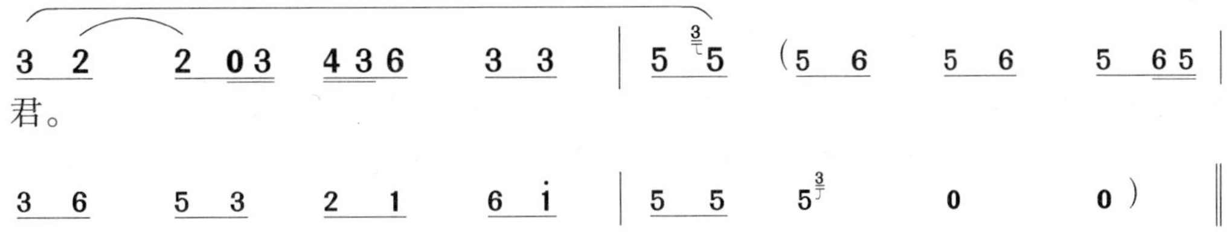

崇公道 拧啦，拧啦！皮氏不该用药面害死夫君，她本来就是害你呀，没想到那个倒霉的沈燕林替你吃了，这才呜呼哀哉，所以一个人可千万别讨两个老婆，你看沈燕林吃的那碗药面可就是前车之鉴哪！

苏　三

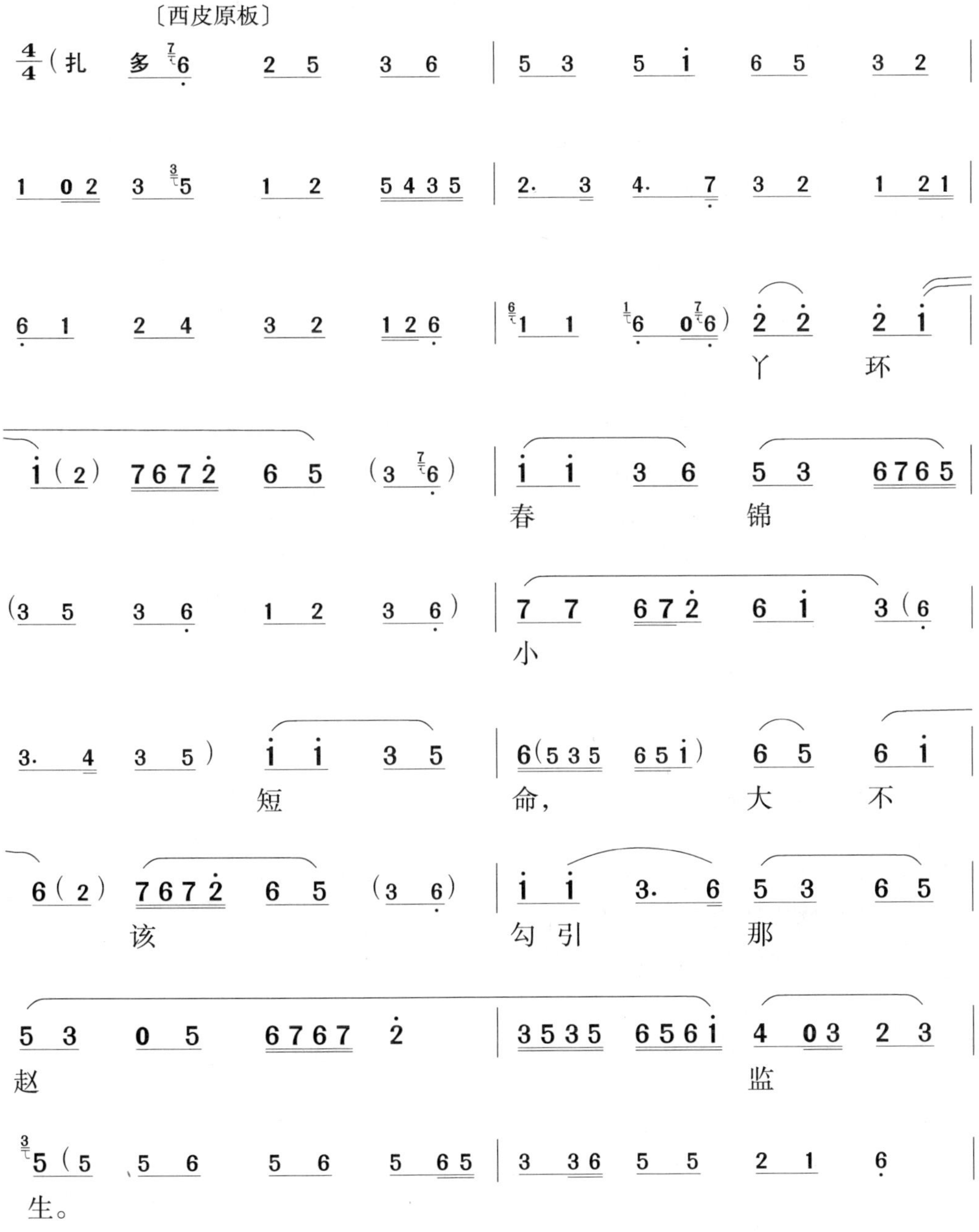

崇公道　春锦小孩子家，她知道什么，可又晓得什么？她是皮氏拿银钱把她买来的，不向着皮氏，她敢向着你吗?那皮氏既然不安于室，日子长了，那春锦也就同流合污啦。不用说啦，走罢，走罢。

〔西皮原板〕

苏　三

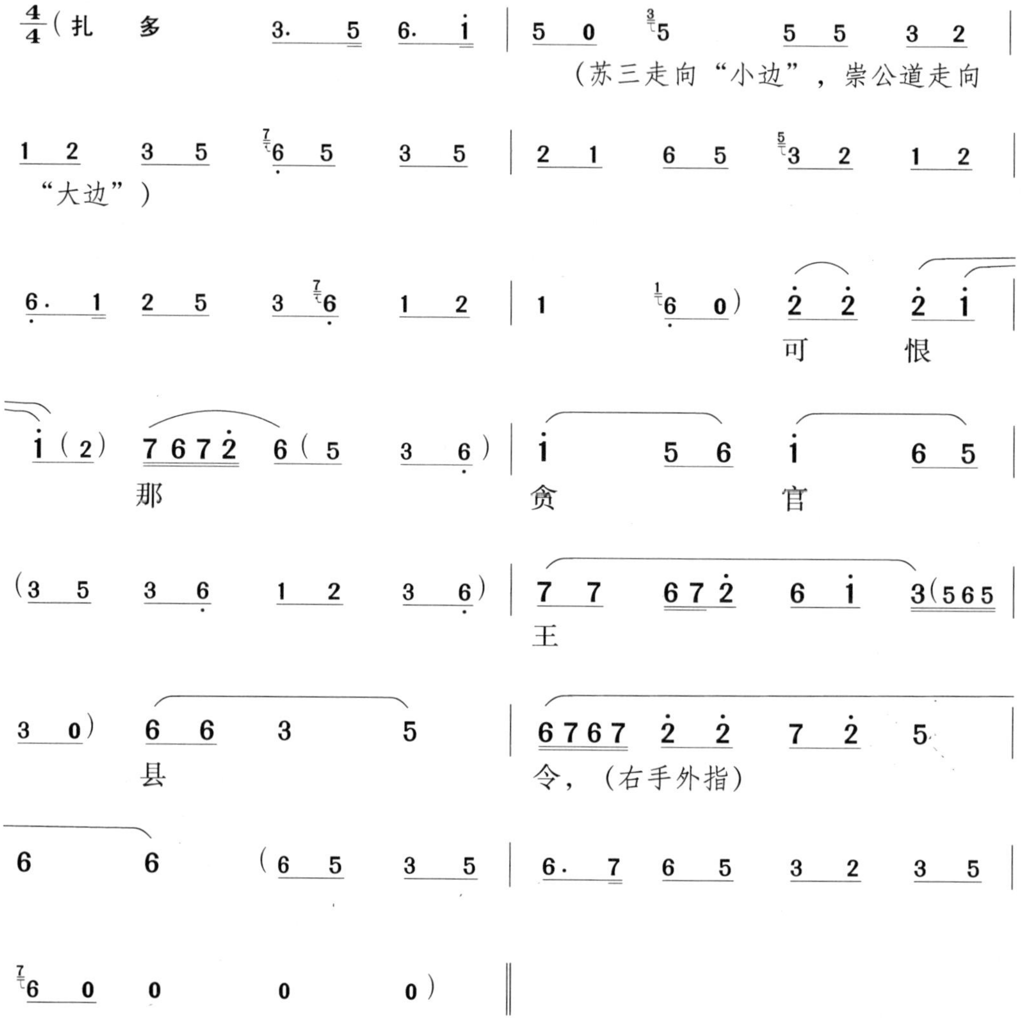

崇公道　咳，有的!说来说去说到我们座上啦。想他那个官儿是拿银钱运动来的，到了任上，哪有不收本儿的呀?他的所作所为真是一言难尽呀，我在他手底下做事，哎哟，叫我说他什么好哇!不提这个，走着，走着。

〔西皮原板〕

苏　三

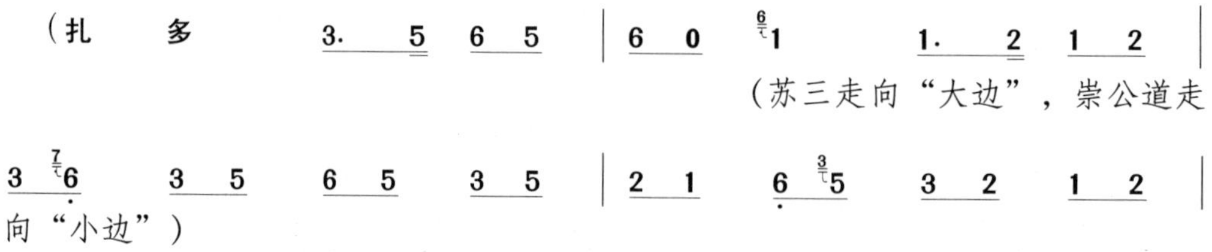

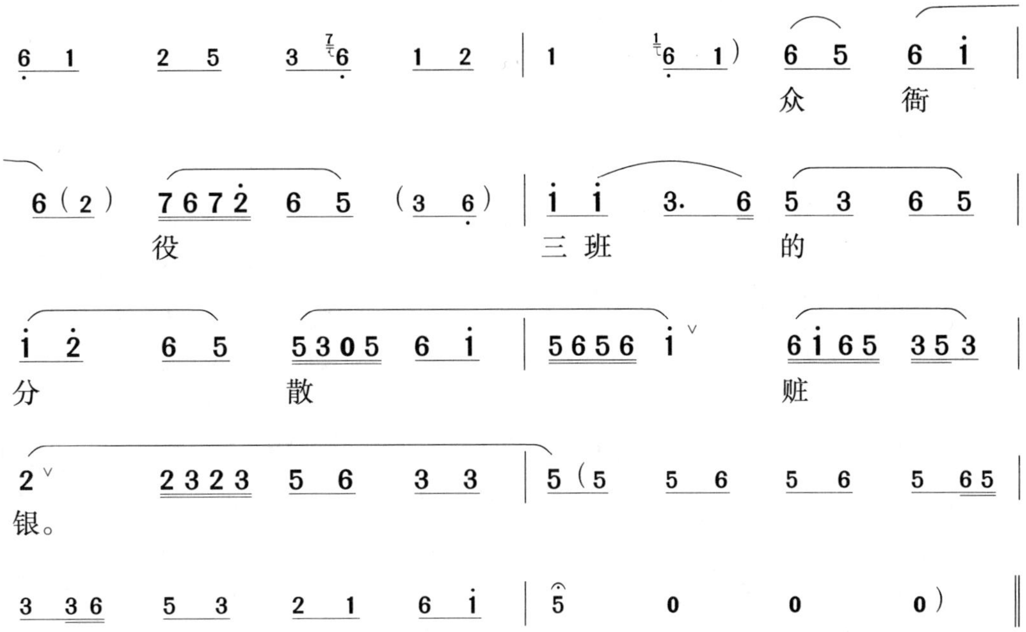

崇公道 好啦，说来说去又说到我们“六扇门儿”来了！衙门口朝南开，有理没钱莫进来。大堂不种高粱，二堂不种黑豆，吃什么呀？不管你是谁，谁管你是谁，只要打上官司就得花钱。说这个干什么，我不爱听，还是走吧！

苏　三 嗳——！

〔西皮摇板〕

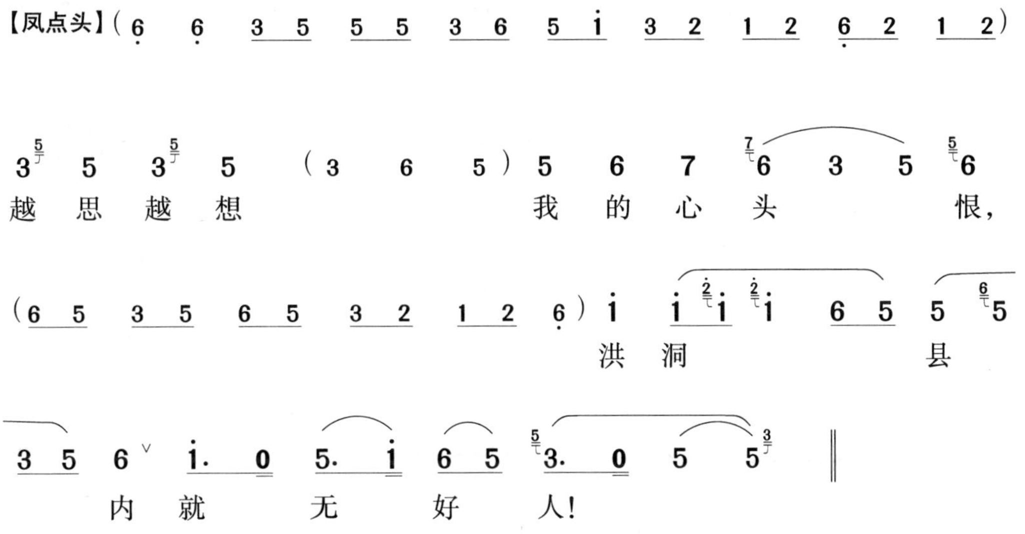

〔【大锣一击】苏三右手提起左手拄棍的下端，双手平持棍朝崇公道方向扔去，双手插腰，面朝左前方生气状。

崇公道 吓吓！有的，走了这么一道，我劝了你这么一道，枷我拿着，棍儿给你拄着。什么，洪洞县里连一个好人都没有，甭说呀！连我也在其内，真没良心哪！不是好人我不做好事，戴上刑枷吧！（生气地要给苏三戴枷）

〔【大锣一击】苏三吃惊地后退，自知失言。

胡琴〔行弦〕

苏　三　（夹白）呀——！

崇公道　（夹白）可气死我了！这是哪儿的事哪！

〔西皮快板〕

苏　三　【闪锤】

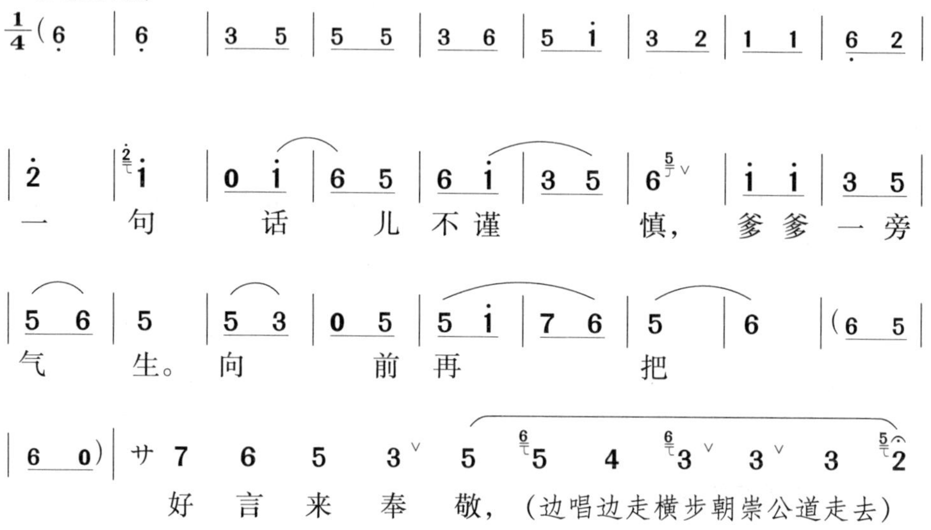

胡琴〔行弦〕

【大锣一击】

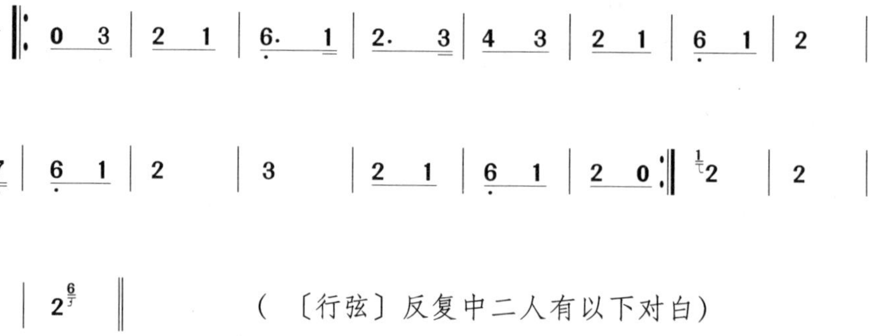

（〔行弦〕反复中二人有以下对白）

苏　三　爹爹！

崇公道　别理我！

苏　三　爹爹！

崇公道　你可气死我啦！〔行弦〕止。

苏　三　爹爹呀！

〔西皮摇板〕

【凤点头】（过门同前）

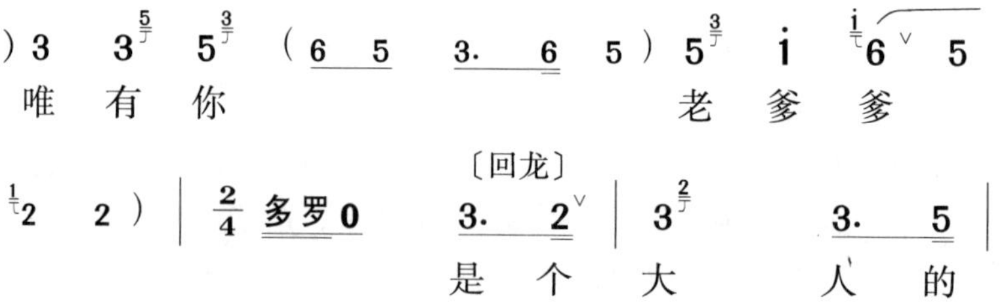

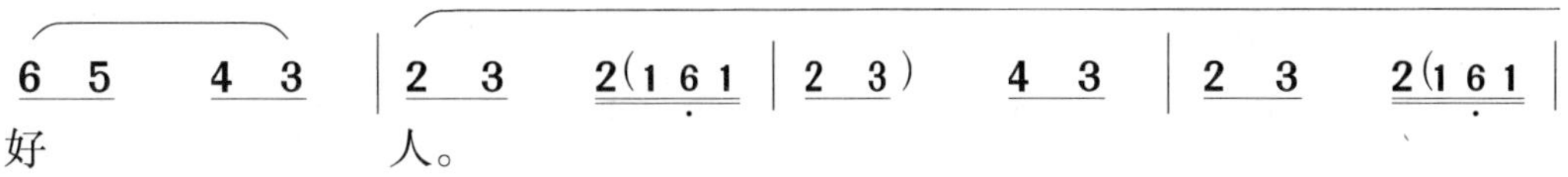

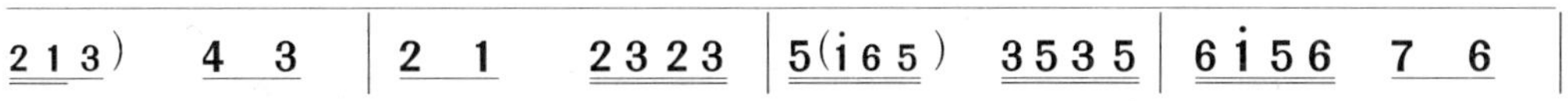

（苏三右手搭在崇公道左肩上，左手伸大拇指赞夸。继之为崇公道揉胸消气，

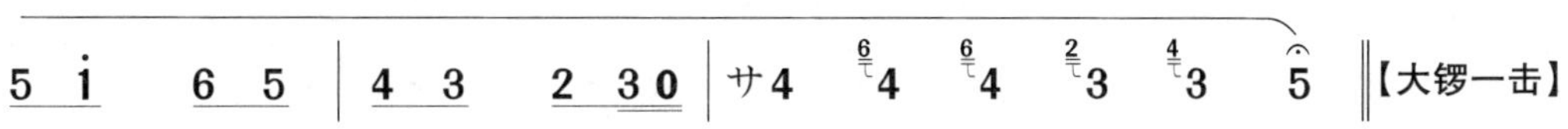

至〔回龙〕腔结束。右手持蓝绸一挡脸，面朝里走回“大边”）

崇公道 咦！哈哈哈哈！您说这可怎么好，气把我气死了，这一乐可又把我乐活唻！得啦！（向苏三）我说苏三呀，眼看离这省城不远啦，戴上刑枷该进城啦！

苏　三 【叫头】爹爹呀！女儿遭此不白冤枉，监中有人不服，替女儿做下申冤大状，倘若见了都天大人，求爹爹想个法儿将这状纸递上才好。

崇公道 这个事儿啊，到不难，好办！将状纸放在刑枷里头，见了都天大人当堂劈杻、开枷，不就递上去啦！

苏　三 此计甚好。

崇公道 咱们照计而行。

〔【阴锣】苏三边转身边取出状纸及棍儿交与崇公道，表示状纸放入枷内，面朝里跪台中，崇公道为苏三戴上刑枷，用斧头前后钉几下，苏三起立回身向外，崇公道拿木棍于左手站“小边”。

〔西皮散板〕

苏　三 【纽丝】

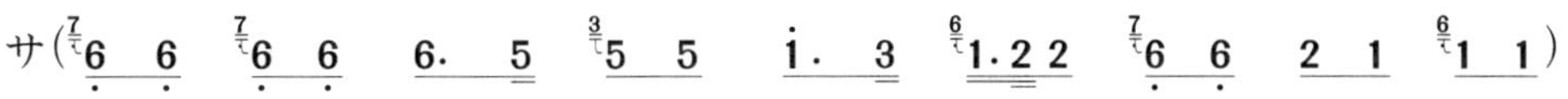

（两人小转场，崇站“大边”）

〔【纽丝】苏三走到“下场门”回身向外到“小边”台口。

〔西皮散板〕

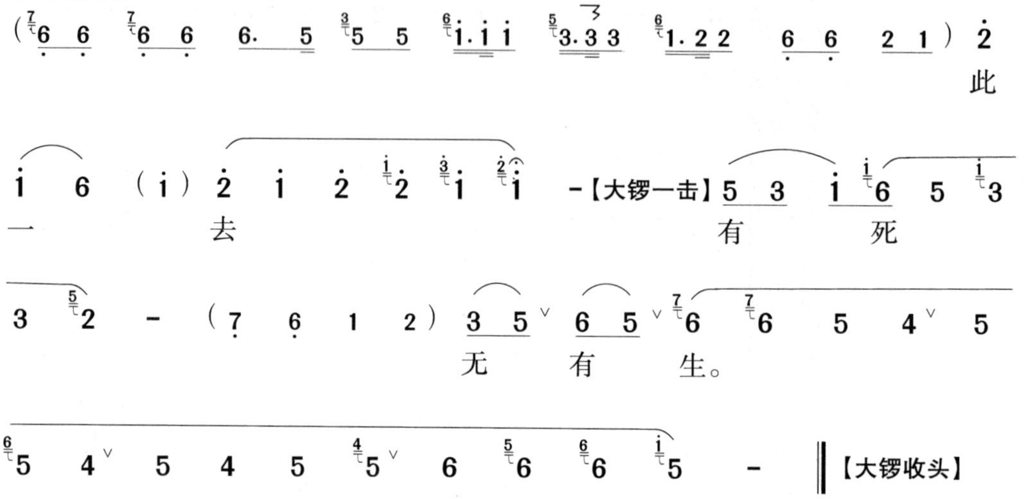

崇公道 闲人闪开，洪洞县解差到喽！

〔接【原场】苏三从“小边”台口左转身面朝“下场门”一亮后，由“下场门”下，崇公道随下。

——剧终

朱永康 **整理**　　胡人凤 **修订**　　高一鸣 **校阅**
上海戏剧家协会黄桂秋艺术研究专业委员会 **供稿**

春 秋 配

黄桂秋演出本

秀才李春发途遇被继母逼迫在郊外捡柴的少女姜秋莲，怜其遭遇，赠银而去。继母疑女与李有私，竟将银交与地保，欲次日对质公堂。秋莲无奈，与乳娘黄夜逃走，不幸又遭强盗侯上官打劫。侯杀死乳娘，欲行非礼。秋莲设计推其落涧，逃而告官。几经周折，得遇清官，审清案情，春发、秋莲终结良缘。

《春秋配》一剧源于清人李调元所写川剧四大弹戏之一，后传入梆子戏中，再传入京剧。19世纪40年代黄桂秋先生在楼汉英的协助下改编成此本。

《春秋配》是黄桂秋成名杰作，尤其是1948年百代公司录制的此剧唱片问世后，黄派唱腔一时风靡上海。

这出戏的唱与念均体现了黄派特色。首先是黄氏的声音造型。剧评家陈小田先生说："桂秋之嗓似可直追德霖，摹拟之法不在腔调字眼之形似，而在深求乃师运嗓使气之法。"黄氏根据听众审美情趣的变化，以及自身的嗓音条件，以其师陈德霖唱腔为基础，别创新声。他把陈氏以刚为主的声音改为刚柔相济，以柔为主。诚如其女弟子顾正秋所说："嗲嗲的、娇娇的、脆生生的。"黄氏的成功就在于其声音造型特色鲜明，他的声音，从风格上说，不属"大江东去"，而属于"小桥流水"，所以特别受到了江南观众的欢迎。他在京派发祥地拜师成名，却长期立足于海派的故乡，与此有直接关系。而用他这种声音来塑造像姜秋莲一类古代少女的音乐形象，必然是有特殊功效的。

其次，黄氏善于广泛吸收各家之长，研创新的唱腔。《春秋配》中新腔迭出，且流传甚广。他设计唱腔很重视字与腔的关系，尤其是遇到去声字都安上小腔，可谓"逢'去'不让"。如"拷打"一场中的〔西皮散板〕"尊母亲且息怒容儿细讲，二八女理应当不出绣房，比不得男儿汉身强力壮"，其中"细"、"绣"、"汉"等去声字，都逐一精心地安上了小腔，"细"字唱成 61̇ 3 5 ，"绣"字唱成 5 31̇ ，"汉"字唱成 61̇ 5 6 ，这样既把字唱正了，又显新颖别致。"捡柴"的〔二黄慢板〕，他唱得特别柔和，收放自如，深切而宽舒。首句"出门来羞答答将头低下"，"下"字的拖腔增加了起伏跌宕的幅度，用以描述姜秋莲被迫抛头露面郊外捡柴的幽怨、委曲，很有表现力。那段〔西皮原板〕更是脍炙人口。如首句"蒙君子致殷勤再三问话"，"三"字放出，"问"字略微一收，便为"话"字的耍腔做好了铺垫，而"话"字的行腔，既有尚派的刚劲，又有荀派的迂回，唱罢必获全彩。第二句"虽然是男女别不得不答"，"不"字别出心裁，陡然提起，再委婉转低，"得"字加强顿挫，"答"字则收得舒缓平稳，细腻地刻画了少女羞于启齿的心态与神情。最后一句"来捡芦花"的"来"字谱成 5 6 6532 更是别具风韵。

黄先生的念白与他娇美的演唱风格一致，声调柔和，富于乐感。他的"叫板"是很出名的，此剧中一声"乳娘啊"用缠绵悱恻的尾音，生动地表达封建社会少女萌生情爱之后的声情，也是此剧最受欢迎的一句台词。

黄门弟子名旦甚多，童芷苓、王熙春、曹慧麟、顾正秋、郑冰如、梁小鸾、厉慧敏、金素雯、新桂秋等均曾向黄师学艺，却没有一个专攻黄派的。为什么呢？顾正秋一语中的，她说：“‘黄腔魅力无人能比’，可我上台唱出来，就没黄先生那股子味儿”。好听而难学，只能改弦易辙了。现在能唱黄派的仅黄氏孙女黄小秋，惜已赴美定居。还有上海京剧院的张敏智和金蓉，偶尔演出。此外，上海戏剧家协会有一个黄桂秋艺术研究专业委员会，名誉主任王熙春，主任朱永康，会员以票友为主，每年逢黄氏生日、忌日都有纪念演出活动。此戏即由朱永康根据黄桂秋生前演出本加工整理。

朱永康

人物行当

李春发	小生	地　方	丑
李　义	里子老生	四青袍	杂
石敬坡	丑	二差人	丑
贾　氏	彩旦	吴　伸	丑
姜　绍	二路老生	禁　卒	丑
徐黑虎	丑	四校尉	杂
姜秋莲	青衣	四龙套	杂
乳　娘	老旦	中　军	净
侯上官	净	书　吏	小生
何福安	老生		

服装扮相

李春发　俊扮。黑小生巾（飘带左耳边打结），湖色衬褶子，湖色彩裤，雪青花领素褶子，小绦子，厚底靴。（受刑后穿黑褶子）

李　义　俊扮。戴黑硬罗帽、黄绸条、髟参满、鬓发，黑褶子，黄鸾带，黑彩裤，长筒白布袜、福字履。

石敬坡　丑扮。蓝毡帽，蓝茶衣、腰包，黑彩裤，白布袜、圆口鞋。

贾　氏　彩扮。髟参彩旦头，彩旦衣裤，黑彩旦大坎肩，腰巾子，手帕，黑彩裤，白袜、彩旦鞋。

姜　绍　俊扮。高方巾（或素鸭尾巾）、髟参三，蓝素褶，黑彩裤，厚底靴。

徐黑虎　丑扮。蓝毡帽，蓝茶衣、短腰包，黑彩裤，白布袜、圆口鞋。

姜秋莲　俊扮。大头线帘子、点翠头面，粉红帔、绣花褶子、花边腰包，彩裤，彩鞋。（“行路”一场起改银泡头面、蓝绸裹头，黑褶子，背插刀，腰系白色绸条）

乳　娘　素扮。髟参老旦头、绸条，紫老斗衣，绿老旦裙，黑素长坎肩，白素腰巾子，黑彩裤，香色老旦鞋。

侯上官　勾白歪脸。棕帽、茨菇叶，黑扎、耳毛子、大鬓花，黑侉衣，腰巾子、绦子、大带，揎单袖黑素褶子，黑彩裤，快靴。

何福安　俊扮。黑三、黑网、乌纱，红蟒、玉带，黑彩裤，厚底靴。（改扮算命先生时换高方巾，蓝缎褶子，腰绦，纸折扇）

地　方　蓝毡帽，蓝布箭衣，鸾带，黑彩裤，快靴。

四青袍　红毡帽，青袍衣，黑彩裤，快靴。

二差人	皂隶帽，蓝布箭衣，大带，布鞋。
吴　伸	黑四喜、黑网、圆翅乌纱，蓝官衣、玉带，黑彩裤，朝方。
禁　卒	蓝毡帽，黑吊搭，茶衣，腰包，彩裤，白布袜子、布鞋。
四校尉	大板巾、小额子、千斤，红绿箭衣、黑马褂，红彩裤，快靴。
四龙套	红龙套巾，红龙套衣，黑彩裤，快靴。
中　军	黑满、大耳巾，箭衣、马褂、大带，红彩裤，厚底靴。
书　吏	高方巾，紫坎肩、蓝褶子，黑彩裤，福字履。

道具

茶盘	一个	**酒壶**	一把
酒杯	一个	**灯台**	二盏（一盏放桌上，一盏李义持）
绳子	一根	**银子**	一锭
驴鞭	一根	**斧子**	一把
行囊	一个	**打棒**	一把
马鞭	一根	**钢刀**	一把
包袱	一个	**纸梅花**	数朵
假石块	数个	**假涧景**	一块（放桌前，上插梅花）
幌子	一面	**线带子**	一束
扇子	一把	**文房四宝**	一份
木架拐	一只	**印绶**	一方
惊堂木	一块	**名帖**	一张
竹板	二片	**供纸**	一条
毛笔	一枝	**锁链**	一条
铁链手拷	一副	**竹篮**	一只
裙子	一条	**井口片**	一个
腰刀	四把	**白布招牌**	一面（上写“算命问卜”）

第　一　场

〔幕启。舞台正中设一桌，“小座”，下场处设一桌，备石敬坡过墙用。

〔【小锣打上】李春发上，至台口。

李春发　（念）寒窗负苦读经卷，寂寞长夜伴书眠。

【小锣归位】（左转身坐下）

（念〔西江月〕）庸碌切望登科，失意愁多怨多，

书中文章自揣摩，何必双眉愁锁。【小锣住头】

小生姓李名华字春发，乃南阳罗郡人氏，幼读诗书，早已入泮[①]，尚未登科。不幸父母双亡，只有老仆为伴，今逢重阳佳节，不免夜饮几杯便了。李义哪里？

〔李义内白：“来了。”【小锣五击】由“上场门”上。

李　义　（念）梧桐叶落近重阳，菊花满院扑鼻香。

〔（台大台）李义“挖门”入内，站“小边”作揖毕。

唤老奴何事？

李春发　今乃重阳佳节，你去备酒，我要夜饮一回。

李　义　老奴遵命。【小锣二击】（“上场门”下，置酒）

〔【起堂鼓·一更】【小锣一击】李义上，将酒放桌上，李春发起立，李义将椅搬入座，李春发坐下。

李春发　待我自饮几杯便了。

〔西皮原板〕

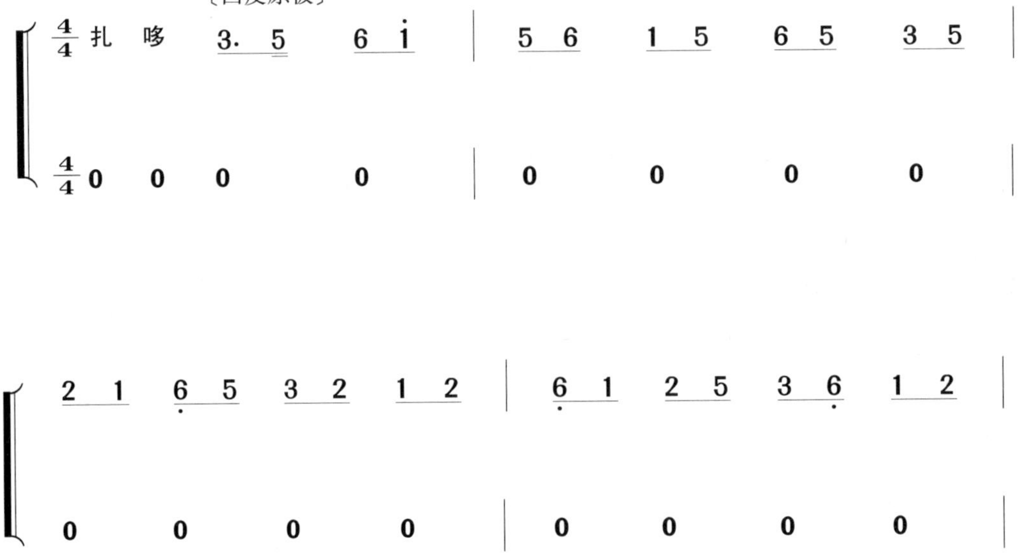

---

① 入泮：泮，即泮宫，指古代的学校，考中秀才为入泮。

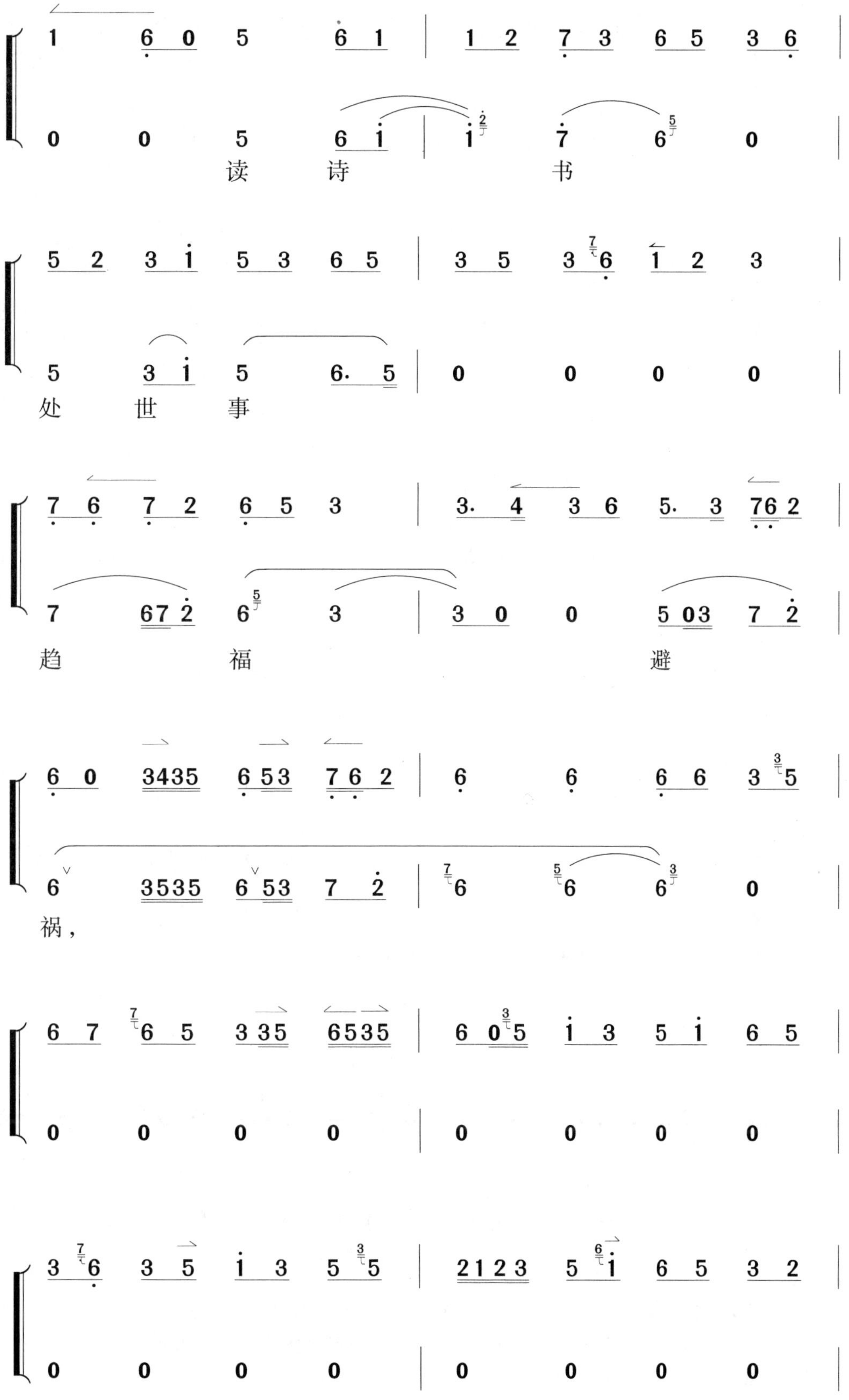
读 诗 书
处 世 事
趋 福 避
祸，

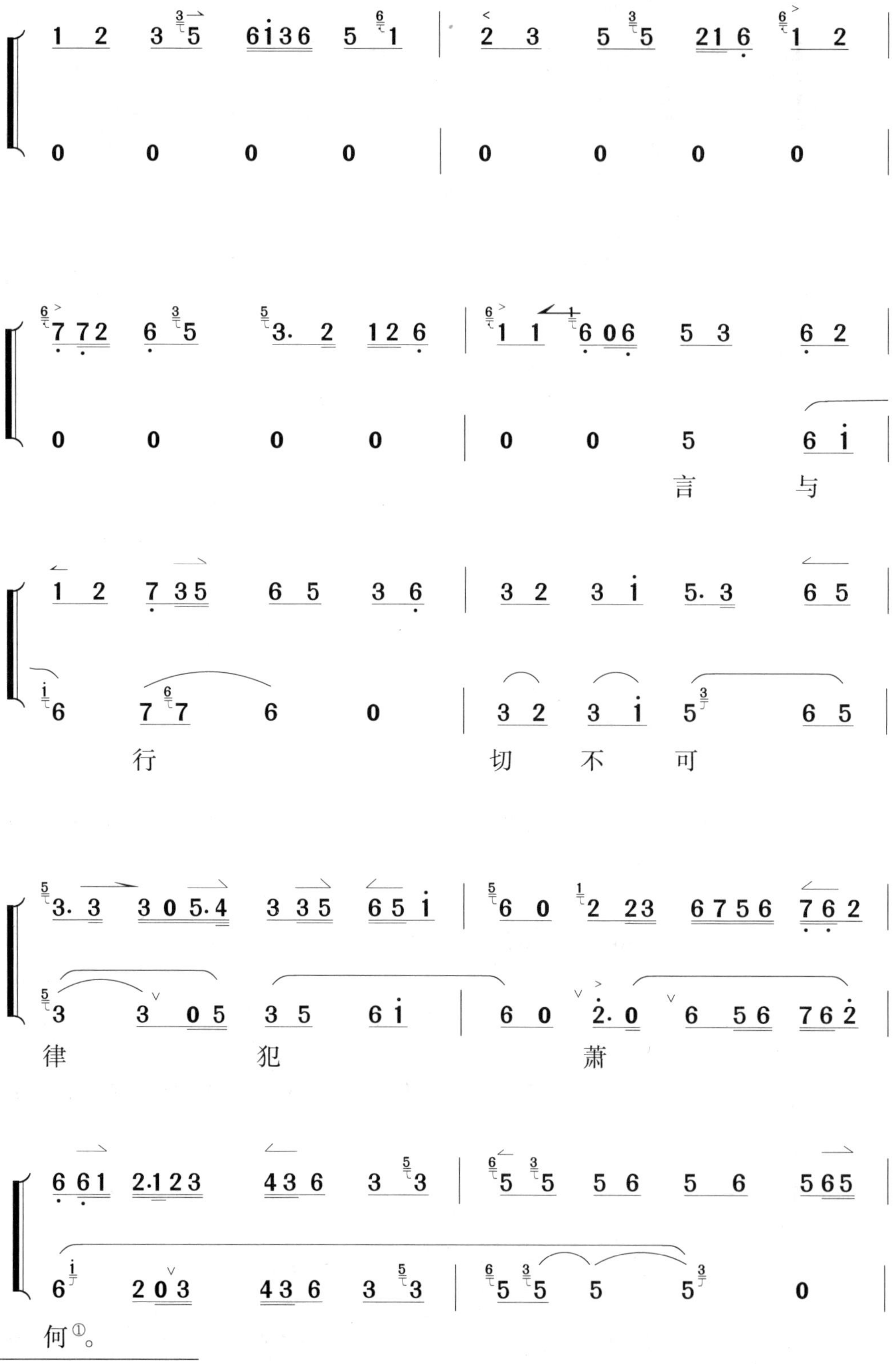

① 律犯萧何：萧何，汉初丞相。他曾撷取秦律的精华制定“约法三章”、“律九章”等典制律令，《汉书·刑法志》有记载。萧何被后世推为制定刑律之先行者，杜甫诗有“萧何律”说，简称“萧律”。“律犯萧何”即触犯法律。

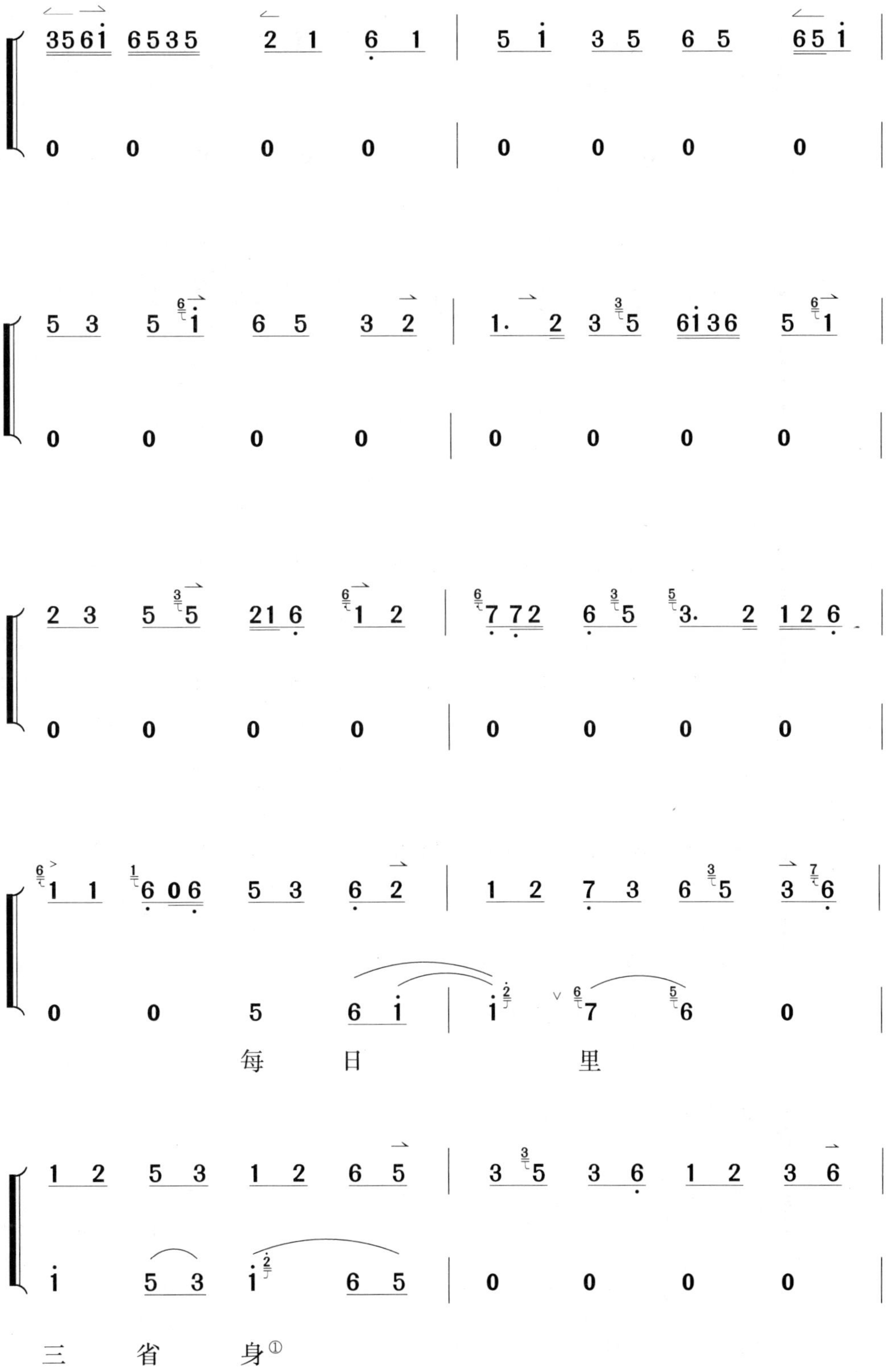

① 三省身：语出《论语·学而》。“曾子曰：吾日三省吾身：为人谋而不忠乎，与朋友交而不信乎，传不习乎。”旧时，知识分子把“忠信传”三条作为做人标准。

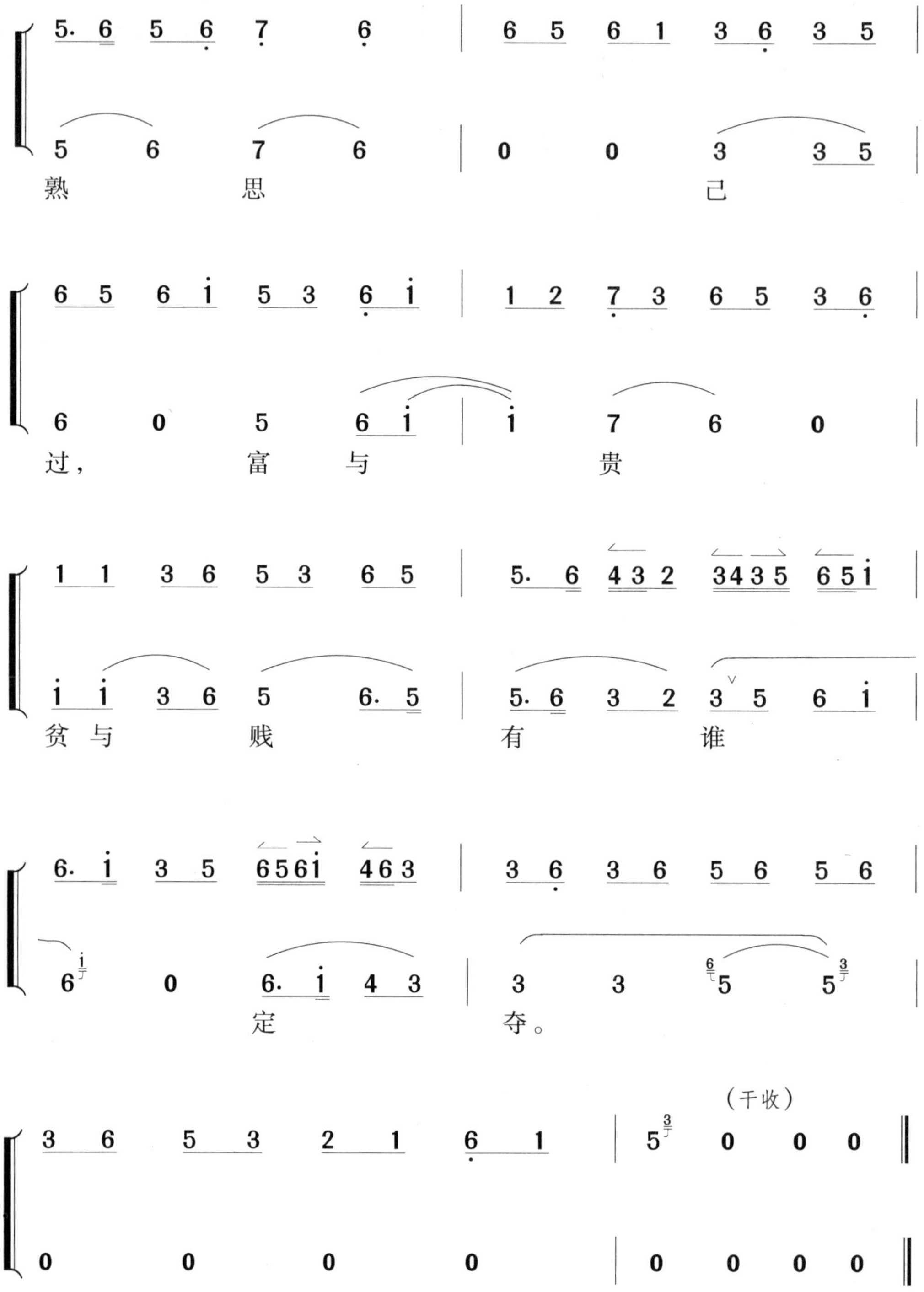

（李春发吹灯，伏案眠，起【二更】）

〔【小钹抽头】石敬坡上，“走边”。

石敬坡 （念）怕的是鸡鸣犬吠，喜的是风吹叶落，

明知王法容不过，暂救燃眉之火。

（龙冬 大大大大 才令才 乙台才）

我，石敬坡。（嘟－才）身无半点道艺，只因奉养老母，故此做这夜间的生活。看前面已是李家，不免越墙而过，偷他一番便了。【小钹水底鱼】（上高站桌上）待我投石问路。（投石）【小钹一击】

「李义持灯由“上场门”上。

李　义　什么响亮？莫非有贼偷盗不成！

石敬坡　（学猫叫介）喵！

李　义　哦，原来是猫儿捕鼠。【小锣一击】（李义下）

石敬坡　险些被这老头儿搅了我的好买卖也。

〔西皮散板〕

【小锣凤点头】 サ（6 6 35 55 36 5i 32 12 65

55 ）2 1 2 3 3 2 6 3 21 3 2 –

学 一 个 猫 儿 叫 把 危 险 脱 过，

（石敬坡下高，由桌上翻下，【小锣一击】）

〔行弦〕

1/4 （03 | 21 | 6. 1 | 2. 3 | 43 | 21 |

（石敬坡进门、摸黑、喝酒、偷酒壶入怀，李春发醒，

61 | 2 | 0 | 1. 7 | 61 | 2 | 3 | 21 |

捉住石敬坡）

61 | 20 :|| 2 | 2 | 2 | 2 | 2 ）

（崩登仓）

李春发　大胆！

〔西皮散板〕

【快纽丝】（过门同前）3 36 5 5 6 6 3 i 65 53 5 ‖

胆 大 的 贼 强 人 为 非 作 恶。

【大锣住头】李义快来。

「【小锣打上】李义持灯上。

李　义　哈哈，果然是有贼。

李春发　明日将他送往当官治罪。（李义将绳子挂在石敬坡项上）

石敬坡　（跪求）哎呀，李相公啊！【小锣五击】小子名叫石敬坡，只因家有老母，无法奉养，万般无奈，才做这下贱的生活，望求相公开一线之恩饶恕于我，慢说是我小

子，就是我那老母，也感您的大恩大德。（跪哭）**【小锣一击】**

李　义　公子，念他是个孝子，就饶了他吧。

李春发　你可是实言？

石敬坡　小子不敢说谎。

李春发　查看家中，可曾缺少什么？

李　义　（查看）并不曾缺少什么。

李春发　好，与他松绑。

〔李义与石敬坡松绑。

石敬坡　（叩头）多谢李相公！多谢老管家！

李春发　（取银）这有一锭银子，拿去做些小本经营，奉养你那老母，今后必须改邪归正才是。

石敬坡　慢来，慢来，既然蒙恩释放，小子已然感恩不尽，这银子我是不敢收的。

李春发　只管拿去就是。

石敬坡　（接银）多谢李相公！

李春发　正是，（扎）（念）倘念今日恩义多，

石敬坡　（接念）从此我洗手准改过。

李春发　李义，开门放他出去。**【小锣打下】**（李春发由二道幕下）

李　义　遵命。随我来。**【小锣原场】**（开大门）

石敬坡　（出门）多谢老管家！（台）

（想起酒壶）老管家，我这儿还有您府上一把酒壶哪！

李　义　（接壶）哎呀呀，你真要学好人了。

石敬坡　咱们后会有期。（下）

〔**【小锣五击】**李义关门下。

第　二　场

〔幕启。舞台正中设一桌，“小座”。

〔贾氏内：“啊哈！”**【小锣五击】**贾氏上场至台中。

贾　氏　（诗）闲来时装模作样，怒恼了我拿刀动杖，

女儿道我是晚娘，常跟老头子算账。（**台.大 台**）（贾氏左转身就座）

老身贾氏，配夫姜绍为妻，为人倒也老实。是他前房留下一女名唤秋莲，简直是我的眼中钉肉中刺一般，若有机会，我非好好地整治整治她不可。

〔姜绍内白：“走哇！”**【小锣抽头】**姜绍骑驴上，驴夫徐黑虎随上。

〔西皮散板〕

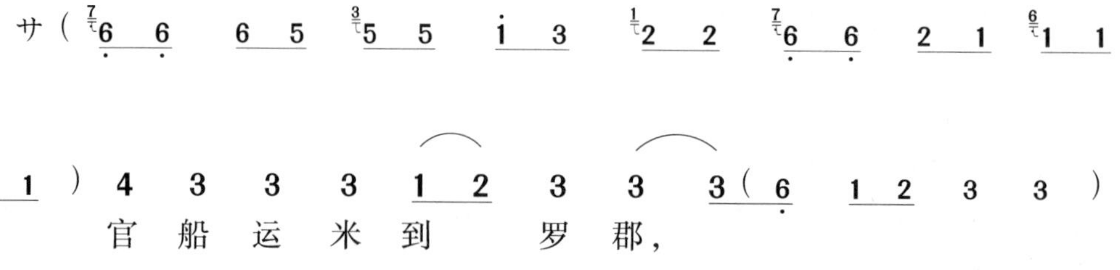

6̣ 2　1　1 3　2　3 5　2^6 1　1 ‖
前　　去　贸　　易　走　　一　程。
在此等候。　　（下驴，把鞭交驴夫）（**台大台**）

徐黑虎　是啦！（带驴下）
姜　绍　（进门）安人。（站“大边”）
贾　氏　哈！老头子回来了！（站“小边”）
姜　绍　安人，闻得河下来了许多米船，我要前去贸易，你快快收拾行囊，我就要启程了。
贾　氏　好，我给你预备去。（**台**）（下拿行囊上）行囊在此。
姜　绍　（接行囊）好好照料家中，我要去了。
贾　氏　把你的女儿叫出来，你们父女分别分别，好不好哇！
姜　绍　几日就回，何必分别，我告辞了。

〔西皮散板〕
【小锣凤点头】（过门同前）5　3　3 1　2　1 6̣　3　1 6̣　2　－
辞　别　安　　人　离　　家　门，

〔**【小锣抽头】**徐黑虎牵驴上，姜绍上驴。

（过门同前）3　2　2 1　1 2　3　2 1　1　－ ‖
家　中　事　　儿　　你　担　　承。

〔**【小锣打下】**姜绍、徐黑虎下。

贾　氏　老头子出门作买卖去了，机会可来了，我把秋莲叫出来，就说郊外有许多芦柴，叫她去捡，她要是去，叫她吃吃苦；她要是不去，借这个因由，打她一顿，也好出出我这口怨气，我就是这个主意。秋莲哪，给我走出来吧！
〔姜秋莲内白：“来了。”**【小锣打上】**乳娘随姜秋莲上。
姜秋莲　（念）窗下绣鸳鸯，听唤到上房。（做进房状）
贾　氏　怎么还不出来呀！**【小锣一击】**（**大大大大大乙台**）
姜秋莲　（怕）乳娘，我母亲在那里生气，这便如何是好啊？
乳　娘　不妨事，随我进去，看我的眼色行事。
姜秋莲　是。**【小锣原场】**（二人“双挖门”进）
姜秋莲　参见母亲。
贾　氏　罢啦！
乳　娘　参见安人。
贾　氏　哪儿来那么些穷酸礼呀！（叹气）唉！
姜秋莲　母亲，为何这等着恼？
贾　氏　孩子，你不知道，只因郊外有许多芦柴，没人去捡，所以我在这儿发愁哪！
姜秋莲　何不雇人去捡？
乳　娘　是啊，何不雇人去捡？
贾　氏　我没跟你说话，你胡搭什么茬儿啊？雇人去捡，那不得花钱么？哟，孩子，我瞧你在家里头，整天一点事都没有，要不然，你去捡柴去，好不好呢？

姜秋莲 这个……（大大大大大乙台）（乳娘暗示勿去）啊母亲，想女儿乃深闺幼女，无故去往郊外捡柴，岂不被人耻笑？

乳　娘 是啊，岂不被人耻笑？

贾　氏 怎么你又搭茬儿啦？没人拿你当哑巴。哟，孩子，想这捡柴，乃是过家之道，谁能笑话呢？你倒是去不去啊？

姜秋莲 女儿不敢前去。

贾　氏 我就知道你不去啊，在家里头没有事，穿这么整齐干什么？把外头这件衣服给我脱下来！

姜秋莲 （怕）这……【小锣一击】

贾　氏 脱！

姜秋莲 是。

〔走进“上场门”内脱衣。

乳　娘 啊安人，想我家大姐乃深闺幼女，如今你命她郊外捡柴，岂不被人说长道短啊？

贾　氏 我叫她去捡柴，又不是叫她去偷柴，谁敢笑话？你少多嘴，给我靠边站着！

〔【小锣二击】姜秋莲脱衣后上。

贾　氏 衣裳脱下来啦，我问问你，去是不去啊？

姜秋莲 女儿不敢前去。

贾　氏 哈哈，真有你的，我告诉你说，今儿个要是不去啊，可小心你的小命！【崩登仓】

〔姜秋莲在（崩登仓）中，右脚踏在“崩”上，右水袖翻在“登”上，双手作拱在“仓”。上。

姜秋莲 母亲啊！

〔西皮散板〕

【大锣纽丝】サ（6 6 6 6 6 5 5 5 5 3 2 2 7 6 2

1 1 1） 2 1 1 1 - 2 - 7（3 3 6

尊 母 亲

5 -） 5 7 7. 2 5 6（6. 5 3 3. 5 6） 7 6

且 息 怒 容 儿

6 1 3 5 6（3 3. 5 6 6 6） 5 1 1 6 5

细 讲，（仓） 二 八 女

3 5 6 6（6. 5 3 3. 5 6） 3 5 5 5 3 1

理 应 当 不 出 绣

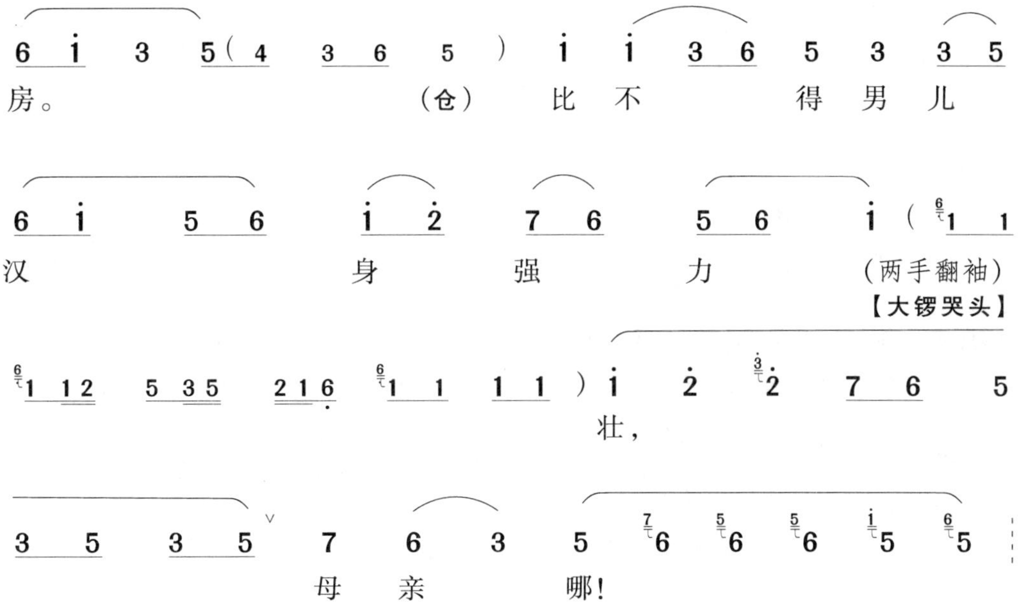

（在【大锣双槌凤点头】中走至贾氏前跪下）

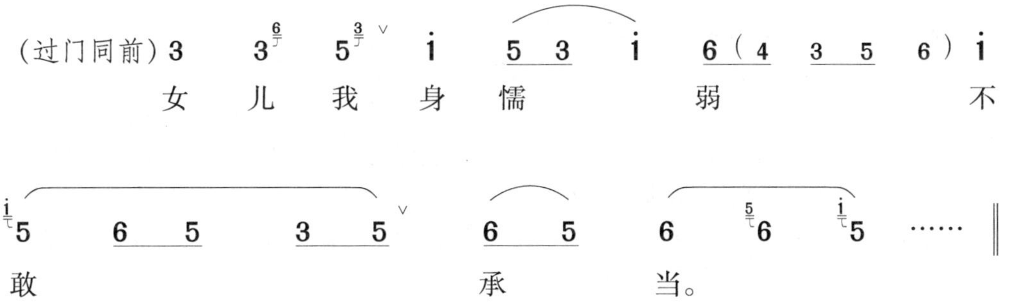

贾　氏　好贱人哪！【快纽丝】（打姜秋莲嘴巴）

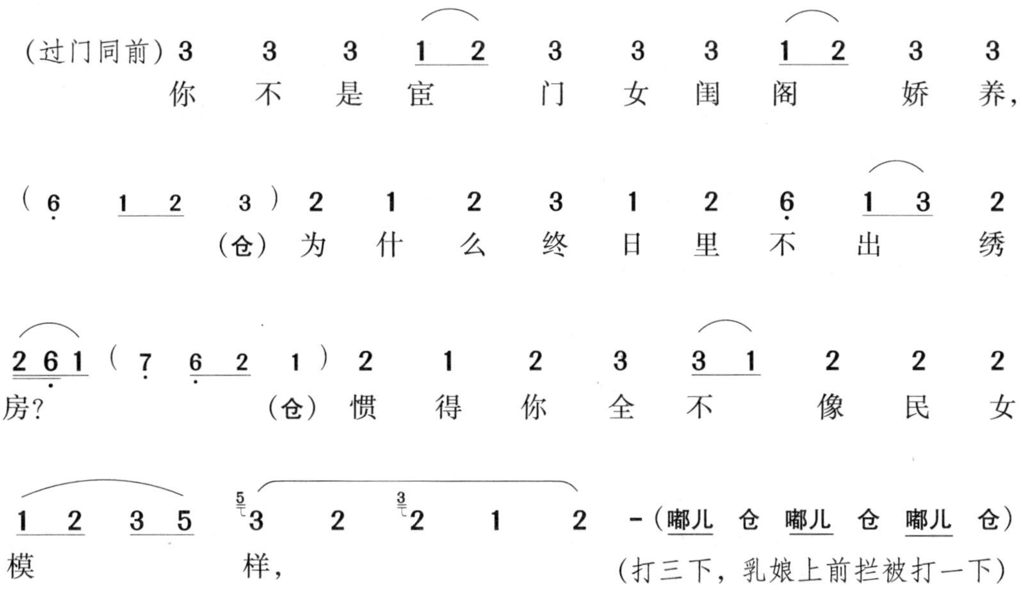

【大锣凤点头】(过门同前) 3 2 5 3 2 2 1 2 6̣ 1
违 母 命 管 叫 你 命 见

3 3 2 ³2. 1 6̣ 1. – (大台 仓 才 仓 才 仓)
阎 王。 (贾氏打罢回位坐下)

姜秋莲 【叫头】母亲哪！想我家虽说不富，尚足吃穿，况且女儿乃深闺幼女，无故去往郊外捡柴，这桑间濮上①之嫌，岂不被人说长道短，倘若我爹爹回来，女儿担待不起呀！（哭）【小锣一击】

贾　氏 哈哈，你拿你爸爸吓唬我，我告诉你说，连你爸爸都得听我的，你不去，干脆我就活活打死你。(嘟儿仓)

「贾氏欲打，乳娘上前拦。

姜秋莲 母亲不必动怒，女儿前去就是了。

贾　氏 这不结了，早说去，妈妈哪能打你哪！起来起来。

「姜秋莲站起。

乳　娘 安人，老奴也要跟随大姐前去。

贾　氏 是啊，你是得跟着她去，你们两人死也死在一块儿。（贾氏回身，从桌上取绳、斧）这里有绳子一根，（掷地上）斧子一把，（也掷地上）孩子，你初次去到郊外捡柴，不用多捡，可也不能少捡呀！这样吧，够咱家烧个三年五载的就行了。

乳　娘 天色不早，请安人佛前上香去吧。

贾　氏 哎呀，只顾得教训女儿，把佛前上香也给忘了。正是：（扎）（念）晨昏三叩首，早晚一炉香。罢罢罢，阿弥陀佛！

乳　娘 （指贾氏后背）我把你这老…… （大大大大台）

贾　氏 （回过身来）老什么？老什么？

乳　娘 老安人，老安人！

贾　氏 谁不知道我是老安人，要你来臭奉承？我是吃斋念佛的，不会骂人，我把你这老梆壳！（一跺脚，把脚跺痛）阿弥陀佛，阿弥陀佛！【小锣五击】（贾氏跷脚下）

乳　娘 我把你这老贱人！咳！（扎）（念）切齿恨泼妇，

姜秋莲 （接念）滴泪思亲娘。（哭）喂呀！（大大大大台）

乳　娘 （拾起绳、斧）大姐不必啼哭，捡柴之事，有老奴替你担承。

姜秋莲 只是连累乳娘。

〔西皮摇板〕

【小锣凤点头】(⁷6̣ | 6̣ | 3 5 | 5 5 | 3 6 | 5 i̇ | 3 2 |

① 桑间濮上：典出《礼记·乐记》。“桑间濮上之音，亡国之音也。”后用桑间濮上指淫靡之音，亦引伸指男女幽会之地。

1 2 | 6 (3)5 | 5 5) | 5 i i(3) 3 3(6) 5 (6 5
根 苍 天 把 我 的

3 6 5) 7 6 6 3 5(3) (3)5 (3)5 (7)6 -
亲 娘 早 丧，

【小锣抽头】(过门同前) i i 3 6 5 (5)3 5 6 6 (6 5 3 5 6)
思 想 起 不 由 人

3 6 5 3 5 6 5 6 (5)6 (i)5 (6)5 - ‖
感 叹 悲 伤。

〔【小锣打下】二人同下。

第 三 场

〔李春发内白：“马来！”

〔【小锣抽头】李春发骑马上。

〔西皮摇板〕

(过门同前) 7 6 3 5 5 5 7 6 6 6 5 6 7 - (2)6 -
西 风 紧 雁 南 归 园 林 如 画，

【小锣凤点头】i 6 3(5) 5 i 5 3 i 6 (| 6 5 | 3 5 | 6 | 6 |)
好 一 派 霜 叶 红

(干收)

3(i) 5 6 - (7)6 (7)6 (6)5 ‖
胜 似 春 花。

只因我有一同窗好友，前往四川投亲，故而相送于他，想他胸怀大志，将来定非池中之物，如今分襟作别，好不令人惆怅。看天色尚早，我不免将马缓缓而行便了。

【小锣凤点头】(过门同前) 7 6 3 5 5 5 7 6 5 6 6 3 5 6
适 才 间 与 同 窗 离 别 叙 话，

(| 6 5 | 3 5 | 6 5 | 3 2 | 1 2 | 6 (3)5 | 5 5 |) 3 3 6 5 5
惹 得 我 闷

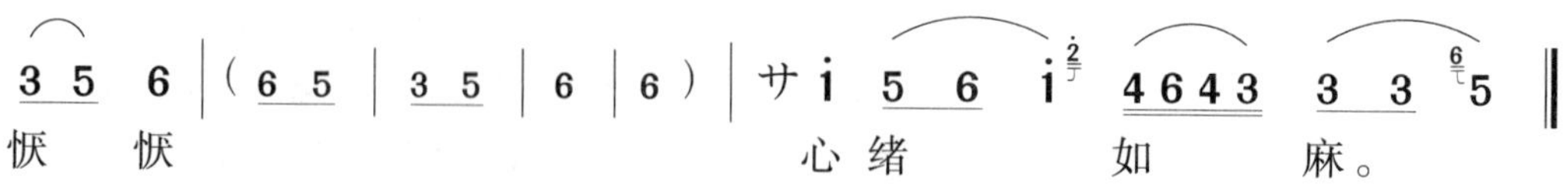

〔【小锣打下】李春发骑马下。

第 四 场

〔乳娘内白：“大姐随我来。”

〔【小锣夺头】乳娘先上，秋莲在过门中上。

〔二黄慢板〕

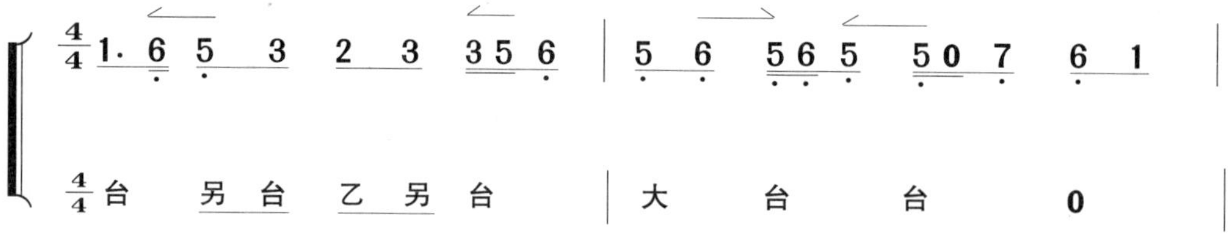

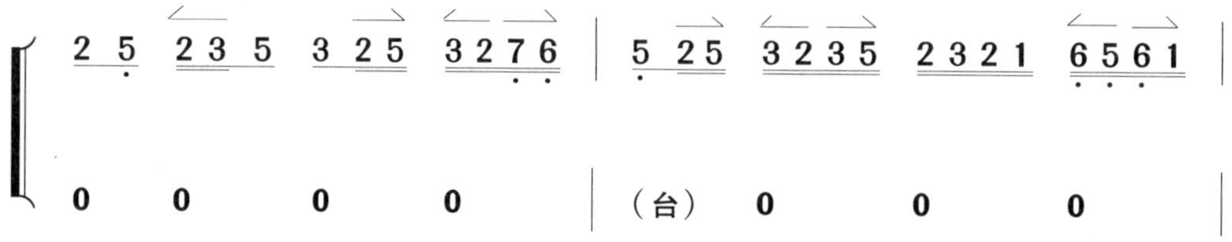

（二人打照面，秋莲含羞用袖遮面）

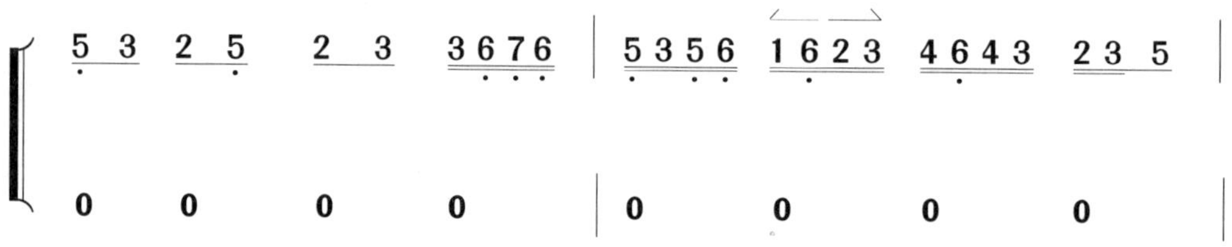

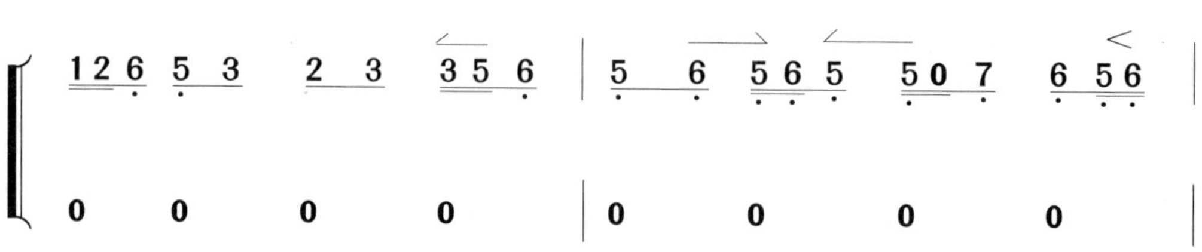

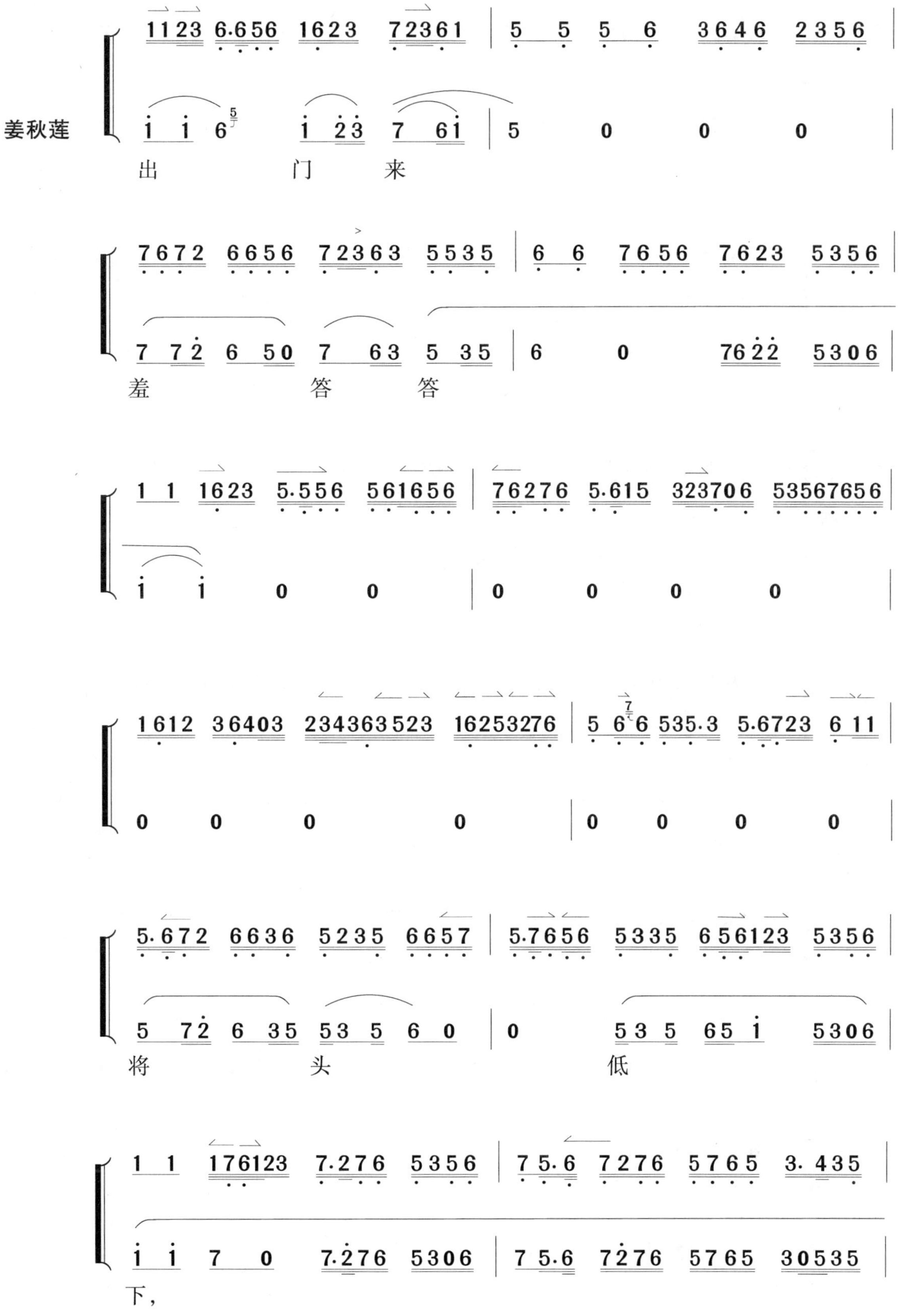
姜秋莲
出 门 来
羞 答 答
将 头 低
下，

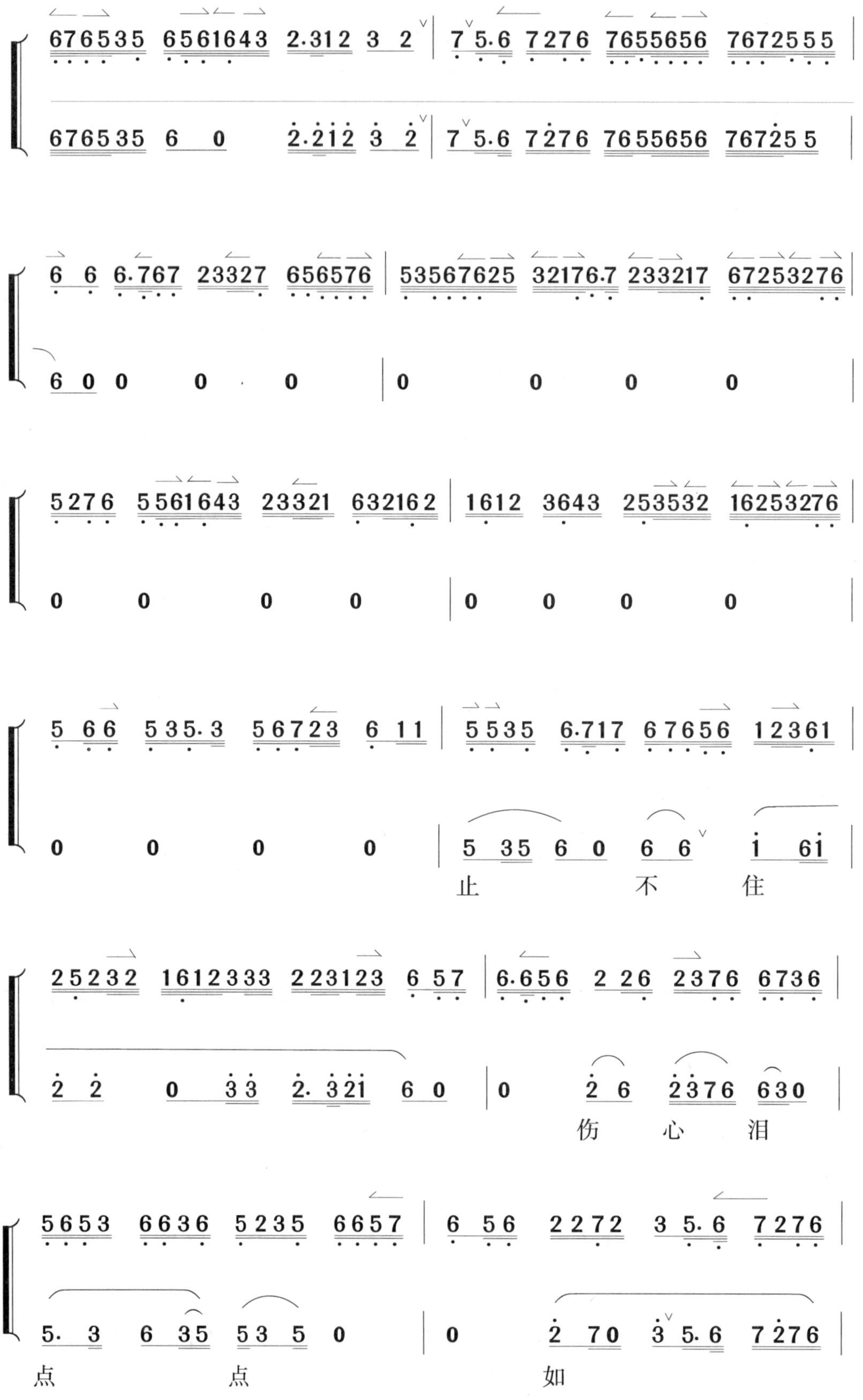
止 不 住
伤 心 泪
点 点 如

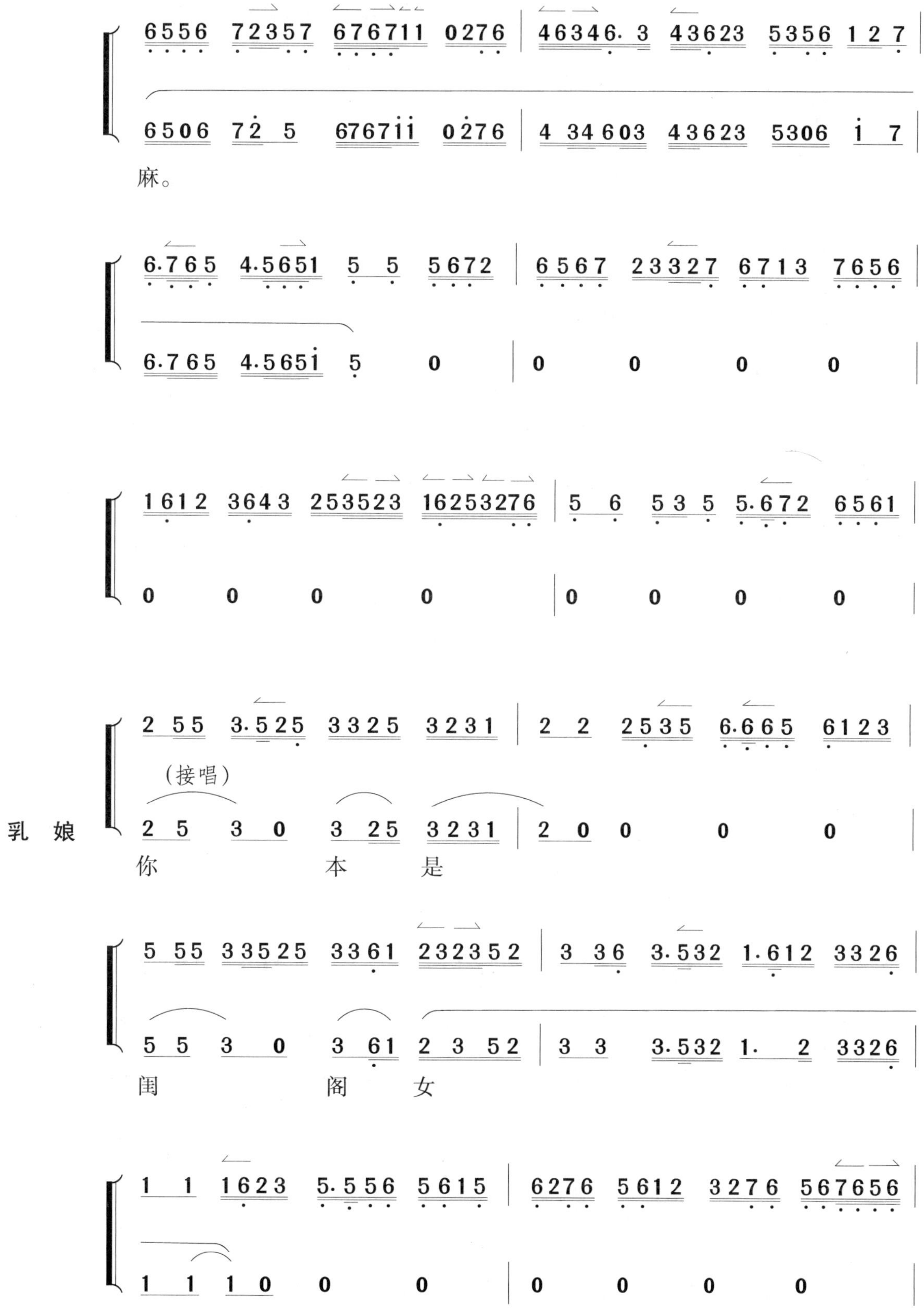

麻。
（接唱）
乳 娘
你 本 是
闺 阁 女

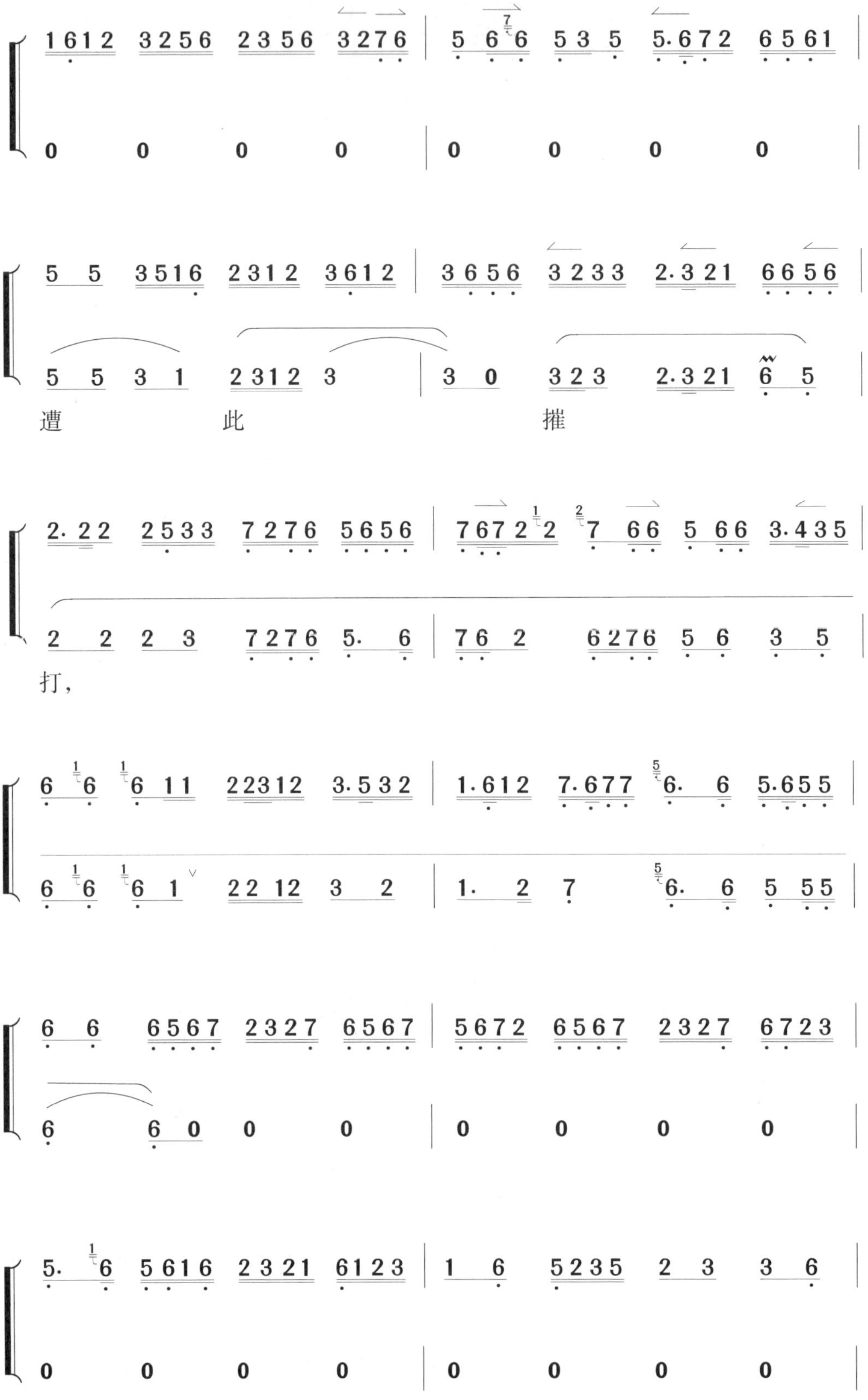
遭
此
摧
打，

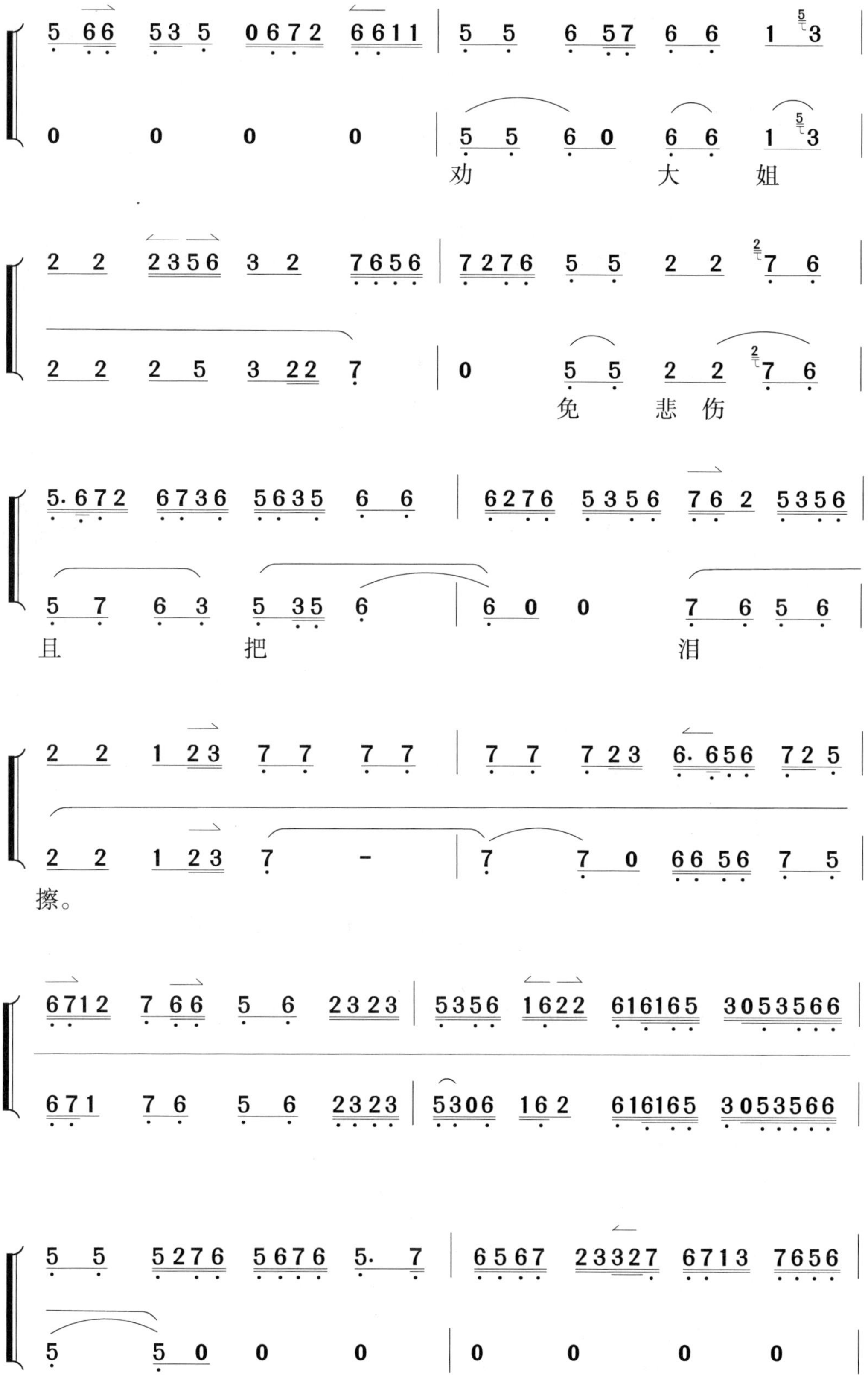
劝 大 姐
免 悲 伤
且 把 泪
擦。

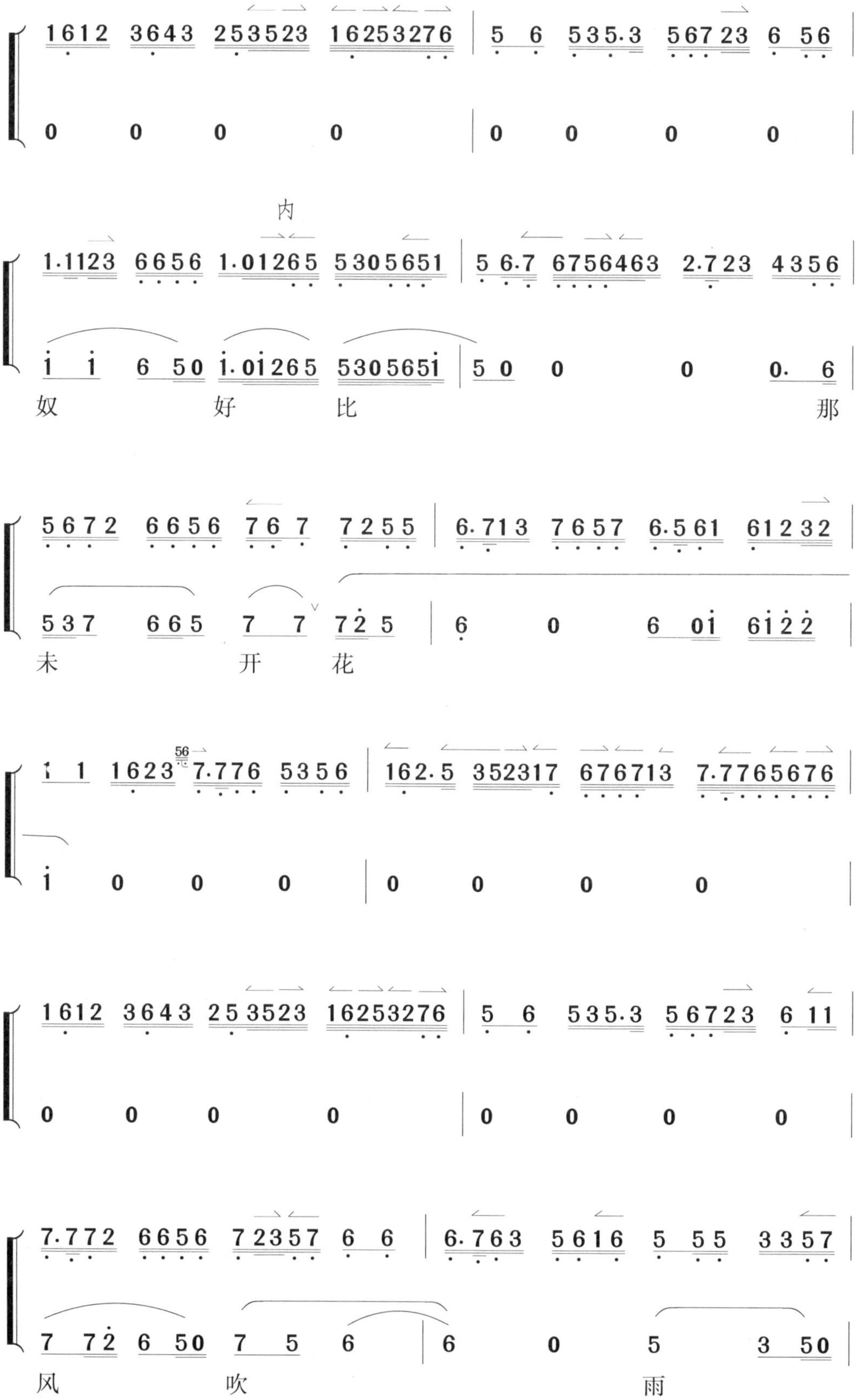
内
姜秋莲
奴 好 比 那
未 开 花
风 吹 雨

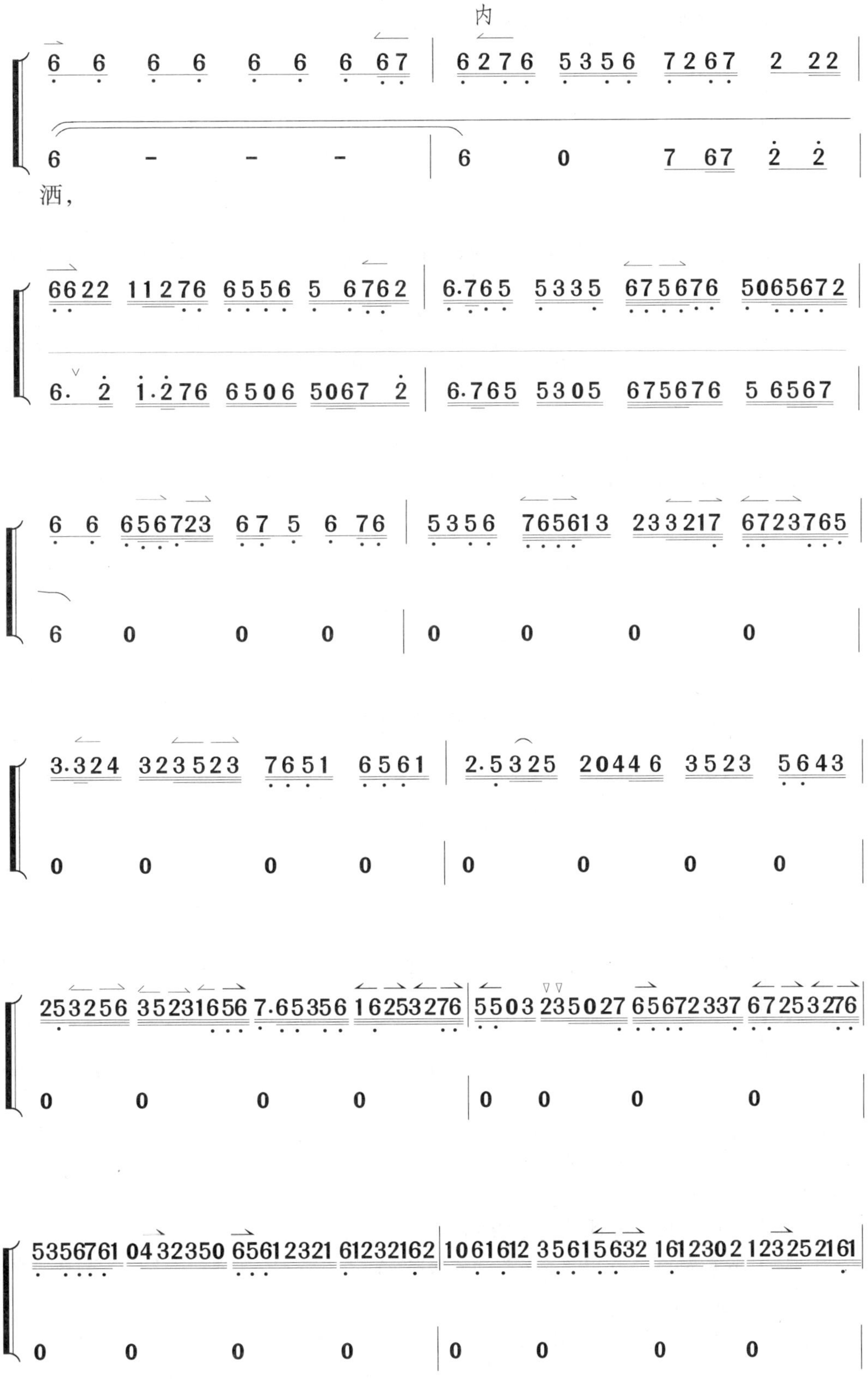
内
洒，

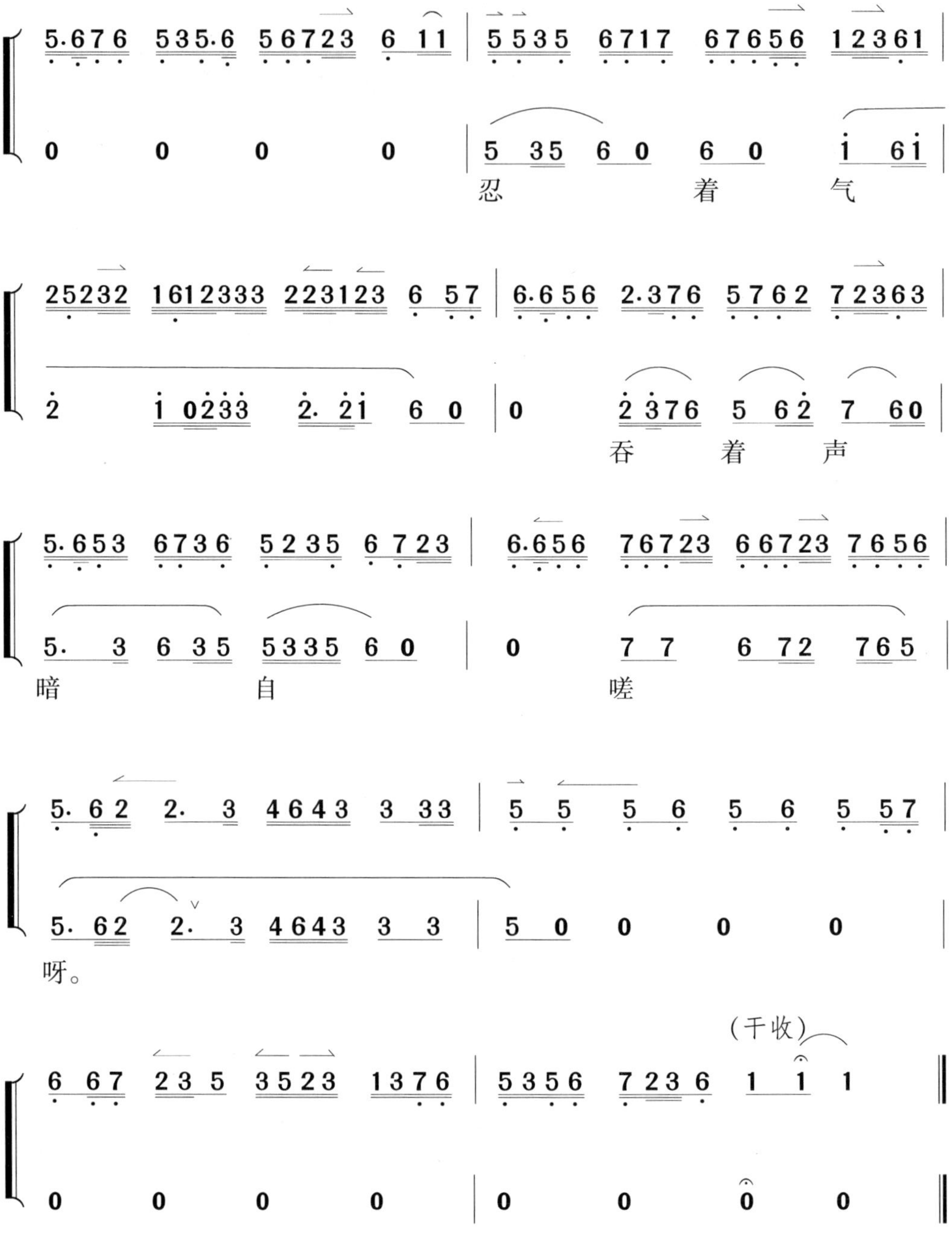

乳　娘　大姐，来此已是荒郊，待老奴前去捡柴就是。

姜秋莲　有劳乳娘了。

〔乳娘砍柴，姜秋莲相帮拾柴。

〔李春发内白：“马来！”【小锣抽头】“上场门”上，至“小边”台口前。

〔西皮摇板〕

李春发　（过门同前）

3 5　6 5　3 2　1 2　6̣ 5　5 5）3　3 6　5　5
又　只　见　两

3 i̇　6（6 5　3 5　6）3 i̇　6 5　5　2 3　5
妇　人　来　捡　芦　花。

（6 5　3 6　5 5　3 2　1 2　6̣ 5　5 5）i̇　6 3
观　那

5　5　7　6　6　6　5 6　7　7. 2̇　6　–（台）
女　美　容　颜　难　描　难　画，

姜秋莲　（哭）喂呀！

李春发　（惊）呀！

【小锣凤点头】（过门略）i̇　6　3 6　5　5　6　6（6 5
因　何　故　锁　双　眉

（干收）

3 5　6）5　6 i̇　4 3　3　³3　⁵5 ‖
两　泪　如　麻。

哎呀且住，（台）看那女子，不像小户人家之女，为何来到荒郊捡柴？（看）（台）看那旁有位老妈妈，待我下马问来。（台 – 0 大 台）（下马）

妈妈，请来见礼。

乳　娘　（台）还礼，还礼，这位君子敢莫是失迷路途？

李春发　并非失迷路途。我看这位大姐，既来荒郊捡柴，因何啼哭不止，故而要问个明白。

乳　娘　你问的是她啊？她是我家大姐，我是她的乳娘，主仆二人在家烦闷，故而来在荒郊捡柴。何劳君子动问，你快快赶路吧。

李春发　如此小生多口了。

乳　娘　你本来的多口。

李春发　呀！

〔西皮摇板〕

【小锣凤点头】（过门略）3　3 6　5　5　5 7　6　5　6　6 3 5　6
我　这　里　好　意　儿　向　前　问　话，

（6 5　3 5　6 5　3 2　1 2　6̣ 5　5 5）i̇　6 3　5　5
她　那　里　却

3 i 6 （6 5 3 5 6） 5 6 i 2 3 5 （6 5
为 何 恶 语 对 答？

3 6 5 5 3 2 1 1 6 5 5 5） 3 3 6 5 i
细 看 她 梳

5 3 7 6 （6 5 3 5 6） 3 5 7 6 （6 5
云 鬓 尚 未 出 嫁，

3 5 6 6） i 6 3 5 5 6 6 3 5 6 6 5 – ‖
因 何 故 到 荒 郊 来 捡 芦 花？

我还是要问个明白再走。——妈妈，重见一礼。

乳　娘　你怎么还不曾走去啊？

李春发　不是喏。我看你主仆二人，神色不定，若有隐情，何妨直言相告。

乳　娘　方才已然对你言过，她是我家大姐，我是她的乳娘，主仆二人，在家烦闷，来在荒郊捡柴。你再若絮絮叨叨，是定讨无趣！

李春发　如此我这就走。（上马欲走）

乳　娘　你早就该走。

李春发　我这就走。（想）（台）啊呀！（下马）

【小锣凤点头】（过门略）3 3 5 6 5 7 6 5 6 6 3 5 6（6 5
欲 回 去 心 儿 内 无 端 牵 挂，

3 5 6 5 3 2 1 2）5 i 6 5 3 5 6 3 5
若 流 连 人 笑 我 惹 草

i 5 6 5 （6 5 3 6 5 5 3 2 1 1 6 5 5 5）
拈 花。

3 3 6 5 5 i 6 6 5 3 3 2 （3 2 1
这 隐 情 不 相 告

慢
6 1 2） 5 3 5 1 2 3 5 2 1 6 1
心 难 放 下，

（上马）

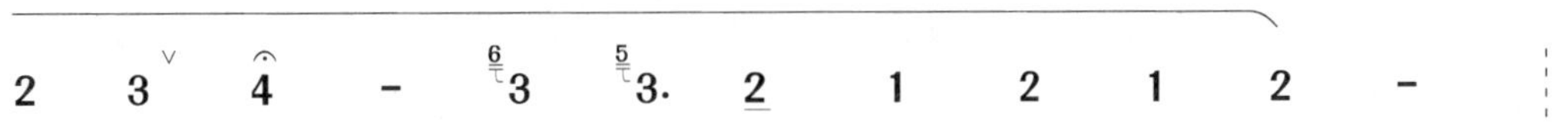

姜秋莲　（哭）喂呀！【小锣一击】（ 4 3 2 2 - ）
李春发　哎呀！（下马）

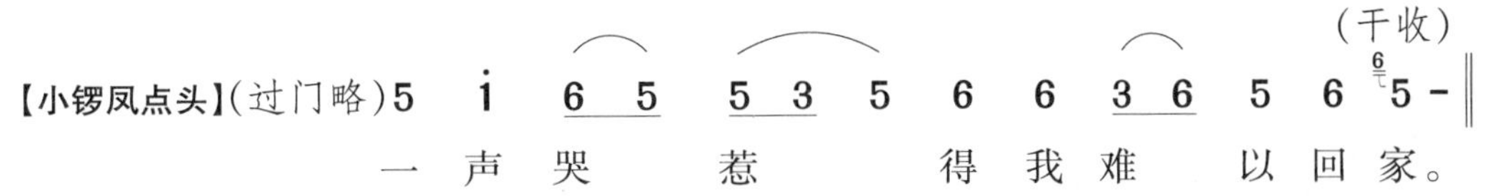

哎，我一定要问个明白。（想）（台）妈妈既不肯相告，不免亲自问过大姐。（整衣）【小锣二击】大姐，这厢有礼。
姜秋莲　（ 大 大 大 大 - 台 ）（用右水袖掩视，羞介）非亲非故，不便还礼。
李春发　是，我看大姐，既来在荒郊捡柴，为何啼哭？恕生冒昧，大姐可能告知否？
姜秋莲　这旷野荒郊，男女交谈不便。
李春发　喔喔，如此待小生牵马到河下饮水，大姐言讲一遍，我这里洗耳恭听。（牵马至“下场门”前拴马）
姜秋莲　乳娘请过来。
乳　娘　【小锣一击】（放下斧）大姐何事？
姜秋莲　乳娘啊！（抖右袖）
乳　娘　（见李春发仍在）啊！你怎么还不曾走哇？

〔西皮原板〕

姜秋莲

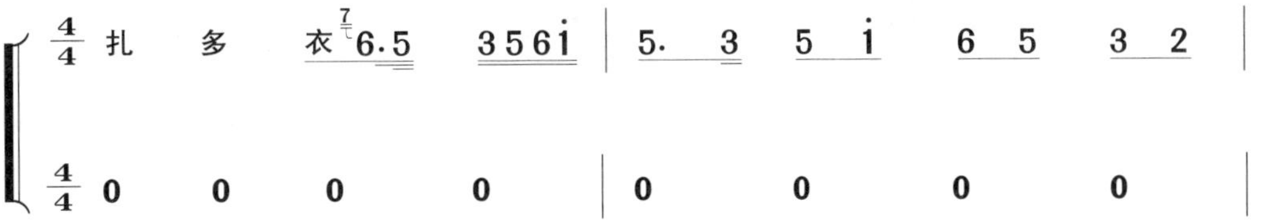

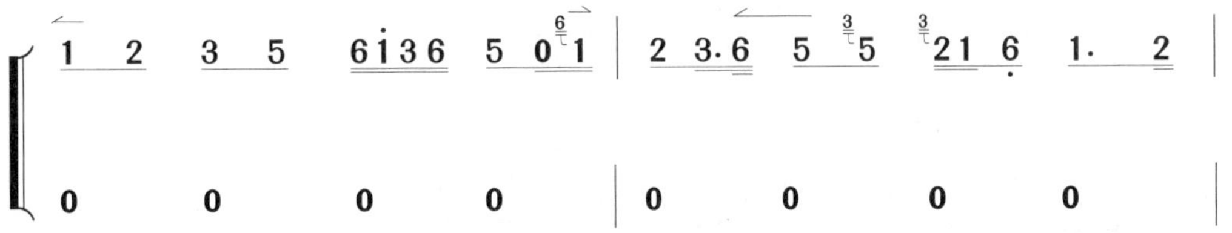

（姜秋莲拉乳娘过来）

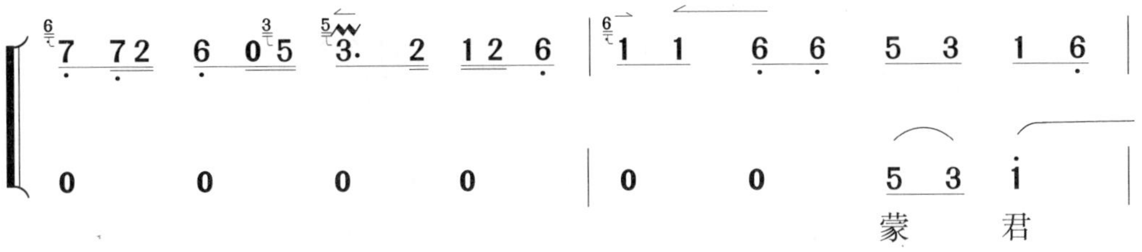

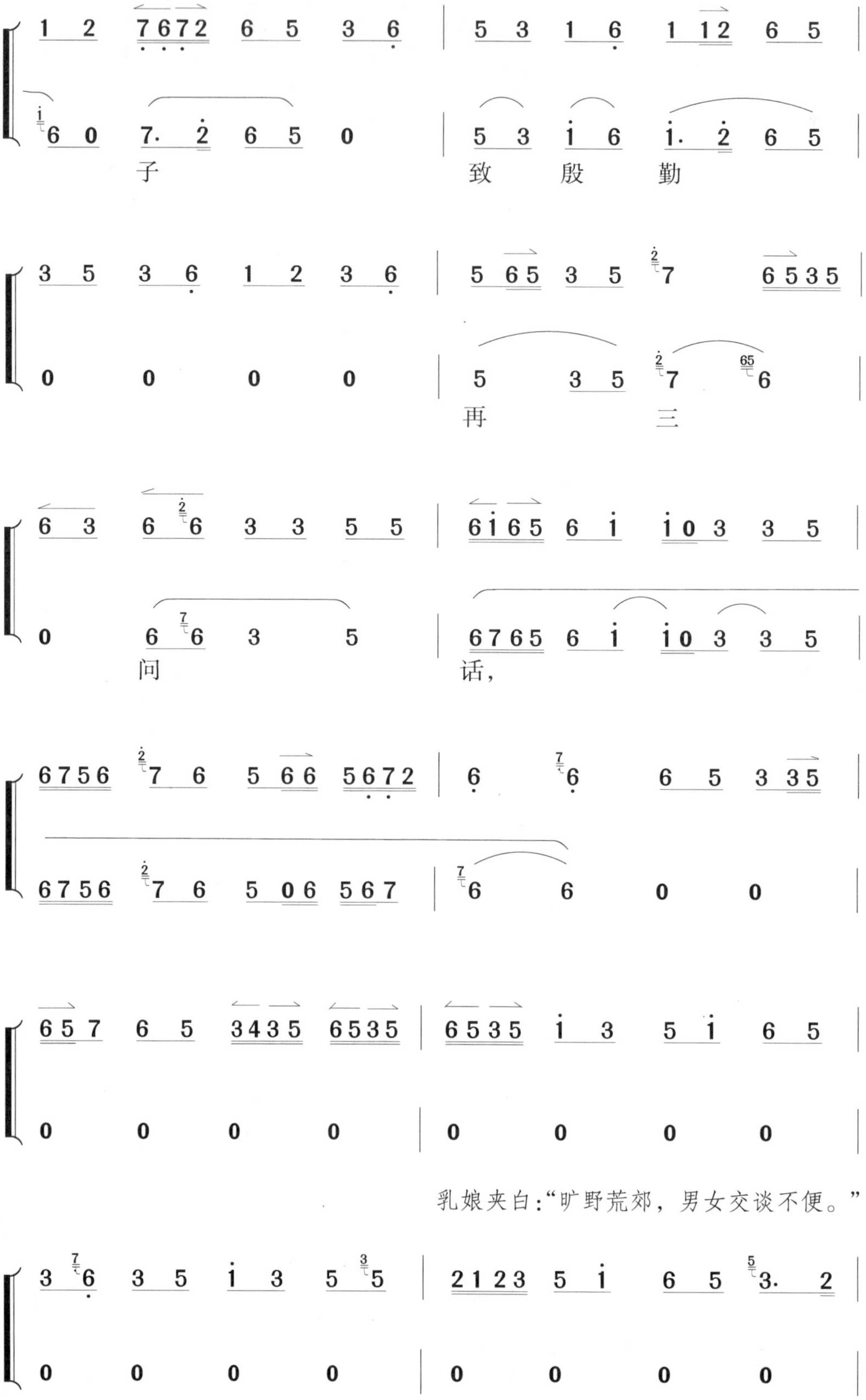
子
致 殷 勤
再 三
问
话，
乳娘夹白:“旷野荒郊，男女交谈不便。”

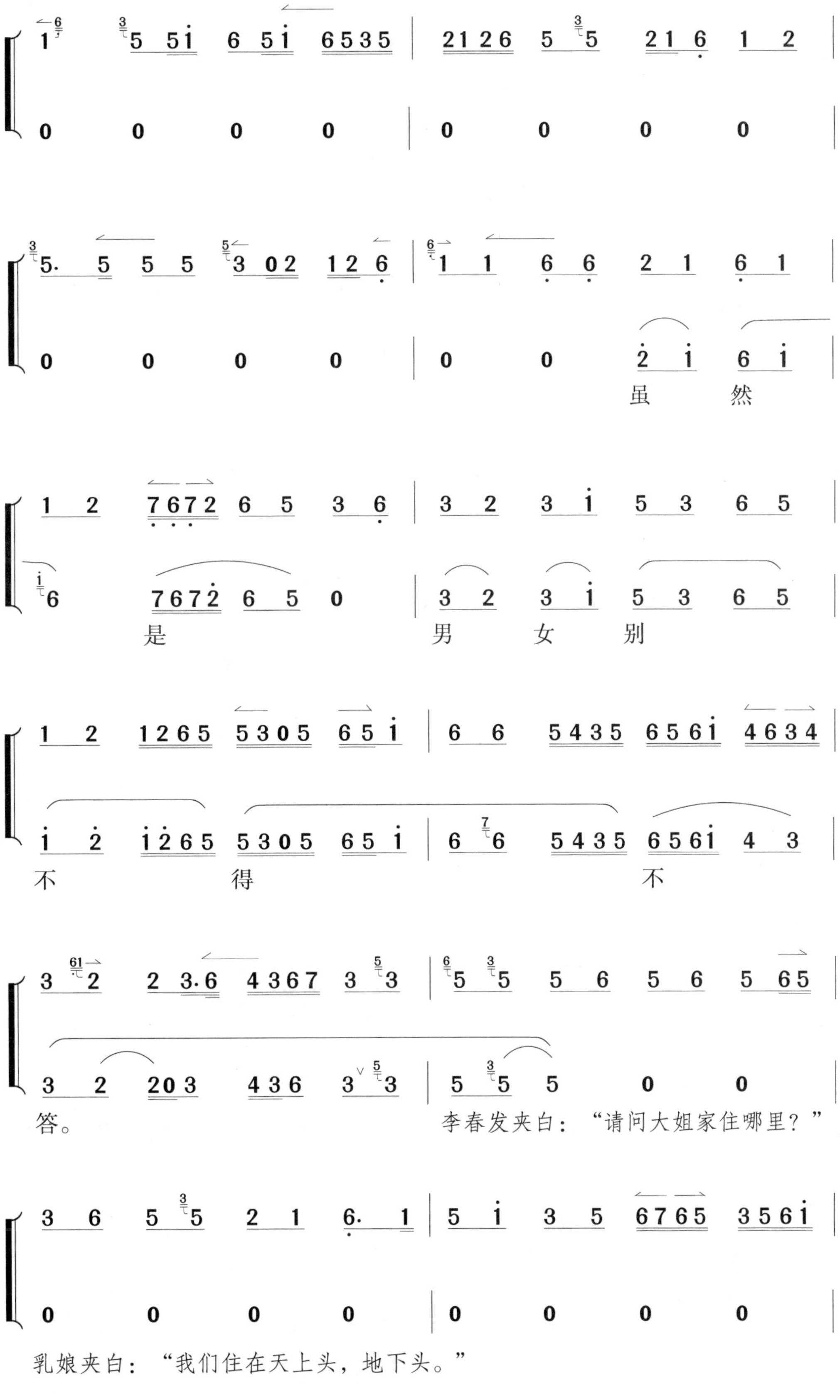
虽 然
是
男 女 别
不 得 不
答。
李春发夹白：“请问大姐家住哪里？”
乳娘夹白：“我们住在天上头，地下头。”

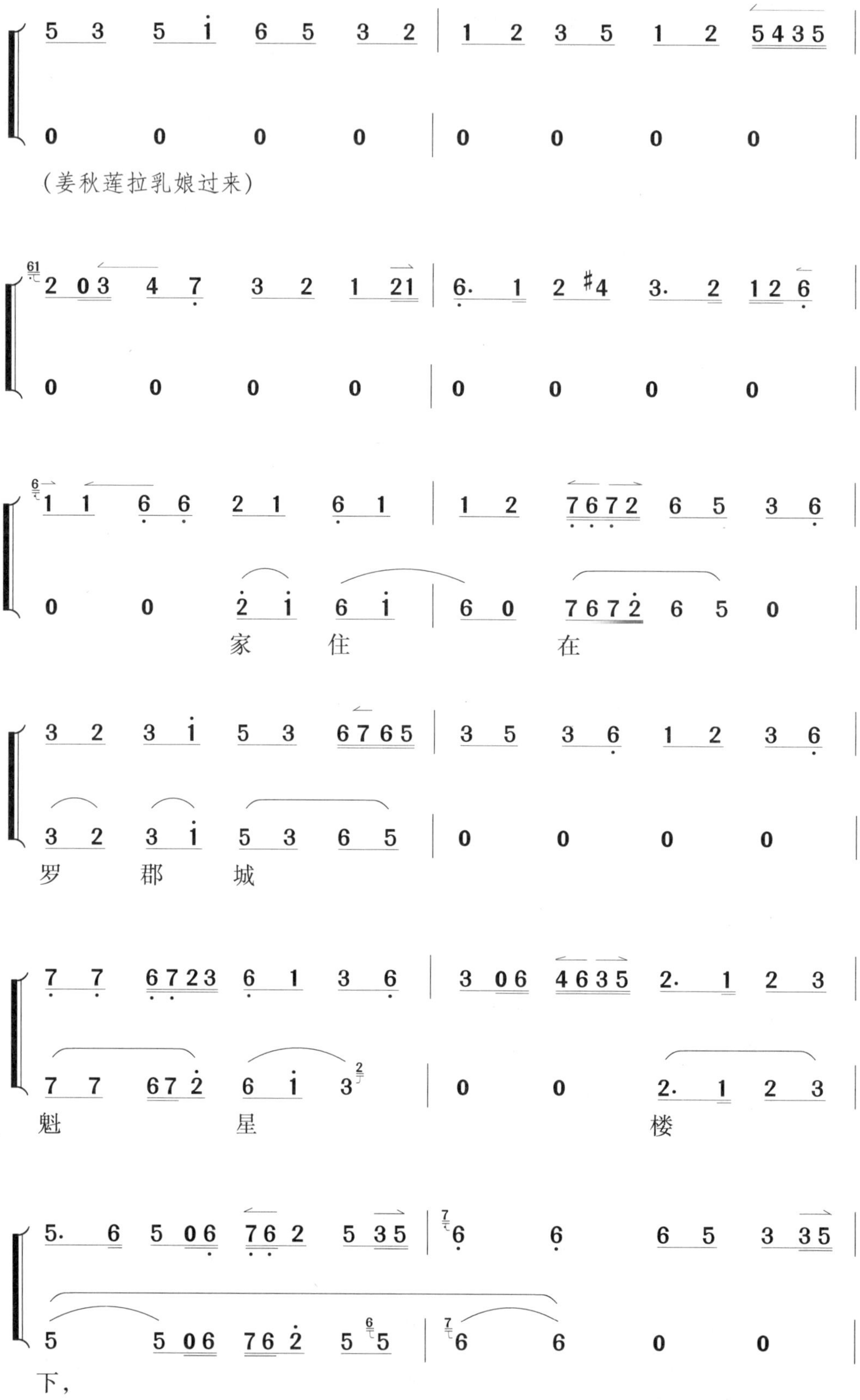
(姜秋莲拉乳娘过来)
家 住 在
罗 郡 城
魁 星 楼
下，

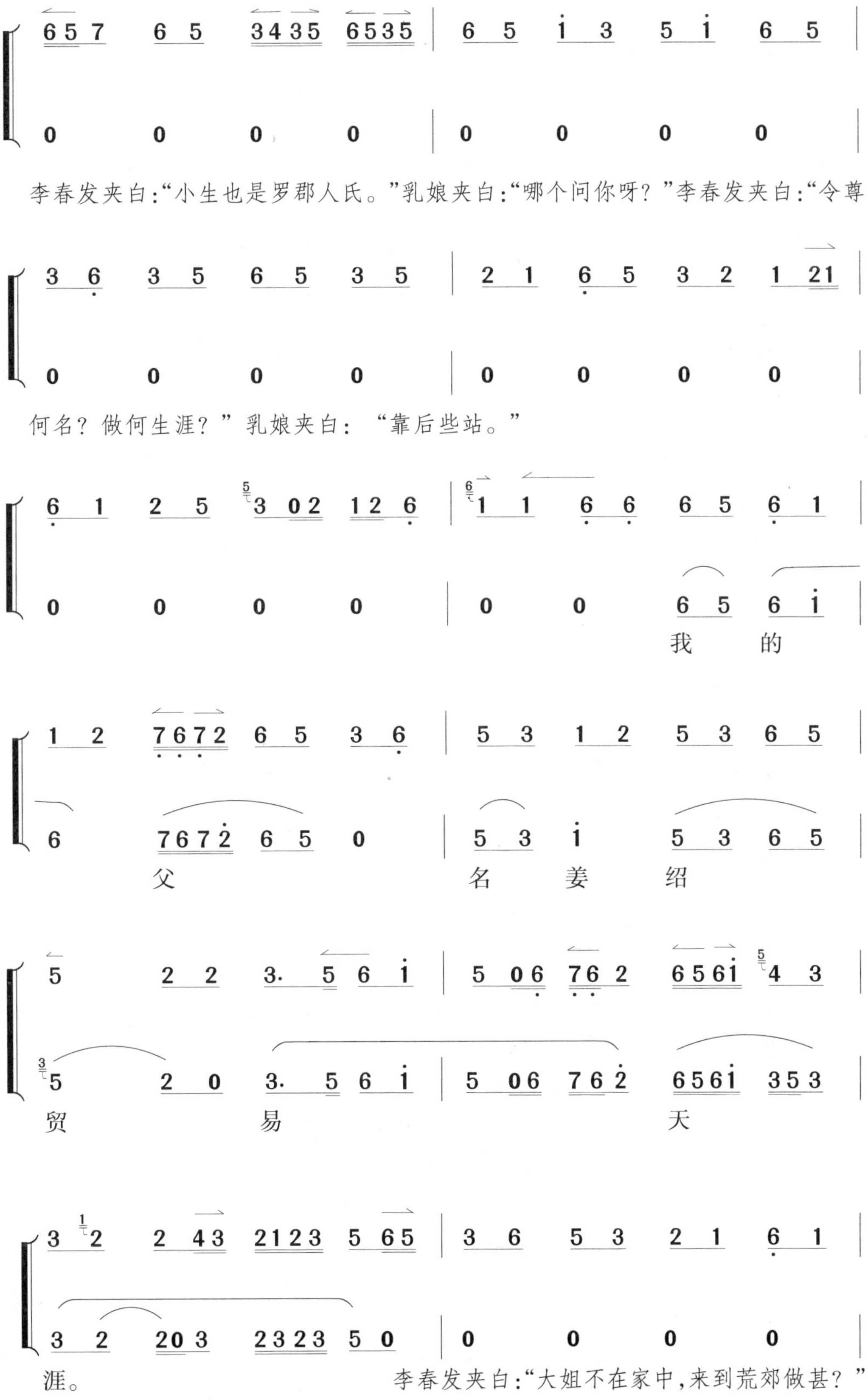
李春发夹白:“小生也是罗郡人氏。”乳娘夹白:“哪个问你呀？”李春发夹白:“令尊
何名？做何生涯？” 乳娘夹白： “靠后些站。”
我 的
父 名 姜 绍
贸 易 天
涯。
李春发夹白:“大姐不在家中,来到荒郊做甚？”

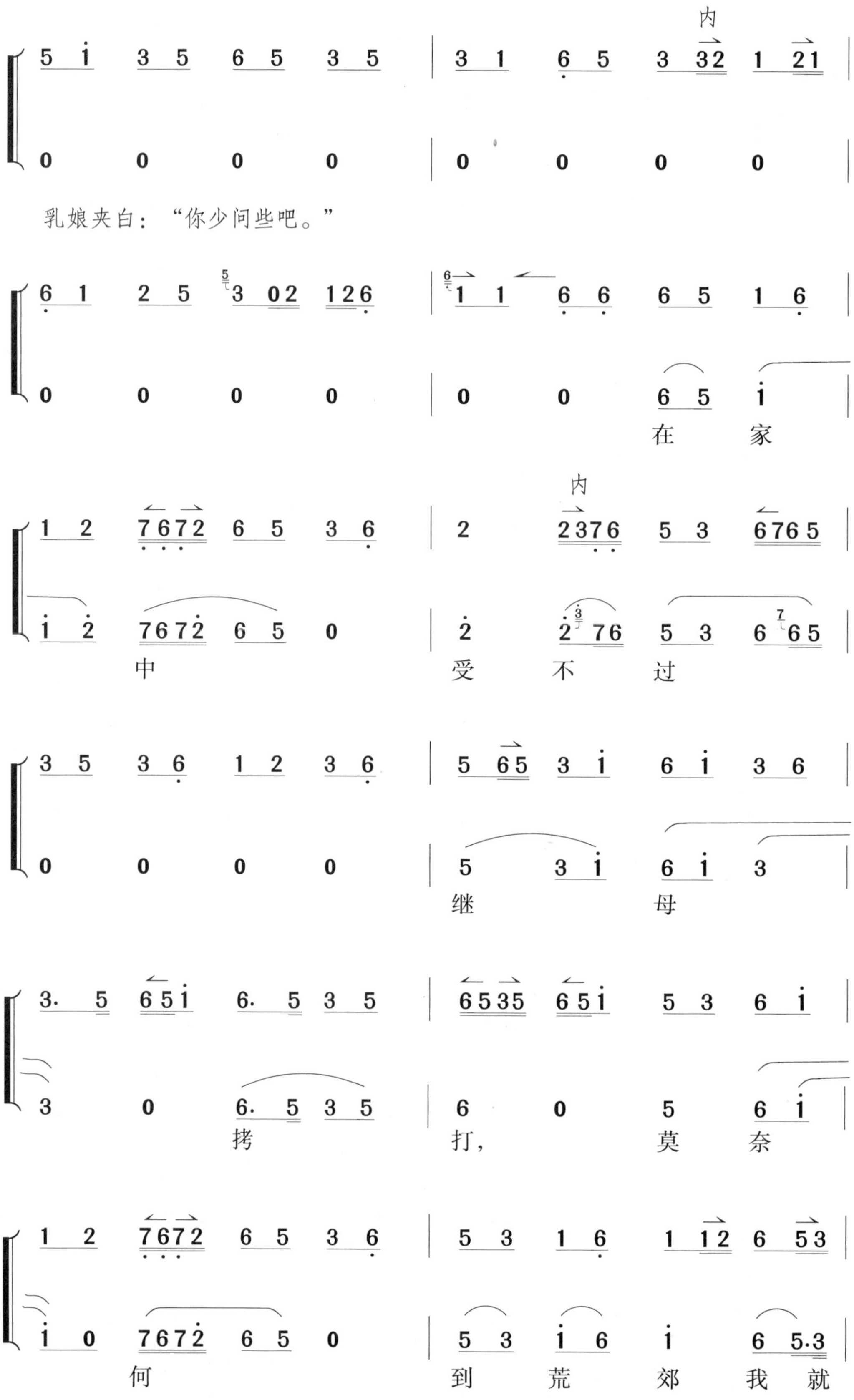
内
乳娘夹白："你少问些吧。"
在 家
中
内
受 不 过
继 母
拷
打，莫 奈
何
到 荒 郊 我 就

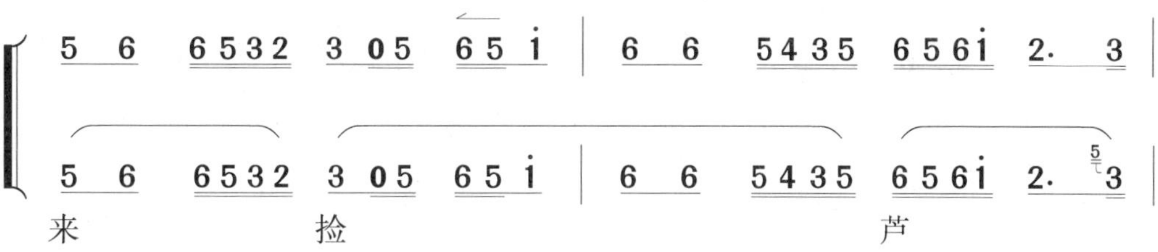

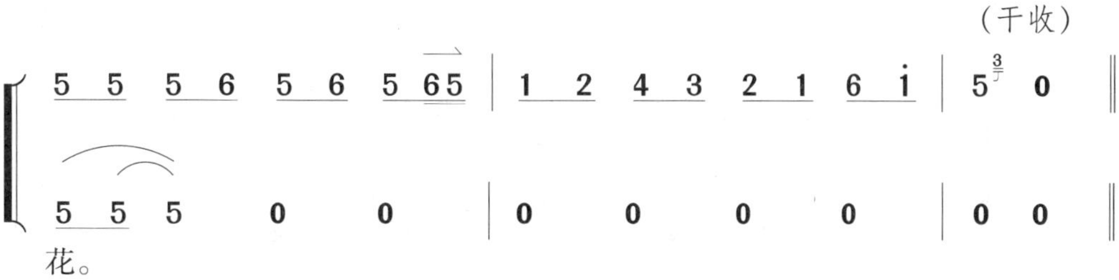

李春发　原来大姐是被继母所逼，可怜得很。也罢，小生这里有银子一锭，买些柴薪回去，也免得在此受苦。妈妈，请代收下了吧。（出银一锭）

乳　娘　你住了吧！休得在此卖富，快将银子拿去，如若不然，你是定讨无趣！

李春发　妈妈，这是小生一片恻隐之心，若有歹意，上天不容，银子放下，我便去也。**【小锣五击】**（将银放地上，拉马下）

乳　娘　（拾起银子，笑）啊呀，真是个至诚君子，银子放下，拉马走去，真正难得啊，难得。

姜秋莲　乳娘，请那君子留步。

乳　娘　他已去远了。

姜秋莲　我还有话讲呢。

乳　娘　不说也罢。

姜秋莲　收了人家的银子，难道连人家的姓氏全不问么？

乳　娘　是啊，日后也好答报哇，待我唤他转来——喂！（向“下场门”处招呼）喂！君子请转。**【小锣一击】**（李春发复上）

李春发　妈妈唤我啊？

乳　娘　正是。

李春发　我去远了。

乳　娘　我看见你了。

李春发　喔，看见了。**【小锣二击】**（回来）妈妈，唤我何事？

乳　娘　我家大姐有话对你言讲。

李春发　大姐有话，叫她快些言讲，我还要赶路呢。（拴马）

乳　娘　（自语）他倒搭起架子来了。——大姐，君子已然转来，你有何话讲啊？

姜秋莲　这个…… **【小锣一击】**乳娘啊！

〔乳娘看李春发，又看姜秋莲，面露喜色。

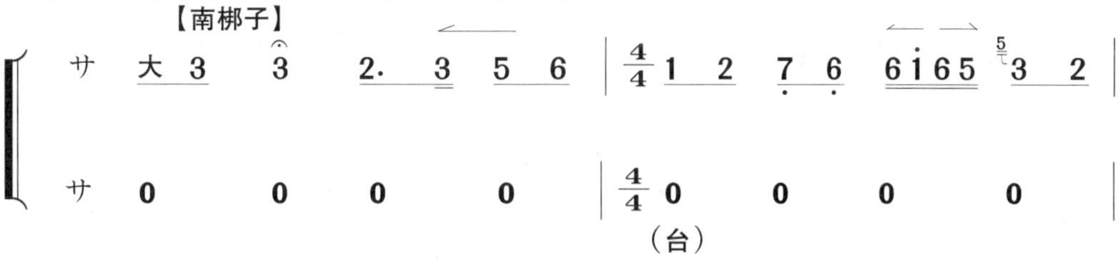

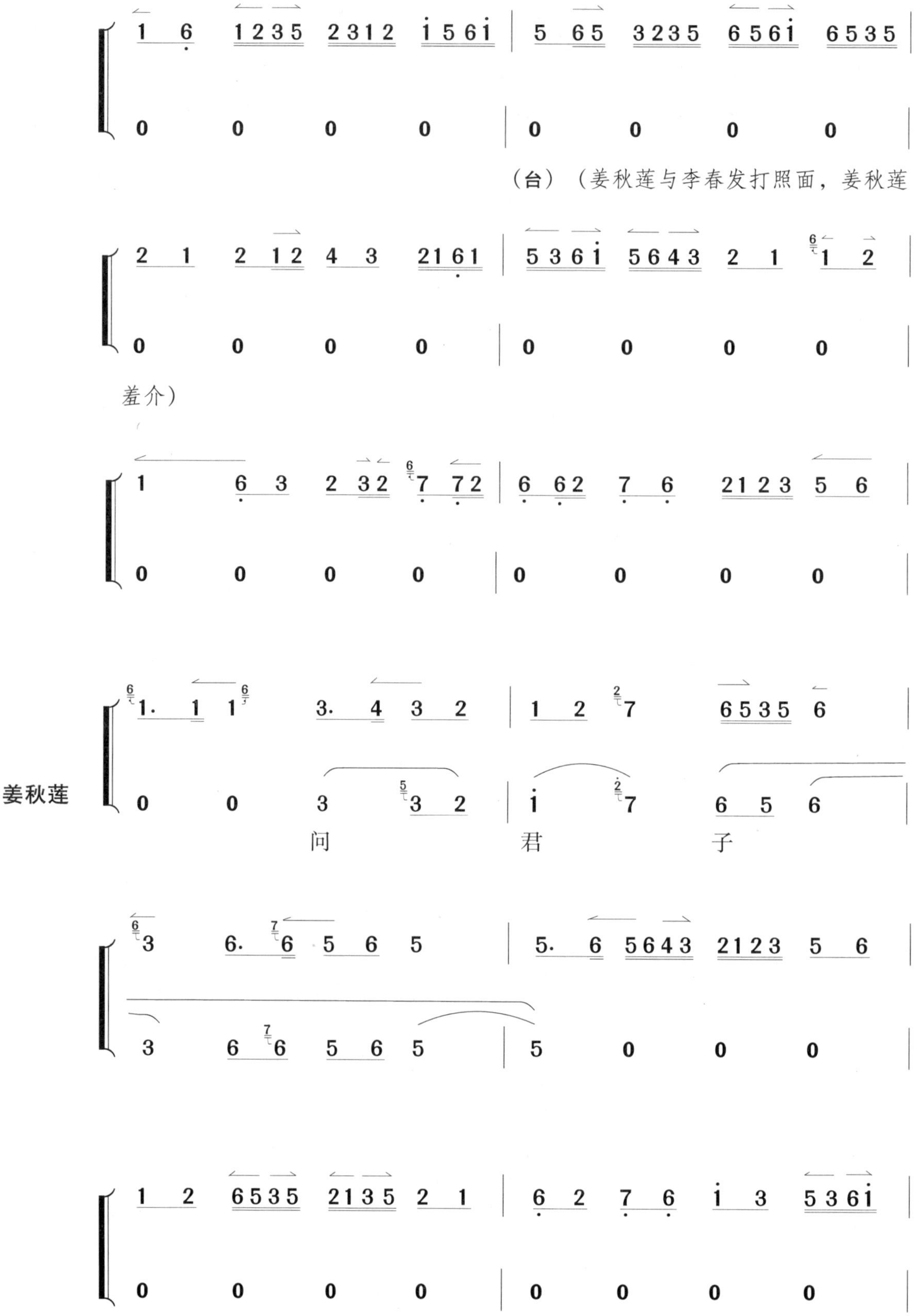
（台）（姜秋莲与李春发打照面，姜秋莲
羞介）
姜秋莲
问
君
子

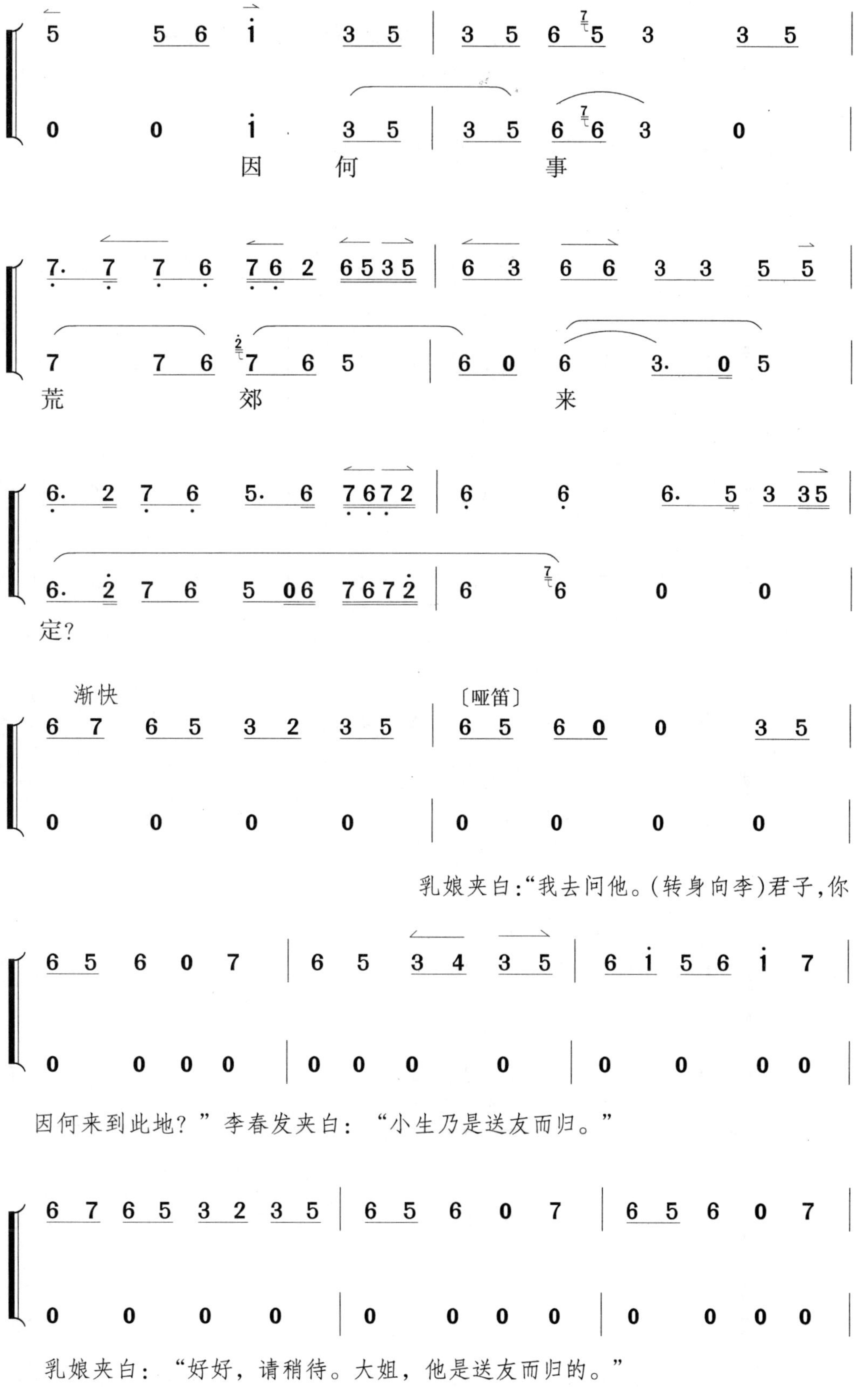
因 何 事
荒 郊 来
定？
渐快
〔哑笛〕
乳娘夹白:“我去问他。(转身向李)君子,你
因何来到此地？”李春发夹白：“小生乃是送友而归。”
乳娘夹白：“好好，请稍待。大姐，他是送友而归的。”

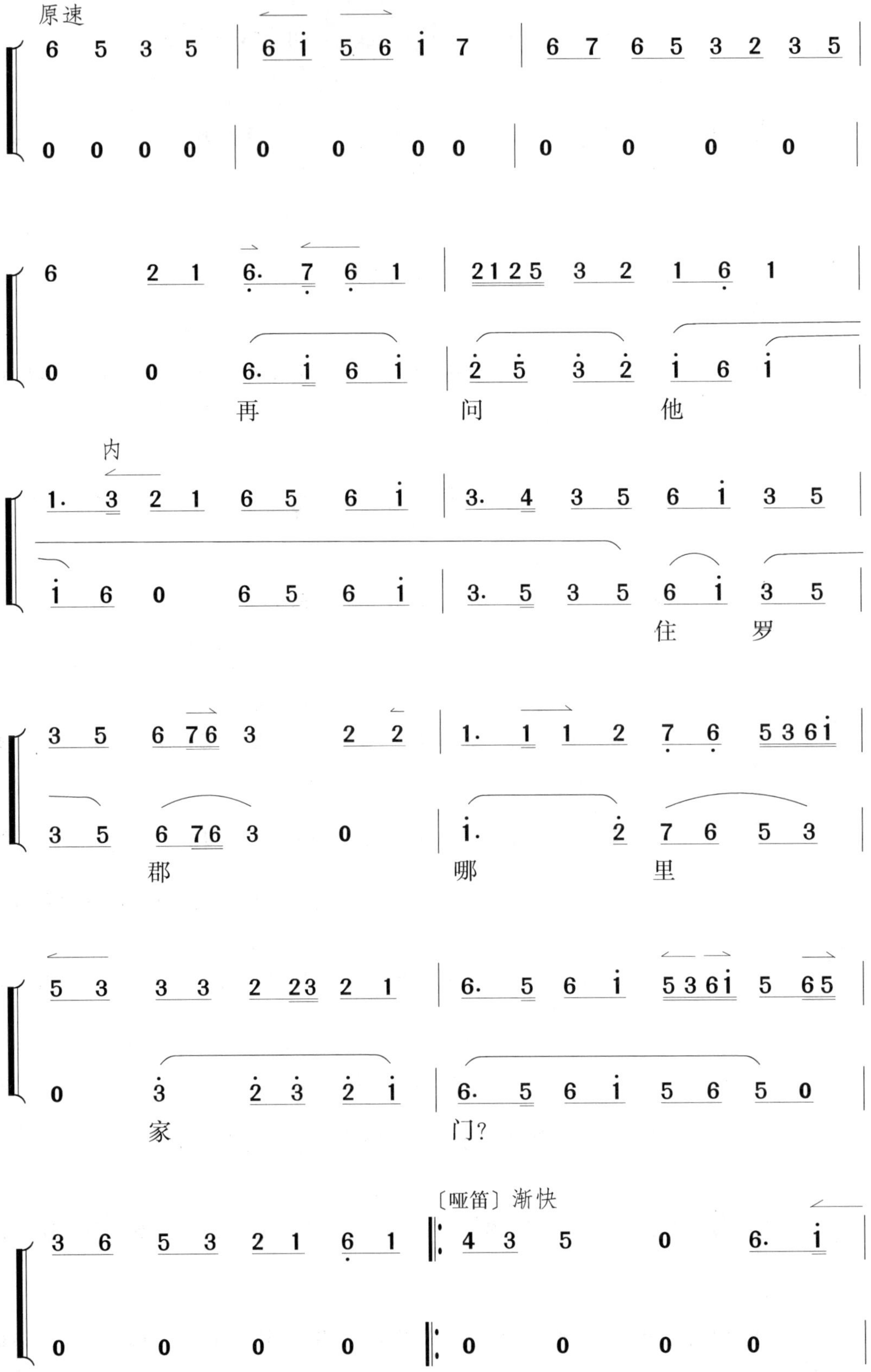

乳娘夹白:"我去问来。——君子,你住在

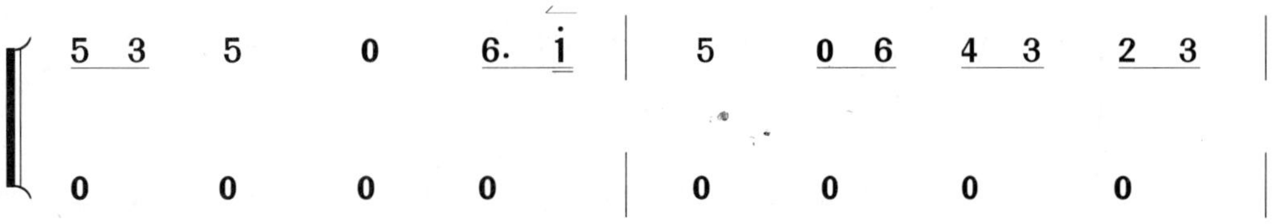

罗郡何处啊？”李春发夹白:“小生住在永寿街。”乳娘夹白:“原来与我们住的相隔

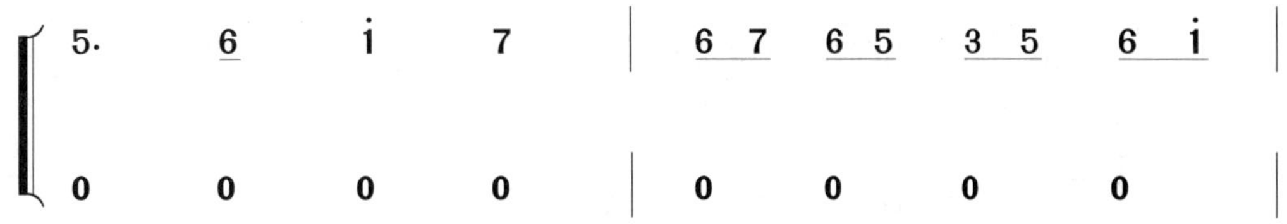

不远。”李春发夹白：“如此说来我们是乡邻了。”乳娘夹白：“乡邻了。”

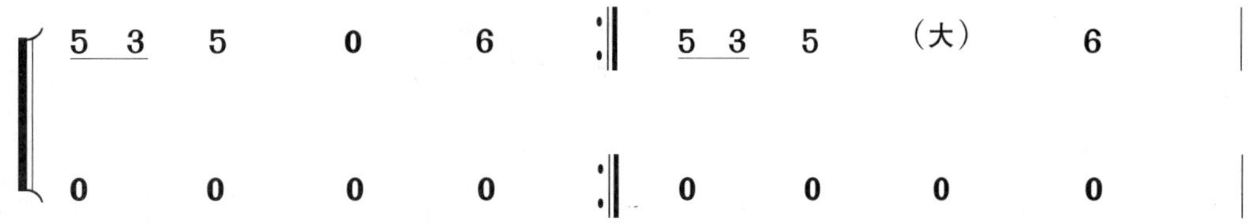

原速

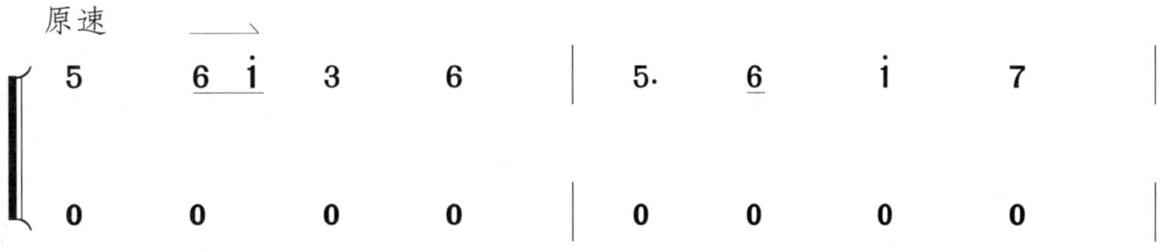

李春发:“乡邻了哇！哈哈哈！”(向前走)乳娘白:(拦住)“乡邻也要往下站！”

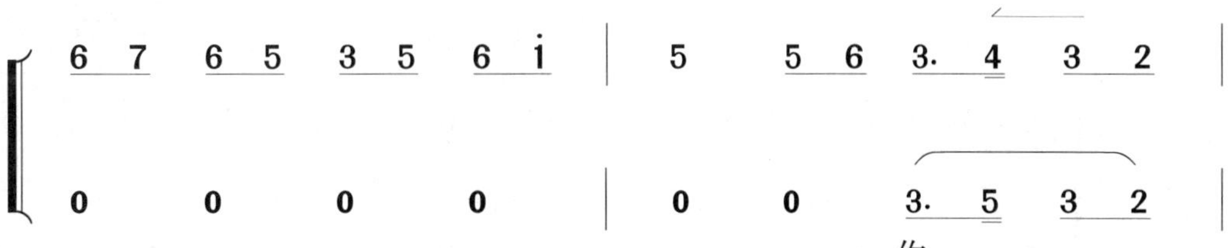

李春发：“是是是。”（退后）

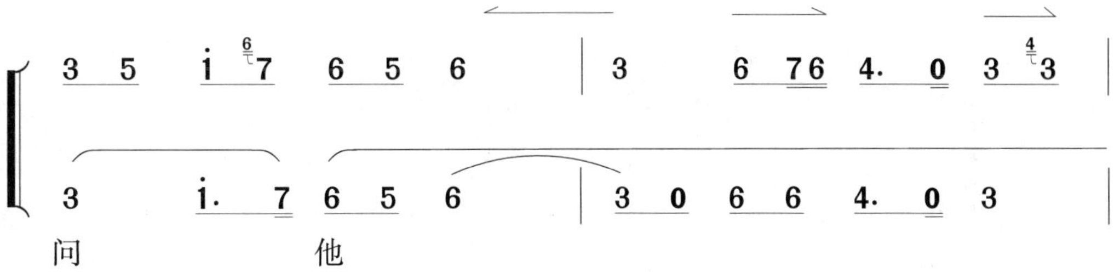

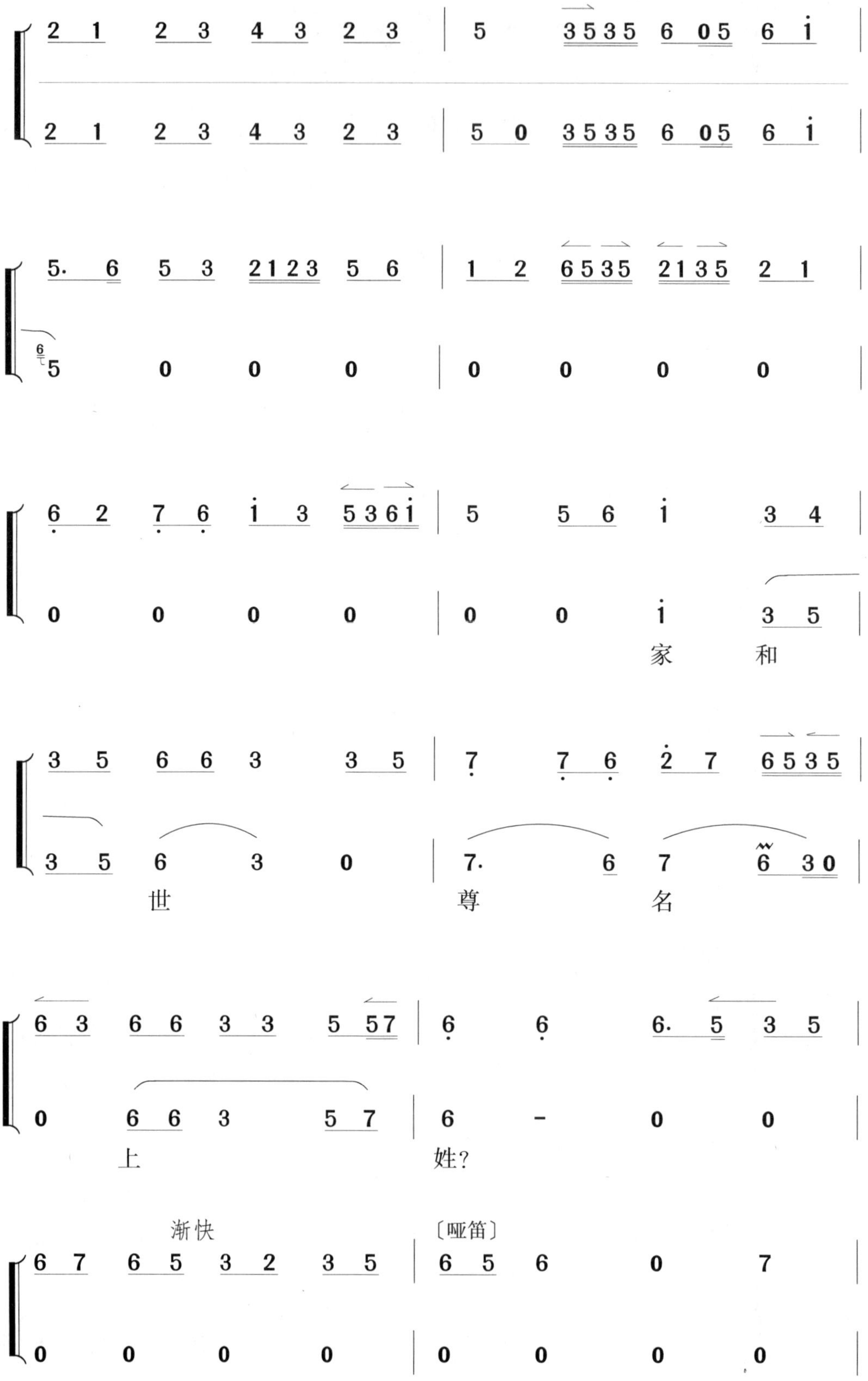
家 和
世 尊 名
上 姓?
渐快
〔哑笛〕

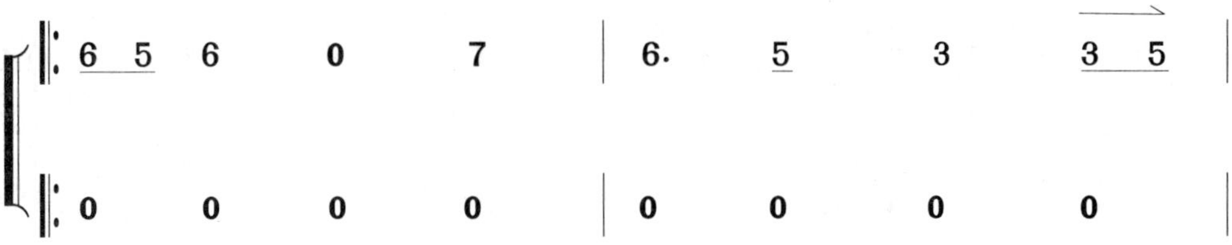

乳娘夹白："君子你尊姓大名？"

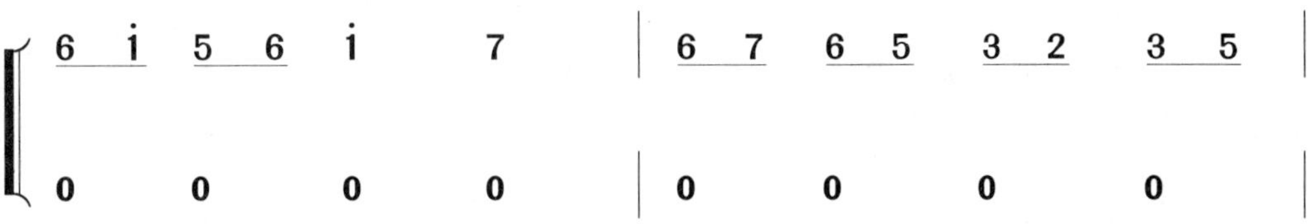

李春发夹白："小生姓李名华字春发。"

乳娘白："好一个响亮的名字，靠后站。——大姐，他姓李名华字春发。"

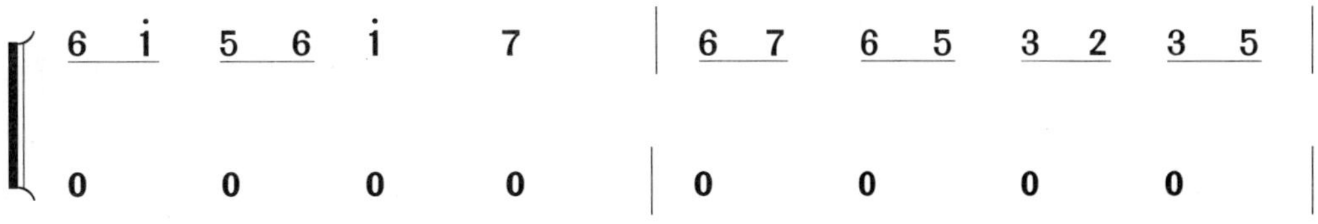

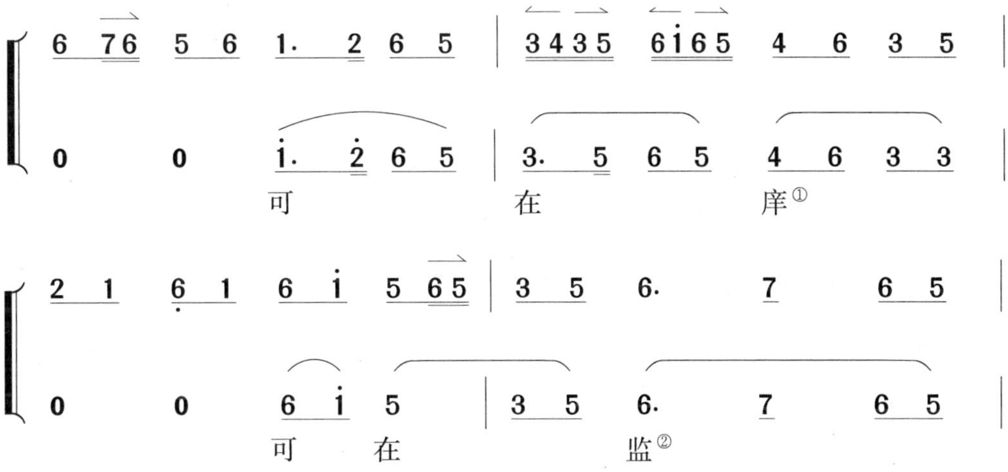

① 在庠：庠，古代的学校。在庠即为在校读书。

② 在监：明清最高学府为国子监。在国子监读书或有资格在这里读书的人，称监生。在监，即监生。

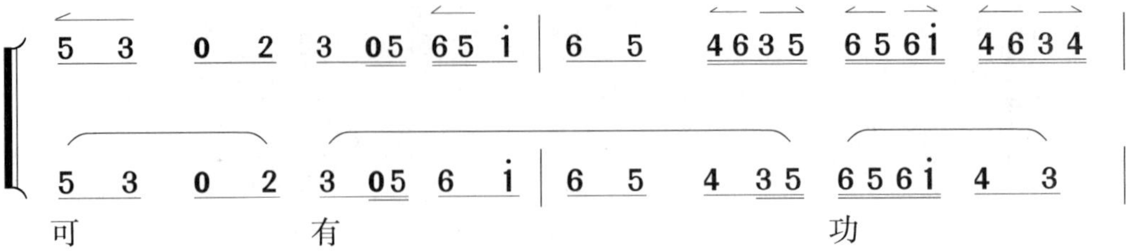

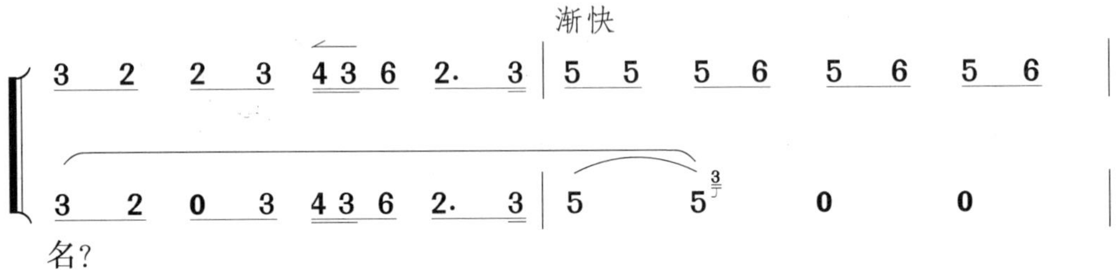

乳娘夹白：“待我来问他，——君子，你有什么功名哪？”

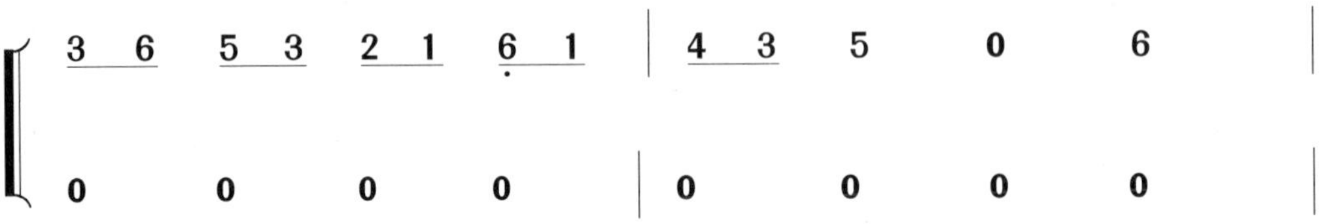

李春发夹白：“小生早已入泮，尚未登科。”乳娘白：“原来你是个秀才。”

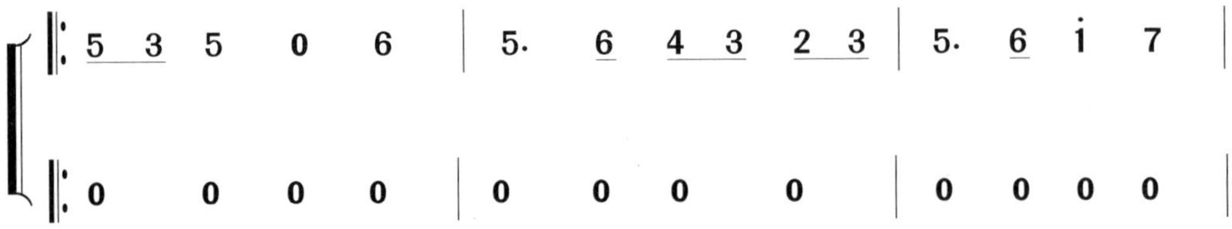

李春发白：“不敢。”乳娘白：“我倒失敬了。”(向前一步)李春发：“不敢。”

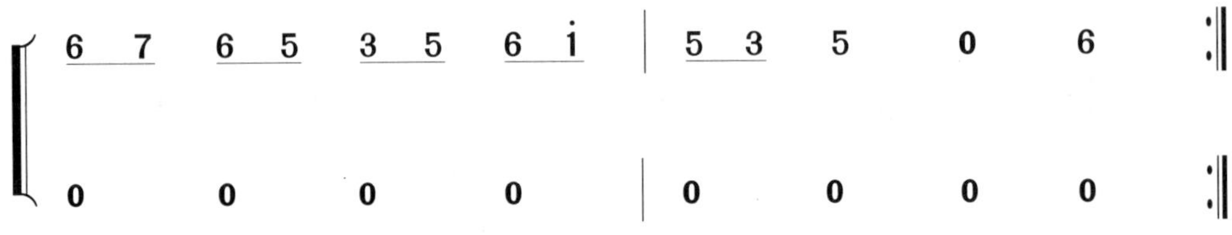

乳娘（又向前一步）：“失敬了。”

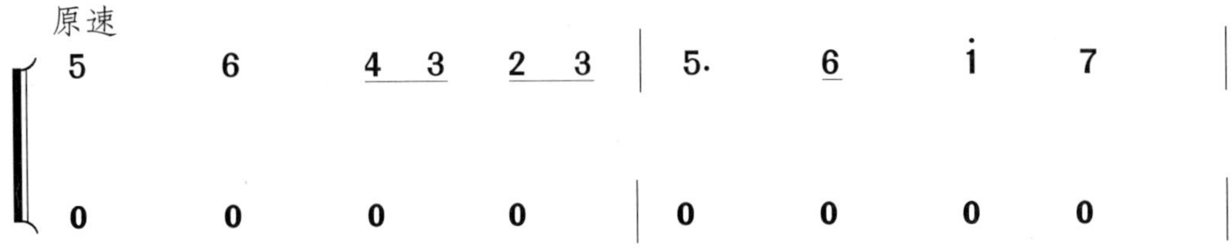

李春发白：“妈妈你也要往下站。”乳娘白：“啊呀呀，他倒轰起我来了。

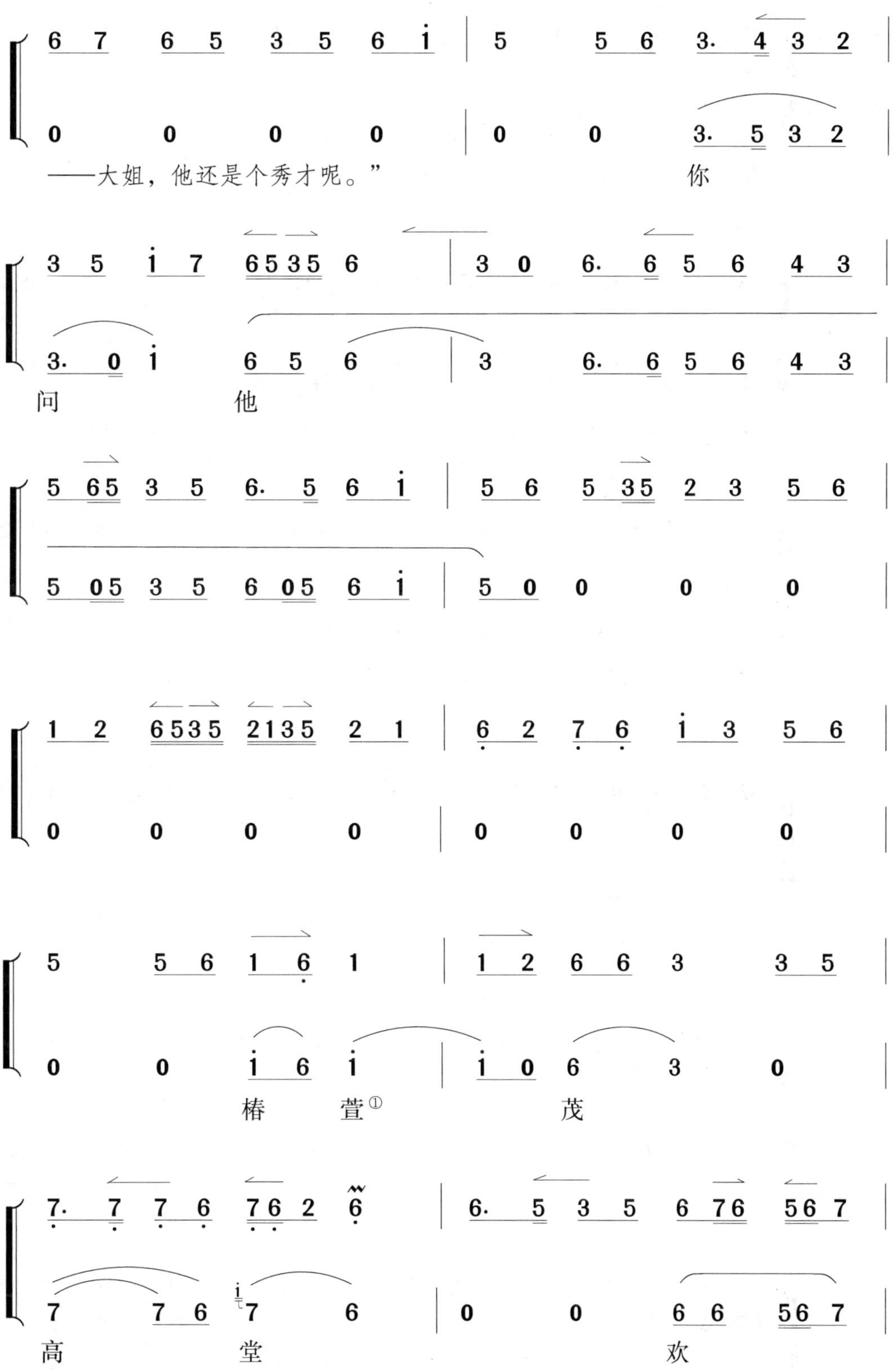

① 椿萱：古称父为“椿庭”，母为“萱堂”。椿萱连用，代指父母。“椿萱茂”，喻父母健在。

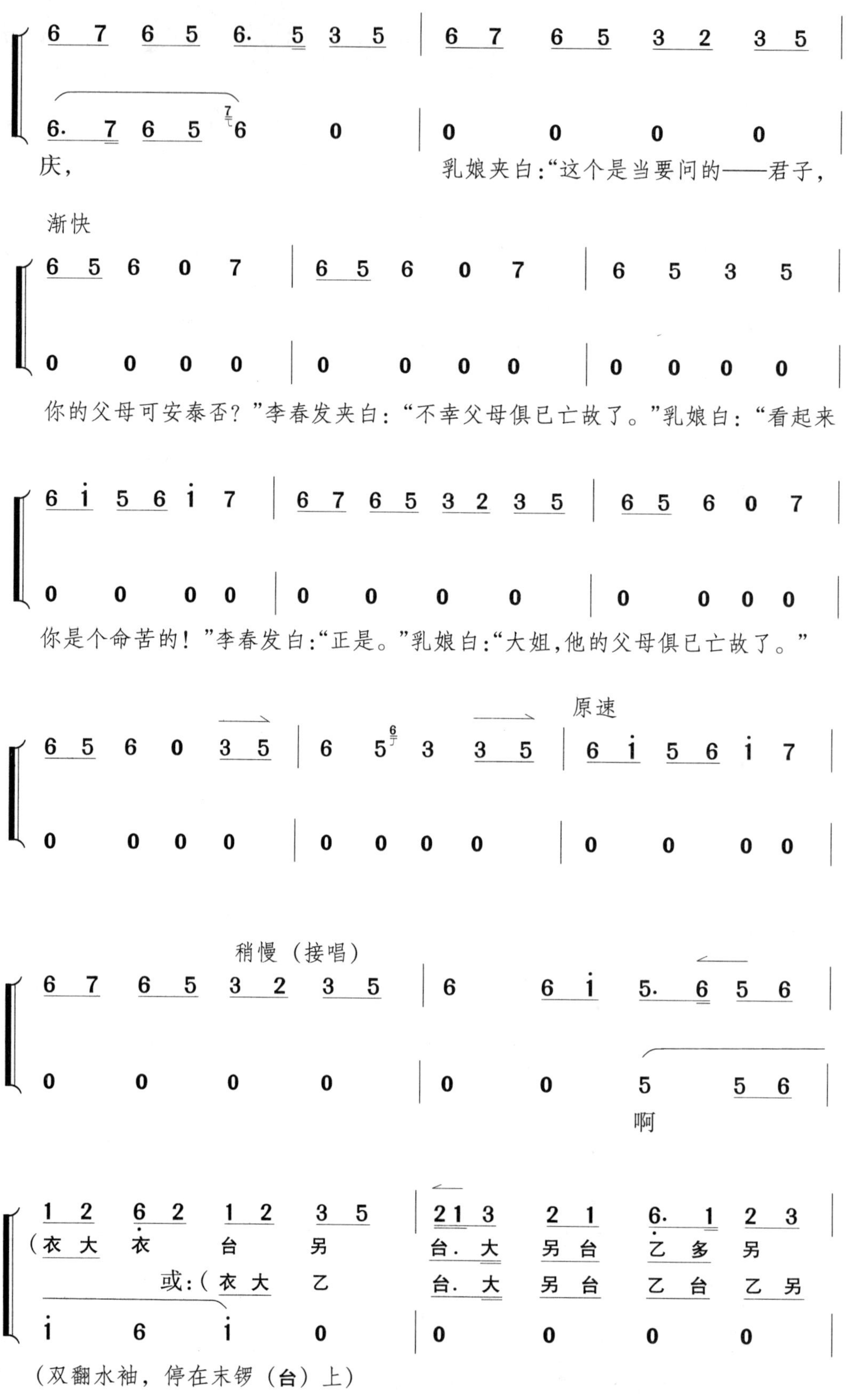
庆，
乳娘夹白:“这个是当要问的——君子，
渐快
你的父母可安泰否？”李春发夹白：“不幸父母俱已亡故了。”乳娘白：“看起来
你是个命苦的！”李春发白:“正是。”乳娘白:“大姐,他的父母俱已亡故了。”
原速
稍慢（接唱）
啊
（衣 大 衣 台 另
台. 大 另 台 乙 多 另
或:（ 衣 大 乙
台. 大 另 台 乙 台 乙 另
（双翻水袖，停在末锣（台）上）

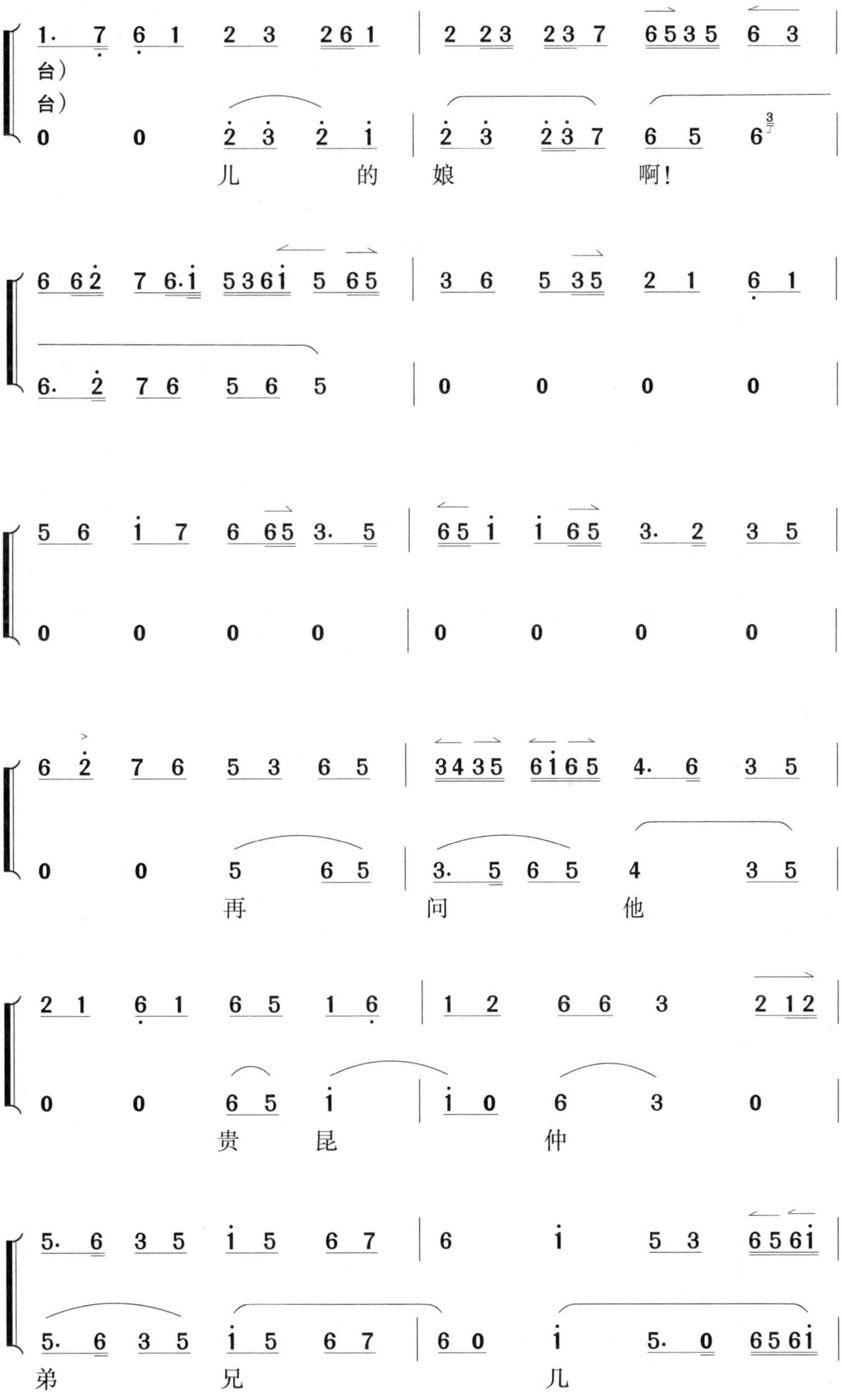
台）
台）
儿 的 娘 啊！
再 问 他
贵 昆 仲
弟 兄 儿

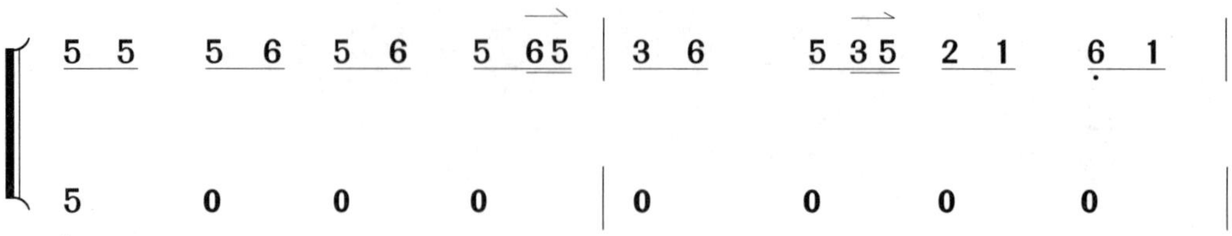

人？

乳娘夹白："忒以的啰嗦了。——君子，你

渐快〔行弦〕

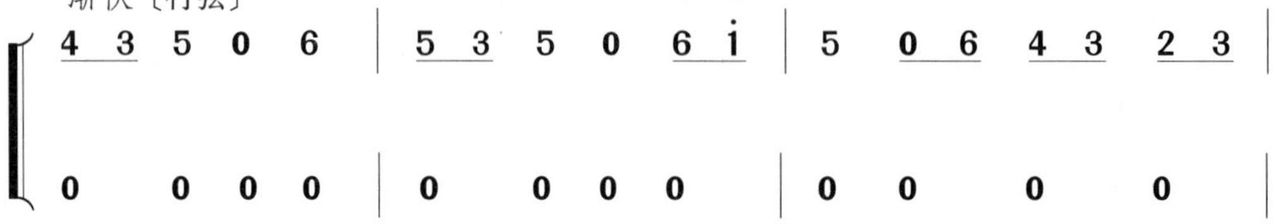

弟兄几个啊？"

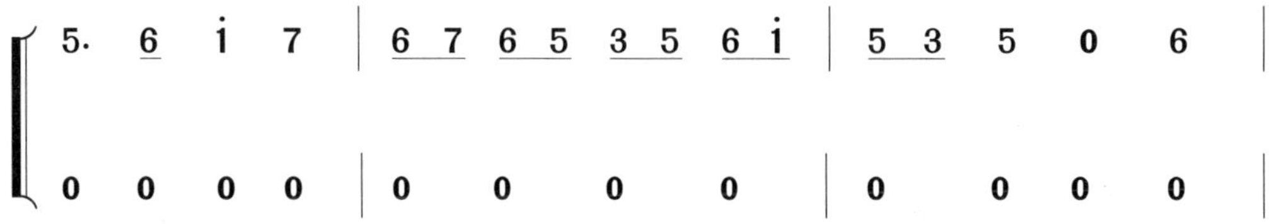

李春发夹白："并无兄弟，就是小生一人。"

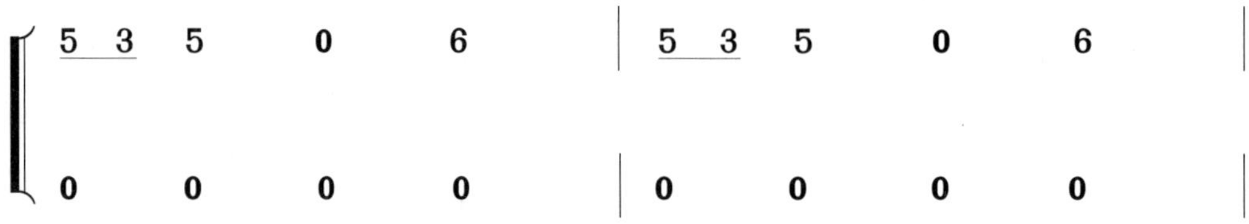

乳娘白："如此说来，你真是孤单得很。"李春发白："孤单得紧。"

原速

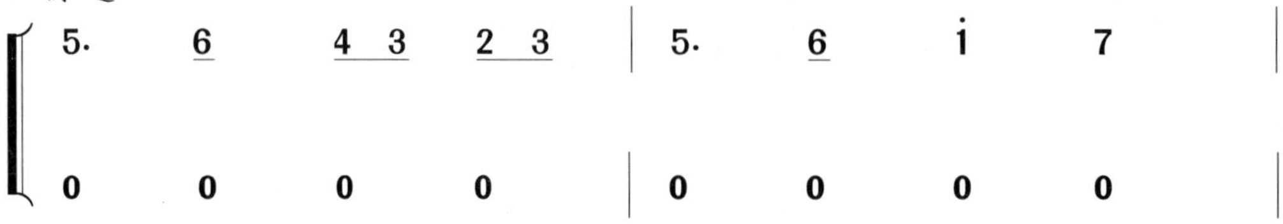

乳娘白:"孤单也要……"李春发白："往下站。"乳娘白："对了。——大姐，

转板（接唱）

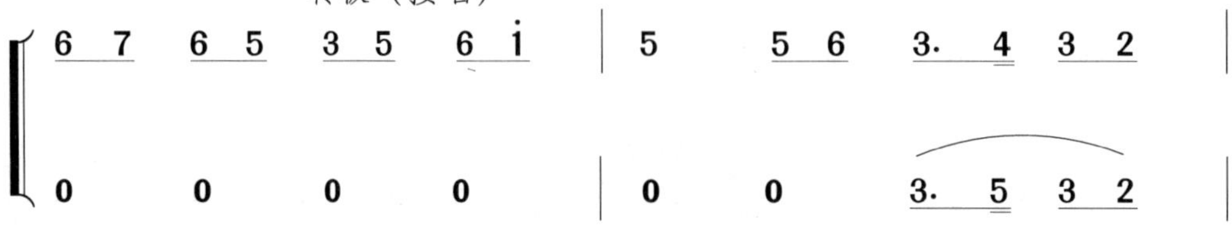

他并无兄弟，就是他一人。"　　　　你

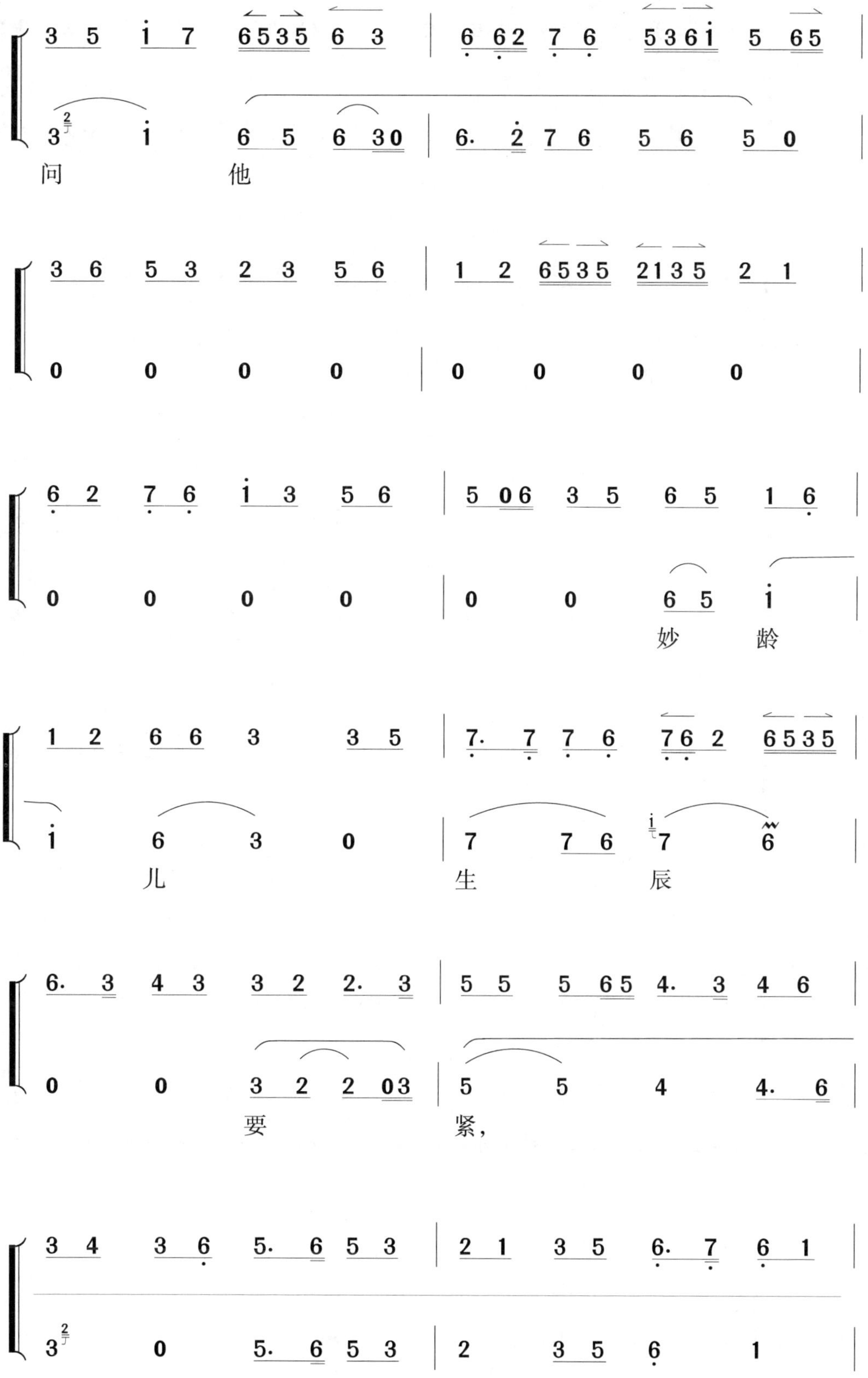
问 他
妙 龄
儿 生 辰
要 紧，

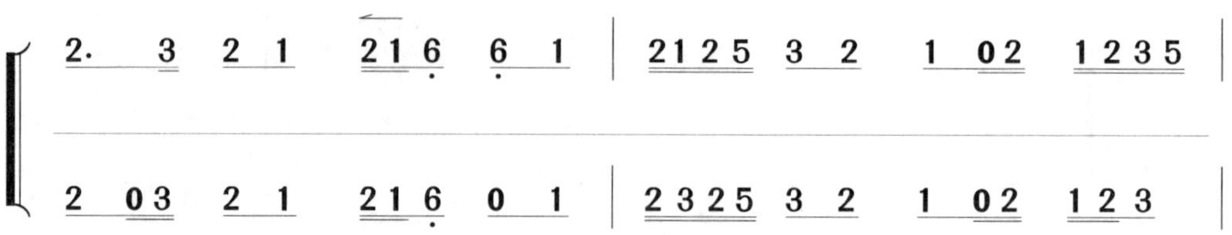

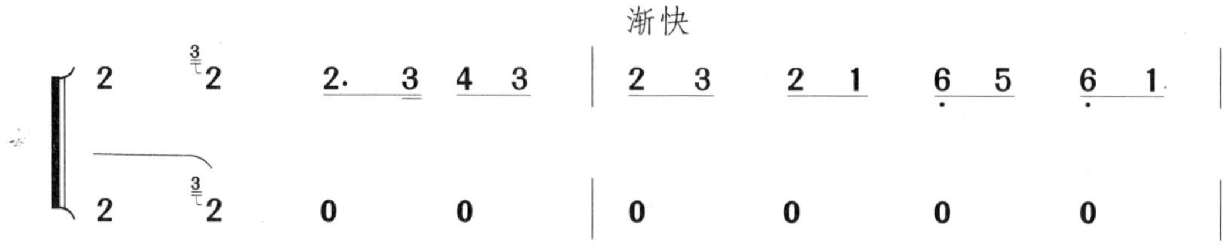

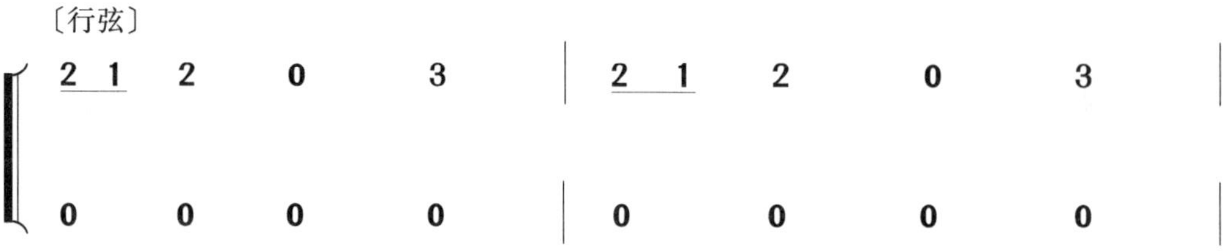

乳娘夹白："这个我不问了。" 姜秋莲夹白："乳娘，问去吧！"

乳娘白："我问不出哇。"

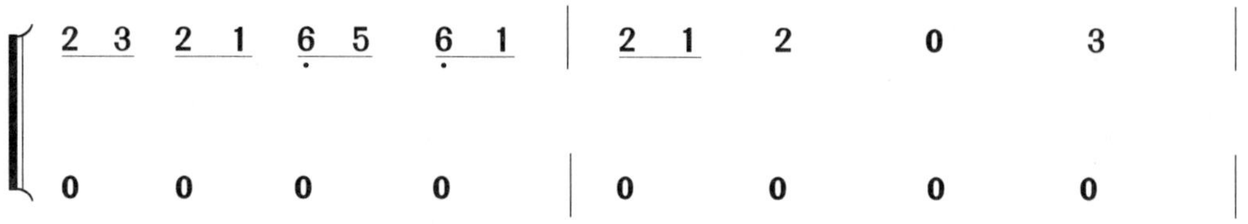

姜秋莲白:"乳娘,问过了吧。" 乳娘白:"我不去问。"

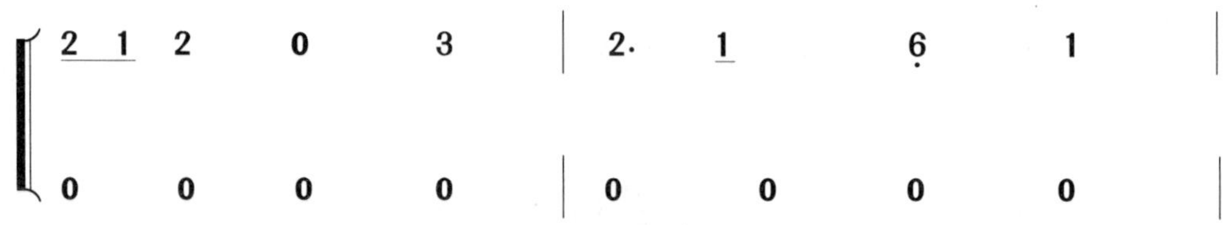

（姜秋莲寻思，拍乳娘肩，拜拜。乳娘

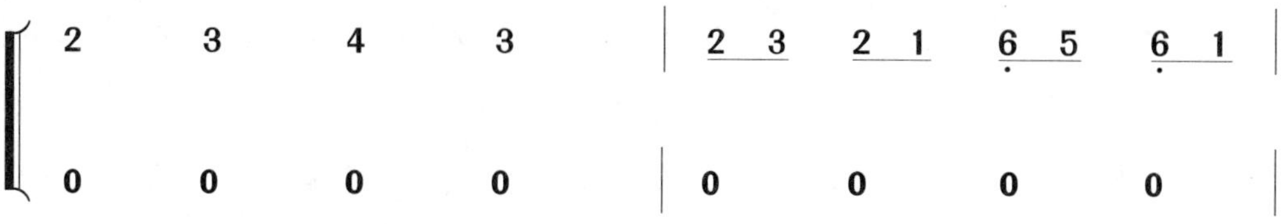

羞姜秋莲，姜秋莲害臊)

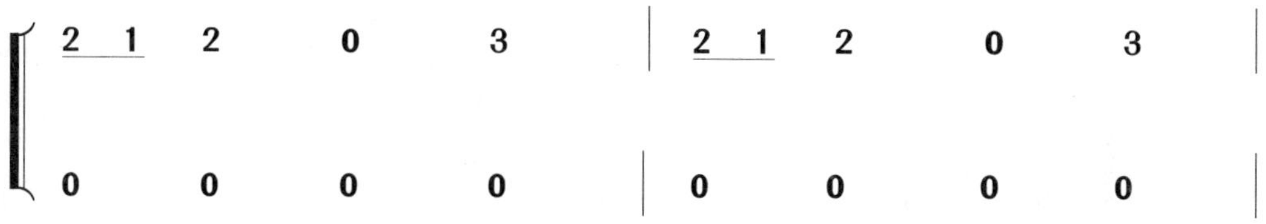

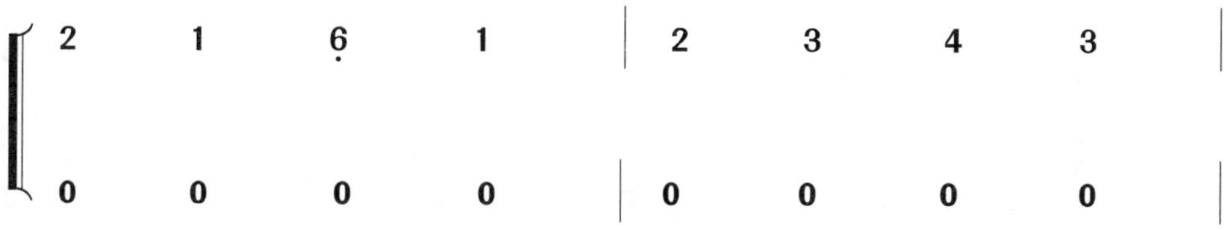

乳娘白：“我不去问，难道叫她自己去问？——待我去问。(欲行又止)我也是问

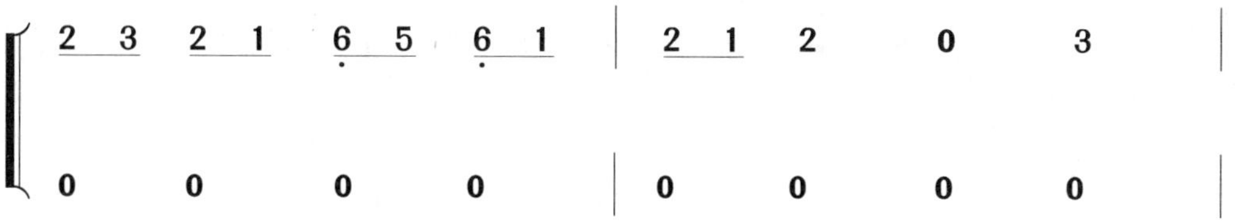

不出口。”（稍作一想，点点头。双手抹脸后一丢）

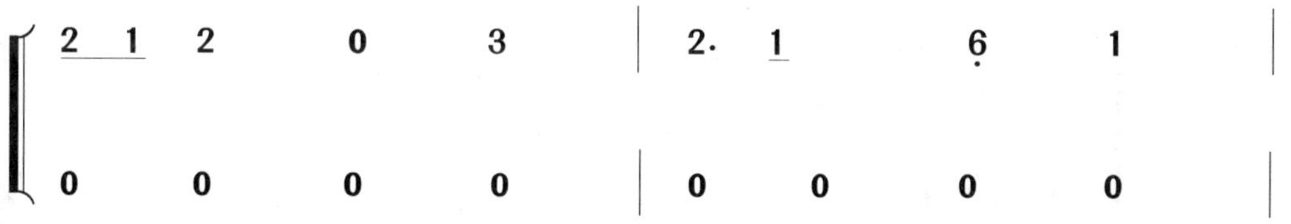

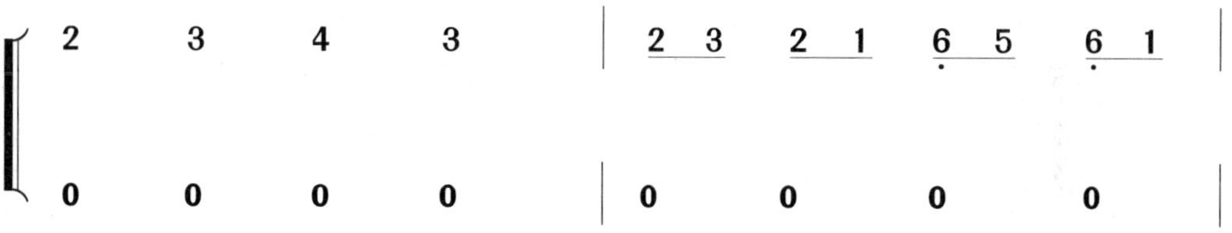

“面皮不要了。”　　　　　　　　(上前两步)

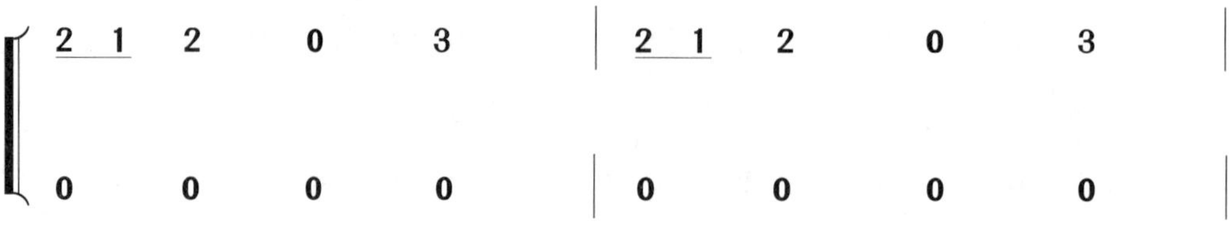

“啊，君子，你今年多大了？”

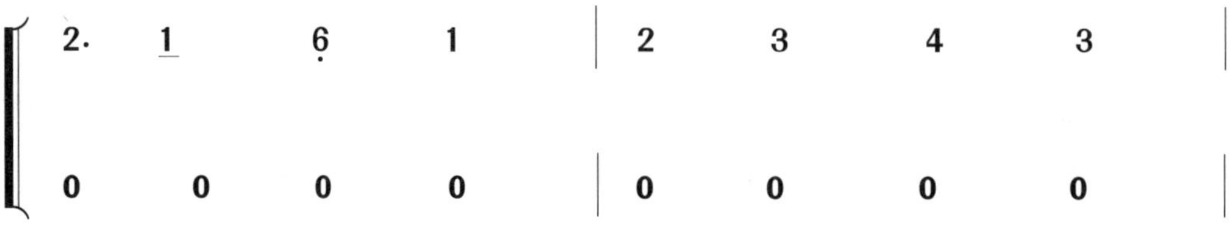

李春发夹白：“妈妈问我的年纪么？”

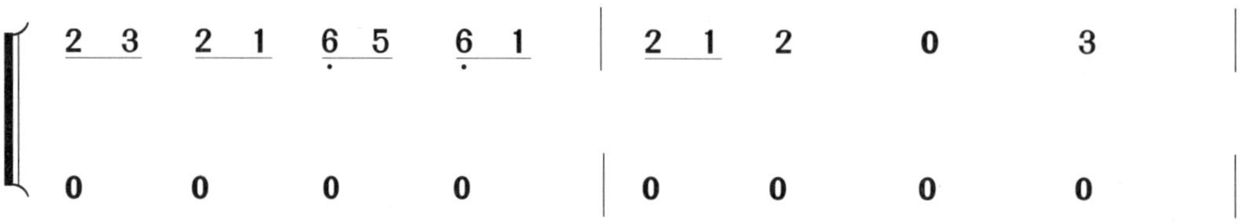

乳娘白：“正是。” 李春发白：“小生年方弱冠。”

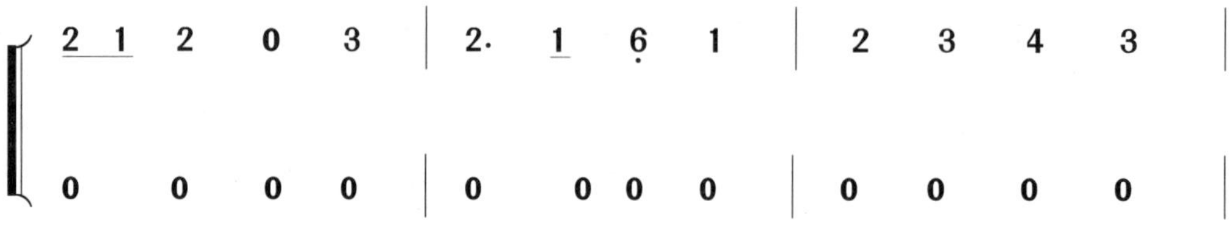

乳娘白：“噢，弱冠？

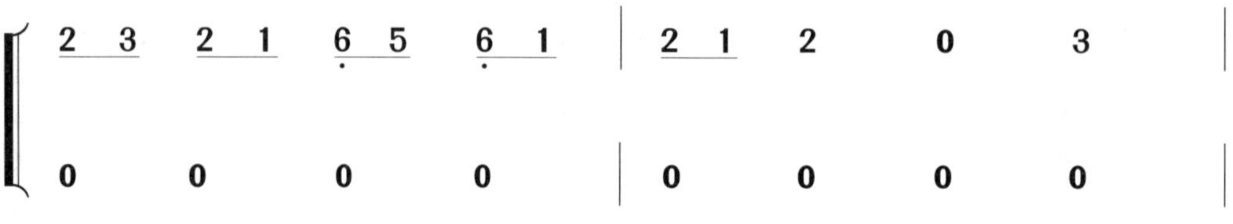

（想介，问李春发）弱冠是多大了？”

李春发白：“妈妈连弱冠都不晓得么？”

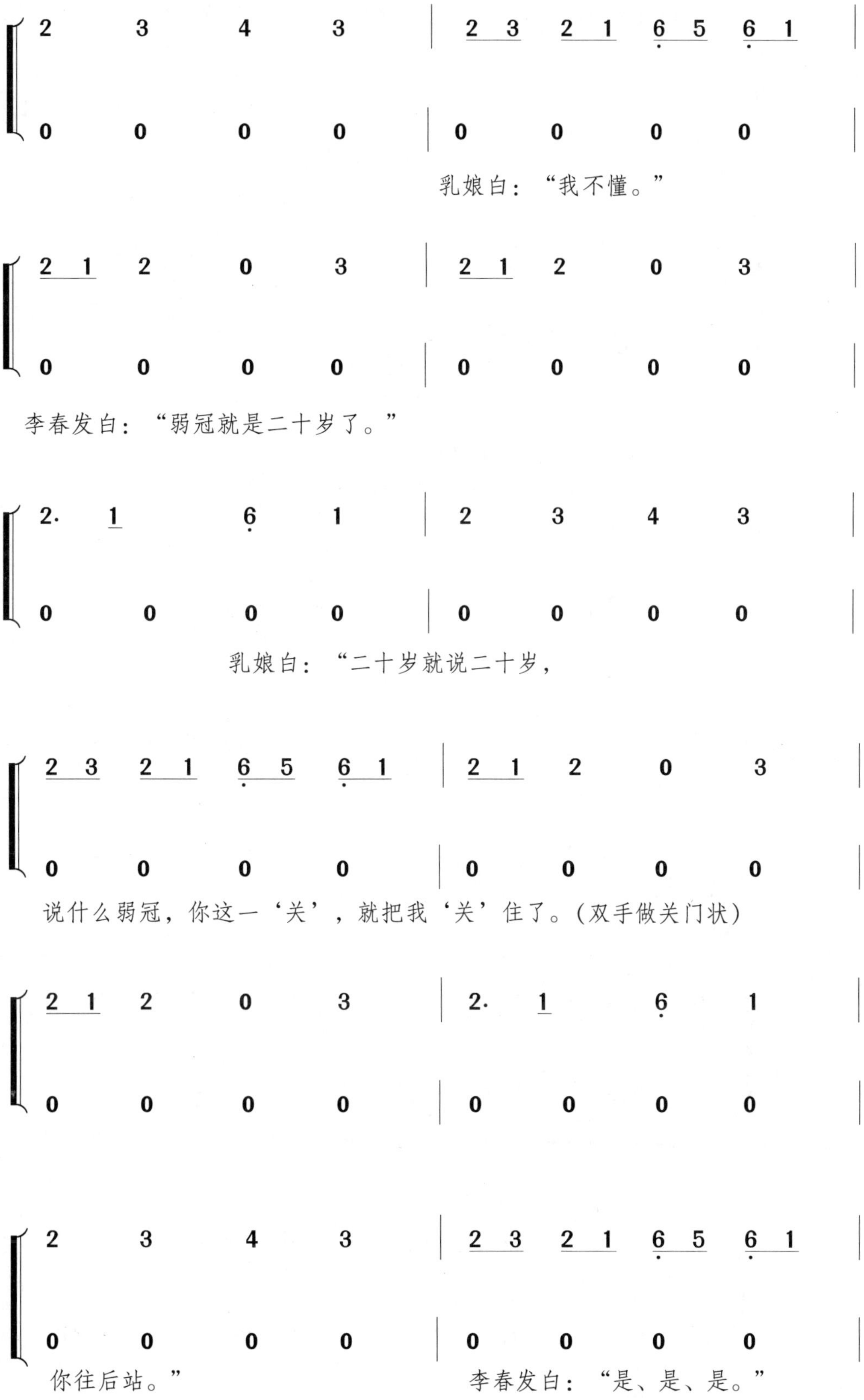
乳娘白："我不懂。"
李春发白："弱冠就是二十岁了。"
乳娘白："二十岁就说二十岁，
说什么弱冠，你这一'关'，就把我'关'住了。(双手做关门状)
你往后站。"
李春发白："是、是、是。"

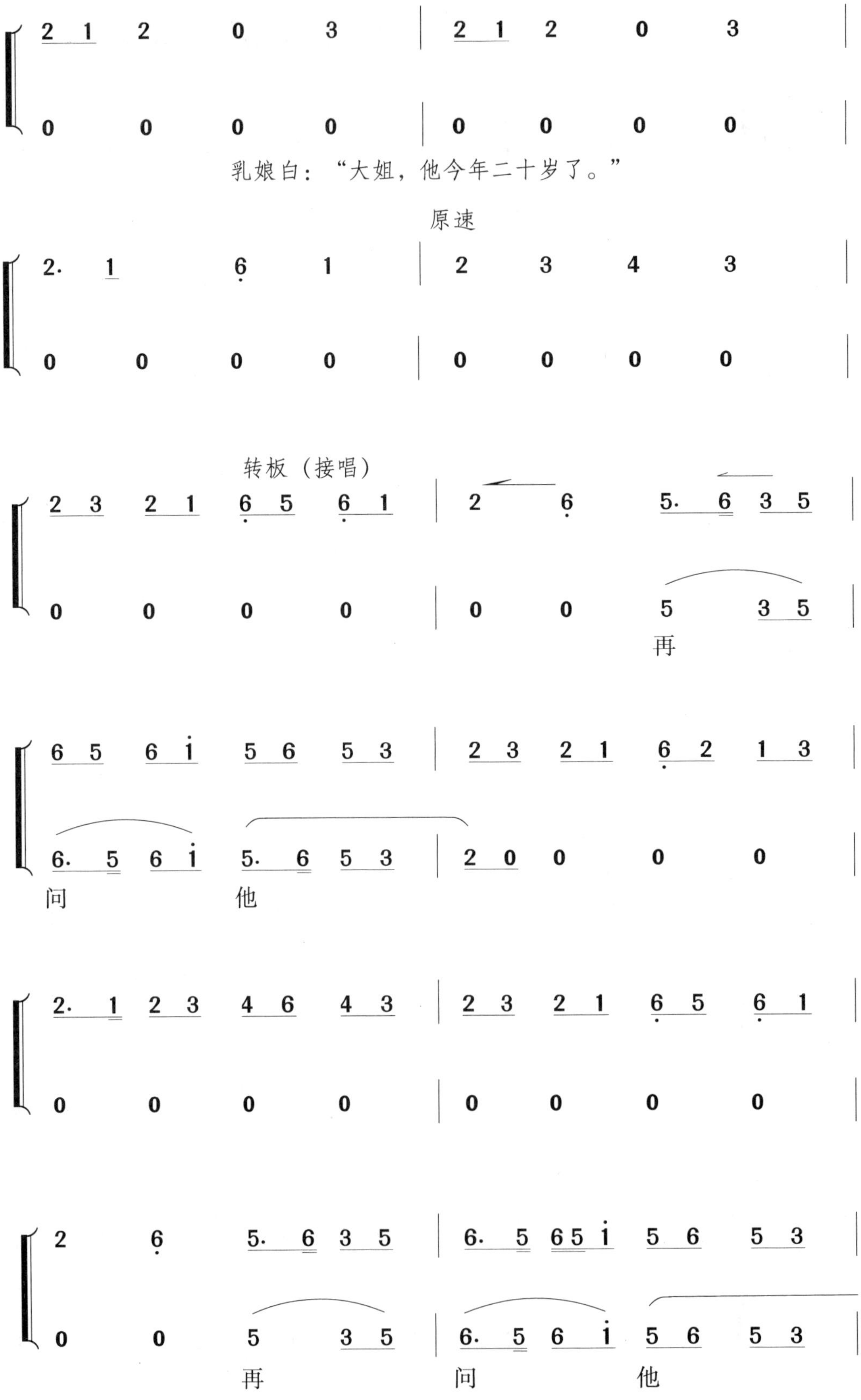
乳娘白：“大姐，他今年二十岁了。”
原速
转板（接唱）
再
问
他
再
问
他

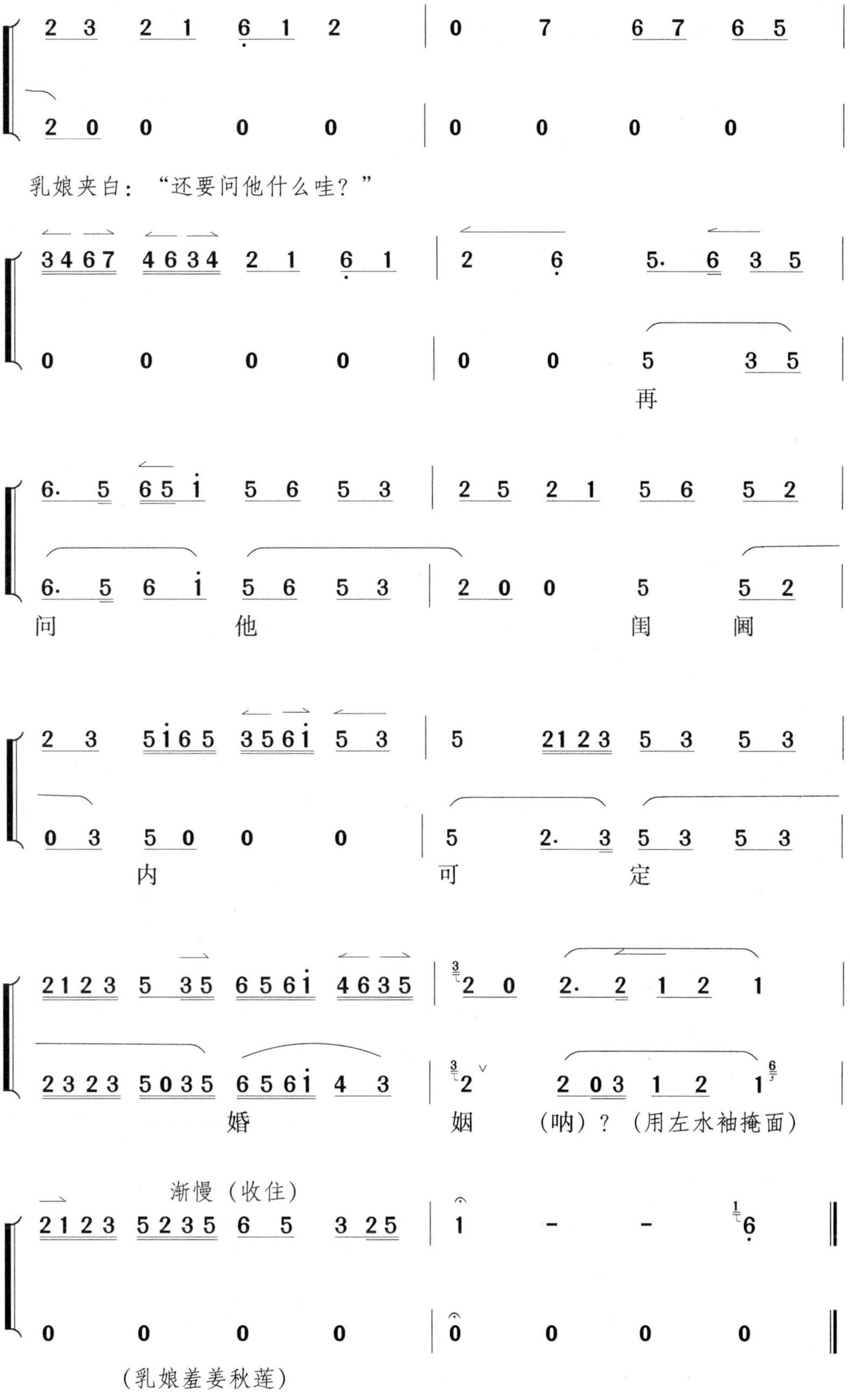
乳娘夹白："还要问他什么哇？"
再
问
他
闺
阃
内
可
定
婚
姻
（呐）？（用左水袖掩面）
渐慢（收住）
（乳娘羞姜秋莲）

李春发 问来问去，问到婚姻上来了，不便相告，待我拉马走去。正是：（扎）（念）芳邻有淑女，苦受继母逼。二人虽有意，联姻待冰媒。妈妈，我先行一步了。**【小锣打下】**（李春发拉马下）

乳　娘 不送了。果然是位至诚君子！大姐，看天色不早，这芦柴也不必要了，你我急速回家去吧，将此事告知安人，她必然欢喜。

姜秋莲 如此，你我回家去吧。

〔西皮摇板〕

【小锣凤点头】（过门同前）

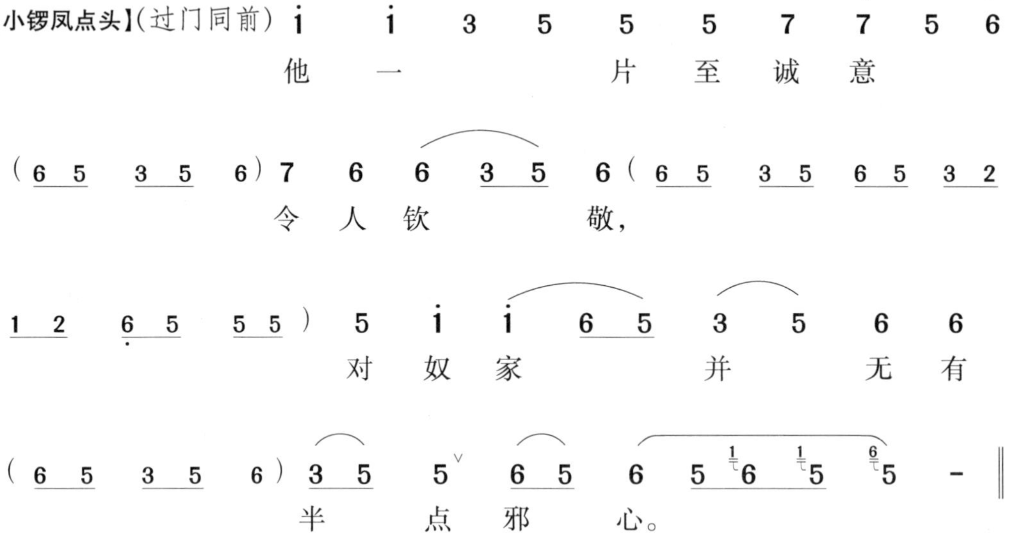

乳　娘 （过门同前）

（拾起绳、斧）

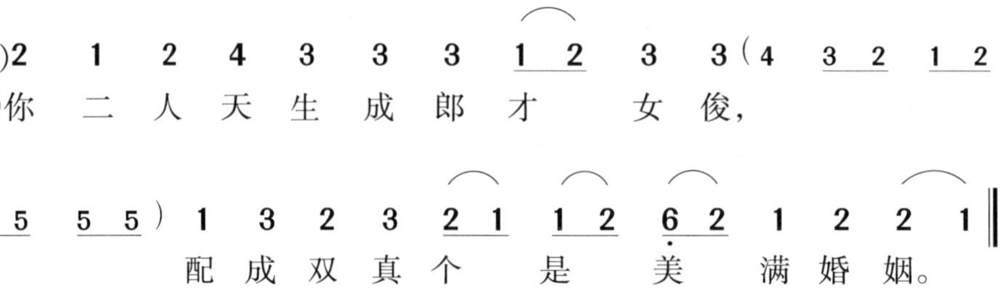

姜秋莲 **【小锣凤点头】**（过门同前）

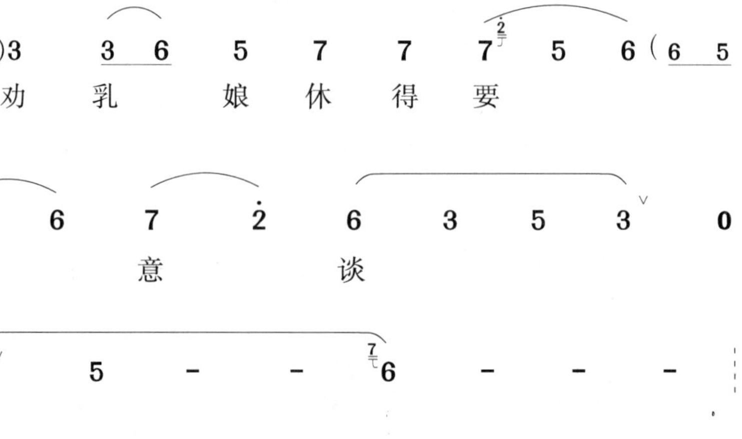

〔【小连锤】姜秋莲由“小边”走至“大边”，乳娘贴近在旁边。

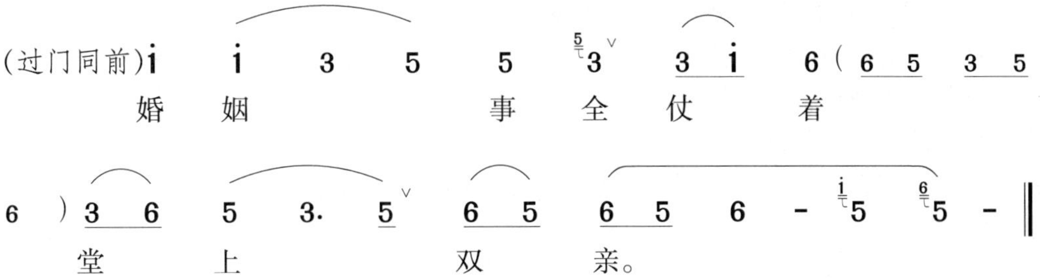

〔【小锣打下】二人同下。

第五场

〔【大锣纽丝】贾氏上。

〔西皮摇板〕

贾 氏

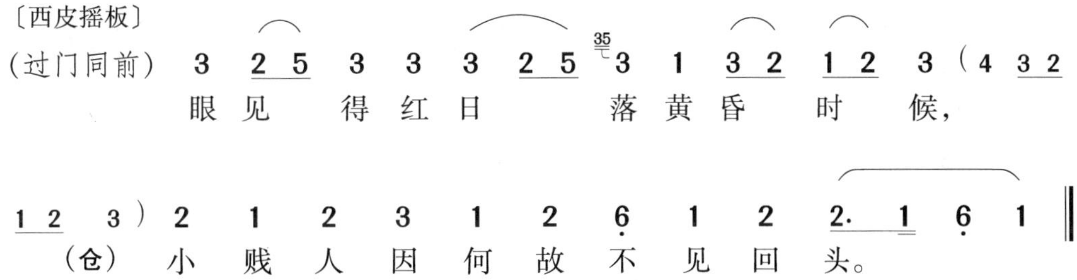

〔【大锣纽丝】乳娘、姜秋莲同上。

〔西皮散板〕

姜秋莲

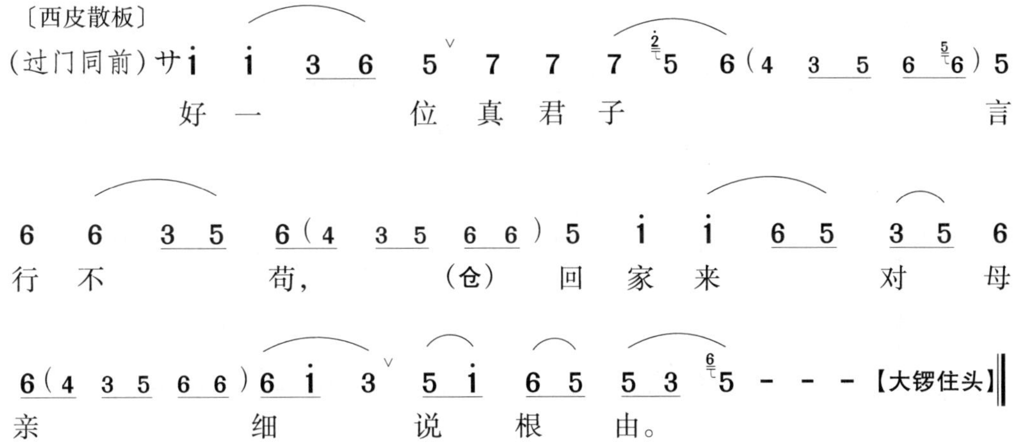

贾 氏 天这么晚啦，怎么还不回来啊？

姜秋莲 （惊）（台）乳娘，我母亲又在那里生气呢！

乳 娘 不妨事，随我进去。（多 台 多多 台）

〔二人同进门，乳娘放下绳、斧。

姜秋莲 母亲万福。

贾 氏 孩子，回来啦？

姜秋莲 回来了。

贾　氏 （看介）拾了多少柴？在哪儿呢？

姜秋莲 这个……（台）（乳娘示意姜秋莲讲）母亲，女儿柴倒未曾捡，不想遇见一桩奇事。

贾　氏 一棵梨树，那也好哇。

乳　娘 乃是一桩稀奇之事。

贾　氏 荒郊野外，有什么稀奇的事？孩子，你说给我听听。

姜秋莲 母亲容禀：

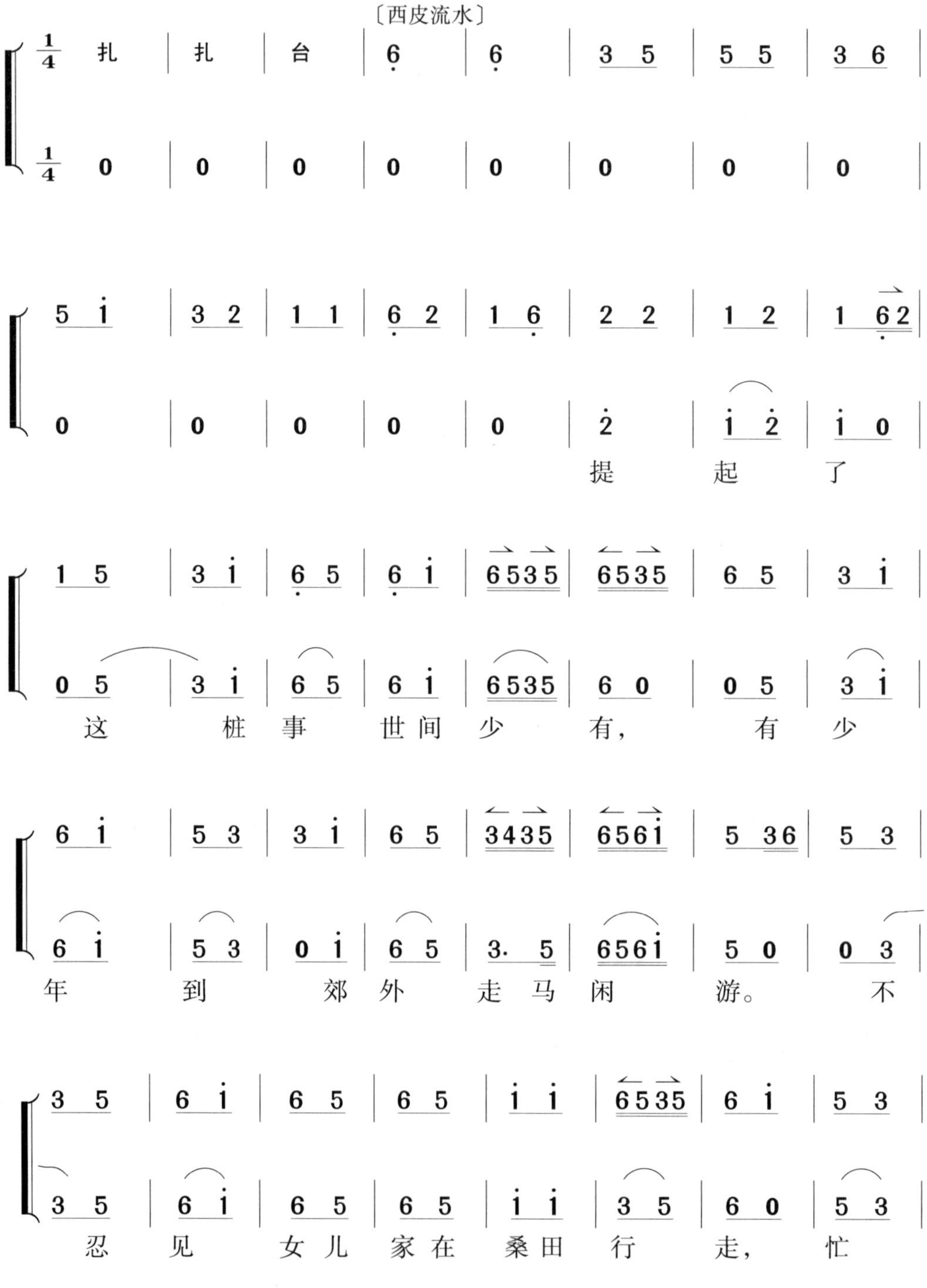

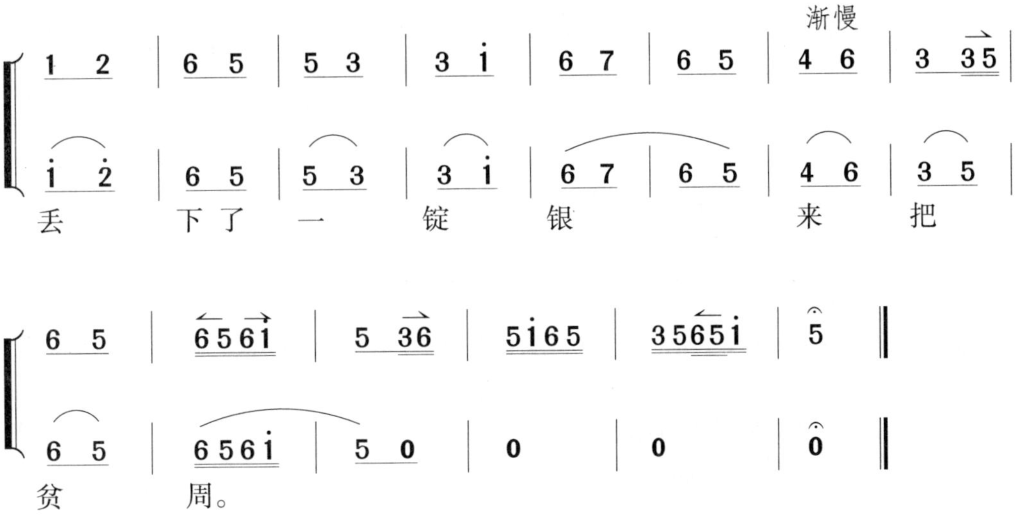

贾　氏　有这个事情？银子哪？

乳　娘　银子在这里。

贾　氏　（夺过银子）你拿过来吧！你就当了家啦？哟，真是一锭银子。我说孩子，你收了人家的银子，你也没有问人家姓什么？叫什么？住在哪儿啊？

姜秋莲　女儿也曾命乳娘问过，他姓李名华字春发，住在永寿街，乃是本城一个秀才。

贾　氏　李春发，我知道这个人，可是他是个年轻的书生，你又是没出门子的大闺女，怎么平白无故给你银子呢？（思索）不对不对，我明白啦，一定是你们两个人，在那旷野荒郊，做下不端之事，拿这锭银子来骗我。说了真情实话便罢，如若不然，我非打死你不可。

姜秋莲　**【叫头】**母亲哪！想那李相公，乃是至诚君子，言不乱道。母亲如此多疑，纵然将女儿打死，我也是不瞑目的呀！（跪）**【大锣一击】**

贾　氏　起来起来，我也没有气力打你。我把这锭银子，交给乡约地保，明儿个咱们找李春发，打这一场热闹的官司。

姜秋莲　母亲使不得。

贾　氏　我说去就去。**【大锣扫头】**（贾氏下）

〔（**嘟仓**）姜秋莲与乳娘双出门，乳娘望“上场门”，姜秋莲望“下场门”，回身复，进门。

姜秋莲　**【叫头】**乳娘啊！我母亲将银子交与乡约地保，明日你我去到公堂出丑，还要连累李相公，这便如何是好哇？

乳　娘　**【叫头】**大姐呀！事到如今，你我主仆二人，衾夜逃走了吧！

姜秋莲　你我俱是女流之辈，逃往何方啊？

乳　娘　倒不如逃往南阳你舅父家中，等你爹爹回来，再作道理。

姜秋莲　好却好，只是非属正道。

乳　娘　这也是出于无奈呀！

姜秋莲　（哭）喂呀！**【快纽丝】**

〔西皮摇板〕

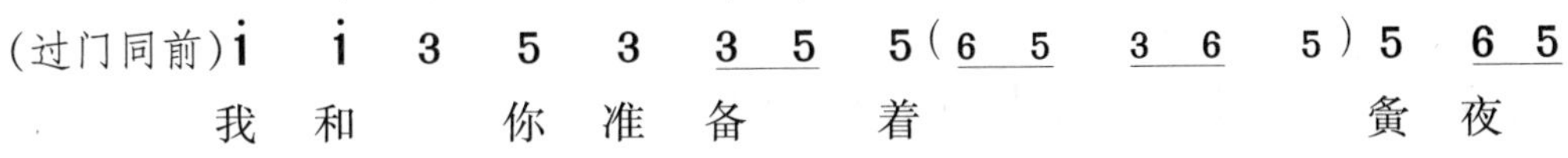

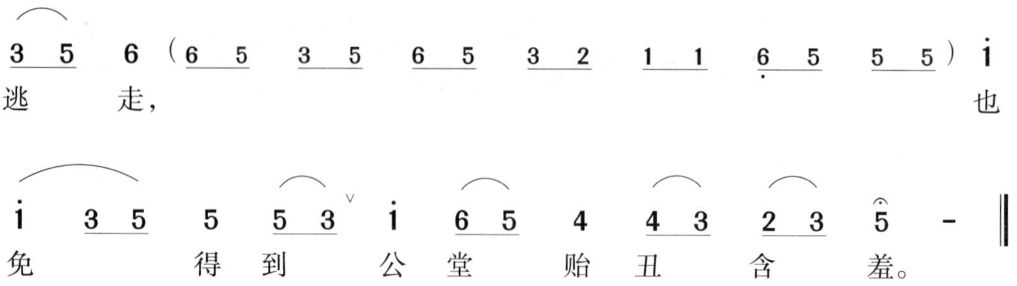

〔【冲头】贾氏上。

贾　氏　好啦好啦，银子我已经交给地方老爷啦，今儿个晚上早点睡觉，明天早上起来好打官司。

姜秋莲　（扎）（念）母亲无故结冤仇，

贾　氏　（念）犟嘴丫头不知羞。

乳　娘　（念）平地风波无中有，

贾　氏　（念）事到头来不自由。我也睡觉去。【小锣二击】（贾氏出房走圆场）我把大门给你们锁上。（锁门，【冲头】贾氏下）

姜秋莲　（哭）喂呀！

乳　娘　大姐不必啼哭，你我收拾细软，准备逃走了吧！

姜秋莲　事到如今，也只好逃走了。正是：（扎）（念）忧上加忧愁更愁，

乳　娘　（念）料想官司难罢休。

姜秋莲　（念）但愿脱离狼虎口，

乳　娘　（念）好似鳌鱼脱金钩。咳！

〔【大锣打下】二人同下。

第　六　场

〔幕启。“上场门”口放一桌，桌子左右各放一椅，姜秋莲越墙用。舞台正中放一桌，左面放一椅，侯上官上楼用。

侯上官　（内）啊嘿！【小锣钹走边】（念）惯作装猫学鼠形，白日暗来黑夜清。好逸恶劳利心重，咱把王法看得轻。【小钹收头】

咱（才），侯上官（才台才），自幼不务正业，专做这黑夜的买卖，今日黄昏时候，出得门来，抬头观看，（嘟儿才）（看）看前面乃是魁星楼，不免上得楼去，四下观望便了。

〔【水底鱼】圆场、上楼。

〔乳娘内白：“大姐慢些走。”

侯上官　啊呀，好哇，那院中有两个人走动，看他们如何行事便了。

〔【二更鼓】姜秋莲由“上场门”上。【小锣二击】

姜秋莲　（念）轻声离绣阁，（乳娘背包袱上）

乳　娘　（念）迈步到院庭。

姜秋莲　（摸门）【闷锣】大门上锁，怎能逃得出去？

乳　娘　你我越墙逃走吧。

姜秋莲　只好如此【一锤锣】（轻打）（二人同越墙，姜秋莲在前，乳娘随后，锣切住，上桌）

姜秋莲　（念）拨开生死路，

乳　娘　（念）逃出是非门。

姜秋莲　喂呀！我那亲…… （仓）

乳　娘　噤声。【小锣打下】（二人同由"下场门"下）

〔（崩登仓）【撕边】【回头】侯上官走下桌来。

侯上官　【叫头】啊呀妙哇！看那两个女子，身背包裹，越墙逃走，我不免赶上前去，行劫便了。

〔（崩登仓）【冲头】侯上官下。

第七场

〔二黄导板〕

姜秋莲

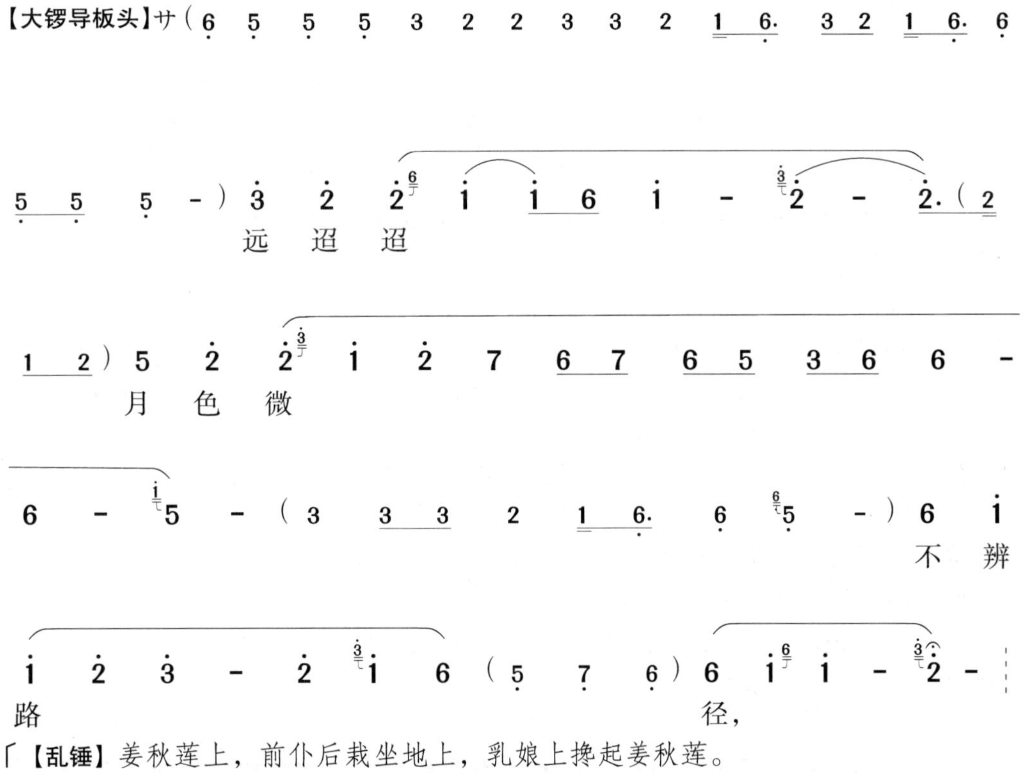

〔【乱锤】姜秋莲上，前仆后栽坐地上，乳娘上搀起姜秋莲。

乳　娘　小心了。

姜秋莲　（哭）喂呀！

〔二黄散板〕

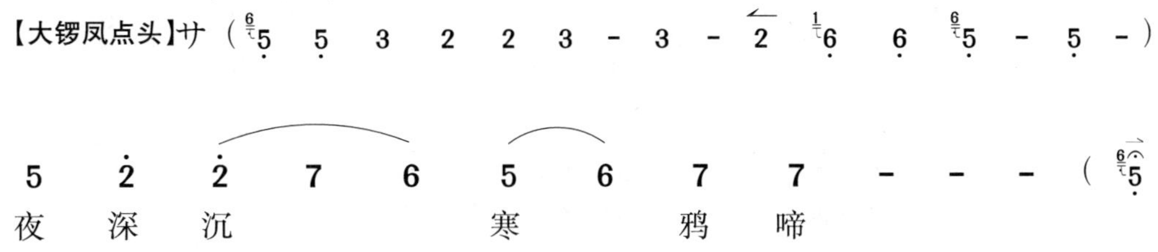

7 - - -) 3 5 3 5 6 5 6 - 6 - 5 - ‖

倍 加 伤 情。

乳 娘 大姐呀!

【大锣凤点头】(过门同前)5 1 1 65 7 7 6 5 6 6 2

主 仆 们 黑 夜 里 南

1 2 2 1 (6 7 6 1) 2 1 2 3 3 2 2 3

阳 投 奔, (仓) 可 怜 你 鞋 弓 小

6 2 1 1 2 (5 6 1 2) 7 6 2 7 6

难 把 路 行。 (仓) 手 挽 手 搀

7 6 5 6 6 6 5 6 1 - 2 - 1 -

大 姐 忙 往 前 进,

〔**【纽丝】**侯上官由“下场门”上,与姜秋莲、乳娘“双进门”。

侯上官 呔!(仓)(钢刀露头)

【大锣凤点头】(过门略)2 1 2 3 1 2 3(空 匡)2 1 6 1 2 2**【大锣住头】**‖

留 下 了 买 路 银 放 你 们 逃 生。

呔!留下买路金银,放你们过去!

乳 娘 住了!(仓)黄夜打抢,难道你就不怕王法?劝你快快走去,如若不然,我就要喊叫了。

侯上官 你若喊叫,我便杀你。

乳 娘 (往“上场门”喊叫)救人哪!

〔(**崩登仓**)侯上官抢包袱,杀死乳娘,乳娘从“上场门”口入内。

姜秋莲 (跪哭)**【快纽丝】**

〔二黄散板〕

(过门同前)サ 3 2 2 1 - 1 - 2 (5 6 1 2) 5 7

我 和 你 出 鸿

7 5 6 (6 5 7 6 - - -) 3 5 5 6 1 (6 7

沟 又 遭 陷 阱,

6 1) 2 2 2 7 6 5 6 7 7 - - - (5 7 - - -)

(仓)哭 啼 啼 跪 尘 埃

3 5 3 5 6 5 6 - 6 - 5 - - - -
大 放 悲 声。

侯上官 （崩登仓）（看姜秋莲，惊其美）呀！

【大锣凤点头】(过门同前)3 3 2 1 2 2 1 2 3 6 3 2 1 2 1(6
星 月 下 观 看 她 容 貌 俊 雅，

7 6 1) 2 1 2 1 2 3 3 6 3 2 1 6 1 2
(仓)惹 得 我 淫 心 起 难 以 放 她。

【叫头】呔！这一女子，你看夜静更深，四下无人，我与你做个片刻夫妻，你的心意如何？

姜秋莲 【叫头】贼子啊！你既为强盗，又欲胡为，难道你就不怕王法么？（嘟~~~仓）

侯上官 哎哟，俺这一生一世，就不晓得什么叫王法！我来问你，从是不从？

姜秋莲 我情愿一死，也是不依从啊。（哭）【小锣一击】

侯上官 这个……（台）（犹豫）哎噫！【大锣五击】（背供）看她小小年纪，倒有些烈性。我不免将她诓到高岗之上，用足将她踏倒尘埃，哪怕她不从。俺就是这个主意。这一女子，我来问你，你要往何方而去？

姜秋莲 要往南阳去的。

侯上官 你可认识路径。

姜秋莲 不晓得路径。

侯上官 待俺护送你一程，你看如何？

姜秋莲 这倒甚好。

侯上官 如此你要走哇！（持刀逼姜秋莲走）

姜秋莲 走哇。（双手举起，边走边抖）

侯上官 走哇。

〔【阴锣】大推磨，反转身再走介，侯上官在下场台口亮相，姜秋莲在上场台口亮相再走。

〔落二道幕，在“下场门”前面平放二桌，桌前放一平板布景，上插梅花数朵，桌左放一椅上山用。

〔二黄散板〕

侯上官 【大锣凤点头】(过门同前)サ1 3 3 2 1 3 2 3 2 1 6 5 6 1
看 起 来 这 姻 缘 前 生 造 定，

(6 7 6 1) 2 1 2 1 2 3 3 2 1 6 1 2 2.(5
(仓) 她 好 比 笼 中 鸟 难 以 飞 腾。

6 1 2) 2 1 2 3 6 2 1 2 3(6 1 2 3) 6 3
(仓)山 又 高 涧 又 深 谁

2 1 2 1 (6 7 6 1)
来 救 应， (仓) 走！

〔【大锣纽丝】逼姜秋莲上山，二人站桌上，姜秋莲靠里边站。

(过门略)2 1 2 3 2 1 2 3 (6 1 2 3) 2 1 6 1 2 2【大锣住头】‖
你不从难 道 说 罢 了 不 成。

吠！（仓）这一女子，你可知来到什么所在？

姜秋莲 我却不知。

侯上官 你来看，这上，是乌龙岗（台 台），这下，【撕边一锣】是青蛇涧（台另台），此地甚是幽雅，你与我做片刻夫妻，我便饶你不死。

姜秋莲 你纵然将我杀死，我也是不依从啊！（哭）

侯上官 你若不从，我就杀你。（仓）（欲杀）

姜秋莲 （惊跪）非奴不从，奈无媒证耳。

侯上官 咦！（嘟儿 仓）看她小小年纪，还晓得什么叫媒证。（看）——你看这满天星斗，皓月当空，你我就以这星月为媒，你看如何？

姜秋莲 星月为媒，不好。

侯上官 不好，以何为媒呢？

姜秋莲 这涧下是什么花呀？

侯上官 乃是梅花。

姜秋莲 好，你我就以梅花为媒，你摘得一枝下来，我便依从于你。

侯上官 这有何难，待我与你摘来。（放刀）

姜秋莲 快些摘来。

侯上官 你看这枝可好？

姜秋莲 （接花，丢）这枝不好。

侯上官 （又摘一枝）你看这枝可好？

姜秋莲 （又接花，丢）这枝也不好。

侯上官 你要哪一枝呢？

姜秋莲 我啊，我要那一枝。（指涧下）（仓）

侯上官 那一枝么！太远了，我摘他不着。

姜秋莲 （撒娇）喂呀，我定要那一枝啊！（哭）

侯上官 不要啼哭，不要啼哭，待我与你摘来。

姜秋莲 快些摘来。

侯上官 你要哪一枝？（探身摘花）

姜秋莲 那一枝。（推侯上官）

侯上官 （觉异）啊！你这做什么？

姜秋莲 我恐怕闪着你呀！

侯上官 哎呀呀，看她小小年纪，倒知道心疼人哪。也罢，豁出我的性命也要与你摘来——你要哪一枝？（探身摘花）

姜秋莲 那一枝。（推侯上官下涧）**【崩登仓】**

好贼子！**【滚头锣】**（投石掷侯上官）

（念）**【扑灯蛾】**

贼子太欺心，太欺心，

杀死乳娘命归阴，命归阴。**【扑灯蛾】**（姜搬取石块）

手持石块将你砍，

管教你狗命丧残生。**【收头】【乱锤】**

〔姜秋莲边念边投石块，侯上官翻扑两三次后，腿受伤跌倒。（**台台台**）

姜秋莲 **【叫头】**且住！看贼子已死，待我逃走了吧。（拾刀、看刀、念）侯上官，侯上官。哎呀且住！**【大锣五击】**这钢刀之上有侯上官三字，我不免将它带在身旁，日后也好做一证见。看四下无人，且越过山岭，再做道理。（从桌上走下）

〔二黄散板〕

【大锣凤点头】（过门同前）サ 6　6 2　i - i - 2（5

狗 贼 子

6 1 2）5 7 6 5 6（6 5 7 6 6）3

害 得 我 一

5 2 i i 6 i - 2 2 i - -

身 孤 零，

〔**【大锣纽丝】**持刀走至“大边”。

（过门同前）5 6 2 7 6 5 6 7 7（5 7）

且 越 过 这 山 岭

6 7 2 7 6 5 5 6 6 - 5 ‖

再 做 计 行。

〔**【大锣打下】**姜秋莲由“下场门”下。

石敬坡 啊哈！**【小锣打上】**（石敬坡手持扇子、带子、幌子上）

（念）蒙恩释放行为改，

贩卖线带走长街。（**台乙大台**）

前者偷盗李相公，蒙恩释放，赠我银两，是我改邪归正，贩卖带子为生，买卖倒也不错，今天回来晚啦，路过乌龙岗，这里惯出强人，我倒要留心一二。

侯上官 救人哪！

石敬坡 打鬼打鬼！

侯上官 俺不是鬼，乃过路客商，被贼人推下涧来，望你救我一救。

石敬坡 我打哪儿下去救你呀？

侯上官 那旁有一蚰蜒小道，可以下来。

石敬坡 （搁下带子、幌子）你等着，我救你来了。**【小锣滚头子】**（圆场下涧，见侯上官，吃惊）哟，你怎么长得这么难看哪？

侯上官 俺天生的凶脸。

石敬坡 就这么一说，我就救你上去么？

侯上官 你若救我上去，我有包袱一个相赠与你。

石敬坡 （接包袱）好，这归我啦，待我背你上去。

〔**【小锣滚头子】**背侯上官，圆场上山，放下。

你比死人还沉。

侯上官 这是怎么讲话！

石敬坡 （拿起带子、幌子）好了，把你也救上来啦，我也该走啦！

侯上官 （拉住石敬坡衣裳）你要将我背回家去。

石敬坡 天这么晚，我将你背回去，我怎么回家呀！

侯上官 你不将我背回家去，你不能走啊。

石敬坡 你放手吧！

侯上官 我不放手。

石敬坡 （以扇作刀）你不放手啊，你看刀吧。（**仓**）（侯上官放手）小子，别害怕，这是一把扇子。

侯上官 你不能走。

石敬坡 我说走就走。

侯上官 你不能走。

石敬坡 小子，你瞧着我走吧。

〔**【大锣打下】**石敬坡大踏步得意地“下场门”下。

侯上官 上了这王八日的当了，正是：

（**扎**）（念）山下贼遇贼，折本又吃亏，

不幸摔坏腿，只得爬着回。咳！（垂头叹气）

〔**【大锣打下】**侯上官做爬行状下。

第八场

〔幕启。舞台正中设一桌。

〔**【小锣打上】**贾氏上。

贾　氏 天都亮啦。（进门）秋莲哪，天不早啦，快点起来吧，钉着打官司去。（一看，惊呆）（**仓**）人哪儿去啦？偷着跑啦，可了不得啦！（查看）箱子打开啦，把细软东西都带走啦，这可怎么办？我得报官去。（出大门，叫）地方，地方。

〔地方内白：“啊哈！”**【小锣五击】**由“上场门”上。

地　方 （念）清早叫地方，

披衣忙下床，

不是死了人，

就是火烧房。（一看贾氏）

干什么呀，大清早晨就这么大惊小怪的！

贾　氏　地方老爷，我昨日跟你说的那件事啊，没想到我们姑娘同乳娘，昨儿个半夜里偷了不少的细软东西，她们跑啦。

地　方　跑了就跑了吧，常言说得好："女大不可留。"反正我也没报官哪，那锭银子归我，事情不是就算完了嘛？

贾　氏　那可不成，您得给追一追。银子事小，我们老头子回来跟我要姑娘，我可怎么交代哪？

地　方　真麻烦。打哪儿跑的啊？

贾　氏　你跟我走，（进门）你看这墙头扒豁子啦，这一定是越墙逃走的。

地　方　你把后门锁开开。

〔贾氏领地方到"下场门口"。**【小锣三击】**

贾　氏　（开锁出后门）这地上还有脚印儿哪！

地　方　（往下看）不错，有脚印儿，这是往柳道去的，咱们顺着脚印儿追。

〔**【小锣水底鱼】**地方、贾氏顺着脚印走圆场，走到"上场门口"见乳娘尸。

地　方　哎呀，怎么有个死尸啊？

贾　氏　死尸？我看看，哎哟，这就是我家的乳娘啊。哦，我明白啦，这一定是李春发杀死乳娘，拐骗我的女儿。我说地方老爷，您带我赶紧去报官吧。

地　方　报官也得先抓凶手哇，李春发要是闻风逃走，这沉重谁担哪？

贾　氏　好，您跟我先去抓李春发，我们再一同去报官。

地　方　走，走。

〔**【小锣打下】**贾氏随地方下。

第　九　场

〔**【小锣打上】**石敬坡携包袱上。

石敬坡　（念）受人点水恩，

当思涌泉报。

是我昨天晚上，在乌龙岗，无意之中，救了个黑大个儿，他送了我这个包袱；回得家去，我妈把我大骂一场，说我旧习不改，又去偷盗，叫我赶紧把这个包袱送回去，我又不知那个黑小子他住在哪儿，你瞧这可怎么办哪？（**大 大 大 <u>大大</u> 乙 台**）（想）有啦，李相公待我有莫大之恩，我还没有报答他哪，就将这个包袱送给他，也表表我小子这么点穷心，我就是这个主意。**【小锣原场】**（走圆场）到啦，待我叫门。（欲叫又止）哎呀慢着，我想李相公乃是仗义疏财之人，我要把包袱给他，他是一定不肯要的。（想）有咧，我不免隔着墙给他扔进去。——李相公，你接包袱吧！（扔包袱）（**仓**）这也算我报了恩啦。

〔**【小锣打下】**石敬坡下。

〔**【小锣打上】**李义上。

李　义　哪个呼唤我家公子？（开门不见人，进门见包袱拾起来）这是哪里来的包袱哇？有请公子。

「【小锣打上】李春发上。

李春发 李义何事?

李　义 老奴听得外面有人呼唤公子，开门一看，并无一人，院内只有一个包袱，公子请看。（举着包袱）

李春发 包袱是哪里来的？这到奇了。

「【小锣打上】贾氏带地方上，进门搜查。

李春发 啊！这一妇人，闯进内宅，胡寻乱找，是何道理?

贾　氏 你就是李春发么?

李春发 正是。

贾　氏 好哇，你拐骗我的女儿，杀死乳娘，躲在家里，还假装正经哪!

李春发 什么杀人拐骗，这都是哪里说起?

李　义 你莫要血口喷人哪!

贾　氏 （见李义手持包袱，夺过）哈哈，这包袱就是我家之物，你还赖得去么？走，带他去见官。

地　方 走，上衙门去。（拉李春发）

李春发 不要这样拉拉扯扯，随你前去就是。

李　义 公子去不得!

地　方 （推开李义）你滚开吧！（仓）

「【小锣打下】地方、贾氏拖李春发下。

李　义 【叫头】且住！我家公子，不知身犯何罪，被他们扯到公堂去了。待我赶上前去打探明白便了。

「【小锣打下】李义下。

第　十　场

「幕启。舞台正中设一桌，桌上放文房四宝、惊堂木。

「【梆声三击】【小锣打上】四青袍、二差人、吴伸上。

吴　伸 （引)千里来做官,为的是——吃和穿。（末三个字可“吟念”，【小锣入座】右转身归内座）

（念）梆声三响坐大堂，

衙役三班列两旁。【小锣二击】

为民除害招牌挂，

没钱别上我这青天堂。【小锣住头】

本县吴伸，（扎）官居罗郡正堂。只因幼年失学，是个捐班出身，到任半载，还没有捞够本儿哪。今日升堂理事。我说头儿啊，伺候着。

「【小锣打上】地方、贾氏拉李春发上。

地　方 罗郡地方，叩见太爷。

吴　伸 罢啦，有事吗?

地　方　有人打官司。
吴　伸　带上堂来。
地　方　上堂回话。
贾　氏　叩见太爷。
李春发　参见老父母。
吴　伸　你们谁是原告？
贾　氏　我是原告，他是被告。
吴　伸　哦，他是被告——我说你这个人姓甚名谁，见了本县，因何不跪？
李春发　晚生姓李名华字春发，乃黉门秀才。
吴　伸　原来是秀才老爷，失敬失敬。——这一妇人，你怎么告起秀才来啦？
贾　氏　我状告李春发，拐骗我的女儿，杀死乳娘，求太爷做主。
吴　伸　好大的由头。我想李春发乃读书之人，不会做出这拐骗杀人的凶事吧？
贾　氏　您听我慢慢地说啊，我贾氏，配夫姜绍为妻，膝下无儿，只有前房留下一女，名唤姜秋莲。只因我们老头子出外贸易去啦，我的女儿跟乳娘去到郊外捡柴，回来对我说，有一李春发赠她一锭银子。太爷您想，这世界之上，哪有素不相识，无缘无故就给银子的？一定是他们做下不端之事，我就教训我的女儿一顿。没想到半夜里，我的女儿就收拾细软，跟乳娘一块儿越墙逃走啦。这一切准是李春发在背后主使，我第二天报告地方老爷，追人追到柳道之内，不见我的女儿，乳娘被杀，太爷您想，这不是他做的，还有谁哪？
吴　伸　那有什么凭据呢？
贾　氏　（呈包袱）这个包袱，就是我女儿逃跑带走的，在李春发家里搜出来的，这不就是铁证吗？
吴　伸　（验包袱）这一定没错儿啦。——来呀，包袱入库。（差人把包袱送下后，复上）你说李春发在荒郊给你姑娘一锭银子，在哪儿哪？
贾　氏　早交给地方老爷啦。
地　方　（由腰中取出银子）老爷，银子在我这儿哪。
吴　伸　混帐！要是我不追究，大概又入了你的腰包啦。拿来！（接银揣入怀内）死尸在什么地方？
地　方　现在柳道。
吴　伸　来呀！
差　人　有。
吴　伸　随他前往柳道验尸，顺便再到县学，把李春发的功名除掉。
「【小锣打下】二差人随地方下。
吴　伸　嘟！（仓）胆大的李春发，身入黉门，竟敢拐骗幼女，杀伤人命，你是该当何罪呀？
李春发　回禀老父母：学生幼读诗书，颇知礼义，焉能做出这不法之事！此乃诬告，望求老父母详察。
吴　伸　你瞧，你们读书人，多会讲道理呀！我先问你，你在荒郊，赠给人家姑娘一锭银子，是安着什么心哪？
李春发　那日学生送友而归，见两个女子在荒郊捡柴，甚是可怜，恻隐心动，赠她一锭银子，扬长而去，并未多言。

吴　伸　哎呀呀，你听你说得多好听啊！世上竟会有你这样的好人，不用说啊，你一定是瞧见人家姑娘长得好看，就拿出你那有钱的势派来啦，拿银子勾引人家，你怎么对老爷我连一毛都不拔哪！你一定是又嫌乳娘碍眼，这才杀伤人命，以图拐骗少女，我劝你快快献出姜秋莲，据实招认，免得我动刑啊。

〔【小锣打上】二差人上。

二差人　查验是实，学院老师不保，有名帖在此。（呈帖）

吴　伸　你瞧瞧，连你的老师都不保你啦，你招是不招？

李春发　学生实实是冤枉难招。

吴　伸　好，你竟敢不招——来呀，将他衣冠剥了，扯下堂去重责四十。

〔二差人拉李春发下。

〔西皮散板〕

吴　伸　【大锣凤点头】（过门同前）3 2 5 3 1 2 3 3（6 1 2 3）
少 年 人 见 女 子

6 2 1 2 3 3（6 1 2 3）
眼 内 生 火，（仓）

〔二差人内打，白："一十！"

3 2 1 1 2 2 3 2 1 6 1（7 6 2 1）
何 况 是 美 佳 人 春 意 暗 合。（仓）

〔二差人内打，白："二十！"

吴　伸　2 1 2 3 2 1 6 2 1 6 1 2 2（7 6 1 2）
似 这 等 奸 杀 案 还 敢 瞒 我，（仓）

〔二差人内打，白："三十！"

吴　伸　1 3 2 3 2 1 2 6 2 1 2 2. 1 6 1 ‖
献 出 了 秋 莲 女 免 受 折 磨。

〔二差人内打，白："四十！"（仓）

〔【乱锤】

〔李春发内唱。

〔西皮导板〕

【导板头】サ（6 6 6 6 6 5 5 5 5 5 i i i i i i 3 3

3 3 1 2 2 2 2 2 2 2 7 6 2 1 1 1 1 1 1 1 1）

3 3 6 5 5 5 7 6 6 6 5 6 7 7 6

四 十 板 打 得 我 皮 开 肉 破，

〔【冲头】二差人扶李春发上。

李春发 （疼）哎呀！

〔西皮散板〕

【大锣凤点头】(过门同前)3 3 6 5 5 6 6 3 i 6 5 5 2 3

似 这 等 黑 天 冤 向 谁 诉

5 (2 3 6 5) 2̇ i i i 2 7 6 (4

说。 （仓） 望 父 母

3 6 5) 5 3 i 6 6 5 3 2 (7 6. 1 2) 6

（仓） 悬 明 镜 （顷 仓） 开

【哭头】

6 5. 6 i (1 - 1. 2 1 2 3 5 2 1 6 2 1)

脱 罪 （仓 仓 仓 仓 仓 仓 才 仓）

i 2̇ 7 6 5 3 5 5 6 3 5 6 6 5

过， 太 爷 呀！

【大锣双楗凤点头】(过门同前)5 i 6 5 5 3 5 6 i 5 6 5 5 3 5 -【大锣住头】

到 来 生 变 犬 马 答 报 恩 德。

吴　伸 有招无招？

李春发 学生实实冤枉！

吴　伸 真是刁滑之至啊！纵然你人心似铁，也难当我这官法如炉。——来呀，看大刑伺候！

李春发 且慢！（仓）受刑不过，情愿画供承招。

吴　伸 这不结啦，叫他画供。

差　人 （拿状纸与笔递与李春发）画供。

李春发 供招是实。（画供）

吴　伸 带去收监，听候发落。

〔【冲头】二差人押李春发下。

吴　伸 贾氏，且待找着你的女儿，再行落案。退堂。

〔【大锣打下】吴伸“下场门”下，四青袍随下。

贾　氏 （出门）这才是大大的清官哪。

〔随【大锣打下】贾氏由“上场门”下。

第十一场

〔【小连锤】石敬坡持篮上。

〔西皮摇板〕

石敬坡 （过门同前） 4 3 3 3 1 1 2 3 （6̣ 1

心 急 似 箭 往 前 进，

（干收）

2 3 ） 3 1 3 2 1 2 2 1 ‖

来 到 监 中 看 分 明。

李相公不知身犯何罪，下监入狱，是我买了点肉，打了点酒，到监中探望探望他去。【小锣原场】说着说着到了。禁大哥，开监哪！（禁卒由“下场门”暗上）

禁　卒 谁呀！坐监的吗？（望介）

石敬坡 探望李春发李相公。

禁　卒 探望谁呀？

石敬坡 探望李春发李相公。

禁　卒 李春发是杀人的凶犯，不能见。

石敬坡 大哥，什么地方不交朋友哪，你就行个方便吧。

禁　卒 不成，不成，这么大个子，连一点规矩都不懂。

石敬坡 规矩我是知道的，怎奈我是个穷小子，真没钱，得啦，您就放我进去吧，我这儿给您跪下啦。（跪下）

禁　卒 跪下也不成，快走开啊。（不睬石敬坡，石站起）

〔李义内白：“走哇！”（上唱）

〔西皮摇板〕

【大锣长锤】（过门同前） 1 2 4 3 3 2 4 3（4 3 2 1 2

主 人 无 辜 遭 监 禁，

3 3）6̣ 1 3 2 2 5 3 2 1（3 2 1 6̣ 2 1 2

老 奴 难 以 把 冤 伸。

6̣ 5 5 5）6̣ 3 6̣ 2 1 2 1 2 3 - 3 2 -

放 心 不 下 来 探 问，

【凤点头】 6̣ 1 1 3 2 1 2 1 【大锣住头】‖

只 见 一 人 在 监 门。

石敬坡 老管家您好哇？

李　义 你这人好生面熟哇！

石敬坡 老管家您忘啦，我就是偷盗尊府的石敬坡啊！

李　义 哦，不错，你到此做甚？

石敬坡 我听说李相公遭下不白之冤，故而前来探望。看监的这小子，跟我要钱，没钱他不叫我进去。

李　义 不妨，待我向前。禁大哥，开监来。

禁　卒 你是谁呀？

李　义 老奴李义，探望我家相公来了。这有银子一锭，禁大哥行个方便吧。（交银）

禁　卒 好好。（接银入腰）我给你开开。

「禁卒开监，李义、石敬坡进入，石敬坡偷去禁卒腰中银子。

禁　卒 你在这儿等会儿。李春发走动啊！

「**【大锣纽丝】**李春发项带锁链上。

〔西皮散板〕

李春发 （过门同前）サ 3 3 5 5 5 7 6 5 6 6 3 5 6 （6. 5 3 3. 5 6 6）

这苦刑打得我疼痛难忍，（仓）

5 i 6 5 3 5 i 6 i 6 5 5 3 5 –**【大锣住头】**‖

又听得禁大哥呼唤一声。

唤我何事？

禁　卒 你的管家李义看你来啦。

李春发 哦，管家在哪里？管家在……咳，管家呀！

〔西皮散板〕

【大锣凤点头】（过门同前）3 6 5 6 i 5 5 7 6 7 6 6 3 5 6

见管家不由我珠泪滚滚

（6. 5 3 3. 5 6 6）3 3 5 3 5 i 6 4 4 3 353 5**【大锣住头】**‖

好一似万把刀刺在我心。

石敬坡 参见李相公。

李春发 你是何人？

石敬坡 我就是被您释放的石敬坡啊！

李春发 原来是你呀，你因何到此？

石敬坡 我听说您遭了不白冤枉，给您买了点酒肉，探望您来啦，您留着慢慢地吃吧。

李春发 多谢你的好意！

禁　卒　好啦，交给我吧。（接过篮子）

石敬坡　李相公您到底犯的什么罪呀？

李春发　唉，只因那日，院中忽然发现包袱一个，我主仆正在纳闷之时，那姜绍之妻，带了地保，将我扯到公堂，说我杀死乳娘，拐骗她的女儿，太爷以包裹为证，用刑拷打于我，只得画供招认，并叫我献出姜秋莲，方可落案。想这黑天冤枉，叫我何处申诉哇！

石敬坡　（自白）原来是为那个包袱哇？哎哟，我真该死！

李春发　姜秋莲哪，姜秋莲，你害得我好苦哇！

〔西皮散板〕

【大锣凤点头】（过门同前）3　3 5 6 5 7 6 7 6 6 3 5 6（6. 5 3 3. 5 6）

这命案乃是　我屈打承　认，　（仓）

〔禁卒发现银子不见。

5 i 6 5 5 5 3 i 6 3 5 6 5 －　**【大锣住头】**

寻秋莲　只　恐　是海底捞针。

禁　卒　时候不早啦，该走啦！

李春发　（哭）管家呀！

李　义　（哭）公子啊！**【大锣打下】**（李春发下）

〔李义、石敬坡出监，禁卒拦住石敬坡。

禁　卒　喂，你怎么会进来的？

石敬坡　他怎么会进来的呢？

禁　卒　他有银子，他才进来的。

石敬坡　那么我有银子，能出去么？

禁　卒　你有银子，就能出去。

石敬坡　（出银）给你。

禁　卒　（接银看）这是我的银子啊！

石敬坡　不是你的，我还不给你哪。

禁　卒　你呀，给我滚出去吧！（推石敬坡出监）偷到我这儿来啦。**【小锣打下】**（禁卒下）

石敬坡　**【冲头】【叫头】**我说老管家，您好好地伺候公子，待我石敬坡走遍海角天涯，一定要寻找姜秋莲归案，以雪此不白之冤。（八仓）

李　义　若能如此，感恩非浅。（拜石敬坡）

石敬坡　老人家不必如此，你我分头办事吧。

李　义　请。

〔（崩登仓）二人同拱手**【冲头】**二人分下。

第十二场

〔姜秋莲内唱。

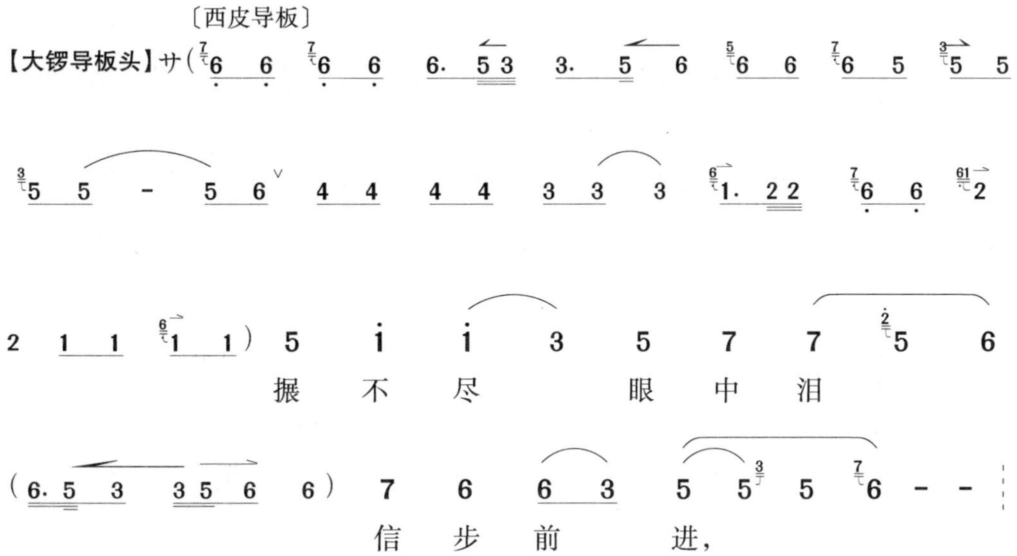

〔【慢长锤】姜秋莲身后背刀、持裙上。

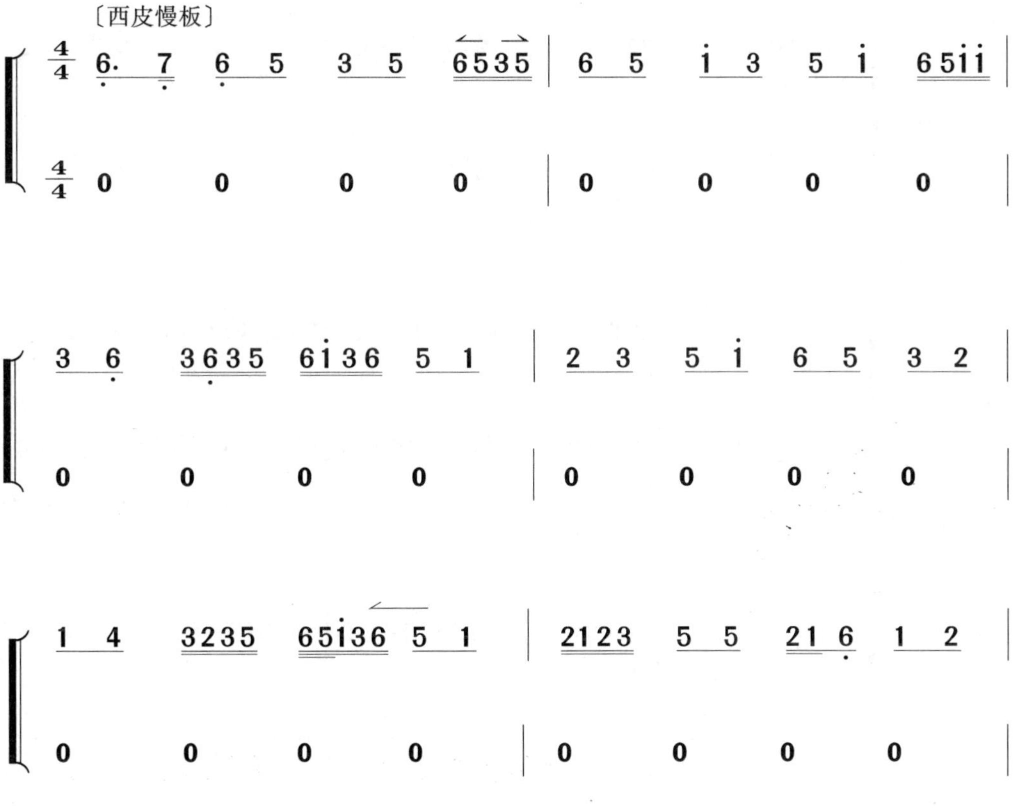

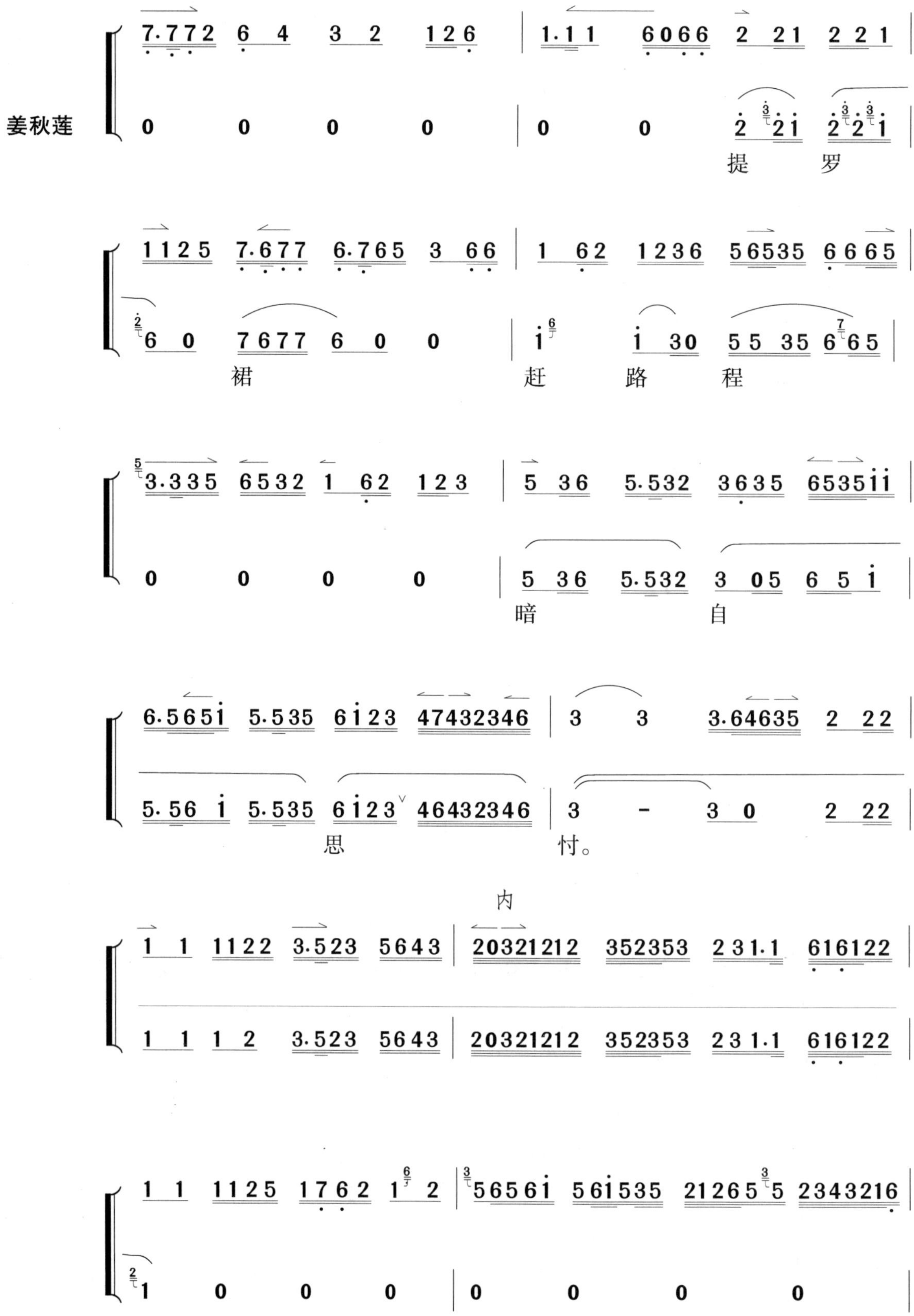
姜秋莲
提 罗
裙 赶 路 程
暗 自
思 忖。
内

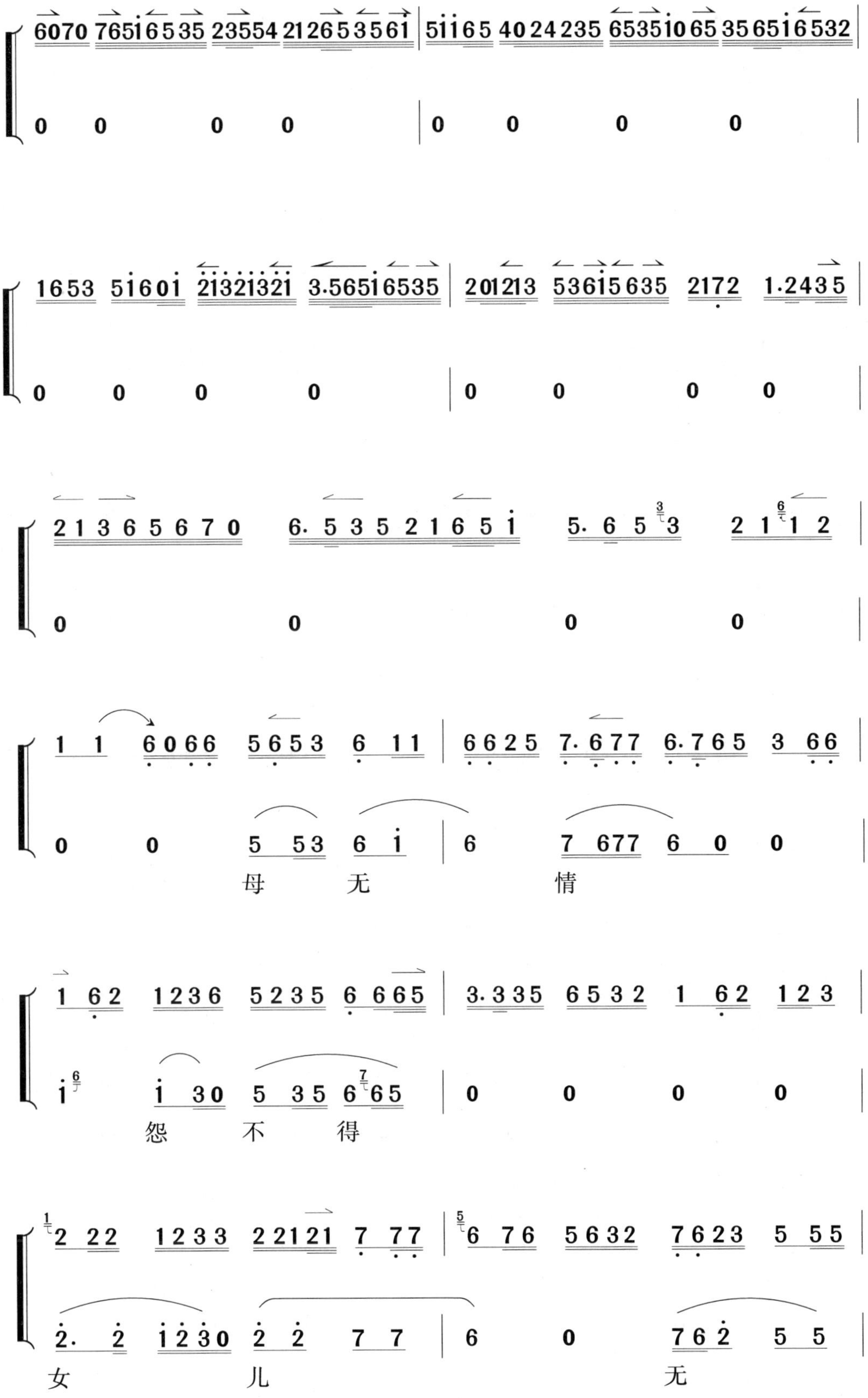
母 无 情
怨 不 得
女 儿 无

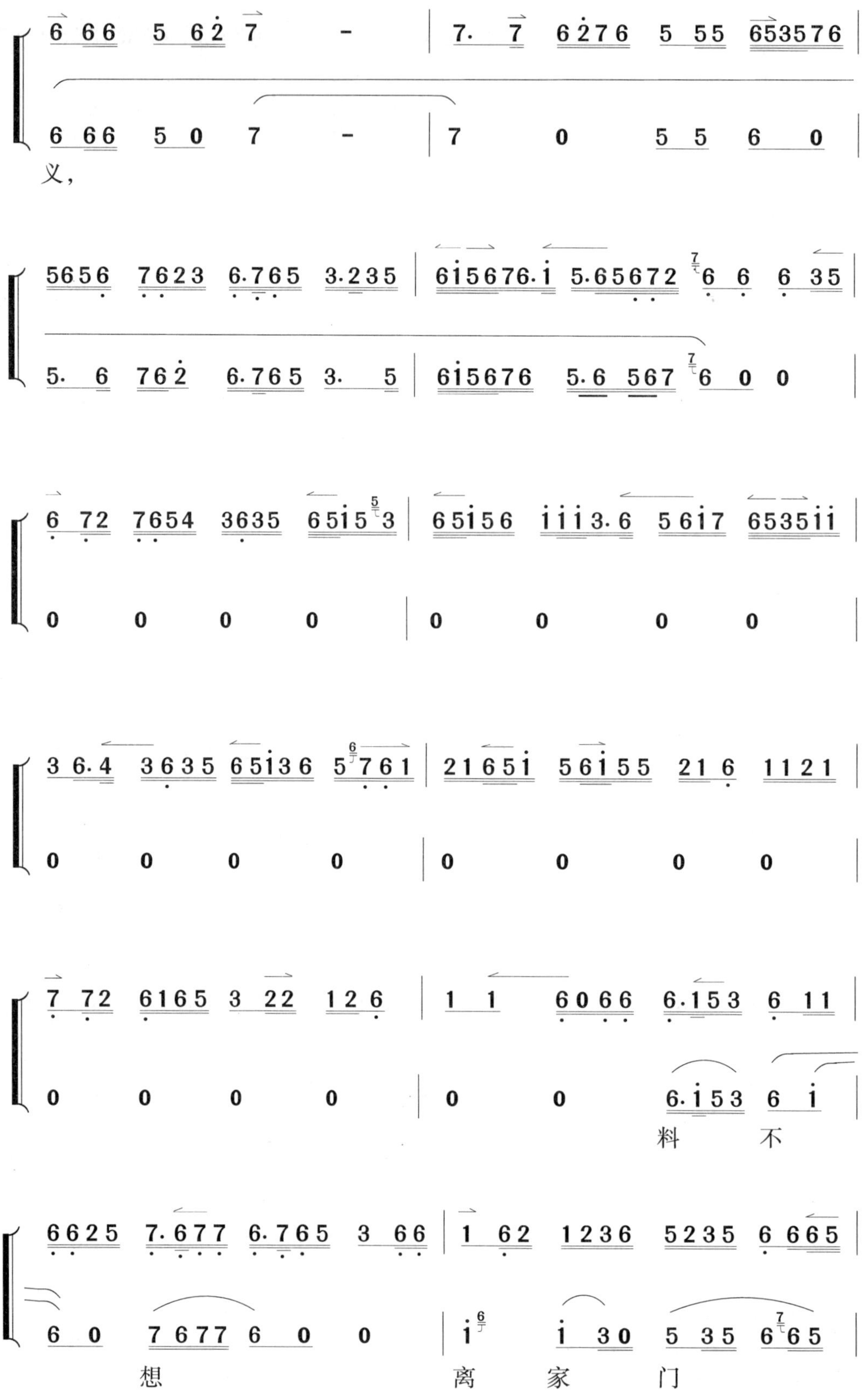
义，
料 不
想
离 家 门

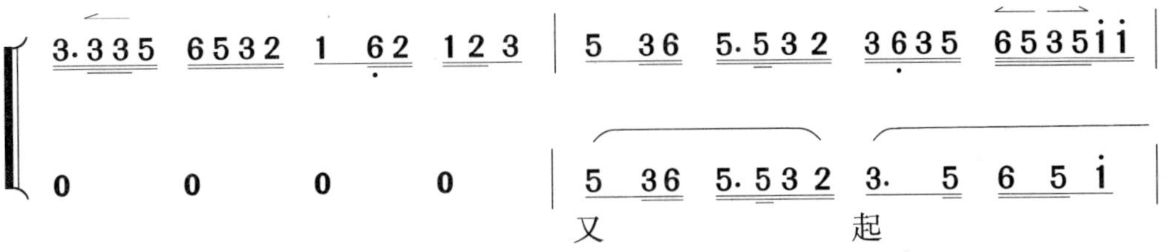

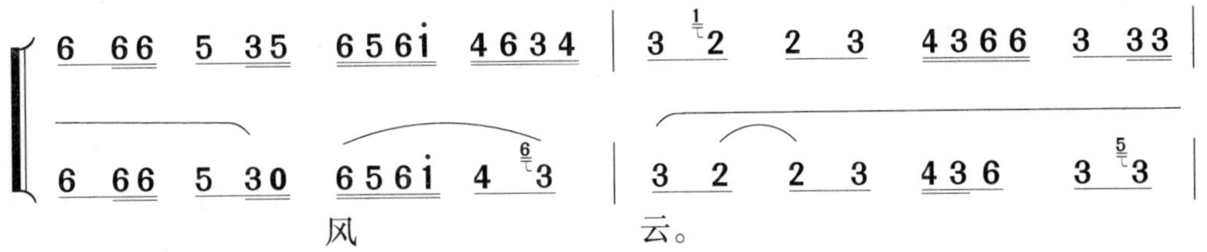

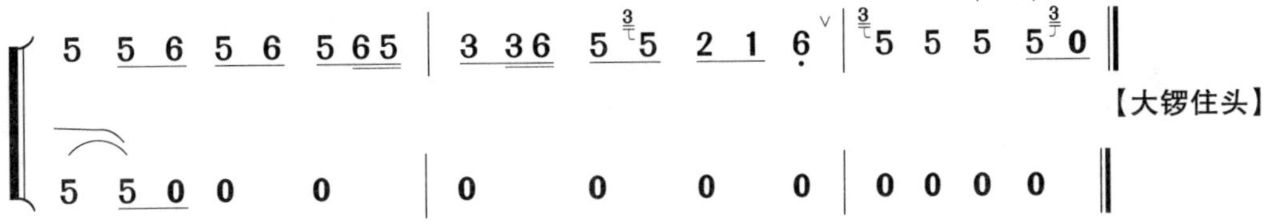

唉！【撕边一锣】是我逃出门来，不想乳娘被贼子杀死，又将包裹抢去，如今只剩我孤身一人，本当去往南阳，投奔舅父，怎奈又不识路径，这便如何是好？

【叫头】爹爹呀爹爹！你在外面贸易，怎知道你的女儿姜秋莲哪…… （石敬坡由“上场门”上，站桌上往下望）受此颠沛之苦哇！

〔西皮散板〕

【大锣凤点头】(过门同前)サ 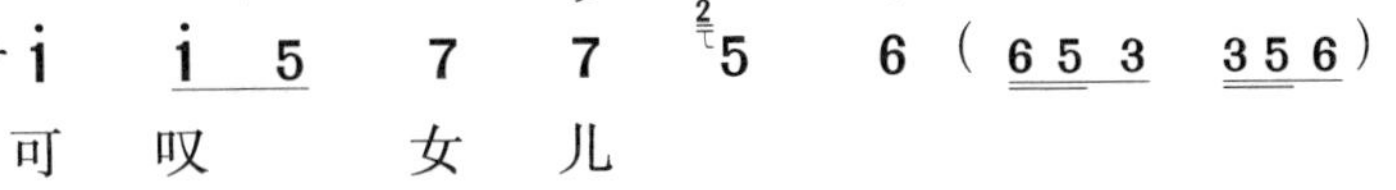

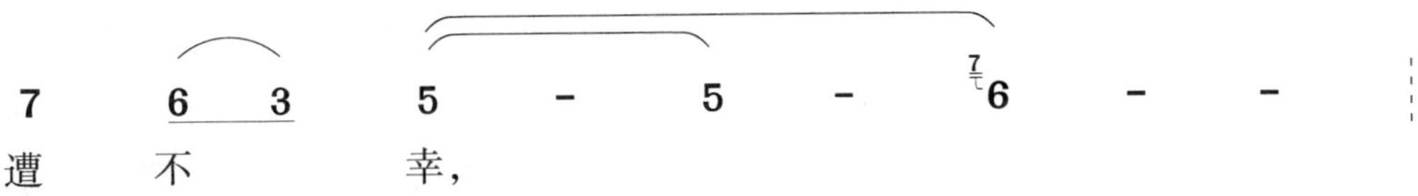

石敬坡 喂，姜秋莲哪，姜秋莲，我可找着你喽！（仓）

姜秋莲 （惊）哎呀！

【快纽丝】

（过门同前）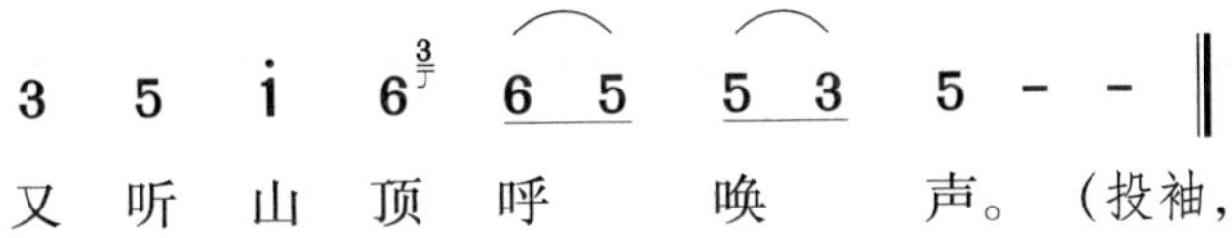

（投袖，手中裙落地，急下）

〔【冲头】石敬坡翻下山。

石敬坡 哈哈，真是：“踏破铁鞋无觅处，得来全不费工夫。”我正想找姜秋莲，不想就遇见她了，这还有她的罗裙，（拾裙）待我紧紧赶上前去便了。姜秋莲慢走，姜秋莲慢走！

〔【大锣打下】石敬坡追下。

第十三场

〔幕启。近“下场门”处放一井。

〔【大锣水底鱼】姜秋莲上。

姜秋莲 【叫头】且住！适才山顶之上，有人呼唤于我，想是我那继母，派人前来追赶于我，若是被他赶上，那还了得，这便如何是好？（嘟……仓）（见井）也罢！【大锣五击】此处有井，我不免投井自尽了吧！

〔西皮散板〕

【大锣凤点头】（过门同前）サ i i 3 3 6 5 3 5 6 i －【哭头】

此井 是 我葬身

i 2̇ 7 6 5 6 7 6 6 － 5 － ‖

地，

罢！（崩登仓）（跳入井）

〔【扫头】“下场门”下，同时石敬坡上。

石敬坡 咳，（仓）一步来迟，她跳了井啦！（大大大大台）（望井）有嗍，这敢情是一口枯井。姜秋莲哪，你既上不来，也跑不了啦，就暂且在这儿呆一会儿吧，待我报官去喽。

〔【小锣打下】石敬坡“下场门”下。

第十四场

〔【小连锤】姜绍、徐黑虎“上场门”上。

〔西皮摇板〕

姜　绍 （过门略） 2 1 2 3 1 2 2 3 2 1

为 贸 易 哪 顾 得 奔 波

1 3 2 －（3 2 1 6̣ 2 1 2 6̣ 5 5 5） 5̣

劳 顿， 蝇

6̣ 1 1 2 1 3 2 7̣ 6̣ 7̣ 2 6̣ 1 ‖（干收）

头 利 引 得 我 昼 夜 劳 心。

徐黑虎 我说掌柜的，走了这么半天啦，这牲口也该饮一饮啦，咱们找个地方歇歇腿儿吧！

姜　绍 （下驴）好，歇息歇息再走。

徐黑虎 哪儿找水去啊？（见井）咦，这有口井。（看）嗐，是口枯井。

姜秋莲 （在内哭）喂呀！

徐黑虎 嚯，吓死我了，怎么井里有人哪？

姜　绍 还是个女子的声音，我们把她救了上来。

徐黑虎 别忙，我这有根绳子，咱们把她救上来。

〔**【阴锣】**甩绳，姜秋莲拉绳上。

姜　绍 啊！你不是秋莲儿么？

姜秋莲 喂呀爹爹啊！（扶姜绍哭）**【小锣一击】**

姜　绍 儿啊！你因何投井啊？

姜秋莲 哎呀爹爹呀！**【大锣五击】**自从爹爹出门，继母虐待于我，是我逃出门来，不想乳娘被贼人杀死，是儿走投无路，只得投井自尽，爹爹快些与女儿做主吧！

姜　绍 好贱人哪！

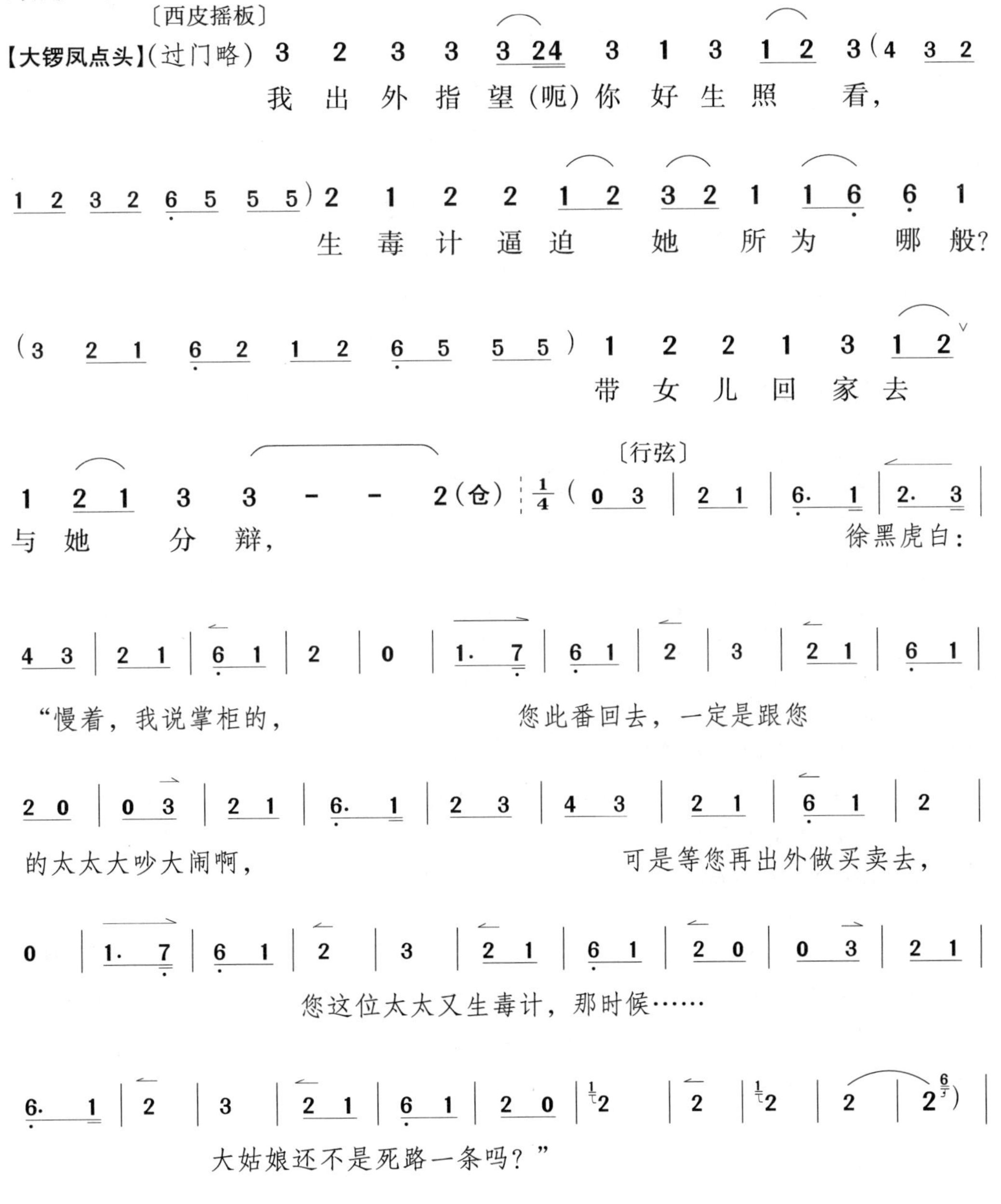

姜　绍

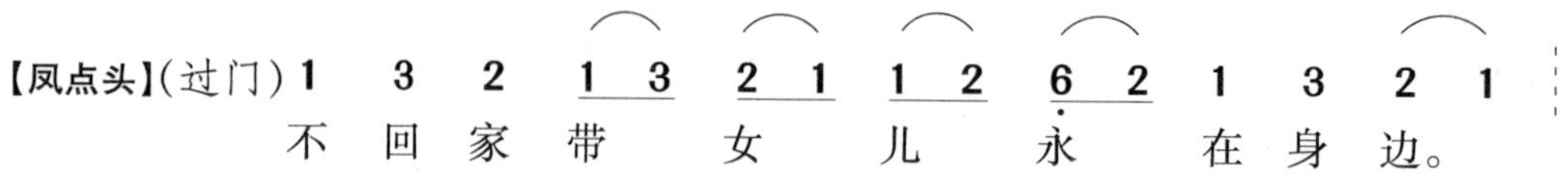

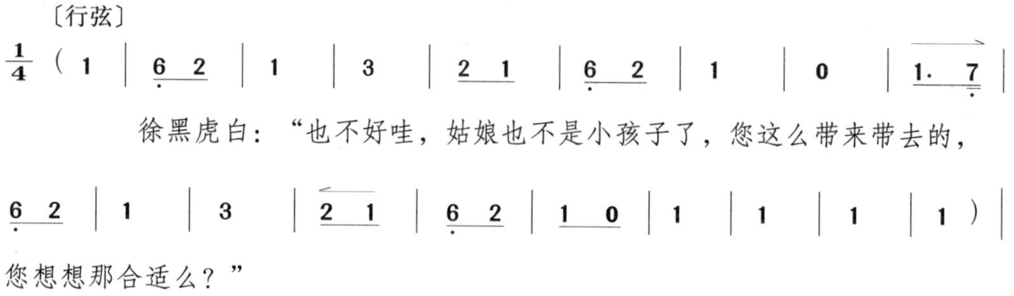

姜　绍　哎呀！

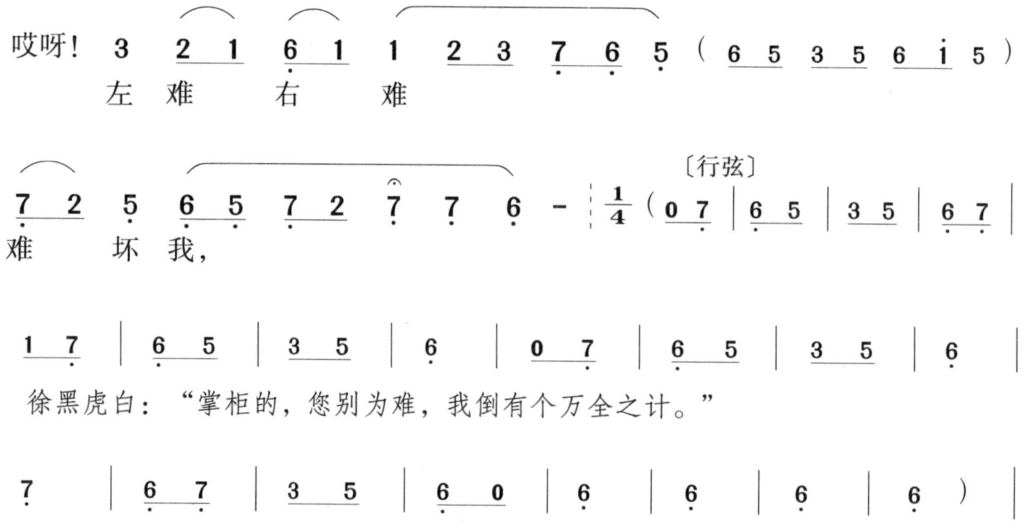

姜　绍　好哇！

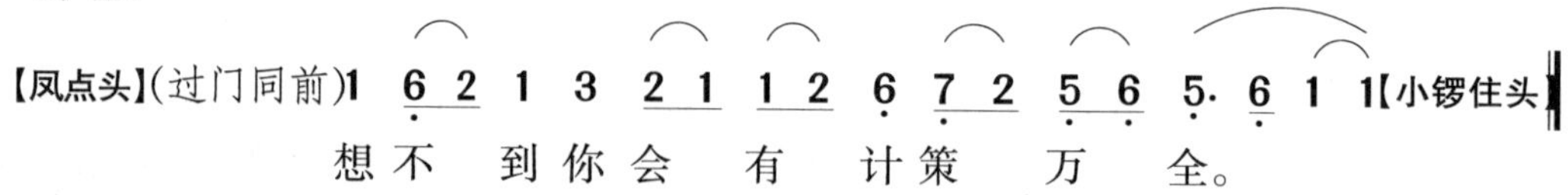

你有什么万全之计呀？

徐黑虎　您听我说啊：我看大姑娘也到了出阁的岁数啦，莫若给她嫁夫找主，您哪总算也有了半子之劳的女婿了，姑娘哪，嫁夫随夫，也免得东飘西荡的，我看除此之外，是没有再好的办法了。

姜　绍　这个……　(台)

「姜秋莲羞，以右水袖掩面。

徐黑虎　您甭这个那个的，姑娘也不必害臊，您行李内不是有银子么？您把它都拿出来，我替您办这件事，不是我说大话，我给您找的这个小女婿，真是远看似潘安，近觑赛吕布，可称是天下第一美男子。

姜　绍　此人今在何处？

徐黑虎　您远看。

姜　绍　无有人哪？

徐黑虎　您再近觑。

姜　绍　（惊）啊，就是你呀！

徐黑虎　不才正是小生哪。（笑）哈哈哈！（台）

姜　绍　呸！

〔西皮散板〕

【大锣凤点头】（过门同前）サ 2 4 3 1 1 2 3 4 3 2 1 2 3
此 时 间 你 还 敢 胡 言 搅 乱，

（6 1 2 3）1 3 2 1 2 2 6 2 1 2 1【大锣住头】
（仓） 快 快 地 带 牲 口 转 回 家 园。

姜秋莲　爹爹，我们还是回家去吧。

姜　绍　（向徐）快牵驴儿过来。

徐黑虎　（背供）合着算我白说啊，这老头子是找死啊？——我说掌柜的，您不答应就不答应，反正一家女子百家求，不答应没关系，我去备牲口，井台上那根绳子您给拿来，行不行？

姜　绍　待我取来。

〔姜绍取绳，徐黑虎猛推姜绍下井。（嘟 八 0 仓）

徐黑虎　你给我下去吧。（又投石入井）（仓）

姜秋莲　（急、哭）哎呀！（急跑过来，跪井边唱）

〔西皮散板〕

【大锣凤点头】（过门同前）サ i i 3 5 5 7 7 5 6（653 356）
实 指 望 得 重 生

3 5 i 5 6 i【哭头】i 2 7 6 5 3 5 5 7
聚 首 欢 畅， 老 爹

6 3 5 6 - 6 - 5 -【大锣凤点头】5 i 6 5
爹 呀！ 庆 团 圆

5 5 3 5 6（653 356）3 5 6 5 5 3 5 -【大锣住头】
又 遇 着 虎 豹 豺 狼。

徐黑虎　别哭啦，跟着我走吧！

姜秋莲　（八仓）（打徐黑虎嘴巴）好贼子！

〔西皮摇板〕

【大锣凤点头】（过门同前） 5 i i 3 3 3 6 5（6 5 3 6
野 山 鸡 配 凤 凰

5) 2̇ 2̇ i̇ 6 i̇ 2̇ - 2̇ - i̇ - 0
休 得 安 想！ （嘟 - 仓）

徐黑虎 （扯姜秋莲）你不答应，我可要动手啦。

姜秋莲 （架住急喊）救人哪！

〔（空匡）内鸣锣喝道声。

徐黑虎 （惊）我的妈呀！【冲头】（逃下）

姜秋莲 好哇！

【大锣凤点头】（过门略） i̇ i̇ 3 5 5 3 5 6 6
鸣 锣 声 狗 贼 子

（6 5 3 5 6 6） 3 6 5 6 5 3 5 3 5 - -
惧 怕 躲 藏。

〔【大锣纽丝】四龙套、四校尉、中军、书吏“站门”，何福安上。

〔西皮摇板〕

何福安 （过门同前）3 2 4 3 3 3 2 4 3 1 5 3 3 3 3 2 3（仓）
奉 圣 命 出 帝 京 明 查 暗 访，

姜秋莲 （跪）冤枉！

何福安 啊！

【凤点头】（过门）1 3 2 1 1 3 2 6 2 1 2 2 1 -【大锣住头】
耳 听 得 一 女 子 口 喊 冤 枉。

书　吏 启禀大人，有一女子，身背钢刀，挡道喊冤。

何福安 叫那女子，近前答话。

书　吏 喊冤女子，上前答话。

姜秋莲 是。（走过来跪下）叩见大人。

何福安 罢了，起来。

姜秋莲 谢大人！（起身站于旁）

何福安 这一女子，因何身背钢刀，口喊冤枉，慢慢讲来。

姜秋莲 大人容禀：【大锣住头】（躬身拜揖施礼）

〔二六〕

2/4 多 罗 6 2 | 1 11 6123 | 6 11 5536 | 5·356 1262 |

2/4 0 0 | i̇· i̇ 6i̇2̇ | 6 i̇ 5 0 | 0 i̇ 6 |
奴 名 秋

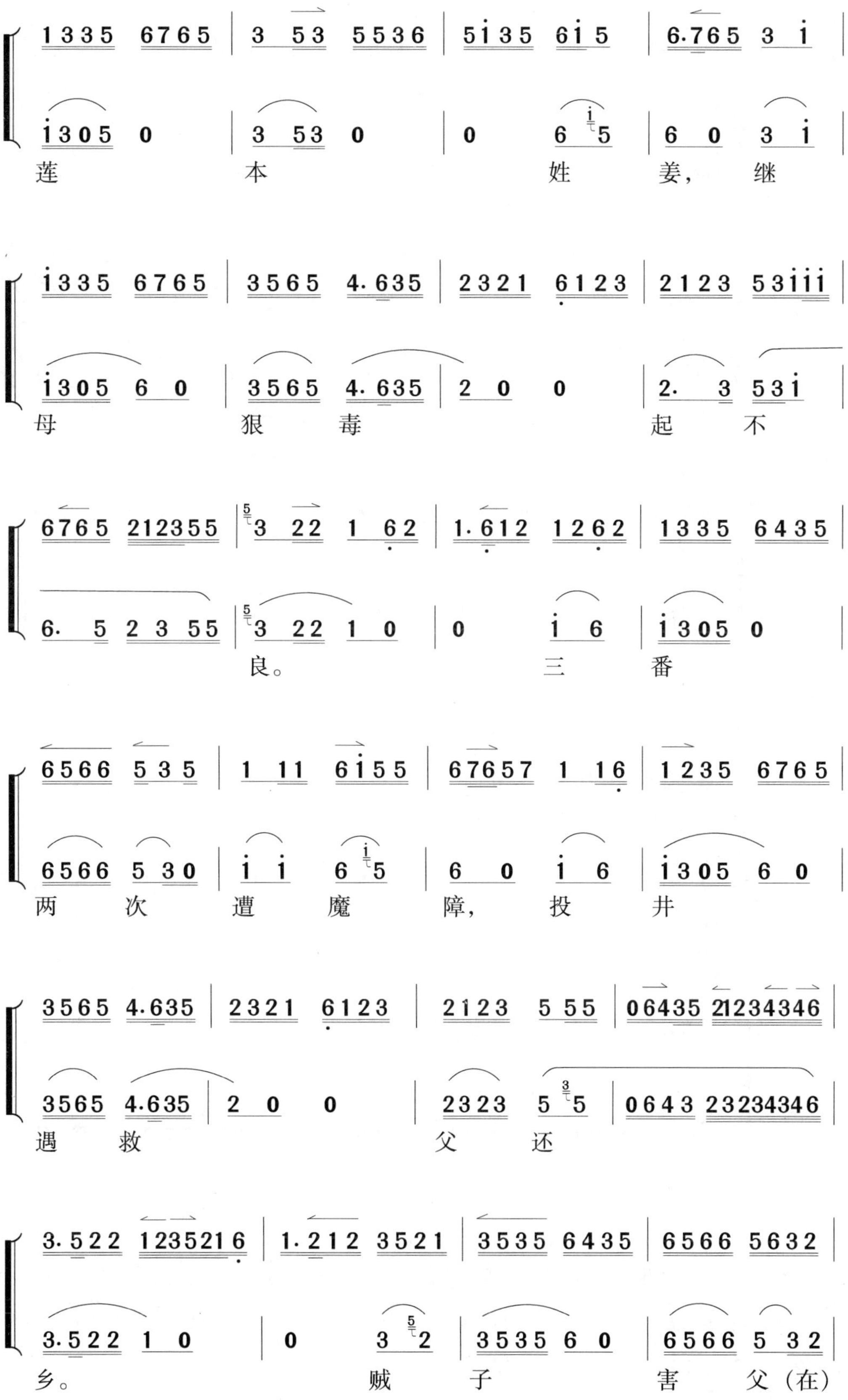
莲 本 姓 姜，继
母 狠 毒 起 不
良。三 番
两 次 遭 魔 障，投 井
遇 救 父 还
乡。贼 子 害 父（在）

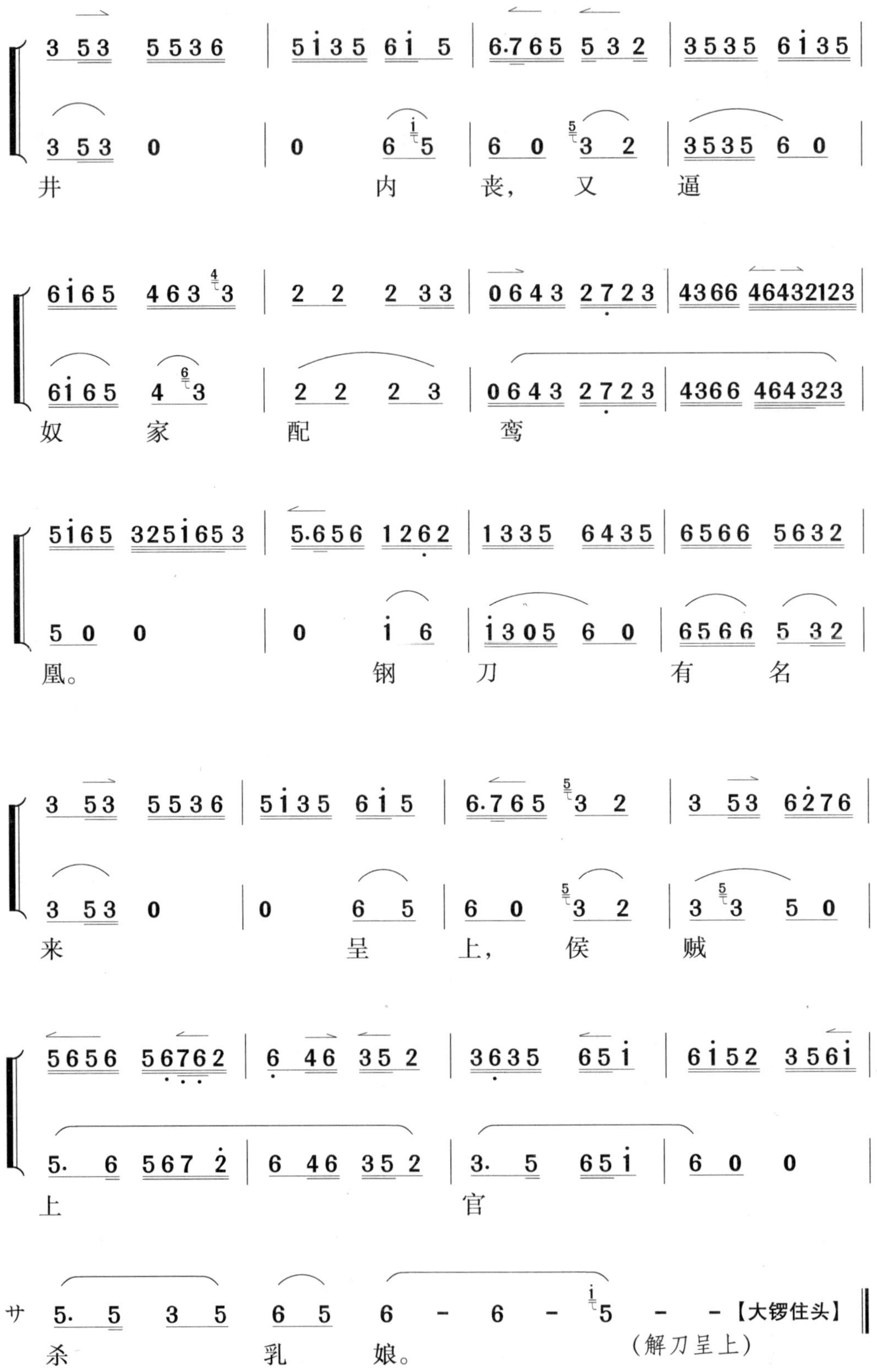

何福安 （看刀上名字）侯上官，侯上官。呀！

〔西皮摇板〕

【大锣凤点头】(过门同前)3 2 4 3 1 1 2 3 4 3 2 1 2 3 (4
听 她 言 不 由 我 心 中 暗 想，

3 2 1 2 6 5 5 5) 1 3 2 3 1 2 3 2 1 6 1**【大锣住头】**
弱 女 子 身 带 有 人 命 两 桩。

姜秋莲，害死你父凶手，他叫何名字？

姜秋莲 他叫徐黑虎。

姜秋莲 大人鸣锣开道，那贼逃走了。

何福安 哦，逃走了。——来！

书　吏 有。

何福安 看看四下，有什么可疑之物。

书　吏 （见驴）启禀大人，现有毛驴一头。

何福安 姜秋莲，这牲口可是凶手之物？

姜秋莲 正是他的。

何福安 （思索）（**大大大大大乙台**）好，我自有道理。中军。

中　军 有。

何福安 将这女子暂且带在驿馆。

中　军 遵命。这一女子随我来。**【小锣打下】**（带姜秋莲下）

何福安 我想此事，倘若声张，凶手必定闻风逃走，不免以牲口为饵，引他到来，就而擒之。我这里改换衣巾，私行查访便了。——来！

书　吏 有。

何福安 牵此牲口，附耳上来。（**多 罗 0 台 匝 匝 匝**） 你等随我来。

（何福安与书吏耳语）

〖**【大锣打下】**徐福安下，四龙套、四校尉两边分下。书吏牵驴站“小边”，徐黑虎从“下场门”悄上。

徐黑虎 啊，真是作贼心虚，可吓死我啦，你说多么巧，眼瞧馒头到口，偏偏有位大人鸣锣开道打这儿经过。（问书吏）朋友，借问您一声，刚刚过去的是哪位大人哪？

书　吏 乃是八府巡按何福安何大人。

徐黑虎 还有一个女子，上哪儿去啦？

书　吏 被何大人带走了。

徐黑虎 这位大人真是多管闲事。（见书吏牵着驴）咦，这匹驴可是我的。

书　吏 是我的。

〖何福安改装，手持卖卜牌子，上写“算命”二字由“上场门”暗上。

徐黑虎 明明是我的，怎么说是你的呀？

书　吏 是我的。

何福安 慢来慢来，二位为何争吵起来？

徐黑虎 先生，您不知道，这匹驴是我的，他硬说是他的，你说他有多么不讲理。

何福安 你说是你的，有什么凭证哪？

徐黑虎 自然有哇，我叫徐黑虎，那鞍子上有徐黑虎三个字。

〔四校尉两边暗上。

何福安 看看鞍上可有徐黑虎三字。

书　吏 （看）正有徐黑虎三字。

徐黑虎 您瞧，是我的吧！

何福安 绑了。

〔四校尉绑徐黑虎。徐挣扎白："嘿！你们怎么不讲理呀？"

何福安 押在馆驿。

〔**【小锣五击】**四校尉押徐黑虎下。

〔（同时）石敬坡领二差人、贾氏上。

石敬坡 走着，跟我来，姜秋莲就跳在这口井里啦，您就捞吧。

二差人 咱们来捞。**【阴锣】**（捞尸上，看）

怎么是个死老头子啊？

石敬坡 这可活见鬼啦！

贾　氏 什么？是死老头子，我来瞧瞧。哟！（惊）这是我的老头子，哎呀我的老头子啊！（大哭）好你个石敬坡啊，这一定是你把我老头子害死啦，我非跟你玩命不可！（用头撞石敬坡）

石敬坡 你得了吧！要是我害死你老头子，我早就跑啦，我怎么能报官投案哪？

贾　氏 那不行，走走走，咱们非见官不可。

何福安 （拦住）不必见官，不必见官，见官也枉然，若问杀人犯，八卦之中断根源。

贾　氏 呵，又跑出来个算卦先生。我问问你，你能算得出来吗？

何福安 自然算得出。我来问你，死者是你什么人？

贾　氏 是我的老头子。

何福安 今年多大年纪？

贾　氏 五十四啦。

何福安 你呢？

贾　氏 四十三。

何福安 乾命五十四，坤命四十三，若问杀人犯……

贾　氏 是谁呀？

何福安 乃是（想）侯上官。

贾　氏 侯上官是谁呀？你给我找去。

何福安 我只能算，不能找哇。

石敬坡 我有主意——头儿，您找地方来，问问这儿有这么一个侯上官没有？

二差人 地方，地方。

〔**【小锣二击】**地方上。

地　方 来了来了，什么事啊？

差　人 这儿有没有一个叫侯上官的啊？

地　方 有个侯上官，前些日子把腿摔断了，现在在家里养伤哪。

差　人 把他找来。

地　方　是啦。**【小锣一击】**（急下）

何福安　（背供）哈哈！这个贼子，倒被我无意之中问出来了。

「**【小锣五击】**地方带侯上官，侯上官架拐上。

侯上官　（念）青蛇涧下砸坏腿，

成了残废怎作贼。（台）（与石敬坡对看）咦，这个王八日的也在此。

石敬坡　原来就是这个黑小子啊！

贾　氏　好哇！你就是侯上官哪！你把我的老头子给害死了，没别的，我非跟你拚命不可！（撞侯上官）

侯上官　这是那个讲的？

贾　氏　算卦先生，由卦里算出来的。

侯上官　你这个算卦的，胡算乱算，屈赖好人，俺乃是残废之人，怎能害人，说不定是你害的。

贾　氏　对呀，他是个残废之人，怎么能害人哪？八成是你害的吧？

何福安　是我害的便怎么样啊？

差　人　是你害的，你过来（锁何福安）走，见官去。

何福安　好，见官就见官。你与我走。（拉贾氏）

贾　氏　你也给我走。（拉石敬坡）

石敬坡　你也给我走。（拉侯上官）

侯上官　你也……（回头想拉地方）

地　方　小子，我在这儿看着你哪！

「**【大锣打下】**众同下。

第 十 五 场

「幕启。舞台正中设一桌，内椅。

「**【小锣打上】**差人上。

差　人　好热闹一场官司，待我击鼓。（击鼓）

「**【冲头】**四青袍站门，吴伸上与差人对撞，帽落地，二人错戴帽。

吴　伸　有什么紧急的案子，击动堂鼓哇？

「见差人戴其官帽，忙摘下，二人对调过来。

差　人　小人奉命去捞姜秋莲，不想捞上来，是个死老头子。

吴　伸　怎么又是一条人命，真叫老爷我着急，把一干人犯都给我带上来。

差　人　上堂回话。

「**【小锣打上】**差人押何福安上，贾氏、石敬坡、侯上官同上。

贾　氏　哎哟老爷，我的老头子啊！（哭）

吴　伸　别哭，别哭，贾氏，你说是怎么回事啊？

贾　氏　不是石敬坡说我姑娘跳了井啦吗？老爷叫我跟他前去打捞尸首，不想捞上来的不是我的姑娘，是我老头子，已经死啦；这一定是石敬坡把我老头子给害死了，求太爷做主，哎哟，我的老头子啊！（哭）

吴　伸　别哭，别哭，这是老爷我的公堂，不是你们家的灵堂。——石敬坡，你看准了乃是姜秋莲一个人跳的井吗？

石敬坡 我看得清清楚楚，明明白白，是姜秋莲一个人跳的井。

吴　伸 那么捞上来怎么是个老头子哪？

石敬坡 大概这口井会变戏法儿。

吴　伸 胡说八道，这一定是你害的。

石敬坡 老爷，要是我害的，还能够来击鼓报案么？我看是侯上官这黑小子害的。

侯上官 你住了吧，我的腿残废，行走不便，焉能害人？

石敬坡 算卦先生，在卦里算出，是你害的。

吴　伸 慢着，慢着，怎么这里头又跑出个算命先生来啦，这个人在哪儿哪？

差　人 现在堂口。

吴　伸 近前搭话，（何上前，吴一看）怎么还锁着啦？

差　人 他说人是他害的。

吴　伸 嘟！（仓）既是杀人的凶犯，见了本县，你是因何不跪？

何福安 （冷笑）呵呵呵！【**撕边一锣**】我上跪天子，下跪父母，岂能跪你这糊涂的狗官！

吴　伸 你是真正的大胆！

〔西皮散板〕

【**大锣凤点头**】(过门同前)サ 3 2 3 1 2 3 3 4 3 2 1 2 3（6 1 2
狂汉子进 衙来真正 大 胆，

3）3 1 2 2 1 6 1 2 3 2 1 6 1（7 6 2 1）
（仓）不 下 跪 藐 视 我 七 品 郎 官。（仓）

何福安 3 2 3 1 2 3 3 1 3 2 1 2 3（6 1
自 幼 儿 读 诗 书 向 来 大 胆，

2 3）3 1 2 1 2 2 1 3 2 1 6 1（7 6 2 1）
（仓）摇 摇 摆 摆 摆 摇 就 是 这 般。（仓）

吴　伸 3 2 3 1 1 2 3 4 3 2 1 2 3（6 1
我 问 你 可 在 庠 你 可 在 监，

2 3）1 3 2 2 1 6 1 2 6 1 2 2 1（7 6 2 1）
（仓）可 知 道 这 案 中 底 细 根 源？（仓）

何福安 3 2 4 3 3 1 2 3 1 3 2 1 2 3（6 1 2 3）
不 在 庠 不 在 监 一 生 散 淡，（仓）

3 1 2 1 2 2 6̣ 1 2 2 1 （7̣ 6̣ 2 1）

我 奉 了 主 人 命 来 下 河 南。 （仓）

吴　伸　你姓什么？叫什么？

何福安　2 1 2 3 1 2 3 2 （空匡）（众惊）

我 本 是 何 福 安

3 2 3 1 2. 1 4 3 - 3 3 ⁵2 （仓）（示印，大家齐跪）

八 府 巡 按，

吴　伸　3 2 5 3 2 1 6̣ 1 2 6̣ 1 2 2 1 - ‖

求 大 人 恕 下 官 冒 犯 尊 严。

〔奏唢呐曲牌＜小傍妆台＞，在“曲牌”中吴伸下座位取下何福安锁链自己带上。何福安脱下更衣。四龙套、四校尉、中军捧刀、书吏捧衣帽，从两边上，进门，徐黑虎随上。吴伸着急用手触点着埋怨大家。何福安换装上，升堂入座。乐止。

何福安　罗郡知县。

吴　伸　有。

何福安　将此案原供状词呈上来。

〔吴伸呈状，何福安看状介。

何福安　带李春发。

吴　伸　带李春发。

〔**【小锣五击】**李春发上。

李春发　叩见大人。

何福安　李春发，想你既读诗书，又入黉门，竟敢拐骗少女，杀死乳娘，还不从实招来。

李春发　学生乃是屈打承招的，实实冤枉。

何福安　哼，本院案下，向无冤屈之鬼，起过一旁。——来！

吴　伸　有。

何福安　带姜秋莲！（众吃惊）

〔**【小锣打上】**姜秋莲上，见侯上官与徐黑虎。

姜秋莲　启禀大人，杀死乳娘，害死我父的两个凶手，俱已在此，望求大人替我做主。

何福安　姜秋莲，我想这桩命案，皆由你一人身上所起，将起祸根由一一诉来。

姜秋莲　大人容禀：

〔西皮流水板〕

【闪锤】| 1/4 ⁷6̣ | 6̣ | ³5 | 5 5 | 3 6 | 5 1̇ | 3 2 | 1 21 | 6̣ 2 |

0 | 1/4 0 | 0 | 0 | 0 | 0 | 0 | 0 | 0 | 0 |

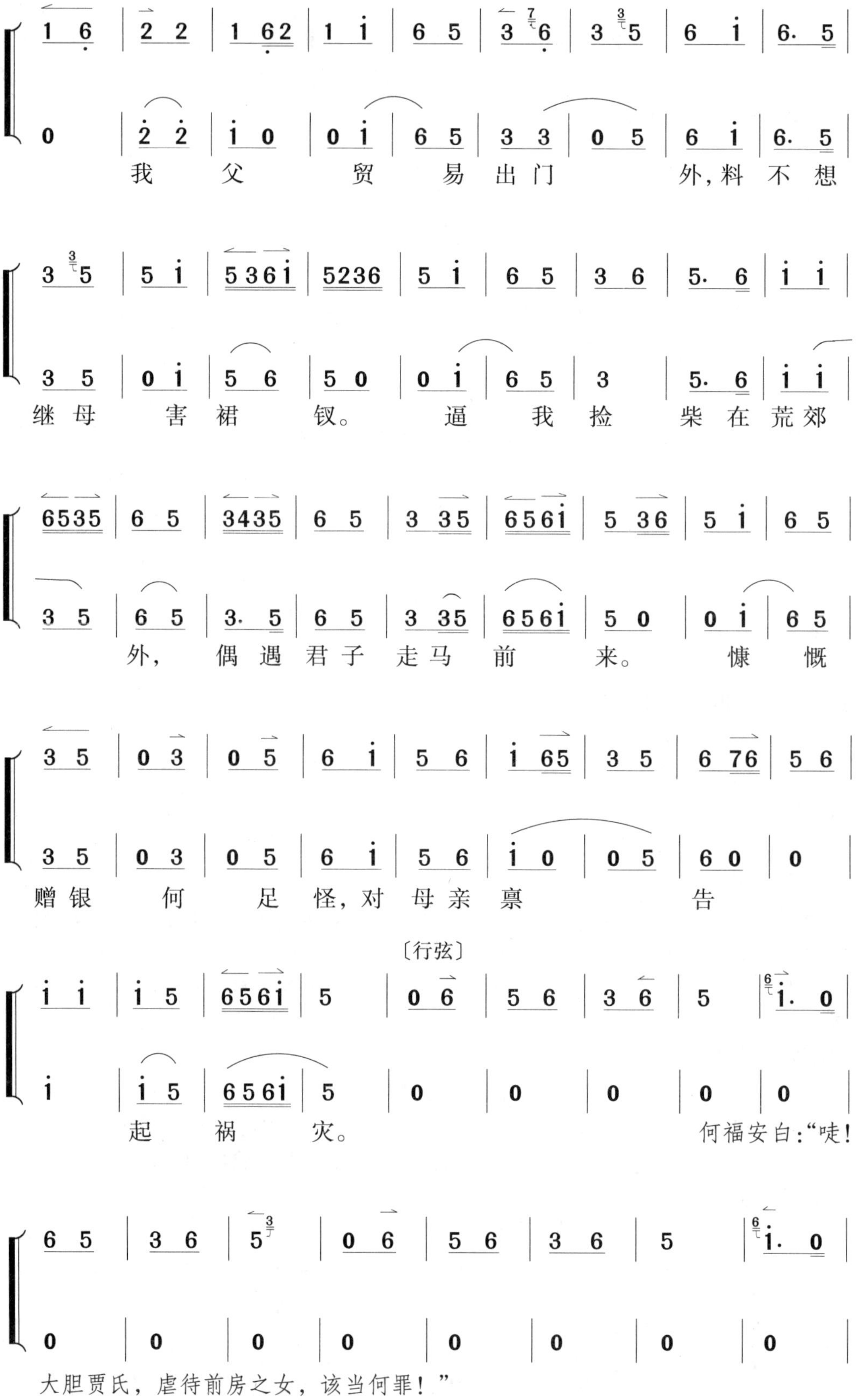
我 父 贸 易 出 门 外，料 不 想
继 母 害 裙 钗。 逼 我 捡 柴 在 荒 郊
外， 偶 遇 君 子 走 马 前 来。 慷 慨
赠 银 何 足 怪，对 母 亲 禀 告
〔行弦〕
起 祸 灾。
何福安白：“哇！
大胆贾氏，虐待前房之女，该当何罪！”

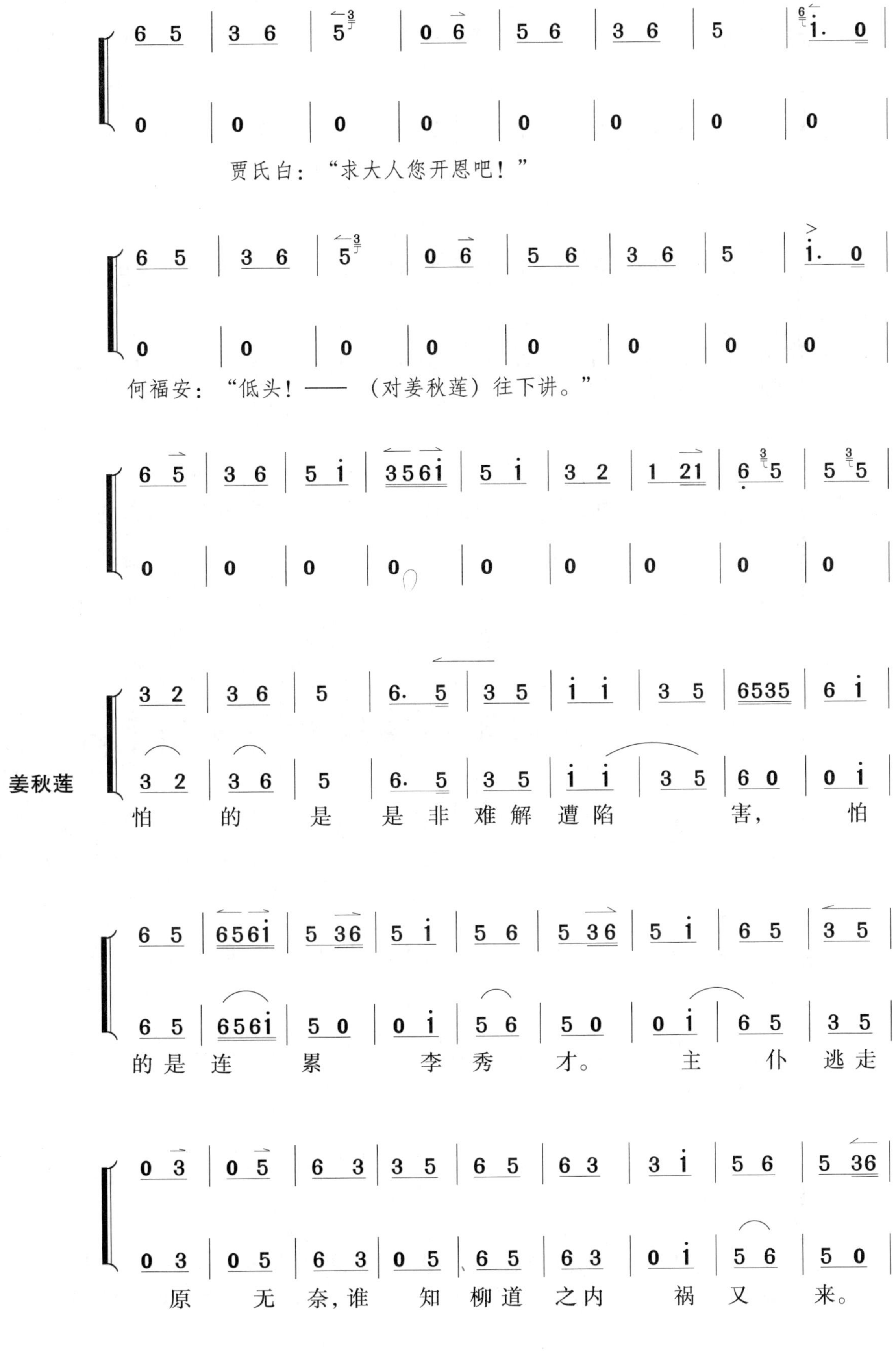
贾氏白：“求大人您开恩吧！”
何福安：“低头！——（对姜秋莲）往下讲。”
姜秋莲
怕 的 是 是 非 难 解 遭 陷 害， 怕
的是 连 累 李 秀 才。 主 仆 逃 走
原 无 奈，谁 知 柳 道 之 内 祸 又 来。

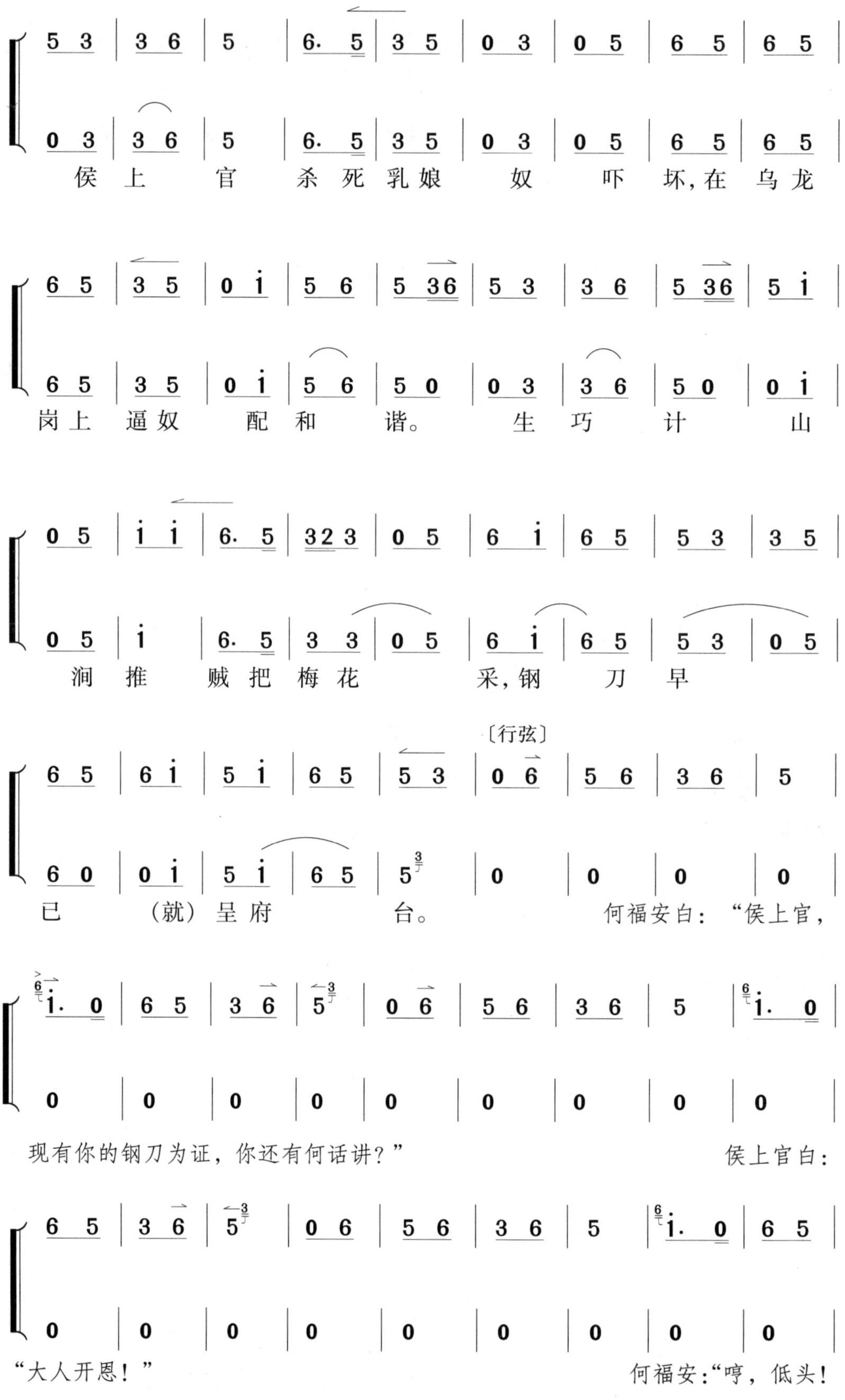
侯上官杀死乳娘奴吓坏，在乌龙
岗上逼奴配和谐。生巧计山
涧推贼把梅花采，钢刀早
已（就）呈府台。
〔行弦〕
何福安白：“侯上官，
现有你的钢刀为证，你还有何话讲？”
侯上官白：
“大人开恩！”
何福安：“哼，低头！

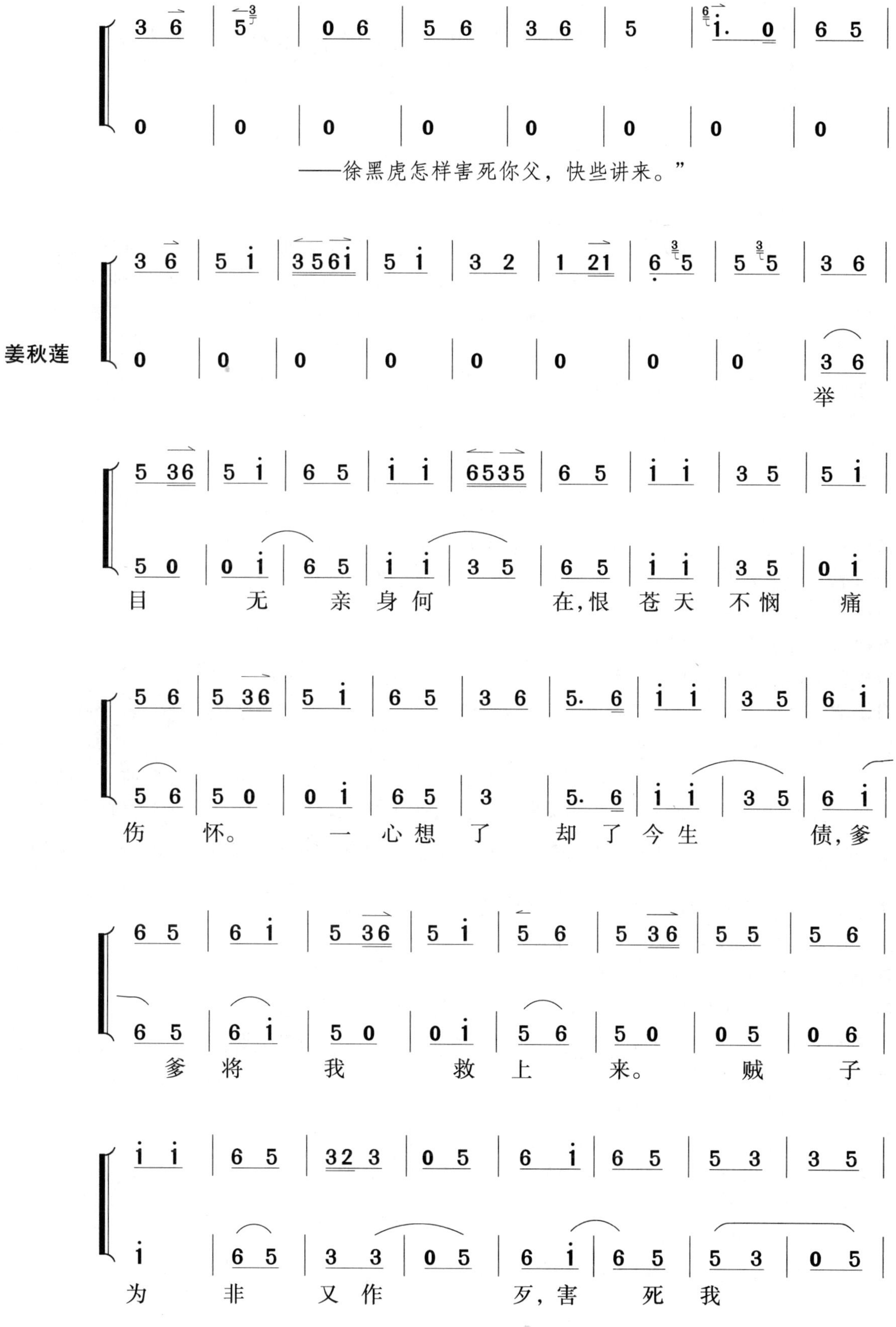
——徐黑虎怎样害死你父，快些讲来。”
姜秋莲
举
目 无 亲身何 在，恨 苍天 不悯 痛
伤 怀。 一 心想 了 却 了今生 债，爹
爹将 我 救上 来。 贼 子
为 非 又作 歹，害 死 我

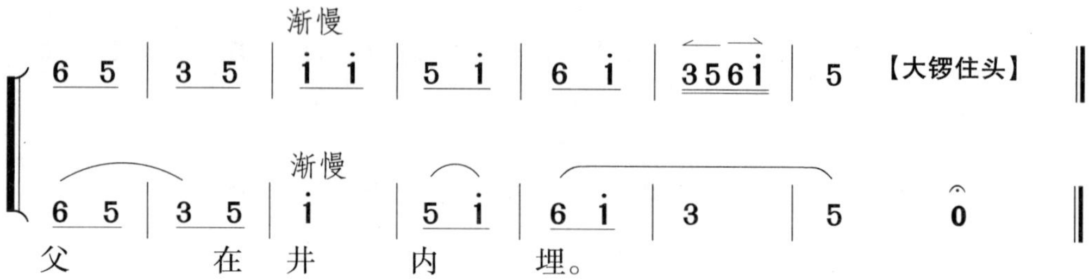

何福安 徐黑虎，杀人者偿命，你还有何话讲？

徐黑虎 回禀大人，她父亲，不错，是我害的，可是她是我救的，我害了一个，可又救了一个，一案抵一案，一命抵一命，没有我什么事了，大人您就开恩放了我吧！

何福安 若不严惩尔等，地面焉能清净。来！

吴　伸 卑职在。

何福安 将侯上官、徐黑虎暂押监中，秋后处决。

吴　伸 押了下去。

侯上官
徐黑虎 嘿嘿！

〔【小锣五击】二差官押侯上官、徐黑虎下。

何福安 贾氏，你家乳娘，乃是被侯上官杀死，你诬告李春发，该当何罪？

贾　氏 回禀大人，可是我女儿带走的那个包袱，是在李春发家里搜出来的呀！

何福安 是啊，这包袱还未曾明白。

石敬坡 我说大人，要问这个包袱，我可知道。

何福安 你既晓得，快些讲来。

石敬坡 启禀大人，小人我是个贼…… （仓）

吴　伸 来人啦，把他拿下了。

石敬坡 慢着慢着，贼是个贼，可我是个好贼，也曾偷过李相公家中，蒙恩释放，又赠我银两，叫我改邪归正。是我卖带子为生，那天晚上路过乌龙岗，把侯上官打山涧里救了上来，是他送给我这个包袱，我隔着墙就扔给李相公啦，指望是报恩，没想到反而把他给害啦！

李春发 既有此事，何不早讲！害得我吃苦哇。

吴　伸 你要是早点说出来，也省得我审了个乱七八糟哇！

何福安 来，将贾氏收监，囚禁一年。

姜秋莲 大人，想我爹爹已死，乳娘已亡，只剩我继母一人，望求大人开恩饶恕。

何福安 贾氏，你百般陷害于她，如今她反而与你求情，你悔是不悔？

贾　氏 前前后后都是我一个人的不是，如今请大人做主，把我的女儿姜秋莲许配给李春发；那您就成全这出——《春秋配》吧！（稍慢，大声念）

何福安 倒是一桩好事。李春发，你的意下如何？

李春发 谨遵大人之命，晚生应允就是。

何福安 罗郡知县。

吴　伸 （跪）卑职在。

何福安 这桩命案，审得这样颠三倒四，若非本院到此，不知要冤枉多少好人，似你这样昏聩无能，该当何罪？

吴　伸　望大人高抬贵手吧！

何福安　记过一次，罚俸半载，办理他二人的婚事。

吴　伸　谨遵台命。（起立，站“大边”）

何福安　正是：（出座）**【大锣归位】**

（念）判案犹如古皋陶，

执法好似汉萧曹。（台.大 台）

吴　伸　（念）枉受皇家爵禄俸，

此案审了个一团糟。（台令台）

贾　氏　（念）继母的心肠不能要，

石敬坡　（念）我洗手的蟊贼义气高。（台.大 台）

李春发
姜秋莲　（同念）是非风波经多少！

众　（合念）春秋巧配在今朝。

「奏唢呐曲牌<大尾声>，众人站成一排，从右起，贾氏、秋莲、吴伸、何福安、李春发、石敬坡，面外亮相。

——剧　终

朱永康 整理 记谱
上海戏剧家协会黄桂秋艺术研究专业委员会 供稿

蝴蝶媒

黄桂秋演出本

少女柳玉莲父母早亡。玉莲依傍姑母生活，幼习丹青，及长，设一画棚鬻画奉养姑母。一日偶去郊外，巧遇书生王祖荫。王惊其艳丽，尾随至画棚，借求画欲与亲近。玉莲会其意，遂题诗约会，进而互订终身。王赠蝴蝶玉坠与柳以为信物。柳赠王银两供其求取功名。王祖荫赶考得中第八名进士，赐放德化县知县，赴任途中误乘贼船，被强盗吴天良扒去官服囚在后舱。吴着王之官服上岸闲荡，见玉莲貌美，遂以重利诱其姑母。姑母贪财，竟同意将柳卖与吴为妻。当柳被骗至舟中，吴即推姑母落江，又逼柳成亲。柳的哭声惊动驾舟寻找仇人的祖荫义兄田遇春。田救下玉莲，同时救出祖荫。杀吴落江后，田护送王上任。王与柳终结良缘。

此剧唱腔新颖别致，一段〔流水〕“开襟怀朗目镜……”，有垛有纵，板式玲珑。“般般入画”的“画”为“6”音，而下面的“黄”字却升到“2̇”音，听之如珠跳玉突，铮铮入耳。六句〔西皮原板〕乃是老腔新唱，但韵味儿却与老腔迥异，使人有满眼春光而不见春来何处之感。六句〔西皮慢板〕尤为精彩，新腔迭出，这段是在柳玉莲心情喜悦的情景下唱的。首句“自幼儿遭不幸椿萱丧命”，低起高运，顿挫迂回。第二句“承姑母抚育我养大成人”的“人”字以“6 5 3 1̇ 6 0 1̇ 6 1̇ 5”始，别有韵味，中途的一顿“0 3 4 3 2 3”尤妙，最后以“6 5 3 5 1̇ 1̇ | 5”用力收腔，准获满堂彩。第三句“都只为画蝴蝶”，唱时含羞涩之态，故“蝶”字走低音耍腔，且不落俗套，由于高、中、低音衔接得好，听起来音色和谐，也很讨俏。第四句的“临”字拖腔最为动听，可也最难唱，唱不好这句就砸了。黄先生用暗藏的气口，偷偷换气而不形于外，其中有一眼“2 0 3 2 1 2 1 2”轻而柔，决不能毛，才完美无疵。〔南梆子〕的第二句“意自闲”，“闲”字的收腔也是裁古式而翻新，节奏鲜明多变，由柔而刚，由弱变强，既委婉又妩媚，给人以巧、俏的美感。以外还有几句〔散板〕，也唱得很出色。“落花无主坠泥尘”的“泥尘”二字唱得如秋云飘断却犹相连，节奏感很强，将字、声、腔融为一体，稳妥流畅，顿挫有致，使〔散板〕不散，而别具韵味。“哭一声苍天将我悯”，高音响脆，低音沉稳，唱出悲切之情，声调佳妙，能从声音中表现戏情，达到含蓄而不温、舒放而不火的艺术效果。最后四段〔流水〕虽无太大的曲折跌宕，但却唱得深沉有情，在平淡无奇中，见出沉着稳重，压得住阵角。此剧的配角非常重要，小生、净、丑必须上档次。当年黄演此剧时，由俞振飞饰王祖荫，刘砚亭饰田遇春，小寿山饰吴天良，贯盛吉饰姑母，真是珠联璧合，一时之胜。

黄先生夙娴书法及绘画，剧中边唱六句〔原板〕，边在扇面上绘蝶，仅三分钟即成，堪称一绝。1978年黄先生谢世后，1986年黄小秋、黄正勤、孙正阳曾在上海演过《蝴蝶媒》选场。1995年上海市戏剧家协会纪念黄先生九十诞辰时，黄门弟子萧维璋上演过“扑蝶惊艳”、“求画订情”两场，可惜无人演出全本。在台湾的黄门弟子顾正秋原想学此剧，因需先要学画蝶而未遂，她至今还引以为憾。我经黄先生亲授此剧，一直保留剧本与唱谱。1991年上海唱片公司出版“黄桂秋唱腔艺术（一）”时，邀我在B面录了《蝴蝶媒》和《苏三起解》的唱段，计28分钟，总算留下一点纪念。遗憾的是黄派戏不仅《蝴蝶媒》已绝响，其他的戏也很少有人演：专业演员走的走了，退的退了，目前仅上海京剧院的青年演员金蓉偶尔上演《春秋配》一折，很受观众欢迎。唯一宣扬黄派的机构就是上海戏剧家协会黄桂秋艺术研究专业委员会，在全国各地还有百余名黄派爱好者参加。

朱永康

人物行当

柳玉莲	青衣	书　吏	老生
王祖荫	小生	报　录	杂
田遇春	武净	四青袍	杂
姑　母	彩旦	四小贼	杂
吴天良	丑	虎　形	武行
店　家	丑		

服装扮相

柳玉莲　俊扮。梳大头、线尾子、点翠、水钻头面，淡青绣花帔（“出场”），粉红绣花帔（“定情”），淡绿绣花帔（“被鬻”），绣花褶子、花边腰包，彩裤，彩鞋。

王祖荫　俊扮。文生巾，衬湖色褶子、系湖色绦子，淡青彩裤，厚底靴；得中后换纱帽、红官衣、玉带。

田遇春　勾白色三块瓦脸。草帽圈、甩发、紫扎，黑侉衣，黑彩裤，薄底靴。

姑　母　俊扮。梳平三套（黑色）、帽箍，青大襟坎肩、蓝布大褂，裙子，彩裤，彩鞋。

吴天良　勾小花脸。毡帽头，水衣子、胖袄，黑彩裤，大布袜、皂鞋。

店　家　丑扮。蓝鸭尾巾、黑八字吊搭，宝蓝褶子，大带，黑彩裤，白布大袜、皂鞋。

书　吏　俊扮。高方巾、黑三，蓝褶子，紫坎肩，黑彩裤，厚底靴。

报　录　勾小花脸。沿毡帽，蓝布箭衣、大带，黑彩裤，白布大袜、方口皂鞋。

四青袍　红毡帽，青袍衣，黑彩裤，快靴。

四小贼　杂扮（间有揉脸）。软罗帽，抱衣抱裤，大带，快靴。

道具

二桌二椅	一份（有桌围椅披）	报单	一张
凳	一只	捧盘	一个
蝴蝶玉坠	一个	酒壶	一个
折扇	两把	酒杯	一个
空白扇面	一个	美人像	一张
毛笔	一支	银子	一包
笔筒	一个	钢刀	一把

砚台	一只	**皮鞭**	一根
行囊	一个	**船桨**	两支
镜台	一座		

第一场

出游

〔幕启。场上设正场桌，“小座”。【撤锣】收住。

〔【小锣打上】王祖荫上，至“九龙口”抖袖、整冠、至台口。

王祖荫 （念引）寒窗负苦，（多多）攻书籍，（ 多 罗 0 ）

1 2 3 2 - 2 2 6 7 - 7 6 - ‖

显 亲 扬 名。

〔【小锣归位】王祖荫左转身坐“小座”。

（念诗）抱膝吟咏兴无穷，

闲书志愿不求功。（台台）

寒来暑往知多少，

焦尾空余爨下桐。【小锣住头】

小生王祖荫，（扎）浙江人氏，只因严亲病故，家业萧条，只好迁居天灵寺内，一来侍奉老母，二来读书上进。看今日天气晴和，我不免去到郊外游玩一番便了。

〔西皮摇板〕

【小锣凤点头】（ 7 6 5 5 5 3 6 5 5 3 2 1 1 6 5

（起身出门）

5 5 ） i 5 7 6 0 5 7 6 3 5 6 - （ 6 5

独 自 一 人 出 家 门，

3 5 6 5 3 2 1 2 ） 3 5 i 6 5 6 6 5 - ‖

去 到 郊 外 走 一 程。

〔【小锣打下】王祖荫“下场门”下。

第二场

结义

〔田遇春内白：“走哇！”【长锤】田遇春自“上场门”上，走到“九龙口”。

〔西皮摇板〕

田遇春 【凤点头】（ 7 6 5 5 5 3 6 5 5 3 2 1 1 6 5

5 5) 3 3 4 3 3 1 2 4 3 (4
信 步 闲 游 到 山 前，

3 2 1 2 3 2 6 5 5 5) 3 1 2 2 3 2
花 明 柳 暗 照

1 2 1 (3 2 1 6 2 1 2 6 5 5 5) 6 2 1 2
眼 鲜。 野 景

3 2 3 3 2 (3 2 1 6 1 2 1) 6
平 铺 天 边 外， 鸟

1 3 2 1 2 1 - ‖ **【大锣住头】**（至台口）
语 猿 啼 意 悠 然。

俺，（**仓**）田遇春，**【住头】**人称美髯侠。自幼爱习拳棒，刀枪剑戟无一不晓。也曾发下宏誓大愿：云游天下结交英雄好汉，安良除暴劫富济贫。是我今日信步闲游至此，这鸡鸣岭上天气炎热，我不免到那松林之内歇息歇息便了。

〔西皮摇板〕

【闪锤】（ 7 6 5 5 5 3 6 5 5 3 2 1 1 6 5

5 5) 3 3 4 3 3 2 1 2 3 (4 3 2 1 2
红 日 当 空 煞 可 爱，

6 5 5 5) 3 3 1 2 3 1 2 1 (3
将 身 进 得 松 林 来。

2 1 6 2 1 2) 1 2 3 2 3 2 2 -
枕 石 而 眠 心 爽 快，

〔**【闪锤】**田遇春走到“大边”，枕石欲眠。

田遇春（过门同前）3 3 2 2 1 2 i -‖（田遇春睡下）
昏 昏 沉 沉 赴 阳 台。

〔**【小锣抽头】**王祖荫自“上场门”上。

〔西皮摇板〕

王祖荫（ 7 6 5 5 5 3 6 5 5 3 2 1 1 6 5 5 5) 3 6
野

5 7 6 5 6 35 6 (65 35 65 32)
草 如 烟 景 致 妍，

1̇ 5 6 6 5 1̇ 56 5 (65 36 55
山 秀 水 清 傍 流 泉。

32 12) 1̇ 5 57 6 5 7 7 6 -
郊 游 散 闷 喜 心 间，

〔【小锣一击】王祖荫朝前观望。

王祖荫 呀！

【凤点头】(7̣ 6̣ 5 55) 3 5 31̇ 6 5
只 见 壮 士 枕

6 6 5 - ‖ 【住头】(长号声“呜呜”，虎形上)
石 眠。

【叫头】哎呀且住！看那山上来了猛虎，那壮士酣睡未醒，岂不被虎所害，待我将他唤醒。哎！壮士快快醒来。

田遇春 (醒，起身)先生何事？

王祖荫 那旁来了猛虎了。

田遇春 先生闪躲一旁，待我打虎。

〔虎上，【九锤半 · 串子 · 阴锣】田打虎，虎死。

田遇春 多蒙先生将我唤醒，如若不然险遭不测。

王祖荫 岂敢，适才那一猛虎，被壮士三拳两足便已丧命，真乃令人钦佩也。

田遇春 岂敢，请问先生尊姓大名？

王祖荫 学生王祖荫，浙江人氏。请问壮士尊姓大名，因何至此。

田遇春 先生听讲！

〔西皮摇板〕

【闪锤】(7̣ 6̣ 5 55 36 55 32 11 6̣5

55) 3 3 4 3 32 4.6 3 (4 32
家 住 山 东 青 州 郡，

12 32) 1 3 1 2 21 6̣ 1 (3
姓 田 名 猛 字 遇 春。

21 6̣2 12) 1 2 3 2 3 3 2 (3
爱 习 拳 棒 结 英 俊，

2 1 6 1 2 1) 3 2 3 2 3 5 2 3 2 1 － ‖
除 暴 安 良 惠 黎 民。

王祖荫 呀！

【一锣凤点头】（过门略）i 5 7 6 5 6 3 5
听 罢 言 来 暗 沉

6 (6 5 3 5 6 5 3 2) 3 5 i
吟， 得 遇 英

6 i 5 6 5 (6 5 3 6 5 5 3 2 1 2) 3
雄 豪 杰 人。 上

5 7 6 6 5 6 7 7 6 － 【凤点头】
前 重 把 话 来 论， 夹白：“仁兄！”

（过门同前）3 5 i 6 5 6 6 5 － ‖ 〔住头〕
愿 结 金 兰 契 豪 情。

王祖荫 小弟有话，不好启齿。

田遇春 先生有何金言，请讲当面。

王祖荫 小弟意欲与仁兄结拜为金兰之好，不知兄意如何？

田遇春 俺乃山野之人，焉敢造次！

王祖荫 实意相交不要推辞。

田遇春 请问先生贵庚？

王祖荫 弟虚度二十一春了。

田遇春 如此愚兄占长。

王祖荫 仁兄请上，受小弟一拜。

田遇春 愚兄也有一拜。

〔两人对拜。

〔西皮摇板〕

田遇春 【闪锤】（ 7 6 5 5 5 3 6 5 5 3 2 1 1 6 5

（二人同跪对拜）

5 5) 1 3 4 3 3 1 2 3 (4 3 2 1 2 3 2)
可 喜 结 拜 一 炉 香，

王祖荫 3 5 5 6 3 5 6 4 3 2 3 5 (6 5 3 6 5 5 3 2 1 2)
祝 告 上 天 日 月 光。

田遇春　1　2　3　2　3　3　2（3　2 1　6 1　2 1　6 5　5 5）
　　　　你　我　相　交　同　胞　样，

王祖荫　3　5　3 5　6　5　6 6　5　－　‖【住头】（二人起立）
　　　　但　愿　日　久　与　天　长。

田遇春　多蒙贤弟抬爱，并无别物可表寸心，这里有蝴蝶玉坠一个，送与贤弟以为纪念，高山流水日后再得相会。

王祖荫　小弟侍奉家慈在前面天灵寺居住，仁兄若不嫌弃，请到舍间待茶。

田遇春　愚兄本当登堂拜见伯母，怎奈有事在身不能前往，改日定当拜访，告辞了。

〔西皮摇板〕

【闪锤】（7　6　5　5 5　3 5　5 5　3 2　1 2　6 5

5 5）3　3　3　2　3　2　2　－【闪锤】
　　辞　别　贤　弟　抽　身　往，

（走至左台口）

（过门同前）3　1　2　2　3　2 1　1 6　1　－‖
　　　　　　云　游　天　下　走　　　四　方。

请，哈哈……！（“下场门”下）

王祖荫　哈哈……！

〔西皮摇板〕

【闪锤】（7　6　5　5 5　3 6　5 5　3 2　1 1　6 5

5 5）3　5　7　6　7　6　3 5　6（6 5　3 5
　　可　喜　结　拜　英　雄　　　样，

6 5　3 2）i　5　6　6　5　6　5　－‖
　　　　　他　年　相　会　叙　沧　桑。

〖【小锣打下】王祖荫“下场门”下。

第　三　场

画　棚

〖幕启。舞台正中设一桌，“小座”。桌右另备一椅。【撤锣】【小锣旦上场】柳玉莲从“上场门”上，在“九龙口”整衣、抖袖，走至台口。

柳玉莲 （念引）鸟语声喧，惊残梦，**（多多）**

3 2 1 2 3 2 2 1 6 7 6 6 5 6 - ‖

日 影 帘 笼。

〔**【旦锣归场】**柳玉莲右手抖袖左转身，至“小座”坐下。

（念诗）绿荫深处抱书眠，

折扇轻轻信手捐。

竹帘萧疏风入户，

荷香吹到画帘前。**【小锣住头】**

奴家柳玉莲。**（扎）**自幼父母早亡，多蒙姑母抚养成人，是我爱习丹青，嗜好吟咏，只得卖画侍奉姑母，在这鸡鸣岭上开了一座画棚，做这笔墨生涯，看今日天气晴和，我不免出外游玩一番便了。待我禀告姑母知道，姑母有请。

〔**【小锣单上场】**姑母从“上场门”上，伸双手打哈欠。

姑 母 （诗）草堂春睡足，窗外日迟迟。

柳玉莲 姑母万福。

姑 母 罢啦，罢啦，坐下。（坐“小座”）

柳玉莲 告坐。（坐“小边”座）

姑 母 孩子，叫我出来有什么事呀？

柳玉莲 启禀姑母，今乃花朝之期，天气晴和，侄女要到郊外采些花儿回来，案头供养，藉此也好闲游散闷，故此禀告姑母知道。

姑 母 孩子，你也老大不小的啦，别紧着出去没结没完的。你今儿个出去我也不拦着你，可得早点儿回来，不然我可没法儿照顾你呀！

柳玉莲 遵命。

〔西皮摇板〕

【小锣凤点头】（ 6 6 35 55 36 55 32 12

65 55 ） 1 5 765 6 5 6 353 5 5

辞 别 姑 母 离 家 门，

5 6 6 - **【小锣抽头】**（走至“大边”台口） 1 65

游 玩

35 6 5 65 53 5 ‖**【小锣抽头】**（走至“下场门”下）

野 景 散 心 情。

姑 母 今儿个没有什么买卖了，接茬再睡“二本”。**【小锣打下】**（“下场门”下）

第四场

郊外

〔【小锣夺头】王祖荫从“上场门”持折扇上。

〔西皮原板〕

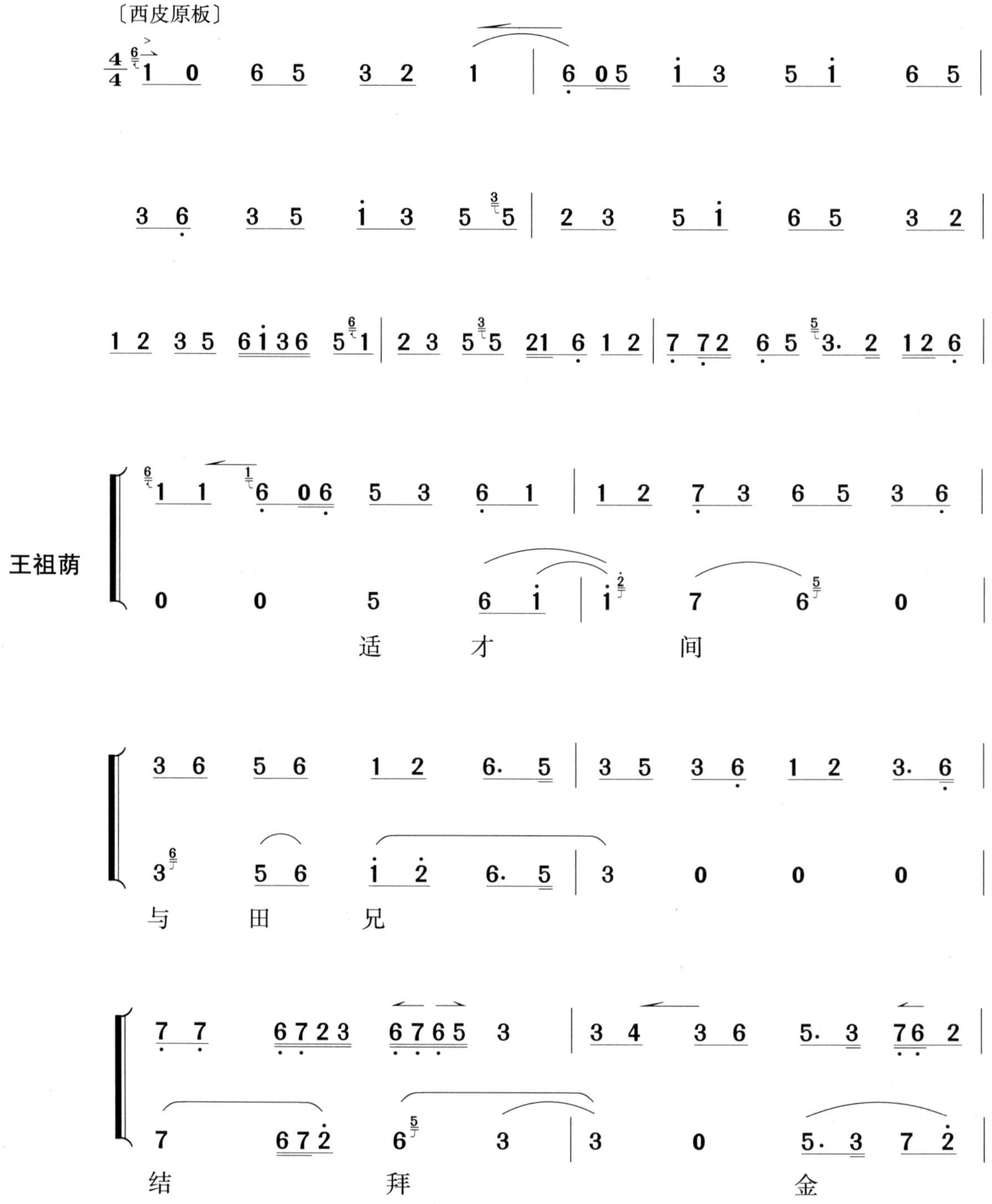

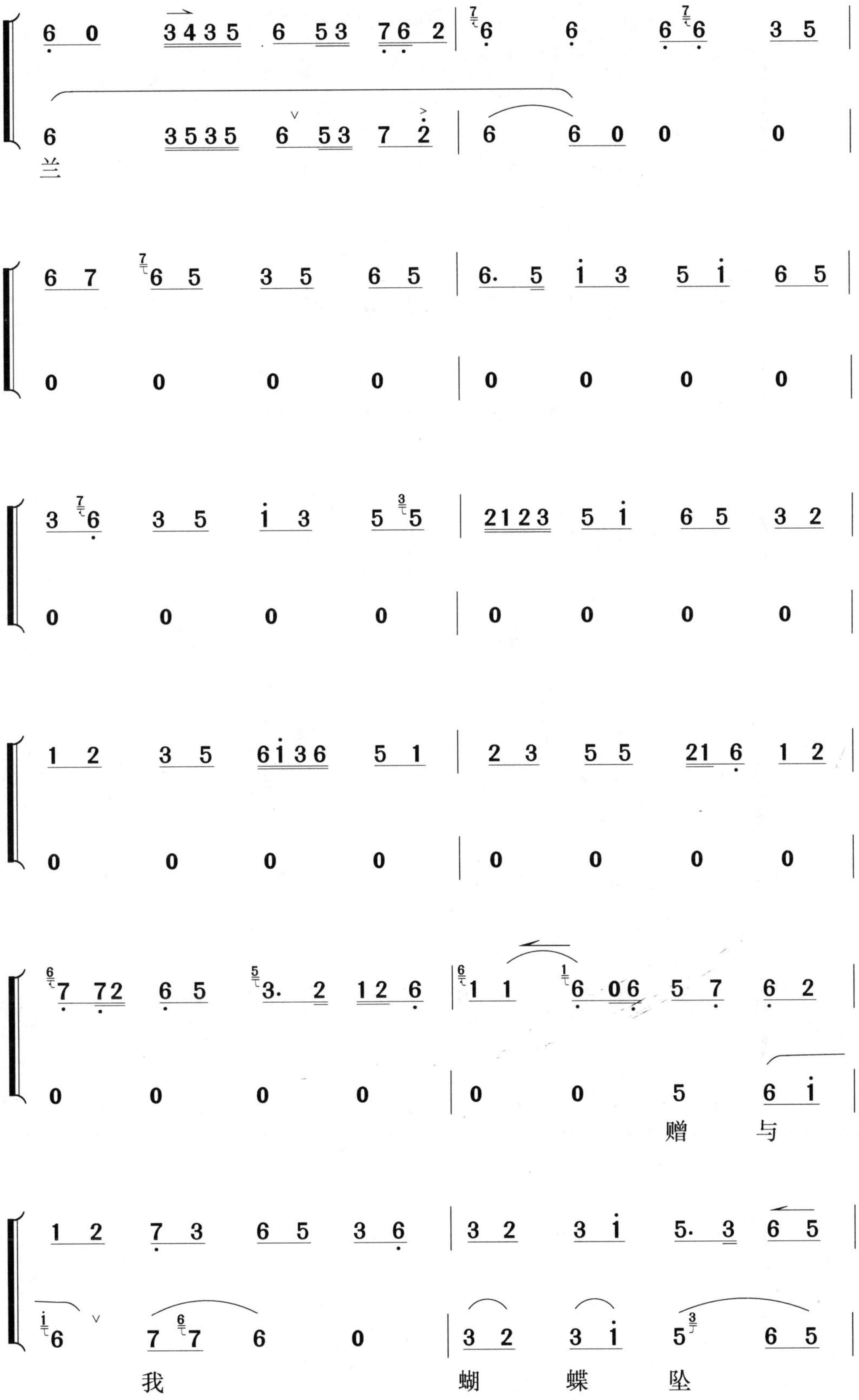
兰
赠 与
我
蝴 蝶 坠

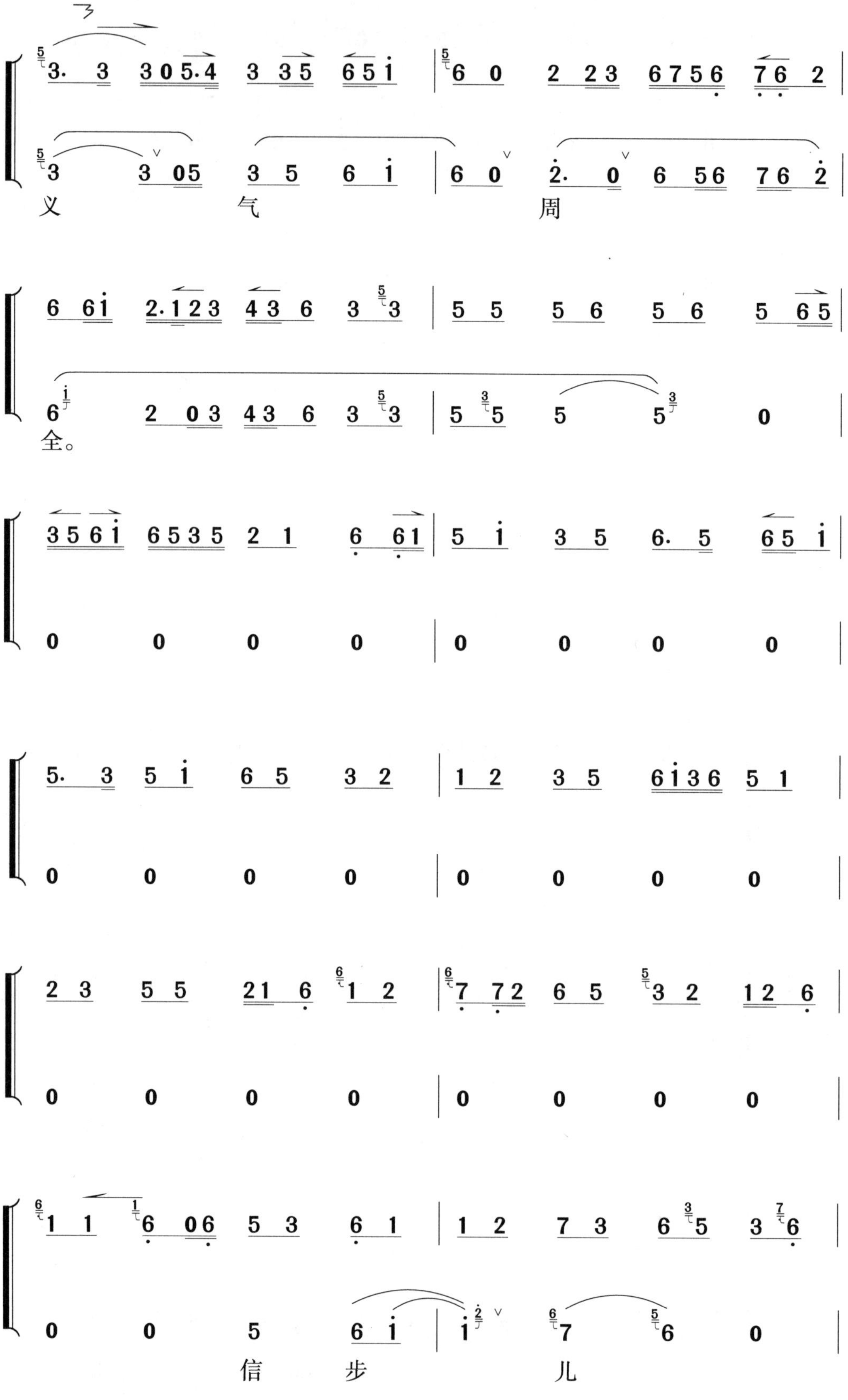
义
气
周
全。
信
步
儿

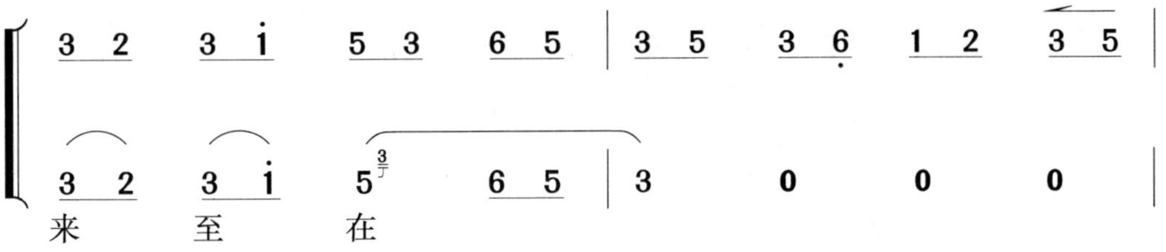

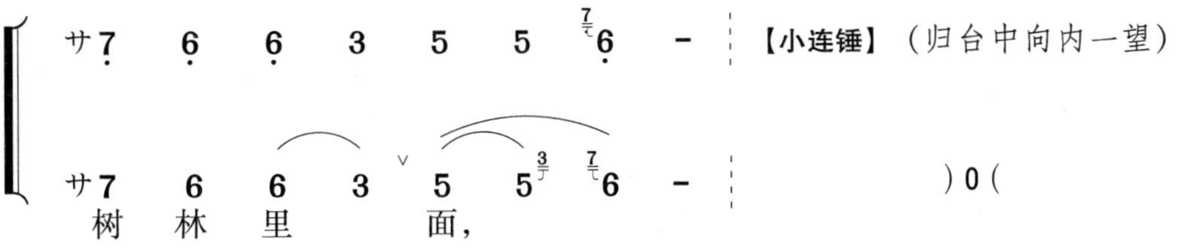

〔西皮摇板〕

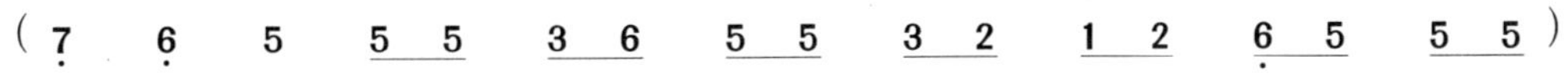

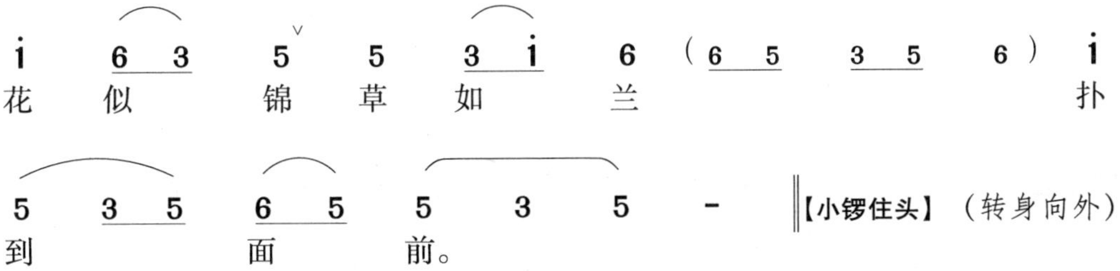

（念对句）有意栽花花不放，无心插柳柳成荫。

适才闲游郊外，不想遇见田遇春，是我二人义气相投，结为金兰。临别之时又蒙他送我蝴蝶玉坠一个，我不免回家禀告母亲知道便了。

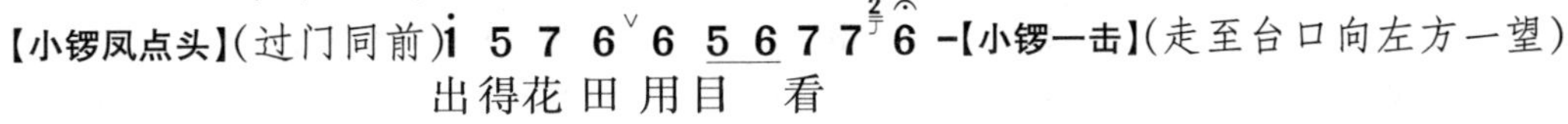

呀！

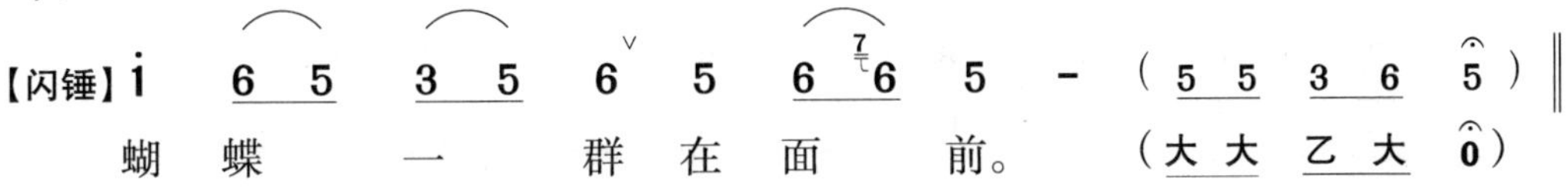

哎呀且住！（台）看这一群蝴蝶煞是好看，直向东南而飞，闻听人言，蝴蝶飞处必有奇花异草，我不免追上前去便了。

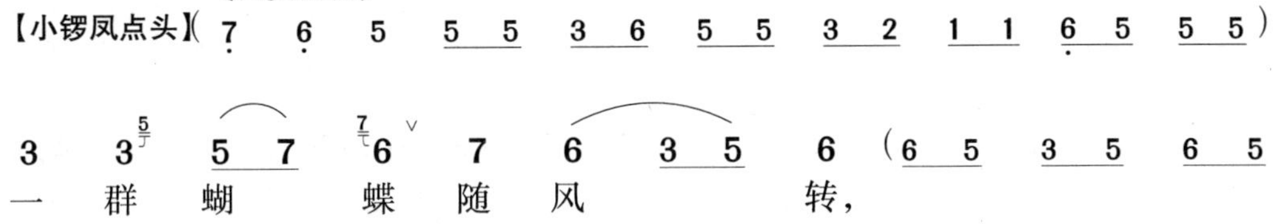

3 2） i 5 6 6 5 6 6 5 （6 5 3· 6 5 5）
光 华 夺 目 舞 田 间。

转〔小拉子〕

0 ⁷6 ‖: 2/4 5 3 6 | 5 i | 6 5 3 6 | 5 0 |

（王祖荫边注视空中边用扇做扑蝶动作，又见蝴蝶向左方远处飞去，略

4 3 2 3 | 5 i | 6 5 3 6 | 5 0 ⁷6 :‖

感失望）

〔胡琴乐曲收住，**【小锣五击】**王急忙由“下场门”下。

第 五 场

惊 艳

〔**【小锣抽头】**柳玉莲从“上场门”持折扇上。

〔西皮摇板〕

柳玉莲 （⁷6 6 5 5 5 3 6 5 5 3 2 1 2 6 5 5 5）

i i² 3· i 6 5 6 （6 5 3 5 6） 5
纤 纤 柳 絮 拂

6 3 5 6 5 6 （6 5 3 5 6 5 3 2） 3 5
晴 空， 燕 子

6 6³ 5 6 5 3 5³ 5 （6 5 3 6 5 5
呢 喃 悦 日 融。

3 2 1 2） 3 5 7 7 5 6³ （6 5 3 5 6）
弄 草 儿 童

7 6 3 5 3 5³ 5 ⁶5 ⁷6 ⁷6 —**【小锣一击】**（望空中飞蝶，表示惊喜）
嬉 陌 上，

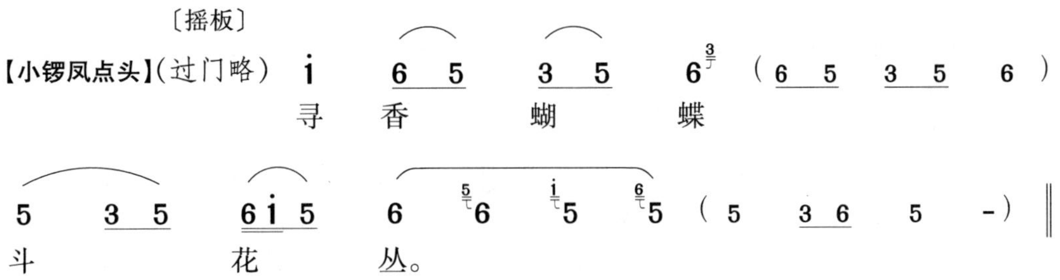

来此已是郊外，看红日当空，鸟声悦耳，千红万紫，罗列道旁，好不爱煞人也。
(观望空中) 【小锣一击】
哎呀！这一群蝴蝶光彩夺目，十分美丽，我不免扑蝶玩耍便了。

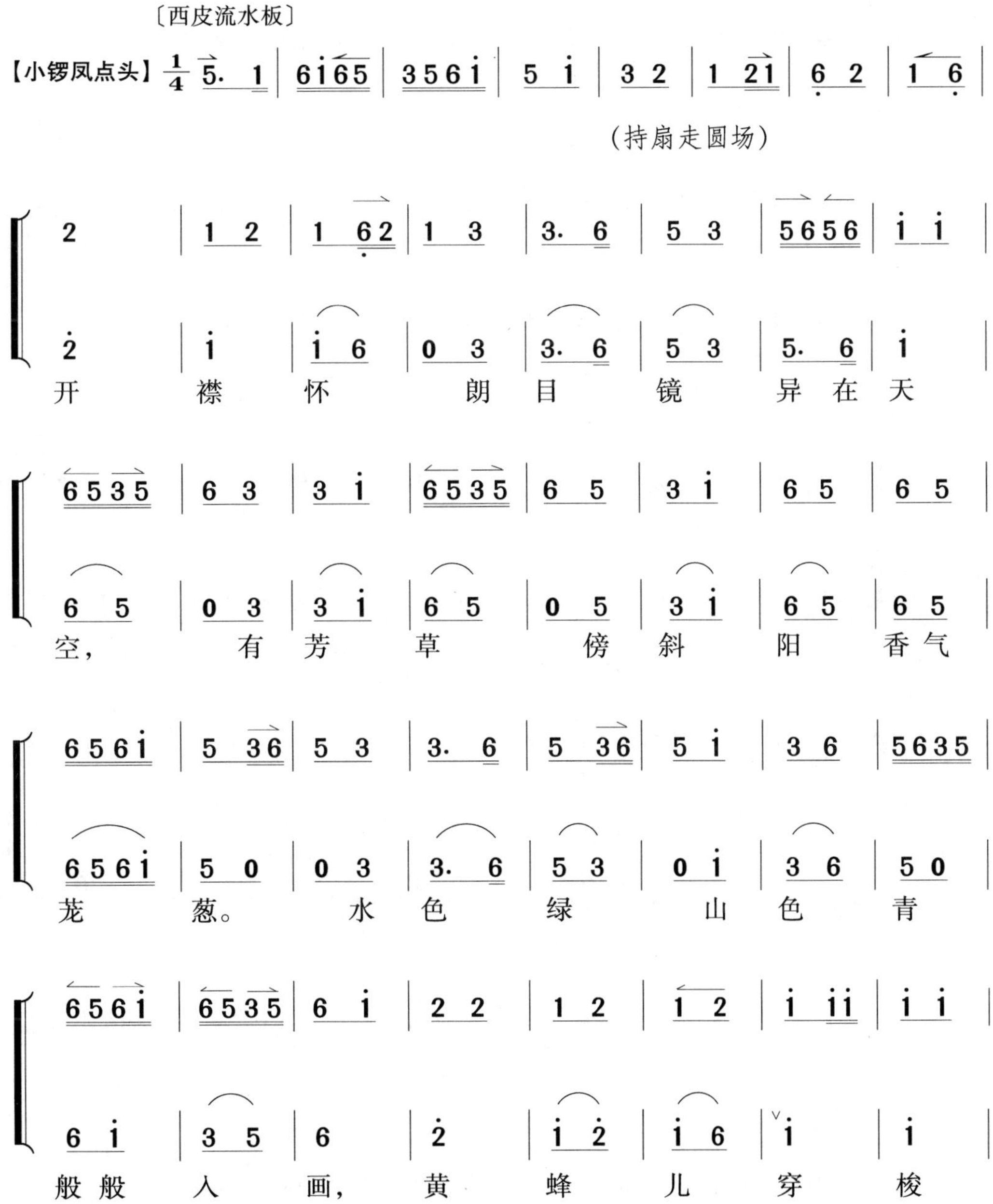

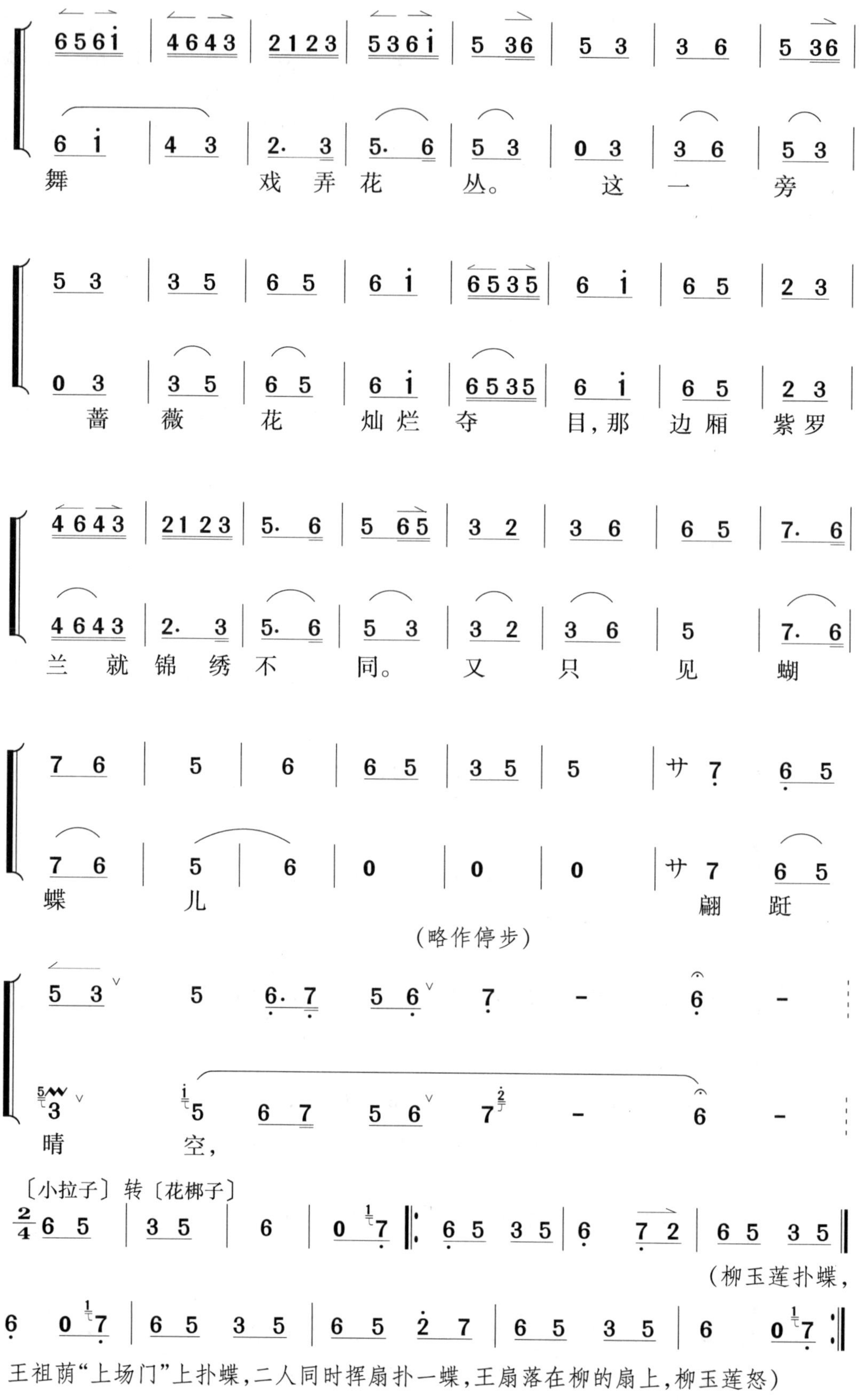
舞 戏弄花丛。这一旁
蔷薇花灿烂夺目，那边厢紫罗
兰就锦绣不同。又只见蝴
蝶儿 翩跹
（略作停步）
晴空，
〔小拉子〕转〔花梆子〕
（柳玉莲扑蝶，
王祖荫“上场门”上扑蝶，二人同时挥扇扑一蝶，王扇落在柳的扇上，柳玉莲怒）

慢　　渐快

6　0 5 ‖ 1/4 6 7 | 6765 ‖ 6 7 | 6 5 ‖ 6 7 | 6 5 | 6 0 | 0 ‖

（衣 大 | 大　台）

柳玉莲　哇！

〔西皮摇板〕

【一锣凤点头】（6 6 5 5 5 3 6 5 5 3 2 1 1 6 2 1 6）

i i 3 5 5 3 3 i 6 7 6 5 4 6 3 5 6 5

急 忙　忙 寻　归　路　　转　回 了 家

6561 5 - ‖【小锣抽头】（抖双袖左转身，右手翻袖上举，“下场门”下。锣鼓切住）

中。

王祖荫　哈哈……！

〔西皮摇板〕

【小锣凤点头】（7 6 5 5 5 3 6 5 5 3 2 1 1 6 5 5 5）3

好

5 7 6 5 6 3 5 6（6 5 3 5 6 5 3 2）

一 美 貌 女 婵　娟，

3 5 i 6 5 6 6 5 -（5 5 3 6 5 -）‖

莫 非 嫦 娥 落 人　间。

哎呀且住！（台）是我扑蝶至此，不想遇这女子，看她生得花容月貌，真乃天上少有，地下难寻，我不免追上前去，看她是哪家闺秀？

〔【小锣五击】王祖荫由“下场门”下。

第六场

求画

〔幕启。“大边”设一桌，“内座”。姑母自“上场门”上。

〔西皮摇板〕

姑　母　【小锣抽头】（7 6 5 5 5 3 6 5 5 3 2 1 1 6 5

5 5）3 3 4 3 3 1 2 3（4 3 2 1 2 3 2 6 5

莲 儿 一 去 不 回　转，

5 5）6 1 3 2 1 2 1‖【小锣抽头】（出门站台中张望。柳玉莲"上场门"上）
倒叫时刻挂心间。

柳玉莲（过门同前）i i 3 5 5 6 3 5 6（6 5 3 5 6 5 3 2）
莲步不停往前奔，

3 5 6 6 5 6 5 3 5‖【小锣一击】（走向台中与姑母碰面）
不觉来到自家门。

姑　母　孩子，你回来啦！

柳玉莲　回来了。

姑　母　干什么这么慌慌张张的呀？

柳玉莲　姑母有所不知，侄女在郊外扑蝶作耍，忽然来了一个年少的书生，我见他痴呆呆的样儿十分好笑，故而就跑了回来。

姑　母　傻孩子，下回遇见这样人，赶紧往家跑，八成儿不是好人，快回房歇歇去吧。

柳玉莲　遵命。

〔柳玉莲"挖门"入内，"下场门"下。

姑　母　待我在这儿等着瞧瞧。

〔【小锣抽头】王祖荫"上场门"上。

〔西皮摇板〕

王祖荫（7 6 5 5 5 3 6 5 5 3 2 1 2 6 5 5 5）

i 5 7 6 7 6 3 5 6（6 5 3 5
曲曲弯弯出花径，

6 5 3 2）3 5 i 6 5 6 6 5 -
不见佳人为何情？

（5 5 3 6 5）‖（与姑母相撞，姑母怒目而视）
（乙 大 大 台）

王祖荫　哎呀且住！【一击】方才看见是一位美貌女子，追来追去怎么变了个丑陋的婆娘。

姑　母　什么？我丑，难道还有比我更漂亮的么？

王祖荫　哎呀，莫不是神仙点化于我？真有此事不要失却机会。啊，承蒙神仙菩萨下凡点化于我，弟子不知，多有得罪。

〔王痴呆呆地随即突然跪在姑母面前。

姑　母　噌！我拿汗脚巴丫子踹你，你也不睁眼看看，有我这样的菩萨么？快给我起来吧！

王祖荫　是，是，是。（站起）

姑　母　我说你直眉瞪眼的，到底是怎么回事呀？

王祖荫 妈妈有所不知，适才有一女子在此忽然不见，不知是何缘故？

姑　母 噢！闹了半天，你问那小妞儿呀！

王祖荫 正是。

姑　母 我告许你说吧，那是我侄女儿。

王祖荫 原来是令侄女。

姑　母 不敢当。你瞧她模样好不是，她画得还好哪。

王祖荫 噢！怎么还会画？（更感到喜悦）

姑　母 你瞧什么话呀！告诉你说，我们一家子吃喝全靠她卖画哪。

王祖荫 哦，原来如此，小生正欲求画，但不知润资多少？

姑　母 一张画五钱银子，不折不扣。

王祖荫 不多，不多，我给六钱。

姑　母 那更好了，请进来吧。

〔二人“挖门”进，姑母站中间，王祖荫站“小边”。

姑　母 玉莲快来。

〔柳玉莲内白：“来了！”

〔**【小锣旦上场】**柳玉莲由“下场门”上，走至台口停步。

柳玉莲 （念）帘外天光碧，

花间鸟语香。（站到“大边”）

姑母唤我何事？

姑　母 来了买画的啦。

柳玉莲 待我向前。（与王祖荫碰面对看后，一笑，归画座）姑母，但不知这位相公要画些什么？

姑　母 你等我问问他去，相公，你要画些什么？

王祖荫 我这有折扇一把，就烦小姐随意一画。

姑　母 姑娘，人家这儿有折扇一把，叫你随意画吧。（将扇递与柳玉莲）

柳玉莲 啊姑母，再去问问他，画山水人物，还是花草翎毛哇？

姑　母 相公，你是下水，还是捞毛？

王祖荫 山水、翎毛。

姑　母 哎，就是那么一句话。

王祖荫 就请妈妈告诉小姐，请代小生画上一双蝴蝶吧。

姑　母 怎么着，一双蝴蝶？

王祖荫 正是。

姑　母 姑娘，人家说啦，要画一双蝴蝶。

柳玉莲 噢！（台）要画一双蝴蝶么？（**大** …… **大 乙** **台**）（瞧王祖荫一笑）

姑　母 对啦。

柳玉莲 姑母对他言讲，蝴蝶非我得意之作，画得好与不好，请他多多担待。

姑　母 相公，我们姑娘说啦，蝴蝶不是她得意之作，画得好与不好的，请您多多担待。

王祖荫 不必太谦，就请小姐落笔。

姑　母 那么姑娘就不用客气，赶紧画吧。

柳玉莲 如此，献丑了。

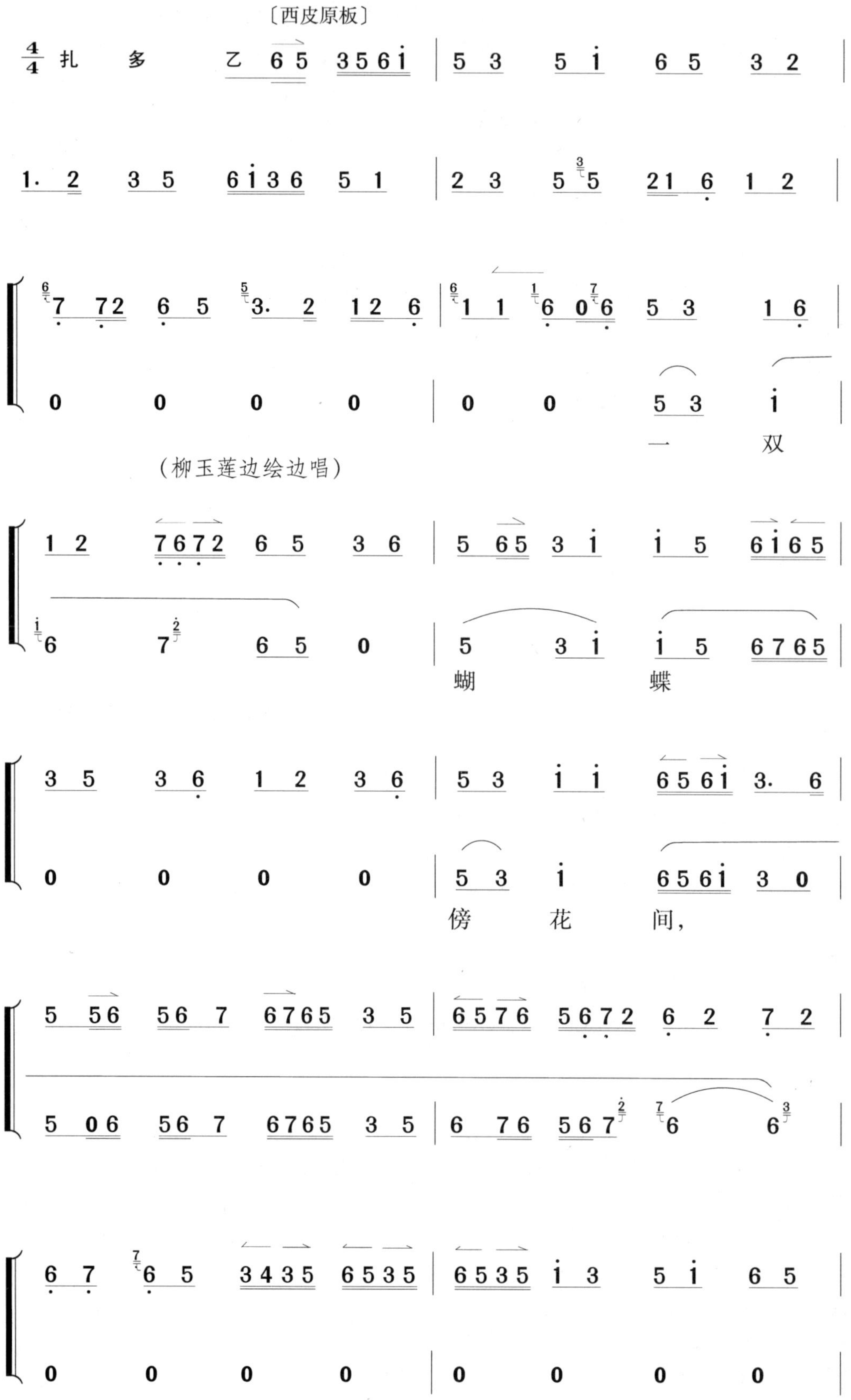
〔西皮原板〕
扎 多 乙
一 双
（柳玉莲边绘边唱）
蝴 蝶
傍 花 间，

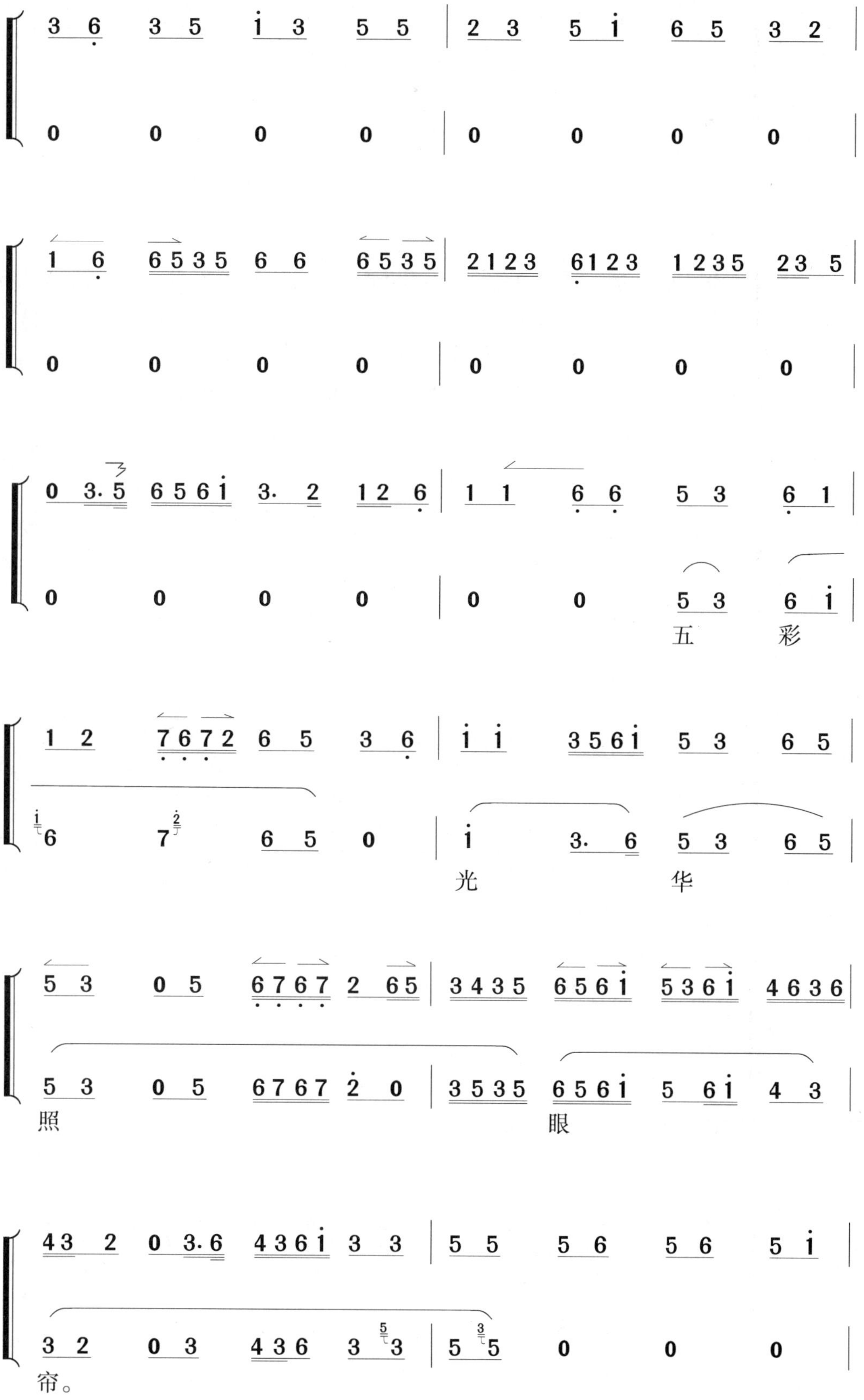
五 彩
光 华
照 眼
帘。

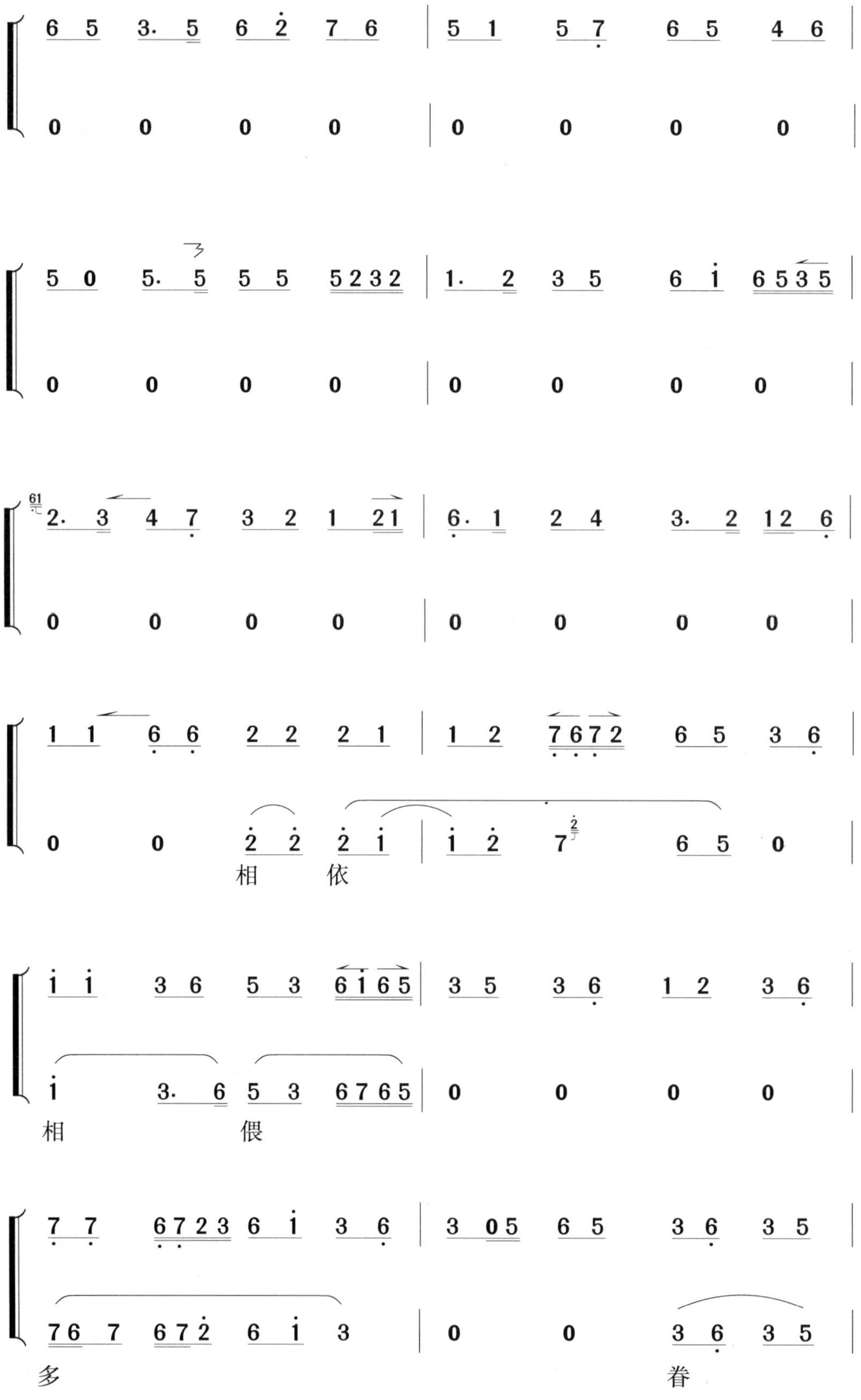
相
依
相
假
多
眷

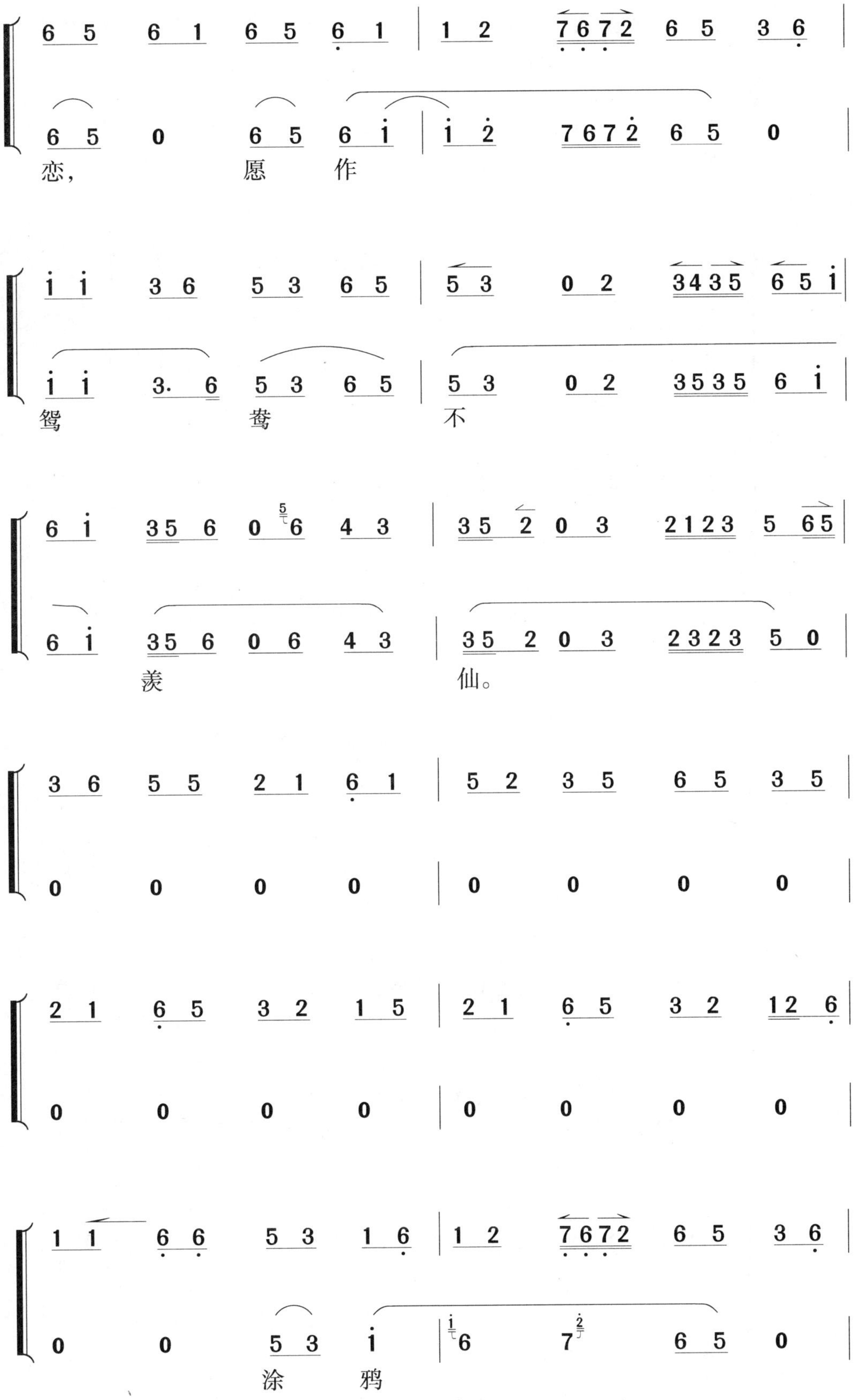
恋，愿作
鸳鸯不
羡仙。
涂鸦

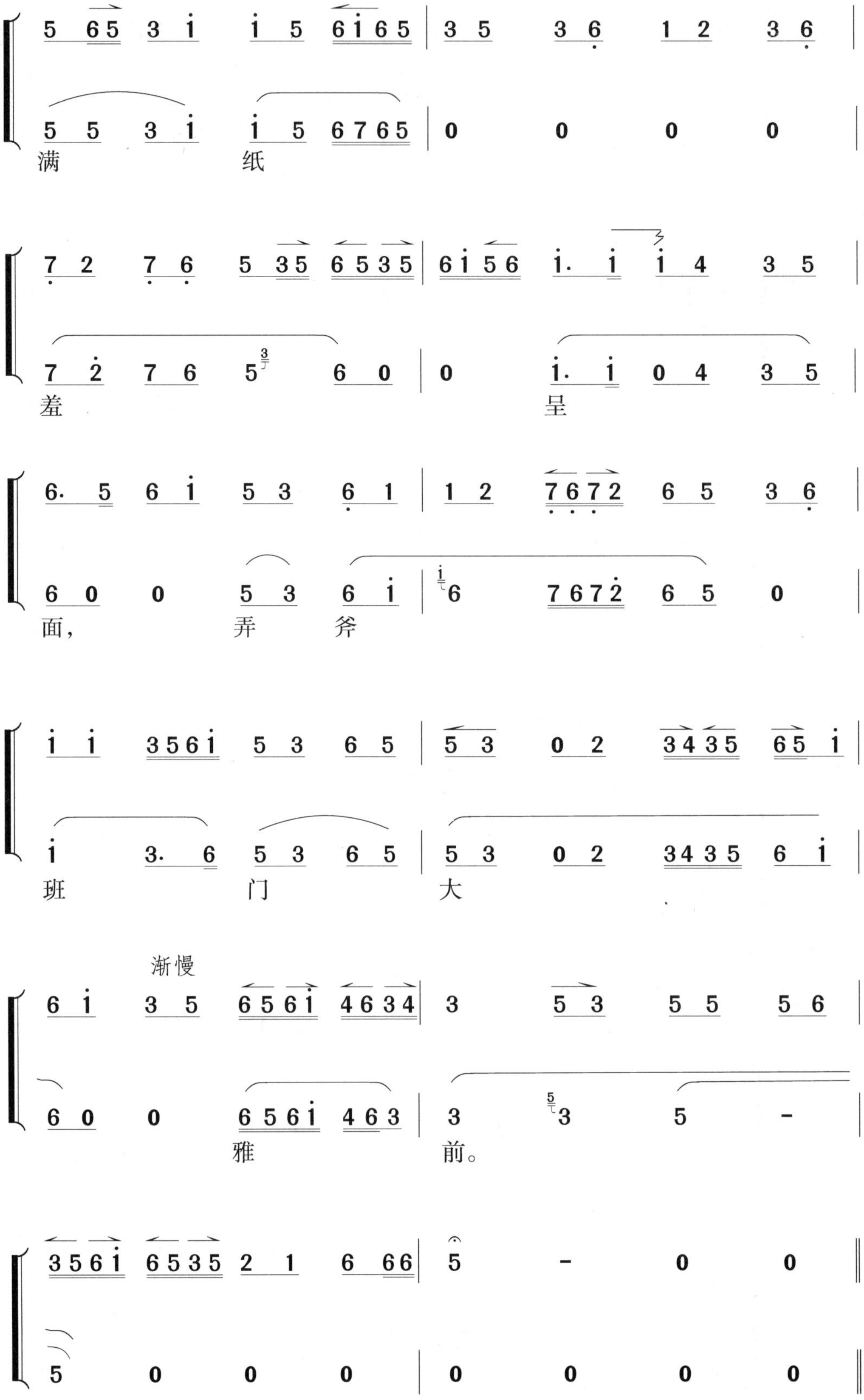
满 纸
羞 呈
面， 弄 斧
班 门 大
渐慢
雅 前。

柳玉莲 姑母拿去。

〔（台）姑母接扇一看，向台外展开一亮。

姑　母 你瞧画得多么好啊，这两个蝴蝶跟活的一样。（转身递与王祖荫）相公请看。

王祖荫 （接扇一看）哎呀呀！真乃丹青妙手，笔下生春。

姑　母 你懂得好坏？

王祖荫 画得好好好，只是美中不足。

姑　母 怎么美中不足？

王祖荫 如此好画无人题诗，岂不可惜！

姑　母 题诗呀！我们姑娘也会，不过五钱银子可买不着。

王祖荫 加倍润笔如何？

姑　母 多给钱就行，交给我啦。

王祖荫 全仗妈妈。（姑母接扇，走至柳玉莲前）

姑　母 姑娘，人家说啦，烦你题诗一首，加倍润笔。

柳玉莲 女儿家的字迹，岂能轻易落墨，不题也罢。

姑　母 好孩子，你就给人家题上吧，多挣俩钱儿，咱们买点儿什么吃的不好呀？

柳玉莲 遵命。（离座右手持扇“背供”）

哎呀且住！**【住头】**我看此人相貌端正，举止不凡，将来不可限量，我不免诗中透意，约他前来相会，再作道理。（归座）

〔西皮摇板〕

【小锣凤点头】（6 6 5 55 36 55 32 11 65 55）

（边唱边做题诗状）

3 5 7 6 7 5 6（65 35 65 32）
物 色 风 尘

5 6 35 65 6（65 35 65）3 5
阅 历 多， 客 中

i 6 5 65 3 5（65 35 65 32
诗 画 尽 消 磨。

12）i i3 3.6 5 5 6 353 5 656
蝴 蝶 有 情 来 相 会，

5 4.6 3 3 3 2 2 -（44 4 3 22

〔亮弦〕

22 2）（与王祖荫对看。（台）姑母插白：“你倒是写呀！”柳羞）

【小锣凤点头】(6̣ 6̣ 5 5 5) 3 5 6 6 ∨
月 夜 谈 心

5 6 5 5 3 5 - (5 3 6 5 -) ‖
兴 若 何。

柳玉莲 诗已题就，姑母拿去。（姑母接扇）

姑　母 相公，诗已题上了，您瞧瞧。（王祖荫接扇）

王祖荫 待我看来。

（边看边念）物色风尘阅历多，
客中诗画尽消磨。
蝴蝶有情来相会，
月夜谈心兴若何。

〔王祖荫与柳玉莲互看，**【小锣一击】**柳羞。

姑　母 你明白了吧？

王祖荫 明白了。

姑　母 你还画什么不画啦？

王祖荫 改日再来奉求。

姑　母 那么姑娘，你上后面歇息歇息去吧。

柳玉莲 遵命。正是：（扎）天涯沦落知音渺，欲写愁怀恨无穷。

〔柳玉莲看王祖荫，微笑，“下场门”下。

王祖荫 啊妈妈，这有纹银一两，请妈妈收下。

姑　母 您太破费了。下次用什么只管请过来，钱不钱的不要紧的。

王祖荫 告辞了。

〔西皮摇板〕

【小锣凤点头】(7̣ 6̣ 5 5 5 3 6 5 5 3 2

1 1 6̣ 5 5 5) i 5 7 6 ∨ 7 6 3 5
读 罢 题 诗 心 中

6 (6 5 3 5 6 5 3 2 1 1 6̣ 5) 3 6 5 3 i
喜， 改 日 前

6 ∨ 5 6 6 5 - ‖ **【小锣五击】**（“上场门”下）
来 会 佳 期。

姑　母 今儿买卖是开门红，这位相公画一把扇子就给一两银子。照这样的主顾一天最好来百来个，那我们娘儿俩的吃穿可就不用发愁喽。

〔**【小锣打下】**姑母“下场门”下。

第七场

定情

「幕启。舞台正中设一桌，左右各置一椅。【撤锣】

「【小锣慢夺头】开慢板，柳玉莲背右手由“上场门”上，至“九龙口”处停步始唱。

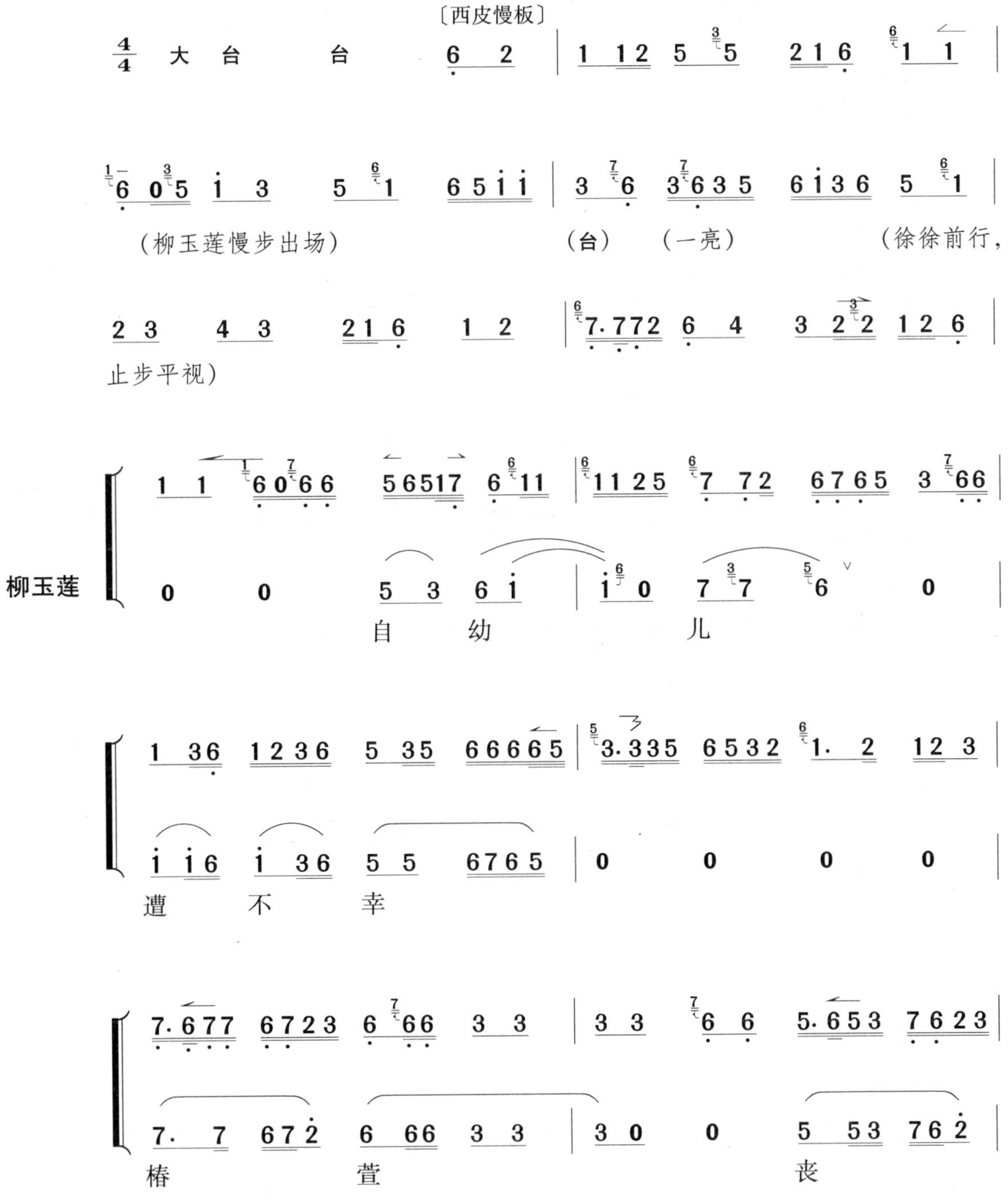

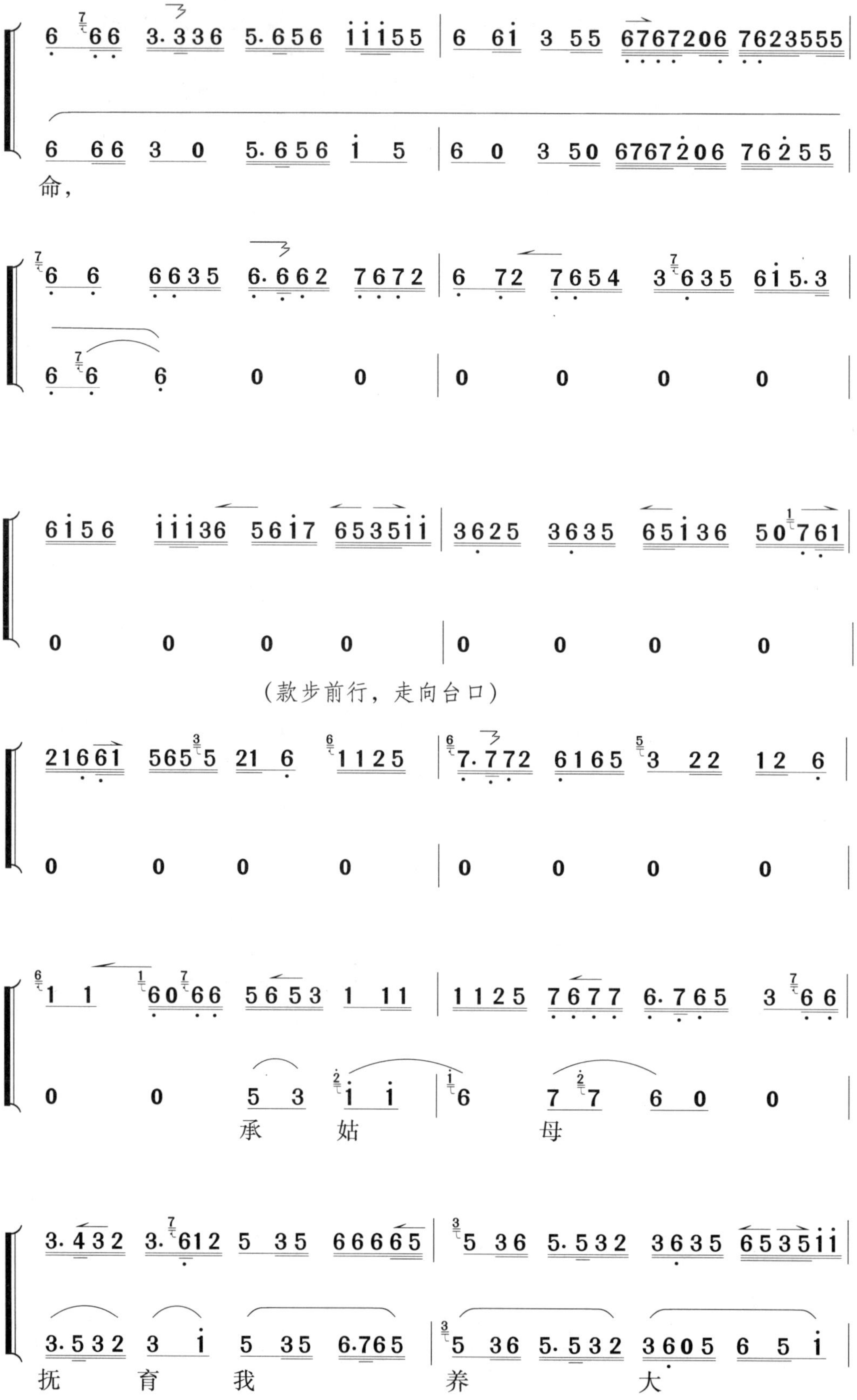
命，
（款步前行，走向台口）
承 姑 母
抚 育 我 养 大

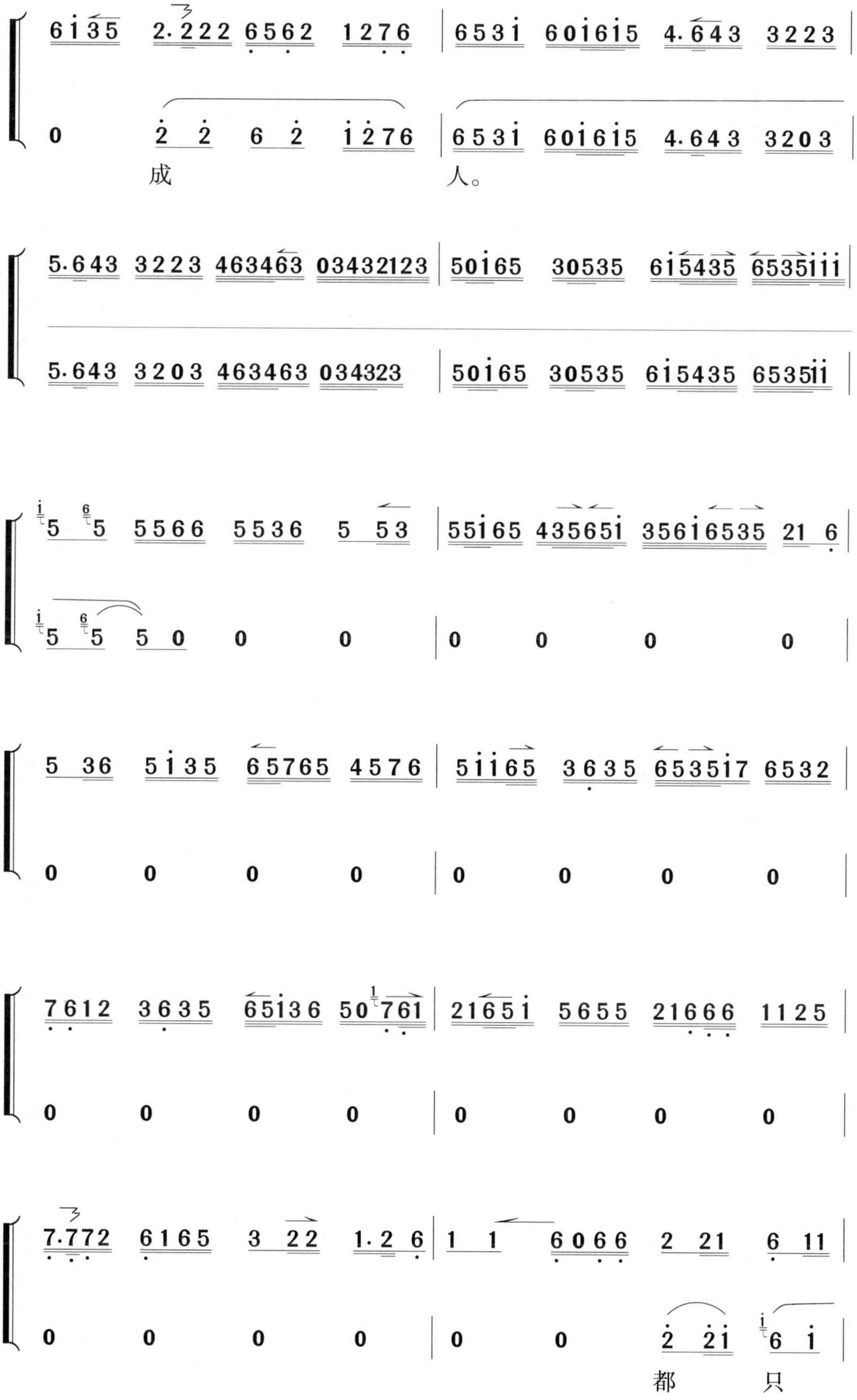
成
人。
都
只

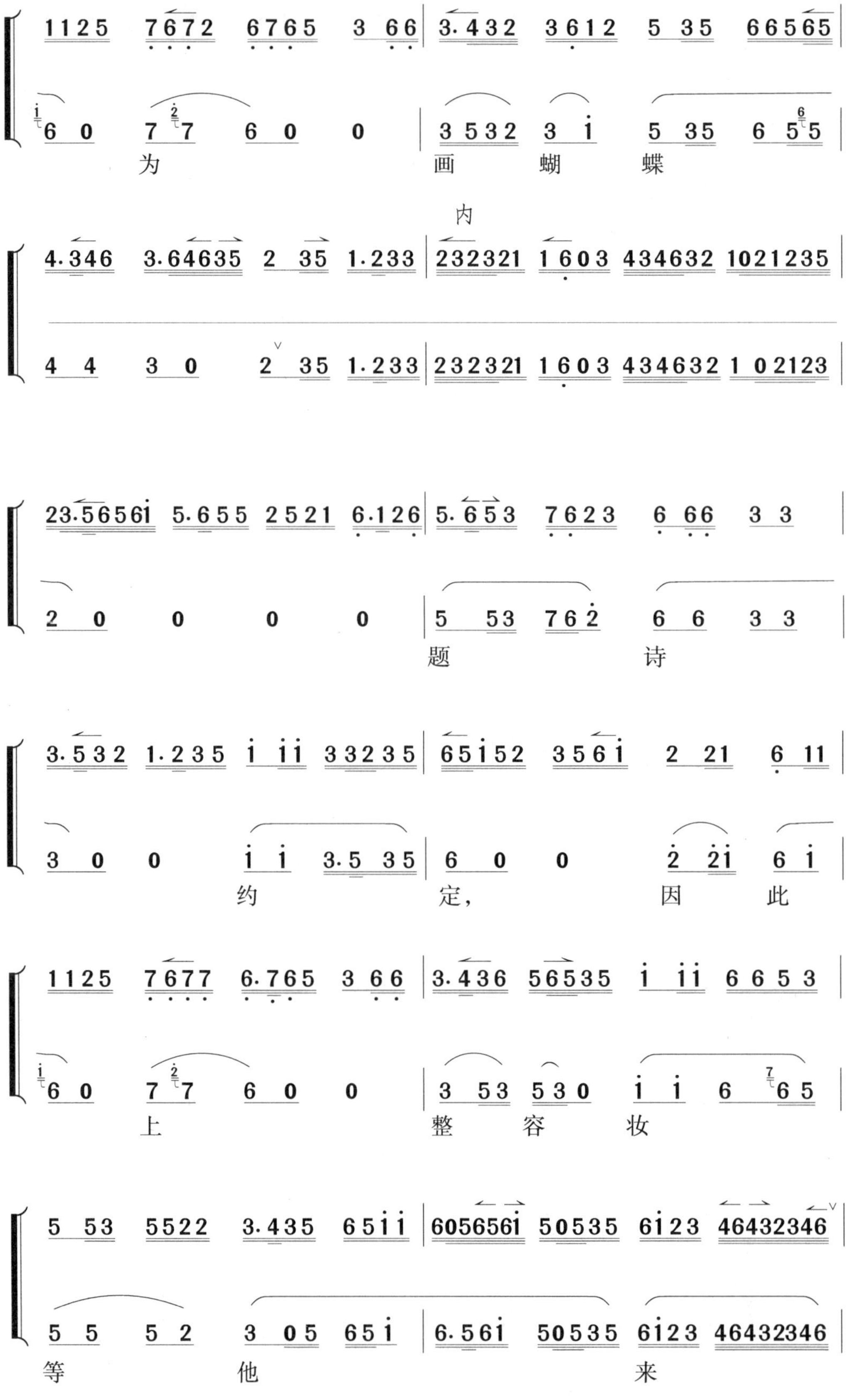
为 画 蝴 蝶
内
题 诗
约 定， 因 此
上 整 容 妆
等 他 来

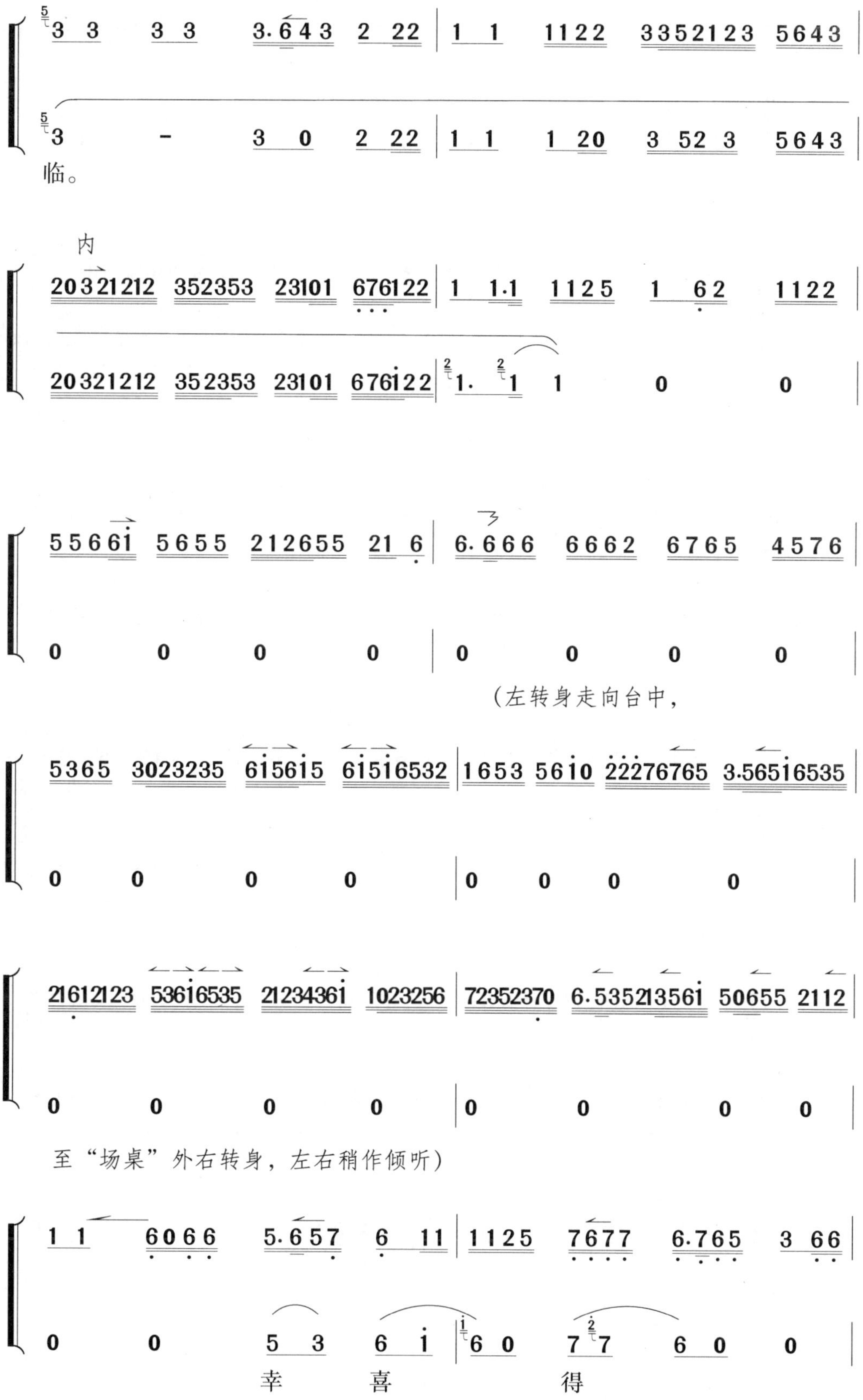
临。
内
（左转身走向台中，
至“场桌”外右转身，左右稍作倾听）
幸
喜
得

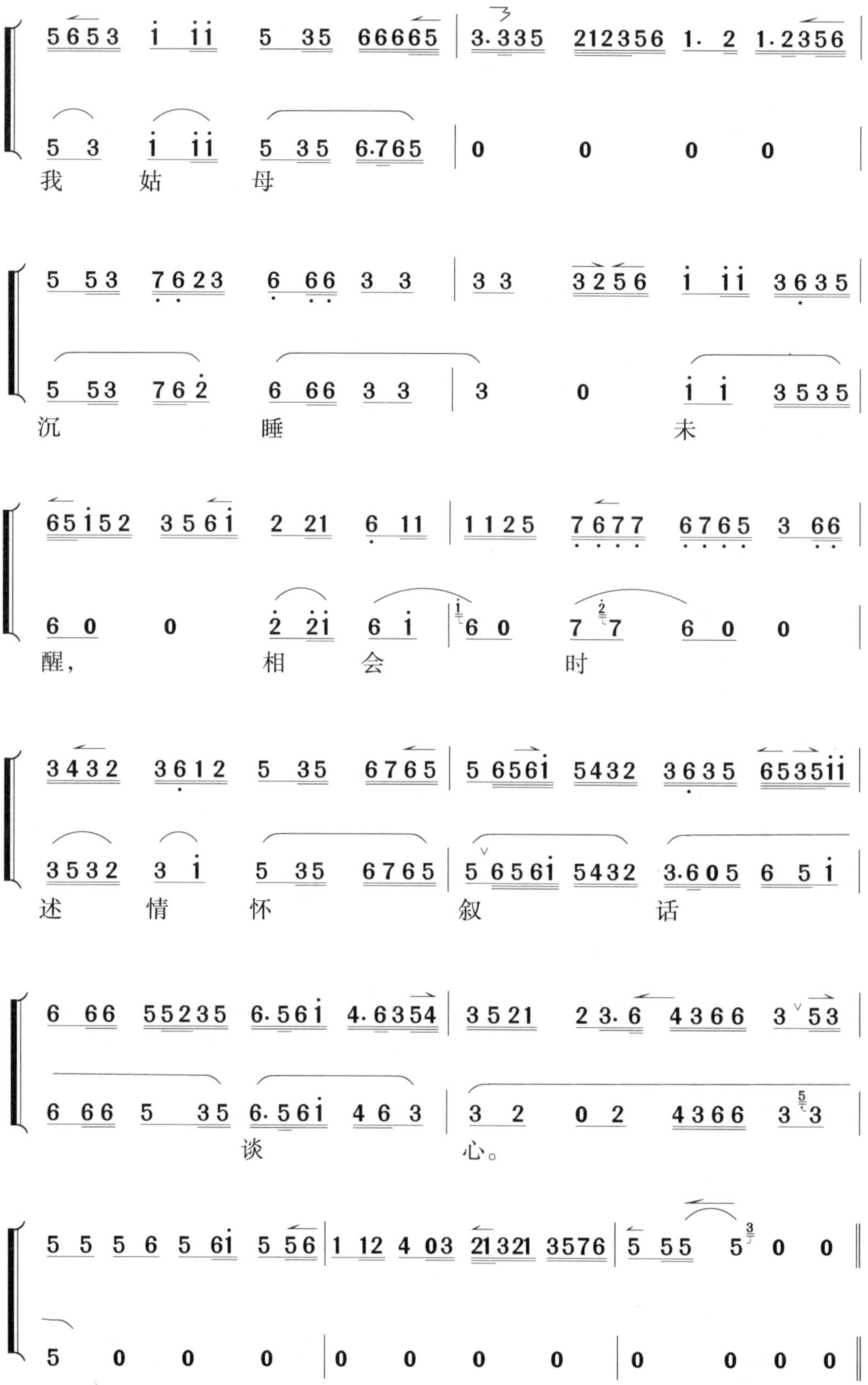

（左转身坐于"大边"椅上）

〔【小锣抽头】王祖荫“上场门”上，至右台口处。

〔西皮摇板〕

王祖荫 （7 6 5 55 36 55 32 12 65

55）36 53 i 6 7 6 35 6

只 因 昨 日 诗 约 定，

（65 35 6）3 53 i 6 5 6 5

特 地 前 来 会 佳

353 5 - （5 36 5 - ）‖（叫门【小锣一击】）

人。

王祖荫 门上有人么？

柳玉莲 是哪个？

王祖荫 小生王祖荫求画来了。（柳玉莲起立开门、出门）小姐，小生有礼。

柳玉莲 还礼，相公请至里面。（王先进内，柳随入，示意让王到“大边”）相公请坐。（王坐“大边”椅，柳坐“小边”椅）

王祖荫 谢座，我看小姐才貌双全，必是名门闺秀，敢问芳名？

柳玉莲 岂敢，奴家柳玉莲，先父柳彦曾为山东学政，不幸早故，只得依傍姑母卖画为生。

王祖荫 原来是柳小姐，失敬了。

柳玉莲 岂敢，请问相公尊姓大名，哪里人氏，家中尚有何人？

王祖荫 小生王祖荫，浙江人氏，家中现有老母在堂，只因久病新愈，故未上京求取功名。

柳玉莲 原来如此。相公，奴有一言，只是不好启齿。

王祖荫 小姐有何金言，请讲当面。

柳玉莲 这个……（做羞态【小锣一击】）

王祖荫 小姐，为何欲言又止？

柳玉莲 请问相公，家中可有……

王祖荫 有什么？

柳玉莲 可有妻室否？（做羞态）

王祖荫 只因功名未就，中馈犹虚，小姐若不嫌弃，愿结茑萝，不知尊意如何？

柳玉莲 奴家蒲柳之姿，怎敢高攀。

王祖荫 不必太谦，你我何不对天一表。（二人站起）

〔西皮摇板〕

柳玉莲 【小锣凤点头】（6 6 5 55 36 55 32 12 62

16 ）i i 3.6 5 5 6 35 6 （65

听 罢 言 来 暗 思 量，

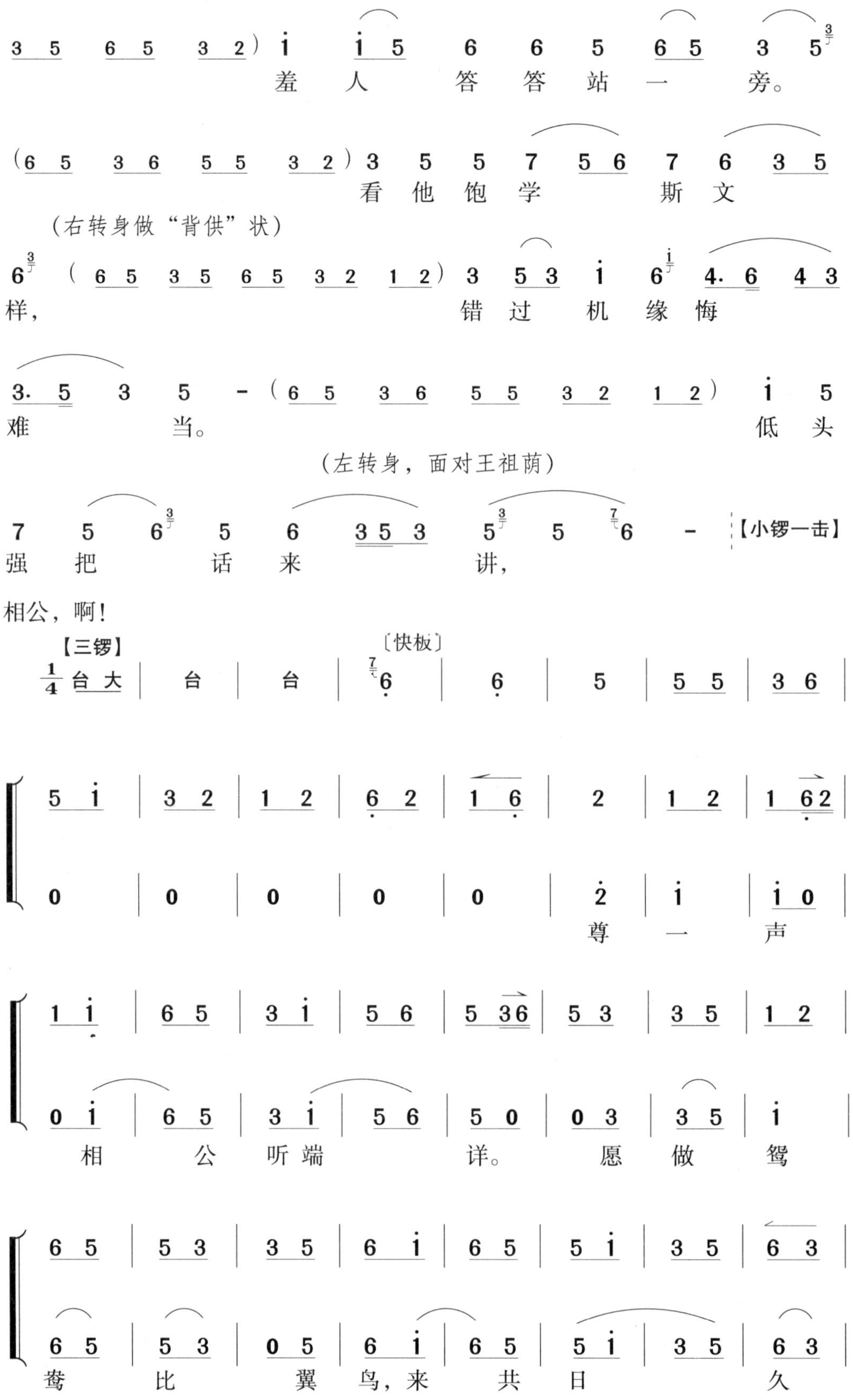
羞人答答站一旁。
看他饱学斯文
(右转身做“背供”状)
样,
错过机缘悔
难当。
低头
(左转身,面对王祖荫)
强把话来讲,
【小锣一击】
相公,啊!
【三锣】
〔快板〕
尊一声
相公听端详。愿做鸳
鸯比翼鸟,来共日久

サ 5. 6 7 2̇ 6. 1 4 6 3 3 ⁵3 ³5 - ‖
与 天 长。

王祖荫 小姐呀！

〔西皮摇板〕

【小锣凤点头】(7̣ 6̣ 5 5 5 3 6 5 5 3 2 1 1 6̣ 5 5 5)

1̇ 5 3 5 7 6 5 6 3 5 6 (6 5 3 5 6 5
一 见 小 姐 许 婚 姻，

3 2) 3 5 3 3 5 6 4 3 2 3 5 (6 5 3 6 5 5
不 由 祖 荫 喜 在 心。

3 2 1 2) 3 5 7 7 2̇ 5 6 (6 5 3 5 6)
走 向 前 来

5 6³ 5 4. 6 3 3 5 2 - (大大 大大 乙大 大)
忙 跪 定，

〔小拉子〕

(台 大. 0 3 ‖: 2/4 2 1 6̣ 1 | 2 3 | 2 1 6̣ 1 |

2 0 | 2 1 6̣ 1 | 2 3 4 3 | 2 1 6̣ 1 | 2 0 3) :‖

〔在以上乐曲反复时，王祖荫跪台中“大边”，夹白：“小姐你也要拜呀！”拉柳玉莲跪下，柳做羞态跪“小边”。

〔西皮摇板〕

柳玉莲 【小锣凤点头】(⁷6 6̣ 5 5 5 3 6 5 5 3 2 1 1 6̣ 5 5 5)

3 5 5 3 5 6 5 6 5 6. 1̇ 5 5³ - ‖【住头】
愿 偕 到 老 结 同 心。

〔王祖荫搀起柳玉莲。王从怀中取出玉坠，手提着绒线绳。

王祖荫 小生这里有蝴蝶玉坠一个，权当信物，小姐收下。（将玉坠递与柳玉莲，柳珍爱地收下）

柳玉莲 多谢相公，今乃大比之年，相公就该上京求取功名才是，奴家这里有纹银二十两，（转身至桌旁取银两）送与相公以作盘费，望你早早进京，博得一官半职，也好光宗耀祖。（递银与王祖荫，王诚恳地收下）

王祖荫 难得小姐如此贤惠，待小生回家禀告母亲，即刻进京求取功名就是。

柳玉莲 但愿相公鳌头独占，衣锦还乡。

王祖荫 谢小姐吉言，告辞了。

〔西皮摇板〕

【小锣凤点头】（过门同前）i 5 5 7 6 5 6 3 5 6
多 谢 小 姐 赠 盘 缠，

（6 5 3 5 6 5）3 5 i 6 5 i 5 6
喜 上 眉 梢 笑 开

5 （6 5 3 5 5 5）i 5 5 7 6 6 5 6
颜。 深 施 一 礼 出 门

7 7 6 – **【小锣抽头】**（出门施礼毕，走至“大边”台口。同时柳玉莲送出门站立）
境，

（过门同前）3 5 i 6 5 6 6 5 – ‖
不 得 高 官 不 回 还。

〔**【小锣抽头】**王祖荫“下场门”下。柳玉莲向前一望王的去路，右转身。

〔西皮摇板〕

柳玉莲 **【小锣凤点头】**（过门同前）i i i 3. 6 5 7 6 353 5 5 6 – **【抽头】**（进门后关门）
蝴蝶 玉 坠终身 定，

（过门同前）3. 6 5 i 6 5 6 5 5 3 – 5 – ‖
愿 他 高 中 早 回 程。

〔**【小锣打下】**柳玉莲“上场门”下。

第 八 场

行 劫

〔**【撤锣】**空场。

〔吴天良内白：“啊哈！”

〔**【小锣五击】**吴天良“上场门”上，走至台中。

吴天良 （念）自幼生来在长江，
专劫来往客与商。

我吴天良，（扎）自幼不务正业，结交一班狐群狗党，在长江一带抢劫来往客商。这几天一无行人，二无渡客，不免将船拢在南岸，等候买卖，（向内）站一排。伙计们！

〔**【小锣五击】**四小贼“上场门”上。

四小贼 大哥，什么事呀？

吴天良 走，做买卖去。

〔众应声：“是喽！”一贼解缆绳后众同上船，至“下场门”口停住。

〔**【快长锤】**田遇春持包“上场门”上，至台口。

〔西皮摇板〕

田遇春 （7 6 5 55 36 55 32 11 65 55）3
行

3 3 3 12 3 3（4 32 12 32
了 一 程 又 一 程，

12）6 1 3 2 1 2 1 - ‖**【住头】**（止步）
只 见 长 江 面 前 存。

是俺信步走来，不觉来到江边，看那旁有一船只，待我向前问来。（向“下场门”）船家请了！

吴天良 请了！客官要过江么？

田遇春 正是。

吴天良 待我搭了扶手。（吴天良拿起船桨做扶手，田遇春上船）您将包袱交给我，给您存起来吧。（田将包袱交与吴）

田遇春 有劳了。（坐“大边”小凳上，吴天良掂包）

吴天良 好沉家伙。伙计们开船哪！（吴收包，小贼摇桨，乐队作“水声”效果）您瞧，您一个人多闷得慌啊！我这儿有现成的好酒，您喝上点儿好不好哇？

田遇春 好酒？好、好、好，快些取来。

吴天良 伙计们，拿酒来。（小贼持盘上置酒壶、酒杯，交吴天良）我给您斟上，您喝着！（吴与田斟酒递上）

田遇春 多谢了。船家，你也喝上一杯吧！

吴天良 好，我陪您喝一杯。（吴假饮，田一饮而干）

田遇春 果然是好酒。（吴再与田斟酒）

吴天良 您真是老在行，您再喝一杯，您这酒量可真好呀！（田又饮干）

田遇春 船家，（田饮酒后显醉意）俺的头为何有些晕呀？

吴天良 您多半是晕船，这么办，我搀您到船头上凉快凉快，好不好哇？

田遇春 好，好！（吴搀田同出船舱）

吴天良 您瞧，这皓月当空，水天一色，多么壮观呀！

田遇春 倒也有趣。

吴天良 喑，您看那边有一大群鲤鱼。

田遇春 在哪里？（俯身观望）

吴天良 在那儿呐。你给我下去吧！（趁田不备，推田落江“水声”田遇春泅水“下场门”下）伙计们，找个僻静地方，咱们分赃去呀。正是：
（吴与四小贼同念）任你武艺能敌众，就怕贪酒丧残生。

〔**【小锣五击】**众匆忙同下。

第九场

得中

〔幕启。舞台正中置一桌，“小座”。

〔【小锣抽头】王祖荫“上场门”上。至台口

〔西皮摇板〕

王祖荫 （7 6 5 5 5 3 6 5 i 3 2 1 1 6 5 5 5）i 5
三 场

7 6 7 6 3 5 6（6 5 3 5 6 5 3 2）3 5
文 章 多 侥 幸， 坐 在

5 3 5 6 5 6 6 5 -（5 5 3 6 5 -）‖
旅 店 等 捷 音。

小生王祖荫，多蒙柳小姐赠我银两，上京求名，且喜三场文章倒也得意，今乃放榜之期，静待捷音便了。

〔【小锣五击】报录人“上场门”上，站右台口处。

报　录 （念）禹门三级浪，平地一声雷。（向门内）店家！

〔店家“下场门”上做开门状。

店　家 干什么的？

报　录 报录的。

店　家 报哪个？

报　录 王祖荫王大老爷。

店　家 等着，我给你回禀一声去。（进内站“大边”）启禀王大老爷，外边有报录的来啦！

王祖荫 传他进来。

店　家 是。报录的，里边叫你啦！

报　录 是啦。（进内在“小边”跪下）报录的叩见王大老爷。

王祖荫 罢了！可有报单？

报　录 有报单。

王祖荫 呈上来。

报　录 是。（双手呈报单）

王祖荫 （念）捷报：“贵府王大老爷祖荫得中第八名进士，赐放德化县正堂。”店家，贴在门首。（店家应声后接过报单贴在门首做拍贴状）

店　家 启禀老爷，这报录的咱们得赏他两个钱儿。

王祖荫 好。赏他二两银子。

店　家 是啦。（取过银子面向报录的）报录的，王大老爷赏你二两银子。（交递过去）

报　录 （接过来）多谢王大老爷。（“上场门”下）【小锣一击】

王祖荫 幸喜高榜得中，不负十载寒窗也。（仍坐于“外座”）

〔【小锣五击】四青袍、书吏上。右台口站“一条鞭”。

书　吏 （念）将相本无种，男儿当自强。店家哪里？

店　家 （出门）做什么的？

书　吏 德化县役三班迎接王大老爷上任。

店　家 候着。（进内）启禀王大老爷，德化县三班迎接老爷上任。

王祖荫 叫他们分班而进。（店家应声出门）

店　家 叫你们进来啦。

〔店家下，书吏、青袍等进门。

书　吏 叩见王大老爷。

王祖荫 罢了。衣帽可曾带来？

书　吏 俱已带来。

王祖荫 待我后面更换，准备启程。

〔众应声：“是。”【小锣打下】王祖荫与书吏等“下场门”下。

第　十　场

遇　难

〔【小锣抽头】小贼划船载吴天良“上场门”上，至台口。

〔西皮摇板〕

吴天良 （7 6 5 5 5 3 6 5 5 3 2 1 1 6 5 5 5）

1 3 3 3 1 3 3（4 3 2 1 2
抢 来 银 子 俱 花 尽，

3 2）1 3 1 2 1 2 1 - ‖【住头】
再 等 买 卖 到 来 临。

只因那天劫了一个大汉的包袱，谁想里头有许多两银子，是我们大家均分，花了几天又完了。这两天一点买卖都没有。伙计们，咱们候着。（众走向“大边”站候）

〔【小锣抽头】四青袍、书吏引王祖荫“上场门”上。

〔西皮摇板〕

王祖荫 （过门同前）i 5 7 6 7 6 3 5 6（6 5 3 5 6 5
身 受 七 品 德 化 县，

3 2 1 2）i 5 6 6 5 6 6 5 -（5 3 6 5 -）‖
兼 程 前 进 到 江 边。

上前看过，可有渡船。

〔书吏上步朝“大边”观看。

书　吏　启禀老爷，有一渡船。

王祖荫　吩咐弃岸登舟。

书　吏　船家，搭了扶手。

〔吴天良应声：“来喽！”——划船过来搭扶手，众人上船，王祖荫正中坐下。

吴天良　小人叩头。

王祖荫　罢了。

吴天良　请问老爷，您要上哪儿去？

王祖荫　德化县。

吴天良　伙计们开船呐！（小贼摇桨开船，吴天良“背供”自语）哎呀慢着，我看这个老爷带来衙役不多，倒好下手，可是先得把这些衙役除啦。哦有了，（从旁对众说）伙计们，我说动手，你们就抄家伙。（用手一比划，众贼应声）我说你们哥儿几个过来。（书吏与衙役上前）

书　吏　做什么？

吴天良　这位老爷贵姓？

书　吏　王大老爷名祖荫，德化县正堂。

吴天良　德化县……伙计们动手。（四小贼推四青袍下水）给我下去吧！（吴天良推书吏下水。“水声”书吏、衙役下）

王祖荫　【叫头】嘟！大胆的狂徒，你们将衙役推下江心，是何道理？

吴天良　道理！没道理，告诉你说吧，我生长在长江，专劫官与商，连你的命还在我手心里攒着呐！

王祖荫　住了！【大锣五击】你这样抢劫官府肆无忌惮，难道说不怕王法么？

吴天良　你得啦吧！又王法啦，屁法！说什么我也得劫你，有银子有钱快拿出来就完啦。

王祖荫　好，好。银子在此，（交银包）搭了扶手让我上岸去吧。

吴天良　好哇！你上岸好调兵抓我们来呀，别跟我来这套，快点儿把官衣脱下来吧。

王祖荫　住了！【大锣一击】想我乃堂堂七品县令，你擅敢如此抢劫，倘若圣上闻之，你的狗命难保！

吴天良　得了吧！又圣上啦，告诉你说，你在这船上，我就是皇上，说什么也得劫你。伙计们，扒他。（众小贼扒下王的衣帽）伙计们，这可要发财啦！

众小贼　怎么着？

吴天良　你们瞧，这不是有现成的官衣纱帽，我扮作知县，你们扮作衙役，咱们冒充上任，过两天儿官瘾不好么？

众小贼　我们不懂衙门规矩。

吴天良　不要紧，咱们先别杀他，把他押在后舱，有什么不知道的就问问他，他要是不告诉咱们，咱们就整治他，哪怕他不说呀。

众小贼　好，就这么办啦。

吴天良　把他押在后舱。【冲头】（一小贼押王祖荫下，王摇头叹息）伙计们咱们穿戴起来。——【小锣串子】（吴与众小贼穿官衣，小贼站立两边）你们瞧！一穿上这个，立刻就长威风，我说来呀！

众小贼　有。

吴天良　开船！

众小贼 啊！

〔【扫头】【快原场】小贼摇船，吴天良等“下场门”同下。

第 十 一 场

泅 岸

〔【水底鱼】田遇春“上场门”上，抖右袖折袖。【叫头】

田遇春 可恼呀，可恼！只因那日过江，不想误上贼船，被贼用酒灌醉，将俺推落江心，幸喜俺熟谙水性，游至岸边得以活命。这两日在这岸边寻访，不见贼船的踪迹，我不免借一小舟，再到江中打探便了。

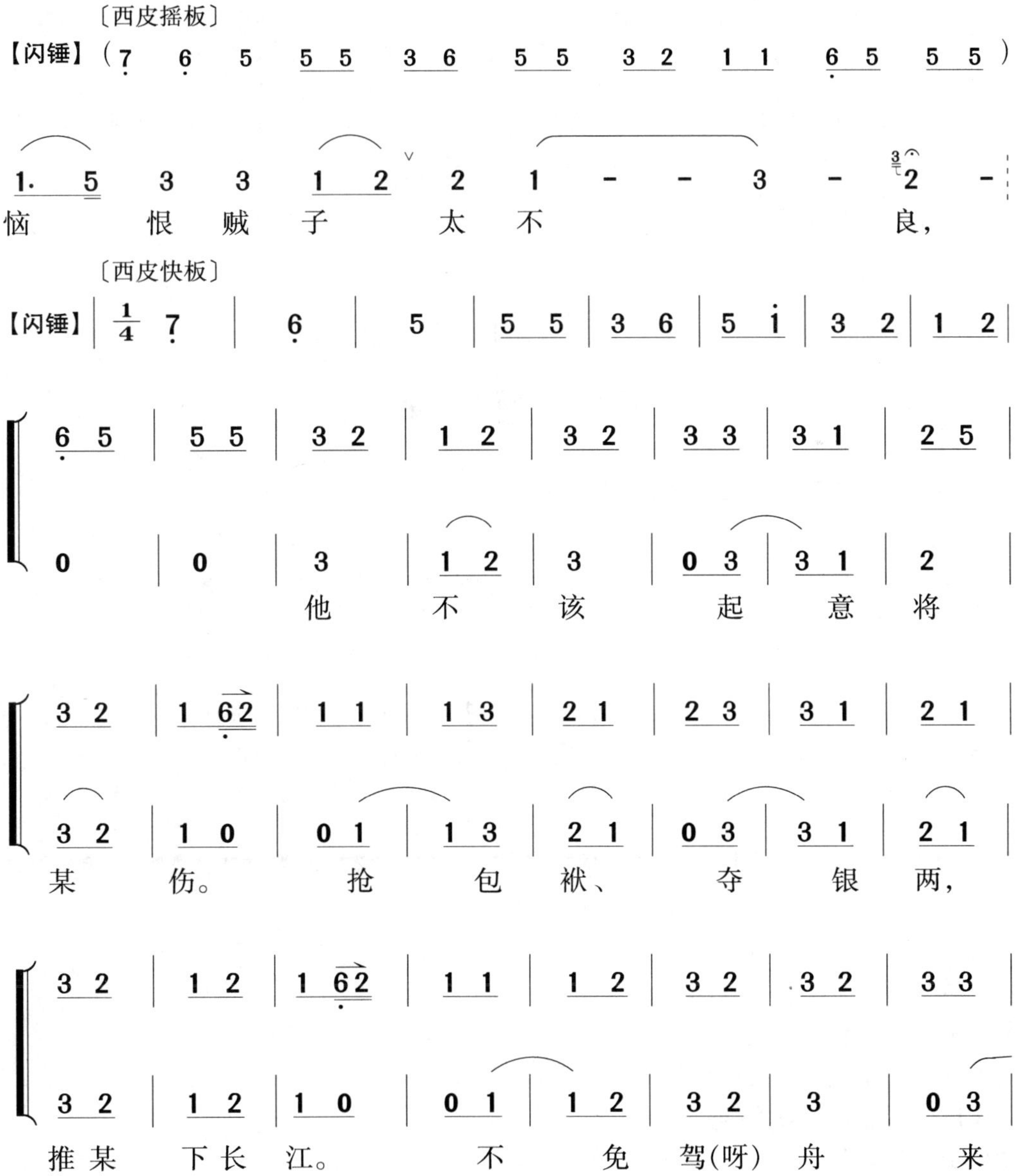

| 2 3 | 2 1 | 2 3 | 6 1 | 1 3 | 2 1 | 3 2 | 1 2 |
| 2 3 | 2 1 | 2 3 | 6 1 | 1 3 | 2 1 | 3 2 | 1 2 |

追　　赶，拿　住　了　狗　贼　子　剖　腹　剜

| 1 62 | 1 2 | 1 2 | 3 5 | 3 1 | 2 2 | 2 3 | 2 1 | 6 1 | 2 |
| 1 0 | 0 1 | 1 2 | 3. 5 | 3 1 | 2 | 2 3 | 2 1 | 6 1 | 2 |

慢

肠。　甩　开　大　　步　我　就　朝　前(呐)　闯，

〔摇板〕

【快长锤】（过门同前）　1　3　2 1　2　3　3　2 1　6　1 - ‖ **【小锣原场】**（“下场门”下）

（走至“大边”台口返回）寻　访　贼　子　走　一　场。

第十二场

闲　荡

〔**【撤锣】**转**【小锣抽头】**吴天良“上场门”上，至台口。

〔西皮摇板〕

吴天良　（7　6　5　5 5　3 6　5 5　3 2　1 2　6 5　5 5）6

不

1　3　2　3　1　3　2（3　2 1　6 1　2 1）

想　今　日　得　过　官　瘾，

3　1　3　2　6　1　2　^{3}2　1（1 1　6 2　1）‖

缺　少　一　位　掌　印　夫　　人。

来。

众小贼　有。

吴天良　船为什么不走哇？

众小贼　启禀老爷，江中风浪甚大，再走可要翻船啦。

吴天良　放屁，混账东西。

众小贼　是老爷。

吴天良 翻船翻船，这多么不吉祥啊！将船拢岸，等风平浪静再来开船。

众小贼 是。（小贼将船拢岸。“水声”效果）

吴天良 这有多么闷得慌呀。我说来呀！

众小贼 有。

吴天良 这是什么地方？

众小贼 鸡鸣岭。

吴天良 听说鸡鸣岭惯出美女，还能画画，我何不上岸游玩游玩。我说来呀！

众小贼 有。

吴天良 老爷我要上岸游玩游玩，你们好好在此看守，若是不听老爷我的命令，到了任上一定要重办。

〔众小贼应声。

吴天良 搭了扶手。（下船）

众小贼 送老爷。

吴天良 免。

〔**【小锣打下】**吴天良“下场门”下，众小贼“上场门”下。

第 十 三 场

鬻 女

〔幕启。舞台正中设一桌，“小座”；“大边”设一桌，“内座”。

〔**【小锣抽头】**柳玉莲“上场门”上，至台口。

〔西皮摇板〕

柳玉莲

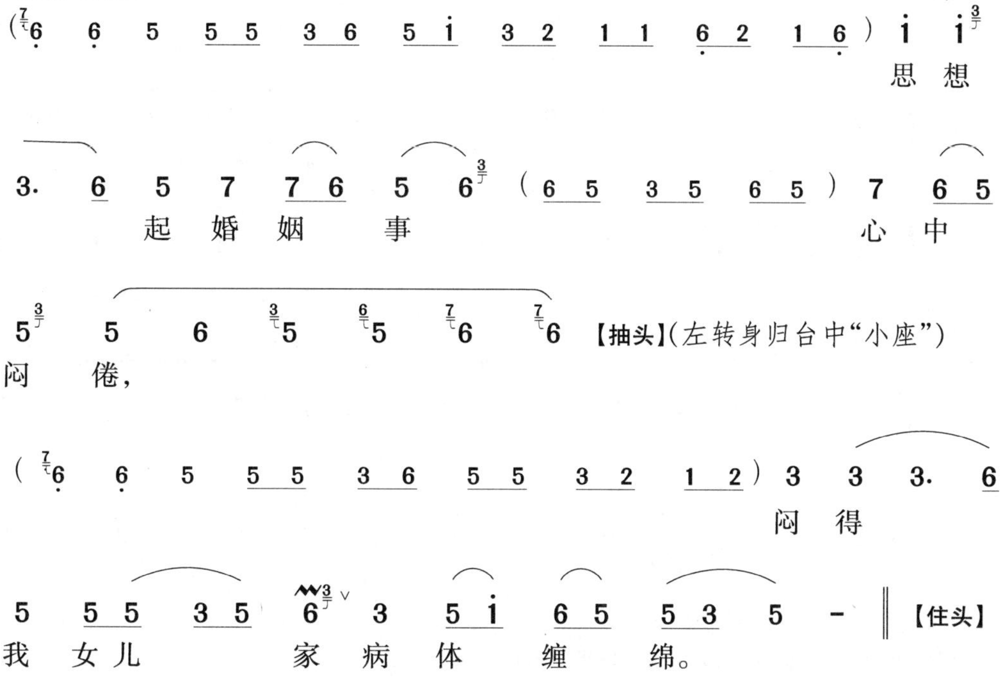

王郎一去至今杳无音信，也不知是否得中，是我终日忧思，以致病体缠绵，今日精神略见清爽，不免去到楼上对镜描容，以解愁闷便了。

〔曲牌伴奏[1]，上楼归"内座"，桌上设置一镜台、笔砚、宣纸等，柳玉莲照镜惊讶。

柳玉莲 几日不对菱花，越见消瘦。哎！思想起来，好不伤感人也。

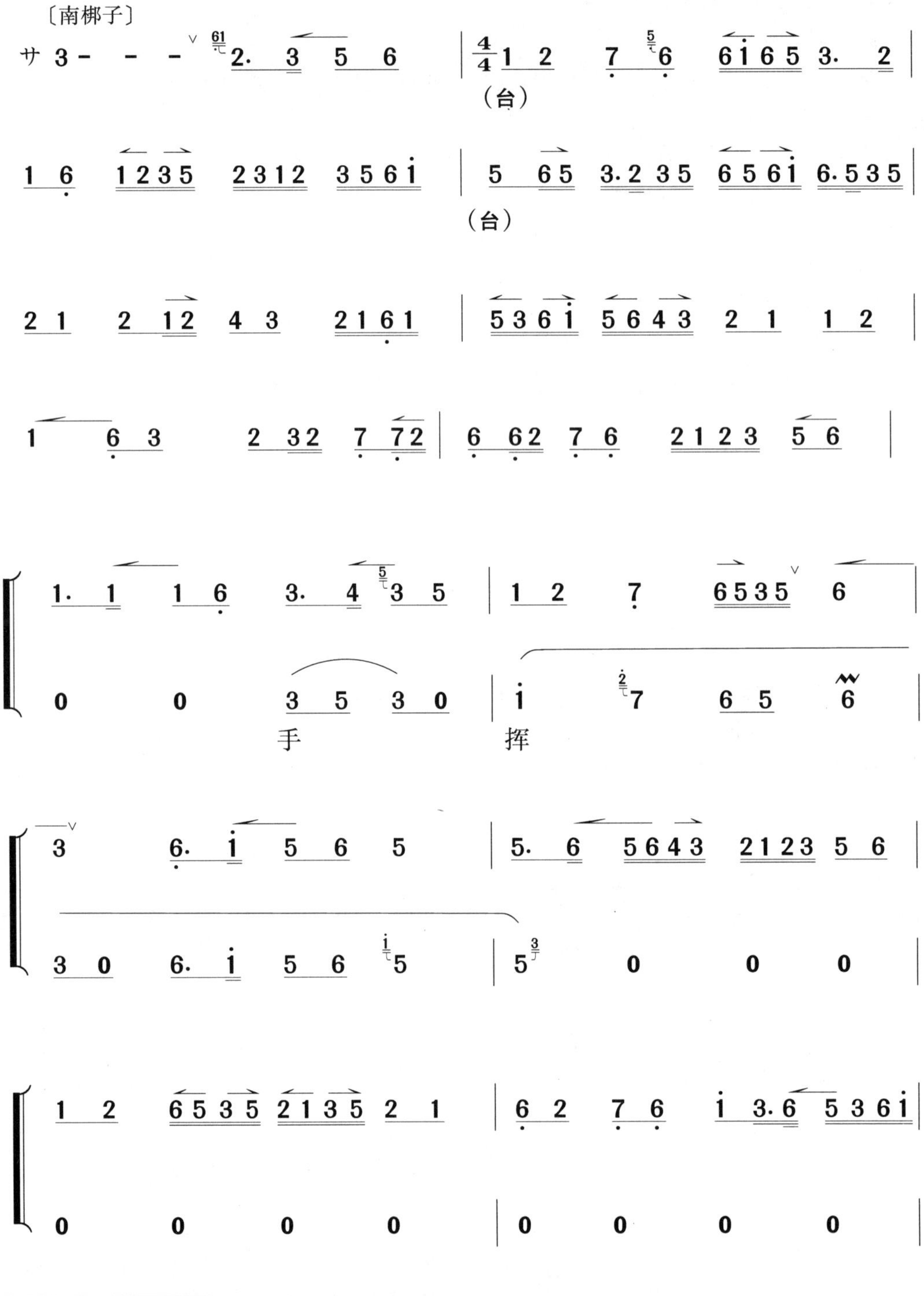

① 可选用一支胡琴演奏的喜乐曲牌作为伴奏。

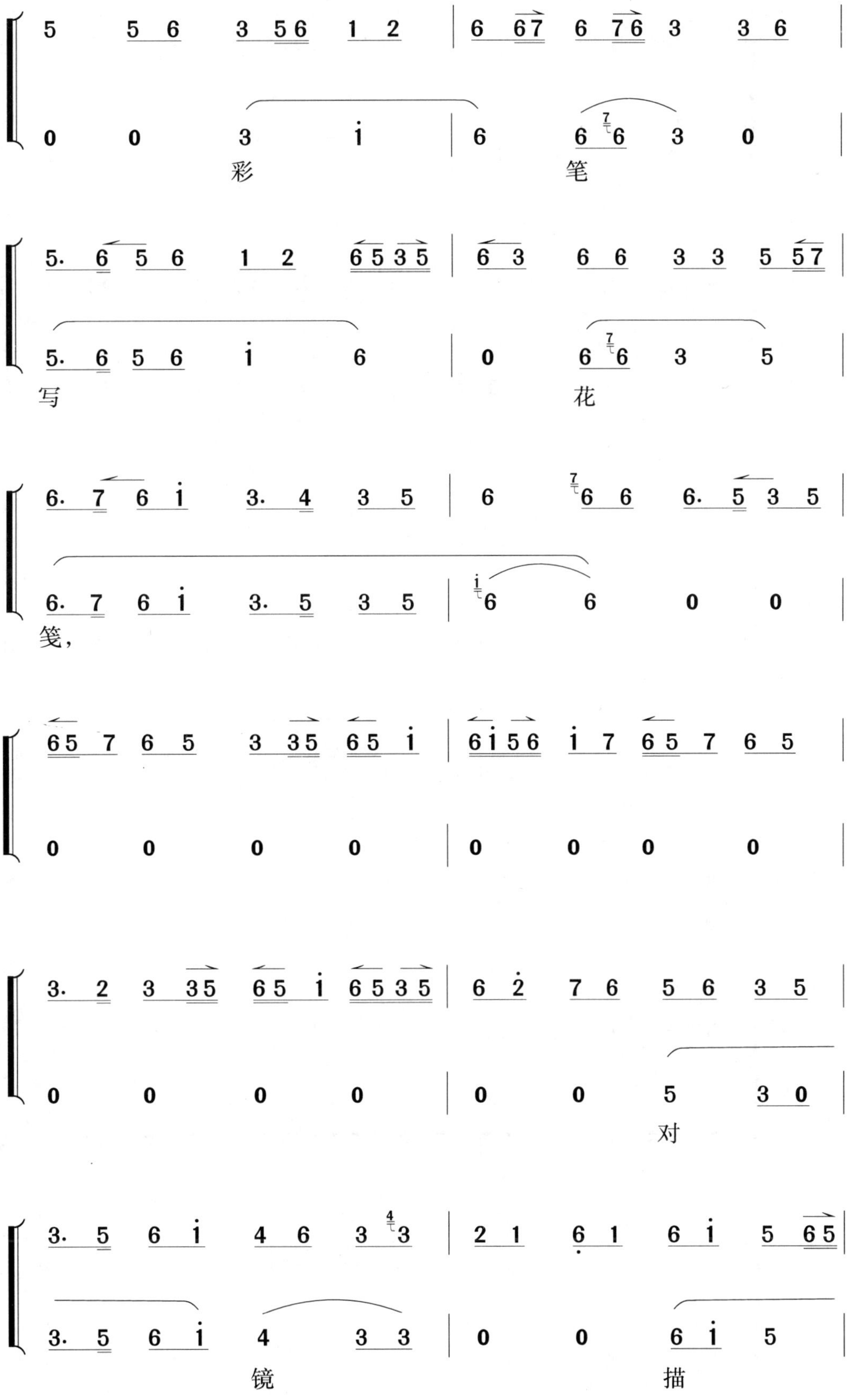
彩
笔
写
花
笺，
对
镜
描

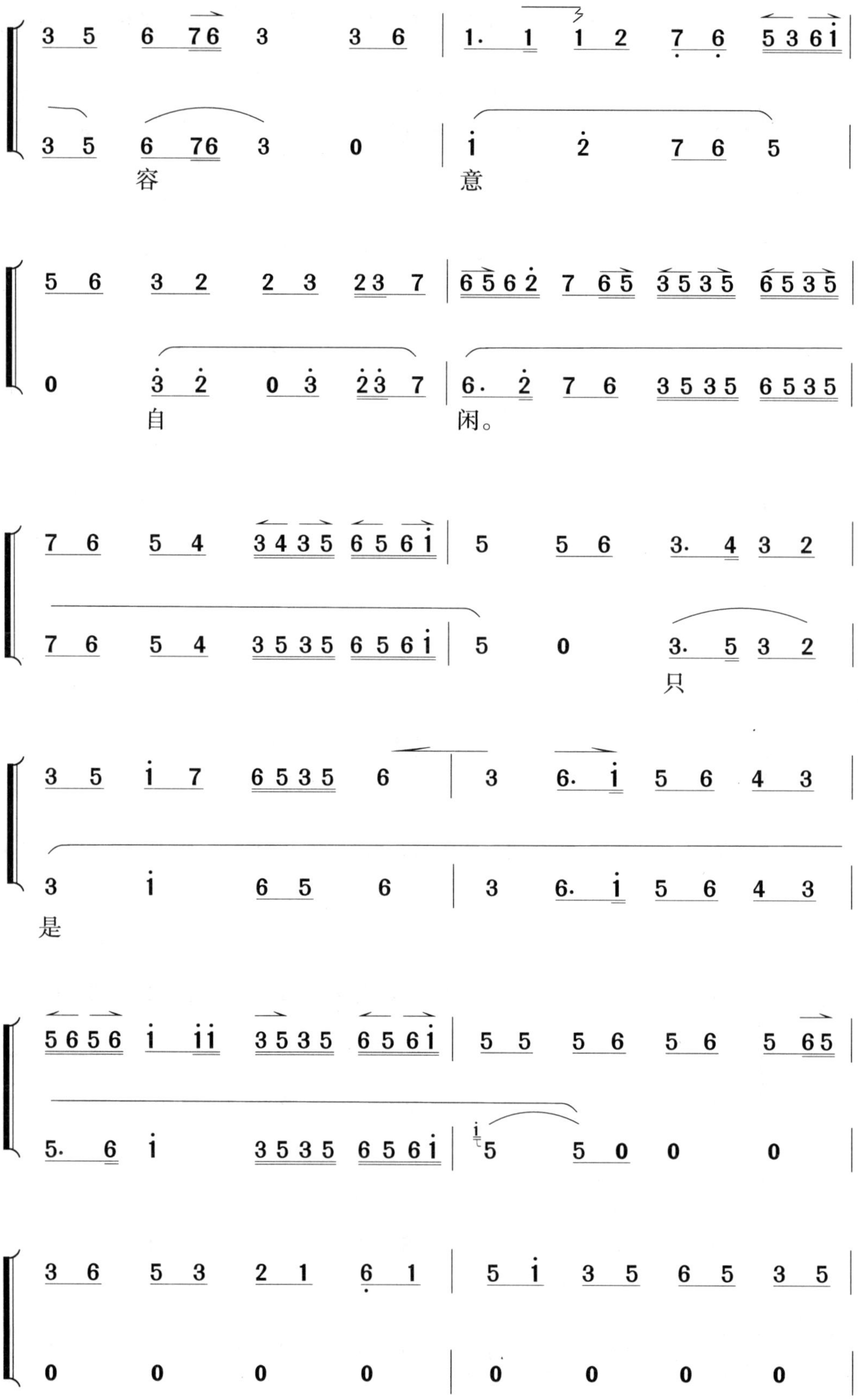
容
意
自
闲。
只
是

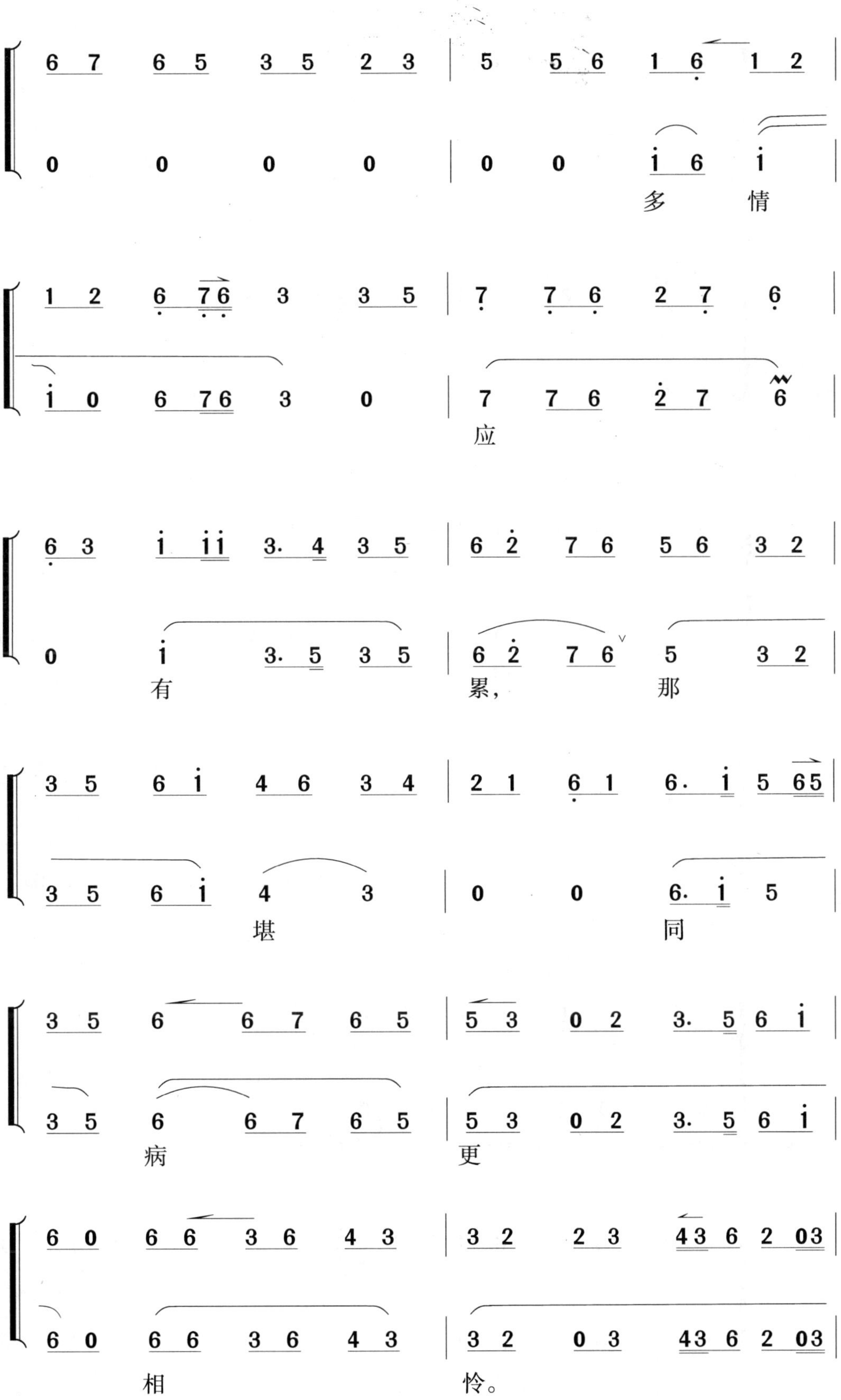
多 情
应
有 累， 那
堪 同
病 更
相 怜。

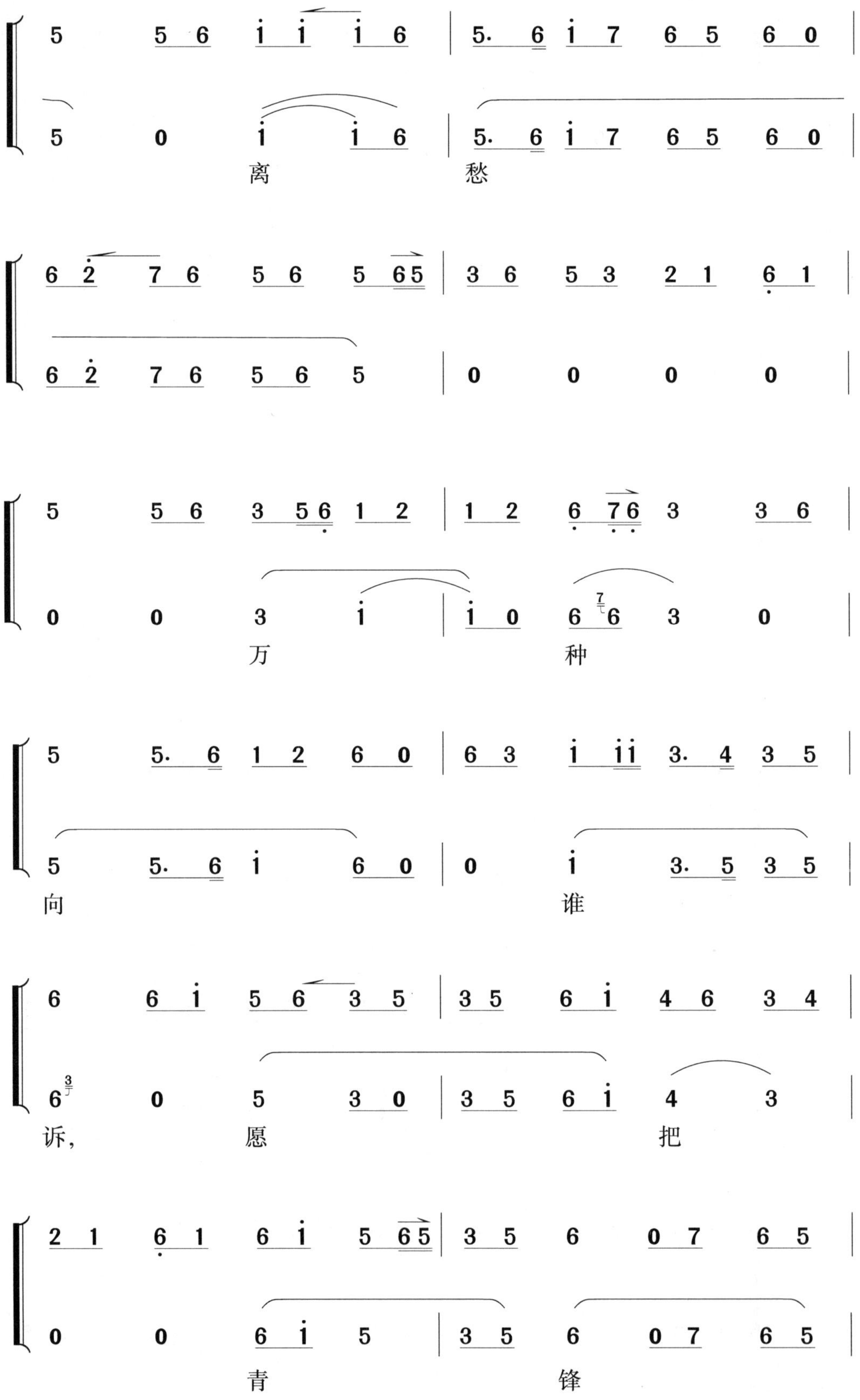
离
愁
万
种
向
谁
诉，
愿
把
青
锋

5 3　0 2　3 5　6 i | 6 i　3 5　6 5 6 i　4 3 |

5 3　0 2　3 5　6 i | 6 0　0　6. 5 6 i　4 3 |
断　　　　　　　　　　　俗

3　^{3}5　^{3}5　- ‖（在以上唱腔中，人物是边唱边作画，唱毕略作自赏后画向外展。然后放桌上）

3　^{3}5　^{3}5　- ‖
缘。

〔【小锣抽头】吴天良“上场门”上，走至右台口。

〔西皮摇板〕

吴天良（7 6 5　5 5　3 6　5 5　3 2　1 1）3　3　4　3
离　了　河　舟

3　1 2　3（4　3 2　1 2　3 2　6 5　5 5）3　1　3
到　岸　头，　　　　　　　　　　　　游　玩　山

2　2 1　6　1（3　2 1　6 2　1 2）6　1　3　2
景　解　烦　忧。　　　　　　　　　远　望　红　楼

3　3　1 2　3　5　^{3}2　-（向柳玉莲楼上一看【小锣一击】）
抬　头　　　　　　瞅，

噫！（过门同前）1　3　2 1　2　2 1　2　2　1（1 1　6 2　1）‖
上　面　坐　的　一　个　花　妞　妞。

哎呀慢着，（台）看那小楼上面有个女子，生得十分美貌，待我仔细瞧瞧。（朝柳玉莲左张右望）

〔姑母内白：“啊哈！”【小锣五击】姑母“下场门’上，至台中。

姑　母（念）我有琼楼玉，静等善价估。（开门见吴天良后惊讶）呦，我的妈呀！这是哪庙里的判官呐！

吴天良 判官，还阎王爷呐！我问问你们这儿是干什么的呀？

姑　母 我们是卖画的。

吴天良 巧啦，我就是买画的。

姑　母 我们卖画可是卖画，可不卖现成的，你要是买呀，可得当面下毫。

吴天良 怎么着，当面相好，那敢情好极了。

姑　母　什么相好！下毫就是落笔，当面现画。

吴天良　噢！是这么回事。那么那小妞儿画什么呐，我就买那个得啦。（手指向柳玉莲手中的画）

姑　母　那可不能卖，那是她自己的像。

吴天良　你瞧，架不着我多给钱好啦。

姑　母　多给钱就有商量，你这儿等会儿。

吴天良　好吧，快着点儿。（姑母进门上楼）

姑　母　呦，孩子，你又画什么呐？

柳玉莲　侄女今日精神略爽，故而在此描容。

姑　母　你瞧，刚好一点儿，不说多静养静养。那么你画完了没有？

柳玉莲　刚刚画完了。

姑　母　得啦，这儿风挺大，不要又着凉。后面歇息歇息去吧。

柳玉莲　遵命。

「**【小锣闷锣】**二人下楼，柳“下场门”下。姑母拿画看。

姑　母　画的还真像，就说我们姑娘的手有多巧哇。（持画出门）你瞧怎么样？（把画递给吴天良看）

吴天良　嗬！真美！跟本人一个样。

姑　母　你打算花多少钱买呀？

吴天良　给你五个钱吧。

姑　母　什么？五个钱，你留着买糖吃吧。

吴天良　吓！这是嫌少哇，干脆给你五两银子。

姑　母　这还差不多。

吴天良　真格的，这小妞儿是你什么人呀？

姑　母　她是我的侄女，我是她的姑妈。

吴天良　哎哟，我的姑丈母娘啊！（给姑妈下跪磕头）

姑　母　噌，你这小子，怎么满街上胡认亲戚呀！

吴天良　我跟你商量商量点儿事，成不成啊？

姑　母　什么事，你说吧。

吴天良　你这小妞儿嫁给我，我们俩做个小两口，你看怎么样？

姑　母　得啦吧！你也不瞧瞧尊容，那个长相，就凭我们姑娘能嫁给你，你这是癞蛤蟆想吃天鹅肉么。

吴天良　哈哈，闹了归齐你不认识我呀，我告诉你说吧，我就是现任德化县正堂知县大老爷。

姑　母　得啦吧！哪有你这个缺德行的大老爷。

吴天良　皆因我一点儿官僚习气没有，所以你看不出来，要不是知县，有穿这个戴这个的么！

姑　母　噢，你真是知县大老爷么？

吴天良　没错儿，一点儿也不含糊。

姑　母　哎哟，知县大老爷，您快上屋里坐吧。这是怎么说的呐！

吴天良　瞧，这份势利眼。如此，前面带路。（二人进门，吴坐正中）

姑　母　刚才不知道您是知县大老爷，言语多有冒犯，请您别怪罪。

吴天良　大人不记小人过，没关系没关系，我倒不在乎。

姑　母　真格的，您贵姓？

吴天良　我姓王，我就是“王祖荫”大老爷，今年三十六岁，六月二十四日丑时生。

姑　母　大老爷，谁叫您背生辰八字呐。（似未听请姓名）

吴天良　你瞧，省得你问我。我说刚才跟你提的那件事，你赞成不赞成？

姑　母　赞成倒是赞成，不过一样，自从我家老头子去世，也没留下一男半女，就依靠这个侄女卖画养活着我，您要是把她娶走，我这下半辈子吃谁去呀？

吴天良　不要紧的，只要你乐意，我给你三千两银子，足够你吃几年的。

姑　母　那么，谢谢您啦。

吴天良　这算得了什么。

姑　母　真是个知县大老爷，仗义疏财，可是我们这姑娘性情不好，您可温柔一点，别招临时出蘑菇。

吴天良　没错，我们祖传七辈子，专会温柔厮哄，咱们急不如快，你今个晚上就把她给我送到，咱们是人钱两交。

姑　母　那么您的公馆在哪儿呀？

吴天良　这！哦，我是出外私访来了，官船就在江边南岸，回头给我送去，明天早晨可就要开船啦。

姑　母　是啦。

吴天良　那么我就先走啦。（起坐出门）

姑　母　我不远送您啦。我说知县大老爷您回来。

吴天良　干什么呀？

姑　母　您那画儿钱还没给呐。

吴天良　瞧你这小气，一会儿一块给不就完啦么。（吴天良下）**（多多台）**

姑　母　哈哈……！这真是“人走时运马走膘，骆驼单走罗锅儿桥”。人要是走运呐，财可就顺着呐。一会儿把姑娘送了去，三千两银子到手，我再找个后老头子，一同过这小日子，可比现在卖画强的多啦。（做思索状，突然想起）

哎呀不好！想我们姑娘自从前些日子那个画扇子的相公走了之后，她就有点害相思病似的，我要跟她提这档子事，一准不成功呦，这可怎么好哇！（做思索状）

有啦，我把她叫出来，就说那个买画扇子的相公做官回来啦，方才打发人来接她上任去，我把她哄到船上，钱一到手我就“撒鸭子”①，不管他三七二十一，就这个主意。（向内呼叫）我说玉莲快来呀！

〔柳玉莲内白：“来了——”“上场门”上。

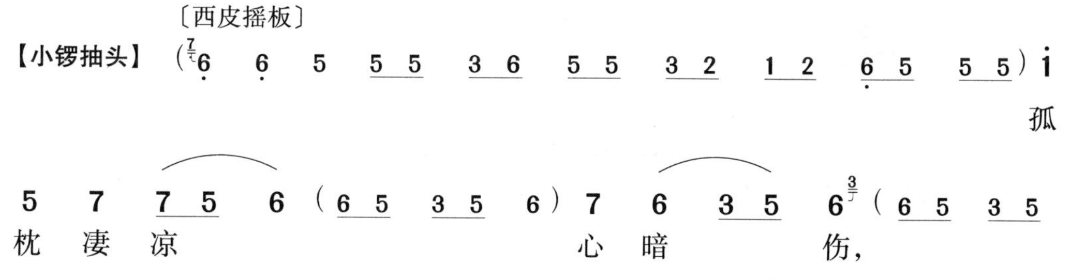

① 北方俗语，逃脱、溜走之意。

6 5 3 2）3 5 3 i 6 5 6 5 5 3 5 - ‖【住头】
鹊 噪 枝 头 为 哪 桩？

姑　母　哈哈……！

柳玉莲　姑母为何这等欢喜？

姑　母　孩子，可大喜啦。

柳玉莲　侄女喜从何来呀？

姑　母　你不知道，刚才有个衙役来啦，说从前在咱们这儿画扇子的相公，姓什么来着？

柳玉莲　（装做思索状）敢莫是姓的王么？

姑　母　不错，说是姓王。你瞧我这记性，人家刚跟我说的，我就忘啦。

柳玉莲　那姓王的便怎么样啊！

姑　母　人家得中啦，放的是德化县的知县，官船就停在江边南岸，接你上任来啦。孩子，从今往后，你就是官娘子啦。

柳玉莲　此事当真么？

姑　母　瞧，我还能冤你、骗你。

柳玉莲　如此待我谢天谢地。

姑　母　对了，我也谢谢咱们家的灶王爷吧！也不枉你想他一场。我早就看那位王相公将来必得大富大贵，果不其然就中了。我说孩子，人家叫咱们赶紧去呐！

柳玉莲　待侄女收拾收拾，也好见面。

姑　母　算了吧，天不早了，咱们说走就走吧！

柳玉莲　如此姑母带路。

〔西皮摇板〕

【小锣凤点头】（过门同前）5 i i 5 7 7 5 6 7 6
喜 王 郎 锦 衣 归 荣 耀

6 3 5 6（6 5 3 5 6 5 3 2 1 2）3 3
还 乡， 不 枉

5 - 5 3 i 6（6 5 3 5 6）3 5
我 守 闺 门 盼 望

6 5 5 3 5 -（6 5 3 6 5 5 3 2 1 2）3
一 场。 幸

3 5 7 7 6 5 6（6 5 3 5 6）7 6
喜 得 白 玉 坠 身 边

6 3 5 5 6 6 **【小锣抽头】**（走至“大边”台口，右转身而外）
带 定，

（过门同前） 5 i̇ i̇ 6 5 5 6 6
到 江 边 登 官 船

（6 5 3 5 6） 3 5 6 5 5 3 5 － ‖
去 见 王 郎。

〔【小锣抽头】柳玉莲随姑母“下场门”下。

第十四场

团圆

〔连打【小锣抽头】吴天良与众小贼上，至右台口前。

吴天良 哈哈……。

〔西皮摇板〕

（过门同前） 2 1 2 1 3 2 1 2 3 3（4
也 是 我 走 红 运 喜 从 天 降，

3 2 1 2 3 2 6̣ 5 5 5） 3 1 2 1 2 2 1
平 地 里 作 高 官 喜

2 3 2 1（3 2 1 6̣ 2 1 2） 1 2 2 3 1 2
气 洋 洋。 叫 左 右 陪 伴 我

6̣ 1 3 2（3 2 1 6̣ 1 2 1） 3 2 3 1 2
船 舱 之 上， 今 夜 晚 入 洞

慢收
2 6̣ 1 2 2 1（1 1 7̣ 2 1 －）‖（转身归台中坐下，小贼分立左右）
房 来 做 新(呐) 郎。

方才那老梆子叫我给唬得晕头转向，她听我说给三千两银子，就答应把小妞给我送上船来。想我又是官运，又是桃花运，我小子实在幸福不浅呐。（猛然想起）哎呀慢着！【冷锣】一会儿那老梆子把人送来跟我要钱可怎么办呐？有啦，我不免将她骗到船头，给老杂种的推下江去就完啦。（做摊双手表示）——（故作官腔语气）我说来呀！

众小贼 有。

吴天良 伺候着。

众小贼 喳！

〔柳玉莲内白：“走哇。”

〔**【小锣抽头】**柳玉莲同姑母上，至“小边”台口。

〔西皮摇板〕

柳玉莲 （过门同前）i i 3. 6 5 7 6 3 5 3 5 5

心 急 似 箭 江 边 往，

6 6（6 5 3 5 6 5 3 2 1 2）3 5 i 6

只 见 官 船

5 6 5 5 3 5 - ‖（大 大 大 大 大 大 乙. 台 -）

停 岸 旁。

（向左方一望）

姑母，那厢有只大船，可是王郎的官船么？

姑　母 我去打听打听去，别上错了。（上前向小贼招手问话）列位请啦！

众小贼 做什么的？

姑　母 你们这是王大老爷的官船么？

众小贼 对对，是的是的。

姑　母 我是给老爷送夫人来的，快给我们搭了扶手。

众小贼 送夫人，好，给你们搭扶手。（一小贼平举桨板做扶手）

〔柳玉莲、姑母上船后，站在“小边”。

姑　母 姑娘，你先在这儿等等，我给你回一声去。

柳玉莲 姑母，你要快些来呀。

姑　母 是啦，就来。

〔姑母走至“大边”台口，向内招手暗叫吴天良，吴走过来。

吴天良 人哪？

姑　母 给您送来啦，（一指）您瞧。（吴天良伸脖了偷看柳玉莲）

吴天良 不错不错，你真不失信用。

姑　母 那还用说吗，您得温存着点儿。

吴天良 没错没错，人交给我啦。

姑　母 咱们那件事怎么着啦！

吴天良 噢！钱哪，早给你准备好啦，在那边呐。（起身指“下场门”，姑母上步往里一看）你给我下去吧！

〔**【冷锣】**吴天良推姑母下江，“水声”姑母下。吴走至柳玉莲旁。

吴天良 哈哈……小娘子你别净自在这站着啊，进舱来咱们聊会子，也该睡觉了。（上前欲抱）

柳玉莲 （一看）啊?!（ 嘟 - 仓 0 ）（大惊）

吴天良 啊！

柳玉莲 你是何人，这等放肆。

吴天良 下官王祖荫在此。（装小生腔，施礼）

柳玉莲 你竟敢冒充王郎的名字，是何道理？

吴天良 冒充，谁要冒充就是杂种。

柳玉莲 我来问你，我姑母今在何处？

吴天良 你甭提啦，我告诉你说吧，你姑母使了我三千两银子，把你卖给我啦。

〔（**大 大 大ˇ 大 台**）柳玉莲惊态，微摇头，似不相信。

吴天良 你在做梦呐！

柳玉莲 你待怎讲？

吴天良 真卖给我啦。

柳玉莲 哎呀！

〔**【大锣一击】**昏厥。吴天良上前扶住。

吴天良 哎呦，这不是要我的命么！姑奶奶你快快醒来吧！

〔**【快冲头】**转**【快导板头】**

〔西皮小导板〕

（速拉） 渐慢

柳玉莲 サ（6 5 3 5 6 6 6 i. i 5 3 2 7 6 2 1 - -）

i 5 7. 6 5 6（6 5 3 5 6 - ）2

听 说 姑 母 将

i 6 i 2 2 i i - （**【撕边一锣】**揉眼醒来）

我 卖，

吴天良 阿弥陀佛，你可活过来啦。

柳玉莲 喂呀！（以水袖掩目而泣）

〔西皮散板〕

【纽丝】（6 6 6 5 i 3 2 7 6 2 1 - -）

i 6 5 3 5 6（4 3 5 6）5 6 5 3 5（2 3

三 魂 渺 渺 转 回 来。

6 5）3 5 7 7 5 6 0 5 i i 5. 6 i -

（仓）却 为 图 财 把 良 心

（1 2 3 5 2 1 6 2 1）i 2 2 7 6 5

（仓 大 另 才 台 七 台 仓）坏，

3 5 7 6 3 5 6 ^{5}6 $^{\dot{1}}$5 ^{6}5 – 【撕边】（思索）
姑 母 （哇） 啊！

柳玉莲 也罢！

【凤点头】（过门同前）3 5 ^{5}3 5 6 $\dot{1}$6 5 $\dot{1}$ 6 5 ^{3}5 3 5 – ‖【长撕边】~~~
不 如 一 死就 赴 阳 台。

〔~~~柳玉莲欲投江，吴天良拦阻。~~~【一锣】

吴天良 哎呦，你要是跳江，我也活不了啦。你听我说：你挺聪明的人，为什么这么糊涂哇？虽然你姑母把你卖啦，她不是好人，可我是好人呐！况且我又是现任的知县，敢说是又有势又有钱，你要是嫁给我，管保你一辈子吃穿不尽。

柳玉莲 【叫头】太爷呀！民女乃是有夫之妇，此事万难从命。望求太爷开恩，将我放回，民女纵死九泉，也感大恩大德呀……。（向吴天良下跪。嘟~~~~）

吴天良 你住了吧！（仓）又什么有夫之妇啦，听我告诉你说，你要是嫁给我，待我奏明圣上给你立个贞节牌坊。别的话不用说，咱们俩赶紧入洞房吧！

柳玉莲 贼子呀！

〔西皮散板〕
【纽丝】（过门同前） 3 5 7 6 5 6 3 5 6 （4
骂 声 贼 子 太 蛮 悍，
（柳起立）

3 5 6） 3 5 $\dot{1}$ 6 5 6 5 6 $\dot{1}$ 5 （2
（仓） 霸 占 民 女 为 那 般？

3 6 5） 3 5 7 6 7 6 3 5 6 （4
（仓） 若 要 我 把 心 意 转，

3 5 6） 3 5 $\dot{1}$ 6 6 5 5 3 5 – ‖
日 出 西 边 难 上 难！

吴天良 可恼！

【凤点头】（过门同前） 3 3 3 3 4 3 3 （$\underset{.}{6}$ 1 2 3）
听 一 言 来 心 中 恨， （仓）

1 3 1 2 2 3 1 （$\underset{.}{7}$ $\underset{.}{6}$ 2 1） 3 3
苦 苦 不 依 为 何 情。 （仓） 人 来

3 2 1 3 2 – 【急急风】（众贼将柳玉莲双手捆绑）
与 我 将 她 捆，

〔同时田遇春自“上场门”摇桨暗上，闻柳玉莲哭声吃惊。（锣鼓切住， 嘟~~~~）。

田遇春　啊？！

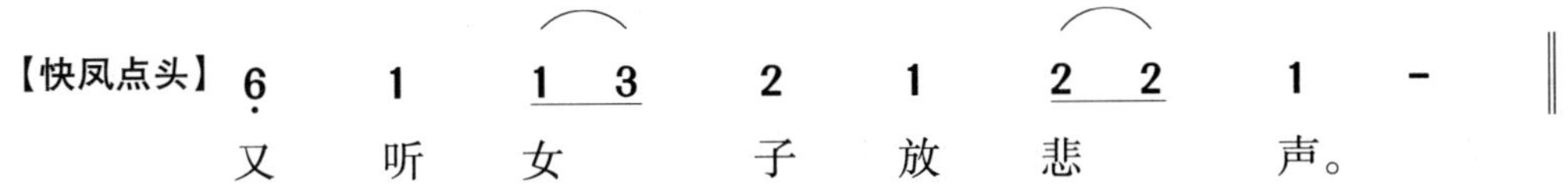

【叫头】且住！听那舟船之上，有妇女哭声甚惨，待俺听个明白。（上前两步窥听。柳玉莲哭泣）

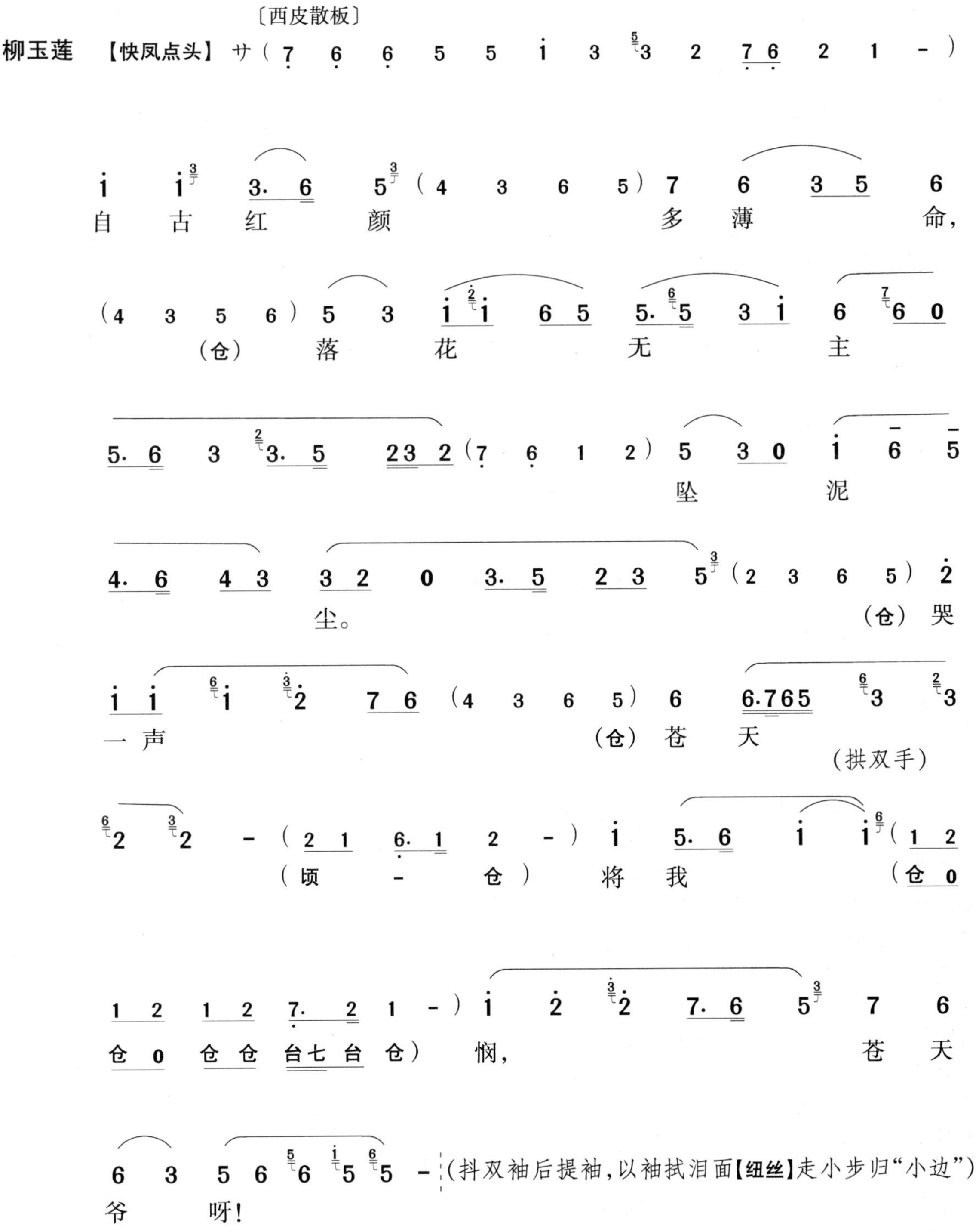

〔西皮散板〕
（过门同前）3 5 i 6 6 76 5 2 3 3 5 ‖【住头】
救 我 蝼 蚁 命 残 生。

吴天良 你净哭也不成呀，你要是再不答应，我就要你的小命！

柳玉莲 【叫头】贼子呀！【五击】想我一柔弱女子，被你设计陷害，今已至此，生命已置度外，要我依从，除非日从西起！【大锣一击】

吴天良 哈哈！你这丫头真有点犟劲儿呀。不给你一手，你也不知道我的厉害。来，看皮鞭伺候。（小贼将皮鞭交吴天良）丫头啊！

〔西皮散板〕
【快纽丝】（ 6 6 65 55 3 12 2 62 1 – ）

1 2 3 3 12 3 3（4 32 12 3）
骂 声 丫 头 太 烈 性，（仓）

3 3 1 2 2 3 1（3 21 62 1）
执 意 不 从 气 煞 人。（仓）

3 3 2532 12 2 12 3 5 3 2 –
皮 鞭 打 下 要 你 的 命，

〔（嘟.大大 仓 0 嘟.大大 仓 0 嘟.大大 仓 0）吴天良打三下，柳哭。

〔【大锣凤点头】田遇春跳上贼船，推倒吴天良。

〔西皮散板〕
田遇春 （过门同前）6 1 3 2 1 2.5 321 32 32 1 6 1 – ‖
苦 苦 拷 打 为 何 情。

【叫头】呔！你这官儿三更半夜拷打妇女，是何理也？（与吴照面）——（背供）原来是这个王八日的，他怎么做了官了？！

吴天良 （背供）噫！这黑小子怎么没死呀！

田遇春 呔！【快五击】你这蟊贼，那日抢劫俺的行囊，今日又拷打妇女，待俺结果尔的狗命！

吴天良 【叫头】嘟！大胆的狂徒，私上官船，冲撞本官，来呀！（众应）将他拿下了！

〔众贼上前捉田，（嘟～～～）反被田遇春打落江中（仓），众贼下。

吴天良 老爷子饶命吧！（跪下求饶）

田遇春 你这王八日的，威风往哪里去了？！

吴天良 我这是一冲一撞。

柳玉莲 壮士救命啊！（嘟～～～～仓）

田遇春 我来问你，这一女子她是何人？

吴天良 她是我的官太太。

田遇春 你不说实话，我立刻结果你的狗命。

吴天良 哎呦，老爷子，干脆您把她解下来，自己问她，不比我说还详细么！
田遇春 暂且便宜你这王八日的。（将柳玉莲捆绳解开，怒视吴天良）
柳玉莲 多谢壮士。（作揖）
田遇春 岂敢，这一女子家住哪里，姓甚名谁，因何被绑，一一讲来，俺与你作主。
柳玉莲 壮士容禀：

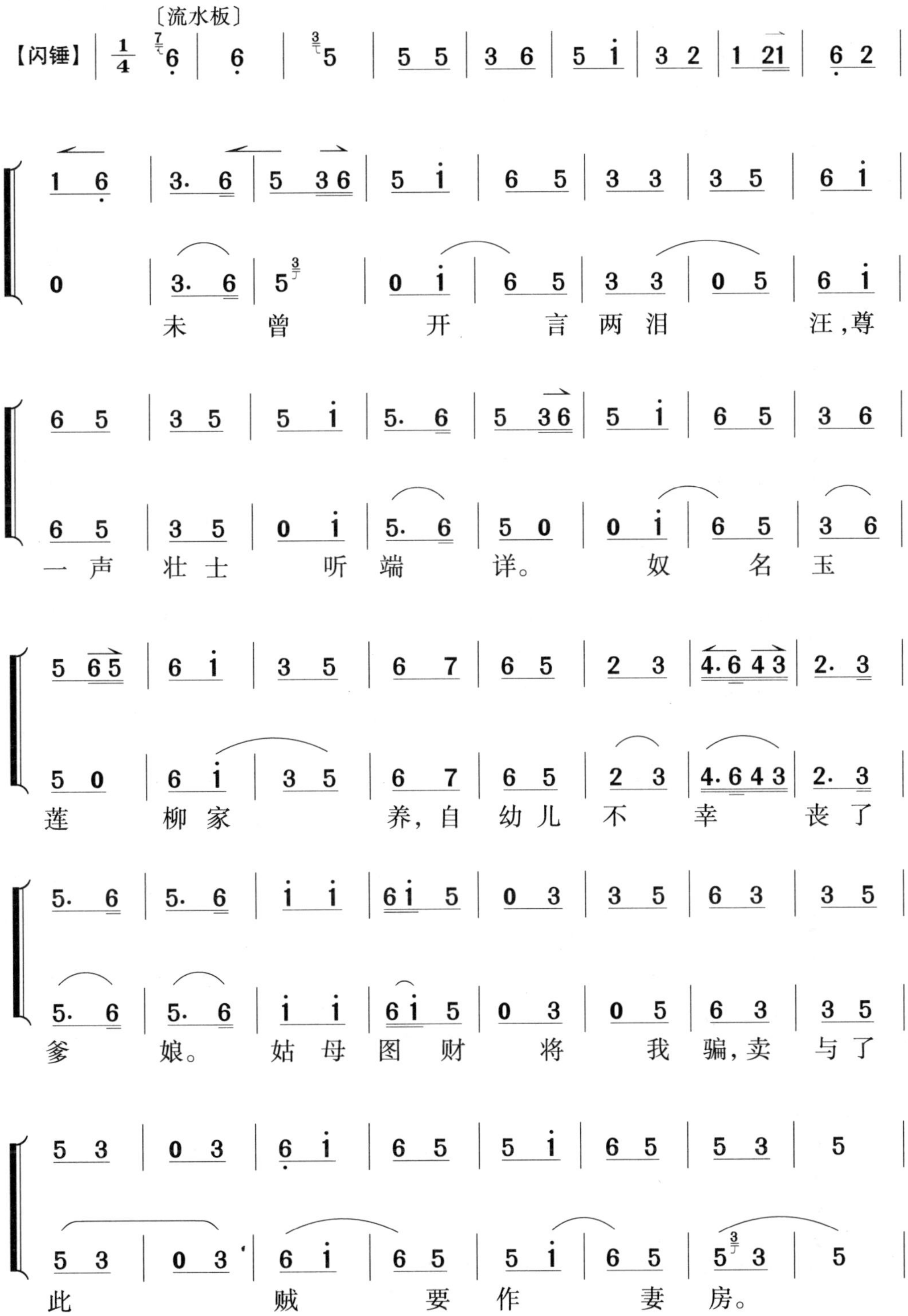

<小拉子>
田遇春插白："既是你姑母将你卖与此贼，他苦苦拷打于你是何缘故？"
接奏〔流水板〕
柳玉莲
可恨
贼子太不良，频施夏楚最
堪伤。罗敷自有那鸳鸯
侣，怎与他人就配鸾
凰。

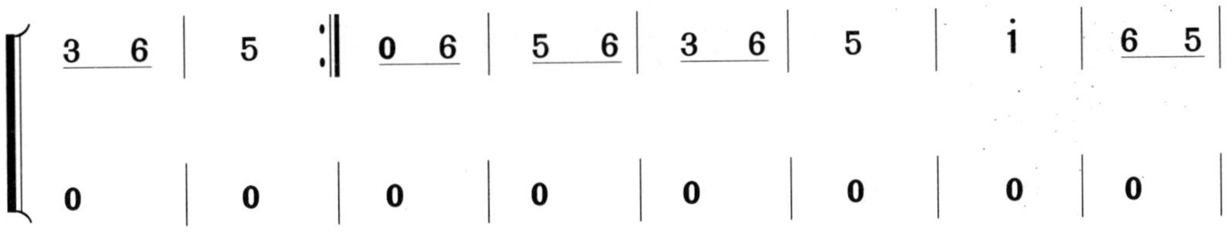

田遇春插白：“原来你是有夫之妇，但不知许配何人？”

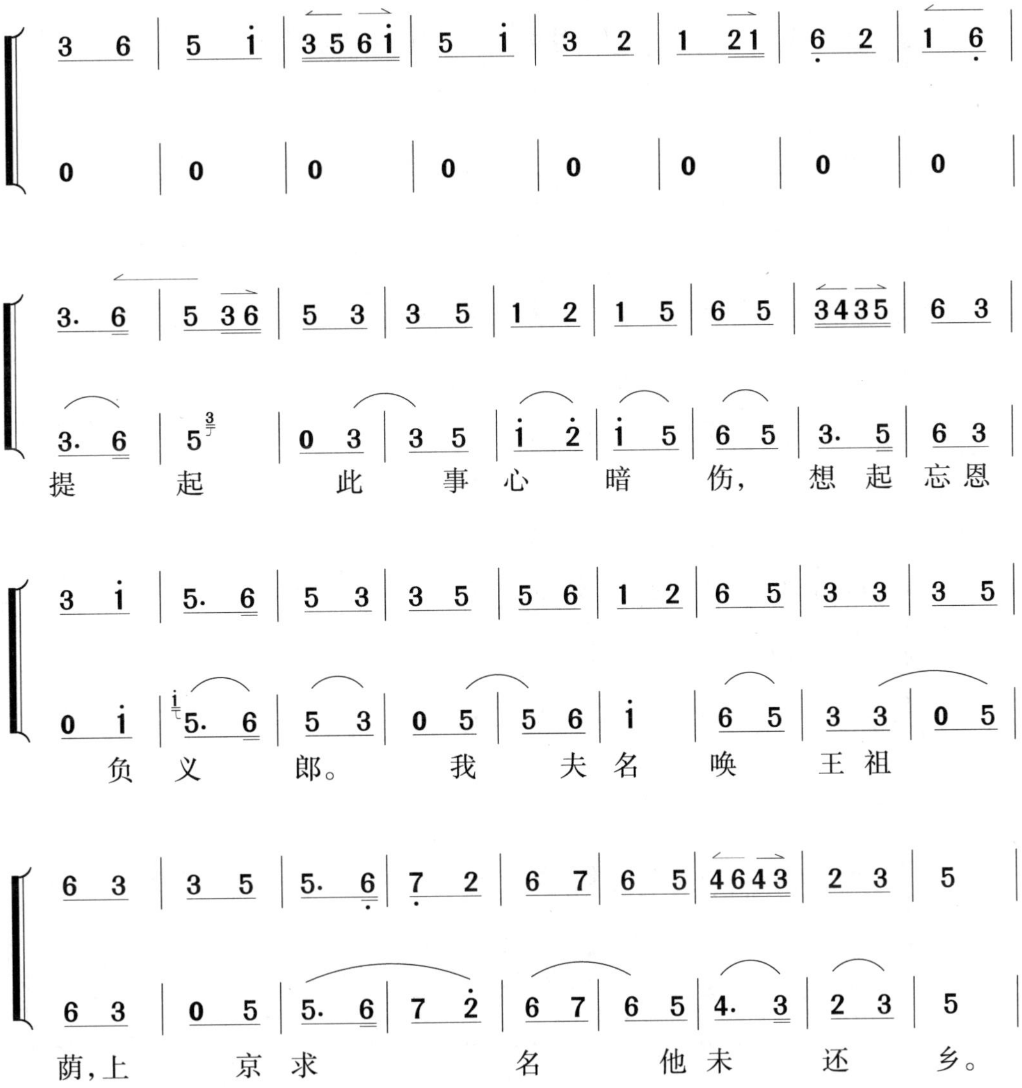

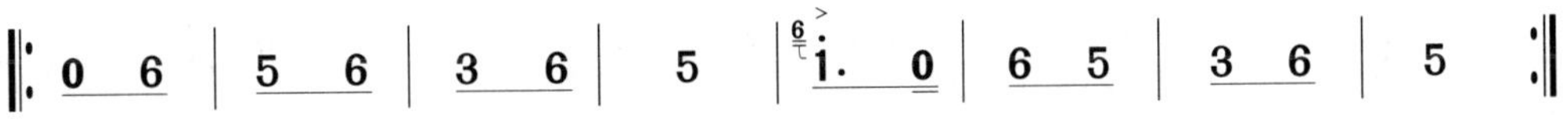

田遇春插白：“怎么，王祖荫？”柳玉莲白：“正是。”田遇春白：“想那王祖荫乃是俺的异姓兄弟，我倒要问个明白。”吴天良插白：“好劲呐，闹了半天他们是一家人，我算玩儿完啦！”田遇春白：“你说配夫王祖荫，但不知有何为证？”

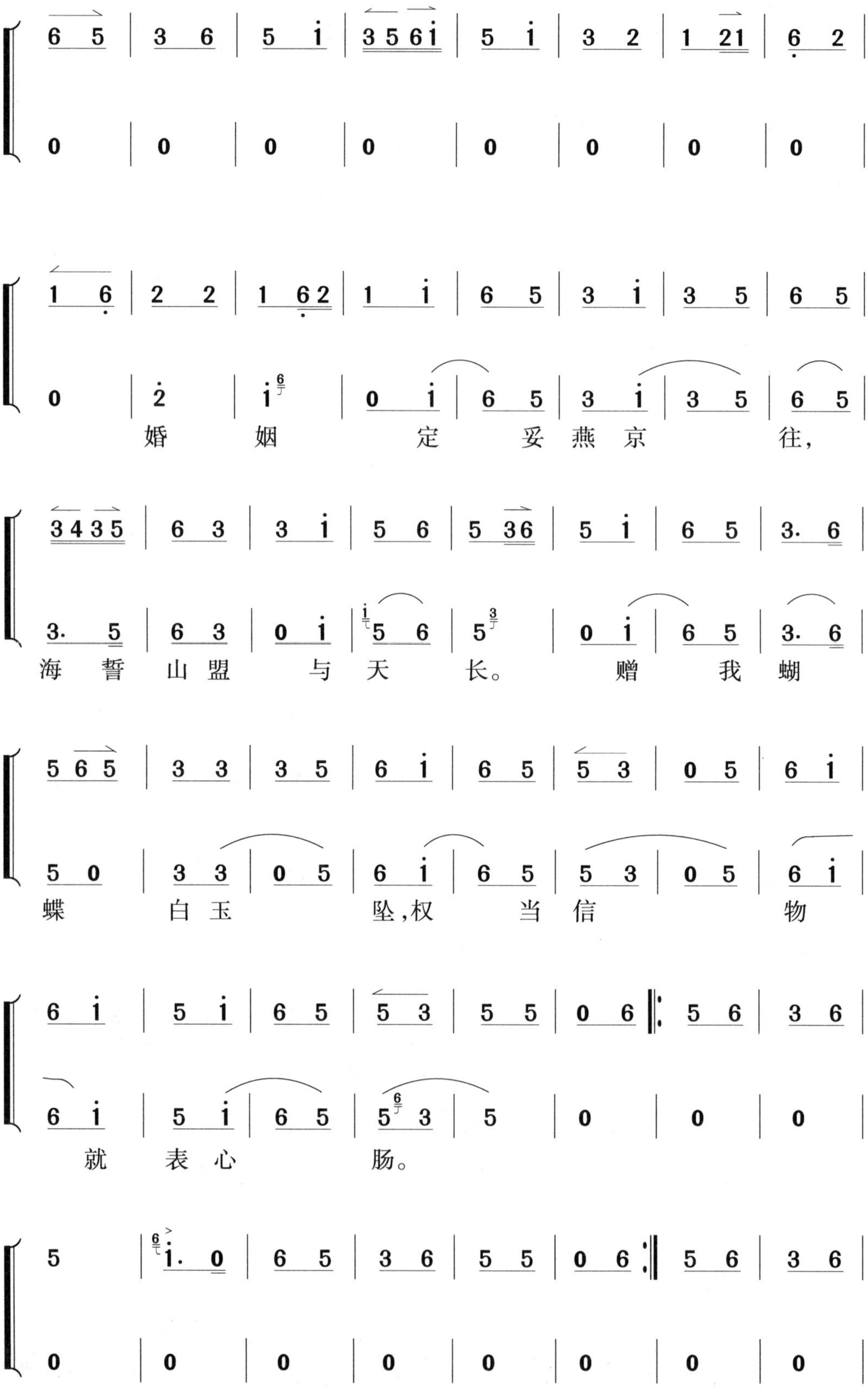

田遇春白：“怎么蝴蝶玉坠？”柳玉莲白：“正是。”田遇春白：“可在身旁？”

渐慢

5	^{6}i. 0	6 5	3 6	5 i	^{7}6 5	3 ^{7}6	5 -	〔行弦〕停
0	0	0	0	0	0	0	0	

柳玉莲白："现在身旁。"田遇春白："拿来我看。"

〔西皮摇板〕

柳玉莲 【凤点头】(7 6 5 5 5 3 6 5 i 3 2 1 1 6 2 1 6) 1
身

i 3 3 5 5 6 3 5 6 (6 5 3 5 6 5 3 2 1 2)
旁 取 出 蝴 蝶 坠，

3. 6 5 6 6 5 6 5 5 3 5 - ‖ (将玉坠递与田遇春)【一锣】
壮 士 拿 去 看 端 详。

田遇春 呀！

【凤点头】(过门同前) 3 3 3 3 3 2 1 2 3 (4
一 见 玉 坠 果 是 真，

3 2 1 2 3 2) 6 1 2 1 3 1 2 1 (3 2 1
想 起 打 虎 结 拜 人。

6 2 1 2) 1 2 3 2 2 1 3 2 -) 0 (
走 向 前 来 把 话 论， 白："弟妇！"

【凤点头】(过门同前) 3 3 1 2 1 2 2 1 - ‖【住头】
尊 声 弟 妇 放 宽 心。

原来是弟妇，恕愚兄搭救来迟，多有得罪。

吴天良 好劲儿，跑这儿认亲来啦。

柳玉莲 壮士为何这等相称？

田遇春 弟妇有所不知，我与王贤弟有八拜之交，是我二人结义之时，赠他这蝴蝶玉坠，今见此物方才明白。

柳玉莲 如此多谢仁兄搭救。

田遇春 岂敢，但不知那王贤弟今在何处？

柳玉莲 仁兄啊！

〔西皮摇板〕
【凤点头】（过门同前）i i 3.6 5（6 5 3 6 5）5
黄 鹤 一 去 无

6 3 5 6（6 5 3 5 6 5 3 2）i i 6 6
踪 影， 钗 镜 重 圆

（6 5 3 5 6）5 3 5 6 5 6 6 5 5 －
待 来 生。

田遇春 （指吴天良）好贼子呀！

〔西皮摇板〕
【闪锤】（过 门 同 前）3 3 4 3 1 2 3 3（4 3 2 1 2
听 罢 言 来 才 知 情，

3 2）6 1 2 1 2 3 1（3 2 1 6 2 1 2）3
不 由 豪 杰 咬 牙 根。 刚

3 3 1 2 2 1 3 2 － 2（持刀欲杀吴天良）（嘟～～）
刀 一 举 要 尔 的 命，

吴天良 且慢！（仓）3 1 2 2 1 2 3 1 【住头】
留 头 讲 话 说 分 明。

老爷子，您别着急，您说的那个王祖荫王大老爷，也在我船上哪。

田遇春 他是因何到此？

吴天良 干脆我跟您实话实说得啦。我小子吴天良，专在长江做抢劫的买卖，那天王大老爷前去上任，坐了我的船，我就给劫啦。官衣纱帽我穿戴上，因我不懂作官的规矩，所以没敢把他给杀喽，我给押在后舱啦。

田遇春 快快将他放了出来。

〔吴天良走至“上场门”扶王祖荫出来至中场。

吴天良 王大老爷，我把您请出来啦。

田遇春 贤弟在哪里？（向王祖荫走来）

王祖荫 哎呀仁兄呀！（哭泣）【一锣】

田遇春 贤弟不必啼哭，弟妇也来了。

王祖荫 噢，小姐也来了。（急入内，与柳玉莲照面）

柳玉莲 喂呀相公呀！（迎上对哭）【撕边一锣】

王祖荫 啊！小姐因何到此？

柳玉莲 只因姑母将我卖与此贼，若非仁兄搭救，险遭不测。

王祖荫 原来如此。仁兄，你是怎么到此？

田遇春 只因此贼抢劫愚兄的行囊，是我寻访于他，不想在此遇见了。

王祖荫 想你我兄弟被难,都是此贼所害,仁兄怎样处置于他才是?

田遇春 愚兄自有道理,快将衣帽脱将下来。(手指吴天良)

吴天良 那是得脱,我穿这个也不是样儿。(脱衣摘帽)原物交回并无损坏。(将衣帽交与王祖荫)

田遇春 若不将此贼处治,日后还有谁敢在这里渡船。

吴天良 嘿!你们有天良没有,不是我你们能在这儿相聚吗,还不得好好谢谢我。

田遇春 谢你!好好好,你走将过来。

吴天良 你说怎么个谢法儿?(走向田遇春,将头伸过去)

田遇春 看刀!(**八仓**)

〔**【撕边一锣】**杀死吴天良,推尸落江,吴三个转身,口说"玩儿完!"下。

王祖荫 想小弟夫妻团圆,多蒙仁兄大力,请上受我夫妻一拜。

〔王祖荫、柳玉莲同拜田遇春。

田遇春 折煞愚兄也。贤弟,此处离德化县不运,待愚兄护送贤弟上任便了。

王祖荫 全仗仁兄。

田遇春 正是。**【住头】**

(念)世上万般皆有定,(站"小边")

王祖荫 全仗仁兄救命恩。

柳玉莲 幸喜不曾身名裂,**【小锣二击】**(二人站"大边")

田遇春 蝴蝶姻缘传美名。(伸出拇指赞美)

〔唢呐吹奏<尾声>田遇春挽王祖荫手,王祖荫挽柳玉莲手,三人同笑;**【大锣打下】**田遇春划船,众同下。

——剧 终